삼국지 해제

삼국지 해제

저자_ 장정일·김운회·서동훈

1판 1쇄 발행_ 2003. 3. 30.
1판 5쇄 발행_ 2010. 11. 27.

발행처_ 김영사
발행인_ 박은주

등록번호_ 제406-2003-036호
등록일자_ 1979. 5. 17.

경기도 파주시 교하읍 문발리 출판단지 515-1 우편번호 413-756
마케팅부 031)955-3100, 편집부 031)955-3250, 팩시밀리 031)955-3111

값은 뒤표지에 있습니다.
ISBN 978-89-349-1251-4 03810

독자의견 전화_ 031)955-3200
홈페이지_ http://www.gimmyoung.com
이메일_ bestbook@gimmyoung.com

좋은 독자가 좋은 책을 만듭니다.
김영사는 독자 여러분의 의견에 항상 귀 기울이고 있습니다.

세계 최초로 시도되는 삼국지 학제 연구

삼국지 해제

장정일 · 김운회 · 서동훈 공저

김영사

새 시대에 맞는 『삼국지』의 새로운 해석

이 책은 21세기 들어 새로 씌어지는 장정일의 『삼국지』를 위해, 『삼국지』에 대한 폭넓은 조망을 마련하고 새 시대에 맞는 해석의 기틀을 얻기 위한 사전 작업으로 이루어졌습니다. 고작해 봐야 옛날 이야기에 불과한 『삼국지』를 위해 우선 제대로 된 해제가 씌어져야 한다고 결심한 까닭은 긍정적이든 부정적이든 이 소설이 우리 독자들에게 끼친 영향이 너무나 크고, 앞으로도 그럴 것이라는 확신 때문이었습니다.

흔히 우리나라 남자들은 마치 통과의례처럼 『삼국지』를 읽어야 한다고 무의식중에 생각하고 있고, 교과서가 아니라면 손에 잡지도 못하게 하는 많은 부모들이 『삼국지』만은 자녀들에게 읽히려고 노력합니다. 인터넷과 생명과학이 시대의 주류를 이루는 오늘날 600년 전 먼 중국에서 씌어진 소설 나부랭이가 무슨 대수가 될 수 있겠습니까? 그러나 식지 않고 베스트셀러 행진을 계속하고 있는 『삼국지』 열풍은, 바로 그 책이 단순한 소설 나부랭이가 아니라는 것을 역설적으로 증명하고 있습니다.

『삼국지』를 읽는 사람들은 이 소설로부터 단순한 흥밋거리를 넘어 수신(修身)은 물론 치국(治國)과 평천하(平天下)의 지혜와 기술을 익히려고 합니다. 다시 말해 『삼국지』는 동양인의 처세와 생존의 교과서로 오랫동안 사랑받아 왔습니다. 바로 이 점이 동양의 여러 고전과 『삼국지』를 크게 가르는 차이점입니다. 사대부(士大夫)들이 유교 경전들로 수신의 교양을 쌓았다면, 일반 백성들은 여러 형태로 변형된 삼국 시대의 이야기를 통해 자신의 처세를 되돌아본 것입니다. 하지만 우리는 이제 이 고전을 새로 읽어야 할 때가 되었습니다. 예를 들어 여기서는 굳이 대답하지 않겠습니다만,『삼국지』에는 왜 여자 주인공들이 나오지 않는가라는 엉뚱한 질문은 나관중이 이 소설을 처음 쓴 이래로 오랫동안 직면하지 못했던 것입니다. 이렇듯 시대가 바뀌었는데도『삼국지』를 바라보는 우리 독자의 눈은 매우 좁은 시야 속에 갇혀 있습니다. 이 오래된 작품에 대해 조금이라도 관심을 기울여본 독자들은 원(元)나라의 침입을 받은 한족(漢族)의 민족적 자긍심이 유비를 중심으로 하는 촉한정통론(蜀漢正統論)을 내세웠다고 알고 있습니다. 하지만 조조의 위(魏)나라가 정통이 되었건 유비의 촉(蜀)나라가 정통이 되었건, 근왕주의(勤王主義)가『삼국지』를 지탱해온 두 바퀴 가운데 한 축이라는 것을 깊이 통찰할 필요가 있습니다. 600년 넘게 중국은 물론이고 한국과 일본 3국에 널리 읽혀온『삼국지』의 비밀은, 어쩌면 동양인의 의식 저 밑에 절대적 통치권에 대한 무기력한 복종과 뜨거운 선망이 혼재해 있는 게 아닌가라는 공포감을 선사합니다.

권력에 대한 무기력한 복종과 열화와 같은 황홀을 동시에 느끼곤 하는 남성적 기만의 시각을 벗어던지고『삼국지』를 다시 읽고 해석하는 가운데 우리는 황건 농민군을 만나게 됩니다. 역사는 황제나 제후들과 같은 소수의 지배자에 의해서 유지되어온 것이 아니라, 그들의 압제에도 불구하고 자신의 권리를 찾기 위해 숱하게 항거하고 좌절했던 민초들의 것임을 천 년 전의 전쟁무협소설을 통해 확인할 수 있다는 것은 매우 감동적입니다. 바로 그들이 우리나라에서는 동학이 되었고, 모택동의 홍군(紅軍)이 되어 오늘의 중국을 건설했습니다.

근왕주의가『삼국지』의 한 축이라면 중화주의(中華主義)는 나관중의 세계를 지탱하는 또 다른 축입니다. 그 속에서 동탁과 여포는 실제의 능력과 선정에도 불구하고 의리도 없고 예절도 모르는 야수로 묘사되고 있으며『삼국지』를 통틀어 최고의 전략가이자 정객인 가후(賈詡)는 그의 공이 모두 숨겨진 채 도리어 변절의 대명사로만 알려지고 있습니다. 그 까닭은 그들의 출신이 정통적 한족 사회와 거리가 먼 수상적은 변방인들이었기 때문입니다.

『삼국지』는 숱한 고사성어와 속담·처세훈을 만들어냈고 입학시험이나 입사시험을 통해 우리들의 뇌리에 반복 주입되고 있습니다. 하지만 그것들을 재미난 옛 이야기로만 알고 무비판적으로 수용해서는 안 됩니다. 그럴 때 이 작품은 중화주의를 실어나르는 문화적 제국주의의 첨병이 될 수도 있다는 것을 명심해야 합니다. 좋은 예로 우리는 제갈공명이 남만(南蠻)의 추장인 맹획(孟獲)을 일곱 번 사로잡고 다시 풀어준 칠금칠종(七擒七縱)의 일화를 떠올릴 수 있습니다. 많은 독자들은 한 번도 아니고 일곱 번씩이나 적장을 풀어준 끝에 오랑캐로부터 마음 속의 복종을 이끌어낸 제갈공명의 재기와 인덕에 무릎을 치고 말지만, 그 일화가 중국인들에게 읽히는 방식을 생각한다면 모골이 송연해집니다. 거기엔 오만한 중화사상과 주변 국가를 다스리는 중국인의 오랜 노하우가 응축되어 있는 것입니다.

3년 동안 200여 권이 넘는 책을 읽으면서 우리는 『삼국지』를 새로 쓰려는 사람을 만족시킬 만큼 심도 깊은 책을 발견하지 못했다는 사실을 여기 적어놓고자 합니다. 중국인 스스로 자신의 고전에 은닉된 중화주의를 비판하고 또 체제 옹호의 이데올로기적 도구가 되어버린 고전 속의 근왕주의를 뒤집어 읽으리라곤 기대도 하지 않았지만, 중국과 일본 학자들이 공통적으로 인물과 사건에 대한 역사적 고증의 수준에만 머물러 있는 것은 아쉽게 여겨지는 대목이었습니다.

이 책은 시대의 발전에 따라 연극·영화·컴퓨터 게임으로까지 매체의 한계를 넓힌 『삼국지』의 세계를 더 잘 이해하기 위한 사용설명서로 활용될 수 있습니다. 또 앞으로 『삼국지』를 쓰려는 무수한 작가들을 위한 설계도가 되어줄 수도 있습니다. 하지만 이 책의 사용법을 굳이 『삼국지』에 국한할 필요는 없습니다. 이 책에는 여러 동양 사상들과 최근에 확보된 동아시아의 고대 역사는 물론이고 현대의 국제경제·국제정치·대통령학·통일이론·전쟁이론·기업전략·리더십 이론 등이 동원되고 연관되었습니다. 이런 광범위한 학제 연구를 통해 독자들은 좀더 넓은 시야에서 『삼국지』를 조망하고, 그로부터 새로운 해석을 이끌어내리라고 믿고 싶습니다.

여러분도 아시는 것처럼『삼국지』는 동양에서『성경』이나 여러 종류의 불경 그리고『자본론』보다도 더 많이 팔리고 읽힌 책입니다. 때문에 까딱 잘못하면『삼국지』에 대한 열광이 그것을 잘못 읽은 사람을 망치는 부메랑으로 돌아올 위험성을 간과할 수 없습니다. 예를 들어 제갈공명을 비롯한『삼국지』의 모사가들이 가장 많이 의지하는 전술은 이간계(離間計)입니다. 당시에는 그 전술이 효력을 봤을지 모르지만 정보통신 시대인 오늘에도 그 술수가 통할지는 의문입니다. 성실한 노력과 정정당당한 실력만이 개인의 성공과 사회의 발전을 가져옵니다.

600년 이상 지속된『삼국지』의 위력이 현대적인 시각으로 다양하게 재해석될 때 우리는 우리가 껴안은 통일이라는 절박한 과제와, 장차 중국의 세기가 될 것이라는 21세기를 동시에 조감할 수 있을 것입니다. 끝으로『삼국지』를 사랑하는 강호 제현의 가차없는 질정을 고대합니다.

장정일 · 김운회 · 서동훈

제1부 삼국지의 현대적 이해

제2부 삼국지 인명사전

삼국지의 현대적 이해

1 『삼국지』에 대한 이해

1. 『삼국지』란 어떤 책인가

　　『삼국지』란 전쟁역사소설로 지금으로부터 대략 1800여 년 전, 한(漢 : 後漢)나라가 국운이 쇠약해지면서 중국 전체의 군웅들이 천하의 패권을 서로 차지하기 위해 다투었던 약 100년간의 이야기이다. 동서고금을 통틀어 『삼국지』와 유사한 소설로는 호머의 『오디세이』 정도가 있으나 작품의 방대한 분량이나 규모 면에서 『삼국지』에 필적할 만한 작품은 아니다. 또한 동양인에게 『삼국지』는 호머의 『오디세이』와는 달리, 단순히 소설의 경계를 넘어 인생관과 세계관을 아우른 삶의 지혜서 역할을 하고 있다.

　　우리나라를 비롯한 중국·일본에서는 『삼국지』를 읽지 않고서는 대화가 쉽지 않다. 좀 과장하여 말하면 『삼국지』를 읽지 않고 죽은 사람이 없을 정도다. 그만큼 『삼국지』는 다양한 사람들이 다양한 이유로 읽는다. 대통령이 되고 싶은 사람은 대통령이 되는 데 도움이 될 듯싶어 읽고, 정치가들은 인간 경영을 위해 읽고, 기업가들은 기업 경영의 아이디어를 얻기 위해 읽고, 소설가들은 드라마틱한 이야기 진행 과정에 매료되어 읽고, 장군들은 전략에 참고하기 위해 읽고, 무술하는 사람들은 『삼국지』 영웅들의 무예(武藝)를 읽고, 건달들은 사나이들의 의리를 읽는다. 그리고 아이들은 꿈을 키우기 위해 『어린이 삼국지』를 읽고, 주부들은 아이들과의 대화를 위해서 읽고, 고교생들은 『삼국지』
에 나온 많은 고사(故事)와 필수적인 한자성어를 공부하면 대학 입학시험에
도움이 될 듯하여 읽는다.

『삼국지』를 제대로 이해하려면 기본적으로 한나라를 전후로 한 시기의 역사
를 정확히 알아야 하고, 전쟁에 대해서도 상당한 식견이 있어야 한다. 그리고
등장인물들의 의식구조를 이해하기 위해서는 광범위한 동양사상을 이해해야
만 한다. 뿐만 아니라 『삼국지』를 현대 정치·경제적 상황에 대비하여 응용하
려면 그 당시 중국의 주변 상황에 대해서도 폭넓은 이해가 있어야 한다.

『삼국지』의 무대가 되는 한나라는 진(秦)나라[1]를 이은 중국의 통일 왕조로
서 400여 년 동안 통일과 안정을 이룩하고 찬란한 중국 문화를 꽃피운 왕조였
다. 중국사 전체를 통틀어 모범적인 왕조였다. 진나라는 중국을 최초로 통일
했지만 실질적으로 중국을 통치한 것은 20년이 채 못 되고 단명하고 말았기 때
문에 한나라가 실질적인 중국 최초의 통일 왕조라고 할 수 있다.

한나라는 기원전에 유방(劉邦)이 건국한 것을 전한(前漢) 또는 선한(先漢
: B.C. 202~A.D. 8)이라고 하고 일시적으로 왕망(王莽)에 의해 신(新)나라(8
~23)가 들어서기도 했으나 기원후 한나라의 장수였던 유수(劉秀)가 건국한
것을 후한(後漢 : 25~220)이라고 하는데, 통상적으로 후한이 전한을 계승한
것으로 보아 한조(漢朝)는 중국을 400년간 지배한 왕조로 보고 있다. 중국의
대부분의 왕조가 평균적으로 200년의 통치를 하지 못한 점을 감안한다면 한
나라는 중국 최고(最古)의 왕조라고 할 수 있다. 그리고 한나라 이후에도 한나
라를 계승하려는 움직임은 많았다. 유비는 물론이고 남북조 시대에도 한나라
를 계승하고자 하는 경우가 있었다.

한나라는 춘추전국시대 이래 각 지역별로 다양하게 발전해온 문화가 융합
하여 중국 고전문화를 완성한 시기라고 볼 수 있다. 우리가 중국인들을 한족
(漢族)이라고 하거나 중국어를 한어(漢語), 중국 문자를 한문(漢文)이라고 하

---

1) 이 진(秦)나라(B.C 221~206)는 중국을 최초로 통일한 왕조로, 『삼국지』의 후반부에 나타나는
   사마염이 건국한 진(晉)나라와는 다르니 주의할 것.

는 것도 한나라 이후에 나타난 현상이다. 한나라는 능동적으로 대외적인 정복 활동을 하였고, 그 과정에서 보다 발전되고 세련된 중국 고유의 농경문화를 주변 국가에 전파하여 그 국가들의 발전에도 공헌을 했다. 이 한대 문화는 이후에 성립된 당(唐)나라에 의해 완성되었고 이것이 동아시아 전체에 영향을 미쳐 동아시아 지역의 문화적인 보편성을 형성하는 데 결정적인 역할을 했다.

중국에 대한 분석에 앞서서 지적해야 할 점은 민족적으로 일관되고 보편적으로 부를 만한 중국인이나 중국에 대한 명칭이 없다는 것이다. 중국은 왕조가 교체될 때마다 나라 이름이 바뀌기 때문에 어느 하나로 고정하여 부르기가 어렵다.[2] 한나라 시대와 한나라가 멸망한 후에도 중국인을 한족이라고 하고, 일본에서는 에도(江戶) 시대가 끝날 때까지 중국인을 당인(唐人), 즉 (이미 1천여 년 전에 망한) '당나라 사람'으로 불렀다. 당나라가 번영을 누릴 때 그 명성을 서남아시아 제국에 떨친 결과, 당이 망하고 난 뒤 오랜 세월이 지나서도 중국인을 당인으로 부르게 되었던 것이다.[3]

『삼국지』의 대상이 되는 시기[4]는 황건적의 난(184)이 일어난 시기부터 위·오·촉의 삼국 정립기를 거쳐 진(晉)나라가 중국을 통일했던 시기(280)까지의 약 100여 년의 기간이다. 그러나 일반적으로는 황건 농민전쟁인 황건적의 난에서 제갈량이 죽은 해(234)까지가 대상이 되고 있으니 실제로는 50여 년의 이야기가 『삼국지』의 구체적인 내용을 이루고 있다. 이 시기는 중국의 역사에서 큰 혼란기에 해당된다. 삼국의 혼란을 수습한 진(晉) 역시 8왕의 난(291~306)으로 약화되고 중국은 다시 분열을 거듭하게 된다. 서기 317년 이후 중국은 남북조시대라는 극도의 혼란기를 거치게 된다.

이 시대에 중국의 북부는 5호16국-북위-서위·동위-북주 등으로 분열을 거듭하고 중국의 남부는 동진-송-제-양-진(陳)으로 또한 분열을 거듭한다.

---

2) 우리가 알고 있는 한·당·위·오·촉·송·제 등의 국호(國號)는 특정한 지역의 땅의 이름이다. 중국의 국호는 원나라 이후 추상적인 의미로 전환된다. 원(元)·명(明)·청(淸)이 그 예이다.
3) 시바료타로(司馬遼太郎), 『몽골의 초원』, 고려원, 1993.
4) 중국의 『삼국지』의 시대는 우리나라로 치면 고구려의 고국천왕(179~197)·산상왕(197~227)·동천왕(227~248)·중천왕(248~270)·서천왕(270~292) 기간에 해당한다.

이후 당나라가 다시 중국을 통일한 618년까지 중국의 역사는 혼란의 연속이었다. 결국 황건적의 난이 일어난 184년부터 618년까지 거의 434년 동안 중국은 역사상 유례 없이 혼란한 상태에 놓이게 되었다. 이 긴 시간의 혼란은 어떤 의미에서 보면 한의 멸망기에 나타났던 여러 제후들이나 영웅들의 책임도 있다. 이 점을 생각하면서 『삼국지』를 읽으면 많은 것을 얻을 수 있다.

『삼국지』는 여러 가지 형태로 일반인들에게 전해졌다. 때로는 설화로, 때로는 연극으로, 때로는 소설로 사람들을 만나고 있다. 그러나 우리가 일반적으로 말하는 『삼국지』는 명나라 초기에 소설가였던 나관중(羅貫中)의 『삼국지』를 말한다. 이 『삼국지』는 동아시아 전반에 수백 년에 걸친 베스트셀러였고 지금도 가정마다 『삼국지』가 없는 집이 없다고 할 정도로 인기가 있는 책이다. 그런데 이 나관중의 『삼국지』는 정사(正史)에 기록된 사실들을 무시한 내용들이 많고 시기상 앞뒤가 안 맞는 부분도 많아서 지식인 계층에서는 인정받지 못했다. 쉽게 말해서 우리가 그 동안 읽어왔던 『삼국지』는 나관중이 소설로 재창조한 것이라는 것이다. 따라서 독자들은 사실과 소설을 혼동해서는 안 될 것이다.

2. 정사 『삼국지』와 나관중의 『삼국지』

삼국시대, 즉 위·오·촉이 정립했던 시대의 구체적인 사실은 진수(陳壽 : 233~297)가 편찬한 정사 『삼국지』가 있다. 이 책은 중국의 『사기(史記)』나 우리나라의 『고려사』와 같은 역사서이다. 나관중의 『삼국지』가 1300년대 후반에 씌어진 것과는 달리 진수의 『삼국지』는 삼국시대에 실제로 살았던 진수에 의해 편찬된 책이다. 따라서 이 책이 그 시대의 역사적 사실들에 대한 가장 정확한 기록이라고 할 수 있다. 그 시대의 사실을 알고 싶으면 진수의 『삼국지』를 읽으면 된다. 이 책에서 '정사에 의하면'이라는 표현이 자주 나오는데, 그것은 바로 이 진수의 『삼국지』를 말하는 것이다.

진수는 사천성(四川省 : 현재의 쓰촨 성)의 남충시(南充市 : 현재의 난충 시)에서 태어난 사람이다. 이 사천성이 바로 촉(蜀)의 땅이다. 진수는 일찍이 저명한 역사학자인 초주(譙周 : 201~270)에게 수학하였고, 촉한 때에는 동관비서랑(東觀秘書郞)·산기황문시랑(散騎黃門侍郞) 등을 역임하였지만 촉한이 멸망한 이후 여러 해 동안 배척을 받아서 벼슬에 오르지 못하였다. 그러다가 진(晋)나라가 건국했을 때 조정에 들어가게 되었고, 이 때에 편찬한 책이 바로 정사『삼국지』이다. 따라서 진수는 궁극적으로는 진(晋)의 신하였기 때문에 진나라의 전신이었던 위(魏)나라를 정통으로 보고 서술할 수밖에 없었을 것이지만, 그래도 진수의『삼국지』는 그 당시 사실에 접근할 수 있는 가장 정확하고 거의 유일한 사료라고 할 수 있다.

진수의『삼국지』는 사마염이 정권을 찬탈하는 과정을 묘사하는 부분에서 많은 왜곡을 보이는데 이것은 진수가 당시에 사마염이 건국한 진의 신하였기 때문에 불가피했던 것으로 추측할 수 있다. 즉, 진수의『삼국지』는 진제(晋帝) 사마염이 당시 자국의 상황을 기록하게 했던 것으로 마치 이성계가 편찬하게 한『고려사(高麗史)』와 같은 성격을 띠고 있다. 그밖에 위·오·촉에 대한 서술은 몇몇의 특정 인물을 제외하면 크게 왜곡한 것으로 보이지는 않는다. 다만 진수의 스승이었던 초주가 당시 촉의 황제였던 유선에게 무모한 항쟁보다 투항을 권고했다는 이유로 후대에 비난의 대상이 되었던 사람이므로 초주의 제자였던 진수가 저술한『삼국지』가 덩달아 평가절하 될 수는 있었을 것이다. 그럼에도 불구하고 진수의 기록은 유일한 정사임은 부인할 수 없다.

따라서 엄밀한 의미에서 진수의『삼국지』에서 검정받지 못하는 나관중의『삼국지』는 그 어떤 내용도 소설로 만들어진 허구라는 것이다. 예를 들면 유비·관우·장비가 도원결의(桃園結義)를 한다거나, 조조가 동탁에게 칼을 바친다거나, 조조가 여백사의 가족을 몰살한다거나, 장비가 독우(중앙 검찰관리)를 때린다거나, 관우가 두 형수를 모시고 5관문을 통과한다거나, 제갈량이 동남풍을 부르고 화살 10만 개를 거저 가져온다거나, 사마의의 대군을 혼자서 거문고를 연주하며 막는다거나 하는 내용은 현실성이 없을 뿐만 아니라 정사에는 없는 내용으로 허구에 불과하다.

그리고 우리가 현재 읽고 있는『삼국지』는 엄밀한 의미에서 명나라 때 나관중의『삼국지』라기보다는 청나라 때 모종강(毛宗岡)의『삼국지』이다. 그리고 나관중은 원나라 말기까지 나온 여러 종류의『삼국지』들을 체계적으로 정리한 사람이라고 보면 된다. 물론 모종강은 원저자인 나관중이 만들어놓은『삼국지』를 일반인들이 읽기 쉽도록 정리한 것이라고 볼 수 있다. 따라서 우리가 읽는『삼국지』는 나관중 원편저(原編著)에 모종강 편찬(編纂)이라고 보면 된다. 그러나 본 해설서에서는 나관중의『삼국지』라는 말을 사용할 것이다.

3. 나관중『삼국지』의 형성과정

우리가 자주 접하는『삼국지』는 나관중 원저에 모종강이 편찬한 것을 토대로 한다고 했다. 독자들은『삼국지』가 도대체 왜 이렇게 복잡한 것인가 의아해할 수도 있다. 이제부터는 이 점을 구체적으로 살펴보자.

진나라 때 진수가 정사인『삼국지』를 쓴 이후 남북조시대에 송(宋)나라[5]의 문제(文帝 : 424~452)가 진수의『삼국지』가 너무 간략한 것이 안타까워 중서시랑(中書侍郎) 배송지(裵松之)에게 명하여 진수의『삼국지』에 대한 주석(註釋)을 달게 했다. 이 주는 당시의 야사(野史)와 정사를 총망라하여 작성하였는데 양적으로는 진수의『삼국지』의 수배에 달할 정도였다.[6]

여기서 한 가지 주의해야 할 점은 배송지의 모든 주석을 반드시 정사의 일부로 볼 수는 없다는 점이다. 왜냐하면 배송지가 살았던 시대는 이미『삼국지』의 주요 사건이 있었던 서기 200~250년과는 200여 년의 시간 차가 있다는 점이다. 이 점을 먼저 염두에 두고 정사『삼국지』를 대할 필요가 있다. 물론 배송지의 주석은 다른『삼국지』관련 서적보다는 신빙성이 있을 것이다. 나관중의

---

5) 이 때의 송(宋)나라는 조광윤이 건국한 당나라 이후의 송(宋)나라가 아니다.
6) 이 배송지의 주석이 있었기 때문에 나관중의『삼국지』가 가능했을 것이다.

『삼국지』는 이 배송지의 주석에 자신의 상상력이나 민간설화를 바탕으로 재구성한 것으로 보면 된다.

배송지의 주석 이후 중국 문화의 전성기였던 당·송 시대에도 『삼국지』의 영웅들에 대한 많은 구전이 있었으나 현재까지 전해지지는 않는다. 원(元)나라 때에는 신안 우씨(新安 虞氏)가 간행한 『전상삼국지평화(全相三國志平話)』상·중·하 세 권이 있었고, 원대(元代)의 다수 희곡 및 잡극 등이 있었지만 오늘날 우리가 보고 있는 『삼국지』가 아니라 다소 유치한 수준이었다고 한다.

그후 원말(元末) 명초(明初) 나관중이 진수의 『삼국지』를 근간으로 하되 그 이전에 나타난 여러 가지 『삼국지』의 내용들을 취사선택하여 집대성한 것이 바로 『삼국지연의(三國志演義)』이다. 다시 말해서 우리가 일반적으로 알고 있는 나관중의 『삼국지』는 나관중의 『삼국지연의』로, 정사인 진수의 『삼국지』와는 다르게 원나라 말과 명나라 초기에 나관중이 그 동안 항간에 떠돌던 여러 가지의 야사들을 집대성하되 그 순서나 주요한 사건들은 정사인 진수의 『삼국지』를 토대로 하여 다시 만든 것이다. 그리고 특별한 야사가 없을 경우에는 진수의 정사 『삼국지』를 그대로 차용하고 있다.

나관중의 『삼국지연의』가 필사본으로 전해져오다가 처음으로 간행된 것은 나관중이 사망한 한참 뒤인 명나라 중기 1522년이었다. 현존하는 필사본 중 가장 오래된 것은 1494년의 서문이 있는 홍치본(弘治本)으로 이 책도 실은 1522년 간행된 것이다. 이 때의 책 이름은 『삼국지통속연의(三國志通俗演義)』였다. 이 소설은 황건적의 난에서부터 진(晉)의 무제(武帝)가 중국을 통일하던 때(280 : 太康元年)까지 약 100여 년간의 사건들을 매우 상세히 묘사하고 있는데 중국 최초의 역사 장편소설이라고 할 수 있다.

명나라 때의 『삼국지』는 매우 다양한 본이 있어서 20종 이상이 존재하고 있었지만 그 내용은 대동소이하였다. 그후 청(淸)나라 때 모종강이 편찬한 『삼국지』가 가장 유행하였고, 현재 우리가 읽고 있는 『삼국지』는 바로 이 모종강본을 바탕으로 번역한 것이다. 다시 말해서 우리가 일반적으로 말하는 『삼국지』

라는 것은 바로 이 모종강본을 말하는 것이다. 모종강본은 120개의 편으로 구성되어 있으며, 제목이 바로 사건이나 항목 하나하나를 지칭하는 형식으로 되어 있다. 현재 우리가 읽고 있는『삼국지』는 이 같은 다소 복잡한 과정을 거쳐서 생성되었다.

이상의 이야기를 이제 일목요연하게 정리해보자. 즉, 삼국지의 형성과정은 진나라 때 진수의 『삼국지』→ 남북조시대 때 배송지의 진수『삼국지』에 대한 주석 → 당 · 송 등에도 많은 구전이 있었으나 전해지지는 않음 → 원나라 지치연간(至治年間 : 1321~1323) 신안 우씨가 간행한『전상삼국지평화』상 · 중 · 하 세 권 → 원대의 다수 희곡 및 잡극 → 원말 명초 나관중의『삼국지연의』→ 명나라 홍치(弘治)연간의 갑인년(1494)에 간행된『삼국지통속연의』→ 명나라 때는 매우 다양한 본이 있어서 20종 이상이 존재함(내용은 대동소이) → 청나라 때 모종강본이 가장 유행함 등의 과정을 거쳤다.

2 새로운 『삼국지』 해석의 필요성

1. 『삼국지』에 대한 새로운 해석의 필요성

우리가 흔히 읽는 『삼국지』는 물론 나관중의 소설이다. 그렇기 때문에 작가가 역사적 사실을 무시하고 서술하는 것을 잘못된 것이라고 하기는 어렵다. 그러나 그렇다고 하여 불합리하거나 상식적으로 이해하기 힘든 내용을 그대로 전달하는 것도 디지털 시대에는 적합한 것이라고 할 수 없다. 왜냐하면 『삼국지』가 그 내용을 그대로 내버려두기에는 너무 대중화된 책인데다가 우리나라와 같은 중국 주변 민족을 비하하는 내용도 많이 담고 있기 때문이다. 더구나 『삼국지』는 역사상의 인물들이 실명 그대로 나오기 때문에 학생들이나 일반 독자들도 실제 역사와 혼동하여 그대로 이해할 수밖에 없을 것이다.

『삼국지』는 실제의 역사를 바탕으로 하기 때문에 다른 소설과는 달리 역사적 사실을 완전히 배제하여 서술할 수가 없다. 정사에 나타나지 않는 것은 작가의 상상력에 의존할 수밖에 없는 일이지만 지나치게 허무맹랑한 부분은 제거하고 정확히 있었던 사건이나 구체적인 사실들은 바로잡아서 전달할 필요가 있다.

예를 들면, 제갈량(諸葛亮)이 호통을 치자 왕랑(王郎)이 말에서 떨어져 죽는다거나, 죽은 관흥과 장포가 다시 살아나 이릉대전에 참여한다거나, 관우가 가지도 않은 오관(五關)에 두 형수를 모시고 간다는 내용을 서술하는 것은 바람직하지 않다. 나아가 배은망덕에 관한 한 여포-동탁의 관계는 원소-한복, 유비-여포, 손책-원술의 관계와 다르지 않음에도 불구하고 여포가 주류 한족(漢族)이 아니라 몽골 지방 출신이라는 이유로 특별히 배척당하고 인간 이하로 묘사된다는 것은 잘못이다. 어떤 의미에서 교활하고 무책임한 유비(劉備)가 가장 이상적인 군자요, 군주로 묘사된다는 점도 다시 생각해보아야 한다.

『삼국지』를 새롭게 이해해야 하는 이유는 『삼국지』가 단순히 소설이라는 차원을 넘어서 동아시아 사회에 있어서 문화적인 보편성 또는 가치의 보편성을 제시하는 문화적 유산이기도 하기 때문이다. 뿐만 아니라 『삼국지』는 문화적 제국주의의 첨병 역할도 한다. 즉, 『삼국지』는 중국인이나 중국적인 것은 옳고 비중국적인 요소는 나쁜 것이라는 인식을 독자들에게 강요할 수 있기 때문이다. 특히 중국의 주변에 위치한 우리나라나 일본, 베트남, 티베트, 몽골, 만주 등에 이 같은 의식이 전파된다는 것은 때로는 매우 위험한 것일 수 있다.

중국은 자국을 중심으로 하는 중국 '천하사상(天下思想)'은 물론이고 이를 바탕으로 한 '원로주의(元老主義)'가 강한 나라이다. 다시 말하면 중국은 고래의 전통을 숭상하는 성향이 매우 강하다. 중국을 대표하는 지성인 가운데 한 사람인 백양(柏楊)은 "중국 문화는 공자 이후로 단 한 명의 사상가도 낳지 못했다"고 말하고 있다.[7]

중국에서는 후한 시대 이후 모든 지식인들의 발언과 변론 그리고 문장은 결코 스승의 가르침을 넘어서면 안 된다는[8] 법령이 마련되었고 그로 인해 정신사적인 발전은 기대하기 어려워졌다.

문제는 이 같은 경향이 중국에서 끝나지 않았다는 데 있다. 중국 문화에 가장 큰 영향을 받은 우리나라도 이런 사고의 틀에서 벗어나지 못했다. 근대 이

---

7) 백양 · 손관한, 『병든 중국인』, 문학사상사, 1989, 73쪽.
8) 이것을 사승(師承)이라고 한다. 만약 사장(師匠)을 넘어서면 그것은 학설로 인정되지 않을뿐더러 범법(犯法)을 하게 되는 것이다.

전까지 중국이나 우리나라나 정부가 주자(朱子)의 해석이 옳다고 못박으면 다른 경우는 허용되지 않았던 것이다. 이런 사고 방식이 지속적으로 교육된다면 미래를 대비한다는 측면에서 매우 위험한 일이다.

오늘날에도 우리 전통문화를 거론할 때 충효가 전부이고 마치 과거의 것이 무조건 좋다는 식으로 교육하는 것은 문제이다. 어른이 모범적이지 않으면서 충효만 강조하는 것은 말이 안 된다. 어른이 모범을 보이면 저절로 어른을 공경하는 것이지 어른이 제구실을 못하면서 무조건 복종을 강요하는 것은 자신이 가진 기득권 유지 행위에 불과하기 때문이다.

물론『삼국지』가 문화적 유산임을 부인할 필요는 없을 것이다.『삼국지』는 긴 세월 동안 많은 종류로 번역되고 소설화되어 왔으므로 새롭게 소설화하기에는 많은 무리가 있을 수 있다. 새로운 소설화도 결국 역사적 사실에 초점을 맞출 것인가, 소설적인 상상력에 의존할 것인가 하는 문제는 여전히 남아 있다. 왜냐하면 나관중의『삼국지』와 진수의『삼국지』사이에는 여전히 미해결의 사건들이 많이 남아 있기 때문이다. 예를 들면, 유비의 부인(夫人)들 문제를 보면 기록상에는 거의 남아 있지 않은데 나관중의『삼국지』에는 매우 생생하게 묘사되고 있다.

중요한 것은『삼국지』의 새로운 지평을 확대하기 위해서 문학의 영역에만 놓아두어서는 안 된다는 점이다. 그 동안『삼국지』의 번역과 해석 혹은 평역 등은 모두 문필가의 몫이었다. 그러나『삼국지』가 다루는 대상인 천하통일이나 개국(開國), 또는 훌륭한 지도자에 대한 이론은 시인이나 문필가들의 시각보다는 사회과학을 전공하는 사람들의 이론과 통찰력이 더욱 필요한 영역이다. 즉, 독자들은『삼국지』를 통해 많은 것을 보려고 하는데 정작『삼국지』를 쓰는 사람들이 전체적인 사회경제 현상이나 정치 현상에 대해 깊은 이해가 부족하다면 곤란한 일이다. 이런 의미에서 동양 사회 전반을 이해할 수 있는 보편화되고 세계화 시대에 맞는 새로운『삼국지』분석과 해설 작업이 요청된다.

『삼국지』를 새롭게 해석한다고 하여 그것을 새로운 형태의 왜곡으로 생각할 필요는 없다. 왜냐하면 나관중의『삼국지』역시 결국은 소설적 윤색과정을 거친 것이기 때문이다. 물론 윤색과정은 그 당시의 상황에서 있을 법한 것이어야 할 것이다. 이러한 윤색과정을 통해 그 내용을 보다 풍부하게 만드는 효과가 있다. 나관중『삼국지』(모종강본) 제43편에 보면, 적벽대전을 치르려 하는 제갈량과 이에 대해 비판적인 오나라 유자(儒者)들과의 대화 장면이 나온다. 이것이 역사적 사실인지는 분명하지 않지만, 등장인물들은 모두 실명이다. 독자들은 이를 통해 그 시대의 인물과 역사를 보다 생생하게 이해하게 된다. 이것은 우리가 〈쿠오바디스〉라는 영화를 보면서 사도 바울과 철학자 키케로의 모습을, 소설『쾌락주의자 메리우스의 일생』을 읽으면서 철인 황제 아우렐리우스를 생생하게 느낄 수 있는 것과도 같다.

세계적 고전인『삼국지』를 읽음으로써 독자들은 고금의 일을 통하여 현재의 의미도 함께 파악하고, 한대 이전의 많은 고사들을 보면서 학습적인 효과도 거둘 수 있다. 가령 삼고초려(三顧草廬)라는 말은 오늘날 많이 쓰이는 고사성어이기 때문에『삼국지』를 통하여 그 말의 생생한 의미를 전달받을 수 있을 것이다.

그러므로『삼국지』를 새로운 각도에서 파악하고 해석하여 보다 현대적인 모습으로 새롭게 재구성해볼 필요가 있는 것이다. 그럼으로써『삼국지』가 가진 문화제국주의적 요소를 걸어내고, 그것의 고유한 동양적 가치를 더욱 높여 현대적으로 계승하며, 더 나아가 세계화 시대에 동아시아인, 그리고 세계인이 가지는 보편적인 가치를 공유할 수 있기 때문이다.

2. 현대적 관점에서 본『삼국지』의 비합리적 요소들

춘추필법의 문제

디지털 시대에『삼국지』가 시대에 뒤떨어진 소설로 전락한다면 그 이유는 아마도『삼국지』가 가지는 역사 해석이 오직 춘추필법(春秋筆法) 혹은 춘추사관(春秋史觀)으로 씌어졌기 때문일 것이다. 이것은 역사를 생생하게 보려는 독자들에게 도움이 되지 않는다.

춘추사관이란 유교 사관[9]의 하나로 구체적으로는 성리학적 역사 해석을 말한다. 성리학적 역사 해석에서는 의리와 대의명분이 역사적인 사건과 인물을 판단하는 기준이 된다. 따라서 아무리 변화에 능동적으로 대처한 훌륭한 군주라도 의리를 숭상하지 않으면 그는 폭군이라는 오명을 쓰게 된다. 우리나라의 광해군이 그 대표적인 경우다. 즉, 성리학적 역사 해석으로 보면, 조선을 도운 명나라를 배신하고 현재의 안정을 위해 청나라를 택한 광해군의 정치는 금수의 정치일 수밖에 없을 것이다. 그러나 광해군은 국난(임진왜란)을 수습하였고, 총명하고 탁월한 지식의 소유자였으며 국제 정치에 대해 남다른 식견을 가지고 있었다. 결국 광해군이 실각하면서 우리 국토는 호란을 겪게 되었다.

춘추사관의 바탕이 되는 성리학을 창시한 사람은 주자(朱子 : 朱熹)이다. 주자는 남송(南宋)이 멸망할 당시(1276)의 학자로 당시로 봐서는 완전히 새로운 유학인 성리학을 창시하였다. 성리학은 기존의 처세·경세에 불과한 유학에다 불교·도교 등을 결합하여 우주론·인식론으로 확대 발전된 학문으로 우리나라(조선)에서 가장 크게 발전한 학문이다.

주자는 원나라의 침입으로 중국 남부의 귀퉁이로 밀려난 한족의 누란(累卵)의 위기에서 중국 민족주의를 최대한 고양시키기 위해 성리학을 제창하였다. 마치 고려의 일연 스님이 몽골의 침입을 맞아 『삼국유사』를 편찬한 것과도 같은 맥락이다. 원나라의 세조(世祖)는 이들 성리학자들에게 성리학적 대의명분에 따라 자살이나 순사(殉死)보다는 그들의 성학(聖學 : 성리학)의 보전과 전파를 약속해줌으로써, 조복(趙復) 등의 주자의 제자들이 원의 조정에 올라갔다. 그후 14세기 초 원의 인종(仁宗) 때에는 과거제 필수과목으로 선정됨으로써 지배체제의 편입에 성공하고 세계적인 전파가 이루어졌다.

성리학적 역사 해석의 바탕은 천명(天命)을 받은 중국의 황제를 중심으로

---

9) 유교의 역사 서술 방식은 이데올로기적인 문제와 기술적인 문제로 나눠서 분석해야 한다. 이에 따르면, 유교의 역사 서술 방식은 대체로 다음과 같은 특징을 가지고 있다. 먼저 이데올로기적으로는 역사에서 도덕적 교훈을 찾아 현재의 상황을 반영하는 데 주력하여야 한다. 다음 기술적으로는 문헌 자료를 토대로 신화와 설화를 배제하고, 사실에 대한 서술과 사실에 대한 평가로 철저히 구분하여 역사를 서술한다. 그리고 만약 역사 서술의 대상이 인물 중심일 경우에는 기전체를 사용하고 평가 중심일 때는 강목체를 사용한다.

중화(中華)가 형성되고, 그 주변국은 이 중화와의 의리에 기반한 문화적 군신관계를 형성함으로써 천하의 질서를 유지하고 안정화시키는 것이다. 따라서 중화와 주변국(제후국)들은 물론이고, 중화 내에서 모든 인간관계가 의리와 대의에 의해 유지되는 것이다.

천명을 받은 천자는 세상의 중심인 중국 민족과 천제(天帝)를 연결해주는 사람으로, 반드시 천명을 성실히 수행하고 주변의 제후국을 문화로 감화시키고 상호 신뢰를 바탕으로 한 지방자치제의 완성을 추구해가는 것이다. 한편 의리에 기반한 제후국은 황제를 신뢰하고 그 스스로 황제의 국을 본받아서 의사(擬似) 중화국(中華國)의 건설에 매진하여 천하의 평화를 달성해가야 한다. 성리학에서 가장 핵심어는 문치(文治 ＝ 지극한 정치 ＝ 至治 ＝ 德治)·문화(文化)·예(禮)·정통(正統) 등이다.

따라서 춘추필법은 의리와 대의명분, 그리고 중화주의가 모든 가치 판단의 기준이 된다. 어떤 경우라도 정통한 왕조를 교체한다거나 황제를 우롱하는 것은 용납되지 않는다. 문제는 황제가 도저히 천명을 수행할 위인이 못 되는 경우에는 반정(反正)의 방식을 통해서 이를 바로잡으면 되는 것이다.

성리학적 관점에서 가장 이상적인 신하란 주(周) 무왕(武王)의 아우였던 주공(周公) 단(旦)이었다. 이를 흔히 주공(周公)이라고 부른다. 주공은 『삼국지』에도 여러 번 인용되는 사람인데 무왕의 동생으로 어린 조카 성왕(成王)을 보좌하고 동방 정벌과 주나라의 기틀을 잡으면서도 권력을 탐하지 않고 왕의 지위를 그대로 조카에게 물려준 사람이었다.[10] 주공은 천하를 안정시킨 후 호경(鎬京)에 수도를 건설하고 그곳에서 조카인 성왕을 맞아 전국의 제후를 모으고 대조회를 열었다. 이 자리에서 주공은 스스로 여러 신하의 자리에 앉아서 성왕의 충실한 신하임을 표명하였다.

진수의 『삼국지』도 마찬가지겠지만[11] 대부분의 『삼국지』의 모본(母本)이

---

10) 우리나라의 경우를 예로 들어 주공을 이해하면, 세조가 단종을 도와서 견마지로(犬馬之勞)를 다하여 왕조를 반석 위에 올려놓은 후 권력을 모두 단종에게 이양하고 자기는 은퇴했던 경우를 생각하면 된다. 세조는 늘 주공의 도를 본받으려 한다고 말했다고 한다.

되는 나관중의 『삼국지』는 철저히 주자의 대의명분을 밝히는 성리학적 역사 해석, 즉 춘추필법에 의해 저술되었고 당연히 유비의 촉한(蜀漢)을 정통으로 보고 있다. 그러나 과거에서부터 촉한을 정통으로 본 것이 아니고 원나라의 침입으로 중국이 위태로워지기 전까지, 즉 남송(南宋) 이전에는 위(魏)나라를 정통으로 보았다.

북송(北宋) 이전에 삼국에 관련된 사료들은 대부분이 조조(曹操)가 세운 위나라를 정통으로 보고 있는 데 반하여, 남송 이후에는 대부분이 촉한을 정통으로 여기고 있다. 예를 들면, 북송시대(송이 금의 침입을 받아서 남으로 옮겨가기 전)의 사마광(司馬光)의 『자치통감(資治通鑑)』은 조조를 정통으로 하고 있는 데 반하여, 남송 시대인 주자의 『통감강목(通鑑綱目)』은 촉한을 정통으로 하고 있다. 따라서 촉한을 정통으로 보는 것은 시대적인 산물이다.

남송 이후부터 유비를 정통으로 인정하는 것은 이 당시 몽골의 침입으로 누란의 위기에 처한 송(宋)나라 지식인의 현실 인식과 관련이 있다. 송은 이상적인 유교 국가 건설을 목표로 문치주의(文治主義)를 표방한 나라로 조광윤(趙匡胤, 926~976)에 의해 건국(960)되었다. 송나라는 서기 1100년 이후 그 동안 오랑캐로 경멸하던 유목민들의 침입으로 국가적 위기를 맞아 자국의 '정체성의 위기'에 봉착하였다. 즉, 중국인들은 의리와 명분, 문화의 나라인 송이 오직 힘의 논리만 가진 오랑캐들에게 굴복해야만 하는 현실을 견디기가 힘들었다. 따라서 유비의 촉한은 바로 송에 비유되고, 북방민이 건국했던 금(金)과 요(遼), 몽골은 당연히 위(魏)에 비유되었던 것이다. 이것은 민족적 카타르시스의 일종이기도 하였지만, 그런 요소가 유비의 촉한에 있는 것도 부정할 수 없는 사실이었다.

즉, 촉한을 정통으로 하고 이것을 대중들에게 알려 미래의 비전을 제시하는

11) 원래 진수의 『삼국지』는 진수 자신이 진(晋)나라의 신하였기 때문에 진의 사마의가 주군으로 섬겼던 조조의 위나라를 정통한 나라로 볼 수밖에 없었을 것이다. 진수가 『삼국지』를 편찬할 때, 유비와 유선은 선주(先主), 후주(後主)라고 쓰고, 오나라의 손권은 그대로 열전에 손권이라고 써서 손권과 유비를 분명히 차별하고 있다. 아마도 유비에 대한 숭모감의 표현인 듯하다.

『삼국지』는 중국인들이 위기를 극복하는 하나의 정신적 무기였다. 다시 말해서 국가적 위기에서 그것을 극복하는 정신적 무기가 필요한데『삼국지』는 바로 그런 역할을 했다는 점이다. 그러나 바로 이 점에서 성리학적 역사 해석은 배타적인 중화 민족주의를 바탕으로 하고 있기 때문에 역사 해석의 편집성(偏執性)이 나타날 수 있다. 문제는 이 편집성이 국가 내부적으로도 나타나지만 다른 나라와의 관계에서도 나타나게 된다는 것이다.

먼저 대내적으로는 역사의 한 부분만을 지나치게 강조함으로써 많은 사실들이 왜곡되고 과장되어 그에 따른 피해자가 많이 나올 수 있다. 그리고 대외적으로는 '자국 중심주의'에 치우쳐 다른 민족을 야만인 취급하거나 대외 침략을 정당화할 수도 있다. 이 점을 보다 구체적으로 살펴보자.

성리학적 역사관의 가장 큰 문제점은 역사를 있는 그대로 묘사하기보다는 역사를 통해서 '천리를 밝혀서 인심을 바로잡는(明天理正人)' 것을 목적으로 한다는 점이다. 쉽게 말해서 인간의 역사는 있는 그대로 서술하고 묘사하는 것이 전부가 아니라 의리의 소재를 밝혀서 사람들을 교화해야 한다는 것이다. 이것은 매우 그럴듯해 보이지만 역사를 심하게 왜곡할 우려가 있다.

물론 의리와 명분은 긴 세월 동안의 중요한 가치임은 부정하기 어렵고, 의리를 숭상한다는 것은 천하의 안정에 매우 중요한 일임에 분명하지만, 그 의리와 명분은 다소 주관적으로 해석될 여지가 있다. 역사는 무엇보다도 먼저 객관적 사실에 최대한 다가가야만 한다. 특히 복잡한 현대를 살아가는 우리들에게는 보다 실존에 충실할 필요가 있다. 그것이 타인의 입장을 최대한 이해하고 조화롭게 살아가는 기본 원칙이 되기 때문이다. 따라서 하나의 시각으로만 역사를 본다는 것은 매우 위험한 발상이다. 왜냐하면 마녀 사냥의 위험이 있기 때문이다. 그 대표적인 예가『삼국지』에 나타나는 환관에 대한 시각이다.

『삼국지』에서는 흔히 십상시(十常侍)의 난을 표현하면서 후한 말의 모든 사회적 병리의 원인이 오직 환관 때문에 발생한 것처럼 서술하고 있고, 환관은 천하의 간신배로만 이해하고 있는데 이것은 매우 위험한 생각이다. 이것은 오로지 춘추필법으로만 묘사하려는 데서 생긴 병폐이다. 사실은 전혀 다르다. 환관은 역사에 있어서 오히려 긍정적인 요소가 훨씬 더 많았다. 이 점은 청류(淸流)·탁류(濁流)의 부분에서 다시 분명히 해설할 것이다.

그 동안 춘추필법과 비슷한 성격을 가진 역사 해석의 시도는 매우 많았는데 대체로 부정적인 요소가 많았다. 오늘날 북한에서 말하는 주체사관(主體史觀)도 편협한 시각에 의한 역사 해석이라는 점에서 이와 유사하다. 중국에서도 1960년대 문화혁명 당시에 모택동과 그의 추종자들은 모든 역사를 유물론의 시각에서 바라보고 해석하려 하였다. 이것은 결국 역사와 문화 그리고 국가 자체도 퇴행하는 결과를 초래하기도 하였다. 모택동과 그의 추종자들은 문화대혁명을 일으키며 중국을 광란의 도가니로 몰고갔는데 그것은 중국의 발전에 치명적인 손실을 초래하였다. 문화혁명이 절정에 달하던 1967년에는 공업 생산이 -15~-20%로 떨어졌고 국민총생산이 137달러에서 127달러로 격감하였다.

우리가 염두에 두어야 할 것은 어떤 사관이라도 편협한 하나의 시각에서 역사를 보려고 하면 그만큼 역사적 진실과는 거리가 멀어진다는 사실이다. 따라서 춘추필법에 의한 역사 서술은 현대와는 거리가 먼 이야기다. 바로 이 점이 『삼국지』를 새롭게 써야 하는 이유이다.

인물의 전형성

춘추사관에 따른 불가피한 결과이겠지만, 나관중의 『삼국지』에는 인물이 지나치게 전형화되어 있어서 현대적인 인물의 모습을 찾기가 어렵다. 송나라 때 소동파(蘇東坡)는 자신이 편찬한 『지림(志林)』에서 "『삼국지』처럼 군자와 소인을 구별한 책은 백세가 지나도 없을 것이다"라고 했다. 이 말은 『삼국지』가 너무 편협한 시각에 머물러 등장인물의 다양한 측면을 보지 못하고 있다는 말이다.

인간 자체는 기본적으로 복합성을 본질로 하고 있다. 문제는 그 본질 속에서 중요한 선택과 판단은 개별적인 도덕성이나 역사관에 의해 한다는 것이다. 인간 사회는 매우 복잡하고 다원화된 사회이다. 그것은 과거나 지금도 마찬가지다. 영웅들만이 자아의식이 있고, 서민이나 노예는 자존심이나 자아의식이 없는 것이 아니다. 유비·관우·장비·제갈량만이 충의지사(忠義志士)이고 나머지는 대부분 간특하고 불의한 사람들로 묘사된다는 것은 현대의 독자들에게는 맞지 않다.

그리고 특정 사람들, 예컨대 나관중은 제갈량을 미화하거나 우상화하기 위해 주유를 속 좁고 질투심 많게 묘사하여 실제로는 도량 넓고 담대한 주유를 죽이면서 "하늘이 주유를 낳고 왜 또 제갈량을 낳았습니까?(旣生瑜 何生亮)" 하고 탄식하게 했다. 이 일은 전혀 사실이 아니다. 나관중의 『삼국지』는 제갈량이 하지도 않은 수많은 일들을 모두 제갈량이 한 듯이 묘사하고 있다. 그리고 방통이 조조에게로 가서 적벽에 주둔중인 조조의 선단을 모두 묶어서 화공을 사용하게끔 유도했다고 하는데 이것도 전혀 사실이 아니다.

제갈량은 신야 땅에서 화공으로 조조를 궤멸시킨 적도 없고, 쾌속선을 가지고 가서 화살 10만 개를 가져온 일도 없으며, 적벽대전의 군지휘관도 아니었고, 적벽대전에서 화공을 제시한 사람도 아니며, 맹획을 일곱 번씩 잡았다 놓아줄 시간도 없었고, 말 한마디로 왕랑(王郞)을 말에서 떨어뜨려 죽인 만화 같은 사건도 없었다.[12]

제갈량은 실제로 군사전략가로서 성공한 사람이 아니라 정치가로 성공한 사람이다. 정사를 면밀히 검토하면, 제갈량이 이긴 전쟁이란 실은 거의 없는 형편이다. 그런데도 있지도 않은 수많은 전쟁들이 양산되기도 하였다. 즉, 나관중 『삼국지』에 나타나 있는 제갈량과 관련된 수많은 전쟁은 사실은 없었던 것으로 나관중이 만들어낸 것이다.

그러나 제갈량이 나관중 『삼국지』에서 나와 있는 그 수많은 전쟁에서 모두 패전했다고 해도 그의 위대함이 없어지는 것은 아니다. 그러므로 주유를 속 좁은 인물로 묘사하여 제갈량이 주유를 분사(憤死)시킬 필요는 없는 것이다.

---

12) 이전원·이소선, 『삼국지 고증학』 전2권, 청양, 1997.

그렇더라도 정사에서 진수가 제갈량을 평하여 "제갈량은 세상을 다스리는 이치를 터득한 걸출한 인재로 관중과 소하에 비교할 만하다. 그러나 매년 군대를 움직였으면서 성공할 수 없었던 것은 아마 임기응변의 지략이 없었기 때문일 것이다"라고 한 말을 귀담아들을 필요가 있다.

그리고 나관중 『삼국지』에서 유비는 오직 충의지사로만 묘사되어 있다. 유비의 허물은 대체로 해명도 없이 넘어가고 있는 것이다. 하지만 나관중 『삼국지』를 유심히 읽어보면 여러 가지 미스터리가 나타나는데 이것은 작자가 아무런 해명도 없이 유비를 비호하기 때문에 생긴 것이다. 그러나 엄밀히 살펴보면 유비보다 많은 허물을 가진 사람은 없었다. 유비를 정통으로 보고 충의지사로 서술하고 있는 나관중의 『삼국지』에도 유비의 허물은 많이 발견되고 있다. 큰 허물만 추려보면 다음과 같다.

첫째, 유비는 처자식을 버리고 홀로 도주한 예가 매우 많이 발견되고 있다.[13] 그 일의 뒷수습은 주로 관우 · 여포(呂布) 등이 하고 있다. 유비는 많은 사건들에서 단기(單騎)로 도망하여 일신(一身)의 안전만을 추구하고 있다.

둘째, 여포는 여러 번 유비의 허물을 덮어주고 용서해주는데 유비는 이것을 이용하여 결국 여포를 죽이고 만다. 물론 여포의 죽음이 유비 때문이라고만 할 수는 없겠지만 유비는 조조에게 여포의 죽음에 결정적인 조언을 한 사람이다. 여포는 정사의 기록을 보아도[14] 유비를 끔찍이 생각해준 사람이었다. 유비는 적어도 여포에 관한 한 의리가 없는 사람이다. 만약에 유비를 충의지사로 묘사하려면 결과는 여포가 아주 파렴치한이나 모리배가 되는 수밖에 없다. 나관중의 『삼국지』는 여포를 인간 이하의 모습으로 묘사하고 있다.

셋째, 유비는 유력자들 사이를 오고간 사람이다. 즉, 유비는 여포-원소-조조-유표 사이에서 줄다리기를 한 사람이고, 이들 세력을 이간질하여 전쟁에 나서게 한 사람이다. 외형적으로 유비는 의(義)를 숭상한 듯이 보이지만 결국

---

13) 유비는 자신이 위기에 처하면 실력자들 사이를 왔다갔다 하였기 때문에 처자식들은 항상 어려운 상황에 처하게 되었다.
14) 이 책에서 말하는 정사란 진수의 정사 『삼국지』(신원문화사, 1994) 전7권을 말한다.

은 자기 이득을 위해 움직인 사람이다. 만약에 유비가 진정으로 한실부흥(漢室復興)을 하려 했다면 위나라에서 퇴위된 헌제(獻帝)를 다시 데려와 황제가 되게 해야 할 것인데 이 점에 대하여 나관중은 침묵하고 있다.

넷째, 유비가 원술을 치러 갔을 때, 서주를 잃은 것에 대해 장비(張飛)가 조표를 구타했기 때문이라고 하지만 그보다는 오히려 유비가 통치를 잘못했거나 국가 경영을 잘못했기 때문일 가능성이 높다. 왜냐하면 나관중『삼국지』에 나타나는 장비의 캐릭터는 유비의 허물을 덮어주는 좌충우돌형으로 묘사되고 있기 때문이다. 물론 장비가 그 같은 속성이 없었던 것은 아니지만 서주를 여포에게 전적으로 빼앗긴 이유로는 타당하지 않다. 실제로 나관중의『삼국지』에 나오는 장비가 중앙에서 감찰관으로 파견된 독우를 때리는 장면은 정사에서는 유비가 때린 것으로 되어 있다. 소설에서 다혈질이고 좌충우돌하는 인물은 더할 나위 없이 좋은 캐릭터로, 소설가들은 이들을 이용해 어떤 상황이든지 반전시킬 수 있다.

다섯째, 유비는 조조와 연합하면서 양봉(楊奉)을 죽였다. 양봉은 나관중『삼국지』의 내용만으로 보면 이각·곽사의 난 때 헌제를 힘겹게 낙양으로 모시고 온 인물로, 당시로 보아서는 충신인데 그의 죽음에 대해서는 '노략질을 했기 때문'이라는 엉뚱한 이유를 대고 있다. 나관중의『삼국지』는 그 이상의 구체적인 내용에 대해서는 함구하고 있다.

여섯째, 유비는 동승(董承)과 함께 조조를 죽이기로 모의했지만 그것을 방기(放棄)하고 일신의 안위를 위해 황급히 조조를 떠나간다. 동승과 함께 조조를 죽이기 위해 모의한 나머지 사람들은 대부분 죽었는데, 결국 유비만이 피신하여 살아남은 것이다.

일곱째, 유비가 자신의 양자 유봉(劉封)을 죽인 것도 나관중『삼국지』에서는 유봉이 관우를 구하지 못했기 때문이라고 되어 있지만 사실은 제갈량과 유비가 합작으로 유봉을 죽인 것이다.[15] 유봉이 무용(武勇)이 뛰어나고 군사상

---

15) 이전원·이소선, 앞의 책 제2권, 71쪽.

의 공적이 많기 때문에 평범한 후계자인 유선이 이를 감당하지 못할 것을 예상하여 유봉을 죽인 것이다. 참으로 어처구니없는 일이다.

물론 이 같은 허물만으로 유비가 천하를 경영하는 데 부적절하다고 할 수는 없을 것이다. 수많은 허물에도 불구하고 유비는 분명히 성군(聖君)의 자질을 가진 사람이다.

유비는 현대적으로 보더라도 무에서 유를 창조한 자수성가형의 대표적인 사람으로 대세를 기다릴 줄 알고, 무너져가는 한나라를 붙잡으려 애썼으며, 선비를 최대의 예(禮)로써 대하는 존사주의(尊師主義)의 대표적인 사람이기도 하다. 유비는 재능있는 인물을 만나면 허리를 굽혀 맞이하였기에 천하의 인심을 얻을 수 있었다.

특히 유비의 존사주의는 『삼국지』의 다른 영웅들이 따라가기 힘든 유비만의 장점이었다. 아마 『삼국지』의 수많은 인물들 가운데 주공(周公)에 비교적 가까운 사람이 있다면 그것은 유비일 것이다. 현대적인 『삼국지』는 이 점을 얼마든지 밝힐 수 있다. 때문에 인물의 전형성에 집착하여 존재하지도 않는 완전한 인간을 만들어 독자들에게 외면당하거나 역사를 엉뚱하게 이해하는 누를 범할 필요가 없다.

유아독존식 청류의식─나만의 선비

청류(清流)와 탁류(濁流)란 동양의 고유한 주류의식이자 계급 또는 계층을 의미한다. 청류란 문자 그대로 아무런 때[垢]가 묻지 않은 사람이나 그룹으로 그 사회의 주류를 형성하는 사람들을 의미한다. 이에 반하여 탁류란 주류의 입장에서 볼 때, 주류의 조건들을 충족시키지 못한 사람이나 그룹을 의미한다. 쉽게 말하자면 우리는 선생이나 교수는 청류요 학원 강사는 탁류, 화가는 청류요 만화가는 탁류, 대중가수는 탁류요 성악가는 청류 하는 식의 의식을 은연중에 가지고 있는데, 이것은 명백히 문화적인 산물이다. 서울대 교수였던 세계적인 성악가 박인수 교수가 대중가수인 이동원과 함께 〈향수〉를 불러서 교수사회에서 내몰렸던 것도 같은 맥락이다.

물론 이 같은 의식이 유럽의 선진국에도 있지만 정도의 차이는 존재한다. 동양 사회가 이런 의식이 매우 심한 편이다. 미국에서는 레이건과 같은 배우가 대통령이 될 수 있지만, 한국·중국·일본에서는 불가능한 일이다. 이 또한 청류의식의 발로라고 할 수 있다. 그러나 청류니 탁류니 하는 것은 봉건적인 관념으로 실제로는 상대적인 것이다.

『한비자(韓非子)』에 "아무리 하늘을 나는 용이라 하더라도 구름과 안개가 없으면 움직일 수 없어 지렁이에게도 무시당할 수 있다"라는 말이 있다. 즉, 용이 제구실을 하기 위해서는 구름과 안개가 있어야 한다는 의미로 황제가 제구실을 하려면 주위에 든든한 관료조직과 권위를 갖고 있어야 한다. 따라서 어떤 부류나 계층이 청류가 되기 위해서는 그것을 지원하는 많은 조직과 사람이 필요한 것이다. 따라서 청류의식에 집착한다는 말은 그만큼 전근대적이라는 말이 된다.

청류의식을 심도 있게 이해하기 위해 한 가지 예를 더 들어보자. 우리나라의 경우 아무리 돈이 많아도 재벌은 정치 지도자가 되기 어렵다. 과거에 작고한 모재벌 회장이 대통령 후보로 나왔는데, 이것은 이 같은 청류 관념을 무시하고 출마하여 후일에 정치적으로 많이 시달린 배경이 되기도 했다. 그의 득표율도 미미한 정도에 불과했는데 그 까닭은 우리 사회의 관점에서 볼 때 그는 돈 많은 부자에 불과했지, 훌륭한 지도자상으로 여겨지지 못했기 때문이다.

청류와 탁류 개념을 더욱 확장하면 계급적 개념으로까지 확대된다. 흔히 봉건국가에서 말해왔던 사농공상(士農工商)의 계층 구분이 그것이다. 초기에 공자는 이 같은 등급 개념을 중요시하지 않았고 이 개체들 하나하나가 국가의 중요한 구성 인자라고 생각했다. 그러나 전국시대 이후 사농공상에 대한 개념이 본격적으로 분리되기 시작했다. 우리나라는 조선 이후에는 계급간의 이동이 비교적 유연한 편이었지만 사농공상 개념이 가장 철저히 지켜진 동양 사회는 일본의 에도바쿠〔江戸幕府〕시대였다. 이 시대에는 계층간의 이동이 철저히 금지되었다.[16]

이제 『삼국지』해석과 관련하여 청류 개념을 다시 살펴보자. 청류란 출신 성분에 아무런 하자가 없으며, 사대부가 되기 위한 정상적인 절차를 밟아온 사람으로 군자적인 품성을 가지고 오직 위민(爲民)을 위한 교양을 쌓은 사람을 말한다. 오직 이들만이 통치계급이 될 수 있다. 이에 반해 탁류란 이 같은 조건을 하나라도 갖지 못한 사람들을 말한다.

예를 들면 중국의 중심 영역 중원(中原)에서 다소 벗어나 있는 양주(涼州 : 서량) 또는 몽골 · 만주 출신의 사람들이나 환관의 경우는 아무리 잘해도 사대부의 입장에서는 청류에 속할 수가 없다. 따라서 청류의 입장에서 볼 때 환관이나 서량인이 정권을 잡는 것은 마치 말이나 소에게 정권을 맡기는 것과도 똑같다. 정사 『삼국지』 「위서(魏書)」 '가후전(賈詡傳)' 에 "장안에 있는 사람들이 동탁의 수하에 있는 양주 사람을 모두 죽여야 한다고 말한다"는 기록이 있다. 이 말은 양주 지방의 사람들에 대한 한족의 생각이 어떤지를 말해주고 있다. 만약 예주 사람이나 형주 사람이 정권을 잡았다가 상실했을 때도 예주나 형주 사람을 모두 죽여야 한다는 말이 나왔을까?

『삼국지』의 영웅들 가운데 가장 청류에 가까운 사람은 원소(袁紹)이다. 그러나 원소가 관도대전에서 패배한 후 사망하면서 유비가 새로운 청류로 부각된다. 제갈량이 손권을 설득하여 적벽대전의 연합군을 결성한 것도 손권에게 새로운 청류의식을 논리적으로 해명한 것이 바탕이 된 것이다.

그런데 동양 사회가 그 내면에 본질적으로 가지고 있는 이 청류의식은 어떤 문제가 있을까? 또 그것이 그대로 녹아 있는 현재의 『삼국지』를 그대로 방치해도 무방한가 하는 문제를 짚어보아야 한다.

청류는 철저히 엘리트주의의 산물이다. 『예기(禮記)』에는 "예(禮)는 서민(庶民)에게 내려가지 않고 형(刑)은 대부(大夫) 이상 올라가지 않는다"라는 말이 있다. 피지배 계층인 서민에게는 예(禮) 대신 형벌을 사용하는 반면, 같은 치자(治者 : 정치가)들끼리는 예로서 대한다는 의미이다. 쉽게 말해서 예절이라는 것은 통치계층 내부의 분열을 막기 위한 질서이고, 형벌은 평민을 비롯

---

16) 신동준, 『통치보감』, 심지, 1997.

한 피지배 대중을 통치하는 수단이라는 뜻이다. 그렇다고 하여 치자들이 행동을 아무렇게나 할 수 있다는 것은 아니다. 예절을 무시해서 낙인이 찍히면 그것은 일시적이고 일회적인 형벌을 받는 것보다도 더 심각하다.

예를 들어 조선의 탁월한 유학의 지도자였던 윤선거(尹宣擧)가 청나라의 침입을 받고 평복을 하고 담을 넘은 예가 있는데 이로써 그는 그 동안 쌓아올린 모든 명예를 하루아침에 날리고 말았다.[17] 그리고 그 후유증으로 이것은 엄청난 당쟁(黨爭)으로 연결되기도 했다. 간단히 말하면 청류에서 배제되면 그는 사실상의 정신적 사망을 경험해야만 한다.

백양(柏楊)은 『병든 중국인』에서 "중국인들을 가장 혹독하게 다루는 자는 외국인이 아니라 바로 중국인이다. 또 중국인을 배반하는 것도 외국인이 아니라 중국인이다. 중국인의 내분(內紛)은 매우 중대한 특징이다"라고 지적하고 있다.[18] 이 같은 중국인들의 속성 역시 청류의식에 기반을 두고 있다. 독자들은 아마 백양의 말이 우리나라의 속성을 이야기하는 듯한 느낌을 받았을 것이다. 대체로 중국·영국·인도·한국·일본 등과 같이 일정한 지역에 위치하면서 역사가 긴 나라들은 청류의식이 극심한 편이다.

우리나라 못지않게 영국도 이 분야에서는 둘째 가라면 서러워할 것이다. 버나드 쇼는 "영국인은 다른 사람의 말투로부터 그를 경멸할 이유를 찾는다"라고 했다.[19]

즉, 어떤 영국인이든지 말하는 방식이나 어투로 보면 그가 어떤 계층에 속하고 어느 정도의 교육을 받았으며 그 성장 배경은 어떤지 짐작할 정도로 사회가

---

17) 윤선거는 송시열(宋時烈)의 친구로 병자호란이 닥쳐 강화도로 피난을 갔을 때 평복으로 월담을 하여 겨우 생환(生還)하였다. 윤선거는 성혼의 사위 겸 제자였던 윤황(尹煌)의 제자로 소론(少論)의 영수(領首)였던 윤증(尹拯)의 스승이었다. 윤선거는 이후 스스로도 의롭게 죽지 못한 것에 대하여 반성하고 호란 이후 포의(布衣)로 평생을 살았다. 윤선거가 죽은 후 그의 아들이었던 윤증이 그의 아버지인 윤선거의 문집을 편찬할 때 그 서문(序文)을 아버지의 친구이자 자신의 스승이었던 송시열에게 부탁하였다. 그런데 송시열은 그 서문에서 윤선거의 허물을 다시 거론하여 윤증과의 사이가 크게 벌어져서 노론(老論)과 소론(少論)이 분리되는 원인이 되었다. 노론은 율곡 이이를 계승한 것이고 소론은 성혼의 학문을 계승한 것이다.

18) 백양·손관한, 앞의 책, 51쪽.

19) Martin J. Gannon, *Understanding Global Cultures*(SAGE, 1994), p. 29.

계층화되어 있다는 뜻이다.

영국에는 유럽의 최악의 빈민가에서부터 거대한 영지에 이르기까지 생활수준이 매우 폭넓게 존재하고 있기 때문에 계층별로 사람의 역할이나 지위가 매우 잘 나뉘어 있다. 현재의 영국은 노동자 계층, 중산층, 최상류층 사이의 구분이 매우 뚜렷하다.

지난 수십 년간 수차례에 걸친 조사를 보면, 영국인들의 90% 이상이 조금도 주저하지 않고 자신이 어느 계층에 속하는지를 대답하고 있다.[20] 물론 이같은 계층의식이 점차 약해지고 있는 것도 사실이다.

영어도 세계적인 상업언어로 광범위하게 쓰이지만 계층별로 사용하는 방법이나 말하는 방식이 다르다면 아마 독자들은 어리둥절할 것이다. 즉, 상류사회에서 쓰는 말과 하류사회에서 사용하는 말이 다르다는 말이다.[21]

상류층	중·하류층
I work very hard	I work ever so hard
Half past ten	Half ten
He was very angry	He wasn't half angry
He is very handsome	He isn't half handsome

이뿐만 아니라 상류사회에서는 생활습관도 다르다. 두꺼운 무릎덮개(rug)나 무늬없는 카펫(plain carpet)은 상류사회에서 쓰이지만 마루 전체에 까는 카펫(wall-to-wall patterned carpet)은 상류사회에서 사용되지 않는다. 그리고 컵에 우유를 먼저 넣고 차를 타는 것은 상류층이 아니고 차를 부은 후에 우유를 타는 것이 상류층이다. 영국은 대외적으로도 미국 영어와 구별하여 사용하는 경우가 많다.[22] 이것은 영국이 미국에 대해 청류의식을 강하게 표현하기

---

20) Martin J. Gannon, 앞의 책, p. 29.
21) Alan Ross, *What are U?*(London:Andre Deutch, 1969) p. 29. 그리고 Braganti & Devine. *European customs and manners*(2nd.e.d.) (Minnenea polis:Meadowbook, 1992)를 참고.

위한 것이다.

중국의 청류와 탁류에 관한 관념은 영국이나 한국보다는 약하다. 우리나라는 양반의식이 견고하게 뿌리를 내리고 있다. 여기에는 여러 가지 원인이 있을 수 있다. 중국어에 존대법이 없는 점,[23] 중국은 매우 광대한 땅이기 때문에 계층관념이 제대로 성장하기 힘들었다는 점,[24] 사회변동이 매우 극심하게 일어났다는 점 등을 원인으로 꼽을 수 있다. 변화무쌍한 왕조 변천은 물론이고 빈부귀천의 인생유전이 극심한 곳이 중국이다. 더구나 역대 왕조를 세운 창업자들도 대체로 명문가 출신들이 아니므로 이들이 이전의 신분 질서를 옹호할 하등의 이유가 없었을 것이다.

나관중의 『삼국지』가 성리학적 세계관에 바탕을 둔 만큼 청류를 매우 강조하고 있다. 청류로 분류되어 있는 사람은 유비 · 관우 · 장비 · 제갈량 · 조자룡 등의 인물이다. 탁류로 분류된 사람은 십상시 · 동탁 · 여포 · 조조 등인데, 이들은 아무리 좋은 행적이 있어도 모두 악인으로 귀결된다. 이 청류와 탁류의 문제는 의리와 명분을 중시하는 춘추필법에 가장 잘 적용되는 논리이다. 그래서 필요 이상으로 없는 사실을 묘사하기도 하고, '이 같은 인간은 으레 이렇게 하였을 것이다'라는 논리로 소설을 이끌어가고 있다.

청류와 탁류의 가장 큰 문제는 청 · 탁에 대해 너무 절대화하는 경우에 발생한다. 이것은 극단적인 인종주의나 민족주의로 흐를 위험이 있다. 나관중의 『삼국지』도 이것을 극명하게 보여준다. 만약에 동이족(東夷族 : 우리 민족) 출

---

22) 예를 들면 아파트:apartment(미)와 flat(영), 약국:drugstore(미)와 chemist(영), 승강기:elevator(미)와 lift(영), 전화왔다:call(미)과 ring up(영), 변호사:attorney(미)와 solicit(영) 등 매우 많은 어휘들이 있다. Martin J. Gannon, 앞의 책, p. 30.

23) 중국어에서의 존대법은 주로 그 사람의 직위나 호칭을 통해 이루어진다. 이 점은 영어와 거의 흡사하다. 예를 들면 같은 '학교를 가다(去學校)'는 말도 앞에 미스김(金小姐)이 붙으면, '金小姐 去學校(김양은 학교로 간다)'가 되고 황제(皇帝)가 붙으면 '皇帝去學校(황제께서는 학교로 가신다)'가 된다. 영어의 경우도 마찬가지다. "Did you see it ?(너는 보았니?)"라는 말의 경우 그 앞에 호칭이나 직위를 붙이면 우리말로는 존대가 된다. 즉, "Did you see it, Mr President?(대통령 각하께서는 보셨습니까?)"와 같은 형태가 되는 것이다.

24) 이 부분과 관련하여 흔히 쓰이는 중국에 대한 표현은 '중국광대(中國廣大)', '지물박대(地物博大)'가 있다.

신으로 『삼국지』에 등장하는 인물이 있었다면 여포와 동탁과 같은 운명을 벗어나지 못했을 것이다. 이 당시 중국의 청류란 중원(中原) 땅, 즉 중국의 중심지를 기준으로 하고 있다. 중원의 한가운데 있는 곳이 바로 낙양(洛陽 : 현재의 뤄양)이다. 낙양은 기원전 11세기에 처음으로 주(周) 왕조가 세워진 후, 후한-북위-수-당-후당-후진 등 9개 왕조의 수도가 되어온 도시이다.

중국인들은 전국시대에는 황하 중류의 유역을 중원으로 부르며 그것이 중국의 원류로 보았다. 즉, 전국시대의 7개국의 예로 든다면, 위(魏)나라가 가장 중심지로 중원의 최고 문화국가였고 조(趙)나라의 남부 지역, 한나라 · 제나라 · 노나라 · 연나라의 남서부 지역, 초나라 북부 지역 및 진나라 동부 일부 정도가 중원 땅이었다. 만약 진(秦)나라가 통일을 이루지 못했더라면 비교적 서쪽에 위치한 장안(長安 : 현재의 시안)도 제외되었을 것이다.

중국의 최초의 통일 왕조였던 진(秦)나라는 중국 문명의 중심지가 아니라 주변 지역으로, 전국시대의 7개 나라 중에서 문화가 가장 뒤떨어진 나라였다. 따라서 청류의식의 시각에서 보면 진나라는 오랑캐의 일부이거나 무도한 국가로 중국의 주류사회를 주도할 자격이 없는 나라였다. 진나라는 예절도 없이 단지 군사력만 가지고 중국을 통일한 것뿐이었다. 따라서 진나라는 소수정권에 불과했고 광범위하게 비판하는 유림의 세력을 이겨낼 수가 없었기 때문에 분서갱유(焚書坑儒)라는 만행을 자행하여 사상의 통일을 이루려 했지만 실패했다. 이로써 진나라는 중국 천하를 지배할 능력이 없음을 스스로 자인하고 말았다. 진나라가 일찍 패망한 이유도 여기에 있다. 진나라의 위치를 보면 중국인들이 경멸하는 양주(서량)를 바탕으로 하고 있다.

사료에 나타난 중국인들의 진시황에 대한 적개심으로 파악해보면, 중국인들은 진(秦)나라를 무도한 오랑캐로 여긴 듯하다. 이것은 진나라 당시 중국인들이 진나라를 감숙(甘肅 : 간쑤)[25] 땅에서 기원해서 섬서(陝西 : 산시)로 넘어와 중국을 통일했던 오랑캐로 이해하였기 때문이다. 그들에게 진나라는 오랑캐로부터 중국을 방어하는 민족적 방패라기보다는 반(半) 오랑캐에 불과했다. 따라서 농서(隴西) 사람인 마등이나 임조(臨兆) 사람인 동탁이나 북지(北

地) 사람인 이각, 장액(張掖) 출신인 곽사 등은 모두 경멸의 대상이었던 것이다. 이 지역들은 모두 과거 진(秦)의 서쪽 변방이었던 것이다.

보다 구체적으로 나관중의 『삼국지』에 나타나는 중국식 청류 관념이 만들어내는 문제점을 중국 지배층 내부의 청탁 문제, 중국 내부의 계급적 청탁 문제, 중국과 대이민족(對異民族)의 관점에서 본 청탁 문제 등의 세 가지 각도에서 추적해보자.

첫째, 중국 지배층 내부의 청탁 문제를 살펴보면 중국에서 지배자가 될 수 있는 계층은 사대부가 될 것이고 이를 벗어났을 때는 탁류 문제가 발생한다. 사대부의 관점에서 후한의 역사를 볼 때, 청류는 사대부가 스스로를 일컫는 말이고 탁류란 환관을 포함하여 사대부가 아니면서 권력에 접근하려 했던 사람들을 말한다. 환관이 권력에 등장하게 된 것은 어린 황제들의 등극 때문이었다. 어린 황제들이 성인이 되어 외척(外戚)이 장악한 정권을 견제하는 데 환관의 도움이 절대적이었기 때문이다. 그 과정에서 환관과 권력을 장악한 사대부 간의 일전은 불가피한 것이었다.

환관이 사대부를 핍박한 사건을 '당고(黨錮)의 금(禁)(166, 169)'이라고 하고, 사대부가 환관을 압박한 예로는 원소가 환관을 몰살한 사건(189)을 들 수 있다. 문제는 '당고의 금'은 워낙 역사적으로 잘못된 사건으로 보는 반면, 원소가 환관을 몰살한 것은 역사적으로 바람직한 사건이라고 보는 시각이 팽배해 있다는 것이다. 원소에 의해 환관이 몰살을 당할 때 죽은 환관은 줄잡아 2천 명 정도이며, 경우에 따라서 수염이 없는 사람까지 모두 죽였다. 지나친 청류의식이 발현되면 얼마나 비극적인 상황이 발생할 수 있는가를 보여준 대표적인

---

25) 간쑤[甘肅]는 중국 북서부의 성으로 성도는 란저우[蘭州]이다. 현재 간쑤는 북으로는 몽골인민공화국, 남으로는 쓰촨성, 남서쪽으로는 칭하이성, 북서쪽으로는 신장웨이우얼 자치구, 동쪽으로는 산시성[陝西省]과 닝샤후이족 자치구와 접하고 있다. 간쑤성은 내몽고[內蒙古] 고원, 황토 고원, 칭짱 고원이 맞닿은 부분이라 가장 낮은 룽시 분지도 고도가 1천 미터가 넘는다. 란저우 북서쪽 허시후이랑[河西回廊]은 예로부터 중국과 서역을 잇는 실크로드의 주요 통로였다. 기후는 연교차가 매우 크고 연강수량은 400밀리미터 미만으로 가뭄과 기근이 자주 일어나며, 농경지는 룽시 분지에 모여 있고, 작물로는 밀을 많이 경작한다.

사건이다. 사대부의 눈에는 환관이 정상적인 인간이 아니었던 것이다. 우리가 『삼국지』를 읽으면서 이 점에 대하여 보다 냉정한 입장을 견지해야 한다.

둘째, 중국 내부의 계급적 청탁 문제이다. 정치가 어지러워지면 가장 큰 피해를 보는 것은 바로 민중이다. 삶의 터전을 잃은 민중들은 결국 힘을 모아 관에 대항하게 된다. 왕조를 교체하는 가장 큰 힘은 바로 민중의 힘이다. 현대 중국 정부는 이것을 가장 중요한 역사의 동력으로 보고 있다. 그래서 일반적으로 지칭되는 황건적의 난을 황건기의(黃巾起義)라고 하여 의로운 투쟁으로 보고 있다. 그러나 이 황건기의에 대한 『삼국지』의 평가는 매우 부정적이다. 즉, 『삼국지』에서 춘추필법에 의해 가장 큰 피해를 본 집단은 황건적 또는 황건 농민군이다. 현대적인 시각에서 본다면, 황건적을 단순히 도적의 무리로 지칭한다는 것은 역사에 대한 이해가 부족한 소치이다. 앞에서 말한 대로 『삼국지』에서 평가절하 된 '황건적의 난(184)'은 현대의 중국에서는 황건기의라고 높이 평가하고 있으며, 계급전쟁의 한 형태인 농민전쟁으로 보고 있다. 황건 농민전쟁은 중국 기층 민족주의의 가장 튼튼한 뿌리이다.

셋째, 중국과 대이민족의 관점에서의 청탁 문제를 살펴보면 비한족적(非漢族的)인 요소가 강한 등장인물들에 대해서는 모두 평가절하 하고 있다. 여기에는 많은 인물들이 있지만 대표적인 사람이 여포·동탁·이유·가후·이각·곽사·마등 등이다. 이들이 태어난 곳은 당시의 양주(涼州)로 전국시대의 진(秦)의 영역에 해당한다. 전국시대 당시 동방의 모든 제후들은 진나라를 오랑캐로 생각하여 진나라와의 왕래를 수치로 생각했다.[26] 특히 진나라가 법가를 채택한 이후에는 매우 엄격한 나라로 돌변하여 사형(死刑)만도 요참(腰斬)·군열(軍裂)·육시(戮屍)·효수(梟首)·팽(烹)·교수(絞首) 등의 형이 있었다. 이에 비해 전국시대의 나머지 여섯 나라는 비교적 자유로운 생활을 했기 때문에 진나라와는 이질적일 수밖에 없었고 진나라를 경멸의 대상으로 보았다.

양주는 현재 중국의 간쑤성(甘肅省), 칭하이(靑海), 이민족(異民族)들의 자

---

26) 傳樂成(신성하 역), 『중국통사』 상, 우종사, 1981, 71쪽. 진나라를 발전시킨 상앙(商鞅)은 원래 위나라 혜왕(惠王)이 기용하지 않았으므로 진나라로 온 것이다.

치구 등에 해당한다. 간쑤성은 서쪽으로는 신장웨이우얼 자치구(신장 위구루 : 과거의 흉노), 아래로는 티베트 자치구(과거의 羌族), 위로는 내몽고 자치구(과거의 흉노)에 연해 있고 고대에는 실크로드의 길목인 곳으로 현재에도 여러 소수민족이 살고 있다. 간쑤성은 인촨[銀川 : 이각의 고향으로 추정]을 포함하여 교통이 편리한 란저우[蘭州]를 기점으로 하여 민셴[岷縣 : 동탁과 마등의 고향], 우웨이[武威 : 가후의 고향], 장예[張掖 : 곽사의 고향], 주취안[酒泉], 위먼[玉門] 등의 도시들이 있다.

이 부분은 『삼국지』의 보다 심층적인 이해를 위해 중요한 요소이므로 동탁–가후–여포의 순서로 좀더 깊이 살펴볼 필요가 있다. 다음의 표는 중국의 주요 민족의 지역별 분포를 나타내고 있다.

표를 보면, 한나라 때의 양주 지역인 간쑤, 칭하이, 각종 이민족 자치구에는 중

[중국 주요 민족의 지역별 분포]

민족	인구(만 명)	분포 지역
한족	103,918	전국 · 양쯔강 · 황허 중하류 · 동북 연해
주왕[壯]족	1,556	윈난[雲南] · 광둥[廣東], 구이저우[貴州]
만주족	986	랴오닝[遼寧] · 지린[吉林] · 헤이룽장[黑龍江] · 베이징 · 허베이[河北]
후이[回]족	861	간쑤 · 칭하이 · 허난[河南] · 닝샤후이 자치구
먀오[苗]족	738	후난[湖南] · 윈난 · 광시주왕[廣西壯]족 자치구
위구르족	720	신장웨이우얼 자치구 · 후난 · 간쑤
이[彝]족	58	쓰촨 · 윈난 · 구이저우
몽골족	480	내몽고 · 랴오닝 · 헤이룽장 · 신장 · 칭하이 · 허베이 · 허난
티베트족	459	칭하이 · 윈난 · 티베트 자치구 · 구이저우
카자흐족	111	신장 웨이우얼 자치구 · 간쑤 · 칭하이
조선족	192	지린 · 헤이룽장 · 랴오닝
바이 · 하니	284	윈난

＊ 자료: 『자신만만 세계여행 – 중국』, 삼성출판사.

국의 한족들이 거의 살지 않고 있음을 알 수 있다. 현재 이 지역에는 후이족, 위구르족, 몽골족, 티베트족, 카자흐족 등이 살고 있다. 한나라 때에는 말할 것도 없다. 예를 들면 서강족(西羌族)은 현재의 칭하이와 간쑤 서남부 및 쓰촨 북부 일대에 분포되어 있었다. 진나라 때에는 강족의 세력이 컸고 북으로는 흉노, 서북으로는 서역(西域)과 통하고 있었고 흉노의 세력이 강성할 때에는 흉노에 복속되어 있어 중국과 서역 사이의 통로는 이들에 의해 단절되었다. 후한의 안제(安帝 : 107~125) 때에는 보다 장기적이고 대규모로 반란이 일어나고 있던 지역이었다.[27]

다시 청탁 문제로 돌아가 비한족적인 요소가 강한 등장인물들에 대해서 살펴보자. 나관중 『삼국지』에 나타나는 동탁에 대한 평가는 매우 유치한 단계에 머물러 있다(이 점은 정사인 진수의 『삼국지』도 마찬가지다). 그러나 나관중 『삼국지』를 유심히 보면 동탁의 몰락 이후 중국은 더욱 더 극심히 해체되고 있음을 발견할 수 있다. 물론 동탁의 정치가 반드시 바람직한 것은 아니겠지만 『삼국지』에서 말하는 동탁은 지나치게 매도되어 있다. 인간은 역사에 있어서 누구나 공과(功過)가 있는 법인데 동탁이 하는 일은 무조건 나쁜 일로 묘사되어 있다. 이것은 궁극적으로는 중국 민족주의의 다른 표현에 지나지 않는다. 동탁의 경우는 나관중의 『삼국지』에 나타난 부분만을 토대로 분석하여도 재고가 가능한 인물이다.

나관중의 『삼국지』 속에서 발견한 동탁에 관한 새로운 사실을 구체적으로 살펴보면 다음과 같다.

첫째, 동탁은 합리적 사고를 가진 사람으로 전문가 정치를 시행했던 사람이다. 그는 객관적으로 인정된 인재들을 중용하여 그들의 능력이 최고로 발휘되도록 노력한 사람이다. 조조를 중용한 것도 동탁이다. 동탁 휘하에 있었던 사람들은 최고 수준의 책사 이유, 몇백 년에 한 번 나올까 말까 한 천하 최고의 문장가 채옹, 당대 최고의 용장이자 군사 전략가인 여포, 최고 수준의 군사(軍師) 가후, 충성스러운 용장 이각 · 곽사 · 번조 · 장제 등이 있었다.

---

27) 傅樂成, 앞의 책, 213쪽.

둘째, 동탁은 지방 정치인(서량자사)으로서 중앙 무대에 그의 정치세력을 심고자 노력하였다. 한편으로는 중앙 문신들을 회유하고 다른 한편으로는 물리적으로 협박하기도 하였다. 그러나 이것은 중앙 정치무대에 정치 기반이 없던 그로서는 당연한 일이었다. 그리고 그는 중신(重臣)들에게 최대한 예를 갖춰 대하였다. 왕윤(王允)은 오히려 이것을 이용한 사람이었다.

셋째, 동탁은 평소 천하가 어지러운 것은 환관과 외척의 탓이라고 생각한 듯하다. 명문 귀족이었던 원소가 십상시의 난을 평정하기 위해서 그를 부른 것은 그가 대외적으로 신사적이었으며 합리적 인물로 판단했기 때문이다. 만약에 중앙의 실세(實勢)였던 원소가 동탁이 권력에 대한 탐심이 많았다거나 중앙 권력을 위협할 문제가 있는 사람으로 판단했다면 원소는 동탁을 결코 부르지 않았을 것이다. 물론 동탁이 권력의 중심부로 진입하자 성격의 변화가 불가피했을 수도 있을 것이다. 동탁은 중앙 무대에서 정치적 경험이 부족했기 때문에 중앙의 문제들을 실수 없이 처리하기가 벅찼을 테고 그것이 기존의 자신의 평판에 악영향을 끼쳤을 수 있다.

넷째, 동탁은 나관중 『삼국지』의 내용으로만 보아 천자(天子)가 될 생각이 강하지는 않았던 것 같다. 동탁은 헌제(獻帝)를 옹립하였는데, 그것은 나관중 『삼국지』의 내용으로만 보더라도 그가 헌제의 총명함에 반했기 때문이다. 만약 동탁이 실제로 천자가 되려고 했다면 다소 아둔한 소제(少帝)를 폐하지 않았을 것이다. 오히려 왕윤이 동탁을 부추기고 이간계(離間計)를 사용하였다. 왕윤은 다소 맹목적인 사람으로 천하의 대세에 대한 이해가 부족하고 이각·곽사의 난에서 보듯이 자신의 이해가 맹목적인 한실부흥(漢室復興)과 일치한다고 생각한 듯하다. 실제로 헌제의 아버지였던 영제 이후 한나라는 환관과 외척에 의해서 황실의 권위가 이미 땅에 떨어져 회복 불능 상태에 빠져 있었다. 그런데도 왕윤의 권력은 이를 바탕으로 하고 있었고 결국 현실 인식의 부족은 왕윤 자신의 몰락을 가져온 것이다. 그는 이각과 곽사 등의 동탁을 대신하는 신군부(新軍部) 세력의 등장을 예견하지 못하고 복고적인 사고에만 머물러 있었다. 그리고 이들 신군부의 등장은 바로 본격적인 군벌정치의 대두를 가져왔다.

다섯째, 동탁을 호색한이라고 하는 것은 지나치게 가혹한 일이다. 이 당시에 지배층들은 대부분 처첩을 수십 명 이상 거느리고 있었고 언제든지 취할 수 있는 하녀들이 많이 있었기 때문이다. 또 당시 궁중의 궁녀들을 함부로 취한 것으로 나타나 있는데, 이것도 당시의 황제였던 헌제의 나이가 10세 전후였다는 사실을 감안한다면 헌제의 아버지로 죽은 영제(靈帝)의 궁녀들을 대부분 집으로 돌려보내고 일부의 여자들을 부하들과 함께 노비 형태로 나누었을 가능성이 크다. 다만 그 과정에서 동탁이 여자 문제로 여포와의 사이에 불화가 있었을 수는 있을 것이다. 그리고 경우에 따라서 이 사건은 없었을 가능성도 높다. 즉, 여포와 동탁의 사이가 나빠진 것은 여자 문제가 아닐 수도 있다는 것이다. 나관중『삼국지』만 보더라도 동탁은 자기의 며느리(초선이 여포의 애인이었으므로)를 애첩으로 삼은 게 아니고 중국사에서 흔히 나타나는 이간계에 희생된 사람일 뿐이다. 그리고 이 이야기는 정사에는 전혀 없는 나관중의 창작물이다.

여섯째, 동탁이 건설했다고 하는 미오궁에 대해서도 지나치게 과장되어 있다. 실제 동탁이 정권을 잡은 것은 2~3년에 불과하고 장안으로 천도하고 정권을 유지한 것은 1년 반도 채 안 된다. 그런데 황궁 이상의 궁을 만들고 그곳에 수많은 처첩과 금은보화, 군인, 엄청난 양의 양곡을 쌓아두었다는 것은 말이 안 된다. 또 미오궁은 장안에서 200여 리 정도 떨어진 곳이라고 하는데 공사가 그리 빨리 마무리되었을 리 없다. 왜냐하면 장안으로 환궁했을 때 장안 자체의 복구도 힘에 부쳤을 것이고 당시의 기술로 200여 리 떨어진 곳에서 단기간에 장안성과 같은 성을 또 만든다는 것은 불가능한 일이기 때문이다.

일곱째, 나관중의『삼국지』만을 보더라도 동탁은 황제에 대하여 특별히 무례한 행위를 한 바가 없으며, 그가 황제의 조칙(詔勅)을 받아 황궁(皇宮)으로 가는 도중 무려 4번이나 그의 죽음을 경계하는 조짐이 있었다. 이것은 그의 죽음을 막고자 하는 우호적 민심이 있었던 것으로 봐야 한다. 이 점은 대단히 중요한 변수이다. 왜 동탁의 죽음을 경계하는 조짐이 이토록 많았을까? 그것은 장안(長安) 지역에서 동탁의 신망이 상당히 두터웠음을 의미한다. 장안은 중국에서 특이한 지역이기도 하다. 장안에서 서역으로 나가는 길이 서주(현재의 산둥 반도 방면) 쪽으로 나가는 길보다 가깝다. 장안은 어떤 의미에서 중국과 비중국적 요소가 만나는 지점이라고 볼 수도 있다. 원래 한 고조는 중국인 제후들의 침략이 두려워 그들의 침략을 방어할 수 있는 장안을 수도로 정하였는데 그로 인한 흉노족의 침입 때문에 많은 고생을 하기도 하였다. 오히려 그렇기 때문에 한족들은 흉노에 가까운 지역에 살거나 살았던 사람을 의도적으로 경원시했을 가능성도 있다. 예를 들면 동승이 거사를 모의할 때 한나라의 충신인 마등의 방문을 꺼린 것도 같은 맥락일 것이다.

여덟째, 동탁이 죽은 후 동탁의 부하들은 동탁에 대한 충성을 다짐하고 10만이나 되는 군대를 동원하여 장안을 다시 회복한다. 이것은 주변의 지지가 없으면 불가능한 일이다. 이각·곽사의 난 진행과정을 보면 이들 신군부[28]의 정권 장악과 그 수습력이 이미 상당한 수준에 이르렀음을 알 수 있다. 나관중의 『삼국지』에서 말하는 식으로 난장판의 권력이었다면 불가능한 일이다. 다시 말해서 동탁의 정권이 상당한 정도로 안정된 정권이었다는 것이다. 그리고 이각·곽사는 황제에 대하여 특별히 무례하게 굴지 않고 왕윤을 제거하는 것으로 일을 마무리한다. 이후 천하는 다시 평온을 찾고 양표가 이각·곽사를 이간질하기 전까지 천하는 안정된다. 그리고 주목할 점은 헌제가 이각·곽사의 난 중에도 황궁을 떠나지 않고 머물러 있었다는 점이다. 그것은 이곽·곽사의 군부가 헌제 자신의 이해와 무관하지 않음을 보여주는 것이다.

아홉째, 개인적으로도 동탁은 매우 효성스러운 인물이었다. 그의 모친은 90세였는데 동탁이 황궁으로 가기에 앞서 모친과 나눈 대화에서 그의 효성이 극진했음을 엿볼 수 있다. 여담이지만 당시로서 90의 나이까지 이르렀다는 것은 자식의 효성스런 보살핌이 없으면 불가능한 일일 수도 있다.

다음으로 가후(賈詡 : 146~223)의 경우를 살펴보자. 가후는 『삼국지』가 낳은 가장 위대한 인물이자 탁월한 정치가요 군사 전략가였다. 『삼국지』 전체를 유심히 들여다보면 모든 중요한 사건에는 가후가 개입되어 있다. 만약에 조조가

---

28) 이각과 곽사의 군벌을 말한다.

가후의 견해를 그대로 수용했다면 조조는 생전에 천하를 통일하였을 것이다. 그럼에도 불구하고 나관중의 『삼국지』는 가후를 거의 무시하고 단지 군사 전략가로의 역할에만 국한시키고 있다.

가후는 동탁의 모사를 거쳐 이각·곽사의 군사(軍師)를 지냈다. 그는 한수와 마등의 근왕병을 물리치고 이각과 곽사를 도와 장안을 회복하였다. 이각과 곽사의 난 때 황제를 모시고 미오궁을 빠져나와 낙양으로 옮기는 데 결정적인 공헌을 한 사람이다. 그후 조조에게 귀순하여 순욱(荀彧)과 더불어 관도대전(關渡大戰)을 승리로 이끄는 데 지대한 공헌을 하였다. 가후는 적벽대전에 나서려는 조조를 막으려 했으나 실패하고 결국 조조군은 대패하였다. 이후 가후는 조조의 가장 큰 우환거리였던 마초와 한수 연합군을 물리친다.

그후 조조가 장로를 공격할 때 큰공을 세워 방덕을 조조의 휘하로 끌어들이는 데 결정적인 역할을 한다. 가후는 이후 중대부(中大夫)가 되었다가 조조의 장자인 조비의 후견인이 되었다. 조조가 후사로 고민하자 원소의 예를 들면서 장자인 조비에게 물려주도록 권하여 이를 성사시켰다. 조조가 죽은 후 조비에 의해 가후는 태위(太尉)에 봉해지게 된다. 가후는 헌제를 설득하여 이름뿐인 황제의 자리를 조비에게 넘기게 하고 조비를 황제의 위에 오르게 하였다.[29] 그후 조비가 오나라를 토벌하고자 하자, 가후는 오와 촉을 모두 토벌하기 어려우니 지키고 있다가 변화가 생기기를 기다려야 한다고 주장하였으나 조비가 그 말을 듣지 않고 출전하여 대패하였다.

사실 『삼국지』는 가후의 일대기라고 해도 과언이 아니다. 즉, 『삼국지』에서

---

29) 이 부분도 일종의 미스터리이다. 정사에는 가후가 헌제에게 선양을 강요한 부분은 없다. 가후가 헌제에게 양위를 강요했다면 두 가지 사항을 고려해보아야 한다. 첫째, 가후는 합리적인 인물이었기 때문에 헌제에게 양위를 함으로써 명목뿐인 군주로서의 역할을 종식시키고 편안한 여생을 보내게 했을 수 있다는 점이다. 실제로 정사에서 조비는 헌제에게 산양현 마을 1만 호를 식읍으로 주었고(220) 한나라의 연호를 그대로 사용하였으며 헌제가 상서를 올릴 때도 신(臣)이라고 칭하지 않게 하였다. 그리고 헌제의 네 아들도 열후(列侯)로 봉하였다. 헌제는 편안한 여생을 마쳤다. 둘째, 정사에 없는 내용임에도 헌제에게 양위를 강요하는 악역을 왜 가후에게 시켰는가 하는 점이다. 이것은 나관중이 가후가 주류 한족(漢族)이 아니었기 때문에 악역을 맡게 한 것으로 볼 수도 있다.

그가 관여한 사건을 모으면 그것이 바로 『삼국지』가 될 것이다. 그러나 나관중의 『삼국지』는 가후의 공적에 대해 침묵으로 일관한다. 이것은 당연히 그의 출신과도 관련이 있다. 가후는 무위(武威) 고장(姑藏) 사람으로 과거 강족·흉노족이 살았던 지역에서 태어난 사람이었기 때문이다.

예를 들면 관도대전에서 군량미 부족으로 조조가 철군 문제를 고민하고 있을 때 조조의 마음을 바로잡아준 사람은 가후와 순욱인데 나관중 『삼국지』에는 순욱만이 등장한다. 『삼국지』에서 장량(張良)에 비견할 수 있는 사람이 바로 가후인데 가후의 출신지가 서량 쪽이었기 때문에 항상 평가절하 되었다. 정사인 『삼국지』('순욱·가후전')에는 "천하의 지혜를 논하려고 하는 자는 가후에게로 온다"라고 되어 있다.

물론 논자들은 가후의 지조(志操)에 대해 문제삼을 수 있다. 가후는 동탁 – 이각·곽사 – 장수 – 조조에게 자신의 신상을 의탁하고 있는데, 중요한 점은 그가 이들을 배신하고 다른 권력자에게로 간 것이 아니라는 점이다. 동탁과 이각·곽사는 다른 제후들에 의해 제거되었고, 장수는 가후를 설득하여 조조에게 투항하였다. 조조가 투항한 가후를 바로 집금오(執金吾)로 임명한 것은 그가 충분히 신뢰할 만한 사람이었음을 보여준다. 이문열의 『삼국지』는 가후를 지조 없는 인물로 그리고 있는데 이것은 잘못이다(7장 『삼국지』 등장인물 분석에서 상세히 설명할 것이다). 난세(亂世)에서 지조라는 것은 신중히 파악해야 할 문제이다.

『삼국지』의 주인공들은 대부분 난세를 살면서 대부분은 한두 번씩 투항한 사람들이고 한두 번씩은 배신했던 사람들이다. 즉, 지조라는 측면에서 본다면 심배나 진궁 등을 지적할 수 있겠지만, 원소를 위해 죽은 심배가 지조있는 인사라고 말하면 그것은 곤란한 일이다. 지조란 조선의 삼학사(三學士)나 동승(董承), 왕윤(王允)과 같이 국가적 대의명분이 있고 이미 구성된 국가를 위해 죽은 사람들의 몫이지 일개의 군벌을 위해 목숨을 바치는 사람들의 몫은 아니다.

마지막으로 『삼국지』에서 가장 인간 이하의 대접을 받고 있는 여포의 경우를 살펴보자. 여포는 구석진 변방 출신으로 어려운 환경을 극복하고 천하에서 탁월한 실력을 발휘하여 입지전적으로 성공한 사람인데, 나관중의 『삼국지』

나 정사 『삼국지』 모두에서 그의 이 같은 장점은 완전히 무시되었다. 단지 그가 동탁을 선택한 이유 하나만으로 그가 가진 모든 장점들이 무시되고 왜곡되어 후세인들은 온전한 그의 실체를 제대로 알지 못하게 되었다. 따라서 여포가 두 사람의 의부(義父)를 죽였다는 말도 역사의 조작에 불과할 수도 있다. 여포가 동탁을 제거한 것은 사실인데, 여기에는 왕윤의 이간계(離間計)가 주효했던 것이지 여포 자체의 인간성 문제만으로 파악하는 것은 잘못이다. 그리고 황제가 생존해 있기 때문에, 동탁의 암살은 누가 보아도 대의명분이 있는 일이었을 것이다. 만약 나관중 『삼국지』의 시각에서 여포가 문제 된다면 동탁의 신임을 받았던 조조도 마찬가지로 비난을 받아야 할 것이다.

동탁이 죽은 후 여포는 가장 유력자였던 원소·조조와 어깨를 나란히 하여 기주의 원소-허의 조조-서주의 여포라는 구도로 대립하고 있다. 이것은 여포의 실력이 이들에 못지않음을 보여주는 것이다. 만약에 여포가 의부를 두 명이나 살해하는 파렴치한이었다거나 오직 싸움만 잘하는 사나이였다면 불가능한 일이다.

문제는 여포가 정통 한류(漢流)가 아니라 몽골 계열의 유목민 출신이었다는 데 있다. 여포의 출신지는 오원(五原)으로 오르도스 사막에 가까운 현재의 몽골 지역이다. 그는 한족들이 가장 무서워하면서도 가장 경멸하는 흉노족이었던 것이다.[30]

그렇기 때문에 여포는 싸움은 잘하지만 가장 경멸스럽고 비굴한 모습으로

---

30) 원래 흉노(匈奴)라는 말은 '훈' 이라는 말에서 나왔다. 이 말은 몽골어로 '사람〔人〕' 이라는 뜻이다. 몽골어의 문어(文語)에서는 '후문' 이라고 한다. 그런데 이 말이 민족의 명칭이 된 것이다. 흉노는 B.C 4세기 말부터 약 500년 동안 몽골 고원 지대에서 번영을 누린 유목 민족이다. 흉노는 진(秦)나라 시대에는 음산(陰山)으로 후퇴하였으며 진나라 말기인 B.C. 209년경에 몽골 지역 전체를 장악였고 한나라는 흉노의 위협에 대하여 조공(비단, 솜, 쌀, 누룩 등)을 바쳐 사태를 수습해 나갔다. 그러나 한무제는 흉노를 제압하려다가 국력이 극도로 피폐하게 되었고 이것은 전한(前漢)이 멸망하는 원인이 되기도 했다. 그후 후한 초 48년 흉노의 내분으로 북흉노와 남흉노로 나누어졌다가 남흉노는 중국에 복속되고 북흉노는 중국과 타림의 지배권을 차지하기 위해 다투다가 2세기 중엽에 키르키즈 초원으로 이주하여 중국사에서 자취를 감추고 말았다. 흉노족들이 4세기 유럽 일대를 휩쓴 훈족이라고 추정되고 있다. 따라서 여포는 북흉노 계열에 속하는 사람으로 서방으로 떠나지 않고 몽골 고원 지역에 남은 사람들 가운데 하나로 파악된다. 傅樂成, 앞의 책, 189쪽. 보다 구체적인 내용은 5장 『삼국지』 삼국지 분석을 위한 이론을 참고할 것.

만 나타나고 있다. 특히 한족인 나관중은 원나라 말기 사람으로 그의 관점에서 원나라는 금수의 무리요, 원수의 무리였을 것이다. 따라서 여포에 대한『삼국지』의 평가는 지나친 청류 의식과 화이관념(華夷觀念)이 빚어낸 비극으로 보아야 한다.

여포에 대한 평가를 넘어서 중국인들은 북방을 오랑캐의 나라로서 항상 추악한 침략자로 규정하고 있는데 이것은 잘못이다. 원래 농경민들은 땅을 차지하고 갈아서 농사를 짓는 데 반해, 북방의 유목민들은 땅을 가는 것을 하늘을 모독하는 악행으로 간주한다. 유목민들에게 있어서 초원이란 하늘이 내린 신성한 지역이다. 그리고 초원을 덮고 있는 풀은 일종의 보호막인데 이를 갈아서 파헤치는 농경민들의 행위는 용서할 수 없는 범죄로 여겨지기도 할 것이다. 일반적으로 중국의 역사책들은 몽골인에게 악역을 맡겨 그들이 중국을 침략한 듯이 말하고 있지만 실은 한나라가 침투해 들어오면서 농경민들이 신성한 초원을 불법으로 점거하고 하늘을 모독하는 악행을 저지른 것으로도 볼 수 있다. 유목민들은 이것을 참을 수가 없었던 것이다. 결국 농경민들과 유목민들과의 갈등이란 문화적 · 경제적 토대의 차이라고 보아야 한다.[31]

여포는 나관중『삼국지』만을 보더라도 매우 가정적인 사람으로 나타난다. 그는 현대적인 관점에서 접근하더라도 큰 손색이 없는 현대 미국의 장군과 같은 인상을 준다. 이것은 "처자(妻子)는 의복(衣服)"이라고 말하며 행동하는 유비와는 매우 다른 모습이다. 여포는 어떤 의미에서 매우 현대적인 자수성가형 인간상을 보여주고 있다. 그가 부인 엄씨나 초선의 말만 듣고 일을 그르친 것이라기보다는 그만큼 여성들의 의견을 존중한다는 의미로 파악할 수 있다. 그의 그런 행동은 아마도 여자가 귀한 곳에서 태어났기 때문이라고 설명할 수 있을 것이다.

그리고 나관중『삼국지』만 보면 여포가 죽은 후 그의 가족은 당시의 제후로서는 보기 드물게 두 명의 부인과 딸 하나만 남았다고 하였는데 당시의 관습상

---

31) 시바료타로, 앞의 책.

아들을 두지 않고 딸을 귀하게 생각한 점과 처첩을 많이 거느리지 않은 점 등은 현대적 의미에서 매우 긍정적인 요소로 볼 수 있다. 따라서 여포는 매우 로맨틱한 사람이었을 가능성이 높다. 아마 초선은 여기에 반했을 것이다. 나관중『삼국지』는 여포를 철저히 호색한으로 몰아붙이는데 이것은 말이 안 된다. 여포가 하비성에서 주색(酒色)에 찌들어 대사를 그르치는 장면들이 나오는데 이것도 여포에 대한 중상모략에 가까운 것이다. 결국 여포에 대한 평가는 그릇된 청류 의식과 한족 중심의 중화주의에서 찾을 수 있다.

덧붙이자면 여포는 유비에 대해 끝없는 애정을 가지고 있었다. 실력으로 유비를 굴복시키고 유비를 죽였다면 아마『삼국지』의 이야기는 전혀 다르게 전개되었을 것이다. 여포가 유비를 친아우처럼 생각하고 가족을 돌봐주고 배려한 것은 정사나 나관중『삼국지』가 공통적으로 지적하는 부분이다. 그러나 유비는 철저히 여포를 배신하여 그를 죽음으로 몰아넣었다.

『삼국지』의 주인공들은 하나같이 커다란 허물들을 하나씩 안고 살아간다. 여포는 동탁을 죽인 사람으로, 조조는 피살된 아버지 조숭(曹嵩)의 복수를 위해 서주에서 양민을 대량 학살한 사람으로, 손책은 자신을 아들처럼 대해준 원술의 배신자로, 유비는 여포에 대한 철저한 배신과 동승과의 거사에서 혼자만 도망가는 비겁자의 모습으로 나타나고 있다. 그럼에도 불구하고 유독 여포에 대한 평가만이 가혹하다는 것은 중국식의 청류 의식이 작용한 것이라고 봐야 한다.

부조리한 청류의식 ― 유비 형제만이 충의지사

나관중『삼국지』는 철저히 '옹유반조(擁劉反曹)', 즉 유비를 옹호하고 조조를 배척하고 있다. 우리는 이미 유비가 가진 문제점들을 충분히 분석해보았다. 그 분석을 통해 보면, 유비는『삼국지』의 가장 위대한 주인공이 아니라, 그 시대를 살아간 수많은 인간군상의 한 사람에 불과할 뿐이다. 나관중『삼국지』는 유비와 그의 형제들, 그리고 유비의 옹호자들만을 충의지사로 묘사하고 있다. 이것은 명백히 역사를 잘못 보고 있는 것이다. 물론 유비가 가지고 있는 역사적 역할의 긍정성을 무시할 수는 없을 것이다.

유비의 언행은 복잡하지만, 양가적으로 분석해야 한다. 첫째는 보수적이면서 과거 회귀적인 봉건적 전제주의를 지나치게 옹호하는 경향이 있다는 점이다. 둘째는 그 시대적 상황을 그대로 받아들여 전제주의는 불가피하더라도 유비가 의리와 명분을 중시했던 것은 높이 평가해야 한다는 점이다. 조조도 이같은 범주에서 벗어나는 사람은 아니지만 만약 유비가 조조와 같은 권력을 잡고 있었더라면 조조처럼 행동하지는 않았을 것이다. 즉, 유비는 황제를 보위하고 주공의 도를 다했을 가능성이 높은 사람이다. 천하가 더 혼란해지면 그 혼란을 수습하면서 여러 사람들의 자연스러운 추대에 의해 제위(帝位)를 선양(禪讓)할 수는 있겠지만 조조의 가문처럼 황제위를 완전히 찬탈하지는 않았을 것이라고 믿어진다.

봉건적 전제주의의 사상적 기조는 '군권천수(君權天授)'에 의한 '천하일가 사상(天下一家思想)'이다.[32] 즉, 천하는 모두 하나의 집안과 같이 한 사람의 가부장(家父長) 아래에 일정한 위계적인 질서로 존재한다는 것이다. 현대적 의미에서는 매우 불합리한 사상이라고 볼 수 있다. 그러나 후한 이후의 역사를 보면 봉건 전제국가가 신해혁명(1910) 때까지 되풀이되고 있다. 따라서 보수적으로 봉건적 전제군주를 옹호하는 문제가 유비에게만 적용될 성질의 것은 아니다. 물론 『삼국지』를 너무 현대적인 민주주의적 방식으로 해석하는 것은 오히려 불합리하고 역사주의적인 시각으로 접근하는 것이 불가피하다. 즉, 그 시대의 사람들을 그 시대의 가치관을 기준으로 바라보아야 한다는 것이다.

그러나 역사주의적 입장을 견지한다고 하더라도 춘추필법으로 묘사하는 것은 지양해야 한다. 이런 점에서 『삼국지』를 보다 현대적으로 해석하여 독자들에게 제공할 필요가 있다. 역사의 모든 주체들에 대하여 가능한 한 객관성을

---

32) 천하일가 사상에 따르면, 천자, 즉 황제의 권력은 하늘로부터 받은 것이며, 그 사회는 황족(皇族)을 중심으로 가부장적인 피라미드 구조를 가진다. 따라서 황제가 가지는 권력은 절대적인 합법성을 가지므로 현재의 황제와 성(姓)이 다른 사람들은 황제의 무능과 무관하게 천하를 도모할 수는 없다는 논리이다. 황제에 대한 반역을 도모하는 것은 잘못이 없는 자신의 아버지를 죽이는 것과 다름없기 때문이다.

견지해야 한다. 그들의 입장을 다시 바라봐야 한다. 춘추필법을 벗어나 각 주체들에게 불편부당한 분석의 틀을 부여해야 한다.

사실『삼국지』에 나타나는 영웅들 모두가 천하를 얻으려 했다. 단지 유비가 한실부흥을 기치로 내걸었다는 이유만으로 너무 미화하는 것은 문제가 있다. 실제로 십상시 · 하태후 · 동태후 · 원소 · 조조 · 손견 · 손책 · 손권 등과 동탁의 다른 점을 발견하기는 어렵다. 모두 천하의 도적이기는 마찬가지기 때문이다. 결국 십상시나 태후들은 어린 황제를 우롱하여 자신의 친족들로 이루어진 정권을 구성했고, 나머지 영웅들은 천하의 주인이 되는 대권의 꿈을 가진 사람들이다.

나아가 수많은 암살 기도를 물리친 조조를 기군망상(欺君罔上)이라고 비판하는 것은 잘못이다. 왜냐하면 그 암살 기도의 정점에는 황제가 있는데, 현대적인 관념에서 피해자가 그 암살 기도자를 계속 살려두는 것이 오히려 관대하기 때문이다. 과거라고 해서 사람이 무작정 관대하기를 기대할 수는 없는 일이다. 그리고 조조가 수춘성(壽春城)을 공격할 때 군량미가 모자라서 담당 장교를 죽임으로써 군의 사기를 올렸다는 것도 말이 안 된다. 원술(袁術)의 군대는 여포 · 조조 · 유비 등 당시의 유력 제후들의 총공격을 받았기 때문에 이길 수 없는 전쟁이었다. 그리고 군량미가 부족한 상태인데 한 사람을 죽여서 군심(軍心)을 잡고, 바로 군인들의 전의(戰意)가 살아난다는 것도 말이 안 된다. 나관중『삼국지』에 나타난 조조의 행위는 조삼모사(朝三暮四)의 미봉책에 불과하다. 이것은 정사에 없는 날조된 내용으로 '조조 = 악인' 이라는 공식에 근거하고 있다.

유비도 엄밀한 의미에서 헌제에게 천하를 돌려주려 하지는 않았을 것이며, 또 헌제도 유비가 초빙을 한다 하더라도 촉(蜀 : 현재의 쓰촨성)이라는 구석진 곳으로 황제 노릇을 하러 갔을지는 의문이다. 유비는 자신이 역사의 주체가 되어야 한다는 소명을 간직했던 인물이다. 물론 유비는 주공(周公)과 같은 소임을 담당하기에 가장 적합한 인물일 수도 있다. 왜냐하면『삼국지』의 등장인물 중에서는 유비가 개인적인 허물이 있음에도 불구하고, 겸손하고 무력에 의한 방벌(放伐)을 하지 않을 사람으로 보이기 때문이다.

우리가 역사를 해석할 때 가장 중요한 것은 역사의 등장인물들은 모두 자신의 역할에 최선을 다하고 있다는 사실이다. 역사의 무대에는 주인공이 없다. 『서경(書經)』에 나오는 "하늘은 친한 사람은 없고, 오로지 덕(德)이 있는 사람을 돕는다"라는 말을 새겨볼 필요가 있다.

과장된 묘사─병력

나관중 『삼국지』에는 지나치게 많은 병력과 인원이 등장한다. 예를 들면 관도대전 · 적벽대전 · 이릉대전 등에는 모두 100만 이상의 대군(大軍)이 동원되고 있다. 당시의 사정으로 봐서 이 모두가 불가능한 일이다. 특히 이릉대전의 경우에는 촉(蜀)의 남녀노소 전체 국민을 동원해도 이 정도 병력을 동원할 수 없는 형편이다.

기록상으로 천하통일을 이룬 진나라의 최대 병력도 90만이 안 된다. 물론 과거의 전쟁에서 묘사된 만(萬) 명이 단순히 숫자 1만 명을 의미하는 것은 아닐 것이다. 진(秦)나라의 경우 전국의 남자 100명 가운데 50명은 농경에 종사하고 50명은 병력에 종사했다고 한다. 복무 연령은 23세부터였다. 처음에는 소속 군현에서 1개월을 보내고 중앙군(中央軍 : 京師)에서 1년, 변방에서 1년을 근무해야 했다. 진나라는 통일 전에 60만 대군을 거느리고 있었다고 한다.[33] 물론 이 숫자도 오늘날의 자료처럼 믿을 만한 것은 아니다.

고대의 전쟁에 동원된 병력의 수를 파악하는 것은 무척 어려운 일이다. 그것은 무엇보다도 당시의 인구 조사가 정확하게 이루어질 수 없기 때문에 나타날 수밖에 없는 현상이다. 그리고 설령 기록이 있다고 하더라도 같은 시대의 기록이 다르게 나타난 경우도 있기 때문에 더욱 어려움이 가중된다.

예를 들어 『삼국지』 시대보다 무려 500여 년 뒤에 있었던 한반도의 경우를 살펴보자. 중국의 사서(史書)인 『구당서(舊唐書)』에 백제(百濟)가 멸망할 때

---

33) 傅樂成, 앞의 책, 126쪽.

가호수(家戶數)가 76만 호, 약 450만 명 정도라고 적혀 있는데, 대당평제비(大唐平濟碑)에는 24만 호 62만 명으로 기록되어 무려 7배 이상 차이가 나고 있다. 그리고 일연이 쓴 『삼국유사』에서는 이보다 앞선 시기의 백제의 가호수를 15만 호라고 했다.[34] 사정이 이러하다 보니 기록만으로 상황을 분석한다는 것도 어려움이 있다.

『삼국지』 시대보다 훨씬 뒤의 우리나라 기록으로 김부식의 『삼국사기』에 보면 서기 668년 신라가 고구려를 정벌하는 데 20만의 병력을 동원했다는 기록이 있는데 이 기록도 완전히 사실로 인정하기는 어렵다. 하지만 최대의 적(敵)인 고구려를 정벌하는 데 당시의 신라가 동원할 수 있었던 최대치라는 의미로 파악할 수는 있을 것이다.[35]

원래 전쟁은 귀족들의 특권이자 의무이지만 고구려의 경우에는 4세기 이후 전쟁의 규모가 커져서 일반 평민들도 전쟁에 투입되었다. 물론 중국의 경우에는 훨씬 이전부터 일반인들이 전쟁에 동원되었다. 일반적으로 전쟁에 투입되는 연령층의 남자를 정남(丁男)이라고 하는데 「신라의 촌락문서」의 기록에 의하면 정남은 전체 인구의 21% 정도라도 한다.[36] 따라서 만약 인구가 100만이라면 동원할 수 있는 최대 병력은 20만 가량이 될 수 있지만 그것은 국가적인 대전(大戰)일 때 한하는 것이고, 이 20만 가운데 경제활동 인구를 제외해야만 할 것이다. 왜냐하면 전쟁은 국가의 대사로서 경제력에 의해서 수행될 수 있기 때문이다. 문제는 그 경제 활동의 비율이 얼마나 되는가 하는 점이다.

이런 점에서 보면 『삼국지』에 나타나는 병력이 지나치게 과장되었음을 알 수 있다. 먼저 위·오·촉이 정립되던 당시의 인구 현황을 대충이라도 파악하기 위해 그 당시의 기록을 보면 다음과 같이 나타나 있다.[37]

- 위(魏) : 66만 호(인구 440만), 병력 20만~50만

---

34) 한국역사연구회, 『삼국시대 사람들은 어떻게 살았을까?』, 청년사, 1998, 212쪽.
35) 한국역사연구회, 앞의 책, 214쪽.
36) 한국역사연구회, 앞의 책, 213쪽.

- 오(吳) : 52만 호(인구 230만), 병력 15만~20만
- 촉(蜀) : 28만 호(인구 94만), 병력 8만~12만

여기서 말하는 호(戶)가 몇 명을 의미하는지는 알 수 없지만 대개는 5~6인으로 보는 경우가 많다.[38] 위의 수치도 그 정도로 추정한 것으로 보인다.

우리나라와 관련된 연구이기는 하지만 최근의 연구에 따르면[39] 삼국시대에서 고려 초기까지 양민들은 하루 세끼 600g을 먹고 살았고, 군인이나 노동자들은 660g 정도를 섭취했을 것으로 추정하고 있다. 이 점을 좀더 구체적으로 볼 필요가 있다.

첫째, 고대의 논 1결당 면적은 1천~1,500평으로 추정되며 고려 전기에는 논 1마지기(300평)당 비옥한 토지는 71.7~154.4kg, 비옥도가 낮은 토지는 33.7~72kg 정도를 수확한 것으로 추정된다. 이 같은 통계를 기반으로 한다면 위·오·촉의 『삼국지』시대에는 농경기술이 떨어져 비옥도를 매우 낮게 보아야 하므로 대체로 40kg 이하로 추정해야 할 것이다. 즉, 논 300평당 생산량은 약 34kg이었을 것이다. 실제로도 상전(上典)의 경우는 1천 결 가운데 1~2결에 불과하다는 『세종실록』의 사료도 있다.

둘째, 『삼국사기』본기(本紀) 성덕왕 6년의 기록을 보면 서기 707년 춘궁기

37) 촉나라의 경우 인구는 28만 호로 약 94만 명이었는데, 한창 전쟁이 진행중일 때는 장수·병사·관리의 숫자는 15만 2천 명이었다고 한다. 이 비율은 평균 두 집에 한 명 꼴로 종군하고 있음을 말해준다. 그리고 남자의 3분의 1 이상이 전쟁에 나섰다고 한다. 물론 대전이 진행되는 상황에서 최대로 잡은 병력의 수이지만 이 정도의 비율이면 정상적인 경제 성장이 불가능한 상태이다. 따라서 이것이 촉나라가 쇠망한 원인이 된 것이다. 이소선·이전언, 앞의 책 제2권, 268쪽 및 『대세계사 3』, 현암사, 1971, 380쪽.
38) 여기서 말하는 호(戶)는 부모와 자녀들로 구성된 단혼소가족(單婚小家族)이 기본 단위이고 여기에 일부 친족과 함께 노비 또는 예속 농민이 포함되는 경우도 있었다. 따라서 계층이나 시기에 따라서 다양한 형태의 호가 나타나므로 하나의 호가 얼마나 되는지 단정하기는 어려운 일이다(한국역사연구회, 앞의 책, 213~214쪽). 그리고 이 당시의 인구 조사라는 것도 오늘날과는 달리 주로 백성들의 노동력을 징발하기 위한 목적에서 실시되었기 때문에 실제의 인구 수보다도 역역(力役) 부담자인 성인 남자(정남)와 가호(家戶)의 파악에 중점을 두었다.
39) 2001년 11월 한국고고학 전국대회(한국고고학회 주최)에서 곽종철(밀양대 학예연구원)·이종봉·여은영·이우태 등의 발표 내용에 따른 것이다.

에서 가을 수확기까지 기아민(飢餓民)들에게 하루 1인 3승을 지급했다는 기록이 보인다. 당시의 1승(升)을 200ml로 본다면 600ml(480g)에 해당된다. 고려의 경우 노동자 3만 명의 하루 세끼 식량으로 3개월간 3만 4천 석을 소비했다는 기록이 있는데 이를 환산하면 당시의 군인 노동자는 1인당 하루 660~993g을 소비한 것이다. 이로 미루어볼 때 삼국시대부터 고려시대의 일반인들은 극빈층(480g)보다는 많고 군인·노동자(660~993g)보다는 적은 600g 정도를 하루 식량으로 소비했을 것으로 추정된다.

셋째, 나관중의 『삼국지』에는 과장된 표현이 많은데 그 중에 하나는 병력을 지탱하는 인구이다. 우리나라의 경우도 마찬가지다. 『삼국유사』 권2 성덕왕편에서 서기 707년 구제곡(救濟穀), 즉 빈민을 구제하기 위한 곡식이 정월 초에서 7월 30일까지 7개월간 총 30만 500석이라고 했다. 1인당 하루 3승 지급이므로 7개월간 1인당 630승을 주었다는 것이다. 따라서 1석(가마) = 15두(또는 20두), 1두 =10승이므로 구제받은 빈민은 300,500×15(또는 20)÷10×630이므로 대체로 7만~9만 명 선이 된다. 이를 토대로 계산하면 통일신라 초기 경주 인구는 최소 5만 5천~7만 명 정도가 되는 것이다.

이상의 연구는 우리나라를 기준으로 한 것이지만 위·오·촉 삼국이 정립하던 시기를 충분히 추정할 수는 있을 것이다. 위의 연구에서 보면 10만 명의 병력이 1개월간 동원되어 전쟁을 치를 경우 다음과 같이 계산할 수 있다. 군인이므로 원래는 900g까지 소비할 수 있겠지만 거의 700여 년의 시간적 거리가 있기 때문에 대략 700g 정도 소비한다고 보고 계산하면 다음과 같다.

- 병사 1인당 하루 곡물 소비량 : 3.5승(700g)
- 병사 1인당 1개월 곡물 소비량 : 3.5×30 = 105(10두)
  1석(石·碩)이 15두(斗)일 경우는 0.7석
- 10만 명의 1일당 곡물 소비량 : 7만 석÷30 = 2333.4석
- 10만 명 전체의 곡물 소비량 : 0.7석×10만 = 7만 석

결국, 10만 명의 군대가 1개월 동안 전쟁을 치르는 데 7만 석(가마)의 쌀이 필요하다는 것이다. 만약 한 수레에 10가마 정도를 싣는다고 하면 1개월 동안 수레가 7천 대가 필요하고 수레로 하루하루 공급한다면 하루에 234대가 있어야 한다. 그러나 원정군의 경우에는 보급로가 길어지므로 매일매일 하루에 234대의 수레가 전쟁터로 옮겨가는 것은 불가능하므로 10일 간격으로 지속적인 보급을 한다고 가정하면 최소 234×10, 즉 2340대 이상의 수레가 필요하다.

그런데 나관중의 『삼국지』는 이 같은 점이 거의 고려되어 있지 않다. 예를 들면 관도대전은 위·오·촉 삼국이 정립되기 전의 상황인데 70만 이상의 군대를 일개의 제후가 동원하고 있다. 이것은 불가능하다. 이번에는 복잡한 계산이 아닌 보다 상식적으로 접근해보자.

만약에 7명의 장정이 한 달에 쌀 2가마를 소비한다면 70만 대군으로 전쟁을 3개월 이상 치르기 위해서는 420만 가마의 쌀이 필요하게 된다. 만약 이것을 10가마씩 운송하면 수레만 42만여 대가 필요하다. 이것은 일체의 부식을 제외한 것을 말한다. 설령 이것을 10일 간격으로 분산시켜 돌아가면서 공급한다 해도 1개월에는 14만 수레 분량의 가마를 옮겨야 하므로 14÷3 = 4.7만여 대의 수레가 필요하게 된다. 이것은 불가능한 일이다. 삼국의 정립기 이전에 유력 제후들이 총력을 다하여 동원할 수 있는 군대는 최대로 잡아도 5만~10만을 넘지 못할 것이다.

보다 구체적으로 나관중 『삼국지』에서의 내용으로도 병력을 추정할 수 있다. 조조가 기주를 점령한 후 최염(崔琰)을 별가종사(別駕從事)로 삼고 "기주 호적을 보니 총인구가 30만"이라고 하였다. 만약 기주 인구가 30여 만 정도라면 그 가운데 남자는 15만 정도이며 남자의 3분의 1이 장정(壯丁)이라면 5만 정도인데, 그 중 경제활동 인구를 (진나라의 경우와 같이) 50% 정도라고 추정하면, 최대 2만 5천 정도의 병력을 동원할 수 있다.

또 다른 분석 방법이지만 「신라의 촌락문서」의 기록에 따라 전체 인구의 20% 정도를 정남(8만 명)으로 보고 그 가운데 50%(3만 명)를 병력으로 동원한다면 대개 3만여 명 정도의 군대를 동원하게 되는데, 이 수치도 대체로 위의 분석과 비슷하게 된다.

그런데 기주는 다른 주에 비하여 비교적 넓은 지역으로 묘사되기 때문에 대개 하나의 주를 장악한 제후들은 최대로 잡아도 1만 5천 내지 2만 정도의 병력을 거느릴 수 있을 것이고 원소와 같이 유주 · 병주 · 청주 · 기주 등의 4개 주를 장악할 정도가 되면 8만~10만 정도의 군사를 동원할 수 있었을 것이다. 정사에 따르면, 중원을 통일하는 전쟁이었던 관도대전에서 원소는 정병 10만을 이끌고 근거지인 업(鄴: 河北省臨漳)을 출발하였다고 나오는데, 그것으로도 병력의 숫자를 짐작할 수 있다.

따라서 『삼국지』 전반에 나타나는 과장된 병력의 규모를 합리적인 숫자로 독자들에게 제시하여야 한다. 이것은 단순히 소설 『삼국지』를 개작하려는 시도가 아니라 보다 현실적이고 사실에 맞게끔 독자들에게 보여주고 그것을 통해서 현대를 살아가는 교훈을 얻을 수 있게 하려는 시도이다.

과장된 묘사─나 홀로 전쟁

『삼국지』에 나오는 전쟁을 대부분 한두 사람의 장수가 적장의 목을 베면 끝나는 형태를 띠고 있다. 즉, 나관중 『삼국지』는 영웅적으로 한두 명의 장수가 나와서 싸우고 장수가 지면 이내 패퇴하는 구조인데, 이것은 잘못이다.

춘추전국시대에 이르면 이미 전쟁은 고도로 전략적이고 전술적으로 발전해 있기 때문에 한두 명의 장수와의 싸움으로 대세가 결정되는 것은 아니다. 그리고 1만여 명이 넘는 대군이 서로 대치하고 있는 상황이라면 그 중 군사 한 명은 한 점의 크기도 되지 못하는데 일대일의 결전은 고사하고 군령을 전달하기도 어려웠을 것이다. 이 점은 전쟁 이론 부분에서 충분히 고찰할 것이다.

물론 나관중의 『삼국지』는 단순히 소설이 아닌가라고 반문한다면 할 말은 없다. 그러나 나관중 『삼국지』는 단순한 소설을 넘어서 동아시아 사회에서는 하나의 수신서(修身書)이자 처세서(處世書)로서 천 년 이상 동안 읽혀온 책이 아닌가. 뿐만 아니라 나관중의 『삼국지』가 정사이고 진수의 『삼국지』가 오히려 야사(野史)처럼 읽히는 현상도 나타나고 있는데, 이것은 바람직한 일이 아니다. 그것은 독자들로 하여금 역사에 대한 올바른 이해와 인식을 저해할 가능성이 크기 때문이다.

따라서 새로운 형태의 『삼국지』에서는 장수들의 '나 홀로 전쟁'을 완전히 새롭게 묘사할 필요가 있다. 왜냐하면 이 같은 묘사는 비판력이 없는 독자들에게 피비린내 나는 전쟁이 신격화된 영웅의 무용담이나 낭만적인 전쟁으로 각인될 가능성이 있기 때문이다. 재미있는 것은 나관중의 『삼국지』에는 군사력이 강한 상태에서 적장의 목이 쉽게 떨어지고 그렇지 않을 경우에는 패배하는 것으로 되어 있다. 따라서 만약에 관우가 원소의 맹장인 안량의 목을 베었다면 그것은 관우 개인의 공이 아니라 관우가 이끄는 군대가 강했음을 의미하는 것이다.

물론 장수들은 칼이나 창이 쉽게 뚫지 못하는 갑옷으로 무장해 있고 전차를 타거나 말을 타고 있기 때문에 그 자체가 현대의 전차나 장갑차 구실을 할 수는 있을 것이다. 그러나 그렇다고 하여 "조자룡이 헌 칼 쓰듯이" 수백 명 또는 수십 명을 한 사람이 상대하는 것은 불가능한 일이다. 아무리 옛날이라도 영웅을 빼고 바보들만 살았던 것은 아니기 때문이다.

나아가 전쟁의 묘사가 지나치게 과장되어 있는 부분이 많아서 영웅주의적이고 엘리트주의적인 시각에서만 전쟁을 볼 위험이 있다. 예를 들면, 제갈량이 혼자 성루에 앉아서 거문고를 타면서 수만의 대군을 물리치는 것이나 화살 10만 개를 한꺼번에 주워오는 일은 말 그대로 말장난에 불과하다. 이것은 독자들에게 흥미와 관심을 불러일으키는 '동중정(動中靜)'의 서술기법[40]이기는 하지만, 『삼국지』를 쓰는 사람들은 이런 과장된 부분들을 사실화하여 독자들의 이해를 도와야 한다. 정사의 지적처럼 실제의 제갈량은 군사 전략의 천재라기보다는 훌륭한 정치가로 보아야 한다.

중국은 춘추전국시대에 이미 전쟁기술이 세계 최고의 수준에 도달해 있었

---

40) 이 부분을 흔히 '동중유정(動中有靜)', 즉 격렬한 전투 사이사이에 정적인 표현 기법을 사용함으로써 독자들이 전쟁의 묘사를 즐길 수 있게 하기 위한 시도라고 볼 수 있다. 대표적인 예는 제갈량의 '공성계(空城計)'로 수만 대군의 침입 앞에서 향(香)을 사르고 의연하게 거문고를 연주하는 장면을 들 수 있다. 또 적벽대전에 앞서 배 위에서 시를 읊는 조조의 모습도 '동중정'의 예이다.

다. 중국인들은 흉노족이나 다른 유목민들의 기병전(騎兵戰)을 제외한다면 세계 최강의 보병전(步兵戰)을 구사할 능력을 이미 갖추고 있다고 보아야 한다. 원소를 맹주(盟主)로 한 제후연합군의 경우 유비·관우·장비 모두가 여포를 이기기에 급급했던 것은 그들 개인의 무용(武勇)의 문제가 아니라 군사력의 차이임을 보여준다.

그러므로 기존의 『삼국지』에 나타난 전쟁을 새로이 현대적으로 해석할 필요가 있다. 물론 나관중 『삼국지』는 일개 소설에 불과할 수도 있지만 그것이 가진 영향력을 생각할 때 엄밀한 고증과 해석이 새롭게 이루어져야 한다.

민란은 사회악인가

민중봉기는 매우 중요한 중국 사회의 변동 요인이다. 민중봉기를 농민전쟁, 기의(起義), 농민반란 등으로 다양하게 부르는데, 『삼국지』에서는 이를 타도할 대상으로만 인식하고 있다. 이것은 『삼국지』가 철저히 지배층의 논리 구조를 반영하고 있기 때문이다. 따라서 현대적인 의미에서는 농민전쟁[41]을 애정을 가지고 볼 필요가 있다. 인간의 역사에서 발전의 척도는 결국 백성들이 권위가 얼마나 확대되고(of the people, for the people), 그들에 의해 얼마나 정치가 이루어지는가(by the people)에 달린 것이기 때문이다.

중국의 농민반란은 농촌적이며, 비도시적이고, 참가 민중이 막대하다는 점 등의 특징을 가지고 있다. 그리고 그 민중의 규모는 국가적인 경제의 파탄으로 인한 유민(流民)의 수에 비례한다. 제2차 당고(黨錮)의 화(禍 : 혹은 禁)가 있은 지 10여 년 만에 황건기의(黃巾起義 : 黃巾賊의 亂, 184)가 일어났다. 비단 한나라 말기뿐만 아니라 중국 역사를 통틀어 보면 각 왕조의 말기에는 100만 ~200만의 농민이 대체로 참가하고 있다. 실제 중국 역사를 변화시키는 가장 확실하고 강한 힘은 바로 이것으로 보아야 한다. 현재 중국 정부는 이를 매우

---

41) 농민전쟁이나 계급전쟁의 개념은 김운회, 『역사변동에 대한 일반이론』, 신학문사, 1990, 205 ~207쪽을 참고하라.

긍정적으로 보기 때문에 '황건기의'라는 표현을 사용하는 것이다.

중국사에 나타나는 농민반란의 성격은 관료에 대한 극심한 증오, 보복적 살육 행위, 종교적 색채가 강한 점, 지식인적 요소가 지도적 역할을 수행한 점, 지도자가 자주 타락했다는 점 등이 지적된다.[42] 여기서 중요한 것은 농민반란의 문제가 그 지도자들에게는 타락과 방종을, 하층 농민군들에게는 유구화(流寇化 : 도적떼화 혹은 匪賊化) 현상을 가져온다는 점이다. 이것을 극복하면 주원장(朱元璋 : 명나라의 태조)의 명나라와 같은 왕조가 형성되지만 그렇지 못한 경우는 대개 내분으로 붕괴된다. 국민당 장개석의 군대가 공산당 모택동의 군대를 공비(共匪)라고 부른 것은 공산당은 비적화된 도적떼와 다를 바 없거나 공산당·비적의 연합 군대라는 생각을 반영한 것이다.

농민전쟁을 일으킨 농민들의 이데올로기는 음양오행설이나 도가사상에 근거를 두고 있다. 음양오행설은 교육을 받지 못한 농민들이나 민초들이 비교적 쉽게 이해할 수 있는 장점을 가지고 있고 도가의 신선사상은 농민군의 지도자들을 신성화하거나 불사(不死)에 대한 자신감을 불어넣어주므로 매우 유용하다.

음양오행설은 민중의 의식구조에 매우 중요한 변화를 가져온다. 후한 말 당시에는 한조(漢朝)가 천명을 받들어 천하에 군림하는 것은 화덕(火德)에 의한 것이라는 것이 오행설이 가르치는 바였다. 후한 말에 이르자, 이 화덕이 토덕(土德)으로 바뀐다는 관념이 생기게 되었다. 좌자(左慈)는 "한나라는 반드시 그 불빛이 쇠하고, 황정(黃精)이 반드시 일어나리라"고 말했다. 즉, 불에서 흙이 생성된다는 말인데, 토덕은 바로 황색이다.

서기 184년 장각(張角)을 수령으로 하여 허베이에서 일어난 황건적의 난, 혹은 황건기의는 이 신앙에 기초를 두고 있는데, 장각은 "한행(漢行)은 이미 다하였다, 마땅히 황가(黃家)가 바로 서야 되는 때이니라"라고 하였다. 당시에는 한나라를 대신할 왕조는 토덕을 기초로 수립될 것으로 보았다고 한다. 음양오행은 보는 이의 시각에 따라 달리 해석할 수 있다. 일단 당시의 견해를 중

---

42) 川合貞吉(표문태 역),『중국민란사』, 일월서각, 1979, 11~13쪽.

시한다면 한나라를 화덕으로 보는 것이 옳을 것이다. 이 자체가 가진 과학성이나 의미보다는 그 시대인들이 그렇게 믿고 행동했다는 것이 중요하다.

농민들이 삶에 지쳐서 관에 대항하는 행위를 토멸(討滅)해야 할 대상으로만 본다는 것은 인간으로서의 자기기만이다. 사회의 뿌리는 결국 민중이고 그 민중의 삶이 풍족해야 그 사회의 존재 가치가 있는 것이다. 나관중을 저본으로 삼은 국내의 『삼국지』는 이 점에 문제가 있다. 중국인의 입장에서야 그들의 고전이기 때문에 손대기 어렵다 치더라도 우리는 그들의 허물을 객관적으로 볼 수 있기 때문이다.

불합리한 내용

나관중의 『삼국지』에는 앞뒤가 맞지 않는 사건이나 표현이 매우 많이 발견된다. 이것을 모두 살펴보는 것은 어렵겠지만 전체 사건의 흐름에 영향을 미칠 수 있는 부분만을 몇 개 골라서 살펴보자.

첫째, 원술(袁術)이 황제를 칭한 후 조조·여포·유비의 연합군이 원술의 수춘성을 공격하여 궁궐을 모두 불사르고 원술의 근거를 거의 없앤 후인데도 그로부터 얼마 지나지 않은 상태에서 여포의 모사 허사(許汜)와 왕해(王楷)가 여포에게 "지금 회남에 있는 원술은 세력이 대단하다고 합니다"라고 하면서 여포의 딸을 원술의 아들과 혼인시키라고 권유하는 대목이 나온다. 그 후 여포가 추운 겨울에 딸을 등에 업고 가는 장면이 나오는데 여기에는 뛰어난 무장이었던 여포를 무능한 인간으로 폄하하려는 의도가 숨어 있다. 이 당시 여포는 조조의 대군에게 공격을 받아서 죽음에 이르기 직전의 상황인데도 끝까지 원술과의 모의를 통하여 묘수를 찾는 사람으로 묘사하고 있는 것이다.

둘째, 초선(貂蟬)에 대한 문제이다. 초선이 모란정과 화각(畵閣)에서 왕윤에게 하는 말을 가만히 들어보면 여느 우국지사(憂國之士) 못지않은 비분강개(悲憤慷慨)가 넘친다. 즉, 초선은 왕윤에게, "소용이 되신다면 이 몸은 만번을 죽어도 사양치 않겠습니다. ……대의(大義)에 보답하지 못한다면 비록 죽음을 당하더라도 후회하지 않겠습니다"고 말하지만 나중에는 여포의 여자가 되어 아무런 탈이 없이 잘살고 있다. 이것은 상당한 문제가 있는 부분으로 정비석의 『삼국지』(고려원, 1985)에서는 초선이 동탁이 죽은 후에 자살하는 것으로 처리했다. 참고로 정사에서는 초선의 이름이 나오지 않는다. 즉, 초선은 역사상 실재하는 인물이 아니라는 말이다. 어떤 의미에서 초선은 동탁과 여포를 비하시키고 저급한 인물로 만들기 위해 나관중이 날조한 인물이다.

셋째, 조조가 여포를 죽이기 위해 하비(下邳)성을 공격할 때 수전(水戰)을 한 것으로 되어 있는데 물바다가 된 성에서 정규적인 작전을 펼치고 있다. 그리고 구체적으로 어떻게 전쟁에서 승리했는지가 불분명하다. 이 때문에 이문열의 『삼국지』(민음사, 1988)에서는 그래도 고심한 흔적이 보인다. 더욱 문제가 되는 것은 물바다가 된 성 아래에서 조조의 군대가 몰려오고 전투가 벌어지고 있다는 점이다. 이것은 상식적으로 가능한 일이 아니다. 그리고 이 당시가 엄동설한이었던 점을 감안한다면 기존의 『삼국지』는 내용상 상당한 변화를 감수하지 않으면 고대 소설적인 한계를 벗어날 수 없고, 나아가 현대인들의 감동을 자아낼 수 없을 것이다.

넷째, 5만이나 10만이 되는 군사가 제후들의 명령 한마디에 그날 즉시 전장으로 출발한다는 점이다. 이런 대목은 『삼국지』 전반에 걸쳐서 나타나고 있다. 대표적인 예를 들면 여포가 죽은 후 유비가 동승의 거사 모의에 서명하고 조조의 진영을 조조의 심복인 주령, 노고와 함께 5만의 군사를 이끌고 다음날 출발하는 장면이 나온다. 이것은 불가능한 일이다. 5만이 아니라 1만 명 이하를 보내더라도 우선 각 부대에 있는 병력들은 차출하고 그것을 다시 현재 필요한 전략이나 전술목표에 따라서 전투(戰鬪)·공병(工兵)·병참(兵站)·예비(豫備)·군의(軍醫)·휼병(恤兵) 등으로 새로이 편성하여야 할 것이다.[43] 그런데 이 과정이 최소한 1개월 이상은 걸리는 일이다.

다섯째, 헌제는 동탁이 정권을 잡을 때(190) 겨우 10세를 전후한 아이였다. 그리고 조조의 진영으로 들어갈 때도 15세 이하였다. 그런데 10~15세의 아

---

43) 물론 그 당시의 군대 편재가 전투(戰鬪)·공병(工兵)·병참(兵站)·예비(豫備)·군의(軍醫)·휼병(恤兵) 등으로 되어 있었던 것은 아닐 것이다. 다만 1만 이상의 대병이 동원될 경우에는 불가피하게 이와 같은 형태의 편재가 될 수 있다는 의미로 사용하였다.

이가 한 것이라고는 도저히 납득할 수 없는 말이나 행동을 하고 있다. 특히 이각 · 곽사의 난이 일어나자 어린 헌제는 칼을 들고 궁중에 난입한 이곽과 곽사에게 "경은 주청(奏請)도 없이 함부로 군사를 일으켜 장안으로 몰아오니 앞으로 무슨 일을 저지르려 하는가?"라고 꾸짖고 있다. 열두 살 된 소년의 말이라고 하기에는 믿기 어렵다. 아마 이 상황이라면 일반적인 경우에는 어린 헌제가 왕윤의 등뒤에서 오돌오돌 떨고 있어야 하는 것이 아닐까?

여섯째, 같은 행위에 대해서도 인물에 따라 표현이 전혀 다르다는 점이다. 『삼국지』에 나오는 주인공급에 속하는 인물들, 예컨대 유비 · 조조 · 손책 등이 '군량미를 구하러 간다'고 표현된 반면, 원술 · 여포 · 양봉 등은 '노략질을 한다'고 표현되어 있다.

일곱째, 『삼국지』의 주인공과 관련된 해명되지 않은 의문사(疑問死)가 다소 나타나고 있다. 유비는 조조가 여포를 공격할 때 한섬과 양봉의 수급(首級)을 바치면서 백성들에 대한 노략질이 심해 죽였다고 말한다. 그러나 나관중의 『삼국지』에만 나타난 그간의 전력으로 봐서 양봉은 결코 민폐를 끼칠 사람이 아니다. 양봉은 이각과 곽사의 난이 일어났을 때 그 혹한(酷寒) 속에서도 묵묵히 황제의 어가를 화음현(華陰縣)에서부터 풍익(馮翊) · 하동(河東) · 안읍(安邑)을 거쳐 낙양(洛陽)까지 모시고 온 사람이다. 그리고 양봉은 낙양의 무너진 성들을 다시 수리하여 소궁(小宮)으로 만들고 지방을 다니면서 음식을 구해와서 문무의 관료들을 먹였다. 그런데 이에 대해서는 아무런 해명이 없다. 그냥 노략질과 민폐로 인하여 유비가 죽였다는 말만 나올 뿐이다. 이 억울한 죽음은 유비와 진규 · 진등의 교활한 간계로만 설명이 가능할 것이다.

여덟째, 나관중의 『삼국지』에서는 정사에서 이미 죽은 사람이 다시 살아나서 행동하는 경우나 죽지 않았는데 죽은 사람이 많다는 것이다.[44] 중요한 것만을 추려보면 다음과 같다. 양수(楊修)는 219년 가을에 죽었는데 조조는 그해 봄에 다른 일로 그를 죽이고, 최소한 208년 이전에 죽은 명의 화타(華佗)가

---

44) 이전원 · 이소선, 앞의 책 제2권.

219년 관우를 치료하며, 장비 생전에 요절한 장포(張布)와 역시 요절한 관흥(關興)이 아버지들의 원수를 갚기 위해 전쟁터를 누빈다. 또한 220년 병사한 황충(黃忠)이 221년 다시 살아나 유비를 따라 오나라를 정벌하고 있다.

아홉째, 아무리 소설이지만 내용이 조잡하고 과장이 지나치다. 이미 죽은 왕랑(王郞 : ?～228)이 제갈량의 호통을 듣고 말에서 떨어져 죽고,[45] 싸우지도 않은 조진(曹眞 : ?～231)이 제갈량이 보낸 편지를 받고 분통이 터져 죽는다. 그리고 정사에는 없는 맹획을 일곱 번이나 잡았다가 놓아주는 장면이 있는데, 이것은 만화 같은 이야기로 당시 제갈량에게 그만한 시간이 있었을 리는 만무하다. 또 한 가지는 제갈량이 20척의 쾌속선으로 화살 10만 대를 구해온 대목으로, 당시의 쾌속선의 길이는 1장(丈 : 2.25m)을 넘지 않는데[46] 이 작은 배 1척에 1천 단의 볏단(1단에 500g, 전체 500kg)을 싣는다는 것은 동화에서나 가능한 일이다. 참고로 진수의 『삼국지』에 대해 150여 년이 지난 후 배송지가 주석을 달았는데 그 주석 부분에서만 맹획이 나타나고 있다.[47]

열째, 없는 사건이 너무 많이 만들어져서 역사적 사실과 혼돈을 일으킨다.

---

45) 이전원 · 이소선, 앞의 책 제2권, 171쪽
46) 이전원 · 이소선, 앞의 책 제2권, 214쪽.
47) 정사인 진수의 『삼국지』 촉서(蜀書) '제갈량전(諸葛亮傳)'에 배송지가 달아놓은 주석에는 다음과 같은 내용이 있다."제갈량은 맹획을 일곱 번 석방하고 일곱 번 체포했지만 여전히 맹획을 풀어주었다." 그러나 배송지가 주를 단 것은 이 사건이 있은 지 오랜 시간이 지난 후의 일이기 때문에 이 주석을 전적으로 신뢰하기는 어려울 것이다. 그러면 왜 남조시대의 송(宋)의 배송지는 유비와 추종자들을 옹호하였을까? 그것은 이 나라의 건국자가 유유(劉裕: 363～422)로 유비와 마찬가지로 과거 한 왕실의 후손이었기 때문이다. 유유는 극빈한 가정에서 자라 군인으로 출세한 사람이었다. 그는 쥬신족들이 지배하고 있던 중원의 장안(長安) 땅을 거의 100년 만에 일시적으로 회복한 사람이었다. 유유는 이내 진(晋)나라의 수도로 돌아와 진나라 황제를 폐하여 독살하고 송(宋)을 열었다(420). 유유가 죽은 후 극심한 정치적 혼란이 있었는데 송의 문제(文帝 :407～453)가 혼란을 바로잡고 극성기를 연출하였다. 이것을 원가(元嘉)의 치세(治世)라고 부른다. 송의 문제는 438년 교육제도를 크게 개편하여 학문을 크게 일으켰다. 송의 문제가 『삼국지』에 대한 주석을 달게 한 것은 송 왕조의 정치적 이데올로기와도 밀접한 관계가 있다. 즉, 유비를 옹호하는 것은 바로 건국 시조인 유유를 옹호하고 송 왕조의 정치적 기반을 굳건히 하는 것이었다. 과거의 유유는 충성스런 무장(武將)의 신분으로 권력을 찬탈했는데, 이 점은 유유가 이전에 한족들에게 준 주공(周公)의 이미지에 먹칠한 셈이 된다. 따라서 유유의 아들인 송의 문제가 유유를 간접적으로 높이기 위한 국가 홍보사업의 일환으로 『삼국지』의 주를 달게 한 것으로 보면 된다.

제갈량은 박망파(博望坡)에서 군사(軍師)로 임명된 후 첫 전투를 치르는데 정사에 의하면 이 전투는 제갈량과 아무 상관없이 유비가 단독으로 수행한 것이었다. 그리고 조조군의 침공이 연이어 일어났을 때 제갈량은 신야(新野)에서 화공으로 조조군을 대파하는데 실제로는 이 전투 자체가 없었다.

뒤죽박죽 사건 전개

『삼국지』를 읽다보면 가장 답답한 것이 사건의 순서를 제대로 알 수 없는 경우가 많다는 것이다. 『삼국지』가 워낙 방대한 소설이라 어쩔 수 없는 부분도 있겠지만 독자의 입장에서는 도무지 사건 전개과정을 알 수 없는 경우가 많다. 이 같은 현상은 『삼국지』 전반에 걸쳐서 나타나고 있지만 대표적인 경우를 들면 유비가 조조의 휘하로 들어갔다가 겨우 탈출하여 서주를 점거하고 농성을 할 때부터 유비 삼형제가 형주 부근에서 다시 만날 때까지이다. 기간으로 치면 관도대전이 시작되기 1년 전인 199년부터 관도대전이 끝나는 201년까지이다.

나관중의 『삼국지』에 나타나는 사건의 개요는 다음과 같다(괄호 안은 음력임).

① 유비는 서주로 탈출한 다음 다시 차주(車胄)의 계교를 물리치고 서주를 장악함(199년 12월 겨울).
② 유비가 조조의 재침공이 두려워 원소에게 정현의 친서를 보냄.
③ 원소는 전쟁(관도대전)을 결정함(200년 2월경).
④ 조조군과 원소군이 여양과 백마를 중심으로 대치하다 조조는 허창(허도)으로 돌아감(200년 8~10월).
⑤ 유대와 왕충이 조조의 명을 받아 유비를 공격하다 실패하여 생포됨.
⑥ 장수와 가후가 조조에 투항함(199년 11월 겨울).
⑦ 예형(이형 : 禰衡)의 객기와 동승의 반역 사건이 탄로나 동승과 길평이 죽음(200년 1월 정월).
⑧ 조조의 유비 정벌과 관우 생포(200년 1월 정월).
⑨ 원소의 출전(200년 4월).

⑩ 관우가 안량 · 문추의 목을 벰(200년 4~7월).

⑪ 관우가 두 형수를 모시고 5관을 통과함(200년 7월).

⑫ 관우, 유비와 합류.

위의 사실들은 정사에 나타난 것을 토대로 시기를 다시 나타낸 것이다. 그냥 보더라도 사건이 뒤죽박죽 되었음을 알 수 있다. 특히 관우는 안량과 문추의 목을 벤 후 두 형수를 데리고 한창 전쟁 중인 낙양(허창 서북쪽) · 수 · 영양을 거쳐 황하(허창의 동북쪽)까지 올라갔다가 다시 엉뚱하게 여남(허창의 남쪽) 땅으로 내려오는 등 사건이 얽혀서 도저히 알아볼 수 없는 지경이 되고 말았다 (우리나라의 예를 들면 전란 중에 대구에서 서울로 갔다가 강릉을 들러 다시 부산으로 가는 식이다).

여기에는 두 가지의 원인이 있다. 첫째는 워낙 복잡한 사건들이니만큼 최초의 저자들이 잘못 저술했기 때문일 수 있고, 둘째 나관중이나 모종강이 관우를 부각시키려다가 책 편집에 실패했기 때문에 나타난 현상일 수도 있다. 새로운 『삼국지』는 사건과 시간의 순서에 맞게 다시 쓰는 것이 바람직한데, 아직까지 그런 시도는 없었다.

위의 사건을 시간 순서대로 다시 편성해보면 다음과 같이 된다.

⑥ 장수와 가후가 조조에 투항함(199년 11월 겨울).

① 유비는 서주로 탈출한 다음 다시 차주(車胄)의 계교를 물리치고 서주를 장악함(199년 12월 겨울).

⑤ 유대와 왕충이 조조의 명을 받아 유비를 공격하다 실패하여 생포됨.

⑦ 예형(이형 : 禰衡)의 객기와 동승의 반역 사건이 탄로나 동승과 길평이 죽음(200년 1월 정월).

⑧ 조조의 유비 정벌과 관우 생포(200년 1월 정월).

② 유비가 조조의 재침공이 두려워 원소에게 정현의 친서를 보냄.

③ 원소는 전쟁(관도대전)을 결정함(200년 2월경).

⑨ 원소의 출전(200년 4월).

⑩ 관우가 안량·문추의 목을 벰(200년 4~7월).

⑪ 관우가 두 형수를 모시고 5관을 통과함(200년 7월).

④ 조조군과 원소군이 여양과 백마를 중심으로 대치하다 조조는 허창(허도)으로 돌아감(200년 8~10월).

⑫ 관우, 유비와 합류.

사정이 이렇다 보니 나관중의 『삼국지』에서는 실제 조조는 원소하고만 싸우고 있는데 유비와도 함께 교전을 하는 일이 벌어지고, 전쟁중이던 관우가 엉뚱하게 형수들을 모시고 관도의 격전장 쪽으로 유람하듯이 가고 있는 이상한 일들이 벌어지는 것이다.

요즘 우리나라 최고의 작가들이 『삼국지』를 제대로 번역해야 한다며 열을 올리고 있는데, 이것은 제대로 번역한다고 해결할 수 있는 일도 아니고 평역(評譯)을 아무리 잘한다고 해서 해결할 수 있는 일도 아니다. 그 원판(原版)이 잘못되어 있으니 그것을 바로잡아서 전달할 일이지 잘못된 원판을 아무리 새롭게 갈고닦아 봤자 별로 도움이 되지는 않을 것이다.

과대 평가된 주인공─유비와 손권

한나라 때 중국의 중심 무대는 장안(長安)-낙양(洛陽)-한단(邯鄲)-서주(徐州)-남양(南陽)을 중심으로 한 지역이다. 이 지역은 하·은·주를 거쳐 춘추오패(春秋五覇)와 전국칠웅(戰國七雄)이 자리잡았던 곳이다.

먼저 은(殷)나라(B.C. 1550~1122)는 하(夏)나라를 정복하고 황하 중류 지역을 기반으로 자리잡았다. 이를 이은 주(周)나라(B.C. 1122~770)는 섬서성의 위수(渭水) 지역을 기반으로 하여 호경(鎬京 : 장안)에 도읍을 하였다가 낙읍(洛邑 : 낙양)으로 천도를 하였다(B.C. 770). 주나라가 천하의 패권을 상실하자 천하는 분열되어 춘추전국시대에 돌입하게 된다.

그리고 진(秦)나라(B.C. 221~206)가 전국시대를 통일하고 함양(咸陽)에 도읍을 하였는데 이곳은 장안 인근 지역이다. 장안은 원래 주변이 넓고 발전 가능성이 많은 지역이었으므로 장량(張良)의 강력한 권고에 의해 도읍이 되었지만 이민족의 침입에 지속적으로 시달렸다. 그후 후한의 광무제는 이를 방지하기 위해서 협소하지만 천연의 요새인 낙양을 도읍으로 삼았다.[48] 따라서 후한 말기 중국의 중심지는 낙양 지역으로 보아야 한다.

그런데 흥미로운 것은 진(秦)나라가 중국 문명의 중심지가 아니라 주변 지역이었다는 점이다. 즉, 진나라는 전국의 7개 나라 중에서 가장 문명이 뒤떨어진 나라였다. 따라서 진나라는 중국의 주류사회를 주도할 수가 없었던 것이고 그 때문에 강압적인 통치를 되풀이하다 일찍 패망하고 만 것이다.

특히 진나라의 위치를 보면 중국인들이 경멸하는 양주(凉州)를 바탕으로 하고 있다. 즉, 진나라 지역은 현재 간쑤성(甘肅省)에서 기원을 하는데, 간쑤성은 현재도 북동쪽으로 내몽고 자치구와 접해 있으며 남쪽으로는 티베트 자치구, 서쪽으로는 신장웨이우얼 자치구와 접하는 긴 모양을 하고 있고 고대 실크로드의 길목인 곳으로 현재에도 여러 소수민족이 살고 있다. 전국시대에는 황하 중류의 유역을 중원(中原)으로 부르며 그것을 중국의 원류로 보았다. 즉, 전국 가운데 위나라가 가장 중심지로 중원의 최고 문화국가였다.[49] 이 위(魏)나라를 중심으로 하여 조(趙)나라의 남부 지역, 한(韓)나라 · 제(濟)나라 · 노(魯)나라 · 연(燕)나라의 남서부 지역, 초(楚)나라 북부 지역 및 진(秦)나라 동부 일부 정도가 중원 땅이었다.[50] 한나라가 서쪽으로 치우친 장안에 도읍을 정한 것은 여러 제후들로부터 방어를 용이하게 하려 했던 것이지만 아이러니하게도 흉노의 잦은 침입으로 국력을 탕진하여 결국은 한나라(전한:前漢)의 멸망을 가속화하였다. 후한이 낙양에 도읍을 정한 것도 이 때문이었다. 중국인들은 과거 춘추시대의 진(晉) · 낙양이 바로 중원 지역이었고 이것이 한(韓) ·

---

48) 낙양은 지세가 좁고 북쪽으로는 황하로 막힌데다 동 · 서 · 남쪽이 산으로 둘러싸여 있었다.
49) 위나라는 원래 산서의 안읍(安邑)을 수도로 하고 있었다가 강적인 진나라에 인접하고 있어서 황하의 남안인 대량(大梁 : 현재의 카이펑)으로 천도하였다. 이전의 최대의 제후국이었던 진(晉)나라가 기원전 403년부터 분열하여 한(韓) · 위(魏) · 조(趙)의 세 나라로 분리되었다.
50) 만약 진(秦)나라가 통일하지 못했다면 비교적 서쪽에 위치한 장안도 제외되었을 것이다.

조(趙) · 위(魏)로 분열되었으므로 사마염이 천하를 통일하고 위를 진(晉)으로 바꾼 것도 위나라보다 더 큰 중원을 차지했다는 의미로 해석할 수도 있다.

『삼국지』의 시기에는 중국의 중심 영역은 장안 – 낙양 – 연주 – 기주 – 서주 – 산동 지방이라고 보면 된다. 즉, 북쪽으로는 황하, 남쪽으로는 양쯔강 북부 지역이라고 볼 수 있다. 그러니까 전국시대의 개념으로 치면 초나라 · 연나라 · 제나라 · 한나라 · 조나라 · 위나라에 해당되는 지역이다. 따라서 조조의 위나라가 차지한 영역이 바로 중국 문화 및 역사의 중심 무대라고 할 수 있다.

촉(蜀)의 경우는 현재의 사천성 지역이고 오나라는 현재 양쯔강 남부 지역으로 중국 문화의 변방 지역이었다. 따라서 당시의 군사기술로는 정벌하기도 어렵고 중원과는 매우 멀리 떨어진 곳으로 중국사 전체에 큰 의미를 가지기는 어렵다 (물론 이 과정을 통해서 한족의 문화권과 정치적 역량이 확대된 것은 사실이다).

특히 촉나라의 경우에는 변방 중의 변방으로 봐야 한다. 『삼국지』 시대 이후 거의 600~700년 후 당(唐)나라의 시선(詩仙)이었던 이백[李太白]이 「촉도난(蜀道難)」이라는 이름난 시에서 "촉으로 가는 길은 하늘로 오르기보다도 힘들구나(蜀道之難 難於上靑天)"라고 읊었을 만큼 험하고 외떨어진 지역이다. 현재의 구이저우[貴州] · 윈난[雲南] · 쓰촨[四川]의 서부와 남부, 시캉[西康] 동부, 간쑤 남부 지구는 한대에 여러 이민족들의 근거지로 한족들은 이들을 서남이(西南夷)라고 불렀다. 후한(後漢) 광무제 · 명제 때에 이들 지역은 한에 복속되기도 했으나 난세가 되면 통제할 수 없는 지역이었다.

따라서 촉의 영토는 조조의 시각에서 보면 중원과는 거리가 멀지만 "조정에 대해 극심한 증오를 가진" 반란군들이 숨어 들어갔으니 정벌해야 하는 정도에 불과했다. 촉에서 낙양 · 허창으로 나가는 교두보인 관중(關中 : 현재 산시의 관중 분지) 지역[51]은 과거 한 고조 유방이 근거로 삼은 지역이었지만 『삼국지』 시대에는 이미 폐허에 가까운 지역이었다. 왜냐하면 『삼국지』 시대에는 정치의

---

51) 이전원 · 이소선, 앞의 책 제1권 163쪽. 관중이란 동쪽의 함곡관(函谷關), 남쪽의 무관(武關), 북쪽의 소관(蕭關), 서쪽의 산관(散關) 등의 네 관문의 중앙에 위치하기 때문에 붙여진 이름이다. 이 지역은 장안을 중심으로 한 커다란 분지 지역으로 전한(前漢)의 중심 지역이라고 보면 된다.

전국의 7웅

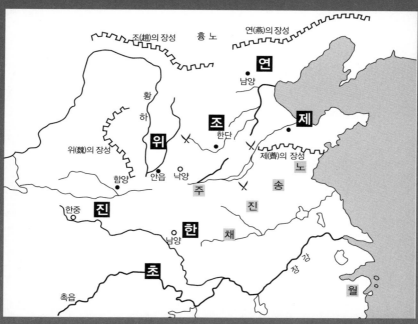

조(趙)의 장성 　흉 노 　연(燕)의 장성

연
남양

위(魏)의 장성 　황　하

조
한단

제

위 　제(齊)의 장성

안읍 　낙양 　노

함양 　주 　송

한중 　진 　진

진 　남양 　채

한 　강

촉읍 　초 　장

월

＊ 출전 : 신태영 편, 『중국의 전쟁』, 도남서사, 184쪽

중심이 관중으로부터 동쪽으로 옮겨가 낙양 · 허창 지역에 있었기 때문이다.

그래서 엄밀한 의미에서 보면 관도전쟁으로 조조는 기존의 장안 – 낙양 – 연주 등의 지역을 아우르고 유주 · 병주 · 청주 · 기주를 차지하게 되는데 이때의 중국을 사실상의 통일된 국가라고 보아도 크게 틀린 말은 아니다. 진수가 쓴 정사 『삼국지』「오서(吳書)」의 '삼사주전(三嗣主傳)'에는 다음과 같은 말이 나와서 이 같은 사실을 대변한다.[52]

서소는 유수까지 가서 오(吳)로 불려 돌아와 살해되었고 그의 가족은 건안으로 강제 이주되었다. 이전에 어떤 사람이 서소가 중국(中國)을 칭찬했다고 황제에게 보고했기 때문에 서소는 이렇게 죽음을 당한 것이다.

여기서 말하는 중국(中國)은 바로 위(魏)나라를 지칭하고 있다. 즉, 오나라에서 위나라를 '중국'이라고 부르고 있는 것이다. 한나라 초기에는 한의 남쪽에 3개의 월족(越族)이 세운 국가, 즉 동구(東甌 : 현재의 저장성 남부) · 남월(南越 : 현재의 광둥, 광시성) · 민월(閩越 : 현재의 푸젠성) 등이 있었는데 이들은 사실상 독립된 나라였으므로[53] 중국의 통치력이 미치는 곳은 아니었다. 한무제 때는 아예 이들 주민들을 이 지역에서 다른 지역으로 강제로 이동시켜 동구와 민월은 거의 황무지가 되다시피 하였다. 『삼국지』와 관련해서 보면, 손책이 집중적으로 토벌하려 했던 곳이 동구 지역이었다. 따라서 이 지역은 조조가 천하의 통일을 위해 최종적으로 진압하거나 손권을 제후로 봉하면 되는 지역에 불과하였다.

그런데 나관중의 『삼국지』에는 이 점을 거의 지적하고 있지 않다.[54]

오히려 제후의 연합정권에 불과했던 오나라와 외곽지에 불과했던 촉나라를

---

52) 진수, 「오서(吳書)」 1, 95쪽.
53) 傅樂成, 앞의 책, 190쪽.
54) 아마 나관중이 살았던 당시(원나라 말기 명나라 초기)에는 강동과 강남 지방이 많이 개발되었기 때문에 나관중이 『삼국지』를 저술할 때는 그 전의 사정을 고려하지 못했을 것으로 보인다. 강동이나 강남 지역이 본격적으로 개발된 것은 12세기 중엽 남송(南宋) 시대 이후라고 보아야 한다.

지나치게 과장하여 『삼국지』를 구성하고 있는데 그 실상은 1강 2약에 불과하거나 일부 변방의 반란 구역에 불과했다. 이 점을 좀더 구체적으로 살펴보자.

유비나 손권(孫權)이 차지했던 근거지는 천하통일의 조건이 기본적으로 부족한 지역이었다. 오(吳)는 현재 양쯔강의 하류로 강남 지방에 해당하는데 현재는 비옥한 곡창 지대로 새로운 중국의 중심지이지만 삼국시대에는 개발이 충분히 이루어지지 못한 지역이었다. 촉(蜀)나라[55]는 당시 오지로, 제갈량이 성도(成都)에 도읍을 정한 것도 그 지역이 수레나 우마차가 겨우 지나갈 정도로 험난한 지역이기 때문이었다. 그것은 상대적으로 약세였던 촉나라의 안전을 보장하기 위한 조치였다. 그리고 이것은 역으로 후일 제갈량이 위를 공격할 때 보급로 문제를 야기시켰다.

이에 비하여 위(魏)는 그 면적이 오(吳)와 촉(蜀)을 합한 것보다도 넓고, 중국의 역사가 시작된 이래로 한족의 중심 무대로 산업 발전의 중심지였으며, 물자도 매우 풍부한 지역이었다. 그리고 조조는 자신이 죽을 때까지도 황위(皇位)에 오르지 않고 한 황제를 옹립하고 있었으므로 나관중의 『삼국지』에서 보는 것처럼 일반 민중들에게 촉이나 오의 대의명분은 강할 수 없었을 것이다.

이 당시의 인구나 호수는 위(魏)-66만 호(인구 440만), 오(吳)-52만 호(인구 230만), 촉(蜀)-28만 호(인구 94만) 등으로 기록된 것으로 볼 때, 보다 객관적인 상황을 알 수 있다. 즉, 오(吳)와 촉(蜀)을 합한 인구보다도 위(魏)의 인구가 더 많다. 특히 전쟁술이 발달하지 못한 당시의 상황으로 보면 인구수가 바로 국력이므로 통일 대업은 조조를 중심으로 전개되었다고 보는 것이 타당한 일이다. 여기에 오나라는 호족들과의 연합체제의 성격이 강하여 중앙 정부의 지배력이 떨어지기 때문에 더욱 약했다고 볼 수 있다.

그리고 결국 위의 신하였던 사마(司馬)씨의 서진(晉)에 의해 천하가 통일이되는데 그 통일의 기틀은 조조의 작품이라도 보아야 한다. 왜냐하면 촉은 위나

---

55) 촉은 현재의 쓰촨[四川] 지방인데 창강[長江]·민강[岷江]·자링강[嘉陵江]·투오강[陀江]이 흐르기 때문에 사천(네 개의 강)이라고 부른다. 지형이 험준한 만큼 뛰어난 절경이 많기로 유명하다. 창강이 지나는 곳 가운데 계곡이 험하기로 유명한 삼협(三峽)이 있다.

라와 겨룰 만큼의 역량이 없었고 이릉대전 이후 큰 전쟁이 없이 위나라에 항복했으며(263), 오나라 역시 촉나라의 멸망 이후 큰 전쟁을 치르지 않고 위나라에 항복하였다(280).

삼국의 군사력을 보다 구체적으로 살펴보면, 나관중의 『삼국지』에 적벽대전(赤壁大戰)이 벌어지기 전 조조가 손권에게 보낸 서한에서 80만 대군을 운운하고 있다. 통상적으로 중국 역사에서 만(萬)이란 많다는 뜻으로 이해해야지 실제의 숫자로 받아들이면 곤란하다. 그러나 이것의 4분의 1만 보아도 위군(魏軍)은 20만이나 된다. 손권은 군사회의 석상에서 "오나라 전역에서 10만의 대군을 모조리 동원하여"라고 말하고 있는데 실제 주유가 이끈 병력은 3만에 불과했다. 결국 오나라의 군사력은 위의 20%에도 미치지 못한다는 의미가 된다. 사실상 삼국시대라는 것은 위나라가 중심에 있고, 나머지는 반란이 진압되지 않은 상태로 보는 것이 타당할 것이다.

삼국의 인적 자원 측면에서 볼 때도 위나라는 오(吳)·촉(蜀)과 비교할 수 없을 정도로 인재가 많았다. 유비에게는 관우·장비·조운(조자룡) 등 맹장이 있었지만, 제갈량을 맞아들일 때까지는 참모가 없었다. 제갈량이 54세로 죽은 것도 인재가 부족해 모든 것을 혼자서 결제했기 때문이라고 한다.[56] 오나라의 경우도 요절한 주유(周瑜) 외에 장소(張昭)·노숙(魯肅)·여몽(呂蒙) 등의 인재에 불과했다. 그러나 조조에게는 인재가 매우 풍부하여 마치 현대적 개념의 인재 풀(pool)을 형성한 듯한 형태였다. 만약 장비·조운(趙雲) 정도의 사람이 조조의 진영에 있었다면 아마 제대로 발탁되기도 어려웠을 것이다.

---

56) 이것은 나관중의 『삼국지』 후반부에 나타나 있다. 제갈량은 전쟁을 계속 회피하는 사마의에게 족두리와 치마저고리를 보냈다. 그 당시 사자는 사마의에게 "승상께서는 아침에 일찍 일어나시고 저녁에는 늦게 주무십니다. 그리고 승상께서는 군율이 엄하시어 벌이십(罰二十)이 넘는 경우는 친히 결제하십니다.……식사는 매우 적게 하여 하루 세 끼니에 밥 한 그릇을 잡수십니다"라고 하였다. 이 말을 듣고 사마의는 제갈량이 과로로 죽을 날이 멀지 않았다고 판단하였다. 물론 정사에서는 확인되고 있지 않다.

3. 새로운 『삼국지』와 시대정신

역사성의 새로운 조망

『삼국지』를 새롭게 조망한다는 것은 어떤 의미에서는 웃음거리가 될 수도 있다. 왜냐하면 이것은 소설이고 소설은 소설로 족한 것이라고 하면 더 이상 할 말이 없기 때문이다. 가령 월탄 박종화의 『단종애사』를 비판하고 끝내면 되지, 새로이 편찬한다는 것은 아무래도 지나친 일이기 때문이다. 그러나 『삼국지』는 이와 다른 특성을 가지고 있다. 우리나라에서 지금까지 나와 있는 여러 가지 『삼국지』 가운데서도 같은 것은 없고 작가의 상상력에 따라 모두 조금씩 다른 형태를 띠고 있다. 『삼국지』는 끊임없이 재해석되고 새롭게 편찬되는 독특한 성격을 가지고 있다는 점을 우리는 중시해야 한다. 그 이유는 『삼국지』가 어떤 의미에서 동양 문화의 '정수(精髓)'를 담고 있는 문화적 유산이기도 하기 때문이다.

우리가 도쿠가와 이에야스를 그린 일본의 대하소설 『대망(大望)』의 내용에 대하여 왈가왈부하진 않는다. 그러나 『삼국지』는 그렇지 않다. 『삼국지』는 하나의 역사서나 역사소설일 뿐만 아니라 이미 동양의 정신과 사상을 보여주는 처세서요, 정치학 교과서 · 전술서 · 군사서인 동시에 철학 서적이기도 하기 때문이다. 실제로 현대 중국을 건설했던 모택동은 정규 군사교육을 받지 않은 인물이지만 『삼국지』 · 『수호지』를 통하여 전술을 배웠고 탁월한 군사적 업적을 남겼다. 모택동이 가장 이상적으로 보았던 사람은 제갈량이었을 것이다.

『삼국지』의 등장인물들은 아직도 살아 움직인다. 예를 들면 관우는 중국에서는 이미 성인(聖人)을 넘어 신격화된 사람이고 우리나라의 무당들 가운데는 관우를 몸주로 둘 정도로 강력한 영향력을 행사하고 있다. 또 청나라의 침입에 시달리던 조선시대에는 충의의 상징으로 관우의 비(碑)가 건립되기도 하였다.

그런데 디지털 시대에 접어든 지금 기존의 『삼국지』를 그대로 후세에게 읽힌다면 그것은 왜곡된 역사 인식과 현실 인식을 불러오기 쉽고 신판(新版) 모화사상(慕華思想)이 나타날 우려가 있다. 문제는 그 동안 단순한 문학서가 아닌 『삼국지』를 너무 문학가들의 손에서만 재단하게 방치해두었다는 것이다. 현대적으로 다시 편찬될 『삼국지』는 하나의 현상을 묘사하는 데도 사회과학적 지식과 인식을 기반으로 하는 문학적 상상력이 뒷받침되어야 한다.

예를 들면 통일 문제를 생각해보자. 춘추전국시대에는 여러 나라로 나뉘어 수백 년 동안 그 체제를 유지했는데 왜 중국같이 광대한 곳에서 끝없는 통일 의지가 불타게 되었을까 하는 점이다. 우연히 삼국의 통일을 위한 의지가 형성되는 것이 아니다. 중국사를 전체적으로 살펴보면, 전국시대에 통일에 대한 염원이 강하게 나타났다. 춘추시대에는 지방화와 지방분권의 경향이 강하여 전쟁에 등장하는 장군들이 예외 없이 그 나라의 유력한 귀족이었다. 그러나 전국시대에는 신분제도가 타파되고 개인의 실력을 존중하여 신분을 묻지 않았으며 기술의 발전은 그 사회 발전의 원동력이었으므로 치열한 경쟁체제에서 그 이전의 전통은 의미가 없어졌다.

삼국통일 혹은 천하통일이라는 것은 신분제도의 파괴와 더불어 지방적 관념의 붕괴에서 비롯되는 것이다. 예를 들면 전국시대에 '진용초재(晉用楚材)'라는 말이 있었다. 이 말은 초나라의 뛰어난 인재를 진나라에서 발탁하여 사용한다는 의미이다. 그리고 국가간의 치열한 경쟁 상황에서 과도한 군비가 누적되고, 기술 발전에 따른 교류가 활발해지면 통일의 기운이 형성될 수밖에 없다. 이것은 현대의 유럽 통합을 설명하는 데도 매우 유력한 이론이다. 이러한 통일 의지라는 측면에서 보면 조조는 지방색과 지방분권적 요소를 철저히 타파한 위대한 군주였다. 그러나 유비는 사람을 쓰는 데 철저히 혈연과 지연에 의존하였다. 따지고 보면 유비는 통일할 마음의 자세가 안 되어 있는 인물이었다.

군사적인 대립의 격화도 통일운동의 원인이 될 수 있다. 예를 들면, 한 국가의 군대가 5개국을 다스릴 정도의 군비를 가진다는 것은 결국 통일을 지향하게 되는 중요한 고리가 된다. 즉, 3개국이 대립하고 있으면 군비의 확충은 불가피할 것이다. 자국을 방어하기 위한 군비를 유지해야 하고 경우에 따라서는 대립하는 국가를 공격해야 하는데 공격을 할 경우에는 방어 병력의 2~5배의 병력이 필요하게 된다. 결국 병력 인플레이션이 격화되고 그 과정에서 군비를 유지하지 못하는 국가는 붕괴하게 된다. 그런 경우 병력을 유지하기 힘든 나라가 선수를 쳐서 상대를 공격할 수도 있을 것이고, 결과는 동일하게 통일전쟁으로 나아가게 된다.

『삼국지』는 천하통일에 관한 이야기지만, 『삼국지』를 통해 우리가 당면한 통일 문제를 함부로 접근하는 것도 경계해야 한다. 현대의 국가 통합이나 통일은 매우 다양한 측면을 가지고 있기 때문에 인문과학적 교양만으로는 접근하기가 어렵다. 이 책은 『삼국지』 분석을 위한 이론편에서 현대의 통합(통일) 이론들을 소개하여 독자들에게 통일 문제에 접근하도록 할 것이다.

그러므로 『삼국지』가 가지고 있는 동아시아 전체의 영향력을 생각해본다면 『삼국지』를 더욱 새롭고 실존적인 방향으로 해석하는 것이 타당할 것이다.

『삼국지』의 새로운 이해와 역사를 보는 눈

사람들은 『삼국지』를 읽을 때 『삼국지』만을 읽는 경향이 있다. 즉, 그 이후의 역사적 전개에는 무관심하다는 말이다. 대부분의 『삼국지』가 제갈량의 죽음으로 사실상 대단원의 막을 내리는 것이다. 그러나 『삼국지』는 중국사 전체를 보면서 읽어야 한다. 즉, 『삼국지』 이후의 역사적 사실과 현대 중국에 있어서 『삼국지』 의미를 이해하고 난 뒤, 『삼국지』를 보는 것이 바람직하다는 뜻이다.

『삼국지』 주인공들의 이야기는 당대에만 그치지 않고 오늘날까지도 인용되고 재해석되어왔다. 중화인민공화국을 수립한 천재전략가 모택동이 전술을 『삼국지』나 『수호지』로 익혔다는 것은 이미 지적하였다. 모택동은 군사학이나 전술학을 제대로 배운 적이 없는 사람이었으나, 상당수가 죽창으로 무장한 3만 이하의 홍군(紅軍)으로 비행기까지 동원된 연인원 200만 이상의 현대화된 국민당(國民黨)군을 격퇴할 수 있었다. 그 동안 『삼국지』가 군사학자들의 연구 대상이 되어온 것은 이상한 일이 아니다. 따라서 『삼국지』는 시대에 따라서 재해석되어야 할 필요가 있고, 독자들도 『삼국지』를 읽으면서 새롭게 해석해보려는 의지가 필요하다.

예를 들면 가족적인 사랑이 남달랐던 여포와 '처자는 의복(妻子卽衣服)'이라는 논리로 걸핏하면 가족을 팽개치고 도망쳤던 유비는 현대적 시각에서 보면 분명히 다른 사람인 것이다. 그리고 불한당으로만 알려져 있는 여포를 새롭게 보려고 시도하는 것도 인간에 대한 이해를 증진시킬 것이다.

일본의 경우에도 난세의 두 영웅, 즉 도쿠가와 이에야스와 도요토미 히데요시가 시대에 따라 각기 다르게 평가된다.[57] 하지만 도요토미와 도쿠가와의 공통점이라고는 부하의 여자들까지 취하였던 호색한이라는 점밖에는 없다. 물론 도요토미나 도쿠가와는 모두 일본을 통일한 사람이다. 도요토미는 무력으로 일본을 통일하고 조선을 침략하여 동아시아에 국제전쟁을 일으킨 사람이고 도쿠가와는 도요토미가 죽은 후 일본을 수습·재통일하고 일본의 평화 시대를 연 사람이다. 도요토미의 조선 침략의 결과 명나라는 세력이 약화되었고 곧 멸망하게 되었다. 그러나 도요토미의 가문 역시 2대를 넘기지 못하고 멸문지화(滅門之禍)를 당하게 된다. 이에 비하여 도쿠가와는 다시 분열된 일본을 재통합하고 '일본의 평화'를 이끌어낸 사람으로 그의 정권은 일본이 유럽이나 미국에 문호를 개방할 때까지 지속된다.

그러나 이 두 사람은 일본이 처한 시대의 상황에 따라 각기 달리 해석된다. 평화시에는 도쿠가와가 사마의와 유비에 버금가는 인물로 묘사된다. 실제로도 도쿠가와는 그 살아온 환경이 유비만큼 힘들었으며 지략 면에서도 사마의 못지않은 사람이었다. 그러나 전시(戰時)라든가 일본이 군국주의적인 경향이 강화되면 도요토미가 부상한다. 도요토미 히데요시 역시 전략에 있어서는 제갈량에 못지않은 역량과 자질을 가진 사람이었다.[58]

이와 유사한 현상으로 최근 일본의 우익화 경향에 따라 제2차 세계대전의 전범(戰犯)이었던 도조 히데기〔東條英機〕를 찬양하는 영화가 만들어져서 물

---

57) 일본 전국시대(戰國時代)의 영걸(英傑)로는 오다 노부나가〔織田信長〕·도요토미 히데요시〔豊臣秀吉〕·도쿠가와 이에야스〔德川家康〕 등의 세 사람을 거론하는데 이들의 성격은 에도시대의 시가(詩歌) 하나를 보면 극명하게 알 수 있다. 에도 시대의 시가 중에는 "울지 않으면 죽여버리겠다 두견새야(오다), 울지 않으면 울게 만들어주겠다 두견새야(도요토미), 울지 않으면 울 때까지 기다리겠다 두견새야(도쿠가와)"라고 것이 있는데 이 시가는 이 세 사람의 성격을 적절히 묘사하고 있다.

의를 빚기도 했다. 영화에서는 도조가 미국을 비롯한 연합군의 심문에 대항하여 당당하게 전쟁에 대한 입장을 밝히는 것으로 되어 있으나 실제로 기록된 영상으로 보면 도조는 당당한 것과는 전혀 거리가 멀었고 나약한 노인(老人)의 모습으로 일관하였다.

우리나라의 경우에도 폭군으로 알려진 조선의 세조가 신권(臣權 : 신하의 권한)의 지나친 확대에 대하여 왕권을 회복한 군주로 다시 평가되었고, 살제폐모(殺弟廢母), 즉 어머니 격인 인목대비를 폐하였고 영창대군을 죽이고 천하에 의리 없는 폭군으로만 알려진 광해군이 재평가되어 시대에 매우 능동적으로 대처한 군주로 인식되고 있다.

광해군은 청나라와 전쟁중이던 명나라의 독촉으로 원군을 파견하였지만 친명(親明)도 친청(親淸)도 아닌 줄다리기 외교로 국가의 위기를 현명하게 넘겼다. 현대적 개념으로 보면 광해군은 줄다리기 외교에 매우 능숙했던 셈이다. 그러나 광해군 대신에 인조(1623~1649)를 옹립한 서인(西人) 정권이 들어서자 이미 망해가는 명나라를 지지하는 친명정책(親明政策)을 표방함으로써 청나라의 대대적인 공격을 받아서 국토 전체가 유린되는 결과를 초래하고 말았다. 이 서인들의 정치는 분수도 모르고 청류(淸流)에만 집착하여 무작정 의리만을 내세워 국민들에게 엄청난 충격과 분노와 피해를 가져왔던 대표적인 예이다.

이와 같이 하나의 역사적 사건이 시대의 흐름에 따라 달리 해석되고 평가되는 것은 일반화된 하나의 경향으로 볼 수도 있다. 이 점에 있어서 『삼국지』는 가장 많이 재해석되고 평가된 경우라고 말할 수 있다. 특히 조조와 유비는 시대에 따라 달리 해석되는 대표적인 예라고 할 수 있다. 원나라의 침입으로 고통을 받던 송나라 이전까지만 해도 조조가 정통으로 인정되었지만 의리와 명

---

58) 도요토미 히데요시는 150센티미터의 단신(短身)으로 오와리의 가난한 농부의 아들로 태어나 최정상에 오른 사람이었다. 도요토미는 "본시 나는 사람을 칼로 베는 것을 싫어하는 사람이다"고 입버릇처럼 말했던 사람이었다. 오다 노부나가의 가신들 가운데 가장 칼싸움을 못하는 사람이었지만 고정관념을 깨뜨리면서 경제를 전쟁에 끌어들이기도 하고 상대의 허를 지르는 과감한 작전을 구사하기도 하여 일본의 전국시대를 통일한 사람이었다. 구스도 요시아키(조양욱 역), 『노부나가 히데요시 이에야스의 천하제패경영』, 작가정신 , 2000.

분만을 중시하는 주자학(朱子學 : 성리학)의 등장 이후 유비가 정통으로 인정되면서 유비는 그 모든 행동거지가 의리의 표상으로 묘사되고 조조는 악인의 대명사로 알려지게 된 것이다. 소동파(蘇東坡)는 자신이 편찬한『지림(志林)』에서 다음과 같이 적고 있다.

골목길에는 이야기꾼들이 많아 아이들에게 이야기를 해주고 그것으로 먹고살았는데 그 이야기가 대개는 삼국의 역사였다. 아이들은 유비가 전쟁에서 패했다는 대목에서는 눈물을 흘리기도 하고 조조가 싸움에 져서 도망을 간 대목을 들으면 손뼉을 치고 즐거워하기도 한다.

나관중『삼국지』는 조조악인설(曹操惡人說)에 기반하여 조조의 모든 행동을 가급적이면 나쁘게 묘사하는 데 주력하고 있다. 그러다 보니 실제로 없었던 많은 사건들이 조조에게 결부되었다. 그 대표적인 예를 몇 가지만 들어보면 다음과 같다(구체적인 내용은 7장『삼국지』등장인물 분석에서 다시 볼 것이다).

첫째, 조조가 자기를 도와준 여백사의 가족을 몰살하는 행위, 둘째, 군량미가 떨어져 군량미 담당관인 왕후(王垕)를 부정행위자로 몰아 목을 베어 군의 동요를 막은 행위, 셋째, 조조가 적벽대전에 앞서 지은 시를 평가해준 유복(劉馥)을 찔러 죽인 소위 횡삭부시. 넷째, 조조는 자기가 자고 있는 중에 누구라도 자기 가까이 오지 말라고 하고 측근이 이불을 덮어주자 칼로 베어 죽이고 난 뒤 깨어나서는 모른 체하면서 울며 슬퍼하는 행위가 그것이다.

이외에도 조조는 호색한(好色漢)이라는 등의 없었던 사실들을 끌어다가 '조조 = 악인'이라는 등식을 만들어놓은 것이다.

그러나 이 같은 악의에 찬 비방을 제거하고『삼국지』를 자세히 들여다보면 조조의 허물은 천하의 건달패였던 도겸에 의한 가족들의 몰살로 넋이 나간 조조가 서주에서 무고한 양민을 살해한 사건 이외에는 발견되지 않는다.[59] 물론 서주에서의 양민을 학살한 행위는 심각한 문제이기도 하다. 이것을 제외하면 조조는 거의 긍정적인 요소로 나타난다. 조조는『삼국지』를 통하여 탁월한 전략가로서의 명성을 확고히 하게 된다. 그리고 조조는 인재 등용에 있어서 모범적인 사례로 중국사 전체에 매우 큰 영향을 미쳤다. 조조가 인재를 최선을 다하여 보호하고 철저히 능력 위주로 등용한 것[60]은 중국 전체의 역사를 통틀어 군주들의 모범이 되고 있다.[61]

조조는 원소 휘하의 문장가였던 진림(陳琳)이 조조에 대해 용서할 수 없는 인신 공격성 격문(檄文)을 지었음에도 불구하고 용서해주면서, "나를 비판하는 것은 어찌해도 상관이 없지만, 부친이나 조부에 대해서까지 욕할 게 무엇이 있나?" 하는 정도의 불평만 하고 넘어간다. 그리고 조조가 원소의 부대를 점령했을 때 가장 먼저 한 일은 원소의 기밀 서류를 모두 불태워버려 사람들의 과오를 덮어둠으로써 새 정부에 참여하기 쉽도록 만들어준 것이었다. 이것은 하나같이 조조의 도량이 얼마나 큰지를 보여주는 대목이다.

이 같은 영예로운 전통이 있었으므로 당(唐) 태종의 '정관(貞觀)의 치(治)'[62]를 연출할 수 있었을 것이다. 당 태종 이세민(李世民)은 "도량의 넓이는 한 고조와 같고, 뛰어난 무용(武勇)은 조조와 같다(豁達類漢高祖 神武同魏祖)"고 하였다. 당 태종이 중국 최고의 성군(聖君)으로 불리는 원인 가운데 하나는 인

---

59) 이 부분도 정사에는 도겸이 살해한 것으로 기록되어 있다. 즉, 정사의 내용은 다음과 같다. "이 당시 조조의 아버지 조숭은 동탁의 난을 피하여 태산의 화현에 머물러 있었는데 당시의 태산 태수였던 응소에게 명하여 곤주로 가족을 보내오도록 하였다. 응소의 군대가 화현에 도착하기 전에 도겸은 기병 수천 명을 보내어 조숭의 가족을 체포하도록 하였다. 이 당시 조숭의 가족들은 응소가 영접하는 것으로 생각하였는데 도겸군이 먼저 들어와 조조의 가족을 몰살하였다." 그러나 나관중의 『삼국지』에서는 도겸이 이 사건에 책임이 없는 것으로 묘사하고 있다. 정사에 의하면 도겸은 폭정과 악행을 일삼는 천하의 건달이었다.

60) 조조는 재능이 있는 사람을 매우 아껴 자신에게 반역한 필심(畢諶)이 효자라는 이유를 들어서 중용하기도 하고 자신의 적을 도왔던 위충(魏神)을 하내군의 태수로 임명했으며 원소 휘하의 문장가였던 진림(陳琳)이 조조에 대해 모독적인 인신공격성 격문을 지었음에도 불구하고 용서해주었다.

61) 참고로 제의 환공이 관중에게 용인(用人)의 요체에 대하여 묻자, 관중은 "사람을 쓰는 데 있어서 우선 사람을 먼저 알아야 한다. 일단 사람에 대하여 정확히 안다면 그 사람을 부릴 줄 알아야 한다. 일단 사람에게 일을 맡길 때는 전적으로 그 사람에게 맡길 수 있어야 한다. 그리고 그에게 맡길 때는 그 사람을 전적으로 신뢰하지 않으면 안 된다. 왜냐하면 소인의 참언을 듣고 일을 그르칠 수 있기 때문이다"라고 하였다.

62) 당 태종이 이룩한 정치적인 안정과 경제적 번영을 '정관의 치'라고 한다. 이 정관이란 당 태종 연간의 연호이다.

재에 대한 사랑이 지극했기 때문인데, 이것은 유방이나 조조의 인재 등용의 전통이 있었기에 가능한 것이었다.

당 태종은 이적(李勣)이 돌연 급한 병에 걸려 의사가 처방하길 반드시 수염의 재로 치료해야 한다고 하자 자기의 수염을 잘라서 약으로 쓰게 하였다. 그리고 당태종은 사람을 쓸 때는 개인적인 감정은 일체 배제하고 출신을 불문하고 오직 어질고 능력이 있으면 기용하였다.

당 태종이 기용했던 인재들 가운데는 자신의 라이벌의 부하였던 경우도 있고 때로는 자신과 원수지간이었던 사람의 부하도 많았다. 특히 위징(魏徵) · 설만철(薛萬徹)은 태종과 원수지간이었으나 당 태종은 과거지사를 완전히 잊고 이들을 더욱 신임하였다. 이 위징은 수십 차례 상소하여 태종의 과실을 직언하였고 당 태종은 군신일체(君臣一體)를 깨달아 위징이 간(諫)할 때마다 반드시 진지하고 성의를 다하여 듣고 실행하려고 하였다.[63]

이와 같이 『삼국지』는 단순히 하나의 역사적 사건들의 나열이 아니라 후세에 지속적으로 영향을 미치고 있음을 알 수 있다. 물론 『삼국지』의 시대와 가까운 시대일수록 더 많은 영향을 받았겠지만 지금도 동아시아 사회에서 『삼국지』의 영향력은 엄청난 것이다. 그렇기 때문에 좀더 『삼국지』를 제대로 전달할 필요가 있는 것이다.

실패자의 노래

『삼국지』를 너무 긍정적인 측면에서 보는 것은 위험한 일이다. 평가는 사람에 따라 다양할 수 있지만 전체 중국사를 이해하고 『삼국지』를 유심히 들여다보면 『삼국지』는 한마디로 실패자들의 노래이다. 우리는 이 점에 대하여 좀더 많은 관심을 기울여야 한다. 우리는 실패를 통해서 더 많은 것을 배울 수도 있기 때문이다. 특히 우리나라와 같이 정치가 많이 왜곡된 나라에서는 좀더 깊이 있는 『삼국지』의 이해가 필요하다. 『삼국지』의 실패자들을 구체적으로 살펴보자.

---

63) 傅樂成, 앞의 책, 427~436쪽.

• 유비—현실 인식이 부족했던 실패자

유비는 제갈량과 방통 같은 천재적인 외교가 · 전략가를 휘하에 두고도 천하통일의 대업을 이루지 못한 실패자이다. 유비는 너무 기반이 없는 상태에서 무리하게 천하의 영웅들을 상대로 힘겨운 투쟁을 하였지만 인재들이 그를 도와주지 않았다. 그것은 유비가 새로운 시대에 대한 비전을 제시하지 못하고 복고적이었던데다 오직 한실 중흥의 기치만을 폈기 때문이다.

그리고 유비가 인간미는 있었지만 포용력이 부족했던 것도 원인이 될 것이다. 그나마도 방통 · 제갈량 · 관우 · 장비 등과 같은 일당백(一當百)의 인재가 있었으니 겨우 그 명맥을 유지할 수 있었던 것이다. 결과론적이고 극단적으로 말하면 유비는 익주를 차지한 익주 태수 수준에 불과한 사람이다. 물론 그가 익주 태수 정도를 하려고 평생 전선을 누빈 것은 아닐 것이다.

유비는 결정적으로 사적인 감정에 좌우되어 이릉대전(4장 『삼국지』 주요 전쟁 분석 참조)을 일으켜 오나라의 육손에 의해 대패한다. 이것은 군주로서는 큰 실패이다. 당시 제갈량은 이 전쟁에 대해서 다소 중립적인 입장으로 묘사되어 있다.[64] 제갈량이 이 전쟁에 대해 어느 정도 기대한 것도 사실인 듯하다.

그러나 전쟁 그 자체의 승패는 문제가 아니고 유비가 당시의 상황을 제대로 파악하지 못했던 것이 문제였다. 오나라와 반드시 연합해야 겨우 위나라에 대항할 정도라는 현실을 무시하였던 것이다. 대세를 전체적으로 파악하여 전쟁에 임하지 않았던 것이 유비가 크게 실패한 원인이었다. 결국 유비는 형주도 잃고 군대를 잃었으며 그에 따라 촉나라도 국력이 쇠약해졌던 것이다.

• 조조—자승자박의 실패자

조조(曹操)는 무력으로 천하를 통일할 역량은 가졌으나 결국은 휘하의 사마의(司馬懿) · 사마소(司馬昭) · 사마염(司馬炎)에 의해 정권을 찬탈당한 실패자이다.

---

64) 이전원 · 이소선,, 앞의 책 제2권, 72~75쪽.

조조는 자신이 천하의 주인이 되려고 했기 때문에 황제를 허수아비로 취급하게 되고 불가피하게도 충의지사보다는 출세 지향적인 인물들을 대거 등용할 수밖에 없었다. 따라서 조조가 정권을 장악한 이래 정치풍토는 공리(功利)를 숭상하고 지조(志操)를 버리고 현실만 중시하는 경향이 매우 강하게 나타났다.[65] 따라서 새로운 시대에 대한 비전을 제시할 수도 없었다.

뿐만 아니라 조조는 자신이 환관의 가문이었으므로 의도적으로 당시의 고급 주류 가문이었던 공씨(孔氏)·양씨(楊氏)·원씨(袁氏) 등의 가문들을 압박하였다. 이들 가문들은 대부분 경학(經學)으로 가풍을 이어가고 절행(節行)을 중시하는 독특한 풍습이 있었는데 이들의 몰락은 중앙과 지방의 정치 기강이나 전체 사회의 도덕률의 혼란을 초래했다. 결국 공리를 중시하고 출세 지향적인 환경이 되면 고급 관료들은 사치와 타락, 부패가 횡행하게 되는 것이다. 즉, 사회지도층에서 충의나 지조가 중요시되지 않음으로써 누구든 권력만 장악하면 황제가 될 수 있는 환경을 만들어준 것이다.

이 같은 풍조는 우리나라의 경우 박정희가 통치했던 시기와 매우 유사하다. 권력의 정통성이 없던 1970년대 박정희는 비약적인 경제적 성과들을 바탕으로 정치가들을 매수하는 동시에 반대파를 무자비하게 제거하였다. 박정희는 일본군 장교, 남로당 군책 등의 개인적인 약점과 20여 년이라는 긴 세월에 걸친 독재가 있었기 때문에 정치적인 문제는 되도록 피하고 경제적인 성과를 나누기를 희망했던 것이다. 그래서 우리나라는 경제적인 기적을 이루기도 했으나 정치적으로는 엄청난 대가를 치러야 했다.

• 사마의·사마소·사마염—역사의 실패자

사마의·사마소 부자(父子)는 충의를 버리고 군권을 장악하여 그것을 바탕으로 권력을 찬탈했다는 역사의 오명을 남겼으므로 실패자이다.[66]

---

65) 傳樂成, 앞의 책, 287쪽.
66) 물론 사마의 자신이 이 모든 책임을 진다는 것은 가혹한 일일 수도 있을 것이다.

그후 사마의의 둘째아들 사마소의 아들인 사마염은 진(晉 : 西晉)을 건국하고 천하를 통일(280)하여 성공한 듯이 보이지만 그도 역시 실패자이기는 마찬가지다. 사마염은 형제간의 골육상쟁이었던 팔왕(八王)의 난(291~306)의 원인을 제공해 중국을 다시 분열시킨 위인이기 때문이다.

사마염은 전조(前朝), 즉 조조가 세운 위(魏)나라가 망한 것은 지나친 인재 숭상으로 종실을 등한시했기 때문이라고 보았다. 사마염, 즉 진의 무제(武帝)는 즉위(265)한 지 얼마 되지 않아 여러 종실을 각지의 왕으로 봉하였다. 이 제도는 군(郡)을 국(國)으로 하고 식읍(食邑)이 1만 호인 자를 차국(次國)이라 하여 2군(二軍)을 두어 3천 명의 군대를 거느리게 하고, 식읍이 2만 호인 자를 대국(大國)이라 하여 3군(三軍)을 두어 5천 명의 군대를 거느리게 했다.[67] 이때에 봉(封)을 받은 사람은 27왕으로 무제의 숙조(叔祖) · 숙부(叔父) · 당숙(堂叔) · 당형제(堂兄弟) 등이었다.

오나라를 평정한 사마염은 각 주와 군의 군비(軍備)를 없애면서 자사(刺史 : 각주의 감찰관)가 군대를 가지지 못하게 하였다. 이로써 지방의 무력은 쇠약해져서 중앙에 대항할 수 없는 것까지는 좋았으나 각 주나 군에 왕으로 봉해진 무제의 종실(친척)들이 지방의 무력을 모두 장악하게 되었다. 왜냐하면 그들은 공식적으로 군대를 가질 수 있었기 때문이다.[68] 이렇게 각 왕국이 군대를 가지게 되어 결국 종실제왕(宗室諸王)이 자기 세력의 확대를 위해 전쟁을 일으키고 또 이에 가담하면서 국력이 극도로 약화된 것인데 이것이 팔왕(八王)의 난(亂)이다. 팔왕의 난은 형제들, 숙질(叔姪) 간의 싸움이 얼마나 무섭고 피비린내 나는 것인지를 여실히 보여주었다.

이후 중국은 역사상 가장 혼란한 시대로 다시 접어들었다. 바로 5호16국의 시대가 되는 것이다. 중국의 진정하고 지속적인 통일 왕조는 한 – 당(唐) – 송

---

67) 식읍이 5천 호인 자는 1군을 두어 1,500명의 군사를 거느림. 傅樂成, 앞의 책, 291쪽.
68) 진 무제가 죽고 혜제가 즉위하자 제왕들, 양준(楊駿), 가황후(賈皇后 : 혜제의 아내) 등의 세력이 충돌하기 시작하였다. 가황후는 정권을 장악하려고 제왕들을 이용하여 양준을 제거하려 하였다.

(宋) - 원(元) - 명(明) - 청(淸)이고 이 가운데 원과 청이 이민족이었다. 한 - 당의 기간은 무려 400여 년에 걸친 대혼란기였다. 그 선두 주자가 바로 사마염(진의 무제)이었던 것이다.

이런 측면에서 보면 결국 이 시대의 천하 통일자는 사실상 없다고도 볼 수 있다. 30~50년 정도 중국을 통치한 것을 가지고 통일국가라고 부르진 않기 때문이다. 이후 당(唐)나라의 이연과 이세민에 의해 천하 통일이 이루어질 때(618)까지 중국은 극심한 혼란상을 보이고 있다. 앞으로 씌어지는 새로운 『삼국지』들은 이들 영웅들의 패인(敗因)이 무엇인지를 규명하여야 한다. 그렇게 해야만 현대 한국인들에게 남북 통일 · 경제 통합 · 정치 통합이라는 복잡한 시대적 과제에 관한 새로운 통찰력을 제공할 수 있다.

앞으로의 『삼국지』가 나관중의 작품을 토대로 하더라도 보다 새로운 해석을 시도하지 않으면 안 되는 이유가 여기에 있다. 『삼국지연의』라고 할 때 이 연의(演義)란 '널리 야사로 전해 내려오는 사적들을 찾아내어 그 의미를 확대하여 세상 사람들에게 보여준다(演傳名義 義表萬世)'는 의미이다.

우리는 실패를 통하여 새로운 지식을 얻을 수 있고 역사의 통찰력을 기르게 된다. 예를 들면 유비는 사적인 감정으로 이릉대전을 일으켜 오나라의 육손에 의해 대패한다. 그러나 만약 유비가 조자룡의 충언(忠言)을 받아들여 점진적으로 통일 대업을 추진하였더라면 아마 『삼국지』라는 소설은 없었을 것이다. 유비 · 관우 · 장비의 생사를 초월한 의리가 후세인들에게 『삼국지』를 쓰게 한 것이다. 이들 세 사람에게는 어쩌면 통일 대업보다는 생사를 같이한 맹우(盟友)들에 대한 의리가 더 소중했을 것이다. 만약 유비가 한 고조 유방과 같이 정권을 장악하고 난 뒤에 이들을 토사구팽(兎死狗烹)했다고 하면 그 영예로운 이름을 만세(萬世)에 전하지 못했을 것이다.

유비는 한고조 유방과 가장 근접한 사람이지만 유방이 가진 그 노회(老獪)함이 없었기 때문에 제갈량과 방통 같은 시대의 천재들을 불가능한 전쟁의 무대로 끌어들일 수 있었을 것이다. 수많은 허물에도 불구하고 유비를 주공(周公)에 가장 가까운 인물로 볼 수 있는 이유가 여기에 있다. 유비는 제갈량에게 남긴 유언에서 "나의 아들을 도와줄 만하면 도와주고 만약 그 재목이 못된다면 승상이 스스로 성도의 주인이 되시오"라고 한다. 이 말은 그 시대를 살아온 사람이라면 하기 힘든, 요순(堯舜) 임금의 전통을 이어받은 표현이다(이 부분은 물론 정사에서 확인된 것은 아니다).

이같이 촉한에서는 자신의 권력을 더 나은 사람에게 물려주고자 하여도 받지 않는 의리가 있는가 하면, 위(魏)나라와 진(晋)나라의 경우에는 주지 않는 권력을 억지로 찬탈하여 피비린내가 황도(皇都)를 뒤덮는 일을 지속적으로 되풀이한다. 위·오·촉 가운데 정권 자체만을 본다면 촉만큼 안정된 나라도 없었다. 위나라와 오나라는 계속적으로 피비린내 나는 정권 쟁탈전이 있었던 반면, 유비를 이은 유선은 18세의 어린 나이에 즉위하고도 무려 41년간 아무 탈없이 통치를 했다.

진(晋)나라는 위에서 이미 지적하였으므로 이 기회에 오나라의 경우를 살펴보자. 정사에 따르면, 오나라의 손권은 의심이 많아서 가차없이 사람을 죽였는데 말년에 접어들자 이 같은 경향이 더욱 심해졌다고 한다. 손권은 국경을 지키는 장수도 신뢰하지 않아서 처자를 인질로 잡아두었고 반역하거나 도망가면 이내 처자를 죽이고 삼족(三族)을 멸하였다. 손권은 태자 손화(孫和)도 폐위시켜 결국은 손권이 죽은 후에는 막내아들인 8세의 손량(孫亮)이 제위를 이어받았다. 이때 제갈근(제갈량의 형)의 아들인 제갈각(諸葛恪)[69]이 오나라의 정권을 장악하고(250) 정권을 전횡하였다.

3년 뒤인 253년 손준(孫峻)[70]이 제갈각을 암살하고 손화까지 죽여 정권을 장악했으며 258년 손준이 사망하자 손준의 사촌동생인 손침(孫綝)이 이를 계승하여 손침과 그의 일가 5인이 정권을 장악하였다. 이때 황제였던 16세의 손량이 손침을 제거하려다가 실패하여 폐위되고 회계왕이 되었다가 제후로 강등되어 자살하였다. 손량을 이어 손휴(孫休)가 황제에 올랐는데 그가 경황제

---

69) 정사에 의하면, 제갈근은 제갈각의 성정과 야심으로 인하여 멸문지화(滅門之禍)를 당하지 않을까 걱정했으며 항상 그를 꾸짖고 나무랐다고 한다.
70) 손준은 손견(孫堅)의 막내동생인 손정의 손자이다.

(景皇帝)이다. 258년 경황제는 자신의 심복인 장포(張布)와 함께 손침을 제거하자 장포가 권력을 장악하였다. 그런데 264년 성군(聖君)의 자질을 보이던 경황제가 불과 30세의 나이로 죽자, 비운의 태자 손화(孫和)의 아들 손호(孫晧)가 23세로 제위에 올랐다. 손호는 매우 불우한 환경에서 성장하여 제위에 오른 후 자기 아버지를 복권시키고 장포를 주살하였다. 그후 280년 손호가 진나라에 투항함으로써 오나라는 역사의 무대에서 사라졌다.

이 긴 과정 동안 그것도 난세에, 촉나라에서는 아무런 정변이 없었다는 것은 참으로 신기한 일일 뿐만 아니라 연구해볼 만한 과제이다. 제갈량이 뛰어난 정치가였기 때문인지, 유선이 뛰어난 군주(君主)였기 때문인지, 아니면 촉나라의 기풍이 강건하고 충직하였기 때문인지를 새롭게 조망하여야 할 것이다. 이것은 아무래도 선대(先代)의 교육이나 기풍의 영향인 듯하다. 이와는 반대로 위나라는 출세 지향적인 인물들을 대거 등용하여 정치 풍토는 공리를 숭상하고 지조를 버리고 현실만 중시하니 결국은 고급 관료들이 사치와 타락, 부패를 일삼게 되면서 누구든 권력만 장악하면 황제가 될 수 있는 환경을 만들어준 것이다.

조조-조비가 황위를 찬탈하는 과정을 직접 목격한 그 휘하의 신하인 사마의-사마소-사마염은 그들의 행위를 그대로 배우게 된다. 사마씨 일족들은 조조가 한실의 황제를 능욕한 것과는 비교가 안 될 정도로 무도하게 황제(조모)를 죽이고 말이 안 되는 이유로 황제(조방)를 폐위했다. 이것은 자신의 신하(진수)가 편찬한 역사이니 실제로는 더욱 광포하였을 것이다. 이런 광경을 보고 자란 자식들의 교육이 제대로 되었을 리도 없고 결국은 자식·친척들 간의 내분(8왕의 난)으로 진(晉)나라가 망하였다. 이것이 바로 역사에 나타나는 업(業)이라고 볼 수 있다.

만약 어느 한 시절이 암울하다 하여 큰 잘못도 없는 군왕을 교체하기 시작하면 천하의 혼란은 그칠 새가 없을 것이다. 그 가운데서 피해를 입는 것은 결국 백성들이다. 진정으로 권력욕을 버리고 천하의 안정을 도모한다면 누구나 주공(周公)의 도(道)를 닦을 수 있는 것이다. 이것은 현재도 마찬가지다. 권력자들이 대의를 도모하는 것이 아니라 권력의 맛만 보려 하기 때문에 각종 문제가 발생하는 것이다.

　이런 점에서 유비는 실패자가 아니라 만대의 승리자가 될 수 있었다. 유비를 추종했던 사람들이 유비 곁을 떠나지 않았다는 것도 매우 중요한 사안이다. 이 것은 목숨이 경각에 달려 있는 난세에서는 더욱 어려운 일이다. 유비는 천하의 주인이 되지 못하였고, 중앙의 귀족도 아니었으며, 더구나 제후의 자식도 아니었다. 뿐만 아니라 유비는 자신의 가족도 제대로 돌보지 못하고 평생을 전쟁 터에서 보내며 근근히 목숨을 부지하였다. 유비는 평생을 도망 다니면서 보낸 사람이다. 그러나 유비는 아무리 개인적 사정이 급해도 자신이 믿고 있던 신의 와 의리를 바로 저버리는 행위는 하지 않았으며, 나아가 자신을 도와 청춘을 불살랐던 맹우(盟友)들과의 의리를 죽을 때까지 지켰다. 그리고 관우의 죽음 에 대한 보복전으로 유비가 일으킨 이릉대전은 분명 군주로서 행할 일은 아니 었지만 오히려 그 실패가 『삼국지』라는 세계적인 걸작을 낳게 했다. 이런 면에 서 유비의 실패는 역사의 성공으로 나타난 것이다.

3

『삼국지』의 사건 구성과 전개

1.『삼국지』의 사건 구분

지금 독자들이 보는 『삼국지』는 역사적으로 여러 가지 텍스트가 있었지만 그 근간이 되는 것은 명나라 나관중의 『삼국지』(청나라 모종강이 재편집)이다. 나관중의 『삼국지』[71]는 일반적으로 10권으로 나뉘어 있고 각 권마다 10여 편으로 구성되어 있다. 그러나 각 권마다 특별한 제목을 붙이지 않고 각 편마다 제목이 붙어 있다.

예를 들면, 卷之一(제1권)은 第一編 宴桃園豪傑三結義(제1편 도원에 잔치를 열고 세 호걸이 결의하다), 第二編 張翼德怒鞭督郵(제2편 장익덕이 화가 나서 독우를 때리다) …… 第十二編 陶恭祖三讓徐州(제12편 도공조가 세 번이나 서주 땅을 양보하다) 등으로 되어 있다. 그러나 卷之二(제2권)의 경우에는 다시 제1편으로 시작되는 것이 아니라 第十三篇(제13편) 李催郭汜 …… 등으로 계속되어 사실상 권(卷)은 없고 편으로만 구성되어 있다. 나관중『삼국지』는 제120편까지 있다. 즉, 주요 사건들이 120개가 수록되어 있다는 의미이다. 따라서 『삼국지』에 나타나는 사건 항목의 개수는 120개이다. 그러나 이 가운데는 한 사건을 두

---

71) 청나라 때의 모종강본(毛宗岡本)을 말한다.

편에 서술하기도 하였다.

그런데 나관중『삼국지』는 위와 같이 제목을 붙여두었는데, 이 제목들이 현대적인 감각에는 맞지 않는다. 나관중『삼국지』를 역사 서술방법을 빌려서 얘기하면 비교적 편년체(編年體)에 가깝다. 즉, 연대 중심으로 서술되어 있다는 것이다.

중국의 역사 서술의 형식은 크게 기전체(紀傳體)· 편년체(編年體)· 기사본말체(紀事本末體)로 나누어진다. 기전체는 인물 중심으로 전기식(傳記式)으로 서술하는 형식인데 제왕(帝王)의 전기인 본기(本紀), 제후·왕의 전기인 세가(世家), 신하들의 전기인 열전(列傳), 표(表 : 연표), 제도 문물 서(뒤에는 志) 등으로 구성된다. 편년체는 연대 중심으로 서술하는 방식이고, 기사본말체는 사건 중심으로 서술하는 것으로 사건의 원인과 결과를 서술한다.

나관중의『삼국지』에 맞춘 사건들의 순서는 한문으로 되어 있어 너무 번잡하므로 월탄 박종화의『삼국지』(1978)를 살펴보자. 나관중『삼국지』의 순서를 거의 그대로 의역한 것이기 때문에 전체적 사건 개요는 대동소이하고 제목만 보아도 무슨 내용인지를 한눈에 알 수 있다.

제1권 도원결의

십상시 / 황건적 / 조조 / 노식은 잡혀가고 / 장비는 동탁을 죽이려 하다 / 현덕은 요술에 패하고 / 황건적 / 황건적은 소탕되고 / 손견 / 유비는 현위가 되다 / 장비가 오리(汚吏)를 때리다 / 충신은 원귀가 되다 / 대장군 하진 / 하태후와 동태후 / 어리석은 하진 / 동탁은 낙양으로 들어가고 / 십상시의 난리 / 동탁의 농권 / 조조의 자태 / 근왕병 / 관우의 위풍 / 여포와 유비 형제의 일전 / 불바다가 된 낙양 / 조조의 기백 / 옥새를 얻은 손견과 한바탕의 북새 / 상산 조자룡 / 강동 손견과 형주 유표의 싸움 / 장성이 떨어지니 손견이 죽고 / 절세미인 초선이 세상을 울다 / 경국의 미자 / 동탁의 죽음 / 채옹의 일곡 / 충신 왕윤도 죽고 / 간웅 조조 일어나다 / 몰살되는 조조 집안 / 보부수 / 북해태수 공융 / 유현덕의 출동 / 조조는 복양에서 패주하다 / 전세 일전 / 천하장사 허저 / 여포와 유현덕

싸우다 / 관우 맥성 패주 슬퍼라, 관운장의 마지막 길

용병여신 / 장합의 죽음 / 이엄의 무고 / 육출 기산 / 사마의는 위교를 점령하고 / 공명의 목우유마 / 오장 육손의 묘한 솜씨 / 모사재인 성사재천 / 별이여, 가을 바람 오장원에 떨어지다 / 위연의 두상에 생이각 / 죽은 공명이 산 사마의를 달 아나게 하다 / 위연의 반란 / 금낭 유계 / 안장 공명 / 위주 조예의 승로반 / 요동 의 형세 / 조예 기세 / 상 잘보는 관노 / 사마의의 양병위국 / 정권은 사마씨에게 / 하후패는 서촉으로 / 강유 진병 / 사공명의 연노법 / 사마의도 가고 손권도 죽 다 / 사마사의 오국 공격 / 오병의 북진 / 제갈각의 최후 / 강유의 재출병 / 문앙 은 단기로 웅병을 물리치고 / 강유의 배수진 / 등애의 슬기 / 제갈탄의 의거 / 제 갈탄의 최후 / 장성을 취하려는 강유 / 명장 등애 부자 / 정봉은 계교로 손침을 죽 이다 / 강유의 장사권지진 / 조모는 남궐에서 죽고 / 강유는 지혜로 승리는 얻다 / 강유의 8자 벌위 / 소환되는 강유 / 종회와 등애의 출병 / 정군산에 무후 현성 / 한중 실함 / 검각 풍운 / 제갈 부자의 전사 / 독야청청한 왕자 유심 / 촉한 망(亡) / 강유의 광복운동 / 강유·종회·등애의 최후 / 망국지주 유선의 꼴 / 사마씨의 천하로 / 기울어지는 동오 / 명장 양호 / 삼국 통일

2. 우리나라 『삼국지』의 사건 구분과 촌평

한·중·일 3국은 모두 나관중의 『삼국지』를 토대로 하여 다양하고 새로운 『삼국지』를 서술하고 있다. 그러나 대부분의 내용들은 대동소이하다. 『삼국지』에 나타나는 사건 구분을 위해 여기서는 1970년대 이후에 나온 것 가운데 중요한 몇 가지만을 중심으로 서술할 것이다. 그리고 상세한 해설이나 구체적인 비평은 생략하고 전체적인 부분만 간략히 서술할 것이다.

월탄 박종화의 『삼국지』
매우 정확한 의역으로 알려진 월탄 박종화의 『삼국지』(1978)는 전체가 여섯 부분으로 나뉘어 있다. 박종화의 『삼국지』는 지금까지 나온 『삼국지』 가운데

비교적 무난하고 나관중『삼국지』의 내용을 잘 전달한 것으로 평가받고 있다. 나관중『삼국지』에서 내용을 설명하는 부분도 박종화의『삼국지』에는 대개 대사나 사건으로 처리되어 독자들이 재미있게 읽을 수 있도록 되어있다.

박종화의『삼국지』가 무난하다는 것은『삼국지』를 잘못 의역하거나 순서를 함부로 바꾸거나, 스토리를 심하게 변형시키는 것보다는 제대로 된 순차적 의역이 낫다는 의미이지, '문제가 없다'는 의미는 아니다. 박종화의『삼국지』는 나관중의『삼국지』를 '있는 그대로' 잘 전달했다고는 할 수 있으나, 많은 부분에서 고어투와 비현대적인 묘사 방식이 발견된다.[72]

박종화『삼국지』의 순서는 대체로 사건의 흐름이 적벽대전 – 복룡 · 봉추를 정점으로 이전에는 조조의 중원 통일, 그후에는 공명의 활약이라는 형태로 되어 있다. 따라서 나관중의『삼국지』에서와 같이 촉과 유비가 과대 포장되어 있다. 이 같은 경향은 나관중의『삼국지』가 가진 한계를 극복하지 못한 어떤『삼국지』에서도 동일하게 발견되는 것이다.

정비석의『삼국지』

유려한 문장가로 알려진 정비석의『삼국지』(고려원, 1985)는 진(晋)의 통일까지를 매끄럽게 6권으로 옮겨놓았다. 정비석『삼국지』의 순서는 박종화(1978)와 거의 유사하다. 정비석『삼국지』의 순서는 다음과 같다(오른쪽 것은 박종화『삼국지』의 순서).

제1권 도원결의	제1권 도원결의편(桃園結義篇)
제2권 천하분립	제2권 군웅할거편(群雄割據篇)
제3권 적벽대전	제3권 적벽대전편(赤壁大戰篇)
제4권 삼국정립	제4권 복룡봉추편(伏龍鳳雛篇)
제5권 공명출사	제5권 공명출사편(孔明出師篇)

72) 가령 사람들이 놀라서 달아나는 장면에 "어마, 뜨거라" 하는 표현이 매우 많다.

정비석의 『삼국지』는 유려한 문체를 바탕으로 매우 소설적으로 묘사되어 있다. 그리고 그 시각은 나관중의 『삼국지』와 완전히 일치하기 때문에 특이한 점을 발견하기는 어렵다.

방기환 · 이원섭의 『삼국지』

방기환 · 이원섭의 『삼국지』(청화, 1988)는 역사소설의 대가와 한학의 대가가 공동으로 집필했다는 데 큰 의미가 있다. 그러나 그 시각은 나관중의 『삼국지』와 완전히 일치하기 때문에 특이한 점을 발견하기는 어렵다.

방기환 · 이원섭의 『삼국지』는 1권에서 5권까지는 방기환이, 6권에서 10권까지는 이원섭이 저술했다. 6권부터는 진나라의 쇠망(衰亡)과 더불어 후삼국지(後三國志)를 묘사하고 있는 점도 특이한 시도라고 할 수 있다. 그러나 이원섭이 서술한 부분에 대해서는 정사에서 확인할 수 없는 부분을 함부로 설정한 예가 많고, 독자들의 입장에서는 그 느낌이 일변하여 당황스러운 측면이 있다. 특히 유연(劉淵)을 유비의 후손이라고 한다거나 석륵(石勒)을 조운(조자룡)의 후손으로 보는 등 상식적으로 이해할 수 없는 내용을 토대로 쓰고 있다.

이 같은 지나친 소설화의 문제점에도 불구하고 방기환의 『삼국지』는 매우 소설적인 구조를 가지고 현대적인 감각으로 번역하였다. 방기환 『삼국지』는 소설로는 매우 유연하지만 『삼국지』가 가진 고전성(古典性)을 퇴색시킨 측면이 있다. 다음으로 이원섭이 저술한 6권 이후에는 전반부와 묘사가 전혀 다른 형태라서 독자를 다소 당황하게 할 수도 있다. 이를 비교해보자.

방기환 『삼국지』의 도입부를 보면 다음과 같다.

후한(後漢) 건녕(建寧) 원년 ─
지금으로부터 1천 7백 80년 전 일이다.

허리에 차고 있는 한 자루 칼이 눈에 띌 뿐 행색이 매우 초라한 젊은 길손이 있었다. ……

나이는 스물 너댓

젊은 길손은 풀밭 위에 무릎을 기고 앉아 있다.

유유히 흐르는 강물

부드러운 산들바람이 머리카락을 스치고 지나간다.

방기환의 『삼국지』는 표현이 매우 소설적이며 세련되고 유려하다. 그러나 이원섭이 이어서 저술한 『삼국지』 제6권을 보면 다음과 같다.

봄이 가고 여름이 오고 가을과 겨울이 그 뒤를 잇는다. 열흘 가는 꽃도 없지만, 잎은 시들어 떨어지고 천지만물이 얼어붙는다 해서, 대자연의 생명에 끝장이 오는 것도 아니다. 다시 얼었던 땅이 녹고 메마른 가지에서는 새싹이 돋아나는 것!

이 표현도 매우 세련되고 유려하지만 전반부(방기환)처럼 완전히 소설적으로 전개되는 것은 아니다.

물론 『삼국지』가 워낙 방대한 책이기 때문에 한 사람이 저술하기에는 무리일 수도 있다. 따라서 위와 같은 서로 다른 성격을 띤 『삼국지』가 나오는 것은 당연한 일이기도 하다.

방기환·이원섭의 『삼국지』는 전체를 10편으로 나누었다. 제5편까지는 기존의 나관중 『삼국지』이고 제6편부터는 후삼국지를 묘사하고 있다. 이를 구체적으로 보면 다음과 같다.

제1편 도원결의편(桃園結義篇)

제2편 군웅할거편(群雄割據篇)

제3편 적벽대전편(赤壁大戰篇)

제4편 복룡봉추편(伏龍鳳雛篇)

제5편 천하귀진편(天下歸晉篇) ―기존의『삼국지』의 끝 부분

제6편 망국원한편(亡國怨恨篇)

제7편 와신상담편(臥薪嘗膽篇)

제8편 촉한부흥편(蜀漢復興篇)

제9편 진조멸망편(晉朝滅亡篇)

제10편 권세변전편(權勢變轉篇)

참고로 일반적인 나관중『삼국지』의 대미(大尾)도 제120편 '두예는 노장 양호를 새로운 참모로 천거하고 손호는 투항하여 천하가 하나로 통일되다' 라 하여 천하귀진편(天下歸晉篇)으로 끝나고 있다.

이문열의『삼국지』

이문열의『삼국지』(민음사, 1988)는 전체의 구도는 나관중의『삼국지』를 따르되, 시(詩)·평문(評文)을 가감하거나 자신의 것으로 대체하고 필요한 곳은 변형·재구성하였다. 작가는 특히 현대적인 의미를 살리기 위해서 이 같은 시도를 했다고 밝히고 있다. 자신의 지적을 빌리면, 평문을 작가의 전지적 시점으로 해명하려 했는데 성공적이지 못하였다고 한다. 아마 그 이유는 중국전사(中國全史)에 대한 보다 깊은 이해와 나관중의『삼국지』를 발전적으로 해체하고 새로운 영역으로 확장하려는 의지가 부족했기 때문인 것으로 보인다. 무엇보다도 그 시각이 나관중의『삼국지』와 완전히 일치하기 때문에 특이한 점을 발견하기는 어렵다.

그러나 이문열의『삼국지』는 매우 잘 준비된 소설로 '주어져 있는' 사건과 기록에 대해서 충실히 묘사하고 해명하려 한 점이 눈에 띈다. 이 점에서 다른『삼국지』와는 분명 구별된다. 하지만 고정관념을 해체하고 독창성을 최대한 해방시키는 열정이 부족한 것으로 보인다.

우선 이문열의『삼국지』에 과감한 열정이 부족했다는 의미는 사건에 대한

해석을 두고 하는 말이다. 실제로 적벽대전은 역사적으로 보면 관도대전만큼의 중요성은 없다. 그리고 정사에서도 몇 줄의 묘사로 그친 에피소드에 불과한 것으로 나타난다. 『삼국지』 시대에 실제의 실력자는 조조와 원소였고 유비나 손권은 방계 그룹에 지나지 않는다. 그런데 이문열의 『삼국지』를 포함하여 대부분의 『삼국지』는 적벽대전을 중심으로 중국사를 지나치게 과장하여 해석하고 있다.[73] 물론 이것은 나관중 『삼국지』 체제를 그대로 따르기 때문에 불가피한 일일 수밖에 없었겠지만 좀더 시야를 넓히려는 의지가 부족했던 것은 사실이다.

결론적으로 이것은 역사 인식이 부족하기 때문에 나타난 소치로 보아야 한다. 새로운 역사 인식이 부족한 상태에서 판본이 같은 나관중 『삼국지』라는 대동소이한 책들이 계속 나올 필요는 없을 것이다. 작가들이 좀더 새로운 시도들을 해나감으로써 역사에 대한 이해와 인간에 대한 이해가 더욱 성장할 것이기 때문이다. 이문열 『삼국지』의 순서는 다음과 같다(오른쪽은 박종화의 것).

- 도원에 피는 의(義) ──────────── 도원결의편
- 구름처럼 이는 영웅
- 헝클어진 천하
- 칼 한자루 말 한필로 천리를 닫다 ──────── 군웅할거편
- 세 번 천하를 돌아봄이여
- 불타는 적벽 ──────────── 적벽대전편
- 가자 서촉으로
- 솥발처럼 갈라선 천하 ──────── 복룡봉추편
- 출사표, 드높아라 충신의 매운 열이여
- 오장원에 지는 별 ──────────── 천하통일편

---

73) 중원 전체를 통일한 것은 군웅할거(群雄割據) 정도로 다룰 뿐이다. 조조가 관도대전을 승리로 이끌고 중원 천하를 통일한 것은 전체의 분량에서 40% 이하에 불과하고 역사적 의미가 별로 크지 않는 부분에 60~70%를 할애하고 있는 것이다.

3. 『삼국지』의 구조

『삼국지』의 구조를 크게 분류하면 다음과 같다.

- 후한(後漢)의 혼란
- 새로운 통치질서 성립(외척정치에서 군벌정치로) – 제1차 군벌정치
- 신군벌정치(이각·곽사)
- 제2차 군벌정치(조조)
- 중원 통일전쟁 – 관도대전
  조조의 군벌정치 계승과 화북 지방의 통일(원소 격파)
- 조조의 남중국 정벌전쟁 – 적벽대전
  삼고초려 – 공명의 합류
  적벽대전 패배로 반란 세력 진압 차질→ 중국의 삼분화(三分化)
- 삼국시대 : 삼국의 정치전(政治戰)과 군사전(軍事戰) 전개
  위의 정치전 성공으로 촉·오의 대결 유도
- 이릉대전(촉·오대전) 발발과 촉장들의 죽음
- 위(魏)의 어부지리 획득과 촉의 멸망→ 오의 멸망
- 진(晉)의 천하통일
- 팔왕(八王)의 난
- 쥬신족(유목민) 천하의 개막

『삼국지』의 주요 전쟁 분석

1. 전쟁의 이해

인간과 전쟁

인간은 대체로 청동기 시대 이후부터 본격적으로 전쟁을 한 것으로 추정된다. 그 이전에는 잉여생산물 자체가 없는 상태에서 전쟁이란 매우 무모한 일이었기 때문이다. 즉, 다른 집단을 공격하면 상당한 피해가 예상될 뿐만 아니라 설령 그 공격이 성공적으로 진행된다고 해도 그로부터 얻을 만한 생산물이 보잘것없다는 말이다. 그러나 청동기 시대 이후에는 농업 생산이 발달하고 빈부 차도 커지게 되는데 한두 번의 약탈로 1~2년치의 농사를 모두 확보할 수 있기 때문에 전쟁은 가장 경제적인 활동으로 변모하기 시작한 것이다. 이 같은 기운은 신석기 시대 후반에 이르면 이미 본격화되어 기원전 8천~7천 년 전부터 견고한 방어벽을 갖춘 도시들이 등장했다. 그 이후 전쟁은 이론과 실제의 측면에서 지속적으로 발전을 거듭해 오늘날에 이르고 있다.

이와 같이 전쟁은 본질적으로 약탈 행위가 집단적이거나 국가적인 규모로 확대된 것을 말한다. 따라서 전쟁이란 상대방의 인격과 존재를 근원적으로 파괴하는 행위로 가장 이기적인 동기에 기반하고 있다. 그래서 전쟁을 분석하기 전에 염두에 두어야 할 것은 전쟁이라는 극단적 폭력 행위는 피할 수 있는 한 피해야 하는 것이다. 전쟁이란 자랑스러울 것도 위대할 것도 없는 것이다. 전쟁은 바로 비극 그 자체이다.[74] 살인이라는 것은 그 사람의 모든 것과 심지어 그에게 배당된 미래까지도 모두 없애는 행위로 인간이 절대 하지 말아야 할 행위이다.[75]

그러나 인간의 역사를 돌이켜보면 기원전 1496년에서 서기 1861년에 이르는 동안 단지 227년 정도가 평화의 시기였고 나머지 3130년은 전쟁의 시기였다고 한다. 이 평화의 시기인 227년도 평화라기보다는 전쟁 준비 기간이었을 가능성이 높다. 제1차 세계대전(1918)이 끝나고 제2차 세계대전(1939)이 발발할 때까지 불과 20년간 4568번의 평화 조약이 체결되었지만 전쟁을 막지는 못했다.[76] 이 같은 사실은 인간이 어쩌면 전쟁의 본능을 가지고 있는 것은 아닌가 하는 의구심을 낳게 한다.

일찍이 프로이트는 인간은 삶의 본능인 에로스와 죽음 또는 파괴의 본능인 타나토스를 동시에 타고난다고 지적하였다. 즉, 프로이트는 "인간은 본능적으로 공격성을 가지고 있다"는 공격 본능설을 제기했다. 프로이트가 말하는 타나토스, 즉 죽음 · 파괴의 본능이 외부로 표출되면, 타인에 대해 적대적인 공격 행위가 나타나기도 하고 파괴 행동으로 나타나게 된다는 것이다. 물론 인간이 과연 파괴의 본능을 가지고 있는지를 증명하기는 어렵다. 베르코비츠(Berkowitz)는 인간도 동물과 마찬가지로 공격성을 가지고 있으나 동물과 근본적으로 다른 점은 이 과정에서 '학습'이 중요한 역할을 하고 있음을 지적하였다.[77] 따라서 인간의 전쟁에서는 물리적인 전쟁뿐만 아니라 보다 정치적이고 심리적인 요소가 중요함을 보여주고 있다.[78]

인간의 공격성은 여러 가지의 원인으로 발생하지만 생물학적이고 유전적인

---

74) 이 말은 미드웨이 해전에서 겨우 살아남은 일본군 병사의 말이다.
75) 이 말은 영화 〈우리 생애 최고의 날〉에 나오는 말이다. 영화 내용 중에 "내가 가르쳐주지, 살인이라는 건 말이야. 그 사람의 모든 것과 그의 미래까지 없애버리는 것이지"라는 대사가 있다.
76) 이재윤, 『군사심리학』, 집문당, 1995, 91쪽.
77) Berkowitz, "Some determinants of impulsive aggression," *Psychological Bulletine* 81, pp. 165~176.

요인, 좌절에 의한 요인(자신이 설정한 목표에 장애물이 발생하여 그 목표에 도달할 수 없게 되었을 때 이에 대한 공격성이 나타남), 인간의 사회화 과정에서 누적된 사회학습에 의한 요인 등으로 요약할 수 있다.

만약 전쟁의 원인을 보다 인간 본능적인 측면을 중시하여 살펴본다면, 전쟁이란 인간의 욕구를 충족시키기 위한 본능적 행위로 간주할 수 있을 것이다. 그러면 『삼국지』에 나타나는 한족(漢族)과 유목민(기마 민족)의 전쟁 같은 국가 간의 전쟁은 자국의 경제적인 이익을 충족시키기 위한 것이고 『삼국지』의 조조-유비-손권의 내전(內戰)은 정치 집단들의 권력에 대한 욕구를 충족시키기 위한 것이라고 볼 수도 있을 것이다.

인간에게 전쟁을 본능적으로 좋아하는 요소가 있다면, 그것은 어떤 의미에서 볼 때 인간이 전쟁을 즐기기 때문일 수도 있다. 아이들이 전쟁에 관심을 가지고 싸움을 즐기는 것은 사춘기의 아이들이 성(性)에 대해 호기심을 갖는 것과 마찬가지로 자연발생적으로 진화·발전하는 것으로 보기도 한다. 실제로 제1차 세계대전 당시(1918년 8월)와 마찬가지로, 1993년의 걸프전쟁 기간 동안 평상시의 3배나 되는 영국의 젊은이들이 자발적으로 군입대를 하였다고 한다.[79]

그러나 설령 인간이 본능적으로 전쟁을 지향하고 있다고 해도 전쟁이 주는 공포를 벗어날 수는 없다. 베트남 전쟁의 참상을 고발한 영화 〈지옥의 묵시록〉에서 주인공은 "공포와 친구가 되어야 해. 그렇지 않으면 그것은 돌변하여 무서운 적이 되고 말지"라고 말한다. 실상 공포와 테러의 극에 있는 살인은 아무나 할 수 있는 것이 아니다. 그 공포에 아예 익숙해져서 사람을 마치 파리, 모기 잡듯이

---

78) 예를 들면 우리가 전쟁을 해야만 할 때 그 동기가 충분해야만 전투력이 강해질 수 있을 것이다. 만약에 전쟁을 해도 그것이 다른 사람들로 하여금 정당하다는 인정을 받지 못할 때 그 스트레스는 극대화된다. 대표적인 예가 베트남 증후군(Vietnam Syndrome)이다. 베트남 전쟁에 참전했던 미군들에게서 약물과 알코올 오용의 비율이 평균적인 수준을 훨씬 넘는다고 보고되었다. 그들 중의 일부는 정서적인 문제로 범죄를 저질러 체포되기도 하였고 많은 사람들이 정신병 치료를 받기도 하였다. 여기에는 크게 첫째, 민간인 사상자들이 많았던 점, 둘째, 전쟁의 비인기성 등의 이유가 있다고 한다. 즉, 생사를 넘나들던 전장으로부터 귀향한 군인들이 고향에서 영웅 대접을 받는 것이 아니라 마치 민간인들을 함부로 살상한 범죄자로 인식되기도 하였기 때문이다. 이재윤, 앞의 책, 32쪽.

79) 이재윤, 앞의 책, 93쪽.

하는 자들이 전쟁을 잘하는 것은 어쩌면 당연한 일일 것이다.

공포의 원인은 여러 가지가 있겠지만 허록은 크게 다음의 경우로 분류하고 인간이 성장할수록 점차 ②, ③번의 공포를 더욱 크게 느끼게 된다고 한다.[80]

① 실제로 물체들을 보고 느낌에 따라 발생하는 공포(Fears of material objects) : 이상한 소리, 어두움, 폭풍, 사나운 개 등.
② 사회적 관계를 맺으면서 느끼는 공포(Fears of social relationship) : 사회생활을 통해 여러 형태의 조직이나 인간관계를 맺는 과정에서 느끼는 공포.
③ 자아(自我)와 관계된 공포감(Fears of relating Self) : 질병·사망·낙제·결혼 등.

그러면 전투에 참가하는 군인들이 느끼는 공포의 대상은 구체적으로 어떤 것일까? 스페인 내란에 참가했던 미국인들을 대상으로 조사해본 결과 부상, 폭탄의 파편과 같은 무기, 폭격 등이었다고 한다.[81] 즉, 자신의 신체적인 위협과 죽음에 대한 공포로 요약할 수 있을 것이다.

그러나 우리가 전쟁을 아무리 이론적으로 잘 분석한다고 할지라도 결국 전쟁이란 그 어떤 미사여구에도 불구하고 통제 불능의 광기의 도가니에 불과하다. 따라서 우리는 살아남은 전쟁 영웅에 대해서 미화할 필요도 없으며 가급적이면 있는 그대로의 전쟁을 보아야 한다. 전쟁이란 최대한 피해야 하는 것이지만 일단 전쟁이 발발했을 때는 이기지 않으면 또한 안 되는 것이다. 이것이 전쟁이 가진 철학적 딜레마이다.

전쟁의 개념
전쟁을 이해하기 위해서는 서양의 클라우제비츠[82]와 동양의 손자(孫子)를

---

80) Hurlock, *Developmental Psychology*, New York : McGraw Hill, 1953.
81) 이재윤, 앞의 책, 104~113쪽.

살펴보아야 한다. 클라우제비츠는 전쟁에 대한 서양의 견해를, 손자는 동양의 견해를 대변하고 있다. 물론 손자와 클라우제비츠는 시기적으로 2천여 년 이상의 차이가 있기 때문에 이 두 사람을 동시에 비교하기는 어렵다. 손자는 『삼국지』 주인공 가운데 손견·손책·손권 일가의 조상(祖上)으로 알려져 있기도 하다.

클라우제비츠는 자신의 대저인 『전쟁론』에서 전쟁이란 기본적으로는 정치적 행위이며 정책을 수행하기 위한 수단이고 적대적인 두 주체간의 폭력 행위라고 규정하였다.[83] 보다 구체적으로 전쟁의 주체로서 상호 적대적인 두 개의 세력을 설정하고 보다 확대된 규모의 결투로서 적대자로 하여금 우리의 의지를 완벽히 이행하도록 강요하는 폭력 행위를 '전쟁' 이라고 하였다. 따라서 전쟁의 목표는 적의 무장해제이며 그것을 통해 우리의 의지를 강제로 복종시킬 수 있다.

이에 비하여 손자는 전쟁 자체의 개념에 대해서는 별다른 의미를 두지 않고 전쟁의 중대성, 전략·전술적 측면을 강조하고 있다. 즉, 손자는 전쟁의 최고 목표가 승리인 것은 분명하지만 적을 온전한 채로 두고 굴복시키는 것이 최상의 승리라고 하여 전쟁의 승리에도 질적인 차이가 있음을 강조하였다. 전술적으로도 불리할 때는 가차없이 도망가는 것이 가장 바람직한 것이라고 주장하여 클라우제비츠가 강조한 폭력 행위라든가, 무장해제, 의지에의 굴복 등의 직선적 개념보다는 부드럽고 곡선적 개념을 제시하고 있다.

클라우제비츠의 전쟁 이론은 국민국가의 성립 이후 체계화된 것으로 주로 국민전(國民戰)에 대해 분석하고 있다. 클라우제비츠는 전쟁 개념을 종합하

---

82) 클라우제비츠(Karl von Clausewitz : 1780~1831)는 프로이센의 장군으로 『전쟁론』을 남겼다. 이 책은 전쟁의 원칙에 대한 최초의 방대하고 종합적인 저술로 평가되고 있다. 클라우제비츠는 12세 때 포츠담에 주둔하고 있던 페르디난트의 보병연대에 입대하여 사관생도로 군적(軍籍)을 가지게 되면서 그의 생애 대부분인 39년간을 군인으로 보냈다. 클라우제비츠는 프러시아 제3군단 참모장으로 워털루 대전에 참가하기도 하고 소장(少將)으로 베를린의 사관학교장을 역임하기도 하였다.

83) 클라우제비츠(김홍철 역), 『전쟁론』, 삼성출판사, 1977, 51~56쪽.

여 전쟁의 3면성(三面性)으로 요약하고 있다. 이 3면성이란 첫째, 국민적 분노, 둘째, 확률성, 셋째, 지배성을 말하는데 여기서 말하는 확률성이란 군 지휘관의 효율성 유무를 의미한다. 그리고 지배성이란 행정부 및 국가적 기구의 차원에서 정책 수단으로서의 전쟁을 의미한다. 클라우제비츠는 이 가운데서도 가장 중요한 것을 국민들의 적대 국가에 대한 분노라고 지적하였다. 클라우제비츠는 원래 전쟁이란 폭력의 고유논리에서 발생한 적대적인 두 국가 간의 국민적 분노의 상호 상승작용이라고 본 것이다.

클라우제비츠의 견해에 대하여 엥겔스는 클라우제비츠가 전쟁의 계급적 성격을 파악하지 못했다고 비판하면서 민족국가를 주체로 하는 전쟁의 외형적 모습보다 그 내부에 더욱 근본적인 요소, 즉 경제적 요인이 있다는 점을 분명히 하였다. 다시 말해, 엥겔스는 전쟁이란 각 계급간의 경제적 이익을 성취해내기 위한 계급적 폭력 행위로 본 것이다.

엥겔스의 견해는 마르크스의 이론에 바탕을 두고 있다. 마르크스는 전쟁의 원인이 계급제도에 있다고 보았다. 마르크스에 의하면 계급제도가 존재하는 그 어떤 사회도 생산수단을 소유한 계급, 즉 착취계급과 피착취계급이 존재하게 된다. 지배계급에게는 전쟁의 존재 자체가 상당한 이익을 담보하는 것이고 경제적으로도 매우 유용하다고 한다. 즉, 자신의 재산 및 기득권에 대한 안정성 확보와 외침으로부터 사적 소유권을 보호하기 위해 공식적인 전쟁 수행 조직인 군대를 조직·유지하는 것은 매우 유용하다. 설령 외침이 없다고 하더라도 내부적인 계급 반란을 진압할 수 있는 무력을 가지고 있다는 것은 자신의 기득권을 보호한다는 측면에서 매우 중요하다. 따라서 순수한 의미에서의 평화는 완벽한 무계급 사회의 도래하에서만 가능하다는 것이다.[84]

이상의 전쟁에 대한 이론은 『삼국지』에 나타나는 다양한 전쟁을 이해하는데 도움이 된다. 클라우제비츠의 전쟁 이론은 군벌들 간의 전쟁을 설명하는데 유용하다. 그리고 마르크스의 전쟁론은 황건 농민군(황건적)이 수행했던 농민

---

84) 김운회, 앞의 책, 205~207쪽.

전쟁을 이해하는 데 도움이 된다. 이 황건 농민군의 전쟁은 중화인민공화국을 건설한 홍군(紅軍)에까지 그 군사적 전통이 이어지고 있다. 그리고 손자의 이론은 전쟁의 질적인 측면을 부각시키고 구체적인 전술을 제시한다는 점에서 실제의 전쟁 수행 능력을 강화하는 효과가 있다.

전쟁 수행 능력 평가 기준

클라우제비츠는 전쟁은 기본적으로는 정치적 도구인데, 맹목적인 증오의식과 도박성 및 우연성이 개재되어 있으므로 이것을 이용할 만한 용기가 있어야 한다고 하였다. 전쟁은 본래 위험한 사업의 영역이며 따라서 용기야말로 전사가 갖추어야 할 최고의 자질인 것이다.[85] 클라우제비츠는 전쟁이 국가정책 수행을 위한 도구임을 분명히 하였는데 이 점은 전쟁과 정책의 유기적인 관계를 밝히는 데 대단히 유용한 지적이다. 손자도 전쟁을 국가 정책적인 관점에서 일부 제시하기도 한다.

손자(孫子)에 의하면, 전쟁은 국가의 대사이고 한 국가의 전쟁 능력을 평가하는 기준은 다음과 같다고 한다.[86]

- 리더십〔導〕: 인민들의 지도자와 한마음이 되고 생사를 함께 하려는 의지.
- 시간적 조건〔天〕: 기후와 시기 등이 전쟁의 승패에 결정적인 요소가 되기도 함.
- 지리 환경적 조건〔地〕.
- 지휘관의 능력〔將〕.
- 군기(軍紀): 이것을 손자는 법(法)으로 표현.

그러나 클라우제비츠는 전쟁이 가진 폭력성에 초점을 맞추고 있는데, 이 폭

---

85) 클라우제비츠, 앞의 책, 제1편 제3장.
86) 孫子, 『孫子兵法』 始計.

력성의 근간에는 적대국에 대한 적대감이 클수록 전쟁을 수행하기가 쉽다는 논리가 포함되어 있다. 영국의 전쟁 이론가인 리처드슨은 '전쟁 방정식'의 개념을 제시하고 있는데, 여기서도 상호간의 적대감을 매우 중요한 전쟁의 변수로 보고 있다. 아래는 리처드슨이 제시한 전쟁 방정식이다.[87]

$$\Delta X = kY - aX + g \cdots g는 Y국에 대한 국민의 적대감$$
$$\Delta Y = lX - bY + h \cdots h는 X국에 대한 국민의 적대감$$

X, Y는 국가 혹은 국가의 경제력
a, b, l, k 는 상수
ΔX는 X국의 군비 증강의 증가분
ΔY는 Y국의 군비 증강의 증가분

리처드슨의 방정식은 한 나라의 군비 증가는 적국의 군비 증가에 정비례하고 경제력에 반비례하고 있음을 보여준다. 그리고 각국의 군비 증강은 결국 적대국에 대한 적대감에 비례하는데 그 적대감이 크면 클수록 군비가 지속적으로 증강되면서 특정 지역 내에 증가된 군대는 불가피하게 양 군대의 충돌, 즉 전쟁으로 이어지게 된다.

전쟁을 제대로 수행하려면 국가적인 자원을 총동원하여야 한다. 여기서 말하는 국가의 자원이란 국토, 자원, 인구, 군사력, 전쟁 과학의 수준, 경제력, 대외 교섭력 등을 들 수 있다.

고대 병법의 대가였던 손자에 의하면, 두 나라가 전쟁을 할 때 그 승패를 판정할 수 있는 기준은 통치자의 자질과 유능성, 군 지휘관의 자질과 유능성, 기후 및 지리 환경적 조건의 유리성, 군 조직과 군대 규율, 병력의 수와 공격력, 군병력의 훈련 정도, 신상필벌을 통한 평가의 공정성 등이다.

87) Richardson, *Aims and Industry Statics Deadly Quarrels*, London, 1960.

전쟁은 수천억 원, 나아가 수조 원이 하루에 소모될 수도 있기 때문에 한 나라를 쇠망하게 하기도 하고 재기 불능의 상태로 만들기도 한다. 따라서 전쟁의 수행은 매우 신중해야 하는 것이다. 미국은 십수 년간 베트남 전쟁을 치르면서 국제경제 질서를 유지하는 데 실패하고 미국을 중심으로 하는 세계경제 체제가 붕괴되는 결과를 초래하기도 하였다. 따라서 일반적으로 전쟁은 속전속결로 치르는 것이 유리하다. 장기전에 돌입하면 무기 및 지원 장비가 고갈되고 국민의 여론이나 군대의 사기가 떨어져 공격력이 약화된다. 특히 장기간에 걸쳐 군대를 전선에 투입할 경우 재정이 바닥나 국가 경제에 심각한 타격을 주게 된다. 이 경우 제3국의 침공 위협이 발생한다.

고대의 전쟁기술

『삼국지』와 관련해서 본다면 현대전보다 고대전에 초점을 맞추어야 할 것 같다. 물론 고대의 전쟁이나 현대의 전쟁이나 공통점이 많은 것은 분명하지만 전쟁기술이나 전술적인 측면에서 달라진 부분이 매우 많아서 고대전쟁의 기술적인 면을 분석하는 것이 중요할 것이다.

고대 국가들의 경우 도시가 발전하면서 도시를 보호하기 위해 성(城)이 필요하였다. 통치자들에게는 성을 건설하는 데 필요한 많은 노동력을 관리하기 위한 보다 조직적인 행정력과 더불어 각 도시 국가의 방어 능력이 매우 중요한 자질이었다. 전쟁이 일어나면 대개의 경우 모든 남자들은 전쟁에 참여하였는데, 직업 군인은 기원전 3000년경에 수메르(셈족이 건설)에서 처음 나타났다고 한다.

인류의 전쟁 초기에는 사냥도구, 농기구, 병기의 구별이 없었을 것이다. 중국의 은주시대(殷周時代 : B.C. 1800~770)에는 가장 주요한 병기로 괘(戈)가 사용되었다. 이 괘는 창의 일종으로 적을 찍어서 당기고 전차(戰車)나 말 위에서 적을 낚아채 떨어뜨리는 기능을 한 무기인데, 하남성(河南省) 낙양(洛陽)에서 출토된 괘를 보면, 은(殷)·주(周) 시대의 무기도 상당히 발달한 것으로 보인다.

기원전 2300년경에 메소포타미아의 히타이트(Hittities)족[88]은 철을 녹이는 법을 발견하여 전쟁 기술에 획기적인 변화를 가져왔다. 전쟁에서 신기술의 발명은 어느 시대나 승리의 가장 중요한 요소가 된다. 그런데 히타이트의 제철 기술의 비밀은 무려 1000년 동안 지켜졌다고 한다. 이것은 오늘날 신무기 기술이 철저히 보호되는 것과 다르지 않다.

고대의 전쟁에서 철제 무기의 등장으로 당시 무기의 주를 이루던 청동제 무기들이 무용지물이 되었다. 청동은 구리에 주석이나 아연을 섞어서 만드는데 그 정도 비용을 감당할 수 있으면 장작불의 온도인 800~900℃에서 합금해 제작이 가능하다. 그러나 철을 녹이려면 최소한 1200℃ 이상의 온도가 필요하기 때문에 당시로 보면 엄청난 정도의 기술 혁신이 있어야 했던 것이다.

그리고 전차(戰車)가 만들어지면서 전쟁 기술은 고도화되기 시작하였다. 전차는 수메리아인들이 개발한 것으로 원래는 양치기용으로 만들어졌다가 전투용으로 용도를 바꾼 것이다. 초기의 전차는 대개 34kg 정도였다고 한다. 전차는 현대전에서의 탱크나 비행기의 역할과도 다르지 않다. 전차는 중앙으로 공격하면 적의 진영을 두 개로 나눌 수도 있으며 전차 위에 궁수(弓手)가 타면, 적에게 큰 타격을 줄 수 있다. 전차가 발달했던 나라는 이집트였는데 많은 수의 전차로 전쟁을 수행하려면 전차를 10~25대씩 나누어 부대별로 많은 훈련이 필요하였다. 그러나 전차가 반드시 어느 곳에서나 위력을 발휘하는 것은 아니다. 유럽의 대초원 지역에서는 전차보다 기병(騎兵)이 기동성 면에서 훨씬 뛰어나다.

중국의 경우, 춘추시대(春秋時代 : B.C. 770~403)에는 청동제 무기를 가진 귀족이 평원(平原)으로 나와서 전차를 몰고 싸우는 전차전(戰車戰)이 전쟁의 중심을 이루었다. 따라서 전쟁의 승패가 이전과는 달리 매우 빨리 결정되었다. 통상적으로 전차 1대에 보병이 30명씩 호위하였고 보병에게는 청동제 무

---

88) 히타이트족은 현재의 터키 지역에 가장 먼저 정착한 고대 종족으로 알려져 있다. 기원전 1900년경부터 터키 지역을 다스렸으며 수백 년 동안 메소포타미아와 시리아의 일부 지역을 정벌함으로써 기원전 16세기에는 현재 아랍 지역의 중심 세력이 되었다.

기가 공급되지 못하였다. 왜냐하면 청동을 만드는 데 사용되는 재료들이 귀하고 비쌌기 때문이다. 그러나 전국시대(戰國時代 : B.C. 403~221)에 들어서자 철의 생산이 활발해졌다. 초기에는 농기구에 사용될 정도에 불과했지만, 나중에는 무기로 사용할 수 있을 정도의 철이 만들어졌다. 전국시대에 들어서면서 긴 자루가 달린 방패나 창들이 보병들에게도 지급되었다.[89]

한편, 전쟁에서 군(軍)의 전투 대형도 중요한 변수이다. 그리스는 밀집 보병대로 전쟁을 수행하였다. 밀집 보병대 혹은 장갑 보병대는 가로 세로 8명이 창과 방패로 무장하고 일정한 간격으로 층층이 적을 향해 진군해가는 방식이었다. 그것은 많은 사람들이 마치 돌진하는 탱크처럼 보였다. 이 방식은 협동심과 전투의식이 필요한 형태로 전쟁으로 인한 개인의 부상 위험성이 매우 컸다. 그러나 밀집 보병대는 그리스 내부의 전쟁에서는 유용했지만 기병에는 쉽게 무너졌다. 대형이 무너지면 밀집 보병대는 자신이 가진 장비 때문에 도망가기도 힘든 상황이 되므로 피해가 더욱 커지게 된다.

알렉산더 대왕의 아버지 마케도니아의 필리포스 2세는 전투 장비를 가볍게 만들어 전쟁에 나서게 된다. 그리스 시대에는 광범위한 용병(傭兵 : 직업군인)이 전쟁에 투입되었는데 의사소통의 문제가 많았다. 그래서 필리포스 2세는 통신 방식을 단순화하고 개량하였다. 알렉산더의 동방정벌도 결국은 대부분의 용병으로 이루어졌다. 알렉산더는 군대를 보병·기병·포병·병참 등으로 분류하였고 투석기, 활, 창 등의 부대도 모두 전쟁에 동원하였다. 그리고 선두에 선 창병은 무려 6m나 되는 긴 창을 층층이 세워 적을 공격함으로써 적의 5열 정도의 병력은 꼼짝할 수도 없는 상황으로 만들었다. 현대적인 개념으로 보면 일종의 탱크였던 것이다.

중국의 경우, 전국시대에 들어서자 철제 무기들이 보병들에게 공급되면서 보병의 역할이 더욱 중요해졌으며, 전쟁터의 범위가 매우 넓어지게 되었다. 즉, 무기만 가지고 있다면, 보병은 산간이나 들판 어느 곳에 있든지 전투를 수

---

89) 신태영 편, 『중국의 전쟁』, 도남서사, 1985, 58쪽.

행할 수 있었고, 이들이 존재하는 한 전쟁은 끝난 것이 아니었다. 그리고 오래 전부터 적의 수급(首級)을 베면 작일급을 하사하는 형태의 획수포상(獲首褒賞)의 원칙이 있었다고 한다. 물론 이 원칙은 어느 나라의 군대에서나 적용될 것이다. 예를 들면 진(秦)나라의 경우 적의 수급의 다과(多寡)에 따라 군공(軍功)을 주었다. 즉, 적 한 사람의 수급은 1급, 두 사람의 수급은 2급을 받았다.

그리고 보병 개인 장비의 면에서는 전국시대에 들어오면서 본격적으로 갑옷과 투구가 보급된 것으로 보인다. 이 시대의 갑옷을 제작하는 방식을 보여주는 호북성(湖北省) 수현(隨縣)의 증후을묘(曾侯乙墓)에서 출토된 전국시대 초기 유물을 보면, 당시의 갑옷은 가죽 조각의 표면에 검은 옻칠을 하고 그 조각들을 엮어서 만들었다. 그리고 시황제 능에서 갑옷과 투구를 갖춘 다수의 토용(土俑) 병사가 출토된 것으로 보아 이때에는 갑옷과 투구가 병사들의 일반 군장으로 자리를 잡은 것을 알 수 있다. 보병이나 기병들에게 지급되는 무기는 도끼인 부월(斧鉞), 찌르는 창인 모(矛), 적을 찍어서 당기는 괘(戈), 이 괘와 모를 합친 극(戟), 활(弓)과 노(弩)가 있었다. 여기서 노(弩)라는 것은 방아쇠가 달린 활을 말하는데 시위를 당겨두면 언제든지 발사될 수 있었다. 그리고 보병들은 통상적으로 하루에 1사(舍 : 30리 , 12Km에 해당) 정도를 행군하였다고 한다.[90]

전국시대에 들어오면서 철제 농기구에 의한 심경(深耕)이 가능해짐에 따라서 생산력이 획기적으로 증대하였고 이에 따라 경제력과 국력도 강화되었다. 이에 따라 전쟁의 규모가 확대되어 10만 단위의 대부대들이 충돌하는 대규모의 전쟁이 나타나기 시작하였다. 예를 들면 전국시대 말기에 일어났던 장평대전(長平大戰 : B.C. 260)에서는 진(秦)나라 군대가 격파한 조(趙)나라 군대 40여만 명을 생매장하였다고 한다(이 병력의 수는 물론 과장되었을 것이다).[91]

로마시대에서는 처음으로 현대와 유사한 군대 조직이 나타나게 되었다. 즉, 전쟁 상황에 따른 군대 편성을 하였는데 각 부대에서는 각종 장비는 물론 대

---

90) 신태영 편, 앞의 책, 100쪽.

포, 약품까지 갖추고 있었으며, 보직(補職)에 따라 이동이 가능하였다. 예를 들면, 숲 전쟁에서는 보병이 수행하고 평원전(平原戰)에서는 기병이 수행하며 소대 단위로 빌려주고 받을 수도 있었다. 로마는 이같이 표준화된 군대로 지중해 전역과 유럽을 지배할 수 있었던 것이다. 거의 비슷한 시기에 중국에서는 로마제국과 유사하게 당시의 후진국이었던 진(秦)나라가 보다 실용적인 정책으로 선회하여 법가에 바탕한 부국강병책을 강력하게 시행하였다. 특히 신상필벌(信賞必罰)을 철저히 시행하여 군사들의 전투 의욕을 증대시켜 강병을 만들었고 이것을 바탕으로 중국을 통일하였다.

『삼국지』 시대에는 대규모의 전쟁이 일상적으로 나타났으므로 각 군단은 팔진법(八陣法)이라는 전투 대형이 사용되었다.

즉, 64개의 소대를 다음의 그림과 같이 나누어 배치하는 방법으로 적과 교전을 할 때는 정면과 측면을 지키는 부대로 나누어지고 나머지는 예비 병력이 된다. 소대의 경우에는 앞줄에는 궁병(弓兵), 창병(槍兵), 칼과 방패를 가진 보병(步兵) 등의 순서로 정렬하였다.[92] 이 진법은 화기(火器)의 출현 이전에는 유용했던 것으로 보인다.

전쟁기술은 축성술(築城術)이 발달함에 따라 새로운 국면을 맞이하게 되었다. 축성술의 발달은 역으로 공성술(攻城術)의 발달을 가져왔다. 『삼국지』 시대의 성(城)은 다음의 그림처럼 돌이나 진흙으로 높이 쌓아서 일정한 간격으로 병사들이 숨어서 활을 쏠 수 있도록 치(雉)를 두었고 문루(門樓)를 만들어 성을 방어하는 사령부로 사용하였다. 그리고 성 주변에는 참호를 깊이 파거나 물이 흐르는 해자(垓字)를 두고 적교(吊橋)라는 다리를 두어 아군이 나갈 때나 들어올 때는 적교로 나

---

91) 한반도(韓半島)의 경우에는 4세기 중반을 기점으로 커다란 변화를 겪게 되었다. 가장 두드러진 점은 전쟁 규모가 엄청나게 커졌다는 것이다. 고구려의 예를 들면, 이전에는 1만~2만에 불과하던 병력 규모가 4세기 중반에 이르면 5만 명 이상으로 증가하였고, 백제의 경우도 3만 명을 넘어섰다고 하는데 이는 당시 사람들의 입장에서 보면, 오늘날 우리나라의 60만 대군을 능가하는 규모였을 것이다. 그리고 이 같은 대군단은 국왕이 직접 지휘하기 시작하여 이전의 여러 부족들의 군대들이 하나의 연합군을 형성하여 국왕의 군대로 변모하게 된 것이다. 한국역사연구회, 앞의 책, 223~224쪽.
92) 신태영 편, 앞의 책, 193쪽.

[팔진법]

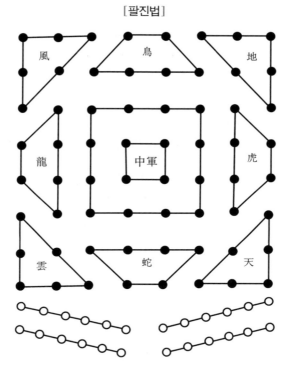

＊ 출전 : 신태영 편, 『중국의 전쟁』, 도남서사, 1985.

가고 적이 공격하면 적교를 거둬들이는 방법을 사용하였다.

　공성술에 사용되는 무기들은 소차(巢車)・아골차(鵝鶻車)・운제(雲梯)・충차(衝車)・분온차(轒轀車) 등이 있었다. 소차는 이동용 전망대로 도르레를 이용하여 새의 집처럼 생긴 작은 망루를 높이 올려 적의 동정을 탐지하는 데 사용하였다(수레가 달려 이동이 가능함). 아골차는 성벽을 부수는 기구였고, 운제는 현대식으로 말하면 사다리차와 같은 형태인데 주로 성벽을 올라갈 때 사용하였다. 충차는 수레에 날카롭고 뾰족한 무기를 달아서 성문을 깨뜨리는 기구였다. 분온차는 다소 큰 4륜 수레에 철제 지붕을 씌워 적들의 화살을 막고 그 내부에서는 바닥의 땅을 팔 수 있게 만들어진 장비이다. 쉽게 말해서 땅굴을 파는 기구이다.

[성의 일반적 구조]

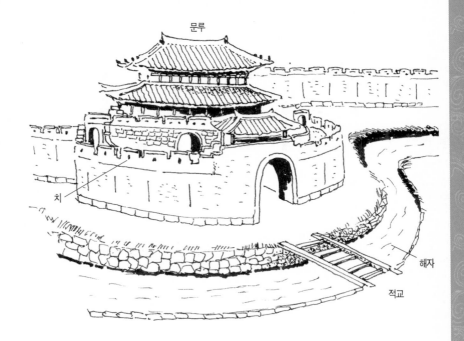

이에 대비하여 성을 방어할 때는 원융노(元戎弩),[93] 목뢰(木櫑 : 나무로 만든
것으로 성벽에 오르는 적을 떨어드리는 데 사용하는 기구), 야차뢰(夜叉櫑 : 도깨비
방망이처럼 뾰족하고 울퉁불퉁하게 생긴 것으로 성벽에 적이 올라오지 못하게 하는
기구), 흔아박(掀牙拍 : 쇠못이 2천여 개 박혀 있어 성을 오르는 적을 공격하는 기구)
등이 사용되었다. 명(明)나라의 모원의(茅元儀)가 쓴 『무비지(武備志)』에 의
하면 원융노는 일종의 기관총과 같은 활이었다. 원융노에는 한가운데 노조(弩
槽)가 있고 화살이 10개가 들어갔으며 시위를 당기고 방아쇠를 당기면 화살이
발사되는 동시에 다시 장전이 되는 형태였다고 한다.

---

93) 원융노는 제갈량이 발명한 것으로 알려져 있지만 확실한 것은 아니다.

[소차와 운제]

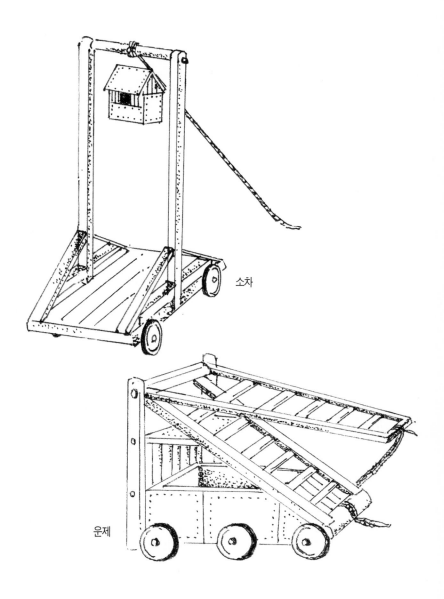

소차

운제

[원융노와 그 원리]

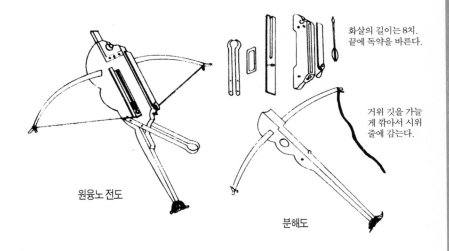

화살의 길이는 8치.
끝에 독약을 바른다.

거위 깃을 가늘
게 깎아서 시위
줄에 감는다.

원융노 전도

분해도

＊ 출전 : 신태영 편, 『중국의 전쟁』, 도남서사, 1985.

전쟁이론─병법의 요소들

클라우제비츠는 전쟁술이란 처음에는 전쟁을 단순히 준비하는 과정에서 비롯된 것이고 전쟁다운 전쟁은 공성술(攻城術)에서 처음 나타났다고 하였다. 그리고 초기에는 군대 지휘에 관한 것도 표준화되어 여러 사람에게 바로 적용되는 것이 아니라 거의 장군 개인에 의존할 수밖에 없는 상태였다. 그리고 이 점은 지금도 어느 정도는 마찬가지다.

『삼국지』에서 개인적인 역량이 중요하게 부각되는 것도 전쟁이론을 체계적으로 연구하고 적용하기에는 많은 어려움이 있기 때문으로 보인다. 『삼국지』에 등장하는 대부분의 장수들은 『손자병법(孫子兵法)』과 『육도삼략(六韜三略)』, 그리고 그밖의 군사적 저서들을 모두 읽었다고 보아야 한다. 그럼에도 불구하고 특정인들이 전투에 능한 것은 전쟁이 기본적으로 표준화되기 어려운 요소가 있고 임기응변성도 강했기 때문이다.

전쟁이론은 군사적 사항들을 보다 합리적이고 효율적으로 판단할 필요성의 증대에 따라 시작된 것이다. 전쟁이란 국가의 존망이 걸린 문제이기 때문에 모든 나라에서는 이에 대한 많은 연구가 이루어졌다. 그러나 전쟁에 대한 이론은 객관성을 담보하기에는 매우 어려워 주로 객관적인 데이터나 양적인 평가로 이루어지는 정량적(定量的)인 분석에 국한될 수밖에 없었다. 그러나 실제의 전쟁에서는 정성적(定性的)[94] 요소가 더 중요할 때도 많다. 특히 정신력이 강조되는 전쟁의 경우는 더욱 그렇다. 가령 배수진(背水陣)을 쳐서 객관적으로 열세인 군사력으로 적을 제압하는 예는 역사적으로 많이 나타나고 있다. 『삼국지』의 경우도 조조가 원소를 격파할 때 배수진을 사용하고 있다.

그리고 전쟁이라는 것이 이론적으로 아무리 위대해도 상대방의 반응에 의해 다음의 행위가 결정되는 것이기 때문에 군사전략의 대가라도 객관적 승리를 결코 보장할 수 없다. 『삼국지』의 예를 보더라도 제갈량이 전쟁을 하려고 여러모로 시도하지만 사마의가 이에 응전하지 않으므로 제갈량의 탁월한 전략이나 기획도 아무런 소용이 없었던 것이다.

클라우제비츠는 전쟁이론을 구성하는 매우 많은 요소를 제시하였는데 이 점은 어떤 전쟁이든지 적용하기에 용이하다. 클라우제비츠는 전쟁이론의 요소로서 첫째, 전쟁에 있어서 병력의 과다 문제(수적 우세 문제), 둘째, 부대의 급식 문제, 셋째, 근거지(basis) 문제, 넷째, 군 작전 이론의 요소들을 지적하고 있다.[95] 병법과 관련하여 가장 구체적인 부분은 군 작전이론의 요소들이다. 클라우제비츠는 군 작전 이론의 요소들을 세분하여 다음과 같이 지적하고 있다.

작전 요소는 무엇보다도 정신력과 그 효과에 관한 문제, 즉 정신적인 문제, 적군의 대응에 대한 파악 능력과 대처 능력, 즉 정보력과 대응력, 모든 이론의 불확실성 등의 성격을 띠고 있다. 따라서 전쟁이란 한마디로 '불확실성'이라고 요약할

---

94) 전쟁에 있어서 정신력의 특성은 확실히 파악하기가 어려운 보다 질적인 문제이다. 이것을 군 정신력이 가진 정성적 특성이라고 한다. 이것은 군심(軍心), 즉 군사기(軍士氣)와 밀접하게 관련되어 있다.
95) 클라우제비츠, 앞의 책, 제2편 제2장.

수 있다. 이 과정에서는 데카르트적인 합리적 분석보다는 지휘관이 경험에 의존할 확률이 높은 것이다. 이런 견지에서 『삼국지』에 나타나는 전략가 중에는 가후(賈詡)가 최고라고 보는데 그것은 그가 가장 많은 전쟁 경험을 하였기 때문이라고 할 수 있다. 실제로 가후는 『삼국지』에 나타나는 대부분의 전쟁에 등장한다.

클라우제비츠가 제시하는 전쟁·작전 이론의 요소들은 다음과 같다.

첫째, 전쟁이론은 목적과 본질을 동시에 고려해야 한다. 즉, 전쟁 수단을 사용할 때 고려해야 할 요소는 지역의 특성, 전투 개시의 시각, 날씨 등이다. 그리고 장기간의 원정이 될 경우에는 그 지역의 기후를 정확히 고찰하여야 한다. 둘째, 전쟁이론이 각급 지휘관에게 전달될 때에는 지휘관이 각 계급에 합당하게 제시되어야 하며, 각 군대별로는 전쟁을 수행하는 데 필요할 정도로 매우 단순하게 제시되어야 한다. 셋째, 전쟁이론은 전쟁과학과 전쟁술의 중간적 개념이다. 전쟁은 인간의 교통행위(交通行爲)이며 전쟁에서 판단과 인식을 구분하기는 매우 어렵다. 쉽게 말해서 전쟁이론은 전쟁 경험과 같은 중대성을 가진다는 말이다.

이와 같이 클라우제비츠는 전쟁이론이 가지는 속성에 대해 논의한 반면, 손자는 철저히 전쟁기술의 측면을 강조하고 있다. 손자가 제시하고 있는 전쟁이론의 요소들을 나열해보면 다음과 같다.

- 시계(始計) : 전쟁 전에 철저한 기획과 준비가 필요
- 작전(作戰)·공격(攻擊)
- 군형(軍形)·병력의 크기〔兵勢〕
- 상대의 허점을 노린 공격
- 전투의 원칙〔九變〕·행군(行軍)·지형(地形)
- 스파이전〔間諜戰〕 - 정보전

『삼국지』를 이해하려면 위의 내용을 전체적으로 이해할 필요가 있다. 대부분의 국가 원수들이나 군의 최고 지휘관은 위와 같은 능력을 모두 갖출 수 없기 때문에 모사(군사 전략가 또는 작전 전문가)를 쓰게 되는 것이다. 위의 요소 모

두에 능한 사람은 『삼국지』에서 가후 · 곽가 · 조조 · 제갈량 · 방통 · 사마의 정도이다. 나머지 사람들은 위의 요소들 가운데 일부에만 능했을 뿐이다.

병법의 요체

『삼국지』의 주요 인재들의 역할은 군사 참모와 정치 참모, 크게 두 가지로 나뉜다. 가후 · 곽가 · 순욱 · 제갈량 · 방통 · 사마의 등은 두 가지 역할을 모두 해냈다. 전쟁과 관련해서 보면 군사 참모로서의 역할이 무엇보다 중요할 것이다. 이 점들을 좀더 구체적으로 살펴보자.

전쟁은 상대방의 군대를 무장해제하거나 싸우지 않더라도 아군이 전쟁 목적을 달성하는 것으로 끝이 난다. 오늘날 전쟁에서 적을 격파하는 것은 병력 수가 아니라 전쟁과학 기술과 신무기에 의존하고 있지만 과거의 전쟁은 병력 수에 의해 결정되는 경우가 대부분이다. 물론 속도전을 바탕으로 하는 유목민들의 기병과 농민을 주축으로 하는 보병의 전쟁에서는 압도적으로 기병이 유리할 것이다.[96] 따라서 외부의 침공을 받게 되면 주변의 다른 제후에게 구원병을 요청하여 병력의 상대적 우세를 확보하거나 성을 철저히 방어할 수 있도록 만반의 대비를 하는 등의 두 가지 대안이 모색된다. 『삼국지』에 나타나는 대부분의 외부 침공에 대한 대응 방식은 이와 같다.

전쟁에서 승리하는 방법, 즉 병법에 대한 이해를 가장 쉽게 해주는 대화가 있다. 나폴레옹의 부관이 나폴레옹에게 "폐하께서는 항상 소수의 군대로 다수의 군대를 무찔렀습니다"라고 하자, 나폴레옹은 "아닐세, 나는 항상 다수의 군대로 소수를 무찔렀네"라고 말했다고 한다. 이 짧은 대화야말로 전쟁의 모든 비밀을 담고 있다. 나폴레옹의 군대는 상대국인 프러시아 · 오스트리아 · 영국 · 러시아의 군대보다도 항상 적었다. 그러나 나폴레옹은 군대의 배치와 신속한 이동을 통하여 항상 상대적인 다수를 유지하여 상대적으로 소수의 군대를 격파하였다는 말이 된

---

96) 『삼국지』에 나타나는 전쟁 가운데 유목민과의 전쟁은 그리 많지 않다. 후한 말기에 흉노족의 주류가 서유럽으로 이동하여 중국의 변방에서 큰 위협이 되지 못했다.

다. 따라서 수적으로 우세한 대군(大軍)과의 교전(交戰)도 나폴레옹에게는 문제가 아니었다. 왜냐하면 대군이라도 분산하면 작은 부대로 뉘고 그 작은 부대 하나보다 상대적으로 수적인 우위를 유지하면 되기 때문이다.

물론 압도적인 군사력의 차이가 있을 때 병법이란 크게 중요하지 않을 수도 있다. 예를 들면, 1900년대 후반 미국이 그라나다 · 이라크 · 아프가니스탄 등을 일방적으로 공격하는, 어른과 아기의 싸움 같은 경우에는 특별한 전술이 전쟁의 승패를 좌우하기는 어렵다. 그러나 전쟁기술이 발달하지 못한 고대 전쟁의 경우에 병력의 상대적 우위를 유지한다거나 성을 견고히 방어하는 것은 매우 중요한 기술이었다.

특히 『삼국지』에서 나타나는 바와 같이 군사적 역량이 서로 비슷한 경우에는 병법에 따라 전쟁의 승패가 결정되는 일이 많이 발생한다. 현대전의 경우에도 베트남은 미국을 상대로 한 전쟁에서 지형적 조건을 최대한 이용하고 세계 여론을 효과적으로 활용하여 초강대국 미국을 격파하였다. 이것도 병법의 승리라고 할 수 있지만 기본적으로 라오스 · 캄보디아 · 베트남에 이르는 광활한 정글과 우방국들의 원조가 없었더라면 불가능한 일이었다. 베트남은 과거 트란(Tran) 왕조(1225 ~1400) 때 몽골의 쿠빌라이 칸(1216~1294)의 침공도 막아냈던 역사적 경험을 가지고 있다.[97]

여기서 말하는 병법, 즉 전쟁술이란 기본적으로 기만술(欺滿術)이라고 할 수 있다. 즉, 『손자병법』에 따르면, 가까운 곳을 노리면서 먼 곳을 공격하고 먼 곳을 지향하면서 가까운 곳을 공격하고, 적이 군비가 충실하면 서두르지 말고 방비에 충실히 하며, 적이 강하면 충돌을 피하고, 적의 단합되어 있으면 분열시키고,[98] 적이 무방비 상태에 있으면 즉각 공격하고, 적이 전혀 예상하지 않을 때 공격한다. 그리고 전략은 어떤 경우라도 노출되면 안 된다. 이 원칙들을 철저히 지키면 전쟁을 승리로 이끌 수 있는 것이다.

---

97) 몽골은 세 차례(1257, 1284, 1287)에 걸쳐 베트남을 침공하였다. 당시의 몽골군의 병력 규모는 30만~50만에 이르렀지만 베트남의 전쟁 영웅 트란 흥 다오(Tran Hung Dao)에 의해 격파되었다.

그리고 적의 상태를 파악하는 방법으로 『손자병법』에서는 다음과 같은 것을 지적하고 있다. 적이 멀리서 도전하는 이유는 아군이 공격하기를 바라는 것이고, 적이 겸손한 말씨로 방어에 진력한다는 것은 공격을 준비하고 있기 때문이며, 강한 어조를 보이며 계속 진격하는 것은 철수의 의사가 있고, 전차가 선봉에 서면 전투준비를 하는 것이다. 또한 적이 갑자기 강화(講和)를 요청하면 음모가 있으니 유의해야 하고, 적의 행동이 분주해지면 결전을 준비하는 것이며, 군대가 소란스러운 것은 적장에게 위엄이 없기 때문이고 적장이 함부로 화를 내고 있으면 군대가 지쳤기 때문이며 상을 너무 자주 내리면 적이 곤경에 빠져 있기 때문이다. 적이 분노하여 진격해왔는데도 오랫동안 결전도 철수도 없다면 적의 계략이 있으니 유의하고, 적장이 너무 자주 벌을 주면 통솔이 안 되고 있다는 말이다.

중국 역사상 최고의 군사전략가로 꼽히는 모택동은 다음과 같은 노래를 만들어 홍군 병사들로 하여금 외우게 하였다(〔 〕는 중국식 발음).

적이 나오면 우리는 물러나고(敵進我退)　　　〔티친 우어토〕
적이 머물면 우리는 소란하게 하고(敵止我擾)　〔티치 우어라오〕
적이 피하면 우리는 공격하고(敵避我擊)　　　〔티푸에 우어치〕
적이 물러가면 우리는 진격한다(敵退我進).　　〔티토이 우어친〕

모택동의 이 같은 전술은 『손자병법』과 깊은 관련이 있다. 『손자병법』의 허실(虛實)의 장(章)에서 "병형(兵形)은 물〔水〕을 닮았다. 물의 형태는 높은 곳을 피하여 낮은 곳으로 흐른다. 병형은 적의 견고한 곳〔實〕을 피하고 허술한 곳〔處〕을 치는 것이다. 물은 지형에 따라 흐름을 조절하고 군대는 적의 군세에 따

---

98) 적의 내부를 교란하는 방법으로는 적국의 중신(重臣)을 포섭하거나 적의 장수와 참모를 매수하는 방법, 미인계(美人計)를 사용하거나 적의 사자(使者)를 매수하는 방법, 적을 이간시키거나 적국 내에 난신(亂臣)을 두어서 자멸하게 하는 방법, 정보망을 장악하여 적국을 봉쇄하는 방법, 아군의 약점을 보여 적장을 우쭐하게 하는 방법, 적의 장수나 중신들을 회유할 때, 배신 행위에 대한 대가를 매우 높게 하는 방법 등을 지적할 수 있다.

라 승리를 조절하는 것이다. 그러므로 물이 일정한 모양이 없듯이 병형도 일정하게 정해진 형태가 없는 것이다. 능히 적이 변화하는 데에 따라서 변화하고 승리를 취한다"라고 하고 있다.

『손자병법』의 모공(謀攻)의 장(章)에서는 적의 음모를 분쇄하고 싸우지 않고 이기는 것이 최상의 전략이라고 가르치고 있다. 그러나 공격을 해야 할 경우는 아군이 적군의 10배이면 포위하고, 아군이 적군의 5배이면 공격이 가능하다. 아군이 적군의 2배이면 분산시킨 후 공격해야 하고, 아군의 병력이 적군과 동일할 때는 전력을 다하여야 하며, 적군이 아군보다 많을 때는 방어에 힘을 쓰거나 교전을 피하여 퇴각하여야 한다. 손자는 승리를 판단하는 다섯 가지 요소를 다음과 같이 제시하고 있다.

- 싸울 수 있는 경우와 싸울 수 없는 경우를 아는 자는 승리한다.
- 많은 병력과 적은 병력의 사용법을 아는 자는 승리한다.
- 상하(上下)의 욕망이 같으면 승리한다.
- 완전한 준비를 갖추고 경계가 태만한 적과 싸우면 승리한다.
- 유능한 장수가 있고 통치자가 전쟁에 간섭하지 않으면 승리한다.

따라서 적을 알고 나를 알면 백전백승할 수 있다는 것이다. 가장 위험한 것은 적도 모르고 나도 모르는 경우이고, 나는 정확히 알아도 적을 모르면 승률이 50%가 될 것이다. 결국 승리가 이미 확정된 전쟁을 하라는 말된다. 패배자는 덮어놓고 전쟁을 하지만 승리자는 승산이 확실한 전쟁을 한다는 것이다. 따라서 "이미 패배자와 전쟁을 하라"는 의미이다. 제갈량은 자신의 저서 『장원(將苑)』에서 군대 내에서 다음과 같은 일이 벌어지면 전쟁은 결코 이길 수 없다고 하였다.[99]

---

99) 제갈량, 『제갈무후문집(諸葛武侯文集)』 장원(將苑) 제19편 군두. 제갈량의 저서로 알려진 『장원』은 모두 50편인데 예로부터 이것을 심서(心書)로 부른다. 심서란 매우 중요하여 마음속에 담아 두어야 하는 책이란 뜻이다. 이 50편의 내용은 크게 장수론(將帥論)과 병법론(兵法論) 두 가지이다. 이 책은 당시까지 나와 있던 병서들을 모두 종합하여 체계적으로 정리해둔 책으로 후세의 많은 전략가들이 애독하였다.

- 적의 정세를 잘못 판단하여 중요한 정보가 부정확할 경우.
- 군대가 집합 시간을 지키지 않는 등 군기가 몹시 문란할 경우.
- 장수가 사욕에 젖어 부하의 고통을 돌보지 않을 경우.
- 부대 안에 무술(巫術)과 미신으로 앞날의 전투 향방을 점칠 경우.
- 군심(軍心)이 동요할 경우.
- 부하들이 지휘계통을 준수하지 않고 독단적으로 행동할 경우.
- 군수 물자를 함부로 빼돌릴 경우.

그리고 전쟁에서는 우회작전(迂廻作戰)과 전격전(電擊戰)을 적절히 사용하는 것이 매우 중요하다. 전쟁에 이기기 위해서는 적의 의표를 찌르는 데 주력해야 한다. 승전을 위해 분산 · 집합을 반복하여 변화를 도모하라는 것이다. 『손자병법』의 '군쟁(軍爭)'의 장에는 다음과 같은 유명한 말이 있다.

(군대가 움직일 때는) 빠르기가 바람과 같고, 느리기는 수풀과 같다. 적을 무찌를 때는 불(火)과 같고 움직이지 않을 때는 산(山)과 같다. 행동하는 모습은 벼락과 같으며 식량을 조달할 때는 군사를 분산하라.

이것은 용병을 어떻게 해야 하는지를 잘 보여주고 있다.
참고로 전쟁술과 바둑은 매우 유사한 특성을 가지고 있다. 바둑은 전쟁을 형상화한 것으로 전쟁에 그대로 응용될 수 있기 때문에 전쟁학이나 군사학을 연구하는 사람들에게는 매우 중요한 오락 중의 하나다. 바둑에서 상대를 제압하는 10가지 방법을 위기십결(圍棋十訣)이라고 하는데 그것을 살펴보면 다음과 같다.

- 탐부득승(貪不得勝) : 욕심이 지나치면 승리를 얻지 못한다.
- 입계의완(入界宜緩) : 서둘러 적진 깊숙이 들어가지 말라.
- 공피고아(攻彼顧我) : 스스로를 돌본 다음 적을 공격하라.
- 기자쟁선(棄子爭先) : 돌을 버리더라도 선수를 취하라.

- 사소취대(捨小取大) : 작은 것을 버리고 큰 것을 취한다.
- 봉위수기(逢危須棄) : 위기를 만난 돌(병력)은 버려라.
- 신물경속(愼勿輕速) : 경솔하게 서둘지 말고 신중하게 대처하라.
- 동수상응(動須相應) : 행마(행군)를 할 때는 주변 정세에 호응하라.
- 피강자보(彼强自保) : 적이 강하면 스스로 안전을 도모하라.
- 세고취화(勢孤取和) : 나의 세력이 약하면 적과의 화평을 도모하라.

전투와 행군 · 작전 · 지형

『삼국지』는 수많은 전투가 나오는 전쟁소설이다. 따라서 전투와 행군 등 실전에 필요한 구체적인 내용을 아는 것도 중요한 일이다. 『손자병법』에 따르면 전투를 할 때에는 다음의 원칙을 지켜야 한다.

- 고지대에 있는 적은 공격하지 않는다.
- 구릉(丘陵)을 등진 적과는 응전하지 않는다.
- 험준한 지형에 있는 적과는 오래 전투하지 않는다.
- 패배를 위장한 적은 추격하지 않고 적의 정예부대는 공격하지 않는다.
- 철수하는 적은 퇴로를 봉쇄하지 않는다.
- 적군을 포위할 경우에는 반드시 퇴각할 공간을 마련해준다.
- 진퇴유곡(進退維谷)에 빠진 적군은 최후까지 공격하지 않는다.

그리고 『손자병법』의 지형에 따라 군대를 배치하는 4원칙은 다음과 같다.

- 산악전 원칙 : 산을 넘을 때는 계곡에 의지하고 전망이 트인 고지를 점령하여야 한다. 적이 고지에 있으면 대적하지 않는다.
- 강변 전투 원칙 : 물을 건너면 반드시 물에서 멀리 떨어지고 적이 물을 건너오면 물가에서 대적하지 말고 반쯤 건너온 뒤 반격하여야 한다. 아군이 공격할 때는 고지대를 먼저 점령하고 하류에서 상류로 공격하면 안 된다.

- 소택지 전투 원칙 : 소택지는 가급적 빨리 지나가야 한다. 부득이 소택지에서 싸우게 될 때는 수초로 가리고 숲을 등지고 싸워야 한다.
- 평지 전투 원칙 : 높은 지대를 배후나 오른쪽에 두고 낮은 지대는 앞에 두어야 한다.

제갈량은 『장원(將苑)』에서 지형을 잘 활용하여 작전을 수립해야 한다고 하면서 지세나 지형에 따른 작전계획을 다음과 같이 말하였다.[100]

- 산림 · 구릉 · 고원 · 큰 강의 지대에서는 보병작전을 사용한다.
- 높은 산 위나 산을 낀 넓은 벌판에서는 기마작전을 사용한다.
- 숲이 울창한 계곡과 험준한 산골짜기에서는 궁전작전(弓箭作戰)을 사용한다.
- 풀 없는 평지에서는 장검(長劍)으로 적을 격퇴하는 작전을 사용한다.
- 갈대가 무성하고 대나무가 무성한 곳은 창 쓰기에 적당한 지역이다.

제갈량은, 장수는 반드시 먼저 충분히 계략을 세운 후 움직이고 적의 정세를 충분히 파악한 후에 싸움에 임하여야 하며 병력이 많고 형세가 우세하다고 하여 적을 가볍게 봐서는 안 된다고 말하고 있다. 제갈량은 작전을 세울 때는 그 때에 처해 있는 형세에 잘 적응해야 한다고 하면서 초목이 무성한 곳은 유격전(遊擊戰 : 게릴라전), 깊은 산림 지대에서는 기습전, 앞에 숲 이외에 은폐물이 없을 때는 호구전(壕溝戰 : 참호를 파고 참호를 연결한 통로를 따라 이동하고 적의 침공에 대비), 날이 어두우면 소수로 다수를 격파, 날이 밝으면 다수로 소수 격파, 병력과 장비가 충분하면 속전속결, 연못이나 물을 사이에 두고 있거나 강풍이 불거나 날이 어두울 때는 앞뒤로 협공전을 펴는 것이 적당하다고 하였다.[101]

---

100) 제갈량, 앞의 책, 제36편 지세(地勢).

제갈량은 부대를 편성할 때 보국대(報國隊), 돌격대(突擊隊), 특공대(特攻隊), 기습대(奇襲隊), 사격대(射擊隊), 원사대(遠射隊)로 나눈다고 하였다.[102] 보국대는 왕성한 투지를 가진 자들을 한데 모아 일치 단결하여 강적을 무찌를 수 있는 자들을 한 조로 만든 부대, 돌격대는 힘이 세고 용맹하고 빠른 자들을 한 조로 만든 부대, 특공대는 동작이 빠르고 행군을 잘하는 자들을 한 조로 만든 부대, 기습대는 말을 잘 타고 활을 잘 쏘는 자들을 한 조로 만든 부대, 사격대는 활을 전담하여 적을 확실히 사살할 수 있는 자들을 한 조로 만든 부대, 원사대는 원거리에서 활을 쏘아 적의 선발대를 꺾을 수 있는 자들을 한 조로 만든 부대를 말한다.

물론 이상의 전투·행군 수칙이나 부대 편성법 들이 오늘날 그대로 적용되지는 않는다. 현대전에는 비행기나 장갑차, 탱크뿐만 아니라 자외선 탐지기와 같은 각종 첨단 군사 장비와 고성능의 대포나 미사일이 동원되기 때문에 위의 내용을 그대로 적용하기는 어렵다.[103] 그러나『삼국지』를 이해하는 데는 매우 필수적인 항목이라고 볼 수 있다.

---

101) 제갈량, 앞의 책, 제32편 편리(便利).
102) 제갈량, 앞의 책, 제13편 택재(擇材).
103) 다만 게릴라전이나 산악전, 보병전 등에는 유용할 것이다. 그러나 워낙 극심한 전력의 차이가 존재하면 게릴라전이나 산악전도 수행하기가 어렵다. 2001년 10월 7일에 시작되어 12월 8일에 전쟁이 사실상 종식된 미국과 아프가니스탄 탈레반 정권과의 전쟁은 현대전에서 게릴라전이나 산악전이 얼마나 무용한가를 보여주었다. 미국은 사상 초유의 테러공습(2001.9.11)을 받은 후 아프간에 대대적인 공격을 감행함으로써 전쟁이 시작되었다. 아프간의 탈레반 전사(戰士)들은 게릴라식 매복 작전에 능하고 자살 공격을 무차별적으로 가하는 등 전투력이 왕성한 것으로 알려져 있었다. 그러나 미국은 대대적인 공습작전(B-52 폭격기를 동원한 융단폭격과 핵무기급 폭탄의 사용)으로 탈레반의 방공망과 비행장 등 탈레반 군사 기반 시설을 초토화하였고, 미국은 탈레반을 외교적으로 철저히 고립시킴으로써 보급망이 두절된 탈레반이 지탱해낼 수 없도록 했으며, 미중앙정보국(CIA)은 고도의 심리전을 펼침으로써 종족간의 갈등을 부추겨 반탈레반 세력을 규합할 수 있었다. 이에 대하여 탈레반은 전쟁 초기부터 거점 방어전략을 채택하였는데 이것이 치명적 실수였다. 산악 지역 게릴라전을 수행해야 최대의 효과를 발휘할 수 있는 탈레반 군은 주요 전력을 쿤두즈나 마자르 이 샤리프 등의 거점도시에 집중 배치함으로써 미국 공군의 표적이 되었고, 이들 지역이 미군의 공습과 집중 공격으로 초토화되자 탈레반은 항복하게 된 것이다.

군지휘관 · 명장의 요건

전투에서 군지휘관은 가장 마지막으로 죽는 사람이다. 이것은 하나의 능력일 수도 있고 특권일 수도 있다. 중요한 것은 전투에서 가장 나중에 죽는 것이 지휘관이기 때문에 그만큼 다른 사람을 죽음으로 몰고갈 수 있는 상황을 전개시키기가 어렵다는 점이다. 이것은 역으로 자신은 죽지 않으면서 다른 사람을 죽음으로 몰고갈 수 있는 능력을 가진 자가 훌륭한 지휘관이라는 말이 된다.

전쟁터에서 병사들은 극심한 전투피로증(戰鬪疲勞症)에 시달리게 된다. 영양 부족, 과로, 불규칙한 수면과 수면 부족, 공포 등에 시달리고 있으며 경우에 따라서는 극심한 전율, 히스테리성 실명(失明), 공황 상태 등이 나타나기도 한다.[104] 지휘관은 이 같은 전투 피로를 극소화하고 병사들이 전투를 왜 해야 하는지에 대해 충분히 인식시킬 수 있어야 한다. 그래야 병사들의 전투 역량을 극대화할 수 있다. 이를 위해서 군지휘관의 명령에 대해 바로 복종할 수 있는 군대가 필요한데 그런 군대를 갖는다는 것은 매우 어려운 일이다.

병사들의 입장에서 보면 피할 수 없는 전쟁의 상황에서 가장 필요한 것은 생존일 것이다. 제2차 세계대전 당시 미국의 전차군단을 이끌었던 패튼 장군은 "조국을 위해 죽는 바보는 승자로 남을 수 없다. 승리는 살아남은 자들의 것이다"라고 하였다. 이 말은 전쟁에 대한 가장 실존적 표현으로 전쟁이란 그 전술 · 전략의 유무보다도 적을 죽이고 내가 살아남아야 하며 전쟁의 목적은 결국 승리를 쟁취하는 것이라는 뜻이다.

그 동안 전쟁기술은 고도화되고 바뀌어왔지만 장군들의 역할은 별로 바뀐 것이 없다고 해도 과언이 아니다. 즉, 『삼국지』 시대의 장수나 현재의 장군들이나 그 역할이 별로 바뀌지 않았다는 말이다.

제갈량은 자신의 저서 『장원』에서 장수는 대개 인장(仁將), 의장(義將), 예장(禮將), 지장(智將), 신장(信將), 보장(步將), 기장(騎將), 맹장(猛將), 대장(大將) 등으로 나뉜다고 하였다. 인장은 어진 마음으로 부하를 대하는 장수,

---

104) Chermol, "Psychological Casualities", *Military Review*, 1983, pp. 27~32.

의장은 책임감이 강하고 욕되게 사느니 죽음을 택하는 장수, 예장은 지위가 높아도 교만하지 않고 예절을 지키는 장수, 지장(智將)은 지혜와 계략이 많은 장수, 신장은 신상필벌이 철저한 장수, 보장은 힘이 강하고 기개가 있는 장수, 기장은 말을 몰아 용맹하게 군대를 이끌어가는 장수, 맹장은 큰 적을 만나면 오히려 더 용맹한 장수, 대장은 의견수렴을 잘하고 순리대로 일을 처리하며 거침이 없고 전장에서 용감하게 싸울 수 있는 장수를 말한다.

그리고 제갈량이 제시하는 장수의 실격 사항으로는 탐욕이 있어 의리를 돌보지 않고, 현사(賢士)의 능함을 보고 질투하며, 주관이 없고, 주색(酒色)을 좋아하며, 간사하여 위계(僞計)를 일삼고, 오만무례하며, 남을 중상 모략하고 소인을 가까이 하는 것 등이다.[105] 그리고 장수가 해야 할 다섯 가지의 책무[106]로는 적의 정세, 군대의 진퇴(進退), 적국의 허실(虛實), 천기(天氣)·인화(人和), 지형(地形) 등을 정확히 파악해야 한다고 한다.

제갈량이 제시하는 장수로서 갖추어야 할 다섯 가지 조건[107]은 첫째, 고상한 기풍으로 풍속을 진작하고 부하에게 분발심을 일으킬 것, 둘째, 효도와 우애가 깊을 것, 셋째, 신의를 지킬 것, 넷째, 심사숙고하여 부하들의 신임을 얻을 것, 다섯째, 매사에 성실하게 임할 것 등이 있다.

『손자병법』에서는 장수의 조건을 지(智)·신(信)·인(仁)·용(勇)·엄(嚴) 등으로 지적하고 있다.

역사상에는 헤아릴 수 없이 많은 전쟁과 전투가 있었지만 우리가 명장(名將)이라고 부르는 사람은 많지 않다. 물론 명장이라고 해서 모두 인격적, 도덕적으로 탁월한 품성을 가진 것은 아니다. 세계적 명장은 마케도니아의 알렉산더 대왕, 로마제국의 카이사르(, 카르타고의 한니발, 프랑스의 나폴레옹, 영국의 넬슨, 미국의 그랜트(Ulysses S. Grant), 중국의 모택동, 조선의 이순신, 일

---

105) 같은 책(제37편)에서 제갈량은 장수로서 적절치 못한 사람으로 만용을 부려 죽음을 가볍게 여기는 사람, 마음이 성급하거나 이익을 탐하는 사람, 인자하지만 신중하지 못한 사람, 지혜는 있으나 비겁한 사람, 지략은 뛰어나지만 행동이 느린 사람 등을 들고 있다.
106) 제갈량은 이를 장수의 오선(五善)이라고 불렀다.
107) 제갈량은 이를 장수의 오강(五强)이라고 하였다.

본의 도요토미 히데요시 등을 지적할 수 있을 것이다. 그리고 많이 알려져 있지 않더라도 몽골(원)과 미국의 침입을 격퇴한 탁월한 베트남의 장군들 역시 여기에 포함시킬 수 있을 것이다.

역사상 명장들에 대한 기록이나 전기를 검토해보면 다음과 같은 특징들을 발견할 수 있다.

첫째, 명장들은 전쟁뿐만 아니라 그 전쟁과 관련된 정치·사회·경제적인 요소를 정확히 이해하는 사람들이었다. 그들은 단순히 전쟁기술자나 전략가만은 아니었다. 역사적으로는 카이사르가 대표적인 사람이다.[108] 『삼국지』에서 이에 해당하는 사람은 가후·조조·제갈량·방통·사마의 등이다.

둘째, 명장들은 그 동안의 전쟁 관습에 얽매이지 않고 매우 다양하게 작전과 전략을 구사하는 기획적 인물이다. 역사적으로는 카르타고의 영웅 한니발, 조선의 이순신, 일본의 도요토미 히데요시, 미국 남북 통일전쟁의 영웅 그랜트, 중국의 모택동이 대표적이다. 『삼국지』에서 이에 해당하는 대표적인 인물은 제갈량이다. 예를 들면 한니발은 로마인들이 한 번도 보지 못한 코끼리를 전쟁에 동원하여 로마군을 혼비백산하게 만들었고[109] 이순신은 지형 지물을 마치 군량미처럼 보이게 한다거나 적은 병력을 많아 보이게 하기 위해 여자들을 남장(男裝)시켜 산 둘레를 돌게 하였다.[110] 그랜트는 보급로가 끊기는 것을 전혀

---

108) 그는 갈리아 전쟁과 알렉산드리아 전쟁을 비롯해 여러 전쟁에서 승리함으로써 권력을 강화하였다.

109) 『플루타르크 영웅전』에 따르면, 한니발은 코끼리를 전투에 활용하였다. 당시의 로마인들은 코끼리를 본 적이 없었다. 코끼리는 평소에는 차분하지만 부상을 당하게 되면 엄청나게 난폭해지기 때문에 현대의 탱크 역할을 하였다. 로마인들은 코끼리를 지옥의 동물이자 신이 보낸 동물이라고 생각하였다. 성난 코끼리는 보병의 전투대형으로 막을 수 있는 것이 아니었다. 한니발은 그 군대가 최고로 많을 때도 4만에 불과했는데, 15년간 로마군을 공격하여 단 1회 패배했다고 한다. 후일 로마가 카르타고를 무찌른 후, 로마는 카르타고 땅에 소금을 뿌려 다시는 사람들이 살지 못하도록 만들었다. 이것은 로마인들이 얼마나 카르타고를 두려워하였는가를 보여준다.

110) 이순신 장군은 전라도 해남 우수영에 진을 치고 있을 때, 적군에 비해 아군의 수가 워낙 적어서 마을 부녀들을 남장하게 하여 우수영 동쪽의 옥매산 허리를 빙빙 돌게 하였다. 왜병들이 바다에서 이를 바라보면 마치 조선의 군사들이 한없이 행군하는 것처럼 보이게 되어 적군들이 미리 겁을 먹고 물러갔다고 한다. 여기에서 유래한 것이 강강술래라는 민속놀이라고 한다.

문제 삼지 않고 해군을 이용, 공격 지점을 뒤로 돌아 함락시키기도 하였다. 원래 군사학에 문외한이었던 모택동은 그 동안 책 속에 있던 『수호지(水湖志)』나 『삼국지』의 전술을 그대로 실제 전투에 사용하였고 전투에 이겨서 부족한 무기를 조달하고 적이 뿌리는 삐라를 재활용 용지로 사용하기도 하였다. 일본의 도요토미 히데요시는 전쟁 비용을 삭감하여 전력의 강화를 도모하기도 하고, 대형 토목공사로 싸움을 승리로 이끌었으며, 적의 식량을 고가(高價)로 사들인 뒤 성을 포위하여 적을 말려 죽이기도 하였다.[111]

셋째, 명장들은 하나같이 병사들의 심리에 능통했다. 명장들은 군 사기를 올리기 위해서 병사들과 그 어려움을 항상 함께 하였다는 특성을 가지고 있다. 알렉산더, 카이사르, 나폴레옹, 넬슨, 모택동은 대표적인 경우이다. 『삼국지』에서는 조조가 이에 해당한다. 전쟁에 임했을 때 기꺼이 죽음을 받아들이는 군대가 승리하게 마련이다. 군인들을 기쁜 마음으로 죽음에 이르게 하는 것은 바로 지휘관의 몫이다. 지휘관이 병사들의 안전은 안중에 없고, 자기 목숨만 살고자 한다면 결코 그 전쟁은 승리할 수 없을 것이다. 적어도 이 점에 있어서 알렉산더는 가장 위대한 장군이었다.[112]

넷째, 명장들은 지형 지물을 최대한 이용하고 어떤 환경이든지 자기에게 가장 유리한 상태로 전쟁을 이끌고 유도해왔다. 이것은 대부분의 명장들이 가진 공통적인 특징이기도 하다. 즉, 명장은 임기응변에 능하다는 말이다. 지휘관은 순간 순간 적이 왼쪽이나 오른쪽에서 공격해올 때 신속하게 이에 대응하는 명령을 내릴 수 있어야 한다. 대표적으로는 조선의 이순신 장군과 『삼국지』에

---

111) 구스도 요시아키(조양욱 역), 『노부나가 히데요시 이에야스의 천하제패 경영』, 작가정신, 2000.
112) 알렉산더는 병사들과 동고동락했으며, 항상 최전선에서 적들과 싸운 탓에 그의 몸은 거의 모든 종류의 무기에 상처를 입었다고 한다. 알렉산더는 신의 축복이 자신의 군대와 함께 함을 믿었고 이것을 자신의 군대에 인식시켰다. 신기한 일이지만 그는 패배한 적이 없었다. 로마의 카이사르도 병사들과 똑같은 식사를 했으며 잠자리도 같았고 강이 나타나면 그도 병사들과 함께 헤엄을 쳐서 건넜다고 한다. 그리고 카이사르는 전투 중에는 항상 병사들이 필요한 지점에 나타나 독려하였다. 나폴레옹은 아우스터리츠 대전 때 너무 지친 자신의 프랑스군과 그 고통을 함께 했다. 나폴레옹은 병사들에게 자신이 보이지 않으면 이기고 있는 것이고 전세가 위태로워지면 자신이 선두에 서 있을 것이라고 말하곤 했다.

등장하는 조조·가후 등을 지적할 수 있다.

다섯째, 명장들은 전쟁을 수행하기에 앞서서 준비를 철저히 한 사람이었다. 일단 전쟁을 하면서 경험에 의존하는 것이 아니라 전투가 시작되는 상황에서 여러 가지 가능성들을 검토하여 철저히 기획한 경우가 많았다. 그랜트 장군이 대표적인 경우였다. 『삼국지』에서는 제갈량과 사마의가 이에 해당한다.

여섯째, 명장들 가운데는 병사들의 목숨보다는 전쟁 목표에 충실한 경우가 많았다. 전쟁이란 결국 이기는 것이 중요한 것이므로 병력의 손실보다 승리에 더 중점을 두었기 때문이다. 이들에게 병력이란 군사적 목표를 달성하기 위한 도구일 수도 있다. 명장들 가운데 위대한 악인이 많은 것도 이 때문이다. 카이사르·나폴레옹 등이 이에 해당한다. 그들은 자신의 개인적인 목표를 위해 철저히 전쟁을 이용한 사람이다. 카이사르는 알레시아 대전(B.C. 52)에서 승리하여 로마로 개선하여 정권을 장악했으며, 나폴레옹은 자신의 전쟁 능력을 바탕으로 황제 자리에 오른 사람이다. 나폴레옹의 전쟁으로 프랑스인들만 100만 명이 죽었고 유럽 전체에서는 250만 명이 죽었다. 이것은 마치 타인의 몸을 자기 몸처럼 생각하지 않고 수술하는 의사가 병을 잘 고치는 것과도 같은 이치이다. 전쟁이란 발생하지 않도록 하는 것이 최선이지만, 일단 발생하면 이기지 않으면 안 되는 것이다.

일곱째, 명장들은 병력의 손실보다는 타이밍과 신속성을 중시한 사람이다. 즉, 바둑을 둘 때 피해를 입더라도 선수를 잡는 것이 중요한 것과 같은 이치이다. 나폴레옹은 "나는 사람을 잃더라도 타이밍은 놓치지 않는다"고 즐겨 말했다. 나폴레옹이 여러 전쟁에서 승리한 이유는 행군의 귀재였기 때문이다. 대표적인 전투가 나폴레옹이 대승한 아우스터리츠 대전(1805)이었다.

여덟째, 명장들은 병력의 수에 연연하지 않는다. 실제로 대군이나 연합군들은 작전 수행 속도가 느리고 보급로 문제가 발생하며 명령계통이 복잡하기 때문에 반드시 장점만 있는 것은 아니다. 명장들은 적은 병력이면 적은 대로 그 범위 내에서 승리를 쟁취하면 된다는 생각과 자신은 이길 수 있다는 확고한 신넘의 소유자인 경우가 대부분이다. 대표적인 예로는 알렉산더·한니발·카이사르·나폴레옹·이순신·모택동 등을 들 수 있으며, 『삼국지』에서는 조조가 있었다. 예컨대 한니발은 2만의 보병과 6천의 기병으로 20만 이상의 로마군을 물리쳤고 카이사르는 알레시아 대전에서 7만의 병력으로 30만 이상의 고올 군대를 물리쳤으며, 알렉산더는 이수스 대전에서 보병 3만(기병 5천)으로 다리우스의 20만(기병 1만) 대병을 격파하였다.

아홉째, 명장들은 항상 전쟁을 전체적으로 조망한다. 명장들은 말단 부대까지 자신의 명령이 신속히 전달되도록 하여 전쟁을 종합적으로 수행해낸다. 그러기 위해서 명장들은 군대 명령을 간단한 말로 누구나 이해가 가능하도록 단순하게 만든다. 대표적인 예는 나폴레옹·그랜트·넬슨이다.

열째, 명장들은 자신이 수행하는 전쟁을 통하여 전쟁 개념을 한 단계 높여서 새로운 차원으로 확대하고 있다. 알렉산더는 식량을 현지 조달을 하여 보급로를 최소화하였고, 카이사르는 기동력이 우수한 로마 군단[113]을 최대한 활용하여 갈리아 지방과 브리타니아(영국)를 정벌하여 매우 현대적인 전쟁 수행 능력을 보여주었다. 나폴레옹은 신속한 행군으로 상대적 우위를 확보하여 적을 궤멸시켰으며 그랜트는 오직 전체적인 승리만을 염두에 둔 총력전을 수행하여 최초로 현대전의 모습을 보여주었다.

중국인들의 전쟁 특성

『삼국지』는 전쟁 전문가들의 시각에서 볼 때 많은 문제를 드러낸다. 『삼국지』에 나타나는 대부분의 전쟁이 주로 정보전이나 스파이전에 의존하고 있는 까닭에 독자들에게 전쟁에 대한 복잡성이나 폭력성을 망각하게 하는 경향이 있다는 것이다.

『삼국지』에 나타나는 중국의 전쟁은 중국이라는 대륙의 특성과 중국인들의

---

113) 로마 군단은 1개 군단이 7천 명 정도로 기병과 보병 및 각종 무기들로 구성된 매우 표준화된 군대라고 볼 수 있다. 따라서 전력이 장군에 따라 크게 좌우되는 것이 아니다. 로마 군대는 필요에 따라 서로 빌려주고 받을 수 있을 정도로 표준화된 부대였다.

성격 및 토양의 결과물이므로 보편적 이론으로 전환시키기에는 많은 여과장치가 필요하다. 예컨대 중국인들은 방어전·스파이전·수전(水戰)·수성전(守成戰)·게릴라전 등에는 능하지만 대규모의 병력이 전면전을 치를 경우 유목민들의 전격전에는 쉽게 무너지는 경향이 있다. 따라서『삼국지』에 나타나는 전략들을 함부로 사용하면 도리어 위험한 일이 벌어질 수도 있다.

『삼국지』의 주인공 가운데 조조는 공세형이었고, 유비는 수세를 견지하다가 공세로 전환하는 형이다. 한족(漢族)의 전쟁 특성을 가장 잘 이용한 사람은 모택동이다. 그는『삼국지』와『수호지』를 통해서 전쟁을 배웠고, 전쟁의 실무적인 이론은 정강산(井崗山) 시절에 비적(匪賊)이었던 친구와『손자병법』을 탐독하여 얻은 것으로 알려져 있다. 일반적으로 알려진 중국인, 즉 한족들의 전쟁 특성은 다음과 같다.[114]

- 수세에 능하고, 공세에 약하다.
- 지구전에 능하고, 속전에 서툴다.
- 계책에 능하고, 역전에 무능하다.
- 강처(强處)를 피하고, 약점의 공격에 편중한다.
- 하천 전투에 능하다.
- 심리 조종이 교묘하고, 선전을 잘한다.
- 주민의 자위력을 이용한다.
- 미신을 이용한다.

『삼국지』는 이 점들을 이해하면 매우 쉽게 분석된다. 이러한 한족의 전쟁 특성을 역으로 보면 흉노(匈奴 : 대쥬신)나 칭기즈칸의 군대에 쉽게 붕괴되는 이유를 추적할 수 있다. 한족의 전쟁 특성은 같은 한족이나 농경민들 사이에서는 쉽게 통용될지 모르지만 유목민들을 상대할 경우에는 매우 취약하다. 왜냐하

---

114) 川合貞吉, 앞의 책, 224쪽.

면 유목민들은 공세와 속전에 특히 강하며 그들의 생활 자체가 훈련과정인 까닭에 개개인이 강병(强兵)의 자질을 갖추고 있기 때문이다. 게다가 그들은 마른 말고기나 치즈 같은 형태의 마치 현대적인 군사 식량을 먹어왔으며 가족들이 전쟁의 후미에서 함께 생활하기 때문에 보급로 문제로 시달리는 일도 없었다. 그리고 유목민들은 농경민과 생활환경이 다르므로 심리 조종을 할 수 없고 미신이나 종교도 농경민과는 많이 달라 그대로 적용할 수 없다.

『삼국지』와 현대전

현대전은 국민전이자 총력전인 성격을 띠면서 국가간의 최종적 승리라는 목표를 내걸고 수행된다. 현대전은 기술적인 측면에서도 군대 전체가 통일적인 전략으로 최고 지휘자의 명령에 따라 일사불란하게 움직이는 전쟁이다. 흥미롭게도 1800여 년 전에 있었던 『삼국지』에 나타나는 전쟁은 전쟁과학이나 전쟁기술적인 면을 제외하면 거의 현대전적 형태를 띠고 있다.

현대전은 직업군인(용병)들에 의한 전쟁이 아니라 국민전이요, 총력전이다. 따라서 국민개병제(國民皆兵制)에 의한 징병을 통해 병력을 충원하게 된다. 국민전의 성격이 처음으로 나타난 것은 프랑스 혁명 이후의 일이다. 프랑스 혁명(1789)이 일어나고 공화국 정부가 루이 16세를 처형하자 이에 놀란 영국을 비롯한 열강들이 제1차 대(對)프랑스 동맹을 결성하고 프랑스를 침공해왔다. 국가적 위기 상황에서 모든 프랑스 공화국 국민들은 전쟁에 참여하여 이를 격퇴해야만 했다. 이때부터 전쟁이 국민전·총력전으로 전환되기 시작한 것이다. 이 같은 국민군의 특성을 가장 잘 이용한 사람이 바로 나폴레옹이었다.

그런데 『삼국지』 시대에 이 같은 현대전의 성격이 나타난다는 것은 동양이 서양과 달리 국가나 민족 개념이 일찍 정착되었기 때문으로 보인다. 서유럽의 민족이론에서는 좌우 학파를 막론하고, 민족은 근대국가와 근대자본주의의 성립의 결과로 그것들과 궤를 같이하여 근대에 형성된 인간집단으로 파악하고 있다. 그러나 중국·한국·일본·베트남 등 아시아 국가들의 경우에는 근대 이전에 이미 민족이 형성되어 있었다.[115] 이들 국가들은 서구의 개념에서 보면 고대나 중세에 이미 강력한 통일국가를 형성하고 있었다. 따라서『삼국지』시대에 이미 국민전과 같은 현대전의 모습이 나타날 수 있었던 것이다.

진나라 때 이미 총력전ㆍ국민전의 형태가 동시에 나타나고 있다. 일설에 의하면 진(秦)나라의 군사 조직은 삼군법(三軍法)이어서 장남(壯男 : 장정)을 1군, 장녀(壯女)를 1군, 남녀 노약자를 1군으로 하였다고 한다. 장남군은 전투를, 장녀군은 토목공사와 적의 물자ㆍ설비를 파괴하는 임무를 책임지고, 노약군은 소나 말을 기르고 과일들을 수집하여 식량을 공급하였다고 한다. 병종(兵種)은 기병ㆍ보병ㆍ수군이 있었다. 그리고 23세 이상 모든 남자들의 50%는 병력으로 동원되었고 경우에 따라서 그 연령이 15세로 낮아지기도 하였다.

『삼국지』에 나타나는 전쟁에서는 로마 – 카르타고 전쟁처럼 패전한 병사들이나 전쟁 포로를 모두 노예로 삼지 않았고, 백성들의 재산을 함부로 약탈하지도 않았다.『삼국지』에서 일단 적을 무찌른 장수들이 가장 먼저 하는 일은 그 지역민들이 생업(生業)을 유지할 수 있도록 안정화시키는 일이었다. 다만 그 지역의 정치ㆍ군사적 통제권을 장악하는 것이 전쟁의 목표였다. 이 점도 현대전의 성격과 유사하다.

최초의 현대전은 미국의 남북전쟁 당시의 그랜트가 총사령관으로 임명되면서 시작되었다.[116] 미국의 남북전쟁(1861~1865)은 19세기초의 나폴레옹 전

---

115) 신용하,『민족이론』, 문학과지성사, 1985, 17쪽.

116) 그랜트는 성격이 담백하고 실질적인 사람이며 매우 감성적인 사람으로 뛰어난 화가이기도 하였다. 그는 미국 육군사관학교를 겨우 졸업할 정도로 문제가 많았고 규율을 지키기 힘들어 하였다. 육사를 졸업한 후 군대를 떠났다가 멕시코 전쟁 때 장교로 징집되어 두각을 나타내면서 군대에 남기로 결정했지만 평화시의 그의 군 생활은 낙제에 가까웠다. 아이러니하게도 그는 전쟁을 싫어한 사람이었다. 그의 진가를 제대로 평가한 사람이 바로 링컨 대통령이다. 링컨은 이렇게 말하였다고 한다. "이제야 내가 인물을 만났군. 그 전의 장군들은 작전계획서를 들고 와서 '잘될지는 모르지만 각하께서 승인하신다면 열심히 해보겠습니다'라고 했단 말일세. 그랜트는 나 없이도 잘 할 수 있는 사람이야." 링컨은 그를 연방군 총사령관으로 임명하였다. 그러나 많은 사람들이 그랜트는 술주정꾼인데다 사업도 여러 번 실패한 낙오자라고 비판하였다. 링컨은 이에 대해 "내가 그랜트를 임명한 것은 그가 잘 싸우기 때문이오"라고 단호하게 말했다. 그랜트는 육사를 수석으로 졸업한 대표적인 우등생 출신인 남부연합의 리 장군을 격파하였다. 당시의 리 장군은 남부와 북부 모두에게 있어서 스카우트 대상 1호였다. 그런데 술주정꾼 그랜트가 미국 육사의 최우등생을 격파한 것이다.

쟁과 제1차 세계대전(1914~1918) 사이에 있었던 전쟁으로 두 전쟁의 교량 역할을 했다. 남북전쟁은 전쟁사의 분수령으로 국민 개병제(皆兵制)에 의한 징집병(徵集兵)으로 수행된 전쟁이었고, 철도의 발달로 무기·군수품 수송이 용이해졌으며, 통신수단, 즉 전보가 발달하여 정치가들이 전선의 상황을 신속하게 파악할 수 있었다는 특징을 가지고 있었다. 따라서 남북전쟁은 국민 전체가 동원된 국민전이자 국가의 역량이 가장 효율적으로 총동원되는 총력전의 성격을 띠고 있다.

　북군의 총사령관(연방군 총사령관) 그랜트는 승리라는 최후의 큰 목표를 두고서 전쟁을 수행하고, 작은 전투보다도 국토의 전체적인 측면에서 전쟁을 파악하여 작전을 지휘하며, 산발적 전투를 지양하고 군대 전체가 통일적인 전략으로 일사불란하게 최고 지휘자의 명령에 따라 움직이게 하였다. 그랜트는 전쟁의 목표를 이전과 같이 산이나 고지 또는 강을 점령하는 것이 아니라 반란군(또는 적군)이 있는 곳을 찾아서 격파하는 형태로 전환하였다. 그랜트는 공장을 파괴하고 보급로를 차단하여 적을 압박하였던 것이다.

　『삼국지』에 나타나는 전투 가운데 기술적인 측면에서 현대전의 성격을 보여주는 것이 바로 관도대전이다. 조조는 관도에서 적과 교전하면서도 끊임없이 전쟁의 전체적인 상황을 파악하기에 주력하였다. 조조는 적의 보급기지였던 곳(오소)를 찾아내어 이곳을 공격하는 것이 전쟁의 승패를 좌우한다는 것을 알았고 다른 사람이 보면 별 내용이 아닌 순욱이나 가후의 편지를 보고 전쟁의 승기(勝機)를 잡았던 것이다. 관도대전에서 조조는 산발적 전투를 지양하고 군대 전체가 통일적인 전략으로 일사불란하게 자신의 통제에 따르게 하였다. 그의 목표는 오직 승리였으며 그것만을 생각하고 행동으로 옮겼던 것이다.

2. 『삼국지』의 주요 전쟁[117]

관도대전(官渡大戰)

전쟁의 성격— 원소와 조조의 대격전

조조는 동탁과 그 잔당들을 타도하고 헌제(獻帝)를 맞아, 한실 조정을 옹호한다는 대의명분을 얻었다. 이제 조조는 자신의 가장 강력한 라이벌이었던 원소와의 일전이 불가피하였다. 이 원소와 조조의 대결전이 관도에서 벌어졌는데 이를 관도대전(200)이라고 한다. 관도대전은 기주(冀州)의 수도인 업도(鄴都)와 허도(許都 : 허창)를 사이에 두고 흐르는 황하를 중심으로 조조군과 원소군이 치른 대혈전을 말하는 것이다.

관도대전이 있었던 지역은 중국의 경제 기반을 이루는 화북평원(華北平原) 지역인데 중국의 중심지로 명실공히 중원(中原)에 해당하는 지역이다. 관도대전의 격전지는 낙양의 동쪽 지역으로 과거 전국시대의 위나라와 한나라의 경계 지역이었고, 황하를 사이에 두고 원소와 조조가 대립하였다. 황하의 북쪽은 원소의 근거지로 여양 – 업도 – 황하에 이르고 조조는 황하 – 백마 – 연진 – 관도 – 허도(허창)에 이르고 있다.[118]

관도대전은 조조의 중원 통일전쟁으로 『삼국지』에서 가장 중요한 전쟁이나 나관중의 『삼국지』에서는 적벽대전만큼 중요하게 묘사되어 있지 않다. 실제로 적벽대전은 정사에서는 단 몇 줄로 표현되어 있을 뿐이다. 이것은 유비가 건국한 촉한에 대한 지나친 과장과 옹호의 결과라고 보아야 한다. 이미 앞에서도 언급하였지만, 관도대전은 가장 실질적인 중국의 통일전쟁이었다. 당시 촉이나 강남(양쯔강 이남의 지역)은 중국의 변방으로 그때까지만 해도 대부분의 중국인들에게 중국의 일부라고 생각되지 않는 지역이었다.[119]

---

117) 이 부분은 신태영 편, 『중국의 전쟁』(도남서사, 1985)을 참고하는 것이 도움이 될 것이다. 또 본문 중의 일부 내용은 이 책의 해설을 참조하였다.
118) 오늘날은 황하의 물줄기가 다소 바뀌어 과거와는 다른 모습을 띠고 있다.

192년 4월, 동탁이 여포에게 살해된 이후 중앙권력은 이각·곽사에 의해 장악되었지만, 이들의 정치권력의 정통성은 매우 낮았기 때문에 천하의 제후들은 군비를 강화하고 군사체제를 정비하는 등 군벌들이 본격적으로 등장하게 되었다.[120] 당시에 군벌들은 많았지만 최대의 세력은 조조와 원소였고 이들은 천하의 자웅을 겨루기 위해 각기 군소 군벌들을 제압하기 시작했다. 조조는 원술과 여포 및 유비를 제압하고, 원소는 공손찬을 제압하여 중원을 남서와 북동으로 양분하게 되었는데, 그 교차점이 바로 관도였다. 이들은 모두 중앙의 귀족 출신이었다는 것이 중요한 의미가 있다. 그만큼 대규모의 전쟁을 할 수 있는 여건을 갖춘 사람들이라는 점이다.

원소는 여양(汝陽) 사람으로 고조부가 삼공(三公)[121]의 하나인 사도(司徒) 자리에 오른 이후, 4대가 계속해서 삼공을 배출한 이른바 '사대삼공(四代三公)'의 명문 집안으로서 천하의 인재들이 많았으며 당시 최대의 실력자였다. 따라서 원소가 어지러운 천하를 통일하려는 것은 일반적으로 볼 때 매우 당연한 일이었다. 나관중의 『삼국지』에는 원소를 과소 평가하는 경향이 있는데, 실질적으로 보면 조조와 원소의 대립이 『삼국지』의 가장 중요한 부분이다. 이 둘 가운데 승자가 천하의 주인이 되는 것은 자명한 일이기 때문이다.

원소가 환관들을 대살육한 이후 동탁이 입경(入京)하였다. 이에 신변의 위협을 느낀 원소는 기주(冀州)로 달아났는데, 군웅이 동탁 토벌에 나서자 그 맹주

---

119) 『삼국지』 시기에는 중국의 중심 영역은 장안 – 낙양 – 연주 – 기주 – 서주 – 산동 지방이었다. 즉, 북으로는 황허, 남으로는 양쯔강 북부 지역이다. 이전의 전국시대의 개념으로 치면 초나라·연나라·제나라·한나라·조나라·위나라에 해당되는 지역이다. 따라서 조조의 위나라가 차지한 영역이 바로 중국문화 및 역사의 중심 무대라고 할 수 있다. 촉(蜀)의 경우는 현재의 쓰촨성(四川省) 지역이고 오(吳)나라는 양쯔강 남부 지역으로 중국문화의 변방 지역이었다. 따라서 이 두 나라는 당시의 군사기술로 보아서 정벌하기도 어렵고 중원과는 매우 멀리 떨어진 곳으로 중국사 전체에서 큰 의미를 가지기는 어렵다.

120) 192년 곤주(袞州)에 침입한 청주의 황건 농민군(일명 황건적)을 격파한 조조는 그 정병을 골라 '청주병'이라 일컬어 자신의 군대에 편입시키고, 그후 196년에는 동탁이 죽은 후 우여곡절을 거쳐 낙양으로 돌아와 있던 헌제를 자신의 근거지인 허(許 : 하남성 허창의 동쪽 지역)로 맞아들였다.

121) 신하의 최고 지위인 세 개의 자리로 전한 시대에는 승상(大司徒)·태위(太尉)·어사대부(大司空)를, 후한 시대에는 태위·사도·사공을 합쳐서 삼공(三公)이라고 불렀다.

로 추대되었다(190). 이러한 사실은 당시 원소가 중국 전역에서 가진 영향력을 짐작할 수 있게 해준다. 원소는 기주를 차지하고 난 뒤, 공손찬을 제거하고 기주 · 청주(靑州) · 유주(幽州) · 병주(竝州)를 전면적으로 지배하게 되었다. 이 지역은 현재 산둥과 베이징 등을 모두 포함하는 경제의 중심지로 많은 군수품과 대규모의 병력 동원이 용이한 지역이었다.

이러한 경제력 · 군사력 · 정치력을 바탕으로 원소는 당연히 혼란한 중국을 통일하겠다는 생각을 가졌으며 헌제를 수중에 두고 정치력의 우위를 확보한 조조와 중원의 주인이 되기 위한 일전이 불가피했다. 그것이 바로 관도대전으로 나타난 것이다.

관도대전은 전반적으로 원소의 우위 속에서 진행되었지만 조조도 정치력의 우위(천자를 안고 있으므로 대의명분에서 앞서 있음)와 천연 요새를 확보(관도 – 허도 – 낙양 등에 이르는 지역은 천연의 요새)하고 있었으므로 어느 한쪽의 일방적인 우세를 점치기는 어려운 상황이었다. 그리고 조조는 서북방의 방어와 형주의 유표군에 대한 방어 등으로 군대를 분산시키고 있으므로 설령 패퇴하더라도 재기가 불가능한 상황은 아니었다.

그러나 나관중 『삼국지』에서는 조조가 모든 악조건 속에서 10배 이상의 대군을 격파한 듯이 묘사하고 있는데 이것은 지나친 과장이다. 물론 병력이 5분의 1 이하 수준으로 적었던 것은 사실이지만 그것은 조조가 이 전쟁에 대비를 못했기 때문이고 만약 위급한 상황이 온다면 더 이상의 군대를 동원할 수 있는 상황이었다. 조조가 관도대전에서 원소의 10만 대병에 대해 겨우 1만~2만의 군대밖에 동원할 수 없었던 이유를 추론해보면 다음과 같다.

먼저 조조가 동원할 수 있는 총병력은 10만 정도로 보인다. 그런데 수도인 허창의 수비에 1만여 명이 필요할 것이고, 최소한 2만~3만 병력은 형주나 동오로부터의 침략을 막는 데 동원되어야 할 것이다. 그리고 서량의 마등의 침입을 막기 위해서는 적어도 2만~3만의 병력이 필요하다. 따라서 조조가 차출할 수 있는 병력은 겨우 2만~3만에 불과할 수밖에 없었다. 그리고 그 가운데서도 일부 병력은 새로이 편입된 서주를 감찰하는 데 동원되어야 할 것이다. 이 가운데서 빼낼 수 있는 병력은 형주의 침공에 대비하는 병력 정도로 볼 수 있다. 왜냐하면 유표는 허창을 칠 정도로 대담한 인물이 아니었기 때문이다. 만약 조조가 최악의 경우에 처한다면 4만 정도의 병력은 동원할 수 있었을 것이다. 그러나 조조는 대담하게도 2만 이하의 병력으로 원소군에 대항하였다.

원소-조조의 관계는 항우-유방의 관계와 비슷하다고 볼 수 있다. 원소는 최고의 명문가 출신인 반면, 조조는 명문이기는 해도 환관 출신이었다. 원소는 자존심이 워낙 강한데다 그것을 밖으로 표출하는 데 반하여, 조조는 자존심이 강하기는 해도 그것을 내적으로 가둘 수 있는 상당한 절제력을 가지고 있었다. 이것은 아마도 원소가 오랜 명문가 출신이었기 때문에 나타난 현상일 것이다. 원소는 조조처럼 자기 목적을 위하여 결코 비굴한 모습을 보이지 않는다. 나관중 『삼국지』에는 원소를 과소 평가하거나 비하하는 경우가 많은데, 이 점은 바로잡아야 한다.

전쟁의 경과 — 조조군의 역전

원소는 압도적인 군사적 우위를 바탕으로 조조를 침공하였다. 그런데 원소의 진영에는 워낙 많은 인재가 있었기 때문에 조조와의 전쟁에 대한 여러 가지 엇갈린 평가가 있었다. 이것은 다른 형태의 국론분열과 자중지란을 의미하는 것이었다. 따라서 원소는 국론분열을 막기 위한 현명한 판단력이 있어야 했는데 이 점에서 조조를 따르지 못하였다.

원소의 진영에서는 두 가지 의견이 대립하고 있었다. 전풍(田豊)·저수(沮授)는 공손찬과의 해를 거듭한 싸움에 백성과 군 모두가 피폐해 있다는 이유를 들어 대규모의 싸움을 벌일 때가 아니라고 진언하였다. 그러나 곽도(郭圖)·심배(審配) 등은 지금이야말로 조조를 제거할 절호의 기회라고 진언하였다.

결국 원소는 곽도와 심배의 견해를 받아들여 정병 10만[122]을 이끌고 근거지

---

122) 나관중의 『삼국지』에는 원소의 군대가 70만으로 되어 있는데 이것은 조조의 전략을 칭찬하기 위한 과장으로 보아야 한다. 당시에 70만 대군을 동원한다는 것은 불가능한 일이다. 이 점은 앞에서 충분히 살펴보았다. 아마 당시에 원소는 병력을 가장 많이 동원할 수 있는 역량을 가진 군벌이었지만 실제로 최대의 동원 가능 병력은 20만을 넘지 못하였을 것이다.

관도대전도

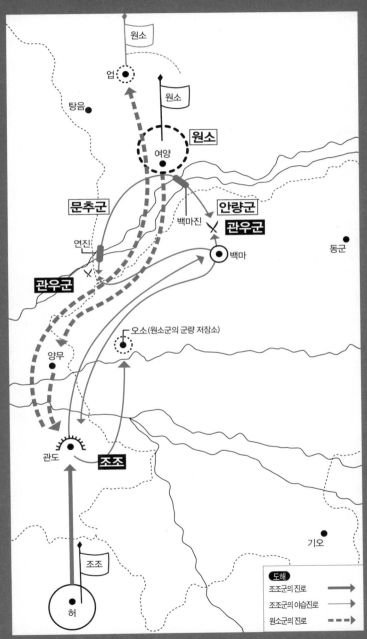

원소

탕음

업

원소

문추군

원소

여양

백마진

안량군

관우군

연진

관우군

백마

동군

오소(원소군의 군량 저장소)

양무

관도

조조

허

조조

기오

도해
조조군의 진로
조조군의 야습진로
원소군의 진로

✽ 출전 : 심백준·
담량소 지음, 『삼국
지 사전』, 범우사,
2000, 750쪽

인 업도(鄴都 : 河北省 臨漳)을 출발하여 관도로 진격하였다. 여기서 관도가 중요한 이유는 조조의 근거지인 허(許)의 북쪽 입구라는 점이다. 관도를 점령한다는 것은 조조 권력을 쳐부수는 교두보를 확보하는 것과 동일한 의미이다.

조조의 진영에서는 원소가 당시로는 엄청난 군대인 10만여 대병을 이끌고 남하한다는 소식에 큰 충격에 사로잡혔다. 조조는 신속하게 장수들의 동요를 막고 전선을 정비하여 이에 대응하였다. 조조는 여양(黎陽 : 河南省 浚縣의 동쪽)을 공격하고, 장패(藏霸)를 청주로 진공시켜 동부 전선을 막고, 우금(于禁)을 황하의 강변에 주둔시키고, 관도를 수비하여 교전에 대비하였다.

관도가 점령되면 조조는 원소에게 심각한 군사적 우위를 빼앗기게 될 것이지만 조조는 2만~3만 명 정도로 이를 방어하려 하였다. 이것은 조조가 자신감을 가지고 있었기 때문이기도 하지만 너무 준비가 부족했기 때문이기도 하다. 조조가 관도대전에 많은 병력을 파견하지 못한 이유는 크게 세 가지로 볼 수 있다. 첫째는 형주의 유표(劉表)를 방어해야 하는 부담이 있었기 때문이다. 둘째는 만약 관도가 무너질 경우를 대비하여 허도를 중심으로 수성전(守城戰)을 전개하고 실패할 경우 예주나 서주로 일단 피했다가 전열을 다시 정비하여 후일을 도모하려고 했기 때문이다. 셋째, 조조는 군사 전략면에서 원소를 충분히 능가할 수 있으며 이 지역이 평야이므로 원소의 보급로가 안전하지 못하다는 것과 조조의 지배하에 있는 관도 지역은 황하의 지류들을 절묘하게 끼고 있어 천연의 요새였기 때문이다.

서기 200년 2월, 여양으로 진군한 원소는 안량(顔良)에게 명령하여 백마(白馬 : 河南省 滑縣의 동쪽)를 공격하면서 저 유명한 관도대전이 시작되었다.

관도대전은 백마 전투(조조의 기습전) → 연진 전투(조조의 기습전) → 관도 수성전(지구전) → 허도 사수(조인의 후방 사수 : 유비·유벽의 허도 공격) → 오소 전투(보급로 파괴) → 원소의 죽음(202) → 원소 자녀들의 내분 → 공손강의 원희·원상 처단 제거 → 조조의 중원 회복 등의 순서로 전개된다.

• 백마 · 연진 전투(기습전)

200년 4월 백마 · 연진 전투는 기습전으로 전쟁이론 그대로 조조는 원소의 대군을 맞아 병력의 상대적 우세를 통해 적을 제압한 대표적인 사례이다. 먼저 원소의 맹장 안량이 백마를 지키던 유연(劉延)을 포위하자, 관도에 있던 조조는 유연을 구원하기 위해 출병하는데, 이때 모사 순유(荀攸)는 조조에게 원소군을 분산시켜서 격파하라고 진언하였다. 순유는 백마를 구원하러 가되 군대를 마치 연진(延津)으로 몰아가도록 보이다가 전격적으로 백마를 기습하라고 했다.[123]

이 작전은 그대로 적중하였다. 원소는 조조군의 동향을 탐지하여 군대를 분산하여 주력군을 서쪽으로 향하게 하자, 조조는 즉각 기동부대를 이끌고, 신속히 백마로 이동하였다. 결국 조조의 급습을 받은 안량의 부대는 대파하고 원소의 맹장 안량도 전사하였다. 원소군은 안량의 죽음으로 큰 타격을 받았다. 그런데 이때 안량의 수급을 얻은 것은 장료와 함께 조조군의 선봉을 맡았던 관우였다. 관우의 활약은 사실상 관도대전의 일부로 보아야 하는데 나관중의 『삼국지』에서는 이를 분리시키고 있다. 따라서 관도대전의 중요성이 약화된 것이다. 그러므로 새로운 『삼국지』에서는 이 전체를 하나의 범주로 파악하여 서술해야 한다.[124]

원소는 안량이 전사하고 원소군이 백마에서 패퇴하였다는 소식을 듣고 문추(文醜)와 유비를 시켜 연진의 남쪽으로 진격하여 조조군을 공격하게 하였다. 조조는 문추 · 유비군을 맞아 위계(僞計)를 사용하여 이들을 섬멸하였다. 즉, 연진의 남쪽 구릉지에 군사를 일단 주둔시킨 조조는, 유비 · 문추군의 동정을 살피다가 일부러 병참 물자를 방치하고 정예병을 매복하여 원소군을 유인하였다. 이 위계가 적중하여 조조는 문추 · 유비군이 유인되자 역시 기습작전으로 적병 5천~6천을 격파하였고 이 과정에서 명장 문추도 전사하였다. 이

---

123) 순유는 적은 병력으로 원소의 대군과 대적하려면 원소의 병력을 분산시킬 필요가 있다고 판단, 백마 쪽으로 군대를 옮기기는 하되, 일단 연진(延津 : 河南省 延津의 북쪽) 쪽으로 진격하는 척하다 예상을 뒤엎고 백마를 전격적으로 기습해야 한다고 진언하였다.

124) 이때 유비는 원소의 진영, 관우는 조조의 진영에 있었다. 상세한 사연은 나관중의 『삼국지』에 나와 있다.

때 조조가 동원한 병력은 불과 600여 명이었다고 한다.

• 관도 수성전 · 허창 사수

서전을 승리로 장식한 뒤 조조는 관도(官渡)의 본영으로 철수하였다. 그러나 백마 · 연진의 전투는 관도대전의 서막에 불과했고 조조가 초반에 승리했다고 해도 원소군은 아직도 압도적으로 군사적 우위에 있었다. 원소군이 안량 · 문추와 같은 야전군 사령관을 잃은 것은 큰 손실이었다.

조조가 허창의 북쪽 입구인 관도를 굳게 지키자, 전쟁은 지구전의 양상을 띠게 되었다. 이에 따라 원소는 관도 북쪽의 양무(陽武)로 진군하였다. 관우가 탈출해서 유비에게 돌아간 것은 이때의 일이었다. 정사나 나관중의 『삼국지』나 관우가 원소군 쪽으로 투항해갔다고 하는데 여기에는 많은 문제가 있다. 그이유로는 원소군에게 깊은 타격을 준 관우가 원소군 쪽으로 투항해 갔다는 것은 생각하기가 어렵고, 설령 원소군에게 투항했다면 원소는 유비를 인질로 하여 관우에게 조조군에서 이룩한 전공 이상을 관우에게 요구했을 것인데 이것과 관련된 사항은 어디에도 없으며, 유비 · 관우 · 장비 삼형제가 결국 만나는 지점은 황하에서는 멀리 떨어진 남쪽의 여남(汝南)이었고, 정사에 발견되지는 않지만 만약 유비의 가족을 데리고 갔다면, 전쟁이 일어나고 있는 황하 쪽(나관중의 『삼국지』)이 아니라 여남으로 향하는 남행(南行) 길이었을 가능성이 크다는 점 등을 들 수 있다.

따라서 관우는 당시 여남에 황건 농민군(황건적)을 토벌하러 갔다가 그 길로 휘하의 2천~3천 정도의 군사를 이끌고 여남으로 도망간 것으로 보인다. 이당시에 조조는 "사람들은 각기 주인이 있으니 쫓지 말라"고 한 기록이 정사에 보이고 있다. 장비는 이 당시 망탕산으로 피신한 것으로 보이는데 유비가 원소의 진영을 탈출하여 이들 삼형제가 여남 근방에서 합류한 것으로 추정된다.[125] 조조는 원소군과 대치중인 상황이었으므로 관우의 행위를 통제할 만한 여력이 없었던 것이다.

그 해 8월로 접어들면서 원소가 동서 수십 리에 걸쳐서 포진하자, 조조도 이에 맞서 군사를 배치하였다. 이 당시 관도성에서 방어하던 병력은 1만 정도라고 알려지고 있다. 그리고 연진과 백마의 기습전으로 부상자가 전체의 20% 이상이나 되어서 전체적으로 조조가 불리한 상황이었다. 원소가 지구전을 주장하는 참모 저수(沮受)[126]의 의견을 물리치고 관도에 육박하자, 조조는 관도를 굳게 지켰다.[127] 이제 전쟁이 지구전 양상을 띠면서 양 진영이 누가 더 유리한가 하는 문제가 대두되었다. 즉, 전쟁이 장기화하자 두 진영 모두에게 군량의 보급이 중요한 문제로 부각되었고 어느 진영이 이 문제를 극복하면서 적을 대파할 수 있는가 하는 점이 전쟁의 승패를 결정하게 된 것이다.

이론적으로 보면 군량미의 문제에 있어서 대군을 이끌고 있는 원소의 진영이 분명 불리할 것이다. 그러나 이 당시에는 정사나 야사 할 것 없이 조조의 진

---

125) 이 부분에서 정사는 관우가 관도대전을 치르던 중 원소군에 투항한 것으로 되어 있고 나관중의 『삼국지』는 관우가 일단 조조의 명을 받아서 여남에 있는 황건 농민군(황건적)을 토벌하러 갔다가 형수들을 모시고 조조의 진영을 나오는 것으로 되어 있다. 그러나 여기서 추정하기에는 둘 다 잘못된 것으로 보인다. 정사대로 한다면 관우가 원소의 진영에 그대로 머물러야 하며 조자룡을 포함한 나머지 구성원들과 400km 이상이나 떨어진 지역에서 만날 수가 없었을 것이다. 그리고 만약에 원소에게 투항을 했다면 원소는 안량과 문추군을 격파한 책임을 물어서 유비를 인질로 남기고 관우에게 전공을 세우도록 강요했을 것이다. 정사를 쓸 당시 진수는 특별한 기록에 의해 「촉서(蜀書)」를 편찬한 것이 아니었고 이미 60~70여 년 전의 이야기를 채록하여 기록했기 때문에 잘못되었을 가능성이 크다. 그리고 나관중 『삼국지』의 경우는 관우가 두 형수를 모시고 동령관(東嶺關) → 낙양관(洛陽關) → 기수관(沂水關) → 형양관(滎陽關)) → 활주관(滑州關) → 황하의 경로로 갔다가 다시 역으로 방향을 틀어서 여남으로 내려갔다고 하는데 이것은 불가능하다. 왜냐하면 전란 중에 두 형수를 모시고 허창을 기준으로 100km 이상을 북쪽으로 올라갔다가 유비가 원소 진영을 탈출했다는 말을 듣고 다시 여남 땅을 향하여 남쪽으로 400km 이상이나 되는 길을 남북으로 오르내리는 것은 불가능한 일이기 때문이다(쉽게 말해서 전쟁 중에 두 형수를 안락한 수레에 태우고 서울에서 평양을 갔다가 다시 부산으로 내려오는 격이다). 정사에는 미부인의 기록은 없고 감부인(甘夫人)의 기록만 나오는데 감황후가 유비를 따라 형주로 갔을 때 유선(劉禪)이 출생한 것으로 되어 있다. 따라서 유비·관우·장비의 재회(再會)는 관우의 여남 지역 황건 농민군(황건적) 토벌 시에 유비가 원소 진영을 탈출하였고, 여남 땅과 가까운 망탕산에 있던 장비가 합류했다고 보는 것이 정확할 것이다.

126) 원소는 거듭되는 저수 등의 진언을 계속 무시하여 대패를 당하게 되었는데, 저수는 조조군에게 잡혀 죽었다. 조조는 저수를 설득하여 자기의 참모로 삼으려 했으나 그는 결국 이를 거부하고 원소 진영으로 여러 번 탈출을 기도하다가 처형되었다고 한다.

127) 이 당시에 원소군이 높은 망대를 세우고 흙을 쌓아올려 화살을 쏘면, 이쪽에서는 '벽력차(霹靂車)'라 불리는 발석차(發石車)를 급조하여 응전하였다. 이 발석차의 위력이 대단하였는지 원소군은 이를 벽력차라고 불렀다고 한다. 이어서 원소군이 지하도를 파는 작전으로 나오자, 조조군은 참호를 파서 이에 대항하였다.

영이 더욱 불리한 상태로 그려지고 있다. 그만큼 조조군은 원소군과의 전쟁 준비가 미흡한 상태로 전쟁에 임하였다는 사실을 알 수 있다. 즉, 조조는 원소가 그렇게 빨리 중원에서의 일대 결전에 나설 것이라고는 미처 생각하지 듯하다.

전선이 교착 상태에 빠지면서 원래 전쟁 준비가 미흡했던 조조군은 군량 부족이 심각하였다. 조조가 일단 철군을 하려고 했지만 가후와 순욱은 지금이야 말로 원소를 꺾고 중원을 통일할 수 있는 절호의 기회라고 하여 속전(速戰)으로 원소군을 격파하라고 진언하였다.[128] 순욱과 가후의 의견에 힘을 얻은 조조는 철병(撤兵)을 단념하고 원소군의 군량 수송차 수천 대가 관도 방면에 도착한다는 정보를 입수, 서황·사환으로 하여금 요격하여 모두 불태워버렸다. 조조가 단호하게 밀어붙일 수 있었던 것은 자신의 사촌동생인 조인(曹仁)이 후방을 안전하게 사수해주었기 때문이다.[129]

결국 행운의 여신은 조조에게 미소지었다. 원소는 순우경(淳于瓊)에게 1만의 군사를 주어 후방의 수송부대를 지휘하게 하였다. 순우경은 본영에서 40리쯤 떨어진 오소(烏巢)에 숙영하였다. 이 오소는 관도를 기준으로 보면 그리 먼 곳이 아니었다. 관도 - 오소의 거리는 원소군의 본진이 있는 양무 - 관도 사이의 거리의 1.5배 정도에 불과했기 때문에 기병(騎兵)을 신속하게 동원하여 공격하면 10만 대군의 식량이 불태워질 수도 있는 상황이었다. 그런데 이 상황을 상세히 알려준 사람이 조조의 친구이자 원소군의 참모인 허유(許攸)였다. 허유는 조조군에 투항하여 원소군의 진용을 일일이 알려주는 동시에 보급창인 오소를 쳐야 한다고 진언하였다.

조조는 크게 기뻐하며 신속히 군대를 정비하여 정예병을 엄선하고 오소를 급습하여 대파함으로써 원소군의 보급로를 차단하였다. 바로 이 오소의 공격

---

128) 이 부분은 가후와 순욱이 모두 조조에게 퇴군하지 말고 전쟁에 임하라고 진언하였는데 나관중 『삼국지』는 가후의 견해에 대해서 함구하고 있다.

129) 이 전에 황건의 부장이었던 유벽이 원소군과 내통하여 조조의 근거지인 허창을 공격하고 유비가 원소의 명을 받아 그 침공을 돕자, 조인이 이를 격파하여 후방을 안전하게 지켰다.

이야말로 관도대전의 승패를 가르는 주요한 분수령이었다. 한편 조조군이 오소를 공격한 사실을 전해 들은 원소는 조조의 본영을 공격하였다. 그러나 이미 전쟁의 분위기는 바뀌어 있었고 원소군의 진영에서는 자중지란이 일어나 원소의 부장인 장합 등이 제대로 싸우지도 않고 조조군에 투항하였다. 이 때문에, 원소의 대군은 모든 전선에 걸쳐서 궤멸되기 시작하였다.

원소는 장자인 원담과 함께 황하를 넘어서 북으로 패주하여 간신히 자신의 근거지인 업도로 몸을 피신하였다. 그후 원소는 자신에게 반기를 든 기주의 여러 성을 평정하기는 했으나 관도대전이 있은 지 거의 2년이 못 되어 실의에 찬 나날을 보내다 병으로 세상을 떠났다(202).

그러나 원소가 죽었다고 해서 바로 중원이 통일된 것은 아니었다. 조조는 원소의 잔당들이 재기할 틈을 주지 않고 바로 이들을 압박하여 결국은 요서·요동까지 진격하여 이들을 제거하였다.[130] 이로써 200년부터 206년까지 6년에 걸친 관도대전, 즉 화북 정벌에서 조조는 원소의 잔여 세력을 모조리 토멸하고 중원의 통일을 완수하였다.

전쟁의 결과─중원 통일과 새로운 전쟁의 도화선

관도대전의 승리로 조조는 익주·형주·강동 등의 일부 지역을 제외한 중국의 대부분을 통일하였다. 당시 강동(江東:吳)과 익주(益州:蜀)는 오지로 공략이 쉽지 않는 곳이고 중국의 중심 무대가 아니었다. 이제 남아 있는 약간의 반조조(反曹操) 세력만을 제압하면 중국 전토를 통일할 수 있었던 것이다.

---

130) 원소가 죽은 후, 원소가 가장 아끼던 막내아들 원상(袁尙)이 세력을 이어받아서 업을 거점으로 삼고, 장자인 원담(袁譚), 차자인 원희(袁熙), 원소의 조카인 고간(高幹)이 북쪽의 요지를 차지하고 있었다. 그런데 원소의 죽음으로 서로 이복형제간인 원상·원희·원담 등의 반목(反目)이 후사 문제로 격화되자 조조는 이들이 싸우는 틈을 타 업의 공략에 성공(204)하면서 화북 정벌의 주요한 교두보를 확보하게 되었다. 조조는 원담을 죽이고(205) 이어 원상을 공격하였다. 당시 유주(幽州)의 원희에게 몸을 의탁하고 있던 원상은 조조의 침공을 받자 요서의 오환으로 달아났다. 조조는 병주에서 모반을 일으킨 고간을 토벌하였고(206), 이에 요서(遼西)를 떠나 요동(遼東)의 공손강에 의탁하러 갔던 원희와 원상 형제는 공손강의 손에 죽어 그 수급이 조조에게 보내졌다. 이로써 조조의 화북 정벌과 중원 통일의 대업이 달성된 것이다.

관도대전의 결과, 중국 역사에서 중원의 통일을 이루게 되었다. 또한 조조 개인적으로는 전략가로서 명성을 확고히 하는 계기가 되었으며, 잔존 세력이 대조조 연합전선의 구성을 촉진했다.

중원 통일은 이미 여러 번 지적했으므로 생략하고 두 번째로 지적된 조조의 전략가로서의 명성을 확고히 한 내용에 대해 살펴보기로 하자. 관도대전에서 원소는 10만이라는, 당시로서는 다른 제후들이 흉내내기 어려운 대규모의 병력을 동원한 반면, 조조의 병력은 여러 사정으로 인하여 1만여 명이 되지 못하였다고 한다. 그러나 이는 조조의 전략을 탁월하게 보이기 위한 과장인 듯하고 최소 1만 5천에서 최대 4만~5만은 동원했을 것으로 보인다. 조조는 자신의 영역 안으로 들어온 원소의 군대를 맞아 적의 보급로를 불태워 원소군을 궤멸시켰다. 이 과정에서 조조는 불굴의 의지와 탁월한 전략을 역사에 남기게 되었다.

세 번째로 지적된 잔존 세력에 대해서 살펴보자. 이제 정처 없는 유비, 강동의 손권, 형주의 유표, 익주(촉땅)의 유장 정도가 남아 있다. 유비를 제외하면 이들의 특징은 천하를 도모하는 것이 아니라 자신의 지역을 보존하는 것이 최대의 관심사인 사람들이라는 점이다. 특히 익주(益州 : 현재의 쓰촨)는 천연의 요새로 외부에서 침공하기가 매우 어려운 지역이었고 장강(長江 : 현재의 양쯔강) 너머에 있는 강동 역시 습지가 많은 지역이었기 때문에 조조의 북방군이 기병전을 하기에는 매우 어려웠다. 유비가 형주에 의탁할 때 유표가 받아준 것도 조조에 대항할 만한 인물이었기 때문이다. 조조가 형주를 공격하자 손권의 사신 노숙(魯肅)[131]은 강동의 위기를 직감하여 유비와 손권의 연합을 역설하고 많은 이의 반대를 무릅쓰고 적벽대전을 강행하게 된다.

---

131) 노숙은 원래부터 오나라의 발전을 위해서 형주의 정벌이 가장 중요하다고 보고 있었다. 정사에 손권이 노숙에게 천하의 계책을 묻는 대목이 나오는데 노숙은 먼저 형주를 점령하고 장강(양쯔강) 전역을 차지한 후에 제왕을 칭하고 천하통일을 도모하라고 주문하였다. 그러나 당시에 손권은 자신에겐 능력이 없다고 대답하였다. 따라서 노숙의 입장에서는 조조의 남정(南征)이 절호의 기회이기도 하였다.

전쟁의 성격─삼국시대 개막의 신호탄

중원을 통일한 조조는 마지막으로 남아 있는 곳이 형주라고 생각하였다. 강동의 손권은 다른 지역이 통일될 경우에 저절로 투항할 것이라고 판단했다. 왜냐하면 손권의 집안은 조조나 원소 같은 중앙 권력층이 아니었고, 유비처럼 한황실의 피를 물려받지도 않은 강동의 일개 토착 중소호족(中小豪族)에 불과하여 조조에게 조직적으로 대항하기에는 역부족인 상태였기 때문이다. 즉, 손씨를 중심으로 한 강동의 세력이 국가 체제를 갖추는 데는 많은 시간이 걸릴 것이므로 그 전에 군사적 위협을 가하여 굴복시키면 된다고 생각했다. 실제로 오나라는 촉이나 위나라와 같이 군신관계가 제대로 성립하는 데 오랜 시간이 걸렸다.[132] 결국 강동의 세력이란 무인들의 집단 할거 상태라고 볼 수 있고 손권은 이들의 맹주적인 성격을 띠고 있었다.

조조는 이제 남은 대항 세력을 토벌하기 위해 남방 정벌을 계획하여 호남(湖南)·호북(湖北)에 연하여 있는 형주(荊州)를 정벌하고 난 뒤 손권을 제후로 봉하고 회유하여 천하통일을 완수하고자 했다. 형주는 중국 남북의 교통요지로 생산물이 풍부한 지역이다. 형주는 장강(양쯔강) 중류에 걸쳐 있기 때문에 조조의 입장에서는 형주를 장악하면, 장강을 이용하여 동으로 내려가 강동을 평정할 수 있고 서쪽으로는 오지인 익주도 공격할 수 있었기 때문이다. 물론 익주나 강동은 조조의 입장에서 대수로운 곳은 아니었지만 그곳에 반란세력이 존재하는 것은 방치할 수 없었다.

208년 7월, 조조는 그 동안 간간이 후방을 괴롭혔던 형주의 유표(劉表)[133]를 토벌한다는 명분으로 대군을 이끌고 형주로 향하였다. 관도대전 당시 원소의

---

132) 정사의 「비빈전(妃嬪傳)」에는 손견이 소주(蘇州)의 오씨(吳氏)를 아내로 맞이하려 하자 오씨 친척들이 이를 반대하는 것으로 그려져 있다. 이것은 손견의 집안이 별로 대단하지 않았음을 보여주는 것이다.

133) 형주를 차지하고 있는 유표는 전한 경제의 황자 유여(劉餘)의 자손으로, 190년에 형주자사가 된 이래로 형주에서 독자적인 세력을 형성하고 있었다.

휘하에 있었던 유비는 전쟁 중에 몸을 빼내어 같은 한실 종친인 유표[134] 밑에 몸을 의탁하여 신야(新野) 땅에 머무르고 있었다. 바로 이 시기에 유비는 전혀 공식적인 전공이나 전략가로서의 경험이 없는 젊은 제갈량을 군사(軍師)로 모셔왔는데 이러한 유비의 결정은 자신의 일생에서 가장 성공한 작품으로 나타났다.[135] 제갈량은 여타의 기록으로 추정해보건대 적벽대전 훨씬 전에 유비측에 합류했을 것으로 보인다.[136]

208년 8월, 형주의 유표는 조조의 남하를 눈앞에 두고 병사하고 말았다. 당시 유기(劉琦)는 강하(江夏)를, 유종은 양양(襄陽)을, 유비는 번성(樊城)을 지키고 있었는데 유표를 계승한 유종(劉琮)은 유기와 유비에게 상의도 없이 조조에게 항복하였다. 그런데 이 사실을 모르는 유비는 대비도 하지 않은 채 조조군을 대적하게 되어 생애 최대의 시련을 맞았다.[137] 유비는 중과부적(衆寡不敵)이라고 판단하고 즉각 군을 이끌고 반성을 떠나 하구(夏口 : 현재 호북성의 武漢)로 피신하였다.[138]

---

134) 유표는 개인적으로는 일류 명사로 알려진 사람이지만 천하를 도모하는 데는 적극적인 사람이 아니었다. 조조와 순욱은 이 점을 알고 있었기 때문에 마음놓고 원소와의 결전에 임할 수 있었던 것이다. 유표는 관도대전 때, 원소의 원조 요청을 승낙해놓고 조조에 대한 토벌군을 일으키지 않았고, 그렇다고 조조에 협력하지도 않았다. 서기 207년 조조가 원소의 잔당들을 추격하여 오환(烏桓)으로 원정하자, 유비는 그 틈을 타서 허창을 공격하도록 진언하였으나, 유표는 군사를 일으키지 않았다. 유표는 나중에 이 일을 크게 후회하였다.

135) 조조가 형주를 공격하기 한 해 전인 207년(합류 시기는 다소 의문이 남아 있음) 유비는 융중(隆中 : 현재 湖北省 襄陽의 서쪽)에서 유명한 삼고초려로 제갈량을 맞이하여 새로운 전기를 마련하게 된다. 이때 유비는 47세였고, 제갈량은 27세였다. 이들의 나이 차이에서 보듯이 유비는 고사 직전의 상황을 타개하기 위해서 공식적으로 전혀 업적이 없는 제갈량을 받아들일 정도로 다급한 입장이었다. 그러나 유비의 이 선택은 유비의 일생에 있어서 가장 성공적인 것으로 평가된다. 제갈량은 방통과 더불어 이름만 제후인 유비가 근거를 확보하여 국가를 세우는 데 결정적인 공헌을 한 사람이다.

136) 왜냐하면 조조의 침공이라는 급박한 상황하에서 제갈량은 지나치게 대략적인 정책을 제시하고 있기 때문이다. 나관중의『삼국지』는 유비의 다급한 처지에 대해 상세히 묘사하고 유비가 제갈량을 찾아가는 것으로 되어 있는데 만약 그렇다면 제갈량은 그 다급한 상황을 극복하는 데 주력해야지 당장 수행하기에는 힘든 대책을 제시했을 리가 만무하다. 즉, 제갈량이 유비의 삼고초려에 화답하여 내어놓은 천하삼분지계(天下三分之計)를 흔히 융중대책(隆中對策)이라고 하는데, 이 융중대책에는 당장 조조를 격파할 계책은 없고 미래의 내용만이 담겨 있다는 말이다.

한편 유표가 죽자, 손권은 형주의 동향을 탐지하기 위하여 노숙을 조문 사자로 파견하였는데, 사태는 손권의 의도와는 다르게 진전되었고 이것이 적벽대전으로 발전하게 된다. 노숙은 형주로 가는 길에 하구에서 조조의 형주 침공 정보를 듣고 당양에서 만난 유비에게 손권과 연합하여 조조를 막아야 한다고 역설하였다. 원래 노숙은 손권에게 형주를 장악하여 조조를 압박하여 천하를 도모해야 한다고 역설하고 있었기 때문에 [139] 조조의 형주 침공은 위기이자 절호의 기회이기도 하였다.

유비는 관우의 수군을 비롯해 강하에서 온 유기의 원군과 합류하여 일단 하구로 퇴군(退軍)하는 과정에서 노숙의 뜻밖의 제의를 받게 되었던 것이다. 진퇴유곡(進退維谷)이었던 유비에게 노숙의 제의는 기사회생의 복음이었고, 촉을 건설하는 발판을 마련할 수 있는 전기를 마련하게 된 것이다.

유비는 노숙의 제의를 흔쾌히 수락하고 손권과의 구체적인 교섭을 위하여 제

---

137) 유표의 생전에 유표의 부인 채씨는 유비에 대해 엄중 경계하고 있었고 유표의 장자인 유기(劉琦)는 채씨의 소생이 아니어서 신변의 위협을 항시 느끼던 중 강하(江夏 : 호북성의 新州)로 피신하였기 때문에 조조의 남정(南征)에 대한 방비가 허술할 수밖에 없었다. 유표 사후 형주를 계승한 둘째아들 유종(劉琮)은 양양을 지키고 유비는 그 강 건너편인 번성을 지키고 있었다. 그런데 조조의 침입에 당황한 형주의 중신들은 유종을 설득하여 전면적인 항복만이 형주를 보전하는 길이라고 진언하였다. 결국 유종은 조조군에 항복하였는데, 이 결정을 유비는 모르고 있었고, 유비가 그것을 알았을 때 조조군은 이미 번성에 육박해 있었다. 조조와의 관계가 악화될 대로 악화된 상태에 있던 유비로서는 생애 최대의 위기가 닥친 것이다. 그 동안 근거도 없이 불사조처럼 살아남았던 유비에게는 최대의 시련이 온 것이다

138) 유비가 양양을 지날 때, 제갈량은 형주를 탈취하도록 진언하지만 유비는 그간의 의리를 들어서 유종을 칠 수 없다고 거부하였다. 유비군은 결국 장강 북쪽 강변인 강릉을 향하여 퇴군하였다. 그러나 퇴군의 과정에서 많은 백성과 유표의 신하들이 동행하는 바람에 그 속도가 매우 느려져서 결국 조조에게 대패하고 자신도 위기에 빠졌다가 겨우 구출되었다. 형주의 백성들 중에는 유비를 따라가는 백성들이 10만여 명이었고, 보급 물자의 수는 수레 수천 대에 달하여, 하루에 10여 리도 나아가지 못하였다고 한다. 한편 유종의 항복으로 형주에 무혈입성(無血入城)한 조조는 유비가 형주를 다시는 넘보지 못하도록 몸소 정병 5천을 이끌고, 주야를 가리지 않고 300리의 속도로 추격하였다. 조조의 추격으로 당양(當陽)의 장판(長坂)에서 따라잡힌 유비는 응전할 여유도 없이 격파되어 위기에 처했다가 장비와 조자룡에 의해 겨우 구출되었다. 장비는 근소한 병력으로 후군을 맡아, 장판교에서 조조군의 진격을 막았고 조자룡은 쇄도하는 적 속에 홀로 들어가 유비의 어린 아들 유선과 감부인(甘夫人 : 유선의 실제 모친)을 구출하였다고 한다. 나관중『삼국지』에서는 미부인이 이 때 사망하였다고 한다. 그런데 미부인에 대한 정사의 기록은 보이지 않는다.

139) 진수, 앞의 책,「오서(吳書)」1,「노숙전」참고.

갈량을 노숙에게 동행시켜 손권에 가게 하였다. 이로써 적벽대전(208)의 서막이 오른 것이다.

적벽대전의 성격을 분석할 때는 전체 중국사에서 가지는 의미, 전쟁 그 자체의 전술적인 특성, 전쟁 수행에서의 실무자(참모, 장군 등)들의 역할 등으로 나누어 고찰하여야 한다.

첫째, 적벽대전이 전체 중국사에서 가지는 의미는 삼국시대의 개막을 알리는 신호탄이라는 점이다. 유비와 손권의 연합은 적벽대전을 통하여 강력한 조조군을 방어해낼 수 있다는 자신감을 가지게 되었고 이전에는 없었던 형태의 국가 체제를 마련할 수 있었다.

둘째, 적벽대전은 전쟁 그 자체의 주요한 전술적인 특성을 가지고 있다. 중국사의 무대에서 본격적으로 수군(水軍)의 중요성이 대두되어 전술적인 변화가 불가피해졌다는 점이다. 즉, 중국의 영역이 양쯔강 이남으로 확대되면서 육군만으로는 중국 전토(全土)를 장악하기 힘든 상황이 벌어진 것이다.

셋째, 적벽대전에서 실무자(참모, 장군 등)들의 역할도 지적해야 한다. 적벽대전에서 가장 중요한 부분은 세객(說客 : 외교관)인 제갈량의 활약과 전술가인 황개(黃蓋)의 활약이다. 즉, 제갈량은 전쟁의 개전(開戰)에 결정적인 역할을 하였고, 황개는 주유(周瑜)의 부장으로 화공전(火攻戰)을 주창하여 실제 전쟁을 승리로 이끌어간다. 그 동안의 『삼국지』는 적벽대전을 오로지 제갈량이나 주유의 공으로만 돌리는데 이것은 잘못이다. 정사에서 나타나는 적벽대전의 화공(火攻)에 대한 기록은 분명히 황개가 제안하고 주유가 결정함에 따라 황개 자신이 시행한 것으로 나와 있다.[140]

손권의 진영으로 간 제갈량은 손권과 귀순을 주장하는 손권 진영의 보수적인 참모들을 설득하는 데 모든 힘을 쏟았다.[141] 제갈량은 손권의 개인적인 성

---

140) 진수, 앞의 책, 「오서(吳書)」 1, 289쪽.
141) 그러나 이 부분은 실재한 사건은 아니라고 한다. 즉, 제갈량이 실제로 오나라의 유자(儒者)들과 난상 토론을 한 것은 아니고 작가인 나관중에 의해서 작가적 상상력이 발휘된 것이다. 그러나 이때 나오는 인물들은 모두 실명(實名)이다.

향과 특성을 잘 알고 있었으며, 천하의 형세를 조리 있게 분석함으로써 대(對)조조 연합군을 편성하는 것이 손권을 살리는 길이라고 주장하고 그를 설득하는 데 성공하였다.[142] 이로써 유비는 손권과 조조를 싸움 붙여 이를 통해서 자신의 근거지를 얻었고 그 근거지를 바탕으로 익주를 점령하여 촉(蜀)을 건국하게 된 것이다. 이것이 적벽대전이 『삼국지』의 분수령이 된 이유이다.

조조는 대수롭지 않게 형주의 유표와 유비를 격파하려 하였는데, 그것이 적벽대전으로 확전(擴戰)되면서 오히려 촉이 강화되는 결과를 초래한 것이다. 제갈량을 비롯한 노숙 · 주유 · 황개의 능력이 돋보인 대목이라고 할 수 있다. 특히, 제갈량이 동남풍을 부르고 화살 10만 개를 가져오는 등 동화에서나 나올 법한 능력을 보여주는 것이 중요한 것이 아니라 강동의 손권과 조조를 적벽에 모아 싸움을 붙이고 그 어부지리를 취함으로써 유비에게 근거지를 마련하게 했다는 사실이 중요하다. 그리하여 천하를 형식적으로나마 삼

---

142) 손권은 조조에게 신하로서 순종하는 것을 싫어했지만, 그보다는 유비의 실력을 믿을 수가 없었다. 제갈량은 유비와 손권에 의한 대조조 연합의 실현을 위하여 시상(柴桑 : 현재 江西省 九江의 서남)에서 손권과의 회견에 임하여 천하의 형세를 분석하였다. 제갈량은 중원을 평정한 조조의 막강한 군사력이 결국은 손권을 정벌할 것인데, 이에 대항할 영웅은 오직 유비와 손권뿐임을 역설하였다. 특히 제갈량은 손권의 투쟁심을 부추긴 다음에, 유비군은 아직도 건재한 점, 조조군의 문제점, 적벽대전의 시대적 중요성 등의 세 가지 점을 강조하였다. 다시 말해 제갈량은 첫째, 유비군이 조조에게 대패했으나, 아직도 관우의 수군 등 정병 1만을 이끌고 있으며 유기(劉琦)의 군세도 1만 이상임을 강조하였다. 둘째, 조조군은 병력 수는 많지만 먼길을 원정하여 군사들이 피로하고, 조조군이 북방인으로 구성되어 수전(水戰)에는 익숙하지 못하며, 형주에서 합류한 병력도 완전히 조조군으로 편입된 것으로 보기는 어렵다는 점을 들었다. 셋째, 손권이 투항할 경우에는 조조의 일개 신하에 불과하지만 적벽대전에서 승리한다면 강동이 손권에게 확실히 보장된다는 점을 강조하였다. 이를 위해서 제갈량은 손권이 유비와 협력해서 싸운다면 조조군을 충분히 격파할 수 있으며 형주와 강동의 세력이 강대해지면 결국 천하를 삼분하는 형세가 고정되어 손권이 강동을 온전히 보존할 수 있다고 설득하였다. 손권은 제갈량의 견해에 충분히 수긍하였으나, 장소(張昭) 등의 보수파는 조조의 진격을 앞두고 양군의 군사력 격차가 너무 심대하므로 귀순하는 것이 강동을 보전하는 것이라고 주장하였다. 귀순론이 다수를 차지하고 있는 가운데 노숙은 조조에 귀순한다면 강동 땅을 잃게 된다고 하면서 홀로 주전론(主戰論)을 주장하였다. 이와 동시에 노숙은 파양의 임지에 있는 주유(周瑜)를 불러들이도록 하였고 주유는 조조의 급조된 수군이 오의 훈련된 수군을 당할 리가 없으며, 또한 풍토에 익숙지 않은 조조군에는 틀림없이 많은 병자가 나올 것이라고 진언하고 스스로 3만 병력으로 출진할 것을 자청하였다. 마침내 손권은 결전의 뜻을 굳히고 주춤거리는 신하들과 참모들 제장(諸將)의 의견을 강경하게 물리치고 전쟁에 돌입하게 되었다.

분(三分)함으로써 조조가 어느 쪽이든지 섣불리 공격하기 힘들게 만들었고 결국 조조는 제위에 오르지 못했다. 그러나 조조가 죽은 후 유비와 손권은 모두 황제의 제위에 올랐다. 이 또한 매우 아이러니한 사실이다.

전쟁의 경과—대치전에서 화공전으로

208년 10월 개시된 적벽대전은 유비가 장판에서 조조에게 대패한 후 군대를 하구 쪽으로 옮기고 난 뒤, 제갈량과 노숙에 의해 전쟁이 결정되자 양군의 이동이 시작되면서 전개되었다.

적벽대전은 주유·유비 연합군의 조조군 선봉 격파(번구-적벽)→장강을 사이에 두고 조조군은 오림(烏林)에 주둔하고 손권·유비 연합군은 남안의 적벽 쪽에 주둔하여 양군 대치(적벽)→황개가 주도한 화공전으로 조조군을 격파(적벽대전)→조조군의 철수(화용-강릉-양양-번성-허창) 등의 과정으로 진행된다.

• 조조군 선봉 격파와 양군 대치

208년 10월, 주유는 정병 3만을 이끌고 번구(樊口 : 湖北省 鄂城의 서북쪽)에서 유비군과 합류하여 장강을 서쪽으로 거슬러올라가는 중에 적벽에서 조조군의 선두부대를 만나 격파하여 서전을 승리로 이끌었다. 7만~10만[143]에 이르는 조조군이 3만~4만에 불과한 유비·손권과의 전투에서 초반에 패전한 것은 조조군이 강남의 풍토에 익숙하지 못한데다 그쪽 진영에 번지고 있던 역병(疫病)과 이에 따른 전력의 저하 때문이었다고 한다.[144]

---

143) 여기에 대해서는 구체적인 통계는 없지만 조조군 2만~3만 정도, 투항한 유표군 2만 정도, 유장이 보낸 1만~2만 정도였을 것으로 추정된다.

144) 연구자에 따라서는 적벽대전이 패배한 원인이 화공보다는 전염병에 의한 급속한 전력 상실에 있다고 보는 사람도 있다. 실제로 조조가 적벽대전 후 손권에게 보낸 편지에서 "적벽에서 질병이 돌자 나는 배를 태우고 후퇴했다. 주유에게 헛된 명성만 얻게 해주고 말았다"라고 하고 있다. 이 전염병에 대해서는 흡혈충(吸血蟲)에 의한 질병으로 보는 견해가 있다. 가을은 흡혈충병에 걸리기 쉬운 계절인데 적벽대전은 늦가을에 시작되었고, 조조군은 말 대신 배를 탔으므로 더욱 이 병에 걸리기 쉬웠다는 것이다. 특히 적벽대전이 있었던 양호(兩湖) 지역은 흡혈충이 창궐하였던 지역이다. 이에 대해서는 이전원·이소선, 앞의 책 제1권 238~240쪽 참조.

적벽대전도

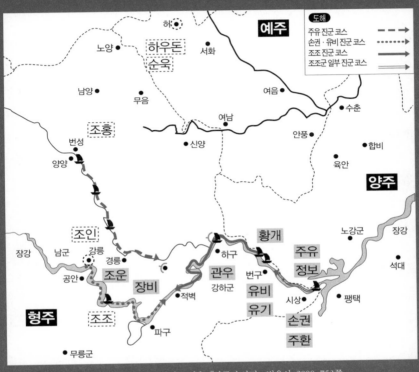

* 출전 : 심백준 · 담량소 지음, 『삼국지 사전』, 범우사, 2000, 753쪽

조조군은 서전에 패하여 장강 북안인 오림(烏林 : 湖北省 洪湖의 동북쪽)으로 물러가고, 손권·유비의 연합군은 그 남안에 포진하여 장강을 사이에 두고 양군이 대치하게 되었다.

• 화공으로 조조군 섬멸

조조와 유비·손권의 반조조 연합군이 장강을 사이에 두고 대치하고 있는데, 수전(水戰)에 익숙지 못한 조조군의 군선(軍船)은 선수(船首)와 선미(船尾)를 서로 연결하여 정박해 있었다. 조조군의 주축은 북방인들로 선박 위에 장기간 있어야 했던 그들에게 건강상의 문제가 발생하는 것을 방지하기 위한 하나의 방편이었던 것으로 보인다. 그러나 군선이 연결되어 있을 경우 화공(火攻)을 당하게 되면 전멸할 위험이 있다.

조조군의 수군 선단이 이 같은 형세를 취하고 있다는 사실을 포착한 사람은 주유의 부장인 황개(黃蓋)였다. 황개는 조조의 대군을 상대로 하여 정면 충돌이나 지구전은 승산이 없다고 보고 화공이야말로 승전의 지름길이라고 판단하였다. 기존의 『삼국지』는 이 점을 약화시키고 오직 제갈량과 주유의 전술로만 보고 있는데 이것은 잘못이다. 즉, 적벽대전의 성립에 공헌을 한 사람은 분명히 노숙과 제갈량이지만, 그 전쟁 자체를 승리로 이끄는 방략을 구사한 이는 바로 황개이다. 황개는 스스로 위장 투항을 하면서[145] 조조군의 선단으로 다가가 불을 붙이고 탈출하여 조조군을 섬멸하였다.[146]

이때 제갈량이 화살을 모아오고, 동남풍을 불어오는 모습은 극적인 효과를 주기 위해 일부러 만든 것이다. 실제로 전투가 있었던 적벽 지역은 남북으로

---

145) 정사에 따르면, 황개가 나관중의 『삼국지』에 나오듯이 고육지계(苦肉之計)를 쓴 것은 아니다.

146) 황개는 조조의 군선을 화공으로 불태우기 위해 스스로 조조에게 투항의 뜻을 전하는 편지를 보냈다. 그리고 바람이 화공에 유리한 날을 택해 속도가 빠른 군선을 골라 장작과 마른풀을 잔뜩 싣고, 기름을 부은 다음 겉을 포장으로 덮고, 깃발을 올리며 조조군을 향하여 배를 몰아갔다. 조조는 황개의 투항을 기쁘게 바라보는데 조조의 군선에 접근한 황개는 자신이 탄 배에 불을 붙이고 탈출했다. 마침 불어오는 강풍으로 조조 군선은 삽시간에 불바다가 되고 말았다. 뜨거운 불길이 하늘을 찌르는 속에 오림과 적벽의 강변도 불에 탔으며, 조조군의 무수한 인마(人馬)가 불타고 유비·손권 연합군의 공격을 받아 조조군은 궤멸하고 말았다.

길게 뻗어 있어서 일단 불이 붙으면 겨울 바람이 불 경우 그것이 동남풍이든 북서풍이든 상관없이 무섭게 타오르게 마련이었다. 문제는 배들을 가까이 붙여두었다는 것이다. 이것은 조조가 수전(水戰)에 대한 경험이 없었기 때문에 저지른 실수였다.

• 조조군의 철수

조조도 더 이상 진을 지탱하지 못하여, 잔병을 이끌고 육로로 강릉을 향하여 패주하였다. 유비와 손권의 연합군은 틈을 주지 않고 수륙 양로로 추격하였으나, 조조는 간신히 강릉으로 달아났다. 조조는 조인에게 강릉의 수비를 맡기고 악진을 양양에 머물게 한 후 북쪽의 허도(許都)로 철수해 갔다. 손권·유비 연합군은 계속하여 강릉을 공격하여 이듬해(209)에는 주유가 조인을 격퇴하여 강릉을 장악하고 남군 태수가 되었다. 그러나 이 당시에 나관중의『삼국지』처럼 관우가 조조를 포로로 잡은 일은 없었다. 이것은 관우가 의로운 사람이고 제갈량은 전쟁의 신(神) 같은 사람으로 묘사하기 위한 나관중의 시도로 보인다. 이 부분을 정사「위서」'무제기(武帝紀)'의 주(註)를 통하여 살펴보면 다음과 같다.[147]

조조는 유비에 의해 군선(軍船)이 불태워지는 것을 보고 군사들을 이끌고 화용도를 통해 도보로 돌아오는데 진펄을 만나서 다시 길이 막혔다. 하늘에서는 거센 바람이 불어왔다. 남아 있는 군사가 모두 풀을 등에 지고 진펄을 막으니 기병은 곧 지나갈 수 있었다. 군사들 중에서 사람이나 말에 밟혀 죽는 자가 많았다. 군대가 탈출하자 조조는 매우 기뻤다. 조조는 "유비는 나와 동등한 무리지만 계략을 짜는 것은 유비가 약간 늦소. 그가 만약 일찍 불을 놓았다면 우리는 전멸했을 것이오"라고 하였다. 유비 또한 불을 놓았으나 미치지 못하였다.

---

147) 진수, 앞의 책,「위서」1, 109쪽.

한편 유비는 장강 남안의 공안(公安 : 湖北省 公安의 서북쪽)으로 들어가 유표의 장자 유기를 형주자사로 세우고 장강 이남의 무릉·장사·계양·영릉 4군을 수중에 넣었다. 그리고 얼마 지나지 않아 유기가 병으로 죽자 형주목이 되었다(209). 바로 이것을 계기로 유비가 촉의 근거를 수립하게 되었다. 이해에 방통은 제갈량과 더불어 유비의 군사(軍師)가 되었다.

전쟁의 결과—『삼국지』의 분수령

결과론적인 이야기일 수도 있지만 조조가 유비를 제거하지 못한 것은 가장 큰 실수인 듯하다. 유비는 조조에 대하여 끝까지 대항한 사람이었다. 유비가 가진 실력은 조조군을 위협할 정도는 아니었지만 그는 끊임없이 조조를 괴롭히고 대의명분을 활용하여 조조를 제압하려 하였다.[148] 그리고 손권과는 달리 조조와 대등하게 움직였다. 조조가 위왕(魏王)을 칭하자 유비도 한중왕(漢中王)을 칭하고 조비가 위 황제에 등극하자 자신도 한 황제에 등극한다.

유비의 일생은『삼국지』전체의 흐름에 일치한다. 항상 주요 격전지에는 유비가 있었다. 그러나 유비는 오랫동안 세력을 닦아온 중앙귀족 세력들을 제압할 만한 힘을 가질 수는 없었고, 자신을 추종하는 무리들도 결국은 무명(無名)의 용장(勇將)들이지 천하의 대세를 주무를 수 있는 일류의 명장이나 이론가는 아니었다. 결국 그는 모든 것을 잃고 형주로 피신하게 되는 것이다.

유비는 형주로 쫓겨갈 때까지 천하의 명성을 얻는데 이 명성을 바탕으로 하여 제갈량을 얻게 된다. 그나마도 천하에 이름을 남기지 못했으면 제갈량을 얻기가 어려웠을 수도 있다. 유비는 나이가 47세가 될 때까지 아무 것도 이루지 못한 듯이 보이지만 그만큼 한실 중흥의 충신으로 사람들에게 각인된 무형의 자산을 가지고 있었다. 이 자산을 제갈량을 영입하는 데 사용하였던 것이다.

---

148) 그러나 아이러니하게도 유비는 조조를 가장 무서워하였다. 유비가 여포를 굳이 죽이자고 한 것도 여포가 조조의 휘하에 갔을 경우를 무서워했던 것이고, 조조의 휘하에서 탈출하려 한 것이나 서주에서 농성할 때도 조조와의 화해를 시도한 것 등 유비의 여러 가지 행동은 조조에 대한 두려움으로 가득 차 있다.

그러나 엄밀한 의미에서 제갈량은 실력이 검증된 사람이 아니었다. 단지 절대절명의 위기에서 유비는 실력의 검증 여부에 상관없이 자신을 이끌어줄 전략가가 필요했던 것인데, 유비는 제갈량이라는 보석을 건지게 된 것이다. 이 점은 원칙론자였던 제갈량에게도 행운이었다. 왜냐하면 제갈량은 유비를 만남으로써 자신의 이름을 청사(靑史)에 남기게 되었고 자신의 능력을 전적으로 믿고 신뢰해주는 주군(主君)을 만난 것이다. 유비의 강력한 신뢰가 없었다면 제갈량은 아마 이름 없이 사멸해갔을 것이다.

208~209년 조조군을 격파한 유비와 손권은 전쟁 결과에 따른 영토 배분 문제로 점차 대립이 격화되었다.[149] 물론 그것은 형주와 익주 문제였다. 형주 문제는 결국 관우의 죽음을 초래하였고 이에 따른 무리한 출병으로 장비가 사망하고 유비도 효정에서 손권의 군대에 패하여 그 후유증으로 죽게 된다. 따라서 형주 문제는 유비에게 영광과 좌절을 동시에 안겨주었다.

적벽대전의 결과를 요약하면, 삼국 정립의 기반이 되었고, 제갈량에게 천하의 대세를 좌우하는 정치·군사이론가의 명성을 안겨주었으며, 유비에게는 형주라는 넓은 땅을 차지하고 익주를 취하게 하는 발판을 마련하는 큰 행운을 안겨주었다. 그러나 형주·익주를 둘러싼 유비와 손권의 대립을 심화시키기도 하였다.

첫째, 조조는 적벽대전의 패배로 천하통일이 장기화될 것을 예감하였다. 결국 조조는 제위에 오르지 않고 220년 66세의 나이로 죽었고, 조조의 장자인 조비가 제위에 올라 위나라를 건국하고 낙양에 천도를 단행하고 헌제를 산양공으로 격하

---

149) 그 과정에서 주유가 병사하고(210) 노숙이 주유의 뒤를 이었다. 유비는 211년 촉으로 들어가고 다음해인 212년 손권은 건업 경영에 착수하였다. 이때 조조 진영에서는 조조의 책사였던 순욱이 50세로 사망하고 그 다음해인 213년 조조는 위공(魏公)이 되었으며 유비는 성도로 진격하였다(이 해에 방통 사망). 214년 유비는 유장의 항복을 받고 익주목이 되었고, 유비와 손권의 형주를 둘러싼 대립은 심화되었다. 다음해인 215년 제갈량과 제갈근 형제의 회담으로 형주가 유비와 손권에 의해 분할되었다. 216년 조조는 위왕(魏王)이 되었고, 219년 한중을 평정하기 위해 출병하였으나 유비가 이를 격퇴하고 자신도 한중왕(漢中王)에 올랐다. 그러나 이 해에 관우는 조조·손권의 협공을 받아 손권에게 죽었다. 이에 조조는 손권을 형주목으로 삼았다.

시켰다. 이에 따라 다음해인 221년, 유비도 황제를 칭하고 촉(蜀)을 건국하였다. 이 당시 손권은 위와 제휴하여 오왕에 봉해졌다. 그러나 손권은 222년 위(魏)로부터 독립을 선언하고 사실상의 독립국으로 위와 촉에 대립하게 되었지만 222년 당시에 손권은 황제를 칭하지는 않았다. 왜냐하면 중원을 차지한 조비나 한실의 후예를 자처하는 유비에 비하여 명분이 약했기 때문이다. 손권은 229년에 가야 황제를 칭하였다.[150) 마침내 천하는 삼국 정립을 한 것이다.

둘째, 양양 지역에 웅거하며 지역에 묻혀 있던 제갈량은 유비라는 전국적인 거물을 맞이하여 자신의 재능을 발휘할 수 있는 발판을 얻었다. 제갈량은 이 당시까지만 해도 자신의 실력을 발휘할 수 있을 만큼 알려진 존재는 아니었다. 군승(郡丞) 정도를 한 부친이 그나마도 일찍 죽자 제갈량은 형인 제갈근을 통하여 학문을 닦은 것으로 보인다. 만약에 제갈량의 능력이 일찍 알려졌다면 인재를 하늘같이 중시하는 조조는 분명히 그를 영입했을 것이다. 그리고 융중(隆中)은 허도(허창)에서 그리 먼 곳은 아니다. 물론 제갈량은 유비 정도의 실력으로는 천하의 주인이 되기는 불가능하다는 것을 잘 알았을 테지만 유비에게는 남들이 따를 수 없는 존사정신(尊師精神)이 있었고 제갈량은 이에 감복하였다.[151) 적벽대전은 제갈량에게도 천하에 자신의 존재를 알리는 큰 무대였던 것이다.

셋째, 적벽대전은 유비에게 형주(荊州)라는 넓은 땅을 차지하고 익주(益州)

---

150) 실제로 손권은 222년 오나라의 '사실상' 1대 황제(222~252 재위)가 되었다. 초기에는 조조에 협력하였으나 유비와 연합하여 조조의 대군을 적벽에서 격파한 후 건업(현재의 난징)을 본거지로 자립하였고 229년 황제를 칭하고 연호를 황룡(黃龍)이라 하였다.

151) 물론 이 부분은 논자들에 따라서 다양한 견해가 있다. 진수의 『삼국지』이전에 나온 책으로 어환(魚豢)이 저술한 『위략(魏略)』에는 제갈량이 자진해서 유비를 방문했다는 기술도 나오고 있다. 이 책은 삼국시대 당시에 기록된 사실이므로 신빙성이 높지만 그 이후에 나타나는 다른 문헌들의 기록을 모두 부정하기에는 어려운 형편이다. 그리고 제갈량이 조조나 손권의 진영을 택하기도 어려웠던 것은 조조에게는 순욱·곽가·순유·정욱·최염 등의 일류 인재들이 있었고, 손권에게도 노숙·장소 등의 중신이 있었기 때문이다. 따라서 제갈량이 간다 해도 자신의 능력을 발휘할 수 없었던 것이다. 당시 형주 선비들의 일부는 제갈량을 높이 평가하고 있었고, 유비도 제갈량을 매우 높이 평가하고 있었으므로 제갈량은 유비를 택한 것이다. 따라서 나관중의 『삼국지』와 같이 유비가 몇 번씩 찾아가 제갈량이 감동한 것이라고만 할 수 없다. 그러나 제갈량이 유비를 찾아갔든 유비가 삼고초려를 했든 분명한 것은 유비가 투철한 존사정신(尊師精神)을 가지고 있었다는 점이다. 유비는 선비를 만날 때 90도 이상 허리를 숙여 인사를 하였다고 한다. 이상은 이전원·이소선, 앞의 책 제1권, 149~157쪽.

를 취하는 발판을 마련하는 큰 행운을 안겨주었다. 형주의 서쪽에 위치하는 익주는 옥야천리(沃野千里)로 생산물이 풍부한 천연의 요지인데 유장(劉璋)[152]이 차지하고 있었다. 제갈량은 삼고초려를 받고, 유비에게 이 익주와 형주를 차지하여 기반으로 삼고, 동시에 북의 조조, 강동의 손권과 천하를 삼분한 다음, 한실(漢室)의 중흥을 도모하라고 제시하였다.[153] 이것이 유명한 융중대책(隆中對策)이다. 당시 형주 남부를 가진 유비는 은밀히 익주를 노리고 있었는데, 이것은 손권도 마찬가지였다.

넷째, 적벽대전으로 형주와 익주를 둘러싼 유비와 손권의 대립이 심화되었다. 유비는 근거지의 확보가 시급한 과제였고, 손권의 입장에서는 적벽대전이 사실상 강동과 조조의 전쟁이었기 때문에 자신의 지분(持分)을 요청하는 것이 지극히 당연한 일이었다. 이제 제갈량을 얻은 유비는 천하를 도모할 수 있는데 형주를 포기한다는 것은 있을 수 없는 일이었다. 따라서 유비와 손권의 갈등은 깊어질 수밖에 없었다. 적벽대전 후에 조조는 남하할 힘이 없었고, 손권은 형주를 향해 세력을 뻗어가는 유비를 두려워하기 시작했다. 손권은 유비가 건업(建業)을 찾아갔을 때 누이동생을 유비에게 시집 보내면서까지 회유를 꾀하였으나 신변의 위협을 느낀 유비는 공안으로 피신하였다. 손권은 주유의 헌책으로 유비와 연합하여 익주를 공략하기로 했으나 유비는 이를 거절하였다.

이 당시 황건적의 일파인 장로(張魯)와 조조(曹操)의 침공, 손권과 유비의 대립, 유장의 우유부단한 성품 등 여러 가지 곡절과 난전 끝에[154] 유비가 익주를 점령하였다. 이 과정에서 방통의 역할이 절대적이었지만 격전의 과정에서

---

152) 유장의 아버지 유언(劉焉)은 전한 경제의 황자 유여(劉餘)의 자손으로 영제 때에 익주목이 된 이래, 이 땅을 차지하고 있었다.

153) 참고로 나관중의 『삼국지』에서 제갈량은 융중에서 유비의 '삼고지례(三顧之禮)'를 받고 유비의 물음에 대한 대답으로, "장군은 이미 한실의 후예로서, 신의는 사해(四海)에 나타나며, 영웅을 총람하고 어진 이를 생각하기를 목마름과 같이 하고 계십니다. 만약에 장군께서 형주와 익주를 함께 영유하여, 그것을 기초로 서쪽으로는 여러 오랑캐들을 무마하고, 밖으로는 손권과 친선을 맺고, 안으로는 안정된 정치를 펴서 편안하게 하고, 만약에 외부의 침공이 있을 경우에는 형주의 군을 이끌고 완(宛)·낙(洛)으로 향하게 하고, 장군께서는 친히 익주의 군대를 이끌고 진천으로 나아가면 됩니다. 이것으로 장군은 한실부흥을 도모할 수 있을 것입니다"라고 하였다.

전사하였고[155] 유비가 익주를 점령한 후 유비와 손권의 관계는 매우 악화되었다. 촉의 건국에 있어서 방통의 역할은 절대적이었다. 시대의 천재 두 사람(방통, 제갈량)이 아무 것도 가진 것 없는 유비를 도와 촉을 건국하게 해주었다는 것은 유비가 가지고 있는 존사정신과 대의명분론으로 설명할 수 있을 것이다. 물론 이 두 사람의 천재성을 다른 제후가 인지하지 못한 것도 원인일 수 있다.

그러나 여기서 반드시 지적하고 넘어갈 것은 나관중의 『삼국지』에서 적벽대전을 지나치게 과장하여 표현했다는 점일 것이다. 위나라에서는 적벽대전에 대해서 그리 심각하게 생각한 것 같지는 않다. 그 이유는 조조군이 순수하게 조조의 정예병들이 아닌 유표·유장·조조의 연합군이었고, 전쟁 기간이 비교적 짧았으며, 당시로 보아 지리적으로 오지에 가까운 곳이었고, 적벽의 지역적 중요성은 황하에 비하여 매우 낮은 곳이라는 점 등을 들 수 있다.

---

154) 유비는 손권으로부터는 후한 대접을 받았으나 항상 신변의 위협을 받았다. 그 과정에서 유비는 공안으로 피신하였다. 이 당시에는 익주의 유장은 한중(漢中)에 근거를 두고 있는 오두미도(五斗米道)의 장로(張魯)의 침입으로 시달리고 있었다. 한편 주유는 조조에게 여력이 없는 것을 노려 익주 공략을 손권에게 진언하였다. 그러나 주유는 원정을 준비하다가 병사(病死)하였다. 손권은 유비에게 함께 익주를 공략할 것을 제의하였으나 유비는 이를 거절하였다. 결국 손권이 수군(水軍)을 하구(夏口)에 진주시키자, 관우를 강릉, 장비를 자귀, 제갈량을 남군에 주둔시켜 손권의 익주 침공을 저지할 의사를 분명히 하였다. 한편 조조는 한중의 장로를 치고 이어 익주를 친다는 정보가 유장에게 알려져, 유장은 장송의 헌책을 수용하여 같은 한실 종친인 유비를 익주로 맞아들일 것을 결정하였다. 유장은 유비에게 장로를 토벌시키고, 다시 한중의 수비를 맡겨 조조의 침공에 대비하자는 것이다. 211년, 유비는 제갈량·관우 등을 형주 수비에 남겨두고 익주로 들어간다. 이 즈음 유비는 공안에서 탁월한 군사를 얻었는데 그가 봉추(鳳雛), 즉 방통(龐統)이었다. 방통은 유비에게 익주를 차지할 계책을 올렸다.

155) 유비를 수행하여 익주에 들어간 방통은 유장이 환영의 연석을 베풀자 이것을 기회로 유장을 살해하여 익주를 취하도록 진언하였다. 그러나 신의를 중히 여기는 유비는 이를 거절하였고, 장로 토벌을 위하여 북으로 향하였다. 그러나 방통은 거듭 유비를 설득하여 구체적인 계책을 제시하였는데 그 내용은 첫째, 정병을 이끌고 송도의 유장을 급습하는 계책, 둘째, 형주가 위험에 처해 있다고 속여 회군하는 것처럼 보이고 성도를 치는 계책, 셋째, 일단 백제로 철군했다가 형주의 군세를 합쳐서 성도를 공략하는 계책 등이었다. 유비도 결국 두 번째 계책을 채택하여 실행에 옮겼다. 이때 손권이 조조의 공격을 받고, 관우도 조조의 부장 악진(樂進)과 대치하고 있어 유비는 그 구원을 위하여 유장에게 원조를 요청하였는데 유장은 이에 충분한 물자를 주지 않았고 장송(張松)이 유비와 내통하고 있었다는 것을 알게 되어 유비를 통과시키지 말도록 명령하였다. 유비는 이것을 기회로 유장을 공격하여 낙성을 포위하였다. 그러나 낙성을 지키는 유장의 아들 유순은 1년 가까이 성을 굳게 지키고 이 공방의 와중에서 방통이 유시(流矢)에 맞아 죽었다. 비탄에 빠진 유비는 방통의 이름을 부르며 통곡하였다.

정사 가운데 적벽대전과 관련된 부분을 인용해보면 다음과 같다.[156)

208년 9월 조조는 … (중략) … 유표의 대장 문빙을 강하 태수로 삼아 원래
의 병사를 통솔하게 하였고……익주목 유장은 처음으로 군대를 제공하였
다. 208년 12월 손권이 합비를 공격하였다. 조조는 강릉에서 유비를 정벌하
기 위해 출동했으며 파구까지 와서 장희를 파견해 합비를 구조하도록 했다.
손권은 장희가 온다는 소식을 듣고 곧 도주했다. 조조는 적벽에 도착하여 유
비와 싸웠지만 형세가 불리해졌다. 이때 역병이 크게 유행하여 관리와 병사
들이 많이 죽었다. 그래서 조조는 군대를 이끌고 돌아왔다. 유비는 형주와
강남의 여러 군을 차지하게 되었다.

적벽대전에 관한 부분은 매우 간략하다.[157) 이에 비하여 관도대전·화북 정
벌은 몇 년에 걸쳐 있어서 정사의 기록도 매우 방대하게 나타나 있다. 쉽게 말
해서 페이지 수로 계산하면, 관도대전 관련 부분이 대략 4~5페이지가 된다면
적벽대전은 위에서 보는 바와 같이 겨우 한 단락에 불과할 뿐이다. 정사의 내
용에서 보듯이 적벽대전도 조조가 실제로 동원한 군대는 형주의 조조군의 일
부, 항복한 유표군, 유장이 보내온 군대 등의 연합군적 성격을 띠고 있었다.

이릉대전(彝陵大戰)

전쟁의 성격─관우와 장비를 위한 복수전

이릉대전(또는 猇亭大戰)은 관우의 죽음과 형주 문제로 인해 발생한 촉나라

---

156) 진수, 앞의 책, 「위서」 1, '무제기(武帝紀)', 84쪽.
157) 일부 분석가들은 진수가 『삼국지』를 편찬할 때 위나라를 정통으로 봐서 조조에게 불리한 표현
을 약화시켰을 것이라고 주장할 수도 있을 것이다. 그러나 진수는 촉나라 출신이었고, 『삼국
지』를 편찬할 때는 진나라의 신하였기 때문에 조조를 미화할 이유가 하등 없는 사람이었다.
실제로 진수의 『삼국지』에는 사마(司馬)씨 가문에 대해서는 분명히 미화하는 대목이 많이 나타
나지만, 조조의 가문에 대해서는 그런 점이 별로 눈에 띄지 않는다.

와 오나라 사이의 전쟁이었다. 유비가 익주를 수중에 넣음으로써[158] 천하삼분의 형세가 굳어졌는데 문제는 형주와 한중이었다. 유비에게 익주를 빼앗긴 손권은, 215년 제갈근(諸葛瑾 : 제갈량의 형)을 보내어 형주의 반환을 요청하였는데, 유비는 이 요청을 교묘한 언사로써 거절하였다. 결국 양군(兩軍)이 대치하게 되었다.[159]

이때 조조는 한중의 장로를 치기 위하여 출정하였는데, 유비는 조조가 익주를 침공할 것을 우려하여 급히 손권에게 화친을 요청하고 익주로 철수해버렸다. 그러나 장로를 토벌한 조조가 내정(內政)의 문제로 수비를 하후연과 장합(張郃)에게 맡기고 철군하여 익주에 침공할 움직임을 보이지 않았다.

유비는 법정(法正)의 권고를 받아들여 한중을 공략할 것을 결정하였다. 218년 유비는 몸소 한중으로 출병하여 219년 정군산(定軍山 : 현재의 섬서성 勉縣의 동남방)에 진을 치고 노장 황충(黃忠)으로 하여금 하후연군을 대파하자, 조조도 한중으로 출격하였다. 그러나 천연의 요새에 수비를 굳히고 있는 유비군(劉備軍)을 공격하다 성공하지 못하여 마침내 '계륵(鷄肋)'[160]이라는 말을 남기고 철수하였다.

유비는 한중을 손에 넣고 219년 가을, 군신의 추대를 받아 '한중왕(漢中王)'이 되어 이미 '위왕(魏王)'을 칭하던 조조에 대항하였다. 형주 문제는 제갈량과 제갈근의 형제가 절충에 나서, 상수를 경계선으로 하여 동쪽의 강하·장사·계양의 3군을 손권이 영유하고, 서쪽의 남군·영릉·무릉 등 3군을 유비가 영유하는 것으로써 일단락되었다.

---

158) 제갈량은 관우에게 형주의 수비를 맡기고 장비·조운(조자룡)과 더불어 백제, 강주 등을 공략하며 진격, 유비와 합류하여 성도에 총공격을 감행하였다. 이때 한중의 장로 밑에서 몸을 기탁하고 있던 마초가 유비에게 투항하여 전세는 급전하였다. 당시 성도에는 3만의 정병과 1년치의 군량·물자도 있었지만, 유비군에게 포위되기 수십 일, 유장은 백성의 고통을 줄이고 무익한 유혈을 피하여 유비에 투항하였다(214).

159) 손권은 여몽(呂蒙)을 장사·영릉·계양의 3군에 파견하고, 몸소 육구(陸口 : 湖南省 嘉魚의 서남쪽)로 나가 전군을 지휘하자, 유비도 공안으로 출진하여 노숙군과 관우군이 익양(益陽 : 湖南省 益陽)에서 대치하였다.

160) 계륵이란 닭의 갈비라는 뜻으로, 먹을 만한 살도 없지만, 버리기에도 아깝다는 뜻이다. 즉, 조조는 한중이 아깝지만 할 수 없이 철군을 결심하였다.

그런데 홀로 형주를 수비하던 관우는 유비의 한중 정벌에 맞추어서 강릉(江陵)에서 북진하여 조인(曹仁)이 지키는 번성(樊城)을 포위하고 있었다. 조조는 우금을 원병으로 보냈으나 가을 장마로 관우에 투항하여, 관우는 형주 북부로 세력을 뻗어나갔는데 이 때문에 후방의 수비가 약해졌다. 이 틈을 타서 손권은 여몽을 보내 형주를 손쉽게 점령하고[161] 관우 부자(父子)를 참수하여 그 수급을 조조에게 보냈고, 관우의 수급을 받은 후 얼마 안 되어 조조는 세상을 떠났다(220).

그 결과, 유비와 손권의 관계는 급속도로 악화하여 이릉대전으로 확대된다. 그리고 조비의 제위 찬탈을 안 유비는, 다음해 221년, 군신의 추대로 촉 땅에서 한실의 황통을 계승하기 위하여 즉위하였다. 연호는 장무(章武), 국호는 한이라고 하였는데 역사상에서는 촉(蜀) 또는 촉한(蜀漢)으로 불리고 있다.

이릉대전은 유비 개인적으로는 관우와 장비의 복수전이며, 형주 문제를 둘러싼 오나라와의 갈등을 항구적으로 해결하고, 조조군을 정벌할 수 있는 안정적 교두보를 확보하려 했다는 특징이 있다. 무엇보다도 유비는 자신의 친구이자 아우이며 동지였던 관우의 죽음과 역시 혈연보다 굳게 뭉쳐진 장비의 죽음에 대해 복수하지 않는다는 것은 어쩌면 난세를 살아온 자신의 존재 가치를 스스로 상실하게 하는 것으로 생각했을 것이다.[162]

노기가 충천한 유비는 국적(國賊)은 바로 조조이며 조비(曹丕)를 토벌하는 일이 더 중요한 일이라는 조운(趙雲 : 조자룡)의 간언(諫言)도 듣지 않았다. 이

---

161) 출병에 앞서 관우는 손권에 대비하여 많은 수비 병력을 남겨두었는데 당시에 육구(陸口)를 수비하던 손권군의 사령관이었던 여몽이 중병으로 소환된다는 정보를 얻자, 수비를 위해 남겨둔 병력까지도 번성 공격에 동원했고 군량 부족 때문에 손권이 상관에 비축하고 있던 쌀까지도 무단으로 차용하였다. 손권은 관우가 없는 틈을 타 군대를 일으켜 여몽을 선봉으로 하여 어렵지 않게 남부를 점령하였다(여몽이 중병이라는 정보는 허위 정보였으며, 여몽은 한편으로 조조에게 관우 공격에 대한 밀서도 보내놓았다). 관우는 조조군(서황)의 공격을 받아, 강릉으로 철병하였는데, 철수 도중, 이미 손권이 강릉을 점령했다는 소식을 듣고 서쪽 맥성으로 달아났다. 그러나 결국 관우는 퇴로를 차단당해 아들 관평과 함께 붙잡혀 참수를 당했고, 손권은 관우의 수급을 조조에게 보냈다.

162) 이릉대전의 출병에 앞서 장비를 죽인 장달(張達)·범강(范彊)도 장비의 수급을 들고 손권에게로 달아났다.

것은 군주로서 정책적인 유연성이 부족한 것으로 암군(暗君)의 전형적인 요소이기도 하다. 왜냐하면 군주가 자신의 사적인 감정을 내세워 국가 대사를 그르친다는 것은 있어서는 안 되는 일이기 때문이다. 그러나 다른 한편으로는 자신의 정권의 힘이 이처럼 굳게 뭉쳐진 의리에서부터 온 것이기 때문에 유비는 이 전쟁을 포기할 수 없었다. 여기에 유비의 딜레마가 있었다.

이릉대전은 유비의 장점과 단점을 동시에 보여주는 전쟁이다. 유비는 아마자신이 천자로 등극하는 데까지 견마지로(犬馬之勞)를 다한 두 맹우(盟友)의 죽음에 대하여 이성적으로 접근하기 힘들었을 것이다. 유비는 부귀영화를 그들과 함께 하지 못한 것에 대하여 말할 수 없는 슬픔을 느꼈을 것이다. 이들은 자기 목숨조차 부지하기 어려운 난세를 살면서 긴 세월 동안 남들은 지키기 힘든 의리를 지켜냈다. 그 의리는 형제간의 우애 이상의 성격을 띠고 있는 것으로 묘사되어 있다. 이들이 도원결의를 실제로 했는지는 분명하지 않지만 이들은 거의 비슷한 시기에 죽는다. 관우의 죽음(219년 10월), 장비의 죽음(221년 7월), 유비의 죽음(223년 4월)에서 볼 수 있듯이 이들은 거의 1년 반 간격으로 죽음을 맞이한다. 이들의 의리와 죽음은 시대를 두고 칭송과 미덕으로 기록되었고 결국 『삼국지』라는 희대의 소설로 등장하게 되었다.

그러나 유비가 오나라의 생명선인 효정(猇亭)을 공격한 것(이릉대전)은 전략적으로는 분명히 잘못된 것이다. 『삼국지』 시대는 1강 2약, 즉 위나라는 충분히 강하여 오·촉을 합친 것 이상의 국력을 가진 상태였다. 이런 상황에서 가장 허약했던 촉이 천하삼분의 형세를 유지하기 위해서는 항상 오나라와 연합하여 조조(위)에 대항하는 구도를 가져야만 하는데, 유비는 이것을 무시한 것이다. 국적은 바로 조조이며 조비를 토벌하는 일이 더 중요한 일이라는 조운의 진언도 이 같은 견지에서 나온 말이다. 아마 한 고조 유방이었다면, 보다 이성적으로 처리했을 것이다. 그러나 유비는 두 맹우의 죽음에 대해 인간적으로 배신하기는 힘들었을 것이다. 그가 가만있는 것은 그들에 대한 배신 행위라고 느꼈을 것이다. 이것은 군주로서는 분명히 판단력이 부족한 처사였다. 물론 이 부분에서는 이견이 있다. 즉, 제갈량이 보다 중립적인 입장을 견지했으며 이

전쟁의 승리를 기대했다는 견해도 있기는 하다.[163]

그러나 이 같은 유비의 약점은 시대의 흐름에 따라 달리 평가되었다. 즉, 유비는 신의를 중시하는 사람이기 때문에 오히려 세월이 흐를수록 사람들의 동정과 지지를 받게 된 것이다. 당(唐)을 이은 송(宋)나라는 유가(儒家)의 이념인 문치(文治)를 국시로 하는 나라였기 때문에 유비에 대한 재평가와 더불어 삼국의 고사들이 널리 민간에 성행하게 되었다. 특히 이 같은 경향은 의리와 명분을 중시하는 송 주자학의 성립 이후에는 더욱 성행하였다. 신의를 중시하는 인물이 난세에서 유비만큼 성공하기도 거의 불가능하다. 약육강식의 난세에서도 유비는 유장을 연회에서 죽이고 익주를 취하라는 방통의 계책을 거부하는 모습에서 유비가 지닌 인품의 깊이를 보게 되는 것이다.

그러므로 이릉대전은 형주의 탈환이라는 명분도 있었지만, 한마디로 맹우들의 복수전이었고 이것은 결국 전략적 실패와 더불어 촉의 몰락을 촉진한 전쟁이었다. 그러나 이들 형제들이 이 전쟁을 전후로 하여 모두 죽음으로써 후세에 그들의 이야기가 길이 전해지는 원인이 되기도 하였다.

전쟁의 경과─촉군의 압박과 오군의 화공전

221년 유비는 황제로 즉위한 후, 그해 7월에 손권 토벌을 위한 동정군(東征軍)을 일으켰다. 이때 손권은 화친의 사자를 파견하고, 또한 제갈근은 친서를 써 보내어 관우의 원한은 인정하지만, 손권을 토벌하는 것보다는 천하통일이 더욱 중요함을 역설하였다. 그러나 유비는 일체 받아들이지 않았다. 이로써 이릉대전이 시작된 것이다.

유비는 먼저 오나라의 효정을 공격하였다. 당시의 촉과 오의 경계는 지금의 쓰촨성(四川省)의 무산 부근이었다. 유비의 대대적인 침공을 맞은 손권은 위와 촉에 의한 동시 양면 공격의 사태를 피하기 위하여, 일단 조비에게 항복을 청하여 오왕(吳王)으로 봉해진 다음, 촉의 침공에 대비하였다. 이 부분은 손권이 얼마

---

163) 이전원 · 이소선, 앞의 책 제2권, 73~74쪽.

이릉대전도

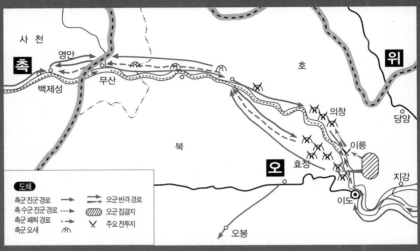

사천

촉

영안

백제성

무산

호

위

당양

의창

북

이릉

오

효정

지강

이도

오봉

도해

촉군 진군 경로 →   오군 반격 경로 ⇒

촉 수군 진군 경로 ···▸   오군 집결지 ▨

촉군 패퇴 경로 --▸   주요 전투지 ✕

촉군 요새 ⌒⌒⌒

* 출전 : 심백준 · 담량소 지음, 『삼국지 사전』, 범우사, 2000, 757쪽

나 냉정하고 침착한 사람인지를 보여주는 대목이다.

222년 유비는 세 갈래로 출병하였다. 동년 정월 촉의 수군(水軍)은 이릉으로 진공하고, 2월에는 유비의 주력군이 험한 산령을 넘어 효정으로 진주했으며, 마량을 무릉(武陵)으로 파견하여 오계(五谿)의 이민족을 회유하였다. 효정은 요해지(要害地)로서, 형주를 지키는 손권에게는 생명선이라고도 할 수 있는 요지이다. 그러나 유비군의 가장 큰 문제는 장강의 흐름을 따라서 공격하기 때문에 만에 하나라도 잘못될 경우 철군이 거의 어려운 상태가 된다.[164]

그리고 유비가 장강을 따라 줄이어 둔영을 쌓았다는 소식을 들은 조비는 "유비는 병법을 깨닫지 못하였도다"라고 군신들에게 말하여 손권의 승리를 예측하였다.

이릉대전은 이릉과 효정에 대한 유비군의 압박과 이에 따른 오군의 연속된 패전 → 오나라의 사령관 육손의 무응전(無應戰) → 육손의 화공(火攻)에 의한 촉군의 대패 등으로 진행된다.

• 유비군의 연승과 육손의 무응전

육손(陸遜)이 이끄는 오나라군은 10여 차례 연패를 거듭하여 사기가 떨어졌다. 그러나 오의 대도독(大都督) 육손은 촉군(蜀軍)이 연전연승으로 인하여 적을 경시하는 풍조가 만연해 있는 것을 간파하고, 교전을 피하고 수비를 굳히며 반격의 시기를 기다렸다.

전쟁이 교착 상태에 빠지자, 유비는 오반(吳班)에게 수천의 병력을 주어 평지에 포진시키는 한편, 골짜기에 복병을 매복시키고 오군(吳軍)을 공격하였으나 육손은 일체의 도발에 응하지 않았다.

• 육손의 화공(火攻)

226년 6월 중순, 육손은 장기전에 촉병의 피로가 더해가고 사기도 떨어졌다

---

164) 황권(黃權)은 이 점을 미리 알고 스스로 선봉을 맡을 것을 자청하였으나 결전을 서두르는 유비는 받아들이지 않았다. 유비는 황권을 진북장군으로 임명하여 위의 침공에 대비하도록 하였다.

고 판단, 공격을 시도했으나 도리어 패퇴하였지만, 촉군을 격파할 계책을 찾아냈다. 유비군이 연강 백리에 전함을 띄우고 계곡과 산림이 무성한 고지대에 40여 채의 영채를 세운 것을 파악한 육손은 마침내 화공(火攻)으로 총공격하여 촉의 40여 개의 둔영을 대파하였다. 유비는 마안산에서 군의 재정비를 꾀하였으나 사방에서 달려드는 오군의 맹공에 궤멸되었다. 유비조차도 야음을 타고 간신히 탈출하여 백제성으로 피신하였고, 촉병의 시체는 강을 메우고 흘러내렸다. 이리하여 이릉대전은 촉군의 대패로 끝났다.

손권은 백제의 유비를 더 이상 공격하지 않고 위의 남하에 대비하여 군을 철수하였다. 손권은 이릉대전에서 이긴 자신감을 바탕으로 7년 후인 229년 정식으로 제위에 오르기에 이르렀다. 유비는 이릉대전 후 병을 얻고 심통까지 겹쳐, 223년 2월 성도에서 제갈량을 불러들여 후사를 부탁하고 생을 마감하였다.

전쟁의 결과―삼국의 교착 상태 강화

황제에 오르고 난 후 승승장구하던 유비의 기세는 이릉대전의 패배로 꺾이게 되었다. 이릉대전의 패전 이후 국력 손실이 심하여 촉은 제대로 성장하지 못했다. 즉, 유비는 제위에 오른 다음 해(222), 오(吳)를 친정하였으나 대패하고 백제성에 머물러 사망하였다(223). 그리고 이것은 역으로 촉의 실력이 오나라조차 격파하기 힘들 만큼 미약했다는 것을 보여준다. 이릉대전 이후 삼국은 더욱 교착 상태에 빠졌으며 제갈량은 상당한 기간 동안 정비에 힘을 쏟아 통일전쟁에 나서게 된다.

3. 제갈량·사마의 전략 비교 분석

제갈량은 자타가 공인하는 『삼국지』 최고의 전략가로 알려져 있다. 그러나 사마의가 제갈량을 상대로 전쟁을 승리로 이끌어간 것은 위나라의 힘이 촉

(蜀)이 상대하기에는 워낙 강성했기 때문이기도 하지만, 사마의가 여러 가지 점에서 제갈량을 능가하는 요소가 있음을 의미하는 것이기도 하다.

위나라와의 전쟁을 가장 허약한 촉나라 혼자만 도모했는가 하는 문제도 깊이 고려해보아야 한다. 위나라는 반드시 오나라와 함께 공략해야 하는데, 오나라의 손권이 수성(守成)의 인물이라 연합이 쉽지는 않았을 것이고, 인재가 워낙 부족했던 촉의 입장에서 제갈량이 생전에 위(魏)의 정벌을 도모하지 않으면 아마도 서서히 세력이 약화되어 과거의 익주 수준으로 전락할 수밖에 없었기 때문으로 보인다. 사정이 그렇게 되면, 제갈량은 한나라의 승상(丞相)이 아니라 익주(益州)의 자사(刺史)나 별가(別駕) 정도로 격하되는 것이다.

제갈량의 기본전략과 사마의의 대응

제갈량은 위(魏)의 정벌 채비를 마친 후[165] 유명한 출사표를 올린다.[166] 서기 227년, 제갈량은 드디어 성도(成都 : 촉의 수도)에서 촉의 대군을 이끌고 북벌의 길에 오르는데 이미 촉은 형주라는 전략상 요충지를 잃은 상태였다. 그리고 촉은 지형상으로는 천연 요새이지만, 다른 지방을 공격하기도 매우 어려운 특성을 가지고 있었다. 특히 보급로 문제가 항상 발생하였다.

제갈량은 위를 정벌하기 위해서는 형주와 익주에서 북상하여 위를 서·남

---

165) 유비가 죽은 후, 제갈량은 한편으로는 유선을 보좌하면서, 다른 한편으로는 중원을 회복하고 한실을 부흥하기 위하여 지속적으로 준비하였다. 준비는 주로 오나라와의 관계 회복과 운남 지역의 후방을 평안하게 하는 것이었다. 오나라도 궁극적으로는 위에 대항해야만 하므로 손권은 이릉대전 후 촉에 화평의 사신을 보내고, 촉도 이에 응하여 교섭을 진행하고 있었다. 제갈량은 등지(鄧芝)를 기용하여, 대담 솔직한 변설로 오나라와 관계 회복에 성공하였다. 그리고 225년 운남(雲南)에서 반란이 일어나 제갈량은 이를 평정하기 위하여 몸소 군을 이끌고 이를 진압하였다(이때 적장인 맹획을 일곱 번이나 잡아서는 놓아주어 끝내는 마음으로써 복종시켰다는 고사가 있다). 이어서 제갈량은 군비 확충에 진력하였고, 위나라에서는 조비가 죽고 태자인 조예가 즉위(226)했다. 그 다음해 227년 병력을 축적한 제갈량은 출사표를 올린다.

166) 제갈량은 출사표에서 나라를 건국했다고는 하지만 아직까지는 안정된 상태는 아니고 천하 삼분(三分)으로 익주는 궁극적으로 위나라의 침공을 방어해야 하므로 이것은 위급존망지추(危急存亡之秋)라고 촉의 형세를 분석하였다. 제갈량은 천하의 통일이 바로 선제 유비의 유명(遺命)이고, 북으로 중원을 평정하고 한실을 부흥하는 것은 제갈량에게 부여된 일생 일대 사명임을 분명히 하였다.

방에서 각각 협공하는 작전을 지론으로 삼고 있었다. 따라서 제갈량은 원래 촉의 부장으로 위에 투항해 있던 신성(新城 : 湖北省 房縣) 태수 맹달(孟達)을 포섭하여야 했는데, 사마의가 이를 알아차리고 완(宛)에서 신성을 급습하여 맹달을 치는 바람에 원래의 계획이 수포로 돌아가고 말았다(제갈량 1차 결정적 패배).

제갈량은 전선기지로 한중에 주둔하였다. 제갈량은 제1차 북벌(228년 봄)에서는 양동작전(陽動作戰)으로 기산(祁山 : 위수 상류)을 공격하여 남안·천수·안정의 3군이 위(魏)에 반기를 들어 위협했으나, 가정(街亭 : 甘肅省 天水의 동남쪽)으로 진출한 선봉장 마속이 군율을 어기고 위의 총공격에 대패하고 철수하였다(제갈량 2차 결정적 패배).[167]

전쟁이 지구전 양상으로 전개되면서 일진일퇴(一進一退)를 거듭한 후,[168] 231년 제갈량은 다시 기산으로 진격하여 사마의의 군과 대치하게 되었다. 사마의는 제갈량의 의도와는 달리 수비 태세만을 견지하였다. 결국 제갈량은 보급 문제로 철수하였다.[169]

그로부터 3년이 지난 서기 234년 봄, 제갈량은 오장원에 포진하여 사마의가 이끄는 군과 대치하였다. 제갈량은 '유마(流馬)'라는 수레를 고안하여 보급을 신속히 하고 둔전(屯田)을 행함으로써 장기전에 대비하기도 했지만, 사마의는 제갈량의 어떤 자극에도 불구하고 일체의 응전을 거부하고 지구전 태세를 취하였다. 이윽고 아무런 동정 없이 100여 일이 경과한 234년 8월, 제갈량

---

167) 이 싸움은 맹달 포섭의 실패와 더불어 결정적인 패전이었다. 마속은 제갈량의 명령을 어기고 산상에 포진하여 장합의 군에게 포위되어 화공으로 전멸하였다. 원래 제갈량은 친구의 동생이자 재능이 뛰어난 마속을 사랑하였지만 읍참마속(泣斬馬謖 : 울며 마속을 참함)하는 동시에 자신도 관위를 삼등 낮추어서 그에 대한 책임을 졌다. 이전에 유비는 마속이 중용할 만한 그릇이 아님을 제갈량에게 유언한 바 있다.

168) 228년 겨울에는 산관(散關 : 陝西省의 寶鷄 서남쪽)으로 진군하여 진창(陳倉)을 포위하였는데 군량이 떨어져 철군하고, 229년에는 무도·음평의 두 군을 평정하였다. 이에 대하여 위(魏)도 230년 촉에 토벌군을 보냈으나 장마비 때문에 철군하였다.

169) 이때 제갈량은 '목우(木牛)'라는 물자 운반 수레를 고안하여 보급품의 수송을 원활하게 하고 있었는데 후방의 이엄(李嚴)이 임무에 태만했던 탓으로 지구전으로 가는 사마의를 앞에 두고 부득이 철군하였지만, 적장 장합을 사살하는 전과를 올렸다.

은 진중에서 54세로 세상을 떠났다.

누가 후세에 귀감이 되는가

제갈량과 사마의를 비교 평가하기란 매우 어렵다. 그러나 제갈량의 전략
에 넘어가지 않은 사마의의 전략적인 성공이 보다 결정적인 승전의 원인이
라고 보아야 할 것이다. 실전에 능한 제갈량의 계책에 대하여 응전하지 않은
것은 사마의가 그만큼 우수한 전략가였기 때문이다. 사마의의 입장에서는
응전을 하지 않더라도 위나라의 국력이나 장비·보급 능력이 월등하기 때문
에 장기전을 치르기 힘든 제갈량의 공격에 응전할 필요가 없다고 생각한 것
이다. 이러한 사마의의 전략을 위 황제가 그대로 수용하고 사마의가 마음 편
하게 전쟁을 수행하게 한 것이 주효했다. 즉, 그 정점에는 사마의가 있지만,
사마의의 승리는 위나라 최고 지도부 전체의 업적이라는 의미로 해석할 수
있다.

전쟁은 워낙 '국가지대사(國家之大事)' 이기 때문에 감정적으로 누가 누구
를 싸워 이기는가는 중요한 문제가 아니다. 누가 그 전쟁에서 적을 물리치고 원
상을 회복하는가에 전쟁의 승패가 달려 있는 것이다. 전쟁은 반드시 그 결과로
말하는 것이다. 이 점에서 사마의를 궁극적인 승리자로 보아야 한다. 결국 사마
의는 위나라의 풍부한 재정을 바탕으로 촉의 침입을 격퇴한 것이다. 물론 사마
의가 전쟁을 회피하고 촉군과 교전을 거부한 것이라든가 "죽은 공명, 산 중달을
달아나게 하다(死諸葛走生仲達)"[170]라는 식의 제갈량의 우위를 보여주는 예
는 많지만, 결국 승리는 위나라의 사마의에게로 돌아간 것이다.[171]

---

170) 이것은 사실이 아니라고 한다. 다만 정사의 기술로는 제갈량 사후 대장인 강유와 양의는 고인
의 분부대로 죽음을 공표하지 않았으며, 전군을 침착하게 후퇴시켰고, 사마의는 추격을 하다
가 군사를 수습하여 물러났지만, 그것은 세심하고 신중한 사마의의 성격 탓이라고 한다. 이전
원·이소선, 앞의 책 제2권, 246쪽.
171) 제갈량이 죽은 후, 촉은 장완·비위·강유 등에 의하여 유지되어갔다. 제갈량의 후계자였던
강유는 적극적으로 위에 침공하였으나 그만큼의 국력을 소모하여, 263년 위의 대공세를 받은
후, 유선은 마침내 위에 항복하였다.

제갈량과 사마의를 비교할 때 단순히 전략적인 문제로만 파악하면 곤란하다. 기본적으로 촉나라의 국력이 위나라의 5분의 1 또는 10분의 1에도 미치지 못하는 상황에서 이 두 나라를 단순 비교한다는 것은 무의미하기 때문이다. 따라서 제갈량과 사마의의 비교는 시대적인 가치관을 기준으로 다시 검토해야 한다. 문제는 이 둘 가운데 누가 명예로운 이름을 후세에 남기고 후세인들에게 사표(師表)가 되었는가 하는 점이다.

결론적으로 말한다면 사마의는 군권을 장악한 후 그 아들 대에서 전권을 휘두르고 황위를 찬탈하였다는 면에서 후세인들의 비난을 면하기는 어렵다. 촉에서 제갈량의 권한은 사마의의 권력과 비교할 수 없을 정도로 막강하였다. 제갈량이 마음만 먹으면 황위(皇位)에 오르는 것은 여반장(如反掌)이었다. 그러나 제갈량은 한 번도 제위를 넘본 적도 없고 자신의 지위를 이용하여 재산을 축적한 일도 없으며 자기 아들을 의도적으로 출세시킨 적도 없다. 제갈량은 중국인들의 이상이었던 '주공(周公)의 도(道)'를 가장 충실히 이행하려 했던 사람이다. 이런 점에서 볼 때 사마의는 탁월한 전략가라는 점을 제외하면 그저 '평범한 사내'에 불과할 뿐이다.

사마의는 제갈량의 군대가 장안을 침범하지 못하도록 한 자신의 업적을 통하여 군권을 장악하고 위나라의 실권을 수중에 넣었다. 결국 아들 사마사(司馬師)·사마소가 정치·군사의 대권을 장악, 서기 265년 사마소의 뒤를 이은 사마염이 진(晉) 왕조를 열었다.[172] 이 점이 제갈량과 사마의가 전혀 다른 인물임을 보여주는 것이다. 군권을 장악한 것이 바로 정권의 장악으로 연결되어 새로운 왕조를 창업한 것은 그 시대의 도덕 관념으로는 맞지 않고, 그것은 오늘날도 마찬가지다.

이런 점에서 제갈량이 위대한 정치가라고 한다면, 사마의는 군사 전문가요 전쟁 기술자이다. 따라서 사마의를 제갈량에 비교한다는 것은 제갈량에 대한

---

172) 여기서 말하는 진(晉)나라는 사마의의 손자인 사마염이 건국한 나라로 전국시대를 통일했던 진시황의 진(秦)나라가 아니니 혼동하지 말아야 한다. 그리고 춘추전국시대의 진(陳)나라와도 구분된다.

모독일 수도 있다. 왜냐하면, 후세 사람들이 제갈량을 위대하게 여기는 이유는 제갈량이 유가에서 가장 이상적인 인물로 보는 주공의 도와 요순(堯舜)의 도를 고루 갖춘 인물이기 때문이다. 실력이 있는 자가 모두 천하를 희롱하면, 사실 천하는 조용할 날이 없을 것이다. 우리 모두가 조조 · 유비 · 제갈량과 같은 사람이 될 수는 없을 것이다. 그러나 그들과 같은 사람을 지도자로 뽑을 수 있는 정신을 가지고 있으면 되는 것이다. 그것이 천하를 안정되고 평화롭게 하는 방법이다.

만약 촉이 천하를 통일했다면 천하가 그만큼 시끄러워지지는 않았을 것이다. 사마염이 건국한 진은 오래지 않아 골육상쟁이 일어나 중국을 피폐하게 만들고 역사상 유례 없는 혼란의 상황으로 몰아넣게 된다는 점을 염두에 두어야 한다.

4. 전쟁이론과 기업전략

산업사회에서 전쟁이론과 함께 고찰해야 할 것으로 기업간의 경영전략이 있다. 현대 산업사회에는 『삼국지』에서처럼 실제 군사전도 있지만 전쟁을 방불케 하는 경영전략의 싸움도 치열하기 때문이다. 그리고 실제로 전쟁이론은 기업전략에 많이 이용될 수 있다. 현대 군사전의 경우에는 기술 압박 요인이 워낙 크므로 『삼국지』에서 보이는 전쟁이론들이 적용되는 데 한계가 있지만 기업 경영전략에는 매우 유용한 측면이 많이 나타난다.

기업전략은 기업이 사업과 시장이 복수로 존재하는 기업 환경하에서 기업 가치의 창출을 목표로 하여 대(對)산업별로 조정작업을 행하는 과정이다. 쉽게 말해서 기업의 가치를 높여서 미래에도 생존할 수 있도록 기업 경영을 해가는 방법을 의미한다. 기업에서 기업전략에 대해 심혈을 기울이는 가장 큰 이유는 기업의 가치를 높이기 위해서이다. 기업이 미래에도 생존하기 위해서는 현재에 적응은 물론이고 기업의 가치를 지속적으로 높여야 하기 때문이다.[173] 이것은 마치 나

라를 건국하고 다른 나라와의 경쟁에서 이기기 위한『삼국지』주인공들의 행위와
별반 다르지 않다.

전쟁이론이 가진 한계 중의 하나가 불명확성이라고 제시하였는데, 기업전
략도 다른 이론들처럼 일정한 형태를 가지거나 일반이론으로 존재하는 것은
아니다. 실제로 기업을 성공적으로 이끌어가는 것에 왕도란 존재할 수 없다.
중요한 것은 경제적으로 누가 성공하는가에 달려 있지 절대적으로 옳은 이론
이 존재하는 것은 아니다.

전쟁이론과 기업전략 분석의 요소들

전쟁이론에서 전쟁 수행에는 국가적 자원을 총동원하여야 한다고 하였다.
여기서 말하는 국가의 자원이란 국토, 자원, 인구, 군사력, 전쟁 과학의 수준,
경제력, 대외 교섭력 등을 들 수 있다. 그리고 손자는 전쟁의 승패를 판정할 수
있는 기준으로 통치자의 자질과 유능성, 군 지휘관의 자질과 유능성, 기후 및
지리 환경적 조건의 유리성, 군 조직과 군대 규율, 병력의 수와 공격력, 군병력
의 훈련 정도, 평가의 공정성(신상필벌) 등을 지적하였다.

전쟁을 성공적으로 수행하는 것은 기업을 성공적으로 유지하는 것과 유사
하다. 기업전략은 회사가 현재 보유하고 있는 자원, 사업, 조직 · 구조 · 체제
를 토대로 향후의 사업전망을 타진하여 기업을 다각화하거나 전문화함으로써
기업가치를 높일 수 있다. 이것을 보다 구체적으로 살펴보자.

기업전략에서는 전쟁 이론과 같이 양이나 수량적 계산으로만 파악하기 힘
든 보다 중요한 정성적(定性的)인 요소가 있다. 전쟁이론에서도 정신력의 중

---

173) 기업전략과 유사한 개념으로 경영전략을 들 수 있다. 경영전략이란 기업의 장기적인 경영전략
목표를 수립하고 이를 달성하기 위한 방법과 경로를 결정하며, 여기에 소요되는 자원을 합리
적으로 배분 · 투입하는 일련의 의사결정 과정을 말한다. 즉, 경영전략이란 기업의 경영전략의
목표달성을 위한 의사결정의 규칙 혹은 지침을 말하는 것으로 기능전략, 사업전략, 기업전략
으로 세분할 수 있으며, 범위가 넓은 이론이라고 할 수 있다. 그 동안의 경영전략은 주로 사업
전략(business strategy)에 국한되어왔지만 최근 기업경영의 환경 변화가 극심하여 보다 큰
기업전략에 대한 연구가 필요한 시점이다.

요성을 강조했는데 기업들도 마찬가지로 사원들에게 장기적인 전망이나 목표를 심어줄 필요가 있다. 이 같은 행위는 회사 구성원들에게 일체감을 키우는 데 매우 효과적이다. 예를 들면 『삼국지』에서 유비는 한실중흥(漢室中興)이라는 대의명분이 있었기 때문에 제갈량이나 방통과 같은 천하의 대재(大才)들을 영입할 수 있었던 것이다.

기업전략의 첫 번째로 중요한 요소는 자원이다. 기업간의 전쟁에서 이기려면 무엇보다도 자기 회사가 가지고 있는 자원을 정확하게 알아야 할 것이다. 즉, 나를 알고 적을 알면 백 번 싸워도 백 번 이긴다는 말이다. 자원은 다시 기업이 가진 자산, 기업이 가진 기술적인 측면 및 기업 역량으로 나눌 수 있다. [174]

예를 들면 『삼국지』에서 인적 자산(참모의 수와 질, 장수의 수와 질)과 물적 자산(경제력) 및 정치적 자산(대외 교섭 능력)이 대세를 좌우하는 것이다. 원소나 조조가 천하의 강자가 된 이유도 바로 이 같은 자산과 역량이 강했기 때문이다. 다만 원소는 물적 자산은 강한 반면 정치적 자산이 약했고 인적 자산에 대한 관리 능력이 조조에 뒤떨어졌기 때문에 패배하고 말았던 것이다. 기업도 마찬가지다. 자산이 풍부하더라도 그것을 관리할 수 있는 능력이 없으면 경쟁에서 이길 수가 없다.

기업전략의 두 번째로 중요한 요소는 현재 경영하는 사업이다. 이것은 전쟁으로 말하자면 현재 운영하고 있는 부대의 종류를 말한다. 현재 필요한 전략이나 전술목표에 따라 전투(戰鬪) · 공병(工兵) · 병참(兵站) · 예비(豫備) · 군의(軍醫) · 휼병(恤兵) 등으로 편성되어 있는 부대가 예가 될 수 있다. 따라서 우리가 기병이 없는데 적의 기병이 우리를 공격하면 치명적이듯이 우리가 운영하고 있지 않는 사업 부문으로 우리 회사를 공격하게 되면 상당한 난관에 처한다.

그러나 그렇다고 모든 종류의 사업을 유지하려면 많은 비용이 따르므로 이에 대한 적절한 배분이 필요하다. 따라서 최고경영자나 국가 원수는 이 점

---

174) Collis & Montgometry, *Corporate Strategy*, Irwin, 1999.

에 대하여 폭넓은 지식과 경험을 갖추어야 경쟁에서 이길 수 있다. 『삼국지』에 보이는 병종(兵種)으로는 주로 보병·기병·수군(水軍)이 있는데 적벽대전이 패배한 것도 조조가 수군에 대한 운영 능력이 없었던 것이 한 원인이 되었다.

기업전략의 세 번째로 중요한 요소는 현재 유지되고 있는 회사의 조직·구조·체제이다. 쉽게 말해서 회사의 운영체제를 말하는 것이다. 회사는 그 구성원 한두 사람이 빠지더라도 '항상성'을 유지할 수 있어야 하는데 그것을 보장해주는 것이 바로 운영체제이다. 그런데 이 운영체제란 시대에 따라 다양하게 변화하고 있다.

예를 들면 조직도 수직적 계층적인 형태에서 최근에는 수평적인 팀의 형태로[175] 바뀌고 있다. 생산라인도 과거에는 단일품종 대량생산 방식인 포드 시스템에서 다품종 소량생산인 신 수공업체제의 형태로 변환되어왔다.

그리고 위에서 말하는 시스템은 엄밀하게 공식적 절차나 규율을 의미하고, 이 시스템 말고도 '프로세스'라는 개념이 있다. 이 프로세스란 비공식적 절차나 규율을 의미한다. 『삼국지』의 무대가 되는 중국이나 우리나라, 남부 유럽(이탈리아·에스파냐·프랑스)은 비공식적 절차가 오히려 더 중요하다. 예를 들면 이탈리아나 프랑스에서 사업을 하려면 개인적인 친분을 많이 쌓아서 그 인맥을 바탕으로 해야 한다는 것이다. 우리나라의 경우도 이 같은 현상은 매우 심각할 정도다. 이들 지역에서 기업을 운영하는 것이나 전쟁을 하는 것이나 나타나는 행태는 별로 다르지 않다.

『삼국지』에도 이 같은 요소는 매우 많이 나타나고 있다. 예를 들면, 개인적인 친분을 통하여 쌍방이 전략을 구사하는데 그것에 따라 전쟁의 승패가

---

175) 팀제는 개인의 능력과 자율성을 극대화하면서 조직의 유연성과 환경적응력을 확보하기 위한 운영방식으로 삼성물산이 우리나라에 처음 도입하였다(1977). 그 동안 주춤하다가 1990년대 이후 대우, 포철, LG 등 대기업을 중심으로 팀제 도입이 활성화되어 한국 1000대 기업의 76%가 팀제로의 변경을 시도한 것으로 나타났지만 이들 기업의 80%가 수직계층조직을 그대로 둔 채 명칭만 바꾼 것으로 실제적인 팀제로의 전환은 이루어지고 있지 못한 것이 현실이다(한국경영자총협회, 『99년판 인사임금사례총람』, 1999, 19쪽).

판가름나기도 하는 것이다. 진등(陳登)이 양봉(楊奉)을 찾아가 설득하여 원술군을 분열시킨 것이나 관도대전에서 허유(許攸)가 친구인 조조에게 투항하여 원소군을 격파한 것이나 적벽대전에서 황개(黃蓋)가 조조에게 편지를 보내어 거짓으로 투항함으로써 전세를 바꿔놓은 것도 모두 비공식적인 절차에 의한 것이다. 물론『삼국지』에는 서황(徐晃)과 같이 공과 사를 분명히 구별하는 사람이 있기도 하다.[176] 그러나 전반적으로 인맥을 최대한 활용하고 있다.

그런데 영국인이나 미국인들은 공과 사를 분명히 구별한다. 다시 말해서 영국인이나 미국인들은 '프로세스' 보다 시스템을 중요시한다는 말이다. 예를 들면 미국의 남북전쟁 당시 그랜트 장군(북군)은 전쟁 중에 적군(남군) 장군인 친구가 아이를 낳았다는 소식을 듣고 잠시 휴전한 상태에서 적진(남군 진영)으로 들어가 친구에게 축하 선물을 전하고 돌아와 다시 전쟁을 하기도 하였다.

전쟁이론과 기업전략의 전반적 조망

기업경영이 전략적인 차원에서 본격화된 것은 1970년대 BCG 매트릭스의 등장부터라고 할 수 있다.[177] 기업도 전략적인 차원에서 운영하려면 현재 회사가 가지고 있는 각 사업들을 평가하고 장기적인 전망을 예측하여 사업 단위를 변경시켜야 한다. 즉, 장사가 안 되는 것은 없애고 앞으로 장사가 잘될 만한 부문을 집중 육성하는 것이 상식일 것이다. 그런데 아무리 앞으로 인터넷 비즈니스가 잘된다 해도 현재 그것을 해낼 수 있는 자원이나 조직이 없다면 비용문제

---

176) 진수의『삼국지』「촉서(蜀書)」'관우전(關羽傳)'에 따르면, 관우(촉의 용장)와 서황(위의 용장)은 과거부터 서로 존경하고 아꼈으므로 먼 거리에서 서로 대치할 때라도 가급적 군사적인 일은 피하여 서로 대화하곤 하였다. 어느 날 서황은 말에서 내려 병사들에게 "관운장의 머리를 얻어 오는 자에게 상금으로 천 근을 주겠다"라고 하였다. 이 말을 들은 관우가 깜짝 놀라 "대형(大兄) 그것이 무슨 말씀이십니까?"라고 묻자 서황이 대답하기를 "이것은 사적인 문제가 아니라 나라의 일입니다"라고 하였다.
177) 여기서 BCG란 보스턴 컨설팅 그룹(Boston Consulting Group)의 약자이다.

가 발생하므로 기존의 사업을 없애고 인터넷 비즈니스로 전환하기는 매우 어렵다. 이 같은 결정을 어떤 방식으로 하는가 하는 문제는 기업의 운영자라면 누구나 당면하게 된다.

1960년대 기업의 총수들은 사업의 상호 관련성을 줄이면서 적절하게 나누어 투자·운영한다면 경기 변동에도 쉽게 대처할 수 있고 기업의 가치를 안정적으로 유지할 수 있을 것이라고 생각하였다. 이것을 어려운 말로는 '순환적인 최적 포트폴리오(optimal portfolio)[178]의 구성'이라고 한다. 즉, 경기 변동에 유연하게 대처하기 위해 자본을 나누어 투자하여 다각화한다는 것이다. 예를 들면 장사를 할 때 건설회사와 갈비집을 동시에 운영한다는 것이다. 건설회사는 현금이 빨리 돌지는 않지만 수익이 큰 사업이고, 갈비집은 큰 수익은 없지만 현금이 빨리 돌아가므로 이 두 사업은 상호보완 관계에 있는 것이다. 따라서 이 두 가지를 동시에 운영하면 안정적으로 전체 기업의 가치를 유지할 수 있다는 것이다.

1970년대 초반 미국 보스턴 경영자문회사는 기업의 다각화 전략을 보다 잘 추진할 수 있도록 BCG 매트릭스를 개발하였는데, 이것은 사업 부서간 자원 배분의 문제를 합리적으로 해결하는 데 유용하다.[179] 제품의 포트폴리오 매트릭스를 나타낸 표를 비시지 매트릭스(BCG Matrix)라고 한다

즉, 내가 회사를 경영하고 있다면 그 업종에 따라서 현재 잘되고 있고 앞으

---

178) 현대 경영이나 사회적으로 포트폴리오(portfolio)라는 말이 자주 쓰이고 있는데 이 말의 원뜻은 '자료 수집철'이다. 그러나 최근에 사용되는 포트폴리오 관리(portfolio management)란 주로 주식투자에서 많이 사용되는 말로서 다수의 종목에 분산 투자함으로써 위험을 회피하고 투자수익을 극대화하는 것을 말한다. 그런데 기업전략에서 포트폴리오 계획(portfolio planning)이란 기업의 가치를 극대화하기 위하여 한정된 투자를 다양하게 하는 전략이나 계획을 의미하는 뜻으로 전용되어 사용되고 있다.

179) BCG 매트릭스는 제품별로 수직축은 시장의 수요 성장률을, 수평축은 상대적 시장점유율(특정 기업 시장점유율÷시장 선도 기업의 시장점유율)을 나타내어 분석하는 방법이다. 상대적 시장점유율은 업계에서의 경쟁적 지위를 나타내고 시장 성장률은 시장의 유망성을 나타낸다. 쉽게 말해서 시장점유율은 우리 회사와 경쟁중인 기업들과 비교하여 우리 회사가 어느 정도 시장을 점유하고 있는가를 말하고 시장의 유망성이란 이 제품의 시장이 장기적으로 얼마나 비전이 있고 앞으로도 잘 팔릴 수 있는가를 말하는 것이다.

[BCG 매트릭스]

[포터의 산업구조 경쟁 유발 요인]

로도 잘될 수 있는 것(고성장 업종), 향후에 큰 비전은 없지만 돈벌이가 잘되는 것(고수익 업종), 지금은 잘 안 되지만 앞으로는 잘될 수 있는 것(문제 업종), 이제는 더 이상 비전도 없고 수익성도 없는 것(사양 업종) 등으로 분류하여 전략을 짜라는 것이다.[180]

1980년대 포터(Michael Porter)는 본원적 전략, 즉 어떤 경우라도 수익을 보증할 수 있는 기업전략으로 원가 우위전략(타사보다 싸게 공급)과 제품 차별화 전략를 제기하였다. 즉 제품을 확실히 차별화하거나 원가를 낮추게 되면 다른 기업과의 어떤 영업 전쟁에서도 이길 수 있다는 것이다. 포터는 산업의 경쟁 정도와 산업의 이익에 영향을 주는 요인들을 공급자(공급자의 교섭력), 구매자 (구매자의 교섭력), 잠재적 진출기업(새로운 진출기업의 위협 : 진입장벽), 대체품, 기존 기업간의 경쟁 등으로 분류하고 있다.[181]

1990년대에는 기업전략이 그 동안 주로 구조와 성과에 관심을 가졌던 점에 반성하고 어떤 기업이 우월한 경영 결과를 만든 원천은 무엇인가를 분석하는 것에 초점을 맞추어 그 핵심 역량을 가진 인자를 찾는 작업에 몰두하였다. 쉽게 말해서 우리 기업은 과연 무엇을 가장 잘하며 그것을 유지하는 핵심적인 기술과 원천은 무엇인가를 찾아내는 데 집중하였다는 말이다.

이상의 기업전략적 요소는 해석하기에 따라서 전쟁이론 또는 대권이론과 매우 유사하다. 특히 포터의 분석 기법은 『삼국지』를 분석하는 데도 유용하다. 위의 이론을 좀더 응용하면 공급자의 교섭력이란 정치적 명분을 주도할 수 있는 영향력을 말하는 것이고, 구매자의 교섭력이란 정치적 복종을 하는 정도를 의미하며, 잠재적 진출기업이란 잠재적으로 적이 될 가능성이 있는 대권주자 를 말하고, 대체품이란 자기와 정치적 소신이 비슷한 다른 사람을 말하며, 기존 기업간의 경쟁은 대권주자들간의 경합을 의미한다.

『삼국지』로 돌아가서 예를 들면 제후 연합군에 참여한 조조의 경우, 잠재적인 라이벌은 여포·원소·유비·손권 등으로 나타날 것이고, 원소가 잠재적 라이벌 에서 경쟁 상대가 되었을 때, 유비나 손권이 잠재적 라이벌로 등장한다고 보면 된 다. 유비는 대(對)국민 정치력이 가장 뛰어났던 사람이라고 볼 수 있는 반면, 조조는 뛰어난 정책들을 제시함으로써 국민들의 복종 정도가 가장 높았던 정치

---

180) 이것을 경영학의 용어로 바꾸어보면 BCG 매트릭스와 같이 된다. 구체적으로 고성장 업종은 성장률(앞으로 시장이 클 수 있는 정도)과 점유율(시장에서 자사의 제품이 차지하고 있는 비율)이 모두 높은 업종, 고수익 업종은 성장률은 낮지만 수익성이 높아 기업 자금의 젖줄 노릇 (cash cow)을 한다. 문제 업종이란 성장률은 높지만 점유율이 낮기 때문에 불확실한 상태의 사업부이다. 사양 업종은 장래성도 없고 유동자금을 기업에 공급할 능력도 없으므로 이제 이 사업을 점진적으로 없애거나 최소화해야 한다.

181) Michael Porter, *Competitive Strategy*, Macmillan, 1980.

인이라고 볼 수 있다. 따라서 정치 부문에서의 대국민 정치력(정치 공급자의 교섭력), 국민들의 복종 정도(구매자의 교섭력), 잠재적 라이벌(잠재적 진출기업), 대체할 수 있는 다른 정치인(대체품), 대권주자들 간의 경쟁(기존 기업간의 경쟁) 등에서 유연하게 대처하여 경쟁에서 성공하면 대권을 장악하게 되는 것이다.

현대 기업 경영시스템의 변화

현대는 기술적으로 변화가 매우 빠르기 때문에 과거의 기업 경영시스템이 급격히 변화하고 있다. 이러한 경향을 살펴보는 것도 의미있는 일일 것이다. 기업에 있어서 최근의 인사 · 임금제도의 동향을 살펴보도록 하자.

1990년대만 해도 기업들은 조직의 효율성을 달성하기 위해 규모 · 역할의 명료성 · 전문화 · 통제의 중요성 등을 강조하였다. 그러나 기업 환경의 변화와 기술의 발달로 조직 효과성을 추구하는 속도 · 유연성 · 통합 · 혁신이 보다 중요한 과제가 되었다. 이에 따라 이미 지적한 바와 같이 기능중심의 계층별 조직에서 창의성을 중시하는 수평적 조직으로 바뀌고 있다.

1980년대 미국은 이중 적자(赤字), 즉 무역적자와 재정적자에 시달리며 쇠퇴 일로를 걷고 있었다. 이 시기에 미국을 살리기 위한 온갖 노력들이 경주되었고 각종 경영이론들이 꽃피게 되었다. 당시 미국은 생산 조직의 근본적인 혁신으로 경쟁력을 회복하려고 시도하였다. 이 혁신의 패러다임을 고능률 체제(High Performance Production System)라고 하는데 고능률 체제하에서는 기업의 관리조직 · 생산조직 · 인적 자원관리 방식이 근본적으로 변화하게 된다. 이 혁신의 핵심은 생산에서 인적 자원의 역할을 가장 중요하게 보고 이를 극대화하기 위해 관리방식과 조직을 전면적으로 수정해나간다는 데 있다.

우리나라의 경우도 'IMF 위기'라는 국가적인 위기에 대응하여 경영환경이 변화하면서 재벌 해체와 경영위기가 가속화되는 상황에서 기업들도 인적자원 관리 분야에 커다란 변화가 일어났다. 구체적으로 팀제 · 다운사이징 · 아웃소싱 · 리스트럭처링 등의 조직 변화와 신인사제도, 연봉제, 근로 시간 및 근로 형태의 변화, 다양한 고용 조정 방식의 도입 등의 인적 자원 관리의 변화가

광범위하게 나타났다. 변화의 시대에서 가장 중요한 덕목은 생존이라고 할
수 있다. 변화의 시대에 변화를 거부하는 것은 기업의 생존을 보장받기 어렵
다. 어느 나라나 초우량 기업의 공통적인 특징은 경영 혁신을 통하여 자기 변
신을 지속적으로 달성하고 있다는 점이다. 다음의 표는 시기별로 나타났던
경영 혁신의 기법들이다.

[경영혁신 기법의 변화]

시대 구분	경영혁신 기법
1960~70년대	전략적 사업단위조직, 제품 포트폴리오 매트릭스
1980년대	재무구조 조정, 전사적 품질관리(TQM), 적시적 생산시스템(JIT), 경쟁전략, 정보화
1990년대	벤치마킹, 다운사이징, 비전 제시, BPR, 구조조정

이러한 세계적인 추세에 발맞춰 우리나라의 경우를 살펴보면 다음의 표로
정리할 수 있다.

[1980년 이후 한국 기업의 인사노무 관리 변화]

연 도	주 요 과 제	인사 노무관리의 주안점과 변화 내용
1980~82	경제불황 극복을 위한 생산성 향상	인사제도의 개선 모색 종업원 제안제도 감량경영, 생산성향상 운동, 품질관리 운동
1982~86	경제회복과 사무 자동화에 따른 인사관리의 변화	임금관리제도 모색 인사적체 개선과 직급별 정년제 도입 교육훈련 강화, 여성인력 채용 증가 주 5일 근무, 플랙스 타임 근무제도 도입
1987~90	노사분규 방지와 인건비 절약	인사노무관리 전담부서 설치와 전문화 사무직과 생산직 임금 격차의 해소 승진 · 승급제도 및 근로조건의 개선 각종 수당 신설과 복리후생의 확대

1991~92	노사관계 안정화 국제경쟁력 강화	임금제도 개선 : 직능급 도입, 성과배분제, 총액임금제 / 채용관리의 변화
1993~96	조정과 인적 자원 관리의 혁신	인사제도 전반 개선 : 능력주의, 신인사제도 팀제 도입과 승진·승급의 분리 명예 퇴직제도 등의 인력 구조조정
1997~98	구조조정 및 고용 조정과 인적자원 관리의 혁신	정리해고, 파견근로 등 고용제도의 변화 변형 근로시간제도 등 근로시간제 변화 연봉제 도입 확산 퇴직자 지원제도 필요성 대두

＊ 자료 : 유규창, 『인적자원관리의 신조류』, 1998, 43쪽.

그 동안 우리나라 기업들의 문제점은 다음과 같이 나타나고 있다.

[한국 기업조직의 문제점과 조직혁신의 방향]

비대한 관료조직	→	간소하고 유연한 조직
실무자보다 많은 관리자	→	조직의 수평화(일하는 조직)
과도한 전문화(기능 단위)	→	유사기능 통폐합(프로세스 단위)
비대한 관리 간접부문	→	관리 간 부문 축소(다운사이징)
권한의 집중(중앙집중식)	→	권한의 하부 위양(자율책임 강화)
부·과·제	→	팀제
비 생산적 사업구조	→	한계사업 폐지(아웃소싱)

＊ 자료 : 한국경영자총협회, 『99년판 인사 임금 사례 총람』.

위의 표는 우리나라의 경우만을 보여주는 것이 아니라 세계적인 추세를 반영하고 있다. 1990년대 후반 기업 경영전략이 핵심역량을 중심으로 자신의 경쟁력이 가장 강한 부분을 특화하고 나머지는 아웃소싱[182] 또는 분사(MBO, EBO)[183] 함으로써 기업의 크기가 축소되고 슬림화되는 현상이 광범위하게 나타나고 있다. 이에 따라 슬림화된 회사는 전략적인 제휴가 일반화되는 경향이 나타나고 있다. 즉, 하나의 기업이 자사의 제품을 만드는 데 필요한 모든 기술과 자원을 보유하는 것이 아니기 때문에 변화하는 소비자의 욕구에 대응하기 위해서는 기업간의 연합, 전략적인 제휴가 일반화될 수밖에 없게 된다.[184]

따라서 기업 경영에서 『삼국지』적인 경영 마인드가 매우 필요하게 된다. 즉, 경영전선에는 영원한 적(敵)도 영원한 아군도 없으며 필요에 따라 이합집산을 되풀이해야 하는 와중에서 기업의 영속성을 지키고 기업가치를 극대화하기 위해서는 여러 가지 변화에 대한 이해뿐만 아니라 이에 능동적으로 대처해가는 것이 절대적으로 필요한 상황이 된 것이다.

전쟁이론과 국제 무대에서의 기업전략

세계화가 강화되면서 국제 기업전략도 피할 수 없는 과제가 되었다. 기업이 국제화되면 장기적으로 외부 환경으로부터 얻을 수 있는 기회와 당할 수 있는

---

182) 아웃소싱(Outsourcing)이란 기업의 활동 중 전략적으로 중요하거나 가장 잘할 수 있는 분야나 '핵심역량(Core competency)'을 가진 분야에 모든 자원을 집중시키고 나머지 부분을 외부에 위탁함으로써 기업을 유연하게 재편하는 전략이다. 최근 국내에서도 아웃소싱의 붐이 일어나고 있다.

183) 분사제도(MBO, EBO)는 합병의 반대 개념으로 '기업분할'이라고 할 수 있다. 대기업이 사업의 일부를 분리하여 별도의 회사를 설립하거나 임직원에게 이를 매각하는 것을 말한다. 최근 기업의 구조조정과 관련하여 MBO(Management Buyout : 경영자 기업인수), EBO(Employee Buyout : 노동자 기업인수) 등에 관심이 집중되고 있다. 원래 MBO는 도산 위기에 처한 기업 구제를 은행에서 뛰어난 경영가를 발굴하여 기업 재건을 도모하는 데서 비롯되었고, EBO는 위기 상태의 기업을 종업원이 단결하여 주식을 인수하고 경영권을 양도받는 경우이다. 1998년 10월 현재 31개 기업에서 123개 회사가 분사된 것으로 나타났고, 분사의 원인은 한계기업의 정리, 고용조정, 비주력 사업 정리 등이었고, 그 형태는 순수한 의미의 MBO(17.4%), EBO(30.4%)보다는 혼합형(52.2%)이 대부분이었다(경총, 1999 : 22).

184) 경영기법도 팀제가 일반화되고 있다. 이에 따라 인사제도도 새로운 형태가 일반화되었는데 이를 신인사제도라고 부른다. 신인사제도는 인적 자원관리의 합리화를 통한 장기적인 종합 인사시스템을 확립하려는 시도로서 인적자원관리와 관계된 모든 새로운 제도의 총칭(인턴사원제 · 발탁승진제 · 연봉제 · 명예퇴직제, · 직급정년제 등), 직능자격제도를 중심으로 한 승진체계 · 평가체계 · 육성체계 · 임금체계 등이 유기적으로 결합된 종합 인사시스템 등의 두 가지를 의미한다. 그러나 일반적으로 능력주의 · 업적주의 인사제도를 총칭하는 의미로 사용하고 있다.

위험을 정확히 분석하고, 전체적 기업목표의 차원에서 기존의 조직을 통합하거나 조정해야 한다. 그리고 외부 환경 변화에 대해 신속하게 대응하기 위한 프로그램을 준비해야 한다.

기업이 국제화되면서 장기적으로 기업전략은 기업의 사업활동 및 업무에 대한 규정 → 기업의 목표설정 및 목표의 구체화 → 국내 및 해외시장 환경 분석(시장기회 → 목표시장 선정) → 기업의 통제 가능한 변수 분석 → 전략적 계획 → 전술적 계획 등으로 진행된다.[185]

그리고 기업이 효과적으로 기업전략을 추진하기 위해서는 최고경영자 스스로가 전략을 구상하고 최고경영자의 사고가 각 사업본부에 적극 반영되어야 하며, 외부 환경에 적절히 대응할 수 있도록 해야 하고, 장기 경영전략이 단기적인 운영 실적에 희생되지 않도록 해야 한다는 점이다. 그런데 이 말은 앞에서 살펴본 '군지휘관 · 명장의 요건'과 대동소이함을 알 수 있다.

기업들이 국제시장에 진입할 때는 반드시 해외시장을 충분히 평가한 후 목표시장을 정해서 진입작전을 세워야 한다. 개별 해외시장에 대한 미시적 분석은 해외시장의 일반적 특성, 소비자 특성 및 마케팅 특성, 경쟁기업의 특성을 파악하는 것이고 해외시장에 진입을 결정하는 요소로는 법률 및 정책, 비용, 경험, 경쟁, 위험, 통제, 기술 및 제품의 복잡성, 기존의 해외활동 등을 지적할 수 있다.

코틀러(P.Kotler)는 미국과 일본의 기업을 중심으로 기존 기업들의 국제시장 진입전략 모형을 전투적 개념을 사용하여 묘사하고 있다. 코틀러는 그 동안 미국과 일본 기업들이 세계시장을 공략하는 방식에는 우회 진입전략(bypass strategy), 측면 진입전략(flanking strategy), 정면 진입전략(frontal strategy), 포위 진입전략(encirclement strategy), 게릴라식 진입전략(guerrilla strategy) 등이 있다고 하였다.[186]

---

185) Dymza(1970)는 국제기업들의 장기 경영전략 계획 모형으로 기업의 경영철학 · 목표를 결정 → 기업의 강점 · 약점 분석 → 대안적 전략 분석 → 장기적 전략과 단기적 전술계획을 집행하고 발생한 실적으로 원래 계획과 비교 분석 → 개선 · 수정 등의 과정을 제시하였다.

우회 진입전략이란 기존 기업이 강할 때 쉬운 시장부터 공략하는 것으로 신제품을 개발하여 시장을 공략하거나, 상대를 자극하지 않기 위하여 관련이 없는 제품을 다각화한다거나, 지리적 시장을 다변화하는 방법 등이 있다. 측면 진입전략은 기존 기업보다 훨씬 불리할 때, 측면에서 점진적으로 경쟁을 강화하는 것이고 정면 진입전략은 가격을 내리거나 연구개발 투자를 강화함으로써, 상대의 강점을 정면 공략하는 것이다. 포위 진입전략은 다양한 제품으로 기존에 시장을 장악하고 있는 기업의 자원 집중도 및 방어력을 분산하는 것인데 이 전략에는 제품포위 공격과 시장포위 공격이 있다. 게릴라식 진입전략은 기존에 시장을 장악하고 있는 기업에 비하여 자기의 기업이 매우 약할 때 사용하는 것으로 간헐적으로 소규모 공격을 감행하는 것이다.

이상의 내용은 앞의 4장에서 살펴본 '전투와 행군·작전·지형'의 내용과 별반 다르지 않다는 것을 알 수 있다. 즉, 작전을 펼 때는 그때 처해 있는 형세에 잘 적응해야 한다는 제갈량의 말처럼 국제경영 전략도 주어진 상황에 따라 바뀌는 것이다.

예를 들면 병력과 장비가 충분하면 정면 공격을 감행하는 것처럼 자기 회사가 상대 회사에 비하여 자본력이나 제품의 경쟁력이 압도적으로 우세할 때는 정면 진입전략을 사용하면 된다. 『손자병법』의 전투 수칙인 고지대와 구릉에 있는 적(공격하기 어렵고 강한 적)은 공격하지 않고 우회하여 공격하듯이 시장을 장악하고 있는 상대 기업이 강하거나 기존 시장을 견고히 장악하고 있다면, 쉬운 시장부터 공략하는 우회 진입전략을 사용하면 된다.

포위전략에 있어서도 『손자병법』(철수하는 적은 퇴로를 봉쇄하지 않고, 적군을 포위할 경우에는 반드시 퇴각할 공간을 마련해준다)에서 말하는 바와 같이, 국제경영 전략에서의 포위 진입전략은 다양한 제품으로 기존에 시장을 장악하고 있는 기업의 자원집중도 및 방어력을 분산하는 데 주력해야지 그 기업 자체를 없

---

186) P. Kotler, *Marketing Management*, 6th e.d.

애려고 하면 큰 낭패를 당할 우려가 있다. 그리고 아군이 약하고 적군이 강할 때는 간헐적이고 지속적으로 적을 공격하는 유격전(遊擊戰 : 게릴라전)을 사용하듯이 자기의 기업이 약할 때는 게릴라식으로 시장 진입을 시도해야 할 것이다.

5

『삼국지』 분석을 위한 이론

1. 혁명과 난세

난세는 혁명을 낳는다

『서경(書經)』에 "하늘은 친한 사람은 없고, 오로지 덕(德)이 있는 사람을 돕는다"라는 말이 있다. 이것은 혁명 논리를 가장 집약적으로 표현한 것이다. 혁명이란 대체로 급격하거나 현저한 변화를 의미한다.

예로부터 혁명은 '명(命)을 고친다'는 의미이다. 즉, 천제(天帝)의 명령을 고친다는 말이다. 원래 인간세계를 통치하는 것은 천제이나 그 명을 실행하도록 하기 위해 지상에 대리자를 두게 된다. 이렇게 선임된 대리자가 황제(皇帝) 또는 천자(天子)이다. 하늘에 두 개의 해가 없듯이 지상에도 오직 한 사람의 천자만이 존재한다. 그런데 천제를 대신해서 천명(天命)을 실행해야 할 천자가 그 지위에 적합한 사람이 아닐 경우에 천제는 당연히 천자에게 내릴 명령을 다른 적임자에게 바꾸어 전하게 된다. 이것이 혁명이다. 즉, 천제의 명령을 실행할 사람인 천하 통치자의 교체가 혁명이다.[187]

역성혁명(易姓革命)에 대해 구체적인 이론을 제시한 사람은 맹자였다. 맹자의 사상은 공자가 제시한 것보다 훨씬 진전된 것이었다. 맹자는 혁명의 두 가지 유형을 들었다. 하나는 왕위의 자리를 가장 어진 자에게 물려주는 무혈혁명(無血革命)인 선양(禪讓)이고 다른 하나는 무력으로 왕조를 교체하는 유혈 혁명인 방벌(放伐)이다.[188] 선양의 대표적인 예는 요임금 · 순임금 · 우임금의 경우이고, 방벌은 탕왕 · 무왕의 경우이다. 전한(前漢 : 先漢, 西漢) 중기 이후에는 "어진 사람에게 나라를 양보하여 전한다(讓國傳賢)"는 생각, 즉 선양 사상이 널리 퍼져 있었다.

역성혁명, 즉 왕조의 성씨가 바뀌는 혁명은 왕조의 교체로서 이것은 천명의 변혁을 의미하는 것이다. 그리고 천명의 변혁이란 민심에 의해 결정된다. 그런데 문제는 이 민심을 어떻게 확인할 수 있는가 하는 것이다. 요즘 같으면 각종 여론기관들의 조사를 통해서 민심의 변화를 확인할 수 있지만 불과 수십 년 전까지만 해도 민심을 제대로 파악한다는 것은 쉬운 일이 아니었다. 그리고 어떤 형태로든 간에 권력 변화를 도모하는 사람들은 으레 민심을 들고 나오기 때문에 그 진위를 파악한다는 것은 매우 어려운 일이다. 이것이 역성혁명론이 가진 약점이다. 무력으로 정권을 찬탈한 자가 자의적으로 민심을 도용할 가능성이 매우 크다.[189]

실제 역사상 제대로 된 선양은 유가(儒家)의 압도적 지지 속에서 왕조 교체가 이루어진 왕망(王莽 : B.C. 45~A.D. 23)의 경우뿐일 것이다. 이 왕망조차도 평제(平帝 : 전한의 황제)를 독살했다는 말이 있다. 위나라를 건국한 조비의 경우에도 선양으로 보기는 어렵지만 그 형식은 선양의 형식을 띠고 있다. 『삼국

---

187) 왕조의 교체는 각국이 처한 상황에 따라 달라지게 된다. 즉, 중국의 경우에는 외부의 침략이 중요한 요소이고 우리나라의 경우에는 주로 민중들의 지지가 바탕이 된 것으로 보인다. 다시 말해, 중국의 왕조 교체는 북방의 유목 민족과 한족 간의 무력항쟁을 통하여 이루어지고 있는 데 반해, 우리나라는 민족 내부에서 정권교체가 이루어졌으며, 백성의 지지를 더 많이 받는 자가 정권을 획득하는 과정을 밟아왔다.

188) 맹자는 하(夏)나라를 무력으로 무너뜨리고 은(殷)나라를 세운 탕왕과 주나라 무왕의 업적을 하나로 묶어 탕무혁명(湯武革命)이라고 하였다. 맹자는 천자(天子)의 자리는 세습이 아니라 선위(禪位)하는 것으로 보았고, 혁명에 있어서 백성의 역할의 중요성을 강조하였지만, 백성들의 정치적 역할에 관해서는 침묵하였다. 이에 반하여 공자는 무력을 통해 왕조를 교체하는 것을 반대했다. 공자는 일생을 바쳐 천하의 안정을 위한 정명운동(正名運動)을 제창하여 군주는 어디까지나 군주이고 신하는 어디까지나 신하이기 때문에 이 같은 질서를 무너뜨리는 것은 천하를 더욱 혼란스럽게 할 뿐이라고 생각하였다.

지』에 나타나는 헌제(獻帝)는 그 성격으로 보아 결코 왕조를 넘겨줄 사람이 아니기 때문이다.

그래도 사마소에 비하면 조비는 신사적이었다. 사마소는 구석(九錫)의 예를 아홉 번이나 사양했다고 하지만 결국 황제를 살해하고 만다. 이 황제의 살해 과정은 유례가 없을 정도로 대역무도하고 비인간적이었다. 사마씨의 신하들이 기록했던 정사의 내용으로만 보면, 사마소는 자신의 심복이었던 성제(成濟)를 시켜서 황제를 죽이게 하고서 성제를 황제 살해 혐의로 죽였다. 이때 성제의 삼족(三族)도 모두 죽었다. 그리고 난 뒤 사마소는 황태후에게 다음과 같은 상소문을 올린다.[190]

저는 몸을 버려 황제를 지키려 했습니다. 그러나 이 음모는 위로는 황태후를 위험하게 하고 종묘를 전복시키려 하는 것이었습니다. 저는 정치를 보좌하는 무거운 임무를 담당하고 있으므로 나라의 안정을 원칙으로 삼아야 합니다. 비록 명령을 따르다 죽어도 황태후에게 위험한 것은 더욱 두려워하던 중……성제에 의해 엄청난 변고가 발생하였습니다(즉, 성제가 황제를 죽이게 되었다는 뜻).

황태후를 위해서 황제를 죽인다는 논리도 말이 안 되지만 자기의 밀명으로

---

189) 우리나라의 경우도 예외는 아닐 것이다. 고려의 왕건과 조선의 이성계도 창업 당시에는 이 같은 혁명논리를 동원했다. 왕건과 이성계는 정권을 잡은 뒤 자신들의 족보를 미화(「용비어천가」 등)했지만 엄밀히 말해 그들의 선조를 정확히 추적하기는 매우 어렵다. 특히 왕건은 중국계이고 이성계는 여진계라는 견해가 강하다. 왕건이나 이성계는 기존의 안정된 사회에서는 출세하기도 어렵지만, 설령 출세했더라도 기득권층인 왕경귀족(王京貴族)들의 멸시를 받았을 것이다. 왕건이나 이성계 등은 안정된 시기에 태어났더라면 결코 대권을 장악하기는 어려웠을 것이고 난세(亂世)에서조차도 정상적 방법으로는 대권을 잡기 어려운 사람들이라고 할 수 있다. 그러나 이 같은 약점이 오히려 이들의 정권을 장악하는 데 도움이 될 수도 있었다. 왜냐하면 이들은 권력의 주변 세력이었던 만큼 기득권층과는 달리 구제도에 대한 미련이 없기 때문이다. 그리고 그들이 가진 이데올로기는 역사 발전에 도움이 될 수 있다. 고려사회는 골품제도로 운영되었던 신라사회보다 한층 개방된 사회를 열었던 것이다.
190) 진수, 앞의 책, 「위서」 제1권, 192~193쪽.

황제를 죽인[191] 성제의 일족(一族)을 주살(誅殺)한 것은 사마소가 어떤 사람인지를 단적으로 보여주었다. 사마소는 천자에 준하는 영전을 두 번이나 사양하였고 264년 11월 촉(蜀)이 평정되자 진왕(晉王)으로 승격하였으며 제위에 오를 모든 준비를 마쳤다. 그러다가 이듬해 8월 병사(病死)하자 그 아들인 사마염이 선양의 형식을 빌려 제위에 올랐다. 이것은 한편의 드라마로 사마의 · 사마소 · 사마염의 용의주도한 연출의 결과이지 선양과는 아무런 상관이 없는 것이다.

엄밀한 의미에서 보면 은(殷)나라의 폭정을 바로잡아 주나라를 건국했다는 무왕의 경우도 그 내부 사정을 알 수 없다. 백이(伯夷)와 숙제(叔齊)가 주 무왕의 말고삐를 잡으며, "부왕께서 승하하시어 아직 상중(喪中)인데 거병(擧兵)함은 효(孝)가 아니요, 주군(主君)을 죽이는 것도 충성이 아니다"고 하였다. 어떤 정권이든지 그 이전의 권력이나 자신과 대립되는 권력에 대해서는 철저히 비하함으로써 자신의 권력을 강화하려는 경향이 있다. 그래서 특히 왕조의 교체기에는 온갖 중상모략으로 이전 권력을 비판하는 것은 일반적 관행이고 그것을 묵인하는 것 또한 오래된 관행이었다.

근본적으로 혁명은 당시의 기본적인 도덕, 즉 '충신불사이군(忠臣不事二君)의 원칙'에 어긋난 모순을 가지게 된다. 뿐만 아니라 왕조 교체기에는 많은 사회적 비용이 들게 되므로 역대의 왕조들에게 반정(反正)은 가장 효율적이고 이상적인 '혁명'의 방법론이 될 수 있다. 기존의 왕조를 유지하되 왕족들 가운데 정통성이 강하고 보다 어진 사람을 임금으로 모셔오는 것이 바로 반정이다. 유비가 굳이 자신을 유황숙(劉皇叔 : 황제의 숙부)이라고 한 이유도 여기에 있다. 즉, 한나라가 잘못되었다면 반정을 하라는 것이다. 그리고 나라를 바로잡을 사람은 바로 자기이며 그 근거는 자신이 한나라의 종친(宗親)이라는 데 있다.

다시 말해서 유비는 나라가 도탄에 빠진 것을 구하려는 시대의 영웅들 가운

---

191) 왜냐하면 성제라는 사람이 최고 권력자인 사마소 자신의 허락도 없이 황제를 암살했을 리가 없기 때문이다.

데 자기가 가장 왕통(王統)에 가까운 사람이라는 점을 끝까지 부각시킨 것이다. 이런 점에서 유비는 나라에 대한 충성과 대권(大權)이라는 두 마리 토끼를 하나의 궤도 안에 둠으로써 매우 유리한 이점을 가지게 된다. 따라서 유비의 입장에서 조조(曹操)나 손권은 촉에 의해 반드시 대체되어야 할 집단에 불과한 것이다. 비록 천하통일이 무력적 도발을 통해서 이루어지지 않는다 하더라도, 다양한 음모에 의해 달성될 수만 있다면 촉의 입장에서는 전혀 부도덕하지 않게 되는 것이다.

역사적으로 보면, 유비가 이 같은 생각을 하게 된 것은 후한(後漢)의 광무제를 계승한 명제(明帝 : 58~75)와 장제(章帝 : 76~88)의 치세(治世)와도 밀접한 관계가 있다. 이들이 다스린 시대는 불과 30년밖에 되지 않지만 예와 학문을 숭상하고 정치 안정과 민생 안정에 최선을 다했기 때문에 이후 100년 이상 동안 민심을 붙잡아둘 수 있었다.[192] 이들의 사후 후한은 부패해져 사멸해갔지만 이들이 남긴 정신적 유산은 유비가 살았던 『삼국지』 시대에까지 면면히 이어졌다.

그러나 조조의 입장은 명백히 역성혁명을 지지한다. 그는 생전에 한 왕실을 완전히 폐하지 않았다. 그는 형식적으로는 선양의 전통을 따르고자 한 것이다. 조조나 사마소가 바로 왕조 교체를 실행하지 않은 것도 아마 자기가 바로 이전 왕조의 신하였으므로 신하가 임금을 몰아내는 불충의 비난을 피하려 했기 때문일 것이다. 그러나 그들 다음 세대는 이 같은 비난으로부터 자유로웠기 때문에 조조나 사마소는 굳이 다음 세대까지 기다려서 왕조를 개창한 것으로 보인다.

선양이 사회적 피해가 적은 나름대로 합리적인 권력 교체 방식이라고 인정한다손 치더라도 문제는 단순한 반정 정도로 사회구조를 바로잡기 힘들 때 나타나게 된다. 이것을 나관중의 『삼국지』에서는 '운수(運數)가 다한 것' 이라는 표현을 쓰고 있다. 혁명의 발발에 앞서는 약 30~50년간의 사회, 곧 구체제 속

---

192) 傅樂成, 앞의 책, 177쪽.

에 닥쳐올 난세와 혁명의 전조(前兆)가 나타난다. 『삼국지』의 시대에서 난세는 어린 황제들의 등극으로 시작된다.

『삼국지』의 중심 무대인 후한 말기에는 10세였던 화제(孝和皇帝 : 재위 17년, 27세에 사망, 연호는 永元)가 등극(89)하였고, 이어 생후 100일 된 상제(孝殤皇帝 : 재위 1년, 2세 사망, 연호는 延平)의 등극(105), 13세인 안제(孝安皇帝 : 재위 19년, 32세 사망, 연호는 永初)의 등극(107), 15세인 순제(孝順皇帝 : 재위 19년, 34세 사망, 연호는 永建)의 등극(126), 2세인 충제(孝沖皇帝 : 재위 1년, 3세 사망)의 등극(145), 8세인 질제(孝質皇帝 : 재위 1년, 9세 사망)의 등극(146), 15세인 환제(孝桓皇帝 : 재위 21년, 36세 사망, 연호는 建和)의 등극(147), 12세인 영제(孝靈皇帝 : 재위 22년, 34세 사망, 연호는 嘉平)의 등극(168), 10세인 헌제(孝獻皇帝 : 재위 31년, 41세 사망, 연호는 初平, 建安 – 建安 원년은 196년)의 등극(190) 등 멸망에 이르기까지 거의 어린 황제가 등극하였는데, 이것은 권력의 실세들이 자신의 권력을 유지하기 위한 중요한 방법이었다. 조선시대의 세도정치도 이와 같은 맥락이다. 세도정치로 피폐해진 상태에서 서양의 침입을 받았으니 견디기가 힘들 수밖에 없었고 그것이 일본의 식민지로 전락한 하나의 원인이 된 것이다.

치세와 난세의 변화이론—음양오행설

중국의 왕조 교체는 '음양오행설(陰陽五行說)' 또는 '오행종시설(五行終始說)'과도 밀접한 관련이 있다. 이것의 과학성이나 사실 여부보다는 시대적인 사상으로의 역할을 하기 때문이다. 실제로 이 사상들은 진(秦)나라 이후 『삼국지』 시대에 이르기까지 극성했던 것으로 나타나고 있다. 그리스의 경우도 이와 유사한 현상이 나타난다. 예를 들면, '서양 역사학의 아버지' 헤로도토스는 국가와 개인에 있어서 행복과 불행은 주기적으로 반복되는데, 신들은 인간의 오만한 행동들을 응징하는 데 이 주기를 사용한다고 한다.

음양오행설이란 음양(陰陽)과 오행(五行)의 상호관련으로 자연 현상이나 인간 현상에서의 변화와 길흉을 설명하는 사상이다. 이 사상을 제창한 학파는 음양가(陰陽家)인데 대표적인 사람은 전국시대 말기의 추연(鄒衍)이었다. 추연의 저작은 남아 있지 않고 그의 학설은 다른 사람의 저작에 나타나는데 그것이 대구주설(大九州說)과 오행종시설이다. 오행종시설이 바로 음양오행설을 말하는데 이것은 이전의 유가에서 말하는 오행을 기반으로 하는 것으로 오행은 바로 만물을 생성하는 다섯 가지 원소(金·木·水·火·土)를 말한다.

당시의 유가(儒家)에서는 오행의 세력이 번갈아가면서 강해지고 또 약해진다고 생각하였다. 예를 들면 봄에는 나무(木)에서 덕(德)이 성하고 여름에는 화덕(火德)이 성하다는 것이다. 따라서 사람들도 이것에 조화롭게 행동해야 한다. 군주들도 계절에 따라 해야 할 일과 하지 말아야 할 일이 있다. 특히 봄이 한가운데 있으면 백성들에게 은혜를 베풀고 군대를 일으켜서는 안 된다는 것이다. 그러나 이 생각은 다른 한편으로 천재지변의 발생이 군주가 덕을 상실했기 때문이라는 풍조도 초래하였다. 이러한 경향은 이후에도 지속적으로 굳어졌다.[193]

추연은 오행설을 더욱 확대시켜 천하의 변화, 특히 왕조의 변천과 그 과정에 대하여 설명하려고 하였다. 가령 A라는 덕(德)이 성(盛)할 때는 그 A에 해당하는 왕조가 일어나고 그 왕조의 복색·제도 및 이데올로기는 A와 조화를 이루어야 한다고 생각하였다. 예를 들면 주(周)나라는 화덕(火德)을 바탕으로 성립하였으므로 화덕을 상징하는 붉은색의 옷을 입었다. 그리고 수덕(水德)을 바탕으로 건설되었다고 믿었던 진(秦)나라는 의복의 색깔을 모두 수덕을 상징하는 검은색으로 하였다.

음양오행설(오행종시설)은 전국시대 말기에 이르면 이미 사상적 주류를 이루고 있었다. 뿐만 아니라 천하의 제후들은 이것을 통일천하의 이데올로기로 삼으려 하였다. 원래 음양오행설(오행종시설)은 유가의 정통이론이 아님에도 불구하고 많은 오행론자들이 유가 행세를 하기에 이르러 유가와 음양가의 구별이 모호해지기도 하였다.[194] 따라서 왕조의 변혁과 교체에 대해서도 매우

---

193) 傅樂成, 앞의 책, 112~113쪽.

유연한 풍조가 만연하여 전한(前漢)의 애제(哀帝)는 제위를 대사마(大司馬)였던 동현(董賢)에게 넘기려 하였고, 이 같은 유가의 풍조 속에서 왕망(王莽)이 신(新) 왕조를 개창하기도 하였다. 즉, 전한 말기에는 "어진 사람에게 나라를 양보하여 전한다(讓國傳賢)"는 생각이 널리 퍼져 있었다.

음양가에서 말하는 '음양오행설'의 구체적인 내용을 살펴보자.[195)]

우주는 먼저 음과 양의 두 기운이 끝없이 결합하고 흩어진다. 음과 양이 합치고 떨어지는 과정에서 다섯 개의 성질이 발생하는데 이를 오행(五行)이라고 한다. 오행은 수 · 목 · 화 · 토 · 금(水 · 木 · 火 · 土 · 金) 등의 기로 나누어진다. 이를테면, 양(陽)이 극대화되거나 음이 극소화된 것을 화기(火氣)라 하고, 음(陰)이 극대화되거나 양이 극소화된 것을 수기(水氣)라고 한다. 그런데 유의할 점은 여기서 말하는 물이란 물[水] 자체가 가진 무형성(無形性)뿐만 아니라 물 이외의 사물에도 존재하는 물과 같은 성질을 말하는 것이다. 수기(水氣)란 만물을 응결하는 힘이며 만물의 생명을 창조하는 힘이다.

음양오행설을 이해하려면 계절의 변화를 보면 된다. 봄이 와서 비[水]가 내려 꽃과 나무가 자라기 시작하고 여름날 나뭇잎이 마치 불[火]이 활활 타는 것처럼 무성해진다. 가을이 되면 나뭇잎이 떨어지고 겨울이 되면 앙상한 가지가 남게 된다. 그러나 잎이 사라진 나무나 꽃에는 내년 봄을 준비하는 씨앗이 남는다. 마치 불에 타고나면 재가 남듯이 그 나뭇잎과 꽃잎은 모두 땅에 떨어져서 흙[土]이 된다. 불과 같았던 여름은 널리 퍼지기는 하지만 공허하다. 흙은 화기(火氣)가 퍼지는 것을 막고 씨앗을 맺도록 하는데 이 씨앗이 금기(金氣)에 해당한다. 그리고 이 씨앗은 다시 비와 더불어 새로운 생명을 잉태하는 것이다. 지금 보는 개나리가 작년에 핀 개나리가 아니듯이 이 새로운 생명은 다시 이 과정을 반복하는 것이다.

오행(五行)의 상호작용은 상생(相生)과 상극(相剋)으로 나누어진다. 상생

---

194) 傅樂成, 앞의 책, 113쪽.
195) 이 부분은 구체적으로 다음의 저서를 참고하라. 한국동양철학회 편, 『동양철학의 본체론과 인성론』, 연세대학교출판부, 1982; 한동석, 『우주변화의 원리』, 대원기획, 2001.

은 수생목(水生木), 목생화(木生火), 화생토(火生土), 토생금(土生金), 금생수(金生水)가 된다. 상극은 물을 부으면 불이 꺼지고(水克火), 불에 달구면 쇠가 녹으며(火克金), 칼로 나무를 베면 나무가 상하고(金克木), 나무가 뿌리를 내리면 흙이 당하지 못한다(木克土). 상생이란 정치권력의 차원에서 말한다면 기존의 국체를 최대한 활용하여 이상적인 선양이 이루어지는 것으로 보면 된다. 상극이란 정치적인 의미로는 유혈혁명인 방벌(放伐)이 된다.

음양오행설을 이용하여 『삼국지』 시대 이전의 국가들을 분석해보면 다음과 같다.[196] 황제(黃帝)는 토덕(土德), 하(夏)나라는 목덕(木德), 은(殷)나라는 금덕(金德), 주(周)나라는 화덕(火德)이므로 주(周)를 대신하는 진(秦)나라는 음(陰)이며 수덕(水德)이 된다. 진을 대신했던 전한(前漢 : 先漢)은 양이면서 목덕이고[197] 후한(後漢)은 음(陰)이면서 화덕을 가졌다. 음양오행설에 따르면 후한 다음의 왕조는 양(陽)이면서 토덕을 가져야 할 것이다.

그러면 이 같은 성질(양이면서 토덕)을 가진 자가 과연 누구인가는 인물과 정치그룹에 대한 해석에 따라 달라진다. 세심히 살피면, 유비의 경우는 오행은 화덕을 가졌으나 양기(陽氣)를 가지고 있고 조조는 수덕을 가졌으나 음기(陰氣)를 가졌으므로 이에 합당한 사람들은 아니다. 물론 조조와 유비의 오행을 필자와 달리 본다면 또 다른 해석이 가능하다. 덧붙여 말하면 황건 농민군의 지도자인 장각은 토덕을 가졌으나 음(陰)의 기운을 가지고 있으므로 천하의 주인이 되지 못했다.

그런데 독자들은 여기서 유비는 화덕, 조조는 수덕 등으로 말하고 있는 것이 의아할 수도 있다. 이것은 이 두 사람의 성격과 정치적 성향을 평가하여 붙인

---

196) 어떤 왕조가 무슨 덕을 바탕으로 성립한 것인지에 대해서 분명한 과학적 근거는 없다. 다만 그 왕조의 창시자나 새 국가의 건설자들이 일종의 국가 이념으로 삼은 것으로 이해하면 된다. 본문에서 나타난 각 왕조들의 오행은 그 당시에 주로 인정되고 있던 것을 나열해둔 것이다.

197) 후한 말에 이르자, 이 화덕이 토덕으로 바뀐다는 관념이 생기게 되었다. 좌자(左慈)의 말에 의하면, "한나라는 반드시 그 불빛이 쇠하고, 황정(黃精)이 반드시 일어나리라"고 했다. 즉 불에서 흙이 생성되는 것인데, 토덕은 바로 황색이다. 184년 장각(張角)을 수령으로 하여 허베이에서 일어난 황건기의(黃巾起義 : 황건적의 난)는 이 신앙에 기초를 두고 "한행(漢行)은 이미 다하였다. 마땅히 황가(黃家)가 바로 서야 되는 때이니라"라고 주장하였다.

것일 뿐이다. 즉, 유비가 한조(漢朝)를 그대로 계승하려 하니 화덕이고 민중성을 바탕으로 하지 않기 때문에 양으로 본 것이다. 유비는 결국 기존의 보수적인 지배층의 지원을 바탕으로 하여 나라를 건국하려는 것인데 남자를 양(陽), 여자를 음(陰), 군주를 양(陽), 백성을 음(陰)으로 보기 때문에 이같은 분석이 가능하다. 여기서 주의할 점은 음과 양이 항상 고정 불변하거나 절대적이지 않다는 것이다. 양이라도 그 내부는 다시 양과 음으로 나누어질 수 있는 것이다.

이와 같이 음양오행은 보는 이의 시각에 따라 달리 해석할 수 있다. 만약에 후한과 전한을 동일시한다면 후한은 화덕이 아니라 양이면서 목덕이 될 것이다. 그러나 당시의 견해로 전한과 후한은 분명히 구별하였다. 따라서 후한을 화덕을 가진 것으로 보고 분석하여야 할 것이다.

우리가 반드시 염두에 두어야 할 것은 음양오행설 자체가 과학적인 근거가 있는 것은 아니라는 사실이다. 그러나 이 음양오행설은 『삼국지』나 동양의 역사를 분석하는 데는 매우 중요하다. 왜냐하면 음양오행설 자체가 가진 과학성보다는 그 시대 사람들이 그렇게 믿고 행동했기 때문이다.

음양오행과 더불어 국가를 사람의 신체에 비유하여 난세를 사람이 병에 걸린 것으로 생각해볼 수 있다. 병에는 반드시 전징(前徵)이 있다. 이 전징이란 병이 진행되고 있기는 하되, 병이라고 말할 수 있는 단계에까지는 진행되지 않아 실력 있는 의사만이 알 수 있는 증세를 말한다. 조조 · 가후 · 제갈량은 바로 이런 사람이라고 할 수 있다. 전징이 지난 후에는 실제 병의 증후(症候)가 충분히 나타나는 시기, 즉 난세라는 열병이 비로소 시작되는 시기가 도래한다. 이 같은 열병이 불규칙하게 거듭되면서 위기로 진전하거니와 이 위기는 때때로 광포한 혁명가의 지배, 즉 공포정치를 수반하게 된다. 이 경우에는 냉철하고 실력 있는 의사만이 감당할 수 있다. 이 시기의 실력 있는 의사는 흔히 간웅(奸雄)으로 불리는 조조(曹操)가 분명하다.

이 위기 뒤에는 회복기가 오지만 대개의 경우 한두 번씩 병이 다시 나타나기도 하다가 마지막으로 병이 치유되고 환자는 다시 건강한 상태로 복귀한다. 그리고 환자는 이 병의 경험을 통해서 면역성도 가지게 되고 실제로 건강해지면서 새로운 단계로 도약하게 되는 것이다. 문제는 삼국의 통일은 조조에 의해서 주도되었지만 통일로 이르지 못하고 중국사 최대의 난세가 새로 시작되고 말았다는 것이다.

이상의 소론을 통해서 보면 난세(亂世)와 치세(治世)를 반복하는 것은 인간 역사에서 피해갈 수 없는 흐름이고 이 현상은 근본적으로는 인문 사회과학 등 모든 학문이 궁구해보아야 할 대상이다. 『삼국지』의 시대에서는 직관적이지만 음양오행설이 이를 대신하였다. 따라서 그 시대인들은 천하의 변화는 오행으로 해석이 가능하다고 본 것이다. 그 오행(五行)이 생산해내는 오덕(五德)의 사이사이에 난세가 있는데, 이것을 맹자는 일치일란(一治一亂)이라고 하였다. 즉, 중국은 치세와 난세를 번갈아가면서 역사가 진행된다는 것이다. 달리 말하면 통일과 분열을 거듭해가는 과정이다. 이것은 비단 중국만의 일이 아니라 역사의 보편적인 경향이라고 할 수 있다.

한 체제의 분석

『삼국지』의 중심 무대인 한조(漢朝)를 이해하기 위해서는 한대의 정치구조를 먼저 이해할 필요가 있다.[198] 한대(漢代)에는 황제와 재상이 따로따로 비서진을 두고 있었고 조직의 규모도 달랐다. 황제에게는 육상(六尙)[199]의 비서가 있었고 재상에게는 13조(曹)[200]의 비서진이 있었다. 이 같은 관점에서 보면, 재상이 모든 권력을 장악한 듯이 보이나 반드시 그렇지는 않다. 황제는 통치권을 가지고 재상은 행정권을 가지는 것이기 때문이다. 물론 행정권이 통치권을 견제하거나 억압할 수도 있을 것이다.[201] 이 재상 제도는 명(明)나라 건국 초

---

198) 傅樂成, 앞의 책 참고.
199) 황제의 비서를 의미하는 상(尙)이란 보필한다는 의미를 가진 것으로 황제의 의관, 식사 등을 종합적으로 관리하는 것이 5상이고 문서를 관리하는 상서(尙書)는 황제권의 확대와 더불어 실세로 나타나게 된다(그러나 실제로는 그 직권과 지위가 높지는 않았다). 역으로 황제권이 약화되면 이 권한도 약화된다.
200) 재상의 비서진에 해당하는 것은 요즘의 정부 부서와 같이 13개의 전문기관으로 되어 있다. 참고로 중국의 전통적인 관습에는 조회를 모두 일출 전에 하도록 되어 있다. 아침에 날이 밝지 않은 것을 조(朝)라고 하였다. 황제도 여명에 반드시 일어나 있다가 태양이 떠오르면 산회(散會)하였다.

에 재상이었던 호유용(胡惟庸)의 반란으로 태조 주원장이 이 제도를 없앨 때까지 존속되었다.[202]

중국사 전체를 통틀어 하나의 모델로 사용되는 한나라의 관리등용 제도는 '교육제도(敎育制度)+추천제도(推薦制度)+고시제도(考試制度)'라는 특징을 가지고 있다.[203] 지방에서 자질이 우수한 사람들을 추천하는 제도를 향거리선(鄕擧里選)이라고 하는데, 그 가운데서도 효자나 청렴한 관리를 추천하는 제도를 효렴선거(孝廉選擧)라고 하였다. 가후나 조조는 바로 효렴 출신이다.[204] 당시에는 매년 약 200여 명의 효렴이 추천되었다. 한 무제 때 이 제도가 강제되다시피 하여 결국 갑과(甲科)는 없어지고 말았다. 갑과를 없앤 원인 중하나는 철저히 지방 균형발전을 위해 인재를 등용했다는 점일 것이다. 이 점에

201) 이것을 이해하기 위해서는 현대적인 개념을 보는 것이 좋다. 먼저 통치권은 헌법학적 용어로 국가원수로서의 대통령이 비상시에 발동하는 비상대권은 물론 통치와 관련해 대통령과 입법부가 나누어 가지고 있는 일종의 정치대권을 총칭하는 것이다. 이에 반하여 행정권은 국가를 운영하기 위한 각종의 전문기관 및 부서를 총괄하는 기능과 경우에 따라서 대통령이 보유하고 있는 통치대권에 대항하기 위해 존재하는 일체의 권한을 의미한다.

202) 그러나 호유용이 반란했다고 보기는 어렵다. 명 태조는 호유용이 승상의 지위를 이용하여 당파를 결성하고 개인적인 감정에 의해 인사를 행하고 있다는 비난이 일자 호유용이 선수를 쳐서 일본과 공모하여 자신을 암살하려 했다고 했는데, 이것은 거의 신빙성이 없다. 이 부분에 관해서는 宮崎市定, 『중국사(中國史)』, 역민사, 1983, 329쪽 참고.
   통치는 기본적으로 중앙집권적 국가체제의 형성을 기초로 하고 있다. 따라서 진(秦)나라 이후 제대로 된 통치구조가 성립되었다고 봐야 할 것이다. 제도적으로 살펴볼 때 일반적으로 중국의 모든 제도는 당나라의 제도를 기반으로 하고 있다. 한나라가 중국을 사실상 최초로 통합했다고 하면 당나라는 중국적인 모든 체제를 정비한 왕조라고 할 수 있다. 대부분의 제도는 당나라 때 완성되어 주변 국가에 모델로 제시되었다. 대표적인 것이 3성 6부 제도이다. 중국은 재상(일종의 국무총리) 제도를 없앤 명나라 이전까지만 해도 책임 총리제를 채택했다고 볼 수 있다. 타이완에서 요즘 사용되고 있는 총통은 재상제를 폐지한 명대 이후의 황제와 유사한 권한을 가지고 있다고 보아도 무방할 것이다. 이전에 있었던 타이완의 총통제는 원래 미국의 대통령제를 모델로 하는 것이지만 그 기본정신은 중국 전래의 황제 제도에서 비롯된 것이다.

203) 대학교육을 마친 사람이 지방에 내려가 현장의 실무를 마쳐야 하고 이들 가운데서 지방장관의 추천을 받아 중앙에 올라와야만 중앙 관직에 임명될 수 있었다. 입학과 졸업 성적에 따라서 우수한 사람들은 갑과(甲科)로 낭관(郞官)이 되고, 다소 미진한 사람은 을과(乙科)로 서리가 되었다. 을과 출신은 바로 고향으로 내려가 지방장관의 속리(屬吏)인 서리직에 임명되었다. 물론 이들 서리 중에서도 우수한 사람은 다시 중앙정부로 가서 낭관이 될 수도 있었다.

204) 조조가 174년 효렴에 의하여 벼슬길에 올랐는데 여기에는 그의 천재성도 작용했겠지만, 보다 중요하게는 그의 가문이 워낙 탁월했기 때문이라고 봐야 한다(조조가 효렴에 의해 벼슬길에 오른 해는 황건적의 난이 일어나기 10여 년 전의 일이었다).

서 향거리선은 매우 훌륭한 제도였다.

그러나 모든 제도가 그렇듯이 객관적 추천에는 한계가 있는 법, 이 제도 역시 오염되기 시작하였고, 상호길항(相互拮抗) 작용이 발생하여 한번 추천을 받은 사람은 추천해준 사람의 자식을 다시 천거하는 식으로 진행되었다. 더구나 당시에 독서인(讀書人)이 거의 없었다는 사실을 생각하면 공부를 한다는 것은 중앙으로 가는 매우 중요한 수단이었다. 인쇄물에 의한 도서의 보급이 주로 당송(唐宋) 이후에 이루어졌던 점을 감안한다면 그 당시 공부를 한다는 것은 엄청난 사회적 특권이기도 하였을 것이다.[205] 따라서 권력이 쉽게 세습될 수 있었다. 그리고 난세가 되면 이를 중앙의 인증도 없이 그대로 세습하게 된다. 예를 들면 원소가 후사(後嗣) 문제를 결정하는 것을 보아도 중앙에서 파견된 일개 관리와 다르게 사실상 왕권을 상속하듯이 후사를 결정하고 있다.

2. 난세의 전개과정

구체제의 위기와 사회 변동[206]

이제 본격적으로 난세의 체제 변동에 대해 논의해보자. 후한 말의 영웅들이 구체제를 그대로 유지하고자 했는지 아니면 새로운 왕조의 개창을 중시했는지에 대해서 분명하게 말하기는 어렵다. 다만 역사적인 결과물들을 토대로 주인공들의 성향을 분석할 수는 있을 것이다. 분명한 것은 구체제, 즉 한조(漢朝)는 심각한 체제의 위기에 봉착했다는 점이다.

대부분의 사회적 변동에는 구체제가 그 대상이 된다. 즉, 구체제의 문제 발생 → 붕괴 전조(前兆)의 진단자 그룹이 나타남 → 경제 · 정치 · 사회적인 균

---

205) 한나라는 물론이고 당나라 이전까지 서책은 주로 대나무로 만들어지거나 비단에 기록되었다.
206) 혁명의 이론적 과정이나 본질을 분석하는 데는 Crane Brinton의 *The Anatomy of Revolution* (Prentice-Hall, 1957)이 매우 유용하다. 본문의 경우도 이것을 일부 원용하고 있다. 이 책은 브린튼(차기벽 역), 『혁명의 해부』(학민사, 1983)로 번역되었다.

열 상태가 발생 → 지식인들의 이반 → 계급 혹은 이데올로기적인 대립 → 혁명의 시작 등으로 전개되어갈 것이다.

후한 말 구체제의 문제 발생의 정점은 어린 황제들의 등극으로 인한 외척(外戚)의 발호(跋扈) 혹은 환관 세력의 강화였다. 이 점은 다른 왕조에서도 대동소이하게 나타나는 것으로 하나의 보편적인 성격을 띠고 있다. 어린 황제의 등극은 자연스럽게 황권의 약화를 초래하고 외척이나 환관 혹은 지방 제후들의 권한이 강화되는 형태로 진행된다. 그리하여 천하를 통일할 수 있는 패자(覇者)가 나오기 전까지는 군벌에 의한 전국시대(戰國時代)가 나타나게 된다. 이것은 청의 멸망기에도 그대로 나타날 정도로 보편적인 성격을 띠고 있다.

구체제의 붕괴를 알리는 전조를 진단하는 사람들이 나타나면서 새로운 질서의 서막이 오르게 된다. 어떤 의미에서 보면 브린튼(Crane Brinton)의 지적처럼 사회의 무질서 상태란 그 담당자들이 항상 경계하고 있지 않으면, 모든 사회에서 확실히 풍토병처럼 존재할 수 있는 것이다.

구체제의 붕괴를 알리는 전조는 경제적·정치적 구조상의 약점에서 가장 첨예하게 나타날 것이다. 그런 사회는 혁명이 일어나기에 앞서 수년간 경제적 혹은 재정적으로 매우 곤란한 상황이 지속된다. 이 같은 구체제의 붕괴를 알리는 전조가 나타난 이후에는 지식인의 이반(離反), 더 나아가 계급간의 대립이 나타나게 된다.

첫째, 지식인의 이반은 양적인 면과 질적인 면에서 나타나는데, 양적인 면에서 기존 제도를 신랄하게 공격하며, 사회·경제·정치가 상당히 변혁되기를 바라는 많은 지식인이 존재하게 된다. 질적인 면에서도 난세를 규정하거나 대응하는 행위 등 지식인이 난세에 임하는 태도의 차이가 나타난다. 이 같은 차이는 확실히 일부는 공격을 가하는 지식인의 수와 그 단결의 정도에 따라 생기나 다른 일부는 미묘한 현실의 차이에서 발생하기도 한다.

둘째, 계급적 대립 현상이 나타난다. 이것은 지배계급 내부의 대립과 지배계급과 피지배계급 사이의 대립이라는 두 가지의 방향에서 동시에 나타난다. 즉, 계급 내의 분열과 계급 간의 갈등이라는 형태로 진행된다는 것이다. 구체제하에서 일부 계급(계층)은 다른 계급에 대해 적대감을 보이는 현상이 나타난다.

예를 들면 동탁-조조, 조조-원소, 유비-조조 등의 대립은 지배계급 내부의 분열이고 황건 농민군의 반란은 계급간의 대립 양상을 보이고 있다. 그리고 이 대립은 경제적인 이해뿐만 아니라 사상적이고 이데올로기적인 대립관계이다. 가령 유가와 법가의 대립 혹은 유가와 도가의 대립과 같은 형태인데 조조로 대표되는 법가(法家)와 유비로 대표되는 유가(儒家)의 대립으로도 고찰할 수 있다. 황건 농민군 대 지배계급의 대립은 전체적인 유가와 도가(道家)의 대립으로 볼 수도 있다.

세계사의 변화에서 보편적으로 나타나는 현상은 구체제의 지배계급들이 다음과 같은 특성들을 보인다.

- 서로 분열되어 있으며, 역사에 대한 냉철한 판단이 결여되어 있다.
- 사회를 효율적으로 운영해내는 능력을 상실하고 있다.
- 사회를 통제하는 능력을 상실하고 있다.
- 문제를 복고적으로 해결하려는 경향이 있다.
- 이해대립이 심각하다.

난세의 구체적 전개과정
• 난세와 혁명의 서곡

하나의 왕조가 멸망하거나 혁명이 실제로 일어나기 전의 수년간은 정부의 학정(虐政)에 대한 반발이 강해지고, 이해관계가 있는 단체나 조직들의 행동이 과격해진다. 이 같은 사태에 직면하여 정부는 통상적으로 이들 혁명세력에 대해 강경 진압을 하게 되고 이 같은 행위들은 오히려 혁명세력들의 결집을 가져오는 경우가 많다. 이러한 정부에 대하여 혁명세력들은 상대적으로 도덕적이며 강력하고 책략이 풍부하다.[207] 왜냐하면 그 같은 장점이 없이는 견고한 기존의 체제를 전복시키기가 힘들기 때문이다.

혁명의 서곡은 확실히 구체제에 대한 여러 가지 불만 때문에 기존의 체제를 유지하려는 세력(보수파 : 易姓革命을 거부하는 세력)과 역성혁명 세력 간의 날카로운 대립을 가져온다. 이들의 물리적인 대립은 시간이 흐를수록 심화된다. 『삼국지』의 경우에는 유비와 조조는 모두 혁명세력의 편에 서게 되나 조조는 혁명파에 가깝고 유비는 보수성(역성은 결과적으로 거부)과 혁명성을 동시에 가지는 모순이 있다. 따라서 유비의 경우에는 혁명의 가장 중요한 근거지 확보에 실패하게 되는 것이다. 유비는 강력하게 어떤 세력의 근거지를 확보하기가 어려운데, 그것은 유비가 구체제의 질서를 중요시하는 경향이 강하기 때문이다.[208]

이것은 유비가 삼국을 통일할 수 없는 운명임을 암시하고 있다. 유비는 어설프게 신구(新舊) 두 체제에 양다리를 걸치고 있기 때문이다. 그리고 유비의 이런 이중성은 그가 대세의 흐름을 정확하게 보고 있지 못한 데서 기인하는 것이다. 이 점에서 조조는 분명히 다르다. 조조는 자신이 대권을 장악하자 구체제로 회귀한 것이 아니라 오히려 동탁의 체제, 즉 군벌통치(軍閥統治)를 강화하고 있다. 이 군벌체제를 바탕으로 위(魏)나라가 건국되는 것이다.

이와 같이 난세에서 보수파가 실력을 유효 적절하게 사용할 수 없는 것은 지배계급인 보수파들이 전반적으로 부패해 있거나 시대의 흐름을 인식하지 못하기 때문이다. 하나의 왕조가 멸망한다는 것은 백성들을 지배하는 데 필요한 통치기술이라는 상당히 객관적인 자질을 전반적으로 결여하고 있기 때문이다. 그런데 유비는 이 같은 보수세력을 동정하고 있다. 혁명이나 난세의 극복은 기본적으로 폭력성을 전제로 하는데 유비는 대의명분과 실리를 동시에 추구하는 누를 범하고 있다. 이것은 유비가 걸어가야 할 고난의 길을 암시하고 있으며 유비가 신속성을 본질로 하는 난세의 통치술에 유연하게 적용하지 못하고 있음을 의미한다.

---

207) 브린튼, 앞의 책, pp. 81~83.
208) 유비가 서주 · 형주 · 익주 등 여러 곳에서 보이고 있는 태도를 보면 그는 확실히 구질서를 유지하려는 사람임에 틀림없다.

세계사를 돌이켜보면 혁명의 서곡은 대부분 엄청난 유혈 사태를 거친 뒤에 나타난다기보다는 어떤 극적인 사건을 계기로 체제가 전복되면서 혁명파의 승리로 끝나는 경우가 많다. 증오의 대상이 되어온 구체제는 생각보다 쉽게 타도된다. 그러나 이제부터가 혁명의 시작으로 다양한 부류의 정파들이 각자의 길을 걸으면서 본격적인 갈등이 시작된다.

• 온건한 혁명파(보수적 혁명파)의 지배

인간의 역사에 나타난 주요 혁명들은 대개 혁명의 서곡이 지나면 초기에는 온건파가 지배하는 경향이 있다. 그러나 이 온건파는 그 자체가 '다양성'을 기본 속성으로 하기 때문에 결집력이 떨어지는 결정적인 약점을 가지고 있다. 1차적인 승리 직후에, 승리자들은 다같이 승리를 자축하지만 국가를 재건하는 방법론에 있어서는 서로 다르다.

대표적인 예가 지롱드-자코뱅(프랑스 혁명), 트로츠키-스탈린(러시아), 원소-조조(삼국지), 유소기(劉少奇)-모택동(현대 중국), 정도전-이방원(조선 태종), 사인방(四人帮)-등소평 등을 들 수 있다. 이 같은 경향은 왕조의 붕괴 이후에 바로 나타나기 시작한다. 온건파와 급진파의 전쟁은 이전의 구체제의 타도와는 성격이 다르고 매우 정교하고 냉정하며, 치열한 열전(熱戰)의 형태가 될 수밖에 없다.[209] 결국 정치권력은 구체제를 지지하는 보수파에서 온건파[210]를 거쳐 급진 세력으로 옮겨가는 경향이 있다. 이것은 동서고금을 통하여

---

209) 온건한 혁명세력이 정권을 장악하게 되면, 그들의 차이는 점점 두드러지는데 이 차이와 갈등이 더욱 커지게 되는 이유는 기존의 법·제도의 개혁 및 새로운 비전의 제시와 더불어 일상적인 통치활동도 해야 하는 이중의 부담을 안게 되기 때문이고, 이것은 혁명파 내부의 갈등을 더욱 증폭시키게 된다. 그럼에도 불구하고 이들은 한때는 동지였기 때문에 내부적으로는 심각한 갈등이 있지만 외부적으로는 과도한 폭력이 일시적으로 약화된 것처럼 보이게 된다. 그러나 이들 온건파와 급진 세력들은 점점 더 강력해지고 비타협적으로 되어간다.

210) 브린튼에 의하면, 대개 온건파의 대다수는 급진 세력보다는 선량한 인간이거나 아니면 적어도 보다 정상적인 인간이다. 그러나 온건파는 다양한 계층과 부류의 사람들이 느슨하게 결합된 오합지졸에 불과할 수도 있다. 온건파는 기존의 현실을 인정하는 상식적인 생각을 가지고 천하를 경영하려고 시도하므로 자주 실패하게 된다.

나타나는 수많은 난세의 역사적 특징이었다. 그 과정에서 혁명세력들 가운데서 패배한 집단이 정치에서 지속적으로 탈락하여 자가분열(自家分裂)과 도태의 길을 걷게 되는 것이다.

『삼국지』는 바로 이 같은 자가분열과 도태의 과정이라고 보아야 한다. 이런 의미에서『삼국지』에서는 승리자가 존재하지 않는다. 조조 · 유비 · 손권의 대립(220년 전후) 및 삼국을 통일한 진(晉 : 265)을 거쳐 당나라가 성립(618)될 때까지 거의 300여 년 이상 중국은 정신적으로나 물리적으로나 통일을 이루지 못한 극심한 혼란기였다. 우리가『삼국지』에서 읽어야 할 부분은 왜 강력한 통일의 기운에도 불구하고 중국이 더욱 분열의 길을 가고 말았을까 하는 것이다. 문제는 이 시대 지도자들이 가진 리더십의 한계라고 보아야 한다.

참고로 난세에는 다소 광기 어린 이상주의자가 주인공이 될 수 있는 무대이다. 왜냐하면 난세는 결국 철저한 조직의 인간이 가장 능력을 발휘할 수 있는 무대이고 그 조직력은 사람을 하나로 강력하게 묶을 수 있는 이데올로기에서 나오는 것이기 때문이다. 소련의 침공 등 오랜 혼란을 겪었던 아프가니스탄을 통일했던 모하마드 오마르가 이에 해당한다.

오마르는 1996년부터 이슬람 근본주의에 입각한 탈레반을 지도하여 아프간 지역의 대부분을 통일했던 사람이다. 아프가니스탄 남부의 빈농의 아들로 태어난 오마르는 이슬람 학사 출신의 학생들을 중심으로 탈레반을 결성(1994)하여 오사마 빈 라덴 등의 도움으로 아프가니스탄의 수도 카불을 점령하였다(1996). 탈레반 정권은 강력한 이슬람 율법을 실천에 옮기면서 아프가니스탄 전역에 폭넓은 지지를 받기도 했지만 정치와 종교가 다른 점을 망각하고 이슬람 율법을 극단적으로 시행함으로써 오히려 민심이 이반되었다. 그리고 오마르의 극단적 과격 이슬람 원리주의는 극단적인 반미 테러를 지원하게 되어 미군의 집중공격을 받고 궤멸되고 말았다(2001. 12).

• 급진파의 승리 ─ 불완전한 승리

난세에서는 조직력이 우월한 급진파가 일단 승리를 거두게 된다. 그러나 이 승리는 완전한 승리라고 할 수는 없다. 흔히 말을 타고 천하를 통일할 수는 있으나 천하를 다스릴 수는 없는 것이다.

예를 들면 진시황이 천하를 통일한 것도 그 시대의 대세였을 수는 있지만 유방이 천하를 통일하는 것 또한 시대의 대세이다. 진시황이 급진파라면 유방은 온건한 사람이었다. 즉, 중국 최초의 통일 왕조인 진(秦)나라의 경우 법가 사상을 국가이념으로 하였기 때문에 당시로 보아서는 매우 급진적이었다. 당시의 상국(相國)이었던 여불위(呂不韋)[211]는 어린 진시황에게 덕치사상을 전하려고 하였지만 진시황은 자라면서 그것이 난세에 도움이 될 것이라고 보지는 않았다. 여불위는 백성을 덕으로 다스려야 한다고 생각한 반면, 진시황은 강력한 법으로만 나라를 부강하게 만들 수 있고 천하도 통일할 수 있다고 본 것이다.

그러나 일단 천하를 통일하고 난 뒤의 진시황[212]은 많은 난관에 봉착하게 된다. 진나라는 천하를 통일한 지 채 20년이 되지 못하여 망하고 유방과 항우(項羽)의 대립이 시작되었다. 이때 유방이 진(秦)의 수도를 점령한 후, "여러분들

---

211) 여불위는 원래 한(韓)나라의 큰 상인이었으나 진(秦)나라 태자 안국군(安國君)의 아들 자초(子楚)를 도와서 왕에 오르게 하였다. 자초가 바로 진의 장양왕(莊襄王)이다. 자초(장양왕)는 여불위의 계교에 따라 여불위의 애첩(愛妾)이었던 조희(趙姬)를 왕비로 삼고 여불위를 승상으로 삼았다. 장양왕이 죽자 장자인 태자 정(政)이 13세로 왕위에 오르니 이가 나중에 진시황이 되는 인물이다. 그런데 이 태자 정은 조희와 여불위 사이에서 난 아들이라는 설이 유력하다. 조희는 태후가 되고 여불위는 상국이 되어 국사를 관장하였다. 장양왕이 죽은 후 여불위와 조희의 관계는 지속되었으나 태자가 자람에 따라 여불위는 조희를 노애라는 자에게 소개하여 같이 살게 하였다. 여불위 권력의 절정기에는 그의 집에 머무르는 식객이 3천 명에 달하였다고 한다. 여불위는 이들에게 자신이 하고 싶은 대로 견문을 저술하게 하여 일종의 백과전서 격인 『여씨춘추(呂氏春秋)』를 편찬하였는데 모두 20여만 어에 달했다고 한다. 여불위는 『여씨춘추』를 대단히 자랑스러워하여 진나라 수도인 함양 시문(市門) 앞에 걸어두고는 "한자라도 증감할 수 있다면 천금을 주겠다"고 뽐냈다고 한다. 진시황의 유명한 신하였던 이사(李斯)도 여불위의 식객이었다. 그러나 진시황은 24세가 되던 해에 정권을 완전히 장악하여 자신의 어머니 조희의 정부(情婦)였던 노애를 처형하고 조희와 노애 사이에서 난 두 아들을 죽였다. 그리고 여불위가 자신의 친아버지임을 알고 난 후 여불위를 삭탈관직(削奪官職)하고 귀향시키자 여불위는 자살하여 생을 마감하였다.

212) 진시황은 개인적으로 매우 근면하고 인재를 중시했으며, 강철 같은 의지를 지닌 사람으로 알려져 있다. 진시황은 그날 처리해야 할 업무를 정하고 그것을 모두 처리할 때까지는 퇴근도 하지도 않았다. 다만 자신의 의지가 너무 강경할 때가 있어 결국 정책적인 실패를 당하곤 했다.

은 가혹한 진나라의 법률 때문에 오랫동안 고생하였습니다. 이제 진나라의 법은 없습니다. 법은 단 3조 정도면 족합니다. 사람을 죽이거나 사람을 상하게 하거나 남의 물건을 도적질하는 것만 벌하겠습니다"라고 하였다. 이것이 유명한 '법삼장(法三章)'이다. 이상의 논의를 통하여 보면, 진시황과 같은 과격파는 궁극적인 승리자가 되지 못하는 것도 하나의 대세라는 것이다.

급진파가 온건파를 진압하고 혁명에 성공하는 이유는 그들이 전체적인 혁명 그룹 내부의 조직을 장악하기 때문이다. 급진파는 반대파를 확실히 제거하여 조직을 독점한다. 혁명 또는 천하통일의 과정에서 실무적으로 중요한 것은 신속성, 분명하고 단호한 판단력, 목적을 향한 저돌성 등이다. 그러나 바로 이런 점 때문에 정권의 유지가 어려워지는 경우가 많다. 결정이 신속하다는 것은 그만큼 단선적이고 졸속 정책의 가능성이 높아지는 것이고 목적에 너무 충실하면 불필요한 억압을 자초하게 되는 것이기 때문이다. 혁명이나 개혁은 그래서 성공하기가 대단히 어려운 것이다.

중국사에서 개혁가로 꼽히는 사람은 관중(춘추시대), 상앙(전국시대), 진시황, 왕망(신나라), 문제(수나라), 왕안석(송나라), 장거정(명나라), 강희제(청나라), 강유위(근대 중국), 손문 등을 지적할 수 있는데 이들 대부분은 성공적인 개혁을 못하고 말았다. 그리고 일본 전국시대의 경우, 오다 노부나가ㆍ도요토미 히데요시와 도쿠가와 이에야스의 관계도 이와 같은 맥락에서 파악할 수 있다. 오다 노부나가와 도요토미 히데요시는 급진파로서 일본을 통일하였지만 결국 그 통일을 완성한 사람은 온건파인 도쿠가와 이에야스였다. 굳이 비유하자면 도쿠가와 이에야스는 유비와 사마의의 속성을 동시에 가진 인물이었다.

분석의 범위를 좁혀서 『삼국지』를 보면, 조조ㆍ원소ㆍ유비의 성공 → 원소의 패배 → 위ㆍ오ㆍ촉의 대립 → 사마의 정권 장악의 사건 진행은 마치 온건파의 실패 → 급진파의 성공 → 온건파의 완성 등의 형태로 보이기도 한다. 그러나 『삼국지』에서 온건파와 급진파를 궁극적으로 파악하기가 어렵다. 그 실체를 파악하려면 실무적인 문제 이상으로 천하대세, 즉 시대정신이 중요하기 때문이다. 그러면 그 당시 시대정신은 무엇인가를 알아보자.

『삼국지』의 시대정신은 분열된 중국의 통일과 위민사상에 기반한 새로운 유교 사회의 건설로 요약될 수 있다. 이 위민사상을 기반으로 하지 않은 사람은 없지만 조조와 유비는 정책적인 대비가 나타난다. 물론 난세이므로 전체적으로 법률이 중시되지만 그 안에서 차이는 존재하고 있다. 조조는 스스로 법을 준수하는 모범을 보이고자 하였으며, 인재를 중시하고 세금을 낮춰 민중들의 고통을 경감시키려 하였다. 그러나 유비는 요순(堯舜)의 정치를 꿈꾸는 보수적 이상주의자였다. 유비는 보다 유가적인 정책 성향을 가지고 있었다. 현대적인 감각에서 본다면 조조가 보다 실질적인 지도자였다고 할 수 있다. 그런 까닭에 신속하게 정권을 장악해 들어갈 수 있었던 것이다. 그러나 앞에서 본대로 그것은 절반의 성공이었던 것이다.

『삼국지』는 일단 급진파의 승리로 끝나기는 하지만 그 급진파의 성공을 온건하게 만들어가는 정치적 그룹이 제 구실을 못했기 때문에 중국은 다시 혼란한 상태에 빠질 수밖에 없게 되었다. 예를 들면 조선시대의 포악한 이방원(태종)의 뒤를 이은 세종대왕이 훌륭한 치국(治國)을 할 수 있었고, 세조의 뒤를 이어 성종(成宗)이 있었기에 조선의 왕조는 500년 이상을 버틸 수 있었던 것이다. 일본의 경우에도 도요토미(급진)-도쿠가와(온건)의 조합이 있었기 때문에 도쿠가와 바쿠후가 200년 이상 지탱되었던 것이다. 바로 이러한 요소가 결여된 것이 『삼국지』의 상황이었다. 결국 『삼국지』는 진정한 통일왕국을 구성하지 못하고 난세의 반복이 될 수밖에 없었다.

3. 중국을 변화시키는 힘

중앙의 권력다툼

중앙의 권력다툼으로 시대가 바뀌는 것은 비단 중국에만 해당되는 것이 아니라 대부분의 인간 사회에 그대로 적용된다. 『삼국지』의 시대에 중앙의 권력다툼은 대체로 황제·환관-외척의 구도를 띠고 있다. 먼저 어린 황제가 등극하면 그 황제의 어머니인 태후(太后)가 섭정(攝政)을 하고 태후의 입장에서 통치하기에 가장 신뢰할 만한 파트너는 바로 자신의 가족이나 친척이 된다.[213] 이와 반대로 황제가 자라게 되면, 황제에게는 이 외척들이 황제의 권한에 정면으로 도전하는 권력 투쟁의 대상일 수밖에 없다. 이 경우 환관[214]은 황제와 매우 긴밀하게 연결되어 외척에 공동 대응하여 황권(皇權)을 복위시킨 사례가 매우 많았다. 이것은 어린 황제가 즉위해서 성인이 되었을 경우 예외 없이 나타나는 현상이기도 했다.

중국이나 우리나라에서 정치제도가 문란해지고 외척에 의한 세도정치가 나타나는 것은 황제들이 어린 나이에 등극을 했거나 특정 집단이 의도적으로 권력 유지를 위해 어린 황제를 보위에 오르게 했기 때문이다. 조선시대의 태종이 많은 외척들을 죽인 것도 이 때문이다. 이 일로 인하여 태종은 포악한 임금으로 묘사되기도 하지만 왕권은 안정된 시기였다.

후한(後漢) 말기에는 10세였던 화제(和帝 : 孝和皇帝)의 등극을 시작으로 10세인 헌제(獻帝 : 孝獻皇帝)의 등극에 이르기까지 지속적으로 어린 황제가 등극하였다. 따라서 권력은 자연히 황제의 어머니와 외척의 수중으로 넘어갔는데, 나중에 황제가 장성하여 외가로 넘어간 권력을 다시 찾기 위해서는 궁정 쿠데타를 일으켜야 했다. 어린 황제가 장성하여 쿠데타를 일으키려면 의지할 사람이라고는 궁중에 상주하는 환관의 힘을 빌릴 수밖에 없게 된다. 그리고 이때의 환관과 황제의 관계는 대개의 경우 가족 이상 가까운 존재였다.[215]

---

213) 한 고조 사후 혜제가 즉위하자 태후였던 여씨(呂氏)가 정권을 장악하고 그 가계가 권력을 잡았다가 여태후의 사후(死後)에 제왕(齊王) 유양(劉襄)이 군사를 일으켜 유항(劉恒)을 옹립하였는데 그가 바로 유명한 문제(文帝)였다.

214) 환관(내시)은 남성의 강건한 신체와 여성의 유약한 기질을 가졌기 때문에 황제의 곁에서 시중을 드는 것이 적격이라고 생각되어왔다. 항상 정변(政變)이 있었던 궁궐에서 급할 경우 황제와 그 가족들을 업고 달려서 피신시키는 것도 그들의 중요한 임무였다. 전한(前漢)시대에는 환관들이 실질적인 권한을 잡을 수 없었지만, 후한(後漢)에 들어서 환관들은 황제의 비서격인 상시(常侍)나 황문(黃門) 같은 요직에 임명되었다.

215) 대부분 외롭게 성장해온 황제나 군주들에게 가장 가까운 곳에 있는 환관이야말로 가장 편안한 존재였다. 마치 윈스턴 처칠이 "자신을 길러준 보모의 죽음이 인생에서 가장 슬펐을 때"라고 말하듯이 황제나 황태자, 황자들에게 환관은 부모와 같은 존재였기 때문이다.

후한 환제(桓帝) 때 외척 양기(梁冀)의 세력은 거의 절정에 달하였다. 20여 년에 걸친 그의 집정 기간에 양기 일족은 7명의 제후, 3명의 황후, 6명의 귀인(貴人), 3명의 부마(駙馬), 2명의 대장군이 배출되었고, 조정의 요직에 있는 이가 57명으로 사실상 권력을 독점하였다. 관리로서 임명되면, 먼저 양기에게 인사하는 것이 관례화되기도 하였다. 이에 성인이 된 환제는 환관 선초(單超), 구원(具瑗)과 피로써 맹세하고 양기를 제거할 수 있었다.[216]

외척이라는 대귀족에 대항하여 황제를 옹위할 수 있는 세력은 아이러니하게도 남성(男性)을 상실하고 가장 허약해 보이는 환관이었다. 그러나 그 내부를 들여다보면 환관들은 학식 면에서 관료에 뒤지지 않았고, 무엇보다도 선대(先代)의 사정을 잘 알고 있었으며, 경험이 풍부하고, 궁중(宮中)에 상주하는 등 만약에 어린 황제가 자라서 궁중 쿠데타를 도모할 경우 가장 큰 힘이 되는 존재였다.[217] 그리고 권력을 다시 찾은 황제는 그 고마움에 대한 보답으로 환관에게 큰 벼슬을 제수하였다. 이것이 후한 말 환관들의 권력이 강대해지는 근거가 되었다. 이러다 보니 환관들은 정통 지배계층인 문무관리들과는 자연히 권력투쟁의 단계에 접어들게 된 것이다. 이것이 후한 말의 상황이었다.

『삼국지』의 주인공의 한 사람으로 헌제(獻帝)의 부친이었던 영제(靈帝)는 12세에 등극하여 자신을 부모 이상으로 보살펴준 환관 장양과 조충을 각각 아부(阿父), 아모(阿母)라 하여 부모처럼 생각하였다. 채옹(蔡邕)이 환관들의 권력이 강해지는 것을 간하다가 삭탈관직당한 후, 환관들의 권력은 더욱 커진 것이다. 조절(趙節)을 위시하여 장양(張讓)·조충(趙忠)·봉서(封諝)·단규(段珪)·후남(侯覽)·건석(蹇碩)·정광(程曠·하운(夏惲)·곽승(郭勝) 등의 열 명의 내시(內侍)는 정치 실세로 부상하였다. 이들은 대부분은 환제의 궁정

---

216) 이때 삭탈관직된 자가 300명에 달하여 중앙 조정이 텅 비어버렸으며, 몰수한 양기의 재산이 1억 전이 넘어서 천하의 조세를 50% 경감하였다고 한다.

217) 실제로 화제(和帝) 때의 정중(鄭衆), 안제 때의 채륜(蔡倫 : 종이 발명가), 순제 때의 손정(孫程), 환제 때 선초(單超)와 구원(具瑗) 등은 대표적인 사람들이다. 이들은 황제에 대한 충성과 공로를 인정받아 정중은 초향후로 봉해졌고, 순제 때는 19명이 제후로 봉해졌으며, 환제 때는 5명이 제후로 봉해졌다.

쿠데타에 가담한 사람들로 세상 사람들은 이들을 일러 십상시(十常侍)라고 하였다.

전체 중국사를 통틀어 보면 환관과 외척세력은 중앙권력에 큰 변화를 미치고 있다. 환관은 황제와 가장 가까운 사람들로 권력의 중앙에 있게 마련이다. 진시황 때 조고(趙高)의 전횡은 물론이고 어느 시대에도 환관의 세력은 쉽게 강대해질 수 있는 속성을 가지고 있다. 동서고금을 막론하고 독재가 심화될수록 황제의 요리사이든 이발사이든 그 능력이나 역할에 관계없이 권력자와 거리적으로 가장 가까이 있는 자의 권한이 강해지게 마련이다. 황제의 권력은 독재의 가장 전형적인 형태를 띠고 있다. 그러나 전반적으로 보아 환관들이 외척이나 다른 세력보다도 권력 지향적이라고 보기는 어렵다. 오히려 환관들은 다른 정치 주체들에 비하여 권력 지향적 속성이 약하다고 보는 것이 옳다. 그런데도 오로지 환관이 잘못한 것처럼 몰아가는 것은 사대부들의 비뚤어진 청류의식 때문이다.[218]

환관들 가운데는 외형적으로 나타나는 것보다 내면적으로 강인한 외유내강형(外柔內剛)형의 인물들이 많다. 이것은 대부분의 환관들이 유년기에 처절한 가난과 수많은 고초를 겪은 경우가 많고 남성(男性)의 상실과 더불어 육체적으로 극심한 고통과 정신적인 죽음을 경험했기 때문으로 보인다. 이들은 사회적으로는 천시의 대상이 되었을지 모르지만 목숨을 걸고 싸워야 하는 피비린내 나는 궁정 쿠데타의 동료로서는 매우 의리가 깊은 사람들이었다. 이 점에 대한 이해가 사회 전반적으로 부족하고 이것은 학계도 예외는 아니다.

외침─외부 유목민의 침략

중국의 역사를 농경민과 유목민의 대립으로 보는 것도 오래된 시각이다. 진시황이 흉노의 침입을 막기 위해 만리장성을 구축하였는데, 이 사업은 명대(明代)까지도 지속되었다. 진시황은 자신이 세력을 키운 곳이 양주(凉州) 지역이

---

218) 그러나 사대부나 일반인들조차도 환관과 황제 혹은 황후들이 맺고 있는 가족 이상의 독특한 관계를 인정하지 않고 맹목적으로 천대하거나 혐오하는 경우가 많다.

었기 때문에 누구보다도 유목민의 위력을 잘 아는 사람이었다. 현재 우리가 보는 만리장성은 보통 진(秦)나라 때 세워진 것이라고만 생각하는 경우가 많은데 명나라 때까지 지속적으로 신·증축되고 개축된 장성이다.

여기서 말하는 유목민이란 전체적으로는 현재의 만주 지방에서부터 유럽의 다뉴브강에 이르는 지역에 살면서 유목을 행하였던 민족을 말한다. 물론『삼국지』나 우리 역사와 직접적 관련이 있는 유목민들은 몽골을 중심으로 동유럽과 중앙아시아에 거주하였던 유목민들이다. 현재의 몽골 지역을 중심으로 동북아시아에 거주하는 유목민들의 생활은 과거 그들의 조상과 별 차이가 없다. 따라서 현재 유목민들의 연구로 그들의 실체를 파악하는 것이 가능하다.

유목민들은 걸음마보다 말타기를 먼저 배운다는 말이 있을 만큼 말은 그들의 생활에서 매우 중요하다. 유목민들은 땅에 집착이 강한 농경민들과는 근본적으로 화해하기 힘든 구조를 가지고 있다. 유목민들에게 땅이란 잠시 빌리는 것에 불과하다. 유목민들은 풀이 마르면 주저없이 이동하고 그 이동은 비록 삶을 위한 방편이기는 하나 '자유' 그 자체이다. 따라서 농경민들이 유목민들을 지배한다는 것도 불가능한 일이다.

유목민들 특히 몽골을 중심으로 이동하는 유목민들의 이삿짐은 대개 300 kg을 넘는 경우가 드물다. 항상 신속하게 이동하여야 하기 때문이다. 그들의 삶은 농경민의 시각에서 보면 초라하기 이를 데 없다. 그리고 겨울이면 영하 40 ~50도를 오르내리는 몽골의 혹한(酷寒)을 견뎌야 한다. 유목민들의 생명의 고향 또는 성지(聖地)라고 부르는 바이칼 호수는 파도까지 얼어붙는다. 바이칼 호수 지역의 겨울은 일년 중 6개월 이상이나 된다. 이런 혹독한 자연 환경에 적응하는 과정에서 유목민들의 '하늘'에 대한 숭배 사상이 나타나는 것이다. 역설적이지만 자유로워 보이는 유목민들의 삶은 자연의 섭리에 가장 잘 순응하고 자연과 환경을 철저히 보호하는 것이다.

자연에 대한 저항을 모르는 유목민들은 자연재해에 매우 취약하다. 겨울이면 수백만의 가축이 얼어죽는 경우가 발생하기도 한다.『삼국지』에서 조조가 요서(遼西)를 정벌할 당시의 예를 보면 알 수 있다. 조조가 원소의 아들인 원상

(袁尚)과 원희(袁熙)를 추격하여 요서 지방을 정벌하러 갔을 때 심한 홍수가 났다. 이 홍수는 유목민들에게 치명적인 결과를 초래했다. 대홍수는 수만 마리의 가축을 떼죽음으로 몰고가기 때문에 경제적 기반이 무너지고 유목민들은 자연에 대한 복구 능력이 없기 때문에 사실상 전투력을 상당히 상실했을 가능성이 크다. 홍수 이후 어느 정도의 시간이 흐른 후 조조는 이내 요서를 공격하여 요서 지방에 있던 유목민들을 정벌하는 데 성공한다. 만약 홍수가 없었더라면 요서 정벌은 불가능했을 것이다.

유목민들은 구조적으로 식량 자급이 불가능하기 때문에 끝없이 농경민들을 공격하는데 이것이 고대전쟁이 가지는 경제적인 속성과 맞물려 유목민과 농경민의 전쟁이 지속적으로 발생하였던 것이다.

중국의 역사에서 유목민들을 제대로 방어할 수 있었던 왕조는 거의 없었다. 상당수의 중국 왕조들을 면밀히 검토해보면 금나라·요나라·원나라·청나라와 같이 아예 유목민들이 건국한 나라도 있고 건국자들이 유목민의 피를 받아서 건국하였다가 한화정책(漢化政策)을 강화해서 잘 드러나지 않는 경우도 있다. 예를 들면, 북방 유목민인 선비족(鮮卑族)들이 건국한 북위 – 북주를 바탕으로 수(隋)나라를 건국한 양견(楊堅)은 무천(武川)을 근거로 하였으며 그의 아버지는 호성(胡姓)을 하사받기도 하였고,[219] 당(唐)나라를 건국한 이연(李淵)도 그 모계(母系)는 모두 선비족 출신으로 사실상 유목민 출신이었다. 수 양제 때 이연은 몽골 지역에 가까운 태원(太原)의 태수였다.

한족(漢族 : 중국인)들은 유목민들을 가장 무서워하면서도 한편으로는 가장 경멸하였다. 한나라 때까지 중국을 가장 괴롭힌 유목민은 통칭 흉노족(匈奴族)이었다. 원래 흉노(匈奴)라는 말은 '훈'이라는 말에서 나왔다. 이 말은 몽골어로 '사람(人)'이라는 뜻인데 한족들이 경멸하여 부른 말이다. '사람 같지도 않은 사람'이라는 의미도 포함되어 있다. 그러나 이 명칭은 잘못된 것으로 흉노를 '대쥬신족'으로 부르는 것이 타당할 듯하다. 이에 대한 구체적인 내용은

---

219) 傅樂成, 앞의 책, 356쪽.

이 장의 '4. 중국의 주변 민족과의 투쟁' 부분에서 다루도록 할 것이다.

원래 중국인들은 예(禮)를 중시하였는데, 그 예라는 것이 의관(衣冠)에 의하는 바가 컸다. 이들이 유목민들의 간편한 복장을 경멸하는 것은 당연한 일이지만 이것은 엄밀한 의미에서 자민족 중심주의의 소산이다. 유목민들의 복장이나 예법은 한족과의 문화적 차이에 불과하다.

한족의 인구는 한나라 초기에도 거의 4천만~6천만 명에 이르렀고, 몽골 고원 일대에 있던 대쥬신족은 200여만 명에 불과했지만 대쥬신족의 전투력이 강성하여 한족은 이들을 제대로 방어할 수 없었다. 한나라 문제(文帝) 때 조착(鼂錯)은 흉노 문제에 관하여 상세한 주를 달면서, 한나라 군대와 흉노 군대의 장단점을 비교하였다(『한서』 조착전).

조착은 흉노의 장점은 말[馬]이 좋고, 마술(馬術)이 뛰어나고, 혹한(酷寒)과 기아(飢餓)를 잘 견딜 수 있는 것이라고 지적하였다. 이에 비하여 한군(漢軍)의 장점은 평원전이 뛰어나며, 병기가 뛰어나고, 진술(陣術)이 엄정하고, 전술이 정교하고 치밀하며, 보병전에 탁월한 점 등을 들었다. 조착은 유목민들을 막기 위해서는 험준한 산악 지역에 사는 오랑캐(유목민)들을 동원하여야만 한다고 보았다. 왜냐하면 그들은 흉노의 모든 장점을 가지고 있으며 평원전에서는 한군(漢軍)이 제압하면 되기 때문이다. 서기 12년, 왕망은 고구려(高句麗)를 동원하여 흉노를 정벌하려 시도하였지만 성공하지는 못했다.[220]

유목민의 전투력이 강한 것은 당연한 일이다. 유목민들의 전투력이 농경민에 비하여 탁월한 근거로, 간편한 용모와 복장,[221] 뛰어난 승마 실력, 최고 수준의 마상 전투 능력, 빠른 속도, 간편한 음식(말린 고기류, 요구르트, 치즈 등), 이합집산이 용이함, 가족 단위로 이동하는 경우가 많아서 지원병이 따로 필요 없는 점,

---

220) 傅樂成, 앞의 책, 198쪽.
221) 예로부터 소위 문명화된 중국인들의 복장은 소매와 옷깃이 길고 넓은 특징을 가지고 있다. 이 것은 위엄과 권위를 상징하기 위한 모양새이다. 이에 비하여 유목민들 특히 북방 호족(胡族)들의 복장은 소매가 좁고 둥글며 긴 바지에 무릎까지 오는 가죽신을 신었는데 이 복장이 말을 타고 이동하기 쉽기 때문이었다. 그리고 이들의 복장은 특별히 평상시와 전시의 구분이 없었다. 이 복장은 현대에도 전혀 손색이 없는 합리성이 극대화된 복장 구조이다.

정해진 주거지역이 없어 공격하기가 어려운 점 등을 지적할 수 있다. 그러나 이 같은 특성은 그대로 통치권력으로 전환하기에는 매우 취약한 요소가 된다. 따라서 많은 유목민들이 일단 중국을 정벌한 이후에는 한화(漢化 : 중국화, 중국인화) 하게 되는 것이다.

그런데 유목민과 농경민의 대립은 상당한 부분에서 보편적인 공통성을 가지고 있다. 이들의 대립은 아랍의 역사가였던 이븐 할둔(Ibn Khaldun)에 의해 이미 충분히 분석되고 검토되었다. 할둔은 사회조직을 유목적인(nomadic) 것과 정주적인(sedentary) 것으로 나누고, 이들의 대립 투쟁이 바로 역사 변동의 원인이라고 하였다.

할둔에 의하면 유목민들은 단순하고 궁핍하지만, 스파르타적인 생활을 하면서 강한 연대성과 전투적인 성격을 가지는 데 반하여 , 정주민(定住民)들은 도시나 농촌에 살면서 풍요롭지만 사치와 방종에 탐닉한다고 한다. 유목민들은 정주민들의 풍요롭고 세련된 생활에 대한 강한 열망으로 끊임없이 그들을 정복하려고 한다는 것이다. 그러나 유목민들이 정주민을 정복하고 나면, 그들도 역시 정주민화되어 이전의 정주민이 이룩한 정권과 동일한 방식으로 국가를 운영하게 되고 또 다른 유목민이 정주민들을 다시 정복해갈 것이라는 것이다.[222] 역사란 이러한 투쟁의 반복이라는 것이 할둔의 설명이다.

상대적인 전투력의 열세를 만회하기 위해서 농경민들은 대쥬신족(흉노족)에 가까운 병제(兵制)나 군제(軍制)를 만들기 위해서는 상당한 개혁을 감행하지 않으면 안 된다. 대표적으로 전국시대 조(趙)나라의 무령왕(武靈王)은 흉노에 가까운 군체제로 개혁하려 했던 사람이다. 사마천의 『사기』 「조세가(趙世家)」에 따르면 무령왕은 '호복기사(胡服騎射)' 정책을 사용했다.[223] 특히 무령왕은 활동하기에 편한 호복 하의(下衣 : 바지) 사용을 권장하였으나 이에 대한 조야(朝野)의 반발이 극심하였다고 한다. 그러나 엄밀한 의미에서 보면 조

---

222) Howard Becker & Elmer Barnes, *Social Thought from Lore to Science*, New york : Dover, 1961.
223) '오랑캐처럼 옷을 입고 말을 타고 활을 쏘라' 는 의미이다.

나라는 대쥬신 계열에서 한화(漢化)된 민족들이라고 보아야 할 것이다.

중국의 역사는 외부의 유목민들에 대한 침략과 방어의 역사였다. 한나라 시대에 가장 중국을 괴롭힌 것은 흉노(대쥬신족)였다.[224] 흉노, 즉 대쥬신족은 기원전 4세기 말부터 약 500년 동안 몽골 고원 지대에서 번영을 누린 유목 기마 민족이다. 대쥬신족은 전국시대에 오르도스 지방에 거주하면서 중국의 북쪽 지방을 침범하다가 진(秦)나라 시대에는 음산(陰山)으로 후퇴하였으며 진나라 말기인 기원전 209년경에 동호·월지·오르도스 등 몽골 지역 전체를 장악하여 중국의 큰 위협이 되었다.

사마천의 『사기』에 대쥬신족을 묘사하여 "재물을 보면 새떼처럼 모여들고 싸움에 패하면 구름처럼 흩어진다(鳥集雲散)"라고 하였다. 이것은 주기적으로 변방을 넘어 한나라를 침입하고 있는 대쥬신족들의 행태를 묘사한 말로 보인다. 한나라 초기에는 대쥬신족과의 무력 대결에서 실패하여 국력이 쇠약해지는 계기가 되기도 하였다. 이 당시 한나라는 대쥬신족의 위협에 대하여 조공(비단, 솜, 쌀, 누룩 등)을 바쳐 사태를 수습해나간다.

한나라 문제 때 대쥬신족의 단군임금(선우, 單于 : 天子의 의미)은 "천지가 태어난 곳에, 해와 달의 땅에서 대선우, 삼가 한 황제에게 묻노니 무량(無恙)한가"라고 편지에 쓰고 있다.[225] 그는 한나라 황제를 마치 자기 후배나 아랫사람처럼 대하고 있다. 당시 대쥬신족의 위력을 실감할 수 있는 대목이다. 재미

---

224) 서양의 역사에 나타나는 훈족이 바로 이들의 일부이고 헝가리라는 국가의 이름도 여기에서 나왔다고 한다. 훈족의 침입으로 서양사는 엄청난 변동을 겪게 된다. 훈족은 375년경에 중앙아시아로부터 나와 동고트족을 공격하고 이에 위협을 느낀 서고트족은 382년 다키아 지방에서 도나우 강 연안의 로마 영내로 이동하기 시작하였다. 서고트족은 계속하여 로마를 약탈하고(410), 다시 서쪽으로 진격하여 반달족(Vandals)을 압박하여 현재의 에스파냐 지역에 고트 왕국을 건설하였다(415). 반달족은 고트족에 쫓기어 다시 아프리카로 건너가 카르타고의 옛터에 반달 왕국을 건설하였다(429). 특히 훈족의 아틸라(Attila) 왕(406~453)은 유럽의 중심부까지 진출하였다. 451년에는 갈리아까지 침입하였다가 로마·게르만 연합군에 의해 패배하여 헝가리로 후퇴하였다. 그리고 이 시기에 아프리카에 건국한 반달 왕국의 침입과 약탈로 로마가 크게 쇠약해지기 시작하였다. 이 틈새를 로마 게르만의 용병대장이었던 오도아케르(Odoacer : 434~493)가 로마로 침입하여 로마를 멸망시켰다. 이로써 서양의 고대세계는 몰락하고 중세사회가 형성되었던 것이다.

225) 신태영, 앞의 책, 248쪽.

있는 것은 이 당시 한족의 인구는 거의 4천~6천만에 달하는데, 대쥬신의 경우 전체 인구가 200여 만에 불과했다는 점이다.[226]

한나라 무제(武帝) 때에는 대쥬신족에 대해 적극적으로 공세를 폈으나 일진일퇴를 거듭하면서 국력이 극도로 피폐하게 되었다. 이것이 전한(前漢)의 멸망 원인이었다. 기원전 50년경 흉노의 내분으로 5명의 선우가 병립하다가 호한야(呼韓邪) 선우 단군임금과 질지 단군임금의 2대 세력으로 분리되었고 그 후 질지(郅至)[227]는 피살되었다. 그후 후한 초 48년 대쥬신의 내분으로 북쥬신(북흉노)과 남쥬신(남흉노)으로 나누어졌다가 원래 호한야의 후손인 남쥬신은 후한에 복속하여 북쥬신과 중국의 완충역할을 하였다.

삼국시대에는 위(魏)나라가 남쥬신의 단군임금(선우)을 낙양에 억류하고 이를 5부로 분할하여 각 부를 쥬신인(匈奴人 : 쓩누) 도위(都尉)와 한인(漢人) 사마(司馬)로 하여금 공동 통치하게 했으며 뒤를 이은 진(晋)나라도 이 방식을 따랐다. 북쥬신은 중국과 타림의 지배권을 차지하기 위해 다투다가 2세기 중엽에 키르기즈 초원으로 이주하여 중국사에서 자취를 감추고 말았다. 흉노족들이 4세기 유럽 일대를 휩쓴 훈족이라고 일반적으로 추정하고 있다. 따라서 『삼국지』에 등장하는 여포는 북쥬신 계열에 속하는 사람으로 서방으로 떠나지 않고 몽골 고원 지역에 남은 사람들 가운데 하나로 파악된다.

대쥬신족은 배고프면 짐승을 잡아먹거나 짐승의 젖을 마시고 추울 때는 짐승의 가죽으로 옷을 만들어 입었다. 이들은 하루종일 사냥하는 것이 일과인데 이들과 중국인은 말이 통하지 않았다. 등자(橙子)도 없이(말 위에서 아무 것도 지탱하지 않고) 활을 쏠 정도로 말타기에 능숙하였는데 이것이 세계를 정복하는 군사력의 바탕이 되기도 하였다.

제갈량은 『장원(將苑)』에서 "북적(北狄 : 북방 유목민으로 대쥬신족을 말함)은 하루종일 사냥하는 것이 일과인데 이들은 예의와 도덕으로 감화시킬 수도 없

---

226) 사마천, 『사기열전』, 「흉노열전」.
227) 참고로 칭기즈칸이 질위족(窒韋族) 계열이라고 하는데 아마 이 사람과 관련이 있는 듯하다.

으며 무력으로 진압할 수도 없다"고 전제한 뒤 한족들이 이들과의 싸움을 피하는 이유(이길 수 없는 이유)를 다음과 같은 세 가지로 들고 있다.

첫째, 한나라 병사는 농번기에는 일하고 농한기에 주로 전투를 하므로 피로한 상태여서 전투력이 약한데, 북적들은 평소에 목축과 사냥을 일삼기 때문에 전투력이 왕성하고 야수 같은 용맹성을 가지고 있다.

둘째, 한나라 병사는 먼 거리의 전쟁터까지 무기·식량을 수송해야 하므로 이동하는 과정에서 체력이 떨어져 전투력이 약해지는 반면, 북적은 식량 운반이 필요 없다.

셋째, 한나라 병사는 보병이 주축이나 북적은 기병이다. 따라서 속도 면에서 북적을 따를 수 없다.

가능하다면 한족들은 이들을 자신의 전쟁에 용병으로 끌어들이거나 재화(財貨)를 동원하여 무마하였다. 조조의 라이벌이었던 원소가 공손찬을 격파한 것도 답돈(踏頓)의 기병(騎兵)의 도움을 받아서 가능했다. 원소는 사실상 답돈에게 조공을 바쳤다. 정사의 기록을 보아도 원소는 답돈을 무마하기 위해 한 집안사람의 딸들을 자기의 수양딸로 삼고 있다가 답돈과 그 휘하 장수들에게 결혼을 시키기도 했다.

중국인들이 북방은 오랑캐의 나라이며 항상 추악한 침략자로 규정하고 있는데 이것은 잘못이다. 예로부터 몽골인들을 포함한 대부분의 유목민들은 농경민들과 다른 두 가지의 사회문화적 특성을 가지고 있다. 하나는 하늘 숭배이고 다른 하나는 자연친화적 성향이다. 이 점을 구체적으로 살펴보자.[228]

첫째, 유목민들은 하늘을 숭배하는 오랜 전통을 가지고 있다. 아마도 농경민들의 경우에는 풍요로운 생활과 환경 등으로 하늘만 숭배하기에는 너무 다른 요인들이 많은 데 반하여, 유목민들의 경우는 생활이 너무 척박하고 시기적으로 일정한 생산물을 가질 수가 없으며 생활 자체가 단순한 데서 기인한 것으로 보인다. 『성경』이 유목민족들에게서 나타난 것도 같은 맥락이다. 한족

---

228) 시바료타로, 앞의 책.

에게 하늘 숭배가 나타난 것은 주(周)나라 무렵이라고 추정되고 있다.

둘째, 유목민들은 자연친화적인 특성이 강하다. 유목민들은 양과 소와 같은 가축을 치기 때문에 굳이 자연을 파괴할 필요가 없다. 오히려 풀이 많이 나는 초원은 철저히 보호한다. 그곳에 농사를 짓기 위해 땅을 갈면 가축이 먹을 식량이 없어지게 되는 것이다. 양과 가축들은 땅에서 자라는 풀을 먹고 사람은 그 가축의 고기를 먹으면 되는데 이러한 생태의 균형을 농경민들이 침입하여 방해하는 것이다. 따라서 유목민이 농경민을 거부하는 것은 당연하다.

농경민은 '농자천하지대본(農者天下之大本)'이라 하여 땅을 차지하고 갈아서 농사를 짓는 것은 하늘의 뜻을 따르는 것으로 보고 있다. 그러나 북방의 유목민들에게 땅을 가는 것은 하늘을 모독하는 악행(惡行)으로 간주된다. 왜냐하면 유목민들에게 있어서 초원이란 하늘이 내린 신성한 지역이다. 그리고 초원을 덮고 있는 풀은 인간 – 가축 – 자연을 연결하는 일종의 보호막인데 농경민들은 이를 갈아서 파헤치니 용서할 수 없는 일일 것이다.

바로 이런 점에서 일반적으로 중국의 역사책들은 몽골인들을 포함한 유목민들에게 악역을 맡겨 그들이 중국을 침략한 듯이 말하고 있지만 실은 한족이 침투해 들어오면서 농경민들이 신성한 초원을 불법으로 점거하고 하늘을 모독하는 악행을 저지른 것으로도 볼 수도 있다. 이것을 유목민들은 참을 수가 없었던 것이다. 결국 농경민들과 유목민들과의 갈등이란 문화적·경제적 토대의 차이라고 보아야 한다.

재미있는 것은 청나라가 겨우 60만 명 정도의 인구를 가지고 중국을 300년 동안 매우 안정적으로 다스리며 탁월한 통치술을 발휘했다는 것이다. 이유는 간단하다. 청나라는 농경과 유목을 겸비했던 민족이었다. 이 두 가지의 장점만을 접목하여 중국을 다스렸던 것이다. 예컨대 사치와 방종으로 일관하는 한족의 왕조에 비하여 근검하고 강건한 기풍을 유지했으며 그 결과 세금도 적게 거둠으로써 민중들의 불만을 줄일 수 있었다. 청나라를 건국했던 만주족(滿洲族)은 고대에는 숙신(肅愼)·읍루(挹婁)·물길(勿吉)·말갈(靺鞨) 등으로 불렸으며, 현재의 우리 민족(한민족:韓民族)과 같은 계열이었으나 우리 민족이

고려 · 조선을 거치면서 급격히 한화(漢化 : 중국화)되자 민족적인 공통성이 소멸되어갔다.

이상의 논의로 볼 때, 중국사에 나타나는 농경민과 유목민의 대립은 자연적 환경의 차이에 따른 경제적 · 문화적 차이에서 비롯된 불가피한 충돌이라고 해야 할 것이다. 이것이 유목민은 무조건 나쁘고 농경민은 선량하다는 중국인들의 말을 우리가 그대로 수용할 수 없는 이유이기도 하다. 왜냐하면 유목민들 입장에서 그 역도 성립될 수 있기 때문이다.

민초(민중)의 영향

민중봉기는 매우 중요한 중국사회의 변동 요인이다. 현대의 중국 정부가 중국 전체에 퍼져나가고 있는 파륜공[法輪功]이라는 단체에 대하여 매우 신경질적인 반응을 보이는 것과 무관하지 않다. 중국의 민중봉기는 민란, 농민전쟁, 기의(起義), 농민반란 등으로 다양하게 부르는데, 『삼국지』에서는 이를 황건적이라 하여 타도할 대상으로만 인식하는 것은 『삼국지』가 철저히 지배층의 논리구조를 반영하고 있기 때문이다.

중국의 민란은 유구한 역사와 전통을 가지고 있다. 멀리는 진(秦)나라 말기의 진승 · 오광의 난에서부터 전한(前漢) 말기의 적미(赤眉)의 난, 후한(後漢) 말기 황건 농민전쟁(황건적의 난), 원(元)나라 말기 홍건적(紅巾賊)의 난, 명(明)나라 말기의 류구(流寇), 청나라 말기의 태평천국(太平天國)의 혁명 등을 거쳐 가까이는 신해혁명(辛亥革命)의 원류도 농민반란의 비밀 결사에서 비롯되었고 모택동이 지도한 중국공산당의 홍군(紅軍)도 이 전통을 계승하고 있다.

농민반란이 일어나는 원인은 단순하다. 관핍민반(官逼民反), 즉 지배층이 농민에 대한 수탈을 강화하면 농민들은 토지를 잃고 방황하게 되는데 토지를 잃은 농민이 생존할 수 있는 길은 비적(匪賊)이 되거나 병사(兵士)가 되는 길 밖에는 없다. 농민들은 기본적으로 보수적인 성향을 가지고 있다. 따라서 농민들은 웬만한 경우가 아니면 무기를 들고 반란을 일으키지 않고 참으며 살아간다. 『삼국지』에 나타나는 많은 병사들은 애국심이나 충성심에 불타올라 군인이 된 것이 아니라 먹고사는 방편으로 군인이 될 수밖에 없었던 것이다. 따라서 나관중의 『삼국지』에서 보이는 바와 같이 비적과 군인이 명확히 구분되는 것은 아니다.

농민반란의 형식은 농촌적이며, 비도시적이고, 참가한 숫자가 막대하다는 점[229]을 들 수 있다. 그리고 그 민중의 규모는 국가적인 경제의 파탄으로 인한 유민(流民)의 수에 비례할 것이다. 제2차 당고(黨錮)의 화(禍)가 있은 지 10여 년 만에 황건기의(黃巾起義 : 황건적의 난)가 일어난 것에서 그 사실을 알 수 있다. 각 왕조의 말기에는 100만~200만의 농민이 대체로 참가하고 있다. 실제 중국 역사를 변화시키는 가장 확실하고 강한 원동력은 바로 이 농민들의 힘으로 보아야 한다. 현재 중국 정부는 이를 매우 긍정적으로 보기 때문에 '황건기의'라는 표현을 사용하는 것이다.

농민반란의 특징은 관료에 대한 극심한 증오, 보복적 살육 행위, 종교적 색채가 진한 점, 지식인적 요소가 지도적 역할을 수행한 점, 지도자가 자주 타락했다는 점[230] 등이 지적된다. 여기서 중요한 점은 농민반란이 제대로 성공하지 못하는 이유가 지도자들의 타락과 방종, 하층 농민군들의 유구화(流寇化 · 匪賊化 : 도적떼화) 현상이라는 것이다. 만약 어떤 형태든 대규모의 농민반란이 지도자의 타락과 유구화를 극복한다면 주원장의 명(明)나라와 같은 왕조가 형성되지만 그렇지 못한 경우는 내분으로 붕괴된다.

장개석의 군대가 모택동의 군대인 홍군(紅軍)을 공비(共匪)라고 부른 것은 지배층의 입장에서 도적떼와 공산당과는 별다른 차이가 없다는 뜻으로 파악할 수 있다. 그러나 대개의 농민반란은 중국공산당 이전에는 농민을 중심으로 하는 국가 건설을 한 경우는 없고 다만 새로운 왕조 개창의 발판 구실만 하고 말았다는 점이다. 그리고 경우에 따라서 농민반란은 정부의 관리나 장수에 의해 이용되기도 한다.[231]

---

229) 川合貞吉, 『중국민란사』, 일월서각, 1979, 12쪽.
230) 川合貞吉, 앞의 책, 12쪽.

농민들의 이데올로기는 음양오행설이나 도가(道家)사상이다. 음양오행설은 교육을 받지 못한 농민들이나 민초(民草)들이 비교적 쉽게 이해할 수 있는 장점을 가지고 있고 도가의 신선사상(神仙思想)은 농민군의 지도자들을 신성화하거나 불사(不死)에 대한 자신감을 불어넣어 주므로 매우 유용하다. 이와는 반대로 유교는 그 성격상 철저히 체제옹호의 성격을 띠고 있다. 군주들에게 있어서 공자의 사상은 매우 매력적이다. 그러나 도교는 항상 그 운동성과 실존성을 바탕으로 하기 때문에 체제의 고착화에 대해 반대 세력화할 수 있는 이데올로기적인 토양을 제공하는 것이다.[232] 그리고 음양오행설은 민중의 의식구조에 매우 중요한 변화를 가져온다.

농민반란과 관련하여 그 농민반란의 지도자에 대해 간략히 살펴보자. 명나라의 건국 황제였던 주원장(朱元璋 : 1328~1398)은 빈농의 아들로 태어나 일찍 부모 형제를 모두 잃고 불우한 생활을 하다가 17세 때에 승려가 되어 회서(淮西) 일대를 탁발하면서 백련교의 결사에 가담하였다. 주원장은 원나라 말기에 반원(反元) 활동의 주력인 백련교도를 기반으로 성립된 홍건군(紅巾軍)의 호주절제원수(豪州節制元帥)였던 곽자흥의 부대에 참가하여 탁월한 무용(武勇)을 인정받았다. 곽자흥이 죽자 주원장은 실권을 장악하였고, 이후 여러 갈래의 반원 세력들을 제압하고 명(明)을 건국하였다. 명을 건국한 주원장은 지주세력을 억제하고 소농(小農)을 육성하며, 개간을 장려하고 수리시설을 정비하였지만 결국 봉건 왕조의 성격을 벗어나진 못했다.

태평천국(太平天國)을 주도했던 홍수전(洪秀全 : 1814~1864)은 손문과 같

---

231) 당나라 시대에 농민반란인 황소(黃巢)의 난(875~884)이 일어났다. 황소군이 양양을 습격했을 때 산남동도군사마(山南東道軍司馬)였던 유거용(劉巨容)이 복병으로 이를 대파하였다. 그런데 황소가 패잔병을 거두어 도망가는데도 이를 추격하지 않아서 그 이유를 물어보니 유거용은 "조정은 곧잘 사람을 배신한다. 위급할 때는 장수들에게 기대고 관작(官爵)을 아끼지 않지만 태평세월이 되면, 장수 따위는 헌신짝처럼 버리고 죄를 뒤집어씌워 예사로 죽인다. 조정을 견제할 수 있는 것은 민란(民亂)뿐이다. 따라서 비적의 뿌리를 뽑아서는 안 된다"라고 하였다. 이것은 지배계급 자신들이 그 온상에서 민란을 배양하고 있음을 보여주는 것이기도 하다(川合貞吉, 앞의 책, 54쪽).
232) 노장사상을 이해하려면 박이문의 『노장사상의 철학적 이해』를 참고하라.

은 고향인 광둥〔廣東〕성의 화현 출신으로 중농의 셋째아들로 태어났다. 그는 총명함에도 불구하고 여러 번 과거에 낙방하여(이때는 매관매직이 성행하여 뇌물 없이는 과거를 보아도 소용이 없었다) 좌절한 가운데 40여 일 동안 열병을 앓았다고 한다. 이때 꿈속에서 예수의 계시를 받아서 농민결사〔上帝會〕를 조직하고 본격적인 선교활동을 폈다. 그는 봉건왕조의 이데올로기에 대한 대안으로 신 앞에 평등한 기독교의 교리와 대동사상(大同思想)[233]을 농민운동의 이데올로기로 삼았다. 당시 광둥 지방에는 "관은 서양귀신을 겁내고 서양귀신은 민중을 겁낸다"는 노래가 널리 퍼져 있었다. 교세가 확대되자 홍수전은 드디어 금전(金田)에서 거병하여 1851년 태평천국(太平天國)을 건국하고 청나라 군대를 물리치고 난징〔南京〕을 점령하였다. 그후 지도층의 내분과 관군 및 외국군의 공격으로 태평천국은 거의 진압되고 홍수전도 난징에서 사망하였다.

그런데 『삼국지』와 관련하여 보면, 홍수전의 행적은 『삼국지』에 등장하는 장각의 일생과 거의 흡사하고 우리나라의 최제우 선생과도 거의 비슷하다. 이 점에서 중국이나 우리나라의 봉건제도가 가진 구조적인 문제가 2천년이 지나도 해결되지 않았음을 보여주고 있다.

예로부터 중국 비적 또는 농민반란의 본고장은 산동(山東)·하남(河南)·안휘(安徽)·강소(江蘇) 등의 지방이라고 할 수 있다. 이 지역은 주로 비옥한 곡창지대로 농민들이 많은 지역이고 그만큼 수탈에 의한 유민(流民)도 많은 지역이다. 그리고 비적들 가운데 후난〔湖南〕의 비적들은 잔인하기로 유명하였다고 한다. 이 지역은 『삼국지』의 적벽대전이 일어난 지역의 서쪽 지방으로 동정호(洞庭湖)의 서부 지역이다.

예로부터 후난 지역은 "육수(六水) 삼산(三山)에 일경지(一耕地)"라고 하여 산수는 빼어나게 아름다우나 경지(耕地)가 적은 지역이었다. 이 지역에서는

---

233) 대동사상이란 공자의 『춘추』와 『예기』의 영운편(靈雲篇)에 있는 소강(小康) - 대동(大同)의 세계라는 이상사회(理想社會)의 상고 사상을 하나의 역사관으로 해석한 것이다. 즉, 공자의 춘추 12대를 거란(據亂) - 승평(升平) - 태평(太平)의 3조로 나누고 거란의 시대는 난세, 승평시대는 소강, 태평시대는 대동의 세상이라고 파악하였다. 홍수전은 자신이 사는 시대를 난세로 규정하고 이를 타파하여 대동의 세계로 이끌어야 한다고 주장하였다.

주로 혁명가가 많이 배출되는 것으로 유명하다. 청나라 말기의 선구적 지식인이었던 담사동(譚嗣同), 청나라를 멸하고 한족을 부흥하자는 운동(討滿興漢)을 전개했던 가로회(哥老會)의 황흥(黃興), 송교인(宋敎仁), 중국인민공화국을 건설한 모택동, 유소기(劉少奇), 이입삼(李立三), 채화삼(蔡和森), 하룡(賀龍) 등은 모두 이 호남성 출신이다.

농민반란은 대부분 성공한 사례보다는 실패한 사례가 더 많다. 어떤 의미에서 명나라와 같이 성공한 사례가 오히려 특이하다. 그러면 왜 이들은 정부군의 5~10배에 달하는 군사로도 성공하지 못했을까? 여기에는 많은 원인이 있겠지만 가장 주요한 문제는 병사들의 역량이나 군사기술의 부족에 있었다.

대개의 농민 병사들은 비정규군이기 때문에 체계적인 군대 통솔과 관리가 어렵다. 그리고 제대로 교육받은 군 장교가 극히 부족하기 때문에 정규전(定規戰)을 치르기가 어렵다. 『삼국지』에 등장하는 황건 농민군(황건적)의 경우에는 병사들이 불사(不死)의 신앙을 가지고 부적을 몸에 지니거나 태워서 먹는다. 이 같은 행위들은 전투 전에는 효과가 있지만 일단 전투가 발발하여 부상을 당하는 상황이 벌어지면 쉽게 소멸되는 속성을 가지고 있다.

무엇보다도 농민군들이 경험하는 최악의 상황은 공황(panic) 상태이다. 공황이란 여러 가지 의미가 있지만 전쟁학에서는 극단적인 공포의 상황에서 집단적으로 전투를 기피하는 현상을 말한다. 공포의 감정은 쉽게 타인에게 전달되고 한두 사람이 공포의 감정을 억제하지 못하고 전투 중 도망치게 되면 집단적으로 이 같은 현상이 쉽게 발생하게 된다. 다시 말해서 전투 상황이 조금만이라도 악화되거나 심리전에 휘말릴 경우 농민군과 같은 비정규적이고 임의적으로 모인 전투집단들은 쉽게 전투를 포기하고 와해되는 현상이 나타난다는 것이다.

보링(Boring)은 공황의 요인을 다음과 같이 지적하고 있다.[234]

• 물리적인 원인 : 혹한, 혹서 등의 기후적인 원인, 무기의 부족

---

234) 이재윤, 『군사심리학』, 집문당, 1995, 117쪽.

- 생리적 원인 : 기아(飢餓), 갈증, 피로 누적, 수면 부족 등
- 정서적 원인 : 오랜 기다림, 불확실성, 정신적 고립감, 공포의 확산
- 사기 : 지휘관에 대한 불신, 군기의 문란, 향수, 권태, 모순된 명령

이 같은 현상은 정규군의 경우에도 허다하게 나타난다. 하물며 농민군과 같이 오합지졸의 군대는 더욱 쉽게 공황 상태에 빠지게 된다. 공황을 없애기 위해서는 평소에 강한 훈련과 사기를 유지하여야 하는데 갑자기 동원된 농민 군대의 경우에는 거의 불가능한 일이다. 이것이 농민군이 쉽게 와해되는 이유 중의 하나다. 따라서 『삼국지』에서 소수의 정규군이 자기보다 몇 배에 달하는 황건 농민군들을 격파하는 예가 많은데, 그것은 그리 왜곡된 상황만은 아닐 것이다.

4. 중국의 주변 민족(대쥬신족)과의 투쟁

유목민에 대한 이해

앞에서 중국사는 농경민과 유목민의 대립과 투쟁과정의 역사라는 점을 살펴보았다. 그러나 동북아시아를 중심으로 하는 동양사를 보다 폭넓은 관점에서 이해하기 위해서는 중국의 주변 민족, 특히 서역 – 몽골 – 북만주를 중심으로 활약했던 유목민들에 대한 좀더 정확한 이해가 필요하다.

나관중의 『삼국지』에는 이 부분이 거의 누락되거나 비하되어 있는데 현대에 맞는 『삼국지』를 새롭게 쓰려면 당시의 민족적 교류와 투쟁 등 여러 관계에 대한 종합적 이해가 선행되어야 할 것이다. 그래야만 당시의 사정을 정확히 알수 있고 나관중 『삼국지』의 오류를 쉽게 찾아낼 수 있을 것이다. 그 동안 많은 『삼국지』의 판본이나 해설서는 이 점에 대해 침묵하고 있다.

중국은 전통적으로, 자신의 수치스러운 부분은 감추고(爲中國諱恥), 중국은 높이고 외국은 비하하며(矜鞱而陋夷狄), 중국사는 상세히 기술하고 외국의 역사는 대충 서술한다(詳內略外)는 등의 역사 서술을 특징으로 하고 있다. 물

론 이것은 비단 중국의 경우만은 아닐 것이다. 그러나 『삼국지』가 이미 동아시아 전역의 베스트셀러가 되어 있는 현실과 현대적인 해석을 감안한다면 이 점에 대해서 다소 중립적인 접근을 필요로 한다. 왜냐하면 나관중의 『삼국지』는 철저히 중국 민족의 중화주의에 의한 논리로 서술되어 있어 중국 주변의 국가들에 대해 많은 부분이 왜곡·과장되어 있기 때문이다.

예를 들면, 조조가 마치 현재의 만주 대부분을 아우르고 몽골 남부와 만주 일대를 정벌한 듯이 묘사한 것(조조가 정벌한 곳은 현재의 랴오둥 반도 주변일 뿐이다), 대부분의 한족이 아닌 민족들을 마치 중국인들의 하수인으로 생각한 것, 중국인들의 말을 잘 듣지 않는 민족들을 야만인으로 취급한 것, 제갈량이 남만을 정벌한 것이 마치 현재의 베트남 지역을 평정한 것처럼 묘사한 것(제갈량이 정벌했다면 아마 현재의 구이저우〔貴州〕 북부 정도였을 것임) 등이다.

우선 지적해야 할 점은 유목민족이나 농경민족의 구분은 현재 우리가 생각하는 것만큼 쉽지 않다는 것이다. 즉, 중원 역사의 여명기에는 유목민(대쥬신족)과 한족의 구분이 모호하다. 유목민들 가운데 강대한 힘을 형성한 부족들이 중원으로 내습하여 나라를 건국하는 일이 많았기 때문이다. 그러나 시간이 흐름에 따라 중국 내부로 이주한 민족들이 정착 단계에 접어들면서 중원을 중심으로 거주하는 중국인들은 그 스스로를 유목민들과는 확연히 구별하게 되는 경향을 띠게 되었다.

한족들은 주변의 유목민(기마민족)들을 천하게 생각하여 오랑캐로 간주하였다. 유목민들은 한족들이 힘들게 농사를 지은 곡식들을 약탈할 뿐만 아니라 매우 잔인하여 농경민들로서는 공포의 대상일 수밖에 없었다. 한족들이 오랑캐를 구분하여 중원 지역을 둘러싸고 있는 중국의 서부 지역과 북부 지역 그리고 동북 대평원에 거주하고 있는 유목민들을 흉노(匈奴)·갈(羯)·선비(鮮卑)·저(氐)·강(羌) 등 오호(五胡)라고 부르고 있었다.

그러나 이 구분은 잘못된 것이다. 즉, 흉노·갈·선비는 같은 계열인데 그들의 거주지가 농경민의 시각에서는 많이 떨어져 있었기 때문에 한족들은 이들을 구분하였던 것이다. 유목민들이 농경민에 비하여 작게는 5배에서 크게는

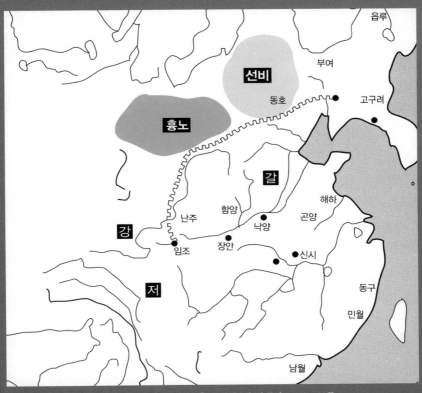

한족이 말하는 오호의 분포

* 출전 : 傅樂成,(신성하 역), 『중국통사』 상, 우종사, 1981, 202쪽.

알타이 산맥-바이칼호-울란바토르 삼각형

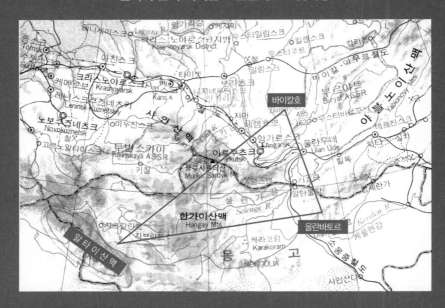

20~30배 이상의 토지를 사용하는 측면에서 본다면 이들이 같은 계열의 민족인 점이 이상한 일은 아니다. 참고로 현재 몽골의 면적은 한반도의 7배가 넘지만 인구는 남한 인구의 20분의 1밖에 되지 않는다. 몽골인의 가족 60%는 아직도 전통가옥 게르에 살고 있다. 비유목민의 인구 20분의 1도 안 되는 사람(유목민)들이 비유목민의 7배 이상의 땅을 사용하고 있는 것이다. 독자들은 평면적인 지도책만을 보면, 중국 서부의 란저우〔蘭州〕에서 현재의 만주대평원(동북대평원)까지가 매우 멀게 느껴지겠지만 지구는 공처럼 둥글기 때문에 유목민들의 입장에서는 그리 먼 곳이라고 할 수 없다. 대쥬신족(흉노 · 갈 · 선비)의 주요 거점인 알타이〔金〕산맥 – 바이칼 호수〔天海〕 – 울란바토르(현재 몽골의 수도)의 삼각형을 기점으로 본다면 현재의 베이징에 이르는 거리나 장안(長安) – 뤄양〔洛陽〕에 이르는 길이 거의 비슷하게 나타난다.

그리고 저(氐)와 강(羌)은 티베트 계통의 종족이었다. 특히 강족은 중국어에도 능하며 상당히 한화되었고 군사력도 보잘것없어서 거의 중국인과 구별하기 힘들었다. 구체적으로 저족은 위 무제(武帝 : 조조)가 이들을 천수(天水) 방면으로 대거 이동시켜서 이들의 힘으로 과거 촉 황제 유비가 이끄는 촉군을 방어하려고 하였기 때문에 이들도 사실상 한화되어 중국인들과 별로 다를 것이 없었다.[235]

따라서 유목민들은 크게 흉노 · 갈 · 선비와 한화된 저 · 강 등으로 나눌 수 있고 흉노 · 갈 · 선비를 대쥬신으로 포괄할 수 있으므로 결국, 중국 주변의 유목민들은 대쥬신족 계열과 티베트 계열의 이분법이 타당할 것이라고 본다. 이 점을 보다 구체적으로 살펴볼 필요가 있다.

대쥬신족의 역사

한족들은 중국의 북서부 변방에 거주하는 유목민들을 비하하여 흉노(匈奴), 융(戎), 훈윤(葷允 : 마늘냄새 나는 족속), 훈유(葷宥), 훈죽(葷粥), 험윤(玁狁

---

235) 채희순 감수, 『대세계사 3』, 현암사, 1971, 412~413쪽.

: 개 · 늘대 같은 오랑캐), 험윤(獫狁 : 주둥아리가 긴 사냥개 같은 오랑캐) 등으로 불렀다가 나중에 흉노라고 주로 불렸는데 흉노는 대쥬신 말(몽골어)로는 '사람'이라는 뜻이었다.[236) 중요한 것은 이들이 그들 스스로를 어떻게 불렀을까 하는 점이다. 이 부분에 대해서 아무도 정확하게 말할 수는 없지만 앞서 대쥬신족이라 부를 것을 제안한 바 있다. 이 점을 구체적으로 살펴보자.

대쥬신족(흉노, 갈, 선비)들은 자신들이 사는 지역이나 도읍을 오손(烏孫), 아사달(阿斯達), 오논, 애신 등으로 불렀는데 이 말들은 모두 알타이 말인 '아사나(해뜨는 곳: 日本, 日出地)'에서 나온 말이다. '아시' 나 '아사' 는 해뜨는 곳이나 아침[朝]을 의미하고(현재 일본어에도 아사는 아침이라는 뜻), '달' 은 큰산([악 : 岳]을 뜻하였다. 그 외에도 대쥬신족을 『사기(史記)』에서는 '발(發 : 밝다는 뜻을 중국음으로 나타낸 말)', '식신(息愼)', 『관자(管子)』에는 '발(發)', '조선(朝鮮)' 등으로 불렀다. 이외에도 중국인들은 '숙신(肅愼)', '직신(稷愼)', '주신(珠申)' 등으로 불렀는데 이 모든 중국의 발음은 '쥬신' 을 표현하기 위한 말이었다. 우리가 이들 민족을 대(大)쥬신족으로 불러야 하는 이유가 바로 여기에 있다.

대쥬신족의 근거지로 알려진 곳은 알타이 산맥과 바이칼 호수이다. 알타이 산맥은 몽골 서부와 카자흐스탄을 가로질러 북서쪽으로 뻗어 있는 높은 산맥으로 매우 오래된 산맥이다. 이곳에는 납, 아연, 금, 은, 구리, 철이 풍부하다. 알타이란 쇠(금 : 金, 철 : 鐵), 해뜨는 곳(동 : 東), 하늘을 나는 새 등의 의미를 갖는다. 대쥬신족들은 새[鳥], 특히 까치와 봉황을 숭상하는 민족으로[237) 태양과 관계를 맺고 그 결과 알을 낳아 나라의 시조(始祖)들이 탄생하였다는 신화(神話)를 공통으로 가지고 있었고 단석괴(壇石塊), 고구려의 시조, 부여의 시조 등이 대표적인 경우이다.[238)

---

236) 이 말은 짐승 같은 사람이라는 의미로 주로 사용되었다 즉 문화는 없고 싸움만 잘하는 오랑캐라는 의미이다(시바료타로, 24쪽).
237) 예를 들면 일본의 경우도 일본을 상징하는 도리는 새의 나는 모양을 형상화한 것이다.
238) 박시인, 『알타이 신화』, 청노루. 1995. 이하의 서술도 이 책에 의존한 바가 크다.

바이칼 호(湖)는 초승달 모양으로 26개의 섬이 있는 세계에서 가장 깊은 호수로 담수호 가운데 가장 수량이 많은 곳으로 알려져 있다. 바이칼 호는 2500만 년 전에 형성된 매우 오래된 호수로 12월에서 다음해 5월까지는 얼어붙어 있다. 바이칼 호는 한반도 면적의 7분의 1 크기로 336개의 강이 유입되지만 앙가라강으로만 흘러나간다. 바이칼 독수리는 바이칼 호수의 신(神)인 불칸의 아들로 믿어져왔다. 바이칼은 '풍요로운 호수' 라는 의미로 풍부한 해산물을 공급하는 시베리아의 진주이다. 바이칼 호 안에 있는 가장 큰 섬인 알혼(나무가 드물다는 의미) 섬은 바이칼의 심장으로 칭기즈칸의 무덤이 있다는 전설이 있다.

지금도 이 주변 지역에는 대쥬신족(바이칼의 주인인 부랴트족 : 대쥬신족의 원류)들의 생활 관습을 공통적으로 볼 수 있는 많은 요소들이 남아 있다. 예를 들면, 바이칼 호 안에 있는 샤먼 바위, 모든 의식을 주관하는 샤먼의 존재, 우유의 흰색을 신성함의 상징으로 하는 관습, 우리의 씨름이나 일본의 씨름과 유사한 바릴단, 이방인이 왔을 때 우유를 세 번 찍어서 정화하는 것(우리의 고시래와 유사), 즉 하늘·땅·사람에게 경의를 표함, 노래를 즐겨 부르고 우리의 가야금과 유사한 악기인 야탁(13줄)·츠안사(4줄), 부랴트족의 전통요리인 랍샤는 우리의 칼국수와 제작과정이나 맛이 거의 동일한 점 등이다. 이 부분은 다음장에서 다시 설명할 것이다.

대쥬신족(흉노)이란 정수일이 지적했듯이 어떤 단일한 씨족이나 부족에게 그 연원을 둔 것이 아니라 선대(先代)의 여러 유목민족과 부족들을 망라하고 계승한 하나의 포괄적 유목민의 총체라고 할 수 있다.[239] 대쥬신족들은 알타이 산맥을 중심으로 서쪽으로는 넓은 카차흐 평원을 넘어가기도 하고 몽골 고원을 넘어 장안으로 들어가기도 하였다. 그리고 동쪽으로 오르도스(하투, 河套 : 얼뚸스) 사막과 케룰렌 강(江)을 넘어서 동으로 돌아 현재의 동북대평원으로 이동하여 한반도에 이르러 국가를 건설하기도 하였고 때로는 중원이 혼란하

---

239) 정수일, 『고대문명 교류사』, 사계절, 2001, 254쪽.

기원 전후 흉노의 활동지

* 출전 : 정수일, 『고대문명교류사』, 사계절, 2001.

면 바로 남하하여 중원을 지배하기도 하였다. 여기서 필자가 말하는 대쥬신은 몽골-동북 대평원-한반도-일본 등에 걸친 지역에서 번영했던 민족을 가리킨다.

대쥬신족[大朝鮮族]은 후에 숙신족(肅愼族)·부여족(夫餘族)·동호족(東胡族)으로 나뉘었다고 알려져 있다. 숙신족은 사백력(斯白力 : 현재의 시베리아) 지역에 터를 잡아서 대륙의 동쪽 지역을 장악하였고, 동호족은 만리장성 북쪽 지역과 요서·요동·청주 등의 지역을 터전으로 삼았다가 중국 민족들에게 밀려 현재의 요하(遼河) 서쪽인 요서(遼西 : 현재의 시랴오허 강 유역) 지역에 집중적으로 분포되어 있다. 이들은 후한 환제 때 선비족(鮮卑族)에 통합되어 있다가 답돈(踏頓)이 분리하여 나갔고 마지막으로 부여족은 가장 번성하여 졸본부여(卒本夫餘 : 지도부 성은 眞씨)·북부여(北夫餘 : 지도부 성씨는 解씨)·구려(句麗 : 지도부 성씨는 高씨)·남부여(南夫餘)·동부여(東夫餘) 등으로 이어져오고 있다.

한족의 입장에서 이들을 주의해야 하는 이유는 이들은 어느 한 부족에서 영걸(英傑)이 나타나면 그 멀리 흩어진 부족들을 신속히 통합하여 하나로 세력화하는 경향이 나타나기 때문이다. 이것이 중국민들에게 엄청난 위협이었다. 치우천황(蚩尤天皇), 모돈(冒頓 : 전한대의 단군임금), 단석괴(壇石塊), 야율아보기(耶律阿保機 : 요나라의 태조, 재위 916~926), 아골타(阿骨打 : 금나라의 태조, 재위 1115~1123), 칭기즈칸(원나라의 태조), 누루하치(奴兒哈赤 : 청나라의 태조) 등이 대표적인 인물이다.

부여족은 원래 숙신이나 동호 계열이었는데 이들이 방계 부류인 해씨(解氏) 부족인 부여족들에게 압박을 받아 세 갈래로 흩어졌다. 한 무리는 시베리아의 동쪽으로 밀려나 구다천국(句茶川國)을 세우고 또 한 무리는 기후가 좋고 남부의 땅이 비옥한 쥬신 반도(현재 한반도)로 내려갔으며 다른 한 무리는 멀리 바다 건너 왜(倭)라는 곳으로 가서 나라를 만들었다고 한다.

동호(東胡)는 원래 만리장성 북부, 청주·요서·요동 등의 지역을 터전으로 삼았다가 춘추전국시대와 한대(漢代)를 지나면서 요서(遼西) 지역에만 살았다. 후한 영제(靈帝) 때 구력거(丘力居)라는 영걸이 나타나 한때 강성하여 황제를 칭하였다. 구력거는 선비족의 단석괴가 가진 힘을 대부분 가지게 되었다. 구력거는 중산 태수(中山太守) 장순(張純)이 구력거에 투항하자 장순을 미천안정왕(彌天安定王)에 봉하기도 하였고 청주·서주·유주·기주 등이 네 주를 점령하기도 하였다. 구력거가 죽자 구력거의 아들인 루반(樓班)은 아직 나이가 어려서 구력거의 조카인 답돈이라는 자가 황제 위를 이었다.

대쥬신족의 사회

중국에서 대쥬신족(또는 쥬신족)이 기록상에 나타나는 최초의 정복 왕조를 이룬 것은 은(殷)나라이다. 『사기』에 말하기를 "은나라는 쥬신족이 세운 국가이고 주나라는 우리 중국민이 세운 국가(殷曰夷周曰華)"라고 기록되어 있다. 중국은 서쪽에 있고 쥬신은 동쪽에 있다고 하고 있다. 중국인들이 용(龍)을 길(吉)하게 보는 반면, 쥬신족들은 새를 숭상하여 봉황(鳳凰)을 상서로운 짐승으로 생각하여 받들었다.

쥬신족(대쥬신족)들은 부족의 우두머리를 임금(임감)이라고 불렀고 대부족들을 통합한 우두머리를 단군임금으로 불렀던 것으로 보인다. 단군이라는 말은 쥬신 말인 텡그리(하늘 : 天)를 한문으로 표시한 말이고 임금이란 정치와 종교를 일원적으로 주재하는 우두머리를 의미하였다.[240] 때로는 중국인들의 영향을 받아서 왕검(王儉)이라는 말을 쓰기도 했는데 왕이라는 말은 우두머리라는 뜻이고 금이라는 말은 대쥬신 말로 '가미'로 신(神), 즉 제사의 우두머리(제

---

240) 쥬신족들은 중국측의 기록에 따르면 작은 지역의 장을 님금(王儉), 큰(大) 또는 칸(汗)이라고 하고 이들 전체를 대표하는 대쥬신족의 왕을 '탱리고도선우(撑犁孤塗單于)'라고 한다. 탱리는 하늘이란 뜻이요, 고도는 아들, 선우는 크고 넓다는 의미이다. 그런데 이 말이 이들 부족에게 광범위하게 사용되면서 쉽게 단군임금(檀君王儉)이라고 불렀는데 이것은 천자(天子) 또는 천황(天皇)이라는 의미였다. 중국인들은 이를 그냥 선우(單于 : 단간)라고 부르지만 실제로는 단군으로 발음해야 맞다. 그런데 이 단군임금은 주로 대쥬신족의 연제씨가 독점하였으며 그 부인은 알씨(閼氏)라고 한다. 그 아래로 현재 동이(東夷) 지방을 다스리는 좌현왕(左賢王)과 북적이나 서융들의 무대를 다스리는 우현왕(右賢王)이 있는데 대개는 좌현왕이 단군임금의 자리에 올랐다.

사장)를 의미하였다. 이후에는 중국어로 천왕(天王) 또는 천황(天皇)이라는 말도 즐겨 사용하였다.[241] 현재 이 말들은 그대로 일본어에 살아 있다.

쥬신족들은 농경민인 한족과는 달리 유목민(기마민족)이었기 때문에 태양신(太陽神)이나 하늘님〔天神〕 신앙을 강하게 가지고 있었다. 쥬신족들이 하늘을 특히 숭배한 것은 아마도 생활이 너무 척박하기 때문인 듯하다. 중국인들에게 하늘 숭배가 나타난 것은 대략 주(周)나라 때인데 이들은 훨씬 이전부터 하늘 숭배를 했다고 알려져 있다. 이들은 어느 곳에 있든지 태양신을 모시고 영혼 불멸을 믿었으며, 이에 따라 조상 숭배의 관념도 강하여 사자(死者)의 안장(安葬)과 조상과 묘례(墓禮)를 중시하였다.[242] 태양신 제사에는 말을 제물로 삼았다. 태양신, 즉 천신에게 제사를 지낼 때는 백마(白馬)를, 지신(地神)에게는 검은 소를 제물로 바쳤다.

쥬신족들은 광대한 영토에 넓게 분포되어 유목생활을 하고 있었기 때문에 독립성이 강하여 하나의 커다란 국가체제를 구성하기가 매우 어려웠다. 따라서 이들은 중원이 혼란할 때는 부족을 통합하는 영웅이 나타나 군대를 이끌고 중원으로 들어가서 중국인들이 만든 국가를 모방하여 국가를 건설하곤 하였다.

쥬신족들은 자신들의 거주지에서 중국과 같이 중앙집중화된 국가를 구성했다고 보기는 어렵다. 각기 흩어져서 사는데다 말도 달랐다. 하지만 이들은 전한(前漢)의 경우에서 보는 바와 같이 모돈(冒頓)이나 그 이전의 치우천황(蚩尤天皇) 같은 자가 나타나면 쉽게 하나가 되는 특징을 가지고 있다. 그래서 이들은 다른 종족이라고 보기도 어렵고 같은 민족이라고 보기도 어렵다. 치우천황·모돈·단석괴·구력거·답돈·칭기즈칸·누루하치 등과 같은 영걸(英傑)들이 나타나면 이들 세력은 걷잡을 수 없이 커져 하나가 되지만 그렇지 않은 경우는 그저 서로 흩어져서 유목생활을 하면서 초원을 떠돌게 된다.[243]

한족들은 흉노·선비·고구려 등을 마치 다르게 생각하는 경향이 많지만

---

241) 박시인, 앞의 책.
242) 정수일, 앞의 책, 289쪽.

이들은 같은 계열로 신목(神木)으로 숭상하는 것은 모두 버드나무였다. 이들 종족들에게는 항상 이 버드나무를 흔드는 샤먼이라는 자가 따라다니면서 지도자 노릇을 한다. 참고로 신라의 수지녹각형(樹枝鹿角形 : 사슴뿔이나 나뭇가지 모양의 왕관) 왕관은 한반도 주변 지역에서는 유사품이 없지만 시베리아 샤먼 묘자, 알타이 출자형(出字形)관, 노브체르카스크의 사르마티아 금관과 많은 유사성을 보이고 있다. 알타이 지방에서 발견된 기원전 7～6세기의 석각화에는 출자형관을 쓰고 귀고리를 한 왕 또는 귀족의 모습이 보이고 있고, 기원전 4～3세기 북부 알타이 지방에서 출토된 청동장식판에도 신라 금관과 같은 수지녹각형관을 쓴 인물이 묘사되어 있다.[244]

쥬신족들과 관련하여 주의깊게 볼 부분은 전쟁과 관련된 문화일 것이다. 쥬신족들은 무(武)를 숭상하고 힘센 젊은이를 우대하는 수렵사회의 가치관과 하늘[天]은 힘이 있는 큰 나라[大國] 또는 큰 임금을 돕는다는 천명(天命)사상을 가지고 있었다.[245]

쥬신족들의 주요 가축은 소ㆍ말ㆍ양ㆍ염소 등인데 음력 4월경에 도축하여 소금에 절여두었다가 게르(파오, 包 : 전통 주거용 천막)에서 계속 말린다. 춘궁기(春窮期)가 되거나 전쟁을 치를 때 이것을 거두어가는데 매우 가벼워서 휴대하기가 좋은 육포(肉脯)가 된다. 대개의 쥬신족 병사들은 가벼운 자루 하나를 말안장 뒤에 차고 전쟁에 나서는데 이 자루에 육포가 먹을 만큼 들어 있다. 만약 적을 공격하고나서 시간이 나면 육포를 물에 불려 먹는데, 양이 많아져

---

243) 『삼국지』 시대에 쥬신족들이 어떤 과정을 통해 부족들을 통합했는지 구체적인 기록은 없지만, 원나라의 역사나 청나라의 역사를 통해서 추론할 수는 있다. 쥬신족들은 무력과 결혼동맹으로 타 부족들을 통합하고 칸의 수렵행차를 통해서 그들의 복속을 확인하였다. 칸권이 확립된 이후 신하들은 칸이 주도하는 대규모 수렵에 반드시 참석해야 하고, 이유없이 참석하지 않으면 엄벌에 처해진다. 이와 같이 쥬신족들에게 수렵은 부족 또는 국가간의 결맹 또는 복속을 상징하는 역할로 매우 정치적인 의미를 가진 것이다. 뿐만 아니라 수렵은 대규모 군사훈련의 의미도 동시에 지니고 있었다. 자세한 내용은 박원길, 『몽골의 문화와 자연지리』, 민족원, 1999, 97～104쪽을 참고.

244) 정수일, 앞의 책, 311쪽.

245) 東亞硏究所編, 『異民族の支那統治史』(東京 : 講談社, 1943), 288～289쪽 참고.

실컷 먹을 수 있고 전투를 치르는데 지장이 없으니 별 달리 군수품 공급을 받을 필요가 없는 것이다.

그리고 전투에 임하여 죽은 나무 앞에 불을 놓고 나무 주위를 돌면서 원정의 성공을 기원하였다고 한다. 이 나무를 '어워(오보)' 라고 하며 반드시 죽은 나무를 사용하는데 한족의 사당 같은 역할을 한 듯하다. 그리고 원정에 앞서 하늘의 신(神), 땅의 어머니, 불의 신(神)에게 무사귀환을 축원하였다고 한다. 이 어워는 한반도에 사는 우리의 성황당(城隍堂)과 거의 동일한 것이다. 우리 민족은 이미 오랜 세월에 걸쳐서 중국화되었기 때문에 공식적으로 지배층의 문화에서 '어워'의 전통을 확인하기는 어렵다. 그러나 민중들에게는 성황당이나 마을을 지키는 장성, 마을을 보호하는 나무 등의 모습으로 수천 년 이상을 매우 견고하게 남아 있다.

전투복의 경우에도 한족은 소매와 옷깃이 넓은 옷을 입은 반면, 쥬신족의 기병(騎兵)들은 소매는 좁고 둥근 모양이며 긴 바지를 입었는데, 간편해서 전투에 신속하게 대처할 수 있었다. 그리고 가죽 허리띠에는 동물 모양을 한 세르베(사비:師比)라는 걸쇠(버클)를 메어 칼을 차는데 이 칼은 마치 허리띠를 따라 반달처럼 둥글게 생긴 것으로 말을 타고 무장하기에 매우 유리하다. 한족들은 이 세르베를 보고 쥬신의 유목민들을 션뻬이(선비:鮮卑)라고 부르기도 하였다.

쥬신족들은 붉은색을 좋아하는 것으로 알려져 있는데 그것은 초원이 온통 푸른색이기 때문이다. 이 같은 성향은 불을 좋아하는 형태로 나타나고 이것은 바로 농경민 지역에 대한 무서운 파괴로 나타날 수 있다. 쥬신족에게 건물들은 큰 의미가 없고 다만 게르만 있으면 되는 것이다.

쥬신족들은 그들의 나라를 항상 '해뜨는 나라(日本)' 라고 부르기를 즐겨하였다. 그리고 그들은 스스로 한겨레(한족:韓族)라고 하였는데 이 한이라는 말의 뜻은 크다[大], 넓다[광:廣], 하나[일:一], 왕(王)−한[칸:汗] 등으로 쓰였다. 참고로 전세계의 지배자였던 칭기즈칸(成吉思汗 : 원나라의 태조)이란 '우주의 지배자' 라는 의미이다. 그의 본명은 테무친[鐵木眞]으로 칭기즈칸의 '칸' 은 바로 왕의 의미이다.

중국의 여명기부터 사마염이 건국한 진(晋)나라와 이후 혼란기에 이르기까지 쥬신족들이 이룩한 나라들은 중원(中原)의 은(殷)나라, 백이(伯夷)와 숙제(叔齊)가 태어난 나라인 요서 지방의 고죽국(孤竹國), 주(周)나라 무왕(武王)을 도운 태공망(太公望)의 나라인 제(濟)나라, 중원의 진(秦)나라(중국 최초의 통일국가), 조(趙)나라, 대쥬신족(몽골) 형제국인 고리(藁離)국으로부터 파생된 부여, 고구려, 옥저, 백제, 신라, 왜국 등이 있었다.[246]

부여(夫餘)는 불〔火〕 또는 밝음〔양 : 陽〕을 나타내는 말로 중국인들은 이들을 세(歲) 또는 예(濊)라고 불렀는데 이 말도 새〔東〕라는 것을 중국음으로 표시한 말이다. 고구려(高句麗)는 고리(藁離)국에서 남하하여 세운 나라로 '수리골', 즉 높은 사람들이 사는 마을〔상곡 : 上谷〕 또는 해뜨는 마을이라는 뜻이고, 옥저는 동북대평원 지방에 거주하던 구려인들의 말로 나무를 '모둔'이라고 하고 숲을 '와지'라고 하는데 이 말이 중국인들에게는 옥저(오쥐)로 들려서 그렇게 부른 것이다. 이것은 모두 동쪽을 의미하는 말이다.[247]

백제(百濟)는 고구려와 함께 요동 동쪽으로 1천 리에 있었으며 진(晋)나라 때 고구려는 요동을, 백제는 요서를 점령하고 있었다. 백제란 '밝은 고을', '밝은 강' 또는 '밝내〔陽州〕'를 중국어로 표현한 말이다. 신라(新羅)란 '새내', 즉 '새로운 고을'이라는 의미로 쓰인 말이다. 대부분의 국가가 강변에서부터 생성되었으므로 나루〔津〕와 나라〔국 : 國〕라는 말이 비슷한 것이기도 하다. 그리고 왜국(倭國)이라는 말에서 왜는 쥬신족의 말로는 동쪽을 뜻하는 말이다.

멀리 중국 서부로부터 고구려에 걸친 부족들은 모두 같은 대쥬신족(大珠申族)의 분파였다. 중원을 처음 통일했던 진(秦)나라도 쥬신족의 일파였기 때문에 중원을 원활하게 통치하는 데 어려움을 겪었던 것이다.

중국인들이 농경민으로 이동이 적어서 한곳에 정착하였고 인구도 많기 때문에 문자와 언어가 통일이 되어 있었던 반면, 대쥬신족들은 문자도 없는데다

---

246) 박시인, 앞의 책.
247) 박시인, 앞의 책.

워낙 지역이 넓어서 말도 서로 달랐다. 물론 같은 계통에서 나왔기 때문에 처음에는 말이 거의 같았겠지만 세월이 흘러 말이 바뀌었다.

실제로 이들의 말의 구조는 완전히 같은데 단어는 각기 다른 정도이다. 오늘날에도 유럽의 터키어와 동북아의 끝자락에 있는 한국어·일본어는 어순(語順)이 완전히 동일하다. 한국어·일본어·몽골어 등을 알타이라고 한다. 알타이어족은 동아시아에서 몽골, 시베리아, 터키에 이르는 광대한 지역에 분포한 언어들을 총괄적으로 말하는 것이다. 알타이어는 다시 투르크어군(20개 언어), 몽골어군(9개 언어), 퉁구스어(10개 언어) 등으로 이루어져 있고 현재 대략 1억 명 정도의 사람들이 사용하고 있다. 알타이어족의 공통적인 특성은 기본적으로 유사한 단어들이 워낙 많고, 문법적으로도 모음조화, 어근에 어미가 붙는 교착어 등의 특징을 보이며, 음운교체와 관계대명사, 관사가 없다.

쥬신족들은 세월이 지남에 따라 많은 분파로 나뉘었고 유럽쪽으로 진출한 종족들은 유럽화되고 중국에 가까이 있던 종족들은 한화(중국화)되어 공통성도 많이 상실하였다. 그러나 광범위한 민간신앙(무속신앙)이나 생활관습 등은 아직까지도 거의 변하지 않고 있다.

대쥬신족과 한족들의 관계사(삼국시대를 중심으로)

대쥬신족들은 황하를 중심으로 문명을 만들어온 중원의 화하족(華夏族), 즉 한족과 끝없이 대립하였다. 이들의 대립은 농경민족과 기마민족 간의 끝없는 투쟁과정이었다. 때로는 기마민족들에 의해 농경민이 몰살당하기도 하고 어떤 때에는 농경민에 의해 기마민족들이 떼죽음을 당하기도 했다. 한족이 강성하면 으레 유목민들을 공격하였는데 한나라를 중심으로 살펴보면 한 무제는 기마민족을 뿌리뽑으려다 결국 국력의 쇠약을 가져와 나라가 망하였다.

대쥬신족들은 한나라 이전부터 몽골의 고원지대에서 번영을 누렸다. 전설적인 이야기이기는 하지만 5천여 년 전에 치우천황(蚩尤天皇) 때에는 중원 천하와 파내류고원(波奈留高原 : 현재의 파미르 고원) 등 전한 흉노족들이 차지한 영역까지 모두 장악하기도 하였다고 한다. 이후 이들은 중원 땅을 벗어난 대부분의 지역을 차지하였다. 치우천왕은 동두철액(銅頭鐵額), 즉 구리로 된 머리와 쇠로 된 이마를 가지고 모래와 쇠가루를 먹고 살았다고 전하는데 이 말은 그가 살았던 시대가 청동기 – 철기의 전환기임을 보여주는 것일 수도 있다.

왕동령(王桐齡)의 『중국민족사(中國民族史)』에서 "삼묘족(三苗族)의 나라를 구려(九黎)라 하고 구려의 임금을 치우(蚩尤)라고 한다"고 적고 있다.[248]

또한 사마천(司馬遷)은 『사기』에서 "제후가 모두 다 와서 복종하고 따랐기 때문에 치우는 지극히 포학하였지만 천하에 이를 벌할 자가 없었다"고 말하고 "치우는 옛날에 천자를 일컫는 말(蚩尤古天子之代號)"이라고 적고 있다. 이상의 기록은 치우가 칭기즈칸 이상의 권력을 가진 제왕이었음을 보여준다.

한족의 영웅이었던 황제 헌원(軒轅)은 한때 치우천왕(치우 단군)에게 사로잡혀 신하가 되어 많은 공을 세우고 여러 제후들을 정벌하였다. 헌원은 유목민들의 전설적인 영웅이자 구려(九黎)의 임금인 치우 단군을 이기지 못하였지만[249] 은밀히 힘을 길러 치우를 격파하기 위해 여러 제후들의 세력을 결집하여 판천(阪泉)의 벌에서 염제(炎帝) 신농씨(神農氏)를 격파하고 그 여세를 몰아 탁록(涿鹿)에서 치우와 싸워서 치우를 죽였다. 치우가 죽고난 뒤 많은 제후들은 헌원을 천자(天子)로 추대하였고 드디어 헌원은 황제가 되었다.[250]

치우천왕 이후 대쥬신족들은 전국시대(戰國時代 : B.C. 403~221)에는 주로 오르도스[河套 : 어얼뚸스] 지방에서 번영을 이루었고 진나라 때는 음산(陰山) 지방으로 후퇴하였다가 한나라 초기에는 다시 몽골 지역을 장악하고 한나라를 유린하였다. 이 때의 쥬신족의 영걸은 모우뚠[모돈 : 冒頓]이었다. 모우뚠은

---

248) 임승국 편역, 『한단고기』, 정신세계사, 1986, 20쪽.
249) 한 시기에 천하는 세 개로 나뉘어 서로 대치하고 있었다는 전설이 있다. 탁(涿)의 북쪽에 대효(大撓)가 있고 동쪽에는 창힐(倉詰)이 있었고 서쪽에는 황제 헌원이 있었다고 한다. 헌원은 초기에 대효와 창힐에 의존하려 했으나 이들이 치우천왕의 무리였기 때문에 이로움이 없었다는 전설이 있다. 임승국 역, 앞의 책, 42쪽.
250) 헌원은 치우에게 번번이 졌지만 황제는 지남차(指南車)의 위력 때문에 패사(敗死)한 것으로 『이십오사』에 기록되어 있다.

대쥬신족으로 천해(天海 : 바이칼 호)로부터 천산산맥(天山山脈)이나 몽골 고원은 물론 혼유(渾瘐)·굴사(屈射)·정령(丁零)·격곤(鬲昆)·신리(薪犁) 등의 나라들을 차례로 정복하고 전한(前漢)까지 정벌하여 속국(屬國)으로 삼은 사람이다. 원래 동호도 모우뚠에게 복속하였다.

한나라 초기에 모우뚠은 칭기즈칸과 같은 세계의 지배자였다. 500년 이상 중국인들을 고통으로 몰고 갔던 대쥬신족은 몽골 고원 지대를 차지하고 번영을 누린 대쥬신족의 원류이다. 대쥬신족은 전국시대에 오르도스 지방에 거주하면서 중국의 북쪽 지방을 침범하다가 진(秦)나라 시대에는 음산으로 후퇴하였으며 진나라 말기에 동호·월지·얼뛰스 등 몽골 지역 전체를 장악하여 큰 우환거리였다.

전한(前漢) 말기 대쥬신족 내부의 내분으로 다섯 명의 단군임금(天王 : 쥬신족의 말로 천자 또는 황제라는 의미)이 대립하였다. 한족(漢族)들은 대쥬신족의 황제를 의미하는 단군임금이라는 말을 제대로 이해하지 못하여 선우(單于)라고 불렀다. 선우라는 말은 단군에 대한 음역 표기의 오류이거나 단군을 비하시키는 의도로 음역한 말일 가능성이 높다. 특히 한자 '간(干)'과 한자 '우(于)'가 매우 유사하고 선(單)은 '단'으로 발음할 수 있음에 유의할 필요가 있다.

대쥬신족은 다섯 명의 단군임금이 대립하다가 결국은 호한야(呼韓邪 : 크다는 의미) 단군과 질지(郅至 : 크고 길다는 뜻) 단군의 양대 세력으로 형성되었다. 호한야는 주로 만리장성 부근에서 거주하면서 한나라와는 평화공존 정책을 모색하였지만 질지 단군은 서역으로 이주하다가 한나라 군에 의해 피살되었다. 그후 호한야는 오르콘 강 유역으로 들어가서 한나라와 별 다른 마찰 없이 지냈다. 그리고 다시 후한 초에 내분이 일어나 대쥬신족들은 남북으로 양분되어 호한야의 후손인 남쥬신(남흉노)들은 후한 북방에 거주하면서 한나라와 큰 마찰없이 지냈고 북쥬신(북흉노)은 한나라와 타림의 지배권을 차지하기 위해 다투다가 순제(順帝), 환제(桓帝) 때 이유는 알 수 없지만 서역으로 빠져나갔고 그것이 유럽 인구 대이동의 원인이 되었다고 알려져 있다.

한족들은 일부의 회유와 강경책을 적절히 구사함으로써 이들 쥬신족들이 한족들과 마찰이 없도록 하는 데 외교력을 집중하였다. 남쥬신족들은 후한(後漢) 대에는 케룰렌 강과 오르도스 사막, 현재의 동북대평원 쪽에 여전히 강고한 세력들로 남아 있었다. 이들의 주요 거점 지역은 바로 동북으로는 유주(幽州)·병주(幷州)·기주(冀州)였고 유비가 태어난 탁(涿 : 현재의 베이징 지역)이 이들의 중심 무대였다.

『삼국지』와 관련하여 한족과 대쥬신족들의 관계를 살펴볼 수 있는 부분은 관도대전 당시 조조군에 패배하여 원소의 아들들인 원상(袁尙)과 원희(袁熙)가 의탁하고 있었던 답돈의 경우를 보면 일부 짐작할 수 있다. 조조는 이들이 동호 지역으로 피신했다는 보고를 받고 고민에 빠진다.[251]

왜냐하면 동호는 대흥안령산맥(大興安嶺山脈)을 끼고, 요하(遼河) 서쪽(현재의 시랴오허 강 상류 유역)에 있어서 공격하기에 매우 어려운 곳이다. 만약 이들을 공격하면 인근의 고구려를 자극할 가능성이 높았다. 원래 부여는 쥬신족 가운데에서도 한나라에 가장 우호적인 나라로 중국과 함께 고구려의 성장을 억제하였다. 그런데 영제(靈帝) 이후 선비족(鮮卑族)들이 강성해지면서 부여와의 관계가 단절되었다.

관도대전 후 원상(袁尙)은 조조군에 대패하여 유주(幽州 : 현재의 베이징 따칭 서남쪽)의 원희(袁熙)에 투항해 있다가 조조군이 추격해온다는 보고를 받고 몇십 명의 심복들만 데리고 유주를 버리고 동호(東胡)가 있는 요서(遼西)로 피신하였다.

이때 답돈은 단군임금〔선우 : 單于〕이 아니라 왕(王)으로 격하되어 있었다. 구력거(丘力居)의 아들인 루반(樓班)이 강력한 힘을 가진 단군임금이 되어 북으로 부여를, 남으로는 고구려를 압박하여 대흥안령산맥과 소흥안령산맥(小大興安嶺山脈), 쥬신 대평원(현재의 동북대평원)을 지배하고 있었다.

서기 207년 조조가 이들을 격파하였는데 진수의 정사 『삼국지』로 추론해본

---

251) 만약 그들이 요동의 공손강에게로 갔다면 원씨 집안과 공손강의 사이가 나빴기 때문에 수월하게 해결할 수 있었겠지만 동호로 도망간 것은 매우 심각한 문제였다. 동호는 영토가 드넓은 데다 정벌하기가 매우 어려운 지역이었기 때문이다.

요동 반도와 북만주

다면 그 당시 이 지역에 홍수가 나서 자연재해에 취약한 쥬신족들에게 치명적인 피해를 준 것이 전쟁에 패한 원인으로 생각된다. 동호 지역으로 이르는 길이 차단되었고 많은 가축들이 유실되어 동호 지역에 거주하던 많은 쥬신족들의 경제적인 기반에 큰 타격을 주었을 것으로 짐작된다. 이 기회를 조조는 놓치지 않고 현재의 자오양[朝陽]과 푸신[阜新] 등의 지역을 정벌했을 것으로 판단된다. 그러나 나관중의 『삼국지』에서 조조가 마치 대싱안링[大興安嶺] 산맥이나 동북대평원까지 진출한 것처럼 묘사한 것은 이 지역 사정을 전혀 모르고 한 이야기이다. 조조는 겨우 요동만(遼東灣) 인근 지역들 정도를 공략한 것에 불과하다.

쥬신족들이 중국으로 진입하게 되는 계기가 된 것은 진나라 건국 후 바로 일어난 팔왕(八王)의 난 이후이다. 즉, 진(晉)나라 건국 후 팔왕의 난으로 중국이 극도의 혼란에 빠진 시기에 쥬신족들은 중국으로 급격히 몰려 들어가기 시작했다. 쥬신족들에게는 다만 과거의 모우뚠 · 단석괴(후환 환제 때 쥬신족의 대부족장) 같은 영걸들이 나타나지 않아서 대동단결된 힘을 가지지 못하고 각 지역의 부족 단위로 존재하고 있었기 때문에 초기에는 강력하지 못했다. 이것은 한족의 입장에서 보면 매우 다행한 일이었다.

당시 한족들이 선비족이라고 부르는 대쥬신족의 일파는 주로 케룰렌 강과 오르도스 사막을 근거로 하여 동북대평원까지 확대되어 거주하고 있는 유목민들이었다. 이들은 단석괴 사후 서로 통일된 조직이나 체제를 갖추지 못하고 부족 단위로 여러 개의 국가를 형성하고 있었다. 그 가운데서 모용(慕容) · 척발(拓跋) · 단(段) · 우문(宇文) · 독발(禿髮) · 걸복씨(乞伏氏) 등이 대부족에 속하였다. 그리고 이들 가운데서는 모용씨와 척발씨가 가장 강력하였다. 이들은 중국 대륙의 지배자로 부상하게 되었다.

진(晉)의 멸망과 쥬신족의 중국 진출

삼국을 통일한 진(晉)나라가 사마염의 사후 극심한 혼란에 휩싸이면서 중원의 주변에서 부족 단위로 웅거하던 쥬신족들은 여러 경로를 통해서 중원을 공격하였다.

　서기 304년경 사마염이 건국한 진나라가 골육상쟁으로 혼란에 빠져 있었던 시기에 남쥬신 계열의 유연(劉淵)이 한왕(漢王)으로 칭하면서 태원(太元) 서쪽 지역(현재의 리스[離石] 지역)을 중심으로 나라를 만들어 진나라를 압박하기 시작하였다.[252] 유연은 스스로 황제에 오르고 도읍지를 평양(平陽 : 현재의 산씨 린펀)으로 정하고(308) 자신의 둘째아들인 유총(劉聰)을 보내어 낙양을 침공하였으나 실패하고(309) 자신의 심복들인 석륵(石勒)·왕미(王彌)를 보내어 익주·청주·예주·연주·서주 등을 공격하여 진나라를 무력화시켰다. 유연의 아들 유화(劉和)에 이르러 중원의 일부분을 제외하고는 거의 유화의 영토가 되었고 진나라 회제가 죽음을 당하자(313) 사실상 진나라는 끝이 났다.

　그후 한나라의 황제 유총이 죽고(318) 그의 아들 유찬(劉粲)이 즉위하였다. 그런데 유찬은 정사(政事)에는 별로 관심이 없어 국사를 근준(靳準)에게 모두 맡겼다. 근준은 한족으로 유씨 일족들에 대해 겉으로는 복종하는 듯하였지만 속으로는 유목민들이라고 항상 경멸하고 있던 중 연회(宴會) 중인 황제 유찬을 습격하여 유씨 일족을 모두 죽여 한나라의 유씨들을 완전히 제거하였다. 그런데 근준이 유씨 일족을 모두 섬멸했다는 소식이 장안(長安)에 주둔중이었던 유요(劉曜)와 양국(襄國)에 주둔하고 있던 석륵에게 알려지게 되었다. 유요와 석륵은 즉시 근준을 토벌하였으나 유요와 석륵의 관계는 악화되었다.

　유요는 그 이듬해인 319년 장안에서 도읍을 옮기고 공식적으로 한나라를 폐하고 조(趙)나라를 건국하였다. 유요가 조나라를 장안에서 건국했다는 소식을 들은 석륵은 양국(현재 허난[河南] 싱타이[邢臺] 서남쪽)에서 다시 조(趙)나라를 건국하였다. 이들 두 세력의 결전은 불가피했고 결국 10여 년간의 대립을 거쳐 석륵이 유요의 조나라를 평정하고 제위에 오르면서 국호를 역시 조(趙)나라라고 하였다.

　석륵은 본격적인 중원의 지배를 위하여 한족인 장빈(張賓)을 등용하여 소수

---

252) 유연은 남쥬신 어부라(於扶羅) 단군의 손자로 그 아버지는 조조(曹操)로부터 유씨(劉氏) 성(姓)을 하사받아 유표(劉豹)라고 하였다.

민족인 대쥬신들이 중원을 통치하기 위한 전반적인 대비를 하게 되었다. 석륵은 중원의 찬란한 문화를 존중하고 과거에 쥬신족들이 무력으로만 지배하려 했음을 반성하였다. 그러나 석륵의 사후 석홍(石弘)-석호(石虎)-석세(石世)로 제위가 이양되는 과정에서 석호의 한족 출신의 양자인 석민(石閔)이 석씨 일가를 모두 주살하고 정권을 장악하였다.

석민이 정권을 장악하자 그는 석씨를 버리고 자신의 원래 성(姓)을 고쳐 염민(冉閔)으로 부르고 석호가 죽은 지 1년 만에 위(魏)나라를 다시 건국하고 스스로 제위에 올랐다. 석민이 자신이 한족임을 내세우고 중원 회복의 기치를 내걸자 많은 한족들은 쌍수를 들고 환영하였다. 염민(석민)은 한족들의 대단결과 그 동안 대쥬신족으로부터 시달린 것을 보복하기 위해서 "오랑캐(대쥬신족)의 목을 한 개 가져오면 문무의 관리로 임명할 것"이라는 역사상 유례가 없는 야만적 포고령을 발하였다. 그리고 스스로도 군대를 동원하여 대쥬신족들을 살육하기 시작하였다. 이 같은 인종 청소의 결과 하루 동안 무려 3만 명의 목이 잘린 날도 있었다고 한다.[253]

이 사건은 쥬신족들과 한족의 관계를 최악으로 몰고간 사건이었다. 염민(冉閔)의 만행은 동북지역으로 퍼져나갔다. 동북지역에서는 요서(遼西) 지역을 중심으로 과거 연나라 땅에서 대쥬신 세력을 규합하고 있던 모용준(慕容儁)이 있었다. 모용준은 즉각 자신의 동생인 모용각(慕容恪)을 보내어 염민을 정벌하게 하였다. 염민은 모용각의 군대에 맞서 싸웠으나 모용각에 의해 사로잡혀 죽고 말았다(352). 이로써 염민의 삼년천하(三年天下)는 끝이 나고 중원은 연나라의 차지가 되었다. 모용준은 업(鄴)으로 천도를 단행하여 연(燕)나라를 공식적으로 개국하고 스스로 제위에 올라 천하의 지배자임을 천명하였다.

한편, 석호(石虎)가 통치할 당시 낙양 동북방 방두(枋頭 : 현재의 쑨셴[濬縣]

---

253) 대쥬신족은 한족들에 비하여 수적으로 열세였기 때문에 정부에서 지원하는 대쥬신 살육작전을 막아낼 방도가 없었다. 지방에 있던 수많은 대쥬신족들도 살육을 당했다. 겨우 목숨을 건져서 오르도스나 케룰렌 혹은 동북대평원으로 돌아간 사람들은 10명 가운데 2~3명에 불과하였다(『대세계사 3』, 현암사, 419쪽).

에 주둔하던 포홍(蒲洪)은 석호가 죽자 동진(東晉)에 투항하였다. 동진은 이를 크게 환영하여 포홍을 정북대장군(征北大將軍)으로 삼았다. 포홍은 원래 저족(氐族) 출신의 장군이었는데 이때 자신의 이름을 부홍(符洪)이라고 고치고 스스로 천왕대선우(天王大單于) 삼진왕(三秦王)이라고 하였다. 염민의 위나라와 조나라가 격전을 벌이는 동안 부홍은 손쉽게 낙양 일대까지 함락하여 세력을 떨치기 시작했다.

그후 관중 지방을 정벌하는 도중 부홍이 부하에게 암살당하자 부홍의 아들인 부건(符建)이 장안을 점령하고 천왕대선우로 칭하며 대진(大秦)을 건국하였다(352). 부건이 죽은 후 즉위한 부생(符生)은 구 대신들을 몰살시키는 등 자신의 권력 강화에만 몰두하자 자신의 동족인 부견(符堅)에 의해 제거되고 부견은 진천왕(秦天王)이라고 칭하였다. 부견의 등극은 진(秦)나라의 극성기를 가져왔다.

부견은 연나라가 내분에 휩싸인 틈을 놓치지 않고 업(鄴)을 함락하여 연나라 황제를 사로잡고 연나라를 멸하였다(370). 진(秦)나라와 연(燕)나라의 중원 쟁탈전은 진나라의 승리로 막을 내렸다. 그리고 이 여력을 바탕으로 서량의 대부분과 장강 이북 대부분의 땅을 점령하였다.

부견은 대군을 동원하여 동진(東晉)의 정벌을 강력하게 추진하였으나 비수전(淝水戰)에서 대패하고 말았다(383). 비수(淝水)는 회수(淮水)의 지류로 동진은 민족적 사활을 걸고 이 전투에 임하여 승리를 거두었고 부견은 천하통일의 꿈을 접고 장안으로 돌아갔다. 부견은 남정(南征)의 실패, 즉 비수전의 패배와 저족의 분산 정책으로 친위세력의 몰락을 초래한데다 전역에 걸쳐서 광범위한 군웅들이 다시 할거하기 시작함으로써 중원은 다시 혼란의 도가니에 빠지고 말았다.

385년 부견은 연나라의 황제였던 모용위(慕容暐)의 동생인 평양 태수(平陽太守) 모용충(慕容沖)과 모용홍(慕容泓)에 의해서 죽임을 당하고 이들의 숙부였던 모용수(慕容垂)에 의해 연(燕)나라가 다시 재건되었다. 이를 이전의 연나라와 구별하기 위해서 후연(後燕)이라고 부른다. 그리하여 다시 중원은 혼란에 빠지게 되었다. 섬서(陝西) 지역의 진(秦)나라, 사천(四川)과 감숙(甘肅)

위진남북조시대

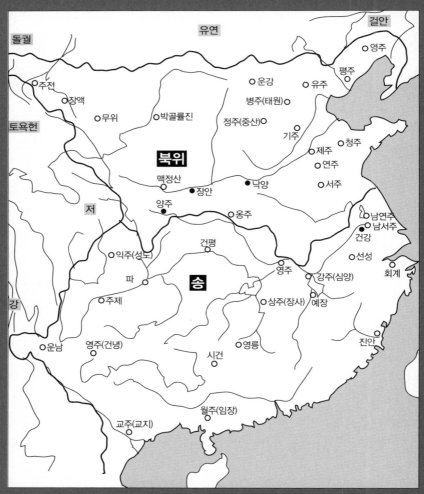

* 출전 : 채희순 감수, 『대세계사 3』, 현암사, 423쪽.

의 후량(後凉), 후진(後秦), 서진(西秦) 등의 나라들이 어지럽게 들어섰다가 역사의 무대에서 사라지고 사라질 때 쯤이면 다시 같은 이름으로 재건되기도 하였다.

이렇게 중원(中原)은 대쥬신족과 저족에 의해 통치되었고 한족(漢族)들에

[위진남북조시대 5호16국의 흥망]

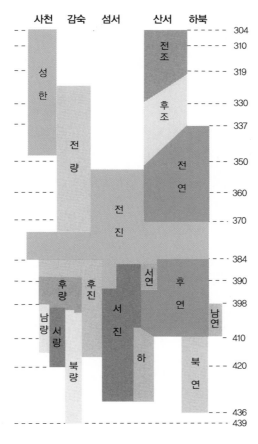

* 출전 : 채희순 감수, 『대세계사 3』, 현암사, 423쪽.

게는 300~400년 동안 고통의 세월이 시작된 것이다. 한족들의 고통이 더욱 심한 이유는 대쥬신족들이 본격적으로 중원을 경영해본 경험이 없었는데다 단석괴의 죽음 이후 여러 부족으로 나뉘어 그 통합에 어려움을 겪는 상황에서 정부를 구성하고 그것을 유지할 만한 능력이 없었기 때문이다. 대쥬신족들은 행정 능력이 빈약하여 전쟁의 와중에서 권력을 장악한 장수들을 제어할 만한 조정 능력이 결여되어 있었다. 따라서 중원의 전란은 지속적으로 군권(軍權)을 장악한 군지휘관들에 의해 새로운 국가가 건국되는 악순환을 되풀이하였다.

그래서 수많은 국가들이 난립하여 136년간 무려 16여 개의 국가가 중원에서 명멸해갔다. 대쥬신족들이 건국한 국가들은 한 · 전조(前趙) · 북량(北涼) · 하(夏) · 후조(後趙) · 전연(前燕) · 후연(後燕) · 남연(南燕) · 서진(西晋) · 남량(南涼) 등이었고, 강족(羌族)이 건국한 나라들은 후진(後秦), 저족(涼族)이 세운 국가는 전진(前秦) · 후량(後涼), 한족이 건국한 국가는 전량(前涼) · 서량(西涼) · 북연(北燕) 등이었다.

이렇게 수많은 왕조들이 중국 남북으로 이합집산을 거듭하고 중국 역사 전체를 혼란으로 몰아넣은 지 300여 년 만에 수(隋 : 581~618)나라를 잠시 거쳐 이연(李淵)에 의해 중국은 재통일(618)된다. 중국은 이연의 아들 당 태종 이세민(李世民)에 의해 모든 문물이 정비되고 천하가 안정을 찾을 때까지 긴 세월의 혼란을 겪어야 했다.

이연은 산서(山西)의 태원(太原)에서 일어나 장안에 도읍하여 당(唐)나라를 건국하였다. 이연의 가문은 여러 대에 걸쳐서 쥬신족들과 함께 하였으므로 이연은 대쥬신족의 피가 많이 섞인 사람이었다. 이연의 어머니인 독고씨(獨孤氏), 이연의 부인인 두씨(竇氏), 그리고 둘째며느리인 장손씨(長孫氏) 모두 대쥬신족이었다.

당 고조(高祖)의 황후인 두씨(竇氏)는 건성(建成) · 세민(世民) · 현패(玄覇) · 원길(元吉) 등 모두 네 아들을 낳았는데, 현패는 일찍 죽고 세민(世民)은 건성(建成) · 원길(元吉)의 연합군을 격파하고 제위에 올랐다. 이 사람이 바로 당 태종이다. 당 태종은 대쥬신족의 상무적(尙武的) 정신과 한족들의 찬란하고 우아한 문화가 혼합된 빼어난 인물이었으며[254] 그가 이룩한 당나라는 쥬신과 중국 양 민족이 합작하여 이루어놓은 것으로 중국 역사상 가장 모범적인 제왕으로 추앙을 받았다.

5. 한국사와 『삼국지』

고대 한국사의 개요

한반도에 정착한 우리 민족에 대해서 그 원류를 파악하기란 쉽지 않다. 정사인 진수의 『삼국지』 「위지동이전(魏書東夷傳)」을 살펴보면 당시의 한반도 북부에 위치한 민족들을 동이족(東夷族)이라고 부르는데, 그것은 중국인들이 부르는 이름이고 동이족들이 스스로를 어떻게 불렀는지는 분명하지가 않다. 막연히 동이(東夷)라는 말에서 우리 민족이 활(大弓)과 많은 관련이 있다고 볼 수도 있다. 오늘날 우리나라의 양궁이 세계 최강인 것도 이와 무관하지는 않다.

그러나 중국 전반에 걸쳐서 고리(藁離), 고려(高麗), 구려(九黎), 구리, 코리 등의 이름으로 불리고 있는 것이 우리 민족의 원류를 찾아가는 데 결정적인 단서가 될 수 있다. 이것은 모두 '꼬우리(꾸리)' 등을 중국식 발음으로 표기한 것으로 보이기 때문이다. 몽골의 역사에서도 코리족에 대한 자료를 쉽게 찾아볼 수 있다.

즉, 우리 민족은 스스로를 '꼬우리(꾸리)'라고 불렀다는 것이다. 물론 지금 그 뜻은 알 수 없다. 그리고 '꼬우리(꾸리)'는 그 역시 의미를 알 수 없는 대쥬신의 갈래이다. 흥미로운 것은 다른 지역에서는 많이 망실되었지만 이 모든 사항들이 한반도나 일본(日本)에 아직도 살아남아 있다는 것이다. 이 장에서는 이 부분을 심층적으로 살펴볼 것이다.

19세기 이후 서양의 언어학자들은 알타이(金) 산맥의 이름을 따서 알타이 지방에서 동남으로는 일본, 동북으로는 야쿠우드족, 퉁구스족[255] 등이 거주하

---

254) 傅樂成, 앞의 책, 431쪽.

는 오호츠크 해안까지, 서남으로는 중앙아시아 전역과 터키에의 원주민이 같은 계통이므로 이들을 알타이족으로 불렀다. 물론 몽골 인종 가운데는 알타이어가 아닌 언어를 쓰는 민족으로 중국어족을 지적할 수 있다. 이들 중국민들도 동일한 몽골 계열이기는 하나 중국 땅에 일찍 뿌리를 내려 알타이어와는 다른 언어를 사용하고 있었던 것이다.[256]

「위서」에 말하기를 2천년 전에 단군왕검이 아사달(阿斯達)을 서울로 삼아 조선(朝鮮)이라는 나라를 세웠고 이는 중국의 요(堯)임금과 같은 시대의 일이라고 하였는데, 지금 이 기록이 현재의 한반도의 사정을 나타내는 것으로 단언하기는 어렵다. 오히려 동북아 유목민들의 광범위한 역사의 일부로 보는 것이 더욱 타당할 것으로 생각된다. 왜냐하면 '아사달'이나 '조선'이나 '알타이'나 단군왕검의 '단(檀 : 밝달 → 배달민족)' 등은 모두 비슷한 의미로 '아침, 밝은, 동쪽' 등을 의미하고 있기 때문이다.[257]

사서의 기록에 나타나는 것은 대부분 이 의미들에 가까운 한자어들이다. 앞서 지적한 대로 중국인들은 역사적으로 몽골에서 북만주 – 한반도 북부에 이르는 민족을 죠썬(조선 : 朝鮮), 쥬썬(주신 : 珠申) 또는 쑤썬(숙신 : 肅慎), 씨썬(식신 : 息慎), 주신(州慎) 등으로 표기하는데 이 단어들이 아직까지 견고하게 살아남은 곳은 현재의 한반도 지역이다. 이 점에 있어서 여명기의 몽골 만주 – 한국사의 주체들은 쥬신족으로 부를 수 있다. 그리고 이미 언급한 대로 앞서 지적되었던 흉노(匈奴)를 대쥬신족〔大朝鮮族〕이라고 한다면 그 나머지 같은 계열의 사람들을 일반적으로 쥬신족〔朝鮮族, 珠申族〕이라고 부를 수 있다. 대쥬신족은 대체로 5천년 전에 현재의 바이칼호에 이르러 남으로 이동해 와서 현재의 요서·요동·청주·사백력(斯白力 : 현재의 시베리아)·쥬신 반도(현재의 한반도) 등에 정착하였을 것으로 추측된다.

255) 이 말은 러시아인들이나 서구인들이 '돼지'라는 의미로 경멸적으로 부른 말이다. 따라서 이들 종족의 정확한 종족명을 알 수가 없다.
256) 박시은, 앞의 책, 29쪽.
257) 박시은, 앞의 책, 129쪽.

한반도에 거주하고 있는 현재의 우리 민족과 한족과의 직접적인 관계는 부여·고구려·고대 백제·발해 등의 나라들과 이들 국가들이 중국의 왕조들과 맺은 대외관계에 의해 해명될 것이다. 이들 국가들은 한국사의 여명기의 역사적 주체들로 볼 수 있다. 이 가운데서도 특히 고구려와 발해(渤海)는 가장 큰 역사의 궤적을 남긴 국가이다. 고구려는 건국 초기부터 한족(漢族 : 중국인)과의 대립을 통해서 성장·발전해온 국가로 5세기 무렵에는 동북아시아의 패권 국가로 성장하였다. 현재까지 고구려인들의 삶을 제대로 조망할 수 있는 기록은 거의 없지만 그들이 남긴 수많은 고분들의 부장품들이나 벽화들을 통하여 그들의 삶의 일부를 살펴볼 수는 있다.

고구려는 '꼬우리(꾸리)' 족 가운데 뛰어난 자들이 이룩한 국가라는 의미로 파악할 수 있다. '꼬우리(꾸리)' 족이 고구려(高句麗)가 된 이유는 고(高)라는 것은 최고라는 뜻으로, 원래 '꼬우리(꾸리)' 족에서 사람들이 증가하여 사냥터가 줄어들자 일부 사람들이 이주하였는데 이들이 코리족의 최고라는 의미로 사용한 것이라고 볼 수 있다. 즉, '꼬우리' 족 중의 최고의 전사들이 남쪽으로 내려가서 건국한 나라라는 뜻이다.[258]

진수의 정사 『삼국지』 「위지동이전」에 따르면, 부여-고구려 등 북만주 일대를 장악하고 있었던 부족들은 자연환경이 큰 산과 깊은 골짜기가 많고 평야는 적어 만성적인 식량부족 상태였던 것으로 판단된다. 이런 이유로 고구려에는 절식(節食)하는 풍습이 있었다. 뿐만 아니라 부족한 식량을 약탈해야 하는데 서쪽에 있는 연나라가 강성하여 이를 제압하기 위해서는 호전적이고 전투적이었다. 다만 부여(夫餘)만이 중국과 친선관계를 유지하면서 조공을 꾸준히 보내왔다.

고구려를 세운 사람은 고주몽(高朱蒙)인데 그의 아버지는 북부여인이었다고 한다. 그런데 고주몽이 동부여 땅에서 살게 되어 많은 시달림을 당하자 추종자들을 데리고 가서 건국한 나라가 바로 고씨(高氏)의 구려(句麗) 또는 최고

---

258) 박시은, 앞의 책, 138쪽.

의 구려(句麗)라는 뜻으로 고구려(高句麗)라고 하였다. 그는 5부족 연맹을 통합하여 나라를 만들었다. 이때가 전한(前漢) 말기에 해당된다.

신라의 승려인 안함로(安含老)의 저작으로 알려지고 있는 『삼성기전(三聖記)』 상편(上篇)에는 "계해(B.C. 58)에 이르러 봄철 정월에 천제의 아들인 고추모(高雛牟)가 북부여에서 일어났다. 단군의 옛법을 되찾고 해모수를 제사하여 태조로 삼고 처음으로 연호를 정하여 다물(多勿 : 다시 회복한다는 의미)이라고 하니 이가 바로 고구려의 시조이다"라고 하며 "파나류산(波奈留山) 밑에 한님〔桓仁〕의 나라가 있으니 천해(天海 : 바이칼호) 동쪽의 땅이다"라고 하고 있다.[259] 『진서(晉書)』 97권에서는 "숙신씨는 일명 읍루(挹婁)라고 하는데 불함산(不咸山) 북쪽에 있고 부여를 떠나 60일 거리 되는 곳에 있다. 동으로는 대해(大海)에 닿아 있고 서로는 구만(漫)한국에 접해 있고 북은 약수(弱水)에 닿고 그 국경은 수천리이다"라고 하고 있다. 여기서 말하는 불함산은 실제의 대쥬신족의 성산(聖山)인 보르항산(부르칸산)을 의미한다기보다는 보르항산의 이름을 따서 사용한 것으로 하얼빈 남쪽의 완달산을 지칭하는 말인 듯하다.

그후 고구려는 숙신과 연합하여 숙신의 강한 기병을 이용, 주변을 정복하기 시작하였고 2대 유리왕 때에는 도읍을 국내(國內 : 현재 만주의 퉁꼬우)로 옮겼으며 3대 대무신왕 때에는 동부여를 멸망시켰다. 영제 광화 2년(179)부터 건안 원년(197)까지는 고국천황(故國川王)의 재위 기간으로 황건적의 난이 나던 해에 요동 태수의 침공을 격퇴했다. 고국천왕이 죽은 후 그의 동생인 연우(延優 : 후에 산상왕)가 고국천왕의 왕비인 우씨와 결탁하여 둘째형인 발기를 제치고 왕위에 올랐다. 산상왕은 즉위한 후에 우씨를 왕비로 삼고 도읍을 환도성으로 옮겼다. 당시의 고구려는 산상왕이 다스리고 있었다.

고대 한국사와 대쥬신족의 공통점

고구려와 대쥬신(흉노)의 관계를 파악하기 위해서 다음의 두 가지 점을 고려

---

259) 임승국 편역, 앞의 책, 23쪽.

할 필요가 있다.

첫째, 앞서 지적했듯이 왕동령(王桐齡)의 『중국민족사(中國民族史)』에서 "삼묘족(三苗族)의 나라를 구려(九黎)라 하고 구려의 임금을 치우(蚩尤)라고 한다"는 점이다.[260] 둘째, 고추모(高雛牟)가 북부여에서 일어나 단군의 옛법을 되찾고 해모수를 제사하여 태조로 삼고 처음으로 연호를 정하여 다물(多勿)이라고 한 점이다.

즉, 고구려를 건국한 고추모가 건국을 하면서 국시(國是)로 정한 것을 '다물(多勿)'이라고 했는데 이 말은 『삼국사기』에 따르면 '려어위복고구토(麗語謂復古舊土)'라 하여 옛 땅을 되찾는다는 의미였다. 여기서 말하는 구토(舊土)는 과연 어디인가 하는 문제가 대쥬신 역사와 고구려 역사의 긴밀성을 나타내 주는 단서가 된 것이다. 그리고 치우가 구려의 왕이라고 하므로 치우와 고추모의 관계도 단절된 것이 아님을 알 수 있다.

고구려·부여 등 당시의 몽골과 북만주 일대에 이르는 국가들과 몽골[261]이 크게 다르지 않다는 것은 이들 국가들이 공유하고 있는 부분이 대단히 많고 현재까지도 유사한 습속들이 매우 많이 남아 있는 것에서도 알 수 있다.[262]

고구려란 원래 '꼬우리(꾸리)' 또는 '코리(Khori)'라고도 읽히는 맥족(貊族)이 남하하여 만든 국가이다. '꼬우리(꾸리)' 족이란 동몽골의 광활한 대초원인 메네킨탈에 살던 민족이다. '꼬우리(꾸리)'라는 의미는 알 수 없지만[263] 이들은 케룰렌 강(江)과 할흐 강(江) 유역에서 동북대평원 멀리 흑룡강(黑龍江)과 송화강(松花江) 일대를 경유하여 남하한 대쥬신족들의 일파이다.

---

260) 임승국 편역, 앞의 책, 20쪽.
261) 참고로 현재의 몽골 지역은 해발 1600미터의 고원국가로 면적은 한반도의 7배가 넘지만 인구는 남한 인구의 20분의 1밖에 되지 않는다. 몽골인의 가족 60%는 전통가옥 겔(ger)에 살고 있다. 이 겔은 유목민들의 이동생활에 가장 적합한 가옥구조로 알려져 있다. 1인당 GDP는 300달러 정도이지만 무공해인데다 자연을 양식으로 하므로 평균 수명은 길어서 남자는 64세, 여자는 67세로 나타나 있다.
262) 이하의 내용은 박원길의 『유라시아 초원제국의 역사와 민속』(민속원, 2002)에 주로 의존하고 있다.
263) 박원길, 앞의 책, 538쪽.

고구려의 주요 풍습이었던 형사취수혼(兄死聚嫂婚)은 형이 죽으면 동생이 그 형의 아내를 취하는 것으로 이것은 유목민들에게서 나타나는 일처다부혼(一妻多夫婚)의 하나이다. 형사취수혼은 형제상속과 함께 유라시아 대륙의 유목민족들에게는 사회적 관습으로 받아들여졌다. 유목 세계에서는 전쟁 등 사회적으로 큰 변란이 있으면 형제의 서열순으로 이에 참가하는데 이때 뒤에 남은 동생들은 차례로 형의 가족을 포함한 집안 전체를 관리해야만 하는 책무를 가지게 된다. 그래서 형이 전사(戰死)하거나 소식을 알 수 없게 되면 미혼(未婚)일 경우 새로운 가장의 자격으로 형의 아내와 결혼하여 그 가족을 떠맡게 되는 것이다.[264]

형사취수혼은 농경민의 입장에서 보면 매우 야만적인 것으로 받아들여져 경멸의 대상이었을 것이다. 예를 들면 나관중의『삼국지』에서도 이 같은 일이 나타난다. 적벽대전이 끝난 후 유비가 영릉(零陵)에 입성하고 조운(趙雲 : 조자룡)을 통해 계양성(桂陽城)을 점령하자 계양 태수인 조범(趙範)이 조운과 의형제를 맺게 된다. 조범은 자신의 친형수인 번씨(樊氏)를 조운에게 소개하여 결혼을 권하자 조운은 크게 화를 내며 "너와 나는 의형제를 맺었으니 네게 형수이면 내게도 형수가 되는데 어찌 이와 같이 인륜을 어지럽히는 일을 하는가?"라고 말한다. 결국 이 두 사람은 다시는 상종하지 않을 정도로 관계가 악화된다. 이때 번씨는 결혼한 지 3년 만에 과부가 되어 그때까지 수절하고 살아오고 있었는데 이를 안타깝게 여긴 조범이 조운에게 개가시키려 한 것이다.[265]

고구려의 경우도 유목민의 생활이 약화되는 단계에서는 형사취수혼에 대해 좋지 못한 관습으로 보고 있다. 예를 들면 동천왕의 아버지였던 산상왕의 아내는 우씨(于氏)였는데 그녀는 산상왕의 형이었던 고국천왕의 아내이기도 하였다. 이 우씨는 임종시에 "내가 좋은 행실을 못하였으니, 장차 무슨 면목으로 국양왕(고국천왕)을 보리오. 만약 군신들이 나를 차마 구렁텅이에 버리지 않을

---

264) 한국역사연구회, 앞의 책, 100쪽.
265) 나관중『삼국지』제52회 '제갈량은 지모로 노숙에게 사양하고 조자룡은 꾀를 내어 계양성을 탈취하다(諸葛亮智辭魯肅 趙子龍計取桂陽城)'에 나오는 내용.

것이라면 차라리 산상왕릉 곁에 묻어주오"라고 하고 있다.

중국인들은 뚱후〔東胡〕와 썬뻬이〔鮮卑〕, 쓩누〔匈奴〕, 고구려 등을 모두 다른 민족으로 보고 있지만 이들은 모두 대쥬신족으로 같은 계열의 종족이다. 특히 대쥬신족(흉노, 몽골)과 고구려는 형제 관계였다. 멀리 대흥안령(大興安嶺) 남단에서 발원하는 할흐강(江)이 보이르 호수로 흘러들어가는 곳에 '할힌 골솜'이라는 곳이 있고 여기에는 석상(石像)이 하나 있는데 이것이 '꼬우리(꾸리 : Khori)' 족의 조상으로 알려져 있다. 이 석상을 중심으로 서쪽은 대쥬신족(몽골)이 살고 있고 동쪽은 코리족이 살았다고 하는데 이들은 서로 통혼(通婚)하며 같은 풍습과 민족 설화를 가지고 있다.[266]

대쥬신(흉노 · 몽골)의 설화에는 이런 얘기가 있다. 밤마다 금색을 띤 사람이 천막의 창을 타고 빛처럼 들어와 배를 비벼서 여인의 뱃속으로 들어오는데 이는 하늘의 아들이었다. 나중에 이 사람이 태어나면 대칸(단군임금)이 될 터인데 그때가 되면 모든 이들이 이를 우러르게 된다는 이야기이다. 대쥬신의 시조는 코릴라르타이-메르겐으로 이는 곧 코리족의 선사자(善射者), 즉 주몽(朱蒙)이다. 여기서 말하는 주몽은 고유명사가 아니라 보통명사로 대쥬신말(몽골어)로 바꾸면 쥐베-메르겐, 즉 활을 매우 잘 쏘는 사람이라는 뜻이다.[267]

코릴라르타이란 코리족이라는 뜻이고 메르겐은 활을 잘 쏘는 남자라는 뜻이다. 그러므로 코릴라르타이-메르겐이라는 족속들로부터 흉노와 코리로 나뉜 것이다.[268]

재미있는 이야기 가운데 하나는 초원에서 대쥬신(몽골)족과 꼬우리(꾸리)족의 여자들이 오줌을 누다 서로 만나면 대쥬신족의 여자는 왼손을, 꼬우리족의 여자는 오른손을 흔들어 형제애를 과시하곤 한다고 한다.[269]

---

266) 박원길, 앞의 책, 536쪽.
267) 고대 몽골인들은 동물이나 새를 자유자재로 쏘아 맞히는 신궁(神弓)을 메르겐(Mergen)이라 하여 사회적으로 큰 존경을 표했다. 일부 몽골학자들은 신라의 왕 칭호인 마립간(麻立干)을 메르겐의 음역(音譯)일 가능성이 높다고 한다. 구체적인 내용은 박원길의 『몽골의 문화와 자연지리』, 102쪽을 참고하라.
268) 박원길, 『유라시아 초원제국의 역사와 민속』, 508~510쪽.

이들 대쥬신족은 흑룡강과 송화강 일대에 광범위하게 살고 있던 울치족과 같은 곰 숭배 부족들을 정벌하고 동북 대평원 일대를 장악한 것으로 보인다.[270] 그리고 참고로 단군신화에 보이는 호랑이는 호랑이 토템을 믿는 부족으로 보이는데 현재의 함경남도 지방에 터전을 잡은 동예(東濊)의 경우 호랑이 토템 신앙을 가지고 있었다(물론 이 위치는 현재의 함경도가 아니라 동만주 일대일 가능성이 크다). 동예에는 10월에 열리는 무천(舞天)이라는 집단 축제가 있는데 이 축제 기간에는 밤낮으로 음주가무를 즐겼으며 이것은 자신들이 신이라고 여겼던 호랑이에게 제사지내는 과정에서 이루어진 것이라고 한다.[271]

꼬우리족과 대쥬신족은 족보를 매우 중시하는 민족이다. 이들의 속담에 '7대 조상을 알지 못하는 사람은 숲 속의 원숭이와 같다'는 말이 있다. 아마도 초원에서 떠돌이 생활을 하니 더욱 조상을 찾을 필요가 있었을 것으로 생각된다.

그동안 한족들은 대쥬신인(유목민·몽골인)들이 매우 광폭하고 예의를 지키지 않는다고 생각하는데 이것은 잘못이다. 이들만큼 장유유서가 엄격한 민족들도 없다. 정사 『삼국지』 「위지 오환선비동이전」 가운데 오환 부분의 주석에 따르면, 이들 유목민(대쥬신인)들이 "젊은 사람은 귀하고 늙은 사람들은 천하며, 성격이 난폭하여 화가 나면 부모나 형을 죽이지만 어머니에게는 해를 주지 않는다"고 적고 있는데, 이것은 한족들이 얼마나 쥬신들에 대해 무지한가를 증

---

269) 박원길, 앞의 책, 536쪽.
270) 울치족은 어린 곰을 잡아다가 고이 기르고 나중에 자라면 강변까지 끌고 가서 죽여서 그 고기로 잔치를 벌인다. 이 곰을 죽일 때 궁수(弓手)는 단 한발에 아무런 고통 없이 죽여야 하고 그 광경을 보면서 울치족의 여인들은 한없이 슬피 운다. 그리고 난 뒤 곰의 머리뼈는 땅에 묻고 나머지 고기들은 전 부족들이 나눠먹고 잔치를 벌인다. 이 과정을 마치 자신의 조상인 곰이 죽으면서 자신의 살을 후손들에게 먹인다고 생각하는 것이다. 이 지역의 부족들 가운데는 끝까지 정복되지 않은 축치족과 같은 종족들은 저 멀리 흑룡강 하류로 달아나거나 오호츠크해 방면으로 이동하거나 현재의 한반도로 남하하기도 한 것으로 추측된다. 특히 울치족들은 현재의 한반도 남단으로 가서 부족을 이루고 살았던 것으로 보이는데 한반도 남동 해안 지대에서 발견되는 유적들과 현재 이들 지역에 잔존하는 민족들의 유적에서 공통점이 많이 나타나고 있다. 축치족이란 쥬신족들에 의해 밀려난 북방의 오래된 종족(種族)들 가운데 하나로 쥬신족(흉노)과 끝까지 투쟁하여 항복을 하지 않고 현재의 오호츠크해 가까이 이동하여 순록들을 방목하며 살아가고 있다.
271) 한국역사연구회, 앞의 책, 80쪽.

명해주는 부분이기도 하다. 이 같은 기록은 사마천의『사기』에도 그대로 나타나고 있다. 대쥬신인들만큼 노인을 공경하고 장유유서가 강한 종족을 찾기 어렵다. 최근까지도 몽골이나 우리나라, 일본 등에서 연장자 앞에서 술이나 흡연을할 수가 없었으며, 연장자와 동석할 경우 연장자의 허가를 얻는 것이 관례였다는 점을 상기해보면 알 수 있다(이 부분에 대해서 궁금한 독자들은 박원길의『몽골의문화와 자연지리』를 읽어보기 바란다. 독자들은 아마 몽골인과 한국인들이 가진 대부분의 풍습이 너무 비슷하여 책을 끝까지 놓을 수가 없을 것이다).

꼬우리족이나 대쥬신족들은 소의 갈비를 구워서 뜯어먹거나 소와 같은 가축의 뼈를 푹 삶아서 그 물에 소금과 파를 넣어서 간편한 식사(이를 슐랭이라고하는데 설렁탕이라는 말과 관련이 있을 것이다)를 하고 있으며,[272] 아이를 기를 때는 실이나 천으로 천막의 기둥과 기둥을 묶어서 흔들거리는 장치(요람)에다가둔다. 그리고 파나 야생마늘과 같이 다른 민족들 특히 한족들이 피하는 음식을먹기도 한다. 꼬우리족이나 대쥬신족들은 외투도 무릎 아래로 내려가는 법이없어서 매우 간편하여 말타기에 유리하다. 여자의 치마도 주름을 잡아서 둘러입는데 이것은 한족들에게 이상하게 보였을 것이다.[273]

『삼국지』와 고구려

나관중의『삼국지』에는 고구려의 기록이 나타나지 않는다. 그러나 실제로고구려는『삼국지』후반부의 주요 인물인 관구검(毌丘儉)의 업적과 밀접한 관계가 있다. 관구검은 하동(河東 : 현재의 山西) 사람으로 유주자사(幽州刺史)·양주도독(揚州都督)·진동장군(鎭東將軍) 등을 역임한 사람이다. 관구검은 방형진법(方形陣法)의 대가로 알려진 사람이다. 그는 성품이 강직한 위나라의 대표적인 충신 중의 한 사람으로 후에 사마의의 아들 사마사가 위나라

---

272) 역사적으로 몽골과 한국은 음식을 조리할 때 탕을 위주로 한 조리법을 쓰는데 이는 기름에 튀기는 요리를 주로 하는 중국이나 바비큐를 위주로 하는 돌궐 또는 유럽과는 큰 차이가 있다. 구체적 내용은 박원길의『몽골의 문화와 자연지리』, 107~122쪽을 참고.
273) 박원길,『유라시아 초원제국의 역사와 민속』, 505~516쪽.

황제 조방(曹芳)을 폐위시키자 이에 사마사를 토벌하기 위해 군대를 일으키기도 한 사람이다.

『삼국지』의 내용 속에 가려진 고구려는 크게 두 가지 사건을 통하여 한족의 역사와 깊이 관련을 맺게 된다. 하나는 관구검이 사마의를 도와서 공손연(公孫淵)을 토벌할 때 이들과 연합군을 편성하여 요동(遼東) 지역을 정벌했던 사건이고, 다른 하나는 동천왕(위궁 : 位宮)이 통치하는 고구려가 요동을 사이에 두고 관구검과 왕기가 이끄는 위나라와 결전(決戰)을 벌이는 사건이다.

물론 이전에도 한나라의 대군이 쳐들어왔을 때(172) 고구려의 노장(老將) 명림답부(明臨答夫)는 좌원에서 견벽청야(堅壁淸野)의 지구전(持久戰)으로 한군(漢軍)을 궤멸시켰고[274] 고국천왕은 한군을 포위하여 섬멸하기도 하였다.

한족(漢族)들에게는 고구려가 매우 성가시고 때로는 무서운 국가였음에 틀림없다. 고구려의 강건한 기상이나 전투력은 물론이고 지형적으로 항상 식량이 부족했기 때문에 다른 지역을 약탈할 수밖에 없는 경제 구조도 한족들에게는 부담스러운 것이었다.

고구려인들은 결혼과 더불어 수의(壽衣)를 만들었다고 하는데 이 점은 한족들을 경악시키기에 충분하였다. 고구려인들이 결혼과 함께 수의를 만든 것은 언제라도 죽을 각오가 되어 있다는 의미이다. 대체로 고대인들은 명예롭게 죽는 것을 자랑스럽게 여겼던 것으로 보인다. 예를 들면 고구려 2대 유리왕의 태자였던 해명은 인접한 나라와의 국제관계 속에서 강경책을 고수하다 부왕(父王)에게 오해를 사서 자결할 것을 명령받자 땅에 창을 꽂아놓고 말을 달려와 창에 찔려 장렬하게 죽었다고 한다.[275]

---

274) 고구려 신대왕 8년 한나라의 대군이 고구려를 침공했을 때(172) 고구려 조정에서는 대부분의 중신들이 곧장 맞서 싸우자는 분위기였다고 한다. 그러나 명림답부는 "군사가 많을 때는 공격하고 적을 때는 수비에 치중하는 것이 병가(兵家)의 이치이다. 지금 적들은 천리길에 식량을 날라오므로 오래 버티지 못할 것이다. 우리가 곡식 한톨 없이 들판을 비워두고 기다리다가 그들이 지쳐 돌아갈 때 날랜 군사들을 출동시키면 반드시 승리할 것이다"라고 주장하였다. 결국 이 전략을 채택한 고구려군이 대승하였다. 한국역사연구회, 앞의 책, 193쪽.
275) 한국역사연구회, 앞의 책, 117쪽.

고구려의 국가 이데올로기는 천손사상(天孫思想), 즉 하늘을 조상으로 하고 있다는 사상이다. 이 사상 역시 유목민의 전통을 계승한 것이다. 광개토대왕비에는 주몽이 하늘의 자손임을 분명히 하고 있다. 고구려의 벽화에는 이 같은 천손사상을 대변하는 해(해신)와 달(달신)이 빈번히 나타나고 있다. 이 사상이 주변국에 위험한 이유는 주변의 다른 나라를 지배할 수 있는 정치적 이데올로기로 작용할 수 있기 때문이다. 이러한 사상 또한 한족에는 성가신 일이었다.

고구려가 동북아시아에서 한족들과 패권을 겨룰 수 있었던 것은 아무래도 고구려인이 가진 강인한 숭무정신(崇武精神)과 군사기술의 발달을 들 수 있을 것이다. 고구려 고분 벽화에는 마치 현대의 자가용처럼 수레가 집집마다 있는 것을 볼 수 있다. 수레는 얇고 가벼운데 이것은 수레 주위에 쇠(鐵)테를 둘렀기 때문이다. 따라서 고구려의 수레는 강하면서도 가벼운 특징을 갖게 되었다. 이것이 전쟁에 사용될 경우에는 가공할 전투력으로 전화되는 것이다.

그리고 안악(安岳) 3호 고분을 보면 고구려 군대의 모습을 짐작할 수 있다. 이 고분은 대략 375년 경에 만들어진 것으로 추정하는데 철갑기병(鐵甲騎兵 : 중무장 기병) · 경기병(輕騎兵) · 창수(槍手 : 보병) · 환도수(還刀手 : 보병) · 부월수(斧鉞手 : 보병) 등의 모습이 조직적으로 움직이고 있음을 보여주고 있다. 그리고 고구려는 초급 교육기관인 경당(扃堂)에서부터 신분에 관계없이 활쏘기 교육을 시켰다고 한다.[276] 특히 고구려는 말 위에서 쏘는 각궁이 있었는데 이것은 활 길이가 짧아 다루기가 쉽고 화살도 멀리 날아가는 것이 특징이었다고 한다. 나아가 고구려에는 현대의 태견(태권도의 전신)과 유사한 각종 신체단련 무술들이 발달하였다. 고구려인들이 남긴 수많은 벽화를 통해 고구려는 쌀과 조가 주식이었으며 육식을 즐겼음을 알 수 있다.

이와 같이 고구려는 전형적인 '병영국가(兵營國家 : garrison state)' 의 모습

---

276) 경당의 정확한 설치 연대는 알 수 없지만 대체로 372년(태학의 설립 : 소수림왕) 경으로 추정하고 있다. 따라서 『삼국지』 시대와 관련해서 보면 100여 년의 거리가 있기는 하지만 경당의 모습을 통하여 그 이전의 국가 정책들을 유추해볼 수는 있을 것이다. 경당은 미혼의 소년들이 경전 읽기와 활쏘기를 익힌 곳이다.

을 띠고 있다. 따라서 한족들에게 고구려는 매우 위험한 국가일 수밖에 없었던 것이다. 따라서 고구려가『삼국지』의 시대에도 이와 똑같은 형태는 아니지만 거의 유사한 형태의 병영국가였음을 충분히 예상할 수 있는 일이다.

고구려-위 연합군 공손씨 토벌

• 제1차 요동전쟁(238)과 고구려-위의 관계

서기 236년 위 황제 조예(曹睿 : 명제)는 유주자사 관구검을 요동 남부 지역에 파견, 주둔시켜 요동 지방에 있는 공손연(公孫淵)의 세력과 고구려의 세력을 견제하였다.

공손강(公孫康)은 조조가 원상(袁尙)을 치려고 요동에 도착하기도 전에 원상의 수급(首級)을 조조에게 바쳤다. 그러자 조조는 공손강에게 양평후(襄平侯)의 벼슬을 내렸다(207). 공손강에게는 황(晃)과 연(淵)이라는 두 아들이 있었다. 이들이 모두 어렸으므로 공손강이 죽자 공손강의 아우 공손공(公孫恭)이 형의 직위를 계승했다. 후에 성인이 된 공손연은 숙부인 공손공의 직위를 빼앗고 다시 요동의 주인이 되자(228) 위 황제 조예(曹睿)는 공손연을 요동 태수에 봉했다. 그후 오나라의 손권이 많은 재물과 함께 사신을 보내어 공손연을 연왕(燕王)에 봉했지만, 공손연은 위나라가 두려워 오나라 사신들의 목을 베어 위의 황제에게 바치자 당시의 황제였던 조예는 공손연을 대사마(大司馬) · 낙랑공(樂浪公)에 봉했다.

위나라의 입장에서 보면 공손씨가 다스리는 요동 지역은 포기하지도 못하고 통제할 수도 없는 지역이었다. 왜냐하면 낙양과 요동의 거리가 너무 멀고 요동 땅은 공손씨(公孫氏)가 이미 3대째 통치하고 있었으므로 요동은 '사실상' 천자(天子)의 영역일 수도 없었다. 그렇다고 하여 공식적으로 포기해서도 안 될 입장이었다. 왜냐하면 요동 땅은 많은 쥬신족들이 거주하고 있는 동북대평원이나 한반도 지역과 중국의 중간 지점에 있는 곳으로 만약 공손연이 이들을 충동질하여 중원을 유린할 가능성도 있었고 한반도에서 오는 많은 교역물들을 중간에서 임의로 가로채거나 농간을 부려서 비싼 값에 중국으로 들어오게 할 가능성이 있었기 때문이다.

한편, 고구려의 입장에서도 공손씨가 통치하는 연나라는 심각한 문젯거리였다. 무엇보다도 정복전쟁을 제대로 수행하기 위해서는 모름지기 후방이 튼튼해야 하는데 연나라가 중간 지점에 위치하고 있기 때문에 중원으로의 진출이나 북방 지역의 공략이 어려운 상황이었다. 만약 고구려가 연나라만 정벌할 수 있다면 그 여세를 몰아서 위나라를 공격하고 서안평(西安平 : 현재의 딴뚱〔丹東〕북동쪽 압록강 연안)을 점령하여 한반도로 들어가는 교두보를 장악하면 경제적으로 큰 효과가 발생한다. 왜냐하면 한반도로 들어가는 교두보는 결국 상업(일종의 중개무역)과 농업 지역을 차지할 수 있는 발판을 의미하는 것으로 고구려는 만성적인 식량 부족문제를 해결할 수 있을 뿐만 아니라 중개무역으로 막대한 이익을 챙길 수 있기 때문이다.

고구려의 입장에서만 보면 이 전략이 성공할 경우 고구려는 유목생활과 농경생활은 물론 중개무역의 이익으로 중국과 같은 거대 국가를 만들 수도 있었다. 그러던 중 공손연의 세력이 커지면서 공손연은 스스로 연왕(燕王)이라 칭한다는 소문이 퍼지게 되었고 이 사실을 유주(幽州)의 자사 관구검이 즉각 위나라 조정에 알려왔다. 관구검에 따르면 공손연은 스스로 연왕이라 칭했으며, 왕의 위엄을 높이기 위해 궁성을 다시 짓고 군대를 크게 일으켜 북방을 어지럽게 한다는 것이었다. 사태가 이 지경에 이르자 위 황제 조예는 더 이상 방관할 수 없는 처지가 되었다.

237년 공손연이 침공해오자 관구검은 즉각 군대를 몰아 요동의 입구인 요수(遼水)로 출병하였으나 가을 장마로 인하여 부득이 철군하였다. 이에 공손연은 더욱 힘을 얻어 공식적으로 연왕(燕王)을 칭하고 모든 관직을 설치하였으며 연호를 소한원년(紹漢元年)이라고 하였다. 위나라 조정은 청주·유주·연주·기주 등 네 주에 명을 내려 많은 군선(軍船)을 만들고 고구려와 협공작전을 전개하여 공손연의 토벌에 들어갔다.

238년 봄 고구려의 동천왕(위궁)은 주부(主簿) 대가(大加)의 보필을 받아 위나라의 요동 정벌군에 합류하였다. 고구려의 입장에서 볼 때 위나라도 잠정적으로는 적국이므로 고구려는 위군을 전면적으로 도와주기보다는 위군의 전력도 살펴볼 겸 1천~2천여 명의 기병을 파견하였다. 사마의와 대가의 연합군은 공손연 군대를 격파하고 공손연의 남은 가족과 고위직에 있던 장수와 관리들을 철저히 색출하여 70여 명을 참형에 처하고 요동 정벌을 무사히 마치게 된다. 이로써 제1차 요동전쟁은 끝이 났다.

제1차 요동전쟁은 세 가지 점에서 고구려의 발전과 대외적인 팽창에 중요한 계기가 되었다. 첫째, 요동 지역에서 공손연을 몰아냄으로써 이 지역 사정에 밝은 1차적인 주적(主敵)을 섬멸하였다는 점, 둘째, 위나라의 사정을 일부라도 알게 되었다는 점(여기에는 위군의 군사작전 능력이나 군사적 역량을 파악하는 것도 포함된다), 셋째, 공손연의 몰락으로 요동 지역에는 힘(세력)의 진공 상태가 되었고 이것을 유리하게 이용하면 고구려의 장기적인 발전을 도모할 수 있게 된 점 등이다.

고구려-위의 대결
• 제2차 요동전쟁(245)과 고구려-위의 관계

요동 지역의 주도권을 두고 고구려와 위나라의 긴장이 고조되기 시작하여 전쟁은 불가피한 상황으로 치닫고 있었다. 1차 요동전쟁 당시 고구려와 위나라가 서로 협력하여 요동의 공손연을 멸망시킨 후 완충지대였던 요동에 위군이 주둔하면서 서쪽으로 세력을 넓히려는 고구려와 사사건건 충돌하였다.

고구려의 동천왕은 태백산(太白山 : 현재의 백두산) 주변에 있었던 많은 부족국가나 읍락국가들을 정벌하여 복속시키고 북으로 부여뿐만 아니라 남동으로 동옥저(東沃沮)까지 병합하는 한편 전국적으로 방을 내려서 무예에 능한 청장년들을 대대적으로 모집하기 시작하였다.

고구려가 초기에 환도성에 도읍한 것은 넓은 강과 높은 산을 이용하여 수도(首都)를 방어하기 위한 것이었으나 장기적으로는 국가발전에 방해요소이기도 했다. 동천왕은 이같은 문제를 타개하기 위해 먼저 요동의 넓은 벌판을 정복, 한반도에서 중국으로 오가는 교통로를 장악함으로써 국가 수입원을 증대시키는 방안이나 요동 땅의 곡창지대를 확보하는 전략을 추진하게 된 것이다. 이 목적을 달성하려면 고구려는 무엇보다 먼저 서안평(西安平)을 장악해야 했다. 동천왕은 즉위 후 적극적으로 강병책을 채택하여 무예가 출중한 사람들을 대거 모집하였다. 이 당시 발탁된 사람 가운데 하나가 바로 동부(東部) 고원지대의 유유(紐由)였다.

242년 이후 고구려는 서안평까지 나가 위나라를 여러 차례 공격하기 시작하였다. 위나라는 고구려의 침공에 대비하여 유주자사 관구검에게 고구려의 침공을 저지하는 임무를 부여한다. 당시 관구검은 사마의와 함께 요동에서 공손연을 정벌한 후 안읍후(安邑侯)에 봉해졌으며 식읍으로는 3900호를 받았다.

244년 진법(陣法)과 매복의 대가였던 관구검은 자신의 진법을 제대로 적용하려면 넓은 평원에서 전투를 치러야 한다고 생각했다. 그러나 고구려의 환도성 가까이에서는 매우 어려웠다. 당시의 고구려군은 위나라 군대를 크게 위협적으로 보지는 않았다. 이미 70여 년 전 한나라의 대군이 쳐들어왔을 때 고구려의 노장(老將) 명림답부(明臨答夫)가 좌원에서 견벽청야(堅壁淸野)의 지구전으로 한군을 궤멸시켰고, 50여 년 전 고국천왕은 한군을 포위하여 섬멸하기도 하였으며, 위군 또한 고구려의 서안평 공격에 대해서 소극적으로 일관해왔기 때문이다. 그리고 초기의 전투에서 위군은 고구려군에 져서 계속 패퇴하는 양상을 띠고 있었다. 이에 동천왕은 위군을 다소 과소평가하게 되었는데 그것이 결정적인 실수였다.

245년 관구검은 고구려군을 평원으로 유인하여 섬멸한다는 전략을 세웠고 이 전략은 주효하였다. 결국 유인당한 고구려군은 관구검과 왕기가 이끄는 군대에 대패하여 왕족들을 포함한 모든 사람이 산맥을 넘어 남쪽인 옥저로 피신하였다. 관구검은 환도성을 평정한 후 군사들을 몰아 다시 요동의 양평(襄平 : 현재의 랴오양[遼陽])으로 돌아갔다.

246년 봄이 되자 관구검은 현도 태수 왕기(王頎)에게 명하여 고구려군의 동향을 세세히 파악한 후 고구려군을 섬멸하게 하였다. 이때 고구려의 결사대를 이끌었던 사람은 밀우(密友)와 하부 사람 유옥구(劉屋句)로 그들은 유격전으로 위군의 침공을 저지하고 유유(紐由)는 적진에 침투하여 적장을 살해함으로써 위군을 패퇴하게 되었다. 이로써 전쟁의 양상은 급전하여 고구려군은 위군을 대대적으로 공격하면서 환도성으로 다시 돌아올 수 있었다.

동천왕은 유유와 유유의 죽은 부하들의 시체를 환도성으로 운구해 와서 환도성에 빈소를 차리고 국상(國喪)에 준하는 예우로 장례를 치르게 하였다. 동천왕은 유유를 제1등 공신과 구사자(九使者)에 추증하였고 동부에 살고 있던 유유의 처와 아들 다우(多優)를 환도성에 살도록 배려하였다. 그런 후 유유의 아들 다우를 대사자의 벼슬에 임명하였다.[277] 이로써 제2차 요동전쟁은 막을 내렸다.

제2차 요동전쟁이 위나라와 고구려에 준 영향은 심대하였다. 위나라는 이후 고구려 정벌을 자제하게 되어 고구려는 요동 지역으로 영향력을 확대할 수 있었지만 고구려측에서도 피해가 막심하여 고구려의 대외팽창 정책은 타격을 받게 되었다.

제2차 요동전쟁은 또 다른 의미에서 매우 중요한 의미를 가지고 있다. 불확실하지만 이 전쟁은 관구검을 통하여 쥬신족의 사정들이 한족들에게 알려진 계기가 되었다는 점이다. 즉, 이 시대의 동북아시아 쥬신족들의 사정을 알려주는 기록은 진수의 『삼국지』「위지동이전」에 불과한데 그것도 바로 이 제2차 요동전쟁의 결과물이라는 점이다.[278]

---

277) 동천왕은 온갖 고초를 겪고 등극하였고 재위 기간 중에 국가적인 위기를 슬기롭게 극복한 왕으로 볼 수 있다. 고구려에서는 동천왕이 죽자 근신 중에 따라 죽으려 한 사람이 매우 많았다고 한다. 그러자 새 왕이 이에 대하여 예의에 어긋나는 행동이라 하여 금지시켰으나 장례 당일 많은 사람들이 스스로 목숨을 끊었다고 한다(한국역사연구회, 앞의 책, 114쪽). 이 일로부터 몇 가지 추론이 가능하다. 첫째, 왕권이 매우 강화되었다는 것, 둘째, 동천왕이 가진 통치자로서의 인격, 셋째, 정권 변화에 따른 구세력의 위기, 넷째, 순장제적인 유풍의 잔존 등을 지적할 수 있는데 이 가운데서도 동천왕의 인격적인 특성이 매우 중요한 요소일 듯하다. 국가적 위기에서 헌신적으로 동천왕을 보필했던 신하들의 존재도 이를 증명하고 있고 대가(大加)와 같은 유능한 인재를 중용(重用)한 것도 동천왕의 성격을 잘 드러내는 사건이다.
278) 한국역사연구회, 앞의 책, 240쪽.

6. 정치사상

유가와 법가

유가(儒家)와 법가(法家)는 중국의 정치사를 이해하는 데 매우 유용한 도구이다. 『삼국지』의 경우도 예외는 아니다. 난세는 기본적으로 법가의 질서를 요구하지만, 그 가운데서도 개개인의 특성에 따라 정치 행태·전략·전술이 달라진다.

예를 들면 유비가 장판(張坂) 전투에서 조조군에게 대패한 것도 10여 만의 백성들을 무리하게 끌고 갔기 때문이다. 난세에는 난세에 맞게 행동을 해야 하는데 유비는 유가적 왕도주의 입장에서 전투에 임하고 말았다. 극단적으로 말하면, 이때의 유비의 행동은 송양(宋襄)의 인(仁)[279]에 가까운 행동이었다.

성선설(性善說)을 기반으로 하는 유가(儒家)는 인간의 예절을 강조한다. 유가의 큰 특징들을 살펴보면 다음과 같다.

첫째, 유가는 기본적으로 과거 지향적이어서 현재를 경시하는 보수적인 성격을 띠고 있다. 가장 극단적인 형태가 전한(前漢)을 멸망시키고 건국한 신(新)나라였다.[280] 따라서 유가는 현실에 대한 인식을 애써 외면하면서 복고적으로 문제를 해결하려는 경향이 있다.

둘째, 유가는 효(孝)를 중시하므로 가족주의적인 성격이 강하다. 가족주의

---

279) 주나라 양왕 2년에 송의 환공이 죽어 양공이 즉위하였다. 송의 양공(襄公)은 정나라와 전쟁을 하면서 적의 군대가 강을 건너기 전에 치자는 권유에 대하여, "군자는 상대편의 약점을 노려서 싸우는 것이 아니다. 적진이 갖추어지기 전에 공격하는 것은 비겁한 짓"이라고 하며 거부하였다. 그리고 적이 강을 다 건넌 뒤에도 적이 충분히 준비가 안 된 상태에서 빨리 공격하자는 요구를 묵살하고 양공은 적의 진용이 충분히 갖춰질 때를 기다려 비로소 공격을 시작하였다. 결과는 송의 참패로 끝이 났다. 이와 같이 쓸데없는 인정을 가리켜 '송양의 인'이라고 한다.

280) 공자는 주공(周公)의 시대는 좋았으나 그가 살던 춘추시대는 말세(末世)라고 비하하였다. 전한이 멸망한 후, 신(新)을 건국한 왕망은 이 점에 더욱 집착하였다. 왕망은 매우 도덕적인 인물로 알려져 있으며, 그가 신나라를 세운 후 관직의 명칭도 주나라 때의 것을 쓰고 지명도 주나라의 것으로 고쳤다. 나아가 왕망은 현실을 도외시한 채, 주나라의 정전법(井田法)을 부활시키기도 하였다.

라는 관점에서 본다면 외척이 힘을 가지는 것은 당연한 일이다. 따라서 후한의 위기는 사실 외척으로 인하여 생긴 것인데, 환관의 탓으로 돌리는 것이 전반적인 분위기이다. 그러나 우리나라의 세도정치나 『삼국지』에서 보이는 외척정치는 유가가 가진 가족주의적 경향을 구조적으로 탈피하기 어렵기 때문에 나타날 수밖에 없는 현상이다.

셋째, 유가는 '수신제가치국평천하(修身齊家治國平天下)'를 이상으로 하기 때문에 유(儒)의 입장에서 역사란 반드시 사대부가 주체가 되어야 할 것이다. 따라서 사대부를 제외한 나머지 세력들인 환관, 순수 군인, 중국의 사대부 문화를 공유하지 않은 서량의 인물들은 주체가 될 수 없다.

따라서 비중국(非中國) 혹은 비사대부(非士大夫)들에 대한 평가는 너무 잔인하고 인신공격에 가까운 대목들이 대부분인 점이 나관중 『삼국지』의 큰 약점이자 문제점이다.

이에 비하여 법가(法家)는 성악설을 바탕으로 하고 있다. 즉, 인간의 고유한 성질은 악하므로 이것을 억제하지 않으면 안 되는 것이다. 따라서 법에 의해 사회적 일탈행동을 규제하여야 한다고 본다. 법가의 특징은 다음과 같다.

첫째, 법가는 기본적으로 현대의 제도를 긍정하고 미래 지향적인 성격을 띠고 있다. 즉, 법은 부국강병과 합리적인 정책목표를 달성할 수 있는 강력한 정책수단이 된다는 것이다.

둘째, 법가는 가족 중심주의를 넘어서 권위와 형벌에 의한 복종과 강제가 사회질서의 기초로 인식하였다. 『한비자』에 "백성은 원래 사랑해주면 교만해지고 위엄에는 복종한다. 따라서 총명한 군주는 그 법을 엄하게 하고 그 형을 엄하게 해야 한다"라고 하였다.

셋째, 법가는 권력을 사람들에게 맡기지 않고 널리 의견을 구하고 정밀하게 이를 판단하여 신상필벌을 철저히 하여 다스리면 되는 것이지 순서론적으로 '수신제가치국평천하'를 할 필요가 없다고 하였다. 이 같은 생각은 마키아벨리의 『군주론』과 매우 흡사하다.[281] 마키아벨리는 「피렌체공화국의 앞날에 대한 메디치가의 질문에 답하여」에서, "인간으로서 최고의 명예로운 행위는 조국을 위해 도움이 되는 일이다. 구체적으로 법률을 제정하고 제도를 정비함으로써 나라의 개혁에 진력하는 사람들이 최고의 명예로운 행위를 하는 사람이다"라고 하였다.

엄밀한 의미에서 유가와 법가가 완전히 따로 존재하기는 매우 어렵다. 다시 말해서 대개의 정권들은 유가와 법가를 적당히 혼용해서 사용한다는 뜻이다. 대부분의 왕조는 외적으로 유가를 내세우나 내적으로는 법가를 기반으로 하는 외유내법(外儒內法), 또는 적당히 섞어서 사용하는 유법합류(儒法合流)를 사용하는 등 전반적으로 유법잡용(儒法雜用)의 정책을 사용하였다. 특히 『삼국지』 시대와 같은 난세에는 어느 나라든지 강력한 법이 필요했던 것이 사실이다. 난세란 약육강식(弱肉强食)으로 언제 죽을지 모르는 맹수들의 경연장과도 같다. 따라서 대체로 『삼국지』의 주인공들은 유가보다는 법가에 치우친 듯하다.

위나라의 조조는 대표적인 경우이다. 문제는 유비나 공명(제갈량)인데, 이들도 실상은 법가에 가까운 사람으로 볼 수도 있다. 가령 유비는 유언 속에서 아들 유선(劉禪)에게 법가의 대표적인 저작인 『상군서(商君書)』[282]를 읽으라고 한 것이나,[283] 공명의 읍참마속(泣斬馬謖)도 법가적인 행태를 보여준다. 법가는 현실을 중시하는 점에서 병가(兵家)와도 상통한다. 특히 제갈량은 스스

---

281) 예컨대 마키아벨리는 『군주론』에서 "민중을 다스리는 것은 관대하거나 강압적인 것 가운데 하나를 선택해야 한다. 왜냐하면 인간이란 가벼운 모욕에는 복수할 마음이 생기지만 큰 위해가 가해지면 복수할 마음이 없어지기 때문이다", "민중의 기분은 매우 동요하기 쉬운 것이다. 따라서 그들의 지지를 얻는 것은 쉬우나 유지하는 것은 어렵다" 등과 같이 말하고 있다.

282) 『상군서(商君書)』는 상앙(商鞅)의 언행록이다. 상앙에 대한 자세한 기록은 『사기』 「상군열전(商君列傳)」에 처음 보이고 있다. 상앙은 진(秦)의 효공에게 강병책으로 백성들을 조합으로 만들어 연대책임을 가지게 함, 범죄를 고발하지 않는 자를 엄벌에 처함, 남자가 2인 이상이면 분가(分家)를 시키고 이에 불응하면 세금을 배로 메김, 공이 있는 자는 벼슬을 높이고 다투는 자는 경중에 따라 처벌, 생산성이 높은 자는 부역 면제, 나태해서 가난한 자는 노예로 삼음, 종실(宗室)에 있는 사람이라도 군공(軍功)이 없으면 그 명부에서 제명 등 변법(變法)의 정책을 제시하였다. 상앙이 진나라의 재상이 된 지 10년, 상앙의 정책으로 진나라는 부국강병하게 되었지만 진공(秦公) 일족들의 불만을 사서 말년에 비참하게 죽음을 당하였다.

283) 유비가 이 책을 자기 아들에게 권한 것은 아마도 자신이 법가적(法家的)이지 못했기 때문에 천하통일을 하기 어려웠던 것을 교훈으로 삼으려는 의미로 해석될 수도 있다.

로를 법가의 원조였던 관중(管仲)에 비교하곤 했다. 따라서 관중을 이해하지 못하면 제갈량에 대한 이해도 어렵다.[284] 그러나 유비와 제갈량은 현실적인 정치운영은 법가에 입각해 있을지 모르나 이들의 사고는 유가에 가까웠다. 다시 말하면 현실적인 필요와 정치적 방편으로는 법가를 전면적으로 수용했으나 이들의 이데올로기는 유가에 가깝다.

따라서 유비의 내면에 깔린 것은 유가(儒家)에 가깝고, 조조의 내면은 법가(法家)에 가깝다. 그 이유는 시대 상황이 난세이기도 했지만, 조조는 사대부들이 침을 뱉으며 하대하는 환관을 조상으로 두고 있기 때문이다. 조조의 아버지 조숭(曹嵩)은 사례교위(司隷校尉 : 경찰청장), 대사농(大司農 : 농무장관), 대홍려(大鴻臚 : 외무장관)를 역임한 뒤, 태위(太尉 : 국방장관 – 3공)를 거친 재상급의 고관이기는 하지만 조부가 거물 환관이었기 때문에 사대부 사람들이 은근히 경멸한 것은 당연하다. 따라서 조조는 심리적으로 상당한 콤플렉스를 가졌을 것이며, 오히려 유가와의 결별이 쉬웠을 것이다.

왕도와 패도

왕도주의(王道主義)는 동양 정치학의 요체이다. 동양의 임금을 평가하는 기준은 바로 이 왕도사상에 의한 것이다. 중국 속담에 '왕도를 말하지 않으면 나무꾼도 웃는다(不談王道 樵夫笑)'라는 말이 있다. 즉, 왕도정치란 논리를 따지기 전에 군주가 지켜야 할 도리이고 적어도 외형적으로는 왕도정치가 아

---

284) 법가(法家)의 저작들 가운데 대표적인 것은 『한비자』, 『상군서(商君書)』, 『관자(管子)』 등이다. 관자는 바로 유명한 관중(管仲)이다. 『관자(管子)』는 관중의 언행록이다. 관중은 공자가 태어나기 약 90년 전에 죽었다. 관중은 자신의 친구인 포숙아(鮑叔牙)와의 우정인 관포지교(管鮑之交)로 알려진 인물이다. 관중은 제나라의 재상으로 임금 환공을 보좌하여 그를 춘추시대의 오패(五覇)의 우두머리가 되게 했던 사람이다. 법가의 원조로 알려져 있는 관자는 사상가라기보다는 정치가였다. 관자는 의식이 자족하고 국가 경제가 부강해지면 도덕의식과 예절이 저절로 생긴다고 보았다. 관자는 칠법편(七法篇)에서 "물질이 풍부하기가 천하 제일이 아니면 정신적으로 천하를 제압할 수 없다"고 하였다. 『관자』에는 경제에 대한 탁월한 식견들이 보인다. 관중이 제시한 경제정책은 농업의 보호와 장려, 소금이나 철과 같은 주요 물자들의 국가관리, 균형재정을 유지할 것, 물가조절 정책의 실시, 세제 및 병부의 정비 등이 있는데 2천년 전의 정책이라고는 믿을 수 없을 만큼 놀라운 의견을 제시하고 있다.

닌 정치는 존립할 수 없다는 말이다.

왕도는 맹자의 정치관을 표현한 것으로 덕으로 나라를 통일하고 다스려야 한다는 것이고, 패도(覇道)는 힘에 의해 천하의 질서를 유지하는 것을 말한다. 왕도사상이 공자와 맹자의 유가적 통치 이념의 표현이라면, 패도사상은 법가의 통치이념으로 볼 수 있다. 왕도는 철저한 동기주의(動機主義)에 바탕을 두고 있고, 패도는 철저한 결과주의(結果主義)에 입각하고 있다. 따라서 현대적 의미로 보면 패도주의가 보다 합리적일 수 있다. 이 개념에서 보면, 18~19세기의 영국과 프랑스, 20세기 미국은 철저히 패도주의에 입각하여 세계를 경영하고 있다.

왕도는 맹자 사상의 핵심이다. 맹자는 "어질지 못하면 한 나라 정도는 얻을지 몰라도 천하를 얻은 자는 없으며 나를 굳게 하기를 골짜기의 험준함으로 하지 말고, 천하를 위협하기를 병력의 규모로 하지 말라"고 가르쳤다.[285] 이 생각은 증자(曾子)의 말로 함축할 수 있다.

덕(德)이 있으면 사람이 생기게 되고 사람이 있으면 땅이 생기게 되고, 땅이 생기면 재물이 생기게 되고 사용할 곳이 생기게 된다. 그러므로 덕은 근본이고 재물은 그 끝이다.[286]

맹자는 공자의 사상을 발전시켜 왕도정치를 제시함으로써 혼란한 시대를 덕(德)으로 통일하여 전쟁의 피해를 줄이고 평화를 달성하려고 하였다. 맹자의 왕도정치의 뿌리는 민본사상(民本思想)이다. 맹자는 "백성이 가장 귀하고 사직이 다음이며 군주는 가장 가볍다(民爲貴社稷次之君爲輕)"라고 하였다.[287] 맹자

---

285) 『맹자』, 공손추 장구상 제4장-1, 제28장.
286) 증자(曾子), 『대학(大學)』, 전10.
287) 이와 관련한 부분을 제시하면 다음과 같다. 『논어』에서는 "적은 것이 걱정이 아니라 고르지 못한 것이 걱정(不患寡而患不均)"이라고 하였고 『서경(書經)』에서는 "백성은 국가의 기본(民爲邦本)"이라고 하였으며, 『좌전』에서는 "윗사람이 백성에게 이익이 되게 하는 것을 생각하면 백성들은 자연 충성스러워진다(上思利民爲忠)"고 하였다.

는 지배층에게 통치윤리를 제공하였고, 그가 제시한 성선설(性善說) – 덕치주의(德治主義) – 왕도정치(王道政治)는 유학자들이 일반적으로 추구하는 사상적 흐름이 되었다. 이에 비하여 법치를 주장하는 한비자는 다음과 같이 말하고 있다.

무릇 국토가 넓어지고 임금이 존귀(尊貴)해지는 것은 모두 법률을 중시하고 천하에 명령이 제대로 행해지고 금령(禁令)으로 얼마나 억제를 잘하는가에 달려 있다.[288]

맹자의 사상에 기반한 유가에서 보면 법치란 최악의 통치가 될 수밖에 없다. 맹자는, "인성(人性)은 마치 물과 같아서 선과 악 어느 방향으로든 갈 수 있다"는 고자(告子)의 주장에 대하여 호연지기가 부족한 소치라고 통박하고 완고하게 성선설을 고집하였다. 맹자의 사상에서 제시하는 통치 주체는 인(仁)의 경지에 도달한 군자, 즉 정신적으로는 성실하고 이해심이 깊으며, 실천적으로는 '개인의 욕망과 사리사욕(私利私慾)'을 떠나서 '예절'로서 몸을 바로잡을 수 있는 사람을 가리킨다.

맹자가 제시하는 왕도정치의 내면에는 맹자의 천인합일설(天人合一說)이 있다. 천도(天道)와 인도(人道)는 하나라는 것이다. 따라서 천심은 곧 민심이고, 천덕(天德)은 인덕(人德)을 통해서 발현되며, 천륜(天倫)이 곧 인륜(人倫)이라는 생각이다. 맹자는 인간은 제왕과 필부에 상관없이 자신이 가진 욕망을 제거하기만 하면 누구나 성인이 될 수 있다고 강조한 것이다.[289] 이 같은 논리를 『대학(大學)』은 수신제가치국평천하의 논리로 구체화했고, 『중용(中庸)』에서는 진인성(盡人性) – 진물성(盡物性) – 찬화육(贊化育) – 참천지(參天地)라는 보다 철학적인 의미로 심화하고 있다.

---

288) 『한비자』, 제분편.
289) 맹자는 인간의 욕망을 경시하여 인간의 욕망은 본질적인 것이 아니라고 하였다. 그리고 그에 따르면, 군주도 특별한 존재가 아니다.

맹자와 대비되는 사람으로 순자(荀子)가 있다. 순자는 맹자의 생각이 마치 어설픈 도덕 교과서로 어리석은 대중을 현혹하고 오히려 천하를 혼란하게 한다고 보았다.

사람의 성(性)은 악하니, 이것을 (맹자와 같이) 선하다고 하는 것은 거짓말이다. 사람들은 나면서부터 이(利)로움을 좋아한다. 사람들이 하나하나 이같이 이로움을 쫓게 되니 다투고 빼앗는 일이 생기고 결국 사양하고 양보하는 마음이 없어지는 것이다.[290]

순자는 인간의 천성이 정(情)을 본질로 하여 자기의 욕망을 충족시키려는 경향을 가지고 있다고 하였다. 이것은 현대적인 개념으로 보아도 매우 타당하다. 즉, 인간은 그 생물학적인 특성 때문에 자기에게 이로운 방향으로 행동할 수밖에 없다는 것이다. 순자는 다음과 같이 말했다.

사람은 나면서부터 자신의 눈과 귀의 욕망을 가지게 된다. 따라서 사람은 아름다운 소리와 빛깔을 좋아하는데 이 때문에 사람들은 음란한 행동을 하고 예절이 없어지게 된다.[291]

그래서 사람들은 자신의 욕망이 채워지지 않으면 열심히 이를 구하려 할 것이고 그것이 끝없이 진행되므로 인간사회의 투쟁도 끊일 날이 없는 것이다. 이 상황에서는 자기의 생산물에 대해서도 안심할 수가 없으므로 공포가 떠날 사이가 없어 마치 홉스의 지적같이 "잔인한 죽음이 위협하는 인생은 외롭고 가난하여 더럽고 잔인한데 그나마도 인생은 극히 짧은 만인에 대한 만인의 투쟁 상태"[292]라는 것이다.

---

290) 『순자(荀子)』, 제17권 성악편.
291) 『순자』, 제17권 성악편.
292) 토마스 홉스, 『리바이어던』, 삼성출판사, 1976, 221쪽.

풍우란(馮友蘭)은 자신의 대저(大著)인 『중국철학사』에서 맹자의 천(天)은 주재·운명·의리의 천인 반면, 순자의 천은 자연(自然)이라고 하였다.[293] 일반적으로 순자는 성악설에 바탕을 두고 법가의 비조(鼻祖)라는 인식을 하고 있지만, 실제에 있어서 순자는 동기주의(왕도주의)와 결과주의(패도주의)를 적절히 혼합하고 있다. 순자는 "예(禮)는 법(法)의 큰 틀이다(禮法之大分也)"라고 하였다. 순자는 중국 정치사상 가장 중요한 사람으로 대부분의 정권들은 순자의 사상에 기초를 둔 통치를 하고 있다. 그 이유는 순자가 유가적인 기반을 가지고 있지만, 현실정치의 도구로서의 법가를 가장 적절히 혼용한 사람이기 때문이다.

실제의 정권은 큰 예외 없이 왕도와 패도를 적절히 조합한 행태를 보이고 있다. 순자에 대해서는 1970년대 문화대혁명(文化大革命) 결과 정권을 잡은 사인방(四人幇)과 반(反)사인방 세력 간에 치열한 논쟁이 있었다. 이때 순자는 유물론적 유심주의자, 법가적 유가사상가, 패도적 왕도주의자라고 결론이 났다. 이 결론은 중국의 통치사상을 이해하는 데 매우 중요한 관건이다.

참고로 동양의 통치사를 살펴보면, 서양의 절대왕정과 같이 제왕이 절대적인 권력을 향유하는 전제통치가 나타나는 경우는 드물다. 물론 진시황처럼 예외적인 경우도 있으나 한나라 이래 황제의 전적인 독재권력을 원칙적으로 허용하지 않았다.[294] 통치계급은 황제의 가문을 제외하고는 원칙적으로 신분 세습이 허용되지 않으므로 이론적으로는 긴 수련 과정을 마친 사람만이 통치자 집단에 들어올 수 있도록 된 것이다.[295]

천하사상

천하사상(天下思想)이란 중국인들이 고유하게 가지고 있는 정치적인 세계관을 말한다. 일종의 중화 민족주의에 바탕을 둔 세계주의라고 보면 된다. 즉,

---

293) 풍우란 저, 유창훈 역, 『중국철학사』, 세음사, 1975, 441쪽.
294) 여기에는 두 가지의 이유가 있다. 첫째, 중국은 황제 한 사람이 한 국가의 대권을 장악하는 것 자체가 구조적으로 대단히 어려운 통치구조를 가지고 있다는 점, 둘째, 황제는 가장 모범적으로 이상국가를 실현하기 위해 노력해야 한다는 점 등이 있다.

중국의 세계 통치를 위한 국제 정치질서이다. 천하사상은 중국이 세계의 중심 지역으로 그 주변 지역에 대한 지배를 합리화하는 하나의 방편이라고 볼 수 있다. 이것은 고대의 그리스나 페르시아의 천하사상과도 매우 흡사하다.

기원전 8세기경부터 그리스인들이 세운 폴리스라는 새로운 국가들이 그리스 반도의 분리된 분지 도처에 나타났다. 이들은 비록 떨어져 있다고 해도 서로 언어와 종교가 같고 동족의식이 강해 자신이 사는 곳을 '헬라스'라고 불렀고, 그들 스스로를 헬렌의 후예라고 불렀다. 그리고 그들의 영역을 벗어난 곳을 '바바로이(야만족의 땅)'라고 불렀다.

서양 역사학의 아버지 헤로도토스(Herodotos)에 의하면,[296] 페르시아의 경우 자국을 중심으로 거리에 따라 중요도를 달리하였다고 한다. 자국을 가장 중시하고 그 다음으로는 자국과 가장 가까운 나라를 중시한다. 따라서 자국에서 가장 멀리 떨어진 국가를 가장 경멸했다. 이것은 자국민이 세상에서 가장 우수한 민족이며 자국에서 가장 멀리 떨어진 민족은 가장 열등하다고 생각하기 때문이다. 그러나 헤로도토스는 "페르시아만큼 외국의 풍습을 잘 따르는 민족은 없다. 메디아의 의상이 페르시아의 옷보다 아름다우면 그것을 착용하고, 전쟁에 나갈 때는 우수한 이집트 갑옷을 입으며 또한 향락을 배웠을 때는 거기에 쉽게 탐닉하였는데 그리스인으로부터 배운 계간(鷄姦)이 좋은 예다"라고 했다.

---

295) 전제적인 황권을 행사한 것으로 알려진 청대의 옹정제의 치세는 다른 어떤 황제 시기보다 성세(盛世)를 구가했다. 보다 민주적인 통치질서의 대표적인 예는 성리학에 기초한 조선의 통치제도이다. 즉, 조선조는 중국과 비교할 수 없을 만큼 강력하게 왕도주의의 실현을 추구하였다. 태종와 세조를 제외하고는 전제왕권의 통치대권을 최대로 행사한 사람은 없고, 이 두 사람을 빼고는 제도적으로 보장된 왕권도 제대로 행사하지 못했다. 유가사상을 통치사상으로 채택하게 되면, 특정한 정파나 문벌이 정권을 장악하게 되는 제도는 있을 수가 없다. 이것은 세습을 본질로 하는 귀족사회와는 기본적으로 다른 것이다. 즉, 통치계급 자체의 질적 수준이 크게 달라진다는 것이다. 신동진, 앞의 책, 138쪽 참고.

296) 헤로도토스, 박광순 역, 『역사Historiai』, 범우사, 1987, 87쪽. 헤로도토스는 그리스 역사가로 서구에서는 '역사학의 아버지'라고 불린다. 그의 대저인 『역사』는 매우 방대한 저작으로 페르시아 제국의 성장, 그리스-페르시아의 전쟁, 그리스의 승리 등을 기록하고 있다. 그는 페르시아와 그리스의 전쟁을 동양 군주정과 서양의 민주정 사이에 일어난 투쟁으로 보고 있다.

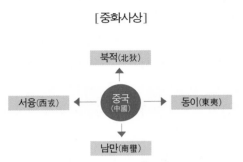

[중화사상]

북적(北狄)

서융(西戎) ← 중국(中國) → 동이(東夷)

남만(南蠻)

　이와 같이 천하사상이란 비단 중국만이 아니라 모든 민족들이 가진 것이라고 볼 수 있다. 다만 큰 나라의 천하사상은 주변 민족들에게 지대한 영향을 끼치기 때문에 분석이 불가피한 것이다. 중국의 천하사상을 가장 쉽게 알려면 『예기(禮記)』와 『여씨춘추(呂氏春秋)』를 보면 된다. 『예기』에 "하늘에는 두 개의 해가 없고, 땅에도 두 임금이 없다"라고 하여 천하는 반드시 하나의 천자에 의해 운영되어야 한다고 했다. 따라서 중국[297]에 천자가 있으면, 다른 나라는 제후국이 된다. 또 『여씨춘추』에는 "천하가 어지러워지면, 편안한 나라가 있을 수 없고, 나라가 어지러우면 편안한 집이 없으며 …… 작은 것이 편안해지면, 큰 것에 의지해야 하며, 대소귀천을 막론하고 서로 도운 연후에야 모두 그 즐거움을 얻는다"라고 했다.

　천하사상은 후에 화이사상(華夷思想)으로 정교하고 치밀하게 다듬어진다. 화이사상은 한마디로 중국 민족주의 혹은 중화주의(中華主義)로 표현할 수 있다. 중국은 세계의 중심이고 문화에 의해 통치되는 나라인 반면, 그 주변국은 오랑캐라는 관념이다. 중국인들은 동쪽에는 활을 잘 쏘는 오랑캐가 살고 있고, 남쪽에는 문화적으로 미개한 야만족이, 서쪽이나 북쪽에는 말 잘 타고 불지르며 잔인하게 살육하는 오랑캐가 있다고 보았다.

---

297) 참고로 위에서 말하는 중국(中國)이란 보통명사로 세계의 중심이라는 뜻이다. 중국의 역대 왕조는 기본적으로 그 지방의 땅 이름을 바탕으로 하고 있는데, 원(元)·명(明)·청(淸)은 지방 이름을 붙이기 힘들기 때문에 생긴 것이다. 중국인들은 스스로를 화하족(華夏族)이라고 부른다.

정사 『삼국지』 「위지동이전」에 의하면, 동이(東夷)란 부여 · 고구려 · 동옥저(東沃沮) · 읍루(挹婁) · 예(濊) · 한(韓) 등으로 나타나고 있다. 정사에 의하면 고구려인들은 부여와 언어와 풍물은 같지만 종족이 다르고 성질 · 기질 · 의복도 다르다. 사람들의 성질이 사납고 급하여 약탈과 침략을 좋아한다고 기록하고 있다.

제갈량은 『장원』에서 이 지역은 구릉과 산이 많고 주변에 바다가 있어서 천연요새를 갖추고 있으며 내부적으로 예절과 충의(忠義)가 강해 단결이 잘 되어 침공하기가 어렵다고 말하고 있다.[298] 이 경우에는 나라가 혼란할 때를 기다려 간첩을 보내어 이간책을 쓰고 지혜 있는 충신을 제거하여 군신과 백성들 사이를 벌려놓은 후 정예병으로 공격하면 승리할 수 있다고 한다. 이 방식은 당 태종이 고구려를 공격할 때 그대로 사용하였다.

서융(西戎)이란 중국인들이 볼 때 서방에 사는 오랑캐로 용맹하지만 미개한 종족들로 매우 다양한 인종으로 구성되어 있다. 대월지국 · 저 · 강(羌) · 오손 등 중국의 서량주에서 서쪽에 위치하면서 비단길을 이용하는 대부분의 종족이 여기에 포함된다. 제갈량에 의하면 이들은 국가관이 없고 평야나 성안에 살고 있으며, 식량은 부족해도 자원이 워낙 풍부하여 재물은 많다. 지세가 험준한데다 본성이 강하고 용맹하여 정벌이 어렵고 다만 내란이 일어나면 공격해야 한다고 한다.[299]

남만(南蠻)은 중국인의 입장에서 남쪽에 사는 완고하고 야만스러운 민족이라고 한다. 제갈량에 의하면 남만들은 중국화하기가 불가능하다고 한다. 나관중 『삼국지』의 표현을 빌리면 이들은 '왕화(王化 : 왕의 덕에 교화됨, 중국화)'가 안 되는 백성들이다. 이 지역은 현재의 윈난〔雲南〕 등의 지역으로 봄 · 여름에는 질병이 많고 생산물이 풍부하여 진귀한 재화가 많은 지역인데다 평상시에는 단결이 잘된다. 그러나 서로간의 의사소통 능력이 떨어져 일단 자기 뜻과

---

298) 제갈량, 앞의 책, 제47편.
299) 제갈량, 앞의 책, 제47편.

상반되면 매우 심각하게 싸우는 경향이 있다고 한다. 중국인들이 이 지역을 평정하고 지배하려면 절대로 지구전을 펼쳐서는 안 되고 속전속결하라고 제갈량은 권고한다.

북적(北狄)은 바로 유목민으로 중국에 가장 큰 위협이 된 민족이다. 대표적인 종족은 바로 대쥬신족(흉노족)이다. 이들은 불을 숭배하고 사냥과 유목이 일과이므로 중국 문화가 침투하기가 어렵다. 정해진 장소에 사는 것도 아니기 때문에 공격하기도 어렵고 너무 멀리 떨어져 있어 보병을 주축으로 하는 중국의 군대가 공격할 수도 없다. 그리고 중국화하려는 의지가 전혀 없지만 워낙 전투력이 막강한 민족이기 때문에 중국인들에게는 가장 큰 불안감을 준 존재인 듯하다. 이 점은 앞에서도 이미 충분히 지적하였다.

중국인들은 주변국에 대해 강한 힘으로 제압하여 고유의 천하사상을 기반으로 통치하면 된다는 생각을 가지고 있지만 대쥬신족과 같은 강적을 만나면 문제가 복잡해진다. 특히 몽골족과 같이 도저히 이겨낼 수 없는 집단일 경우에는 더욱 심각하다. 쉽게 말해서 중국이 강할 때는 중화주의에 바탕을 둔 세계주의를 표방하고, 중국이 약할 때는 민족의 동질성을 유지하기 위한 민족주의, 즉 화이사상이나 이승기패론(理勝氣敗論)[300] 등이 나타난다.

이와 같이 화이사상에 따르면 중국은 반드시 천하를 통치해야만 하는데 너무 힘이 센 종족이 나타나면 곤란한 문제들이 발생하게 된다. 천하사상을 포기하거나 아니면 예외규정을 두어야 한다. 예를 들면 한나라의 경우에 흉노는 오히려 무력으로 한을 지배한 나라였고 고구려는 수·당의 사상 최대 규모의 원정도 격파하였다. 이 같은 중국 천하사상의 딜레마를 해결하기 위해 등장한 관념이 바로 고대판 중국식 평화공존 이론인 문실지변(文實之辨)이다.[301] 명분과 실리를 적당히 조합하여 그때의 상황에 따라 대처해간다는 논리이다.

원칙적으로 중국의 통제를 벗어나 있는 중국 주변의 이민족에 대한 정책은

---

300) 미래엔 반드시 이(理)의 성격을 띤 중화 민족주의가 승리한다는 의미이다. 원의 침입 시에 나타난 주자학(朱子學)이 대표적인 것이다.

정벌이 기본이지만 현실적으로는 대부분 화친과 정벌을 사용하게 된다. 그리고 이 화친과 정벌을 효과적으로 절충하여 사용하는 것이 기미론(羈縻論)이다. 이것은 매우 현실주의적인 입장으로 천하의 질서를 유지하는 데 가장 효과적인 것이다. 기미(羈縻)란 말의 굴레와 소의 고삐를 의미하는 것으로 단절하지는 않지만 끊임없이 견제한다는 의미이다. 현대 중국 정부의 남북한에 대한 외교정책의 방향도 이와 별로 다르지 않을 것이다.

기미론은 흉노족이 워낙 강성했던 한나라 이후의 다소 수정된 천하사상이다. 기미론에 따르면, 중국의 주변 국가(오랑캐)들은 중국인들과 함께 조화롭게 살아간다는 것이 불가능하다. 그리고 중국은 국토 자체가 광대하므로 그들의 땅도 중국에는 별 필요가 없기 때문에 굳이 합병할 이유도 없다[302](실제로 현재의 중국에서는 서너 가지의 광물을 제외하고 모든 자원을 자체적으로 생산할 수 있다).

그렇지만 오랑캐들과 외교를 단절하여 그들을 적대시하는 것은 바람직하지 않다. 왜냐하면 오랑캐들이 중국에 앙심을 품고 도발할 수도 있기 때문이다. 그렇다고 하여 중국이 오랑캐들을 신하로 받아들이는 것도 위험하다. 왜냐하면 오랑캐들은 언제라도 반역을 도모할 수 있기 때문이다.[303] 문제는 신하가

---

301) 중국의 대외관계에 있어서 명분을 중시하는가, 아니면 실리를 중시하는가 하는 문제이다. 무력으로 정벌하기 힘든 이민족은 중화의 통제 범위 내부로 들어오지 못한다. 이럴 경우 중국의 황제는 불가피하게 화친론(和親論)을 사용하지 않으면 안 된다. 흉노나 금(金) 혹은 거란(契丹), 몽골 등이 대표적인 예다. 그러나 한족의 왕조가 충분히 힘이 강성하여 무력 응징이 가능한 경우에는 중화주의의 이데올로기는 정벌론(征伐論)이 된다. 문제는 화친론을 사용함에 따르는 중국 고유의 천하사상은 어떤 방식으로 명분을 가지는가 하는 점이다. 화친론은 천하사상을 수정하여 천자(황제)가 굳이 모든 오랑캐들을 다스릴 필요가 없다는 논리를 전개하게 된다. 이것은 중국과 이민족의 평화공존을 강조하는 효과가 있다. 이것은 중국의 고유한 국제관계로 현재까지도 큰 변화는 없다고 볼 수 있다.
302) 천하사상이 자리잡는 데는 중국은 지대물박(地大物博)이라는 생각, 즉 중국은 워낙 크고 넓어서 없는 것이 없기 때문에 굳이 다른 나라와의 교류가 불필요하다는 생각이 바탕이 되었다.
303) 가령 한나라의 선제(宣帝) 때에는 흉노왕이 자진 입조하여 신하를 칭하는 사건이 있었는데, 이 당시에 이에 대한 대우문제를 두고 극심한 논쟁이 있었다. 천하사상에 의하면 신하로 받아들이는 것이 당연하겠지만, 흉노왕을 받아들이기에는 너무 부담이 컸기 때문이다. 오랜 논의 끝에 흉노왕을 신하로 받아들이기보다는 그저 손님으로 인정하였다.

된 오랑캐가 공공연히 반역할 경우에는 천하사상에 의한 명분을 지키고 천하의 질서를 유지하기 위해 천자가 반드시 응징을 해야만 하는데, 이 경우 너무 엄청난 비용이 들어가게 되고 때로는 중국이 감당할 수 없을 경우도 있기 때문이다.

천하사상과 관련하여 지적해야 할 것은 춘추시대의 패자(覇者) 개념이다. 춘추시대의 패자란 일종의 천자를 보호하는 후원자(後援者)로서 제후들간의 분쟁을 조정하거나 천자인 주왕(周王)의 명을 받아서 주왕에게 불경스럽게 구는 제후들을 정벌하는 역할을 수행하였다. 따라서 패자는 이 두 가지를 동시에 수행할 수 있는 힘을 가져야 했으며, 패자가 강할 때는 제후들이 천자인 주왕에 대하여 불경스러운 행위를 할 수가 없었다.

이 패자 개념이 『삼국지』 시대에는 승상(丞相)이라는 지위라고 볼 수 있다. 따라서 『삼국지』의 패자는 동탁에서 조조로 변화된 것이다. 조조가 했던 역할은 이 패자와 가장 유사한 성격을 띠고 있다. 제갈량이 자신을 항상 관중에 비유하였던 것도 비슷한 맥락이다. 그런데 전국시대에 이르면 오직 약육강식의 논리만이 횡행하게 된다. 『삼국지』에 나타나는 행태는 춘추시대 패자로서의 조조와 기타 지역에 대한 약육강식의 논리로 해명이 가능하다. 그러나 『삼국지』 전체적으로는 춘추의 패자와 전국시대의 웅(雄) 개념이 혼합되어 나타난다고 볼 수 있다.

천하의 질서유지라는 관점에서, 한나라는 20년도 안 되어 소멸된 진나라의 패도주의를 극복하기 위해 외부적으로는 유가적인 왕도사상에 입각한 천하주의(天下主義)를, 내부적으로는 법가적인 패도사상에 입각한 천하주의를 견지한 소위 내법외유(內法外儒)의 정치 행태를 견지하였다. 그리고 중국의 정치적 전통은 대부분의 다른 역대 왕조도 그대로 계승하고 있다.

미국의 천하사상—아메리카니즘

중국의 천하사상은 중국 고유의 생각들을 바탕으로 하고 있다. 과거에는 정치 · 경제 · 문물 교류가 그리 많지 않았기 때문에 중국 · 한국 · 일본 · 베트남 등의 나라는 중국을 중심으로 세계를 바라보았을 것이다. 오늘날은 영국에 이어 미국이 국제정치를 이끌어가고 있다. 따라서 우리는 미국의 정책 변화에 대해 촉각을 곤두세우고 있다. 미국의 변화가 바로 세계의 변화일 수도 있기 때문이다. 물론 아직도 중국인들은 중국 고유의 사상으로 세계에 접근하려 할 것이다.

중국의 천하사상은 고대의 정치철학을 바탕으로 하는 것이고 미국은 건국한 지 200여 년에 불과하니 비교의 대상이 되겠느냐고 반문할 수도 있지만 각 시대에 살았던 사람들에게 질서라는 것은 세계관이나 활동 공간에 큰 영향을 미치게 되는 것이다. 그래서 미국이 가지고 있는 천하사상, 즉 세계관은 어떠한지를 분석해보는 것도 의미 있는 일이다. 이러한 시도들이야말로 우리가 『삼국지』를 좀더 살아 있는 역사로 볼 수 있게 하기 때문이다.

미국인들이 세상을 바라보는 시각은 일반적으로 아메리카니즘이라고 한다. 이것은 결국 미국식의 천하사상이다. 2001년 9월 11일 미국에는 빈 라덴에 의한 대규모의 테러가 있었다. 그후 미국의 대응방식은 바로 이 아메리카니즘을 통하여 매우 쉽게 이해된다.

• 아메리카니즘의 기원과 형성

아메리카니즘은 정치이론적으로는 영국의 정치사상가인 로크 철학(Lockean paradigm),[304] 종교적으로는 수정된 형태의 칼뱅이슴(Calvinism), 사회학적으로는 사회진화론(Social Darwinism) 등으로 구성되어 있다.

첫째, 봉건제를 지탱하는 왕조권력의 전횡을 막기 위해 권력분립을 주장한 로크의 저작들은 미국의 건국 이론을 수립하는 데 큰 영향을 주었다. 특히 독

---

304) 미국의 건국에 큰 기여를 한 사람들을 미국인들은 '건국의 아버지들(founders 혹은 founding fathers)'이라고 부른다. 이들은 초기의 선각자들이다. 이들 건국의 아버지들은 권력의 분산과 제한에 가장 관심을 두었다. 이것은 그들의 대륙에서의 역사적 경험의 소산이었다. 영국의 철학자 로크는 정부가 해야 할 주된 책무는 사유재산의 보호라고 하였다. 로크는 사회계약의 조건하에서 피치자의 동의만이 통치권력의 원천이 됨을 주장하였다.

립선언의 기초를 작성한 토머스 제퍼슨은 영국으로부터의 분리가 생명·자유·사유재산의 권리를 위한 것이라고 강조하였다.[305]

둘째, 칼뱅이슴에서 말하는 '명백한 소명의식(manifest destiny)'은 아메리카니즘의 형성에 결정적 역할을 하였다. 참고로 칼뱅은 신정(神政) 정치와 예정설을 주장하였다. 세상에는 구제받을 사람과 구제받지 못할 사람이 이미 정해져 있다는 것이다. 따라서 사람들은 현세에서 신의 뜻을 이루는 성스러운 사업에 매진해야 한다고 한다.[306]

실제로 미국인들은 자신들이 살고 있는 미국을 세상에 떠오르는 신천지(新天地)로 언덕 위의 도시(the City on the hill) 혹은 성스러운 공동체(the Holy community), 천년왕국(Millenium), 신세계의 이스라엘, 아메리카 예루살렘 등에 비유하여왔다.[307] 즉, 미국인들에게 미국이라는 나라는 성스러운 신의 의지를 실현할 수 있는 신성한 땅이라는 것이다.

셋째, 아메리카니즘의 경제 이데올로기는 '사회진화론'이다. 미국의 사회진화론은 영국의 스펜스의 시대에서 섬너(Sumner)에 이르기까지 면면히 이어져왔다. 아메리카니즘은 이 같은 지적 전통 위에서 성립되었고 그 동안 아메리카니즘에 대한 논의는 매우 많았다.[308] 그러나 모든 이론의 출발점은 바로 '미국적 예외주의(American Exceptionalism)'이다. 간단히 말해서 미국은 다른 나라와는 다른 예외성을 가지고 있다는 것이다.[309]

---

305) O'connor, Karren & Sabato, Larry, *American Government*, New York : Allyn & Bacon, 1997, pp. 6~9.
306) 베버(Max Weber)는 이것이 현대자본주의의 정신적 지주라고 격찬한 바 있다.
307) Tuveson, Ernest, *Redeemer Nation: The Idea of America's Millennial Role*, Chicago : Chicago University Press, 1968, pp. 26~51.
308) 대표적인 것을 소개해보면 프래그머티즘(pragmatism), 신문화(new culture - J. Dewey), 동등한 기회(equal opportunity), 자유로운 정신(free spirit), 강력한 중산층(strong middle class - L. Hacker), 다이내믹스(dynamics), 명백한 소명의식(manifest destiny - Merk), 돈에 미친 물질주의(money-mad materialism - Charles Dickens), 풍요의 백성들(People of Plenty - David M. Potter), 계급갈등이론(Class Conflict Theory - A. Hamilton, C.A. Beard), 다원주의 패러다임(Pluralist Paradigm - A. Bentley), 합의이론(Consensus Theory) 등이 있다.

미국은 신생국이었지만 대부분 근대 사회의 모델이었으며, 200여 년에 불과한 역사에도 불구하고 가장 오래된 성문헌법을 가진 가장 오래된 공화국인 점도 매우 특수하다. 미국인들은 아메리카 대륙의 정착 초기부터 특수한 사명의식을 가지고 있었다.[310] 어떤 의미에서 유럽과는 달리 미국은 구제도의 모순 없이, 축복 받은 나라로서 그들의 역사를 시작하였다.[311]

이런 각도에서 미국은 확실히 예외적인 나라이니 특별하고 그 특별한 만큼 신의 축복도 받았으며 넓은 대지에 풍요로움이 가득하니 세상을 경륜할 만한 능력을 가질 수밖에 없다는 것이다. 이것은 중국인들이 말하는 지물박대(地物博大)에 입각한 천명 및 천하사상과 흡사하다. 따라서 미국은 마르크스가 말하는 계급적 분노 개념이 개입할 여지가 거의 없었기 때문에, '아메리카니즘'이라는 하나의 동질적인 이데올로기 위에서 성장할 수 있었던 것이다.[312]

미국적 예외주의의 구체적인 내용은 정치적으로 거의 다르지 않고 적대적이지도 않은 두 정당이 존재하는 점,[313] 이데올로기적으로 자유주의적 보수주의를 지향하는 점 등을 지적할 수 있다. 제도적인 측면에서 초기 건국의 이론가(소위 '건국의 아버지들')들은 당파적인 정당의 존재를 가장 우려하였다.

일반적으로 많은 이견에도 불구하고[314] 미국 민주주의의 특질은 국민적 동

---

309) 미국의 초기 정착기의 주요 특징은 영국 왕의 권위(royal authority)가 허약하였고, 형이상학보다는 실용성을 중시하는 경제·사회·문화적 배경이 있었다.
310) Nevin & Commager, *Pocket History of the United States*, New York : Pocket Books, 1992.
311) 일반적으로 제시되는 미국의 예외성들은 다음과 같이 요약할 수 있다. 사회적 계층이동의 유연성(the flexibility of social mobility), 강력한 개인주의(strong individualism), 반 국가주의(anti-statism : H. Laski), 물질주의(materialism) 부족한 노동력(scarcity of labor), 극단적 계급 갈등을 해소할 수 있는 넓은 변경지방의 존재(에반스의 안전핀이론 : the existence of the extensive frontier and the growth of the state through the expansion within the new continent - the existence of the frontier which can prevent the extreme class antagonism—Safety valve theory : G. H. Evans), 봉건적인 잔재가 거의 없음(no or very feeble feudal regime) 국가가 건설되고 난 뒤 백성들의 거주(people population after the nation foundation).
312) 나아가 '미국적 예외주의'는 미국 사학의 주류를 형성하는 소위 '합의사학' 혹은 '합의이론'이 번성하는 토대를 형성하였다.
313) 월리스(George Wallace)는 이 두 정당 사이에는 한 푼(dime)의 차이도 없다고 지적하였다.

의(popular consent), 국민적 주권(popular sovereignty), 다수에 의한 통치(majority rule), 개인주의(individualism), 평등(equality), 개인적 자유(personal liberty) 등으로 묘사된다.[315]

이와 같이 아메리카니즘은 '미국적 예외주의'의 토양에서 싹이 트고 성숙하였다. 따라서 아메리카니즘은 미국의 역사 그 자체라고 할 수 있으며, 앵글로 색슨의 세계관이 그대로 반영된 것이다.

• 아메리카니즘의 구체적인 내용

아메리카니즘은 구조적 측면과 내용적인 분야로 크게 나누어 분석할 수 있다. 구조적 측면에서의 아메리카니즘은 로크와 칼뱅이슴 두 개의 축으로 형성되었고, 내용적으로는 물질주의와 보수주의로 구성되어 있음을 지적할 수 있다. 건국 초기 미국인의 주축은 영국으로부터 건너온 청교도들이다. 따라서 이들에게 영국은 고국이며 사상적으로 영국과 불가분의 관계를 가지고 있다. 쉽게 말해서 미국과 영국은 사촌 쯤 되는 나라이다. 아메리카니즘의 두 축은 로크적 패러다임과 칼뱅이슴이라고 할 수 있다. 당연한 말이지만 이 두 사상은 모두 영국을 기반으로 하고 있다.

하츠(Hartz)는 미국이라는 나라는 "로크(Locke)와 더불어 시작하였고, 로크를 변형하여 국체로 삼았으며, 그 로크와 함께 안주하고 있다"라고 지적하였다.[316] 로크는 피치자의 동의와 약자의 보호를 위한 정부의 존재를 강조하였

---

314) 미국이 건국될 당시 정치제도에 대한 많은 이견들이 있었다. 이것은 그 시대가 세계적으로 시민혁명이 전반적으로 진행되고 있는 상황이기도 하였고 그때까지는 경험적으로 검증되지 못한 부분들이 많았기 때문이다. 미국 헌법을 제정할 당시의 많은 이견들은 메디슨(James Madison : 미국 헌법의 아버지)을 중심으로 의견의 절충과 조화가 이루어져 오늘날 미국 정치제도의 골격이 이루어졌다. 이 당시의 주요 쟁점들은 오늘날에도 미국 정치의 쟁점이 되고 있다. 그것은 주로 연방정부(중앙정부)의 권한을 크게 할 것인지 작게 할 것인지에 초점이 맞춰져 있다.

315) O'connor & Sabato, 앞의 책, pp. 14~16.

316) "a society which begins with Locke, and thus transforms him, stays with Locke"
Louis Hartz, *The Liberal Tradition in America : An Interpretation of American Political Thought since the Revolution*, New York : Harcourt & Brace, 1955, p.6.

는데, 이 점이 '건국의 아버지들'에게 많은 영향을 주었다.

다른 한편으로 영국의 청교도(淸敎徒)는 칼뱅이슴을 다소 수정하여 받아들여서 아메리카니즘의 양 축으로 삼았다. 칼뱅이슴은 미국인들로 하여금 지상천국의 건설이라는 신념을 가지게 하였다.[317] 칼뱅이슴은 미국인들로 하여금 '우월의식'을 가지게 하였으며, 세상의 구원을 강조하는 신의 의지를 실현하기 위해 부패한 영국 교회를 떠나 신대륙에 정착하도록 재촉하였다. 그들에게는 자본주의조차도 이교도에게 복음을 전하기 위한 십자군 운동이었다.[318]

이들 사상을 바탕으로 성립된 아메리카니즘은 그 성격상 '공격성'을 띨 수밖에 없게 된다. 그리고 이 공격성은 이후 미국의 대외정책에 항상 잠재되어 있다. 또 그 사상적 토대가 미국인들로 하여금 도덕적 절대주의를 구축하게 되고 이것이 정책에 반영되는 과정을 밟게 된다. 여기서 말하는 도덕적 절대주의는 그럴듯하게 들리지만 미국식 도덕적 기준에 의해 절대적으로 평가된 것을 말한다. 가령 인디언의 땅들을 미국인들이 차지하면서 그 근거로 든 것이 인디언들은 계약법이 없기 때문에 토지를 소유할 수 없다는 식이다.

절대적인 도덕 기준으로 무장한 아메리카니즘은 신속하게 서부로 진격해갔다. 신이 선택한 미국은 세상을 구원하라는 상서로운 소명을 가지며,[319] 따라서 미국이 참여하는 전쟁은 참여하는 그 순간 성전(Holy War)으로 전화되고, 승리가 신에 의해 보장되는 성질의 것이다.[320]

사정이 이러하니 미국 같은 나라에서 헌팅턴처럼 자질이 부족한 학자에 의해 『문명의 충돌 Clash of Civilizations』이라는 책이 나올 수밖에 없는 것이다.

---

317) 칼뱅이슴은 예정 구원설(predestination), 원죄의식, 구원의 수단으로서의 직업, 종교적 엄격성, 세속적(世俗的) 군주로서의 신의 존재, 영혼세계의 귀족(貴族) 등을 주장하는 종교이다. J. Mark Jacobson, *The Development of American Political Thought : A Documentary History*, New York : Appleton-Century-Crofts, 1932, p. 6.

318) M Lienesch, "The Role of Political Millennialism in Early American Nationalism", *Western Political Quarterly*, 36-3, Sept. 1983, p. 30.

319) Dick Anthony and Thomas Robbins, "Spiritual Innovation and the Crisis of American Civil Religion", *Daedalus 111 winter*, 1982, p. 216.

320) Hartz, 앞의 책, p. 305.

헌팅턴의 책은 오로지 세계사의 흐름을 서구 중심의 시각에서만 보고 있기 때문에 문명을 단순화하는 오류를 범하고 있다. 평화공존에 바탕을 둔 불교나 다른 동양사상과는 달리, 서구에서 발생한 대부분의 사상이나 종교는 대적개념(對敵個念 : 선와 악)이 뚜렷한 위험한 이원론을 바탕으로 하고 있기 때문에 이 같은 책이 나올 수 있는 것이다. 미국과 아랍권의 극심한 갈등도 다 그 기반에는 이 같은 서구식·미국식 이데올로기가 있기 때문이다.

실제로 아랍이나 아프리카에서 일어나는 반미운동이란 외형적으로는 종교적인 색채를 띠고 있지만 근본적으로는 미국인들의 천하사상에서 발생하는 불공평한 대외정책과 사회적 불평등의 문제일 뿐이다. 즉, 역사상 미국인들을 가장 경악하게 했던 9·11 테러 역시 미국의 편협한 중동정책이 빚어낸 것이지 단순히 종교적인 갈등의 표출이라고 볼 수는 없다.

아메리카니즘의 내용은 크게 보수주의와 물질주의로 볼 수 있는데, 이것은 중국의 천하사상이나 중국인들의 속성과 거의 일치한다. 중국인들의 보수사상은 이미 많이 지적한 것이지만 중국인들의 물질주의 또한 세계에서 둘째 가라면 서러워할 정도이다.

먼저 보수주의라는 측면을 살펴보자. 신대륙인(미국인)들이 스스로 정치적·종교적 자유를 위해 떠난 영국을 세계에서 가장 우월하다고 생각한 것은 흥미롭다. 즉, 그들의 생각은 "전능하신 신은 너무 영국에 가까운 분이시다(God is so much English)"였다.[321] 미국인들의 독립혁명의 목적은 그들 모국(영국)으로부터의 분리가 아니라 모국(영국) 헌법의 원형을 수호하기 위한 것이었다.[322] 역설적이고 기이한 말이지만 미국이 영국으로부터 독립하려고 하는 전쟁은 영국의 과거(과거의 원칙)로 돌아가려는 운동이었다는 것이다.[323]

---

321) Luther,S. Luedtke, *Making America, Forum Series*, Washington D.C.:U.S. Information Agency, 1987, p. 305.

322) Clinton Rossiter, *The Seed time of the Republic: The Origin of the American Tradition of Political Liberty*, New York : Harcourt Brace & World, 1953, p. 448.

323) Pocock, "Virtue and Commerce in the Eighteenth Century", *Journal of Interdisciplinary History*, 3-1 summer, 1972, pp. 120~121.

비렉(Peter Viereck)은 미국혁명(영국으로부터의 독립전쟁)은 1776년의 온전한 보전이라고 하기도 하였다.[324]

나아가 이 같은 보수성은 미국의 안전을 위협할 가능성이 있는 그 어떤 사상이나 움직임도 경계의 대상이 되어 미국은 음모이론(conspiracy theory)의 천국이 되었다. 미국인들의 이 같은 행태는 미국의 본질을 해칠 수 있는 어떤 종류의 외부의 악(evil)으로부터 내부의 원형(internal archetype)을 보호해야 한다는 암묵적 동의가 긴 세월 동안 견고하게 형성되었음을 보여준다. 이 같은 행위들의 근저에는 영국계 백인 미국인(WASP)들은 이민족이나 이교도들도 동화시킬 수 있도록 신으로부터 자격을 부여받았다는 믿음이 있는 것이다.

아메리카니즘 내용의 다른 한편에는 물질주의가 있다. 이 점은 물질적인 풍요를 중시하는 중국과도 매우 흡사하다. 소위 '건국의 아버지'들은 미국이 건국되고 난 후 경제체제의 수용에 대해서 많은 논의를 했지만 항시 '자유'를 숭상해온 전통으로 자연스럽게 '자본주의'를 수용했다.[325] 『국부론The Wealth of Nation』이 미국의 독립이 선언되던 해(1776)에 출간된 사실도 지적해둘 필요가 있다. 다른 나라들과 마찬가지로 자본주의의 발전은 미국인들로 하여금 물질적 욕구에 집착하게 만들었고, 이것은 실용성과 형이하학을 중시하는 역사적 전통과도 깊이 연관되어 있다.

미국 자본주의의 정신적 이데올로기는 '사회진화론'이다. 사회진화론은 개인의 차이를 인정하고 그에 따른 '자연적 불평등'을 받아들여야 하며, 개인적인 부나 권력은 성공의 상징으로 그 개인의 도덕적 우위, 근면성, 인내성의 차이에 따른 것이라는 논리이다. 섬너는 인위적인 독점은 반대했지만, 자연적인

---

324) 로시터(Rossiter)는 나아가 이 같은 보수성이 시현된 것으로 연방 헌법을 들기도 하였다. 상원의원들의 임기는 6년이고 매 2년마다 그들의 3분의 1에 해당하는 의원들의 선거를 함으로써 '헌법의 지속성'을 유지한다. 예기치 않는 정책변화의 방지를 위하여 상원과 대통령의 임기가 교차되어 있다. 그리고 헌법 개정의 절차도 매우 복잡하다. 연방정부는 197년간 1만 104건의 헌법 개정안을 검토했지만, 그 가운데 33건만이 의회의 비준을 받았다(Rossiter, 앞의 책, pp. 107~108).

325) O'connor & Sabato, 앞의 책, p12.

독점은 자연법으로서의 경쟁의 결과이므로 찬성하였다.[326) 그래서 섬너는 개혁주의(reformism) · 보호주의(protectionism) · 사회주의(socialism)나 정부간섭주의에 대한 성전(聖戰)을 주장하였다.[327) 섬너는 정부가 인위적으로 평등화하려는 시도를 자연법에 반하는 행위라고 경고하였다. 특히 1890년 미국의 프론티어(변방의 개척할 땅)가 사라지자 이 같은 분위기는 절정에 달하여 사회진화론자들은 세계는 정글이고 경쟁은 불가피하며 오직 강자만이 살아남는 것이라고 주장하였다.

아메리카니즘을 볼 때 유의할 점은 아메리카니즘, 즉 미국의 천하사상이란 서로 양립할 수 없는 두 가지의 논리인 종교적 토대에서 유래한 보수적 칼뱅이슴의 전통과 자연과학을 토대로 형성된 사회진화론의 전통이 '아메리카니즘'이라는 패러다임 안에 쉽게 용해되고 있다는 것이다. 이것이 아메리카니즘이 가지고 있는 위험한 속성이다. 이 같은 이념을 바탕으로 수행되는 미국의 대외정책들이 표방하는 합리성 · 민주성 · 도덕성을 가장한 이념의 근원에는 합리성과 결코 양립할 수 없는 '종교적 속성'이 있다는 사실은 미국이 가진 가공할 군사력과 함께 세계사의 무대를 황폐하게 만들 수 있는 가능성도 배제할 수는 없기 때문이다.

7. 『삼국지』와 현대 국제정치이론

현대 국제정치이론 개관

사회과학은 자연과학이나 공학과는 달리 과거의 이론이나 사상들이 적용될 수 있는 소지가 많다. 특히 국가간의 전쟁과 외교를 다루고 있는 『삼국지』의

---

326) Max Lerner, *America As A Civilization: Life and Thought in the United States*, New York : Simon and Schuster, 1957, p. 156.
327) Richard Hofstadter, *The Age of Reform: From Bryan to F.D.R*, New York : Knopf, 1955, p. 5.

경우는 더욱 그렇다. 물론『삼국지』의 국가들이 오늘날의 국제 관계와 같을 수는 없을 것이다. 그러나 상당한 부분에서 많은 유사성을 띠고 있는 것도 사실이다. 우리가『삼국지』를 보다 유익하게 읽기 위해서는 살아 있는 이론들로『삼국지』의 사건들을 해석해보는 것도 좋을 것이다. 이제 국제정치학의 관점에서『삼국지』의 분석과 관련된 이론을 살펴보고 그것이 어떻게『삼국지』에 적용될 수 있는지를 살펴보는 것도 의미가 있다.

국제정치학에 대한 정의에 대해서는 모든 사람들이 동의할 만한 정설이 없지만 대체로 국제간의 관계(정치·경제)를 연구하는 학문이라고 보고 있다.[328] 국제정치학에 있어서 분석 대상이 되는 주체들은 개인·정당 및 이익단체·국가 등으로 나누어진다. 그 동안 분석 단위를 주로 국가에만 국한하였는데 앞으로는 다른 차원으로 발전해갈 것으로 보인다. 사실 히틀러를 모르고 제2차 세계대전 당시의 독일을 알 수 없는 것과 마찬가지로 유비나 조조 등의 개인을 이해하지 못하고서 위·오·촉을 분석한다는 것은 어려운 일이다. 앞으로는 국민국가(nation state)를 넘어서 초국가적 단체나 기구들도 주요한 논의의 초점이 될 것이다.

국제정치의 방법론으로는 전통적 방법론과 과학적 방법론으로 나뉜다.

먼저 전통적 방법론은 일정한 가치판단에 근거를 두고 과거의 역사로 되돌아가 역사를 비교해서, 현재의 상황을 해명하려는 시도들이다. 역사란 과거의 정치요, 현대의 역사가 정치이기 때문에 이 같은 시도는 매우 장구한 기간의 학문적 역사를 가지고 있다.

이에 비하여 과학적 방법론은 제2차 세계대전 후 풍미한 것으로 명제를 설정하고 '이론'의 틀을 세우고 이를 증명하는 방식이다. 여기에는 통계학·수학 등 다양한 방법을 동원하여 국제정치를 설명한다. 따라서 1980년대는 모델을 세우고 내용을 분석하는 것이 큰 유행이었다. 그러나 이 방식이 완전히 현

---

328) 구체적으로 국제정치학의 정의에 대해서는 국가간 관계를 연구하는 학문, 국가권력을 중심으로 연구하는 학문, 권력집단 간의 관계를 연구하는 학문, 국제사회를 중심으로 연구하는 학문 등으로 접근하고 있다.

실 세계를 반영하는 것은 아니다. 왜냐하면 과학적 방법은 논리적 · 수학적으로 증명할 수 있는 것으로만 한정될 뿐만 아니라 역사와 철학, 가치 판단 등을 도외시하기 때문이다.

1980년대 말 1990년대 들어서, 경제적 문제가 주요한 관심사가 되어 국제정치경제학(IPE : international political economics)이 급부상하여 독자적인 영역을 구축하기에 이르렀고 이 같은 경향이 전체적인 대세가 되고 있다. 그동안 정치학 내부에서는 주로 정치적 이상주의(idealism)와 정치적 현실주의(realism)의 극심한 논쟁이 있었고 이것은 다시 신자유주의(neo-liberalism)와 신현실주의(neo-realism)의 논쟁으로 이어졌다.

현대 국제정치이론의 역사

『삼국지』이전 시대에도 관자(管子)와 같은 탁월한 국제정치 이론가가 있었다. 관자는 국제정치에서 가장 중요한 것은 경제력이라고 보고 이 경제력을 바탕으로 군사력을 키우고 정치 · 경제적 안정으로 국제정치의 질서를 주도할 수 있다고 보았다. 법가 부분에서 이미 지적했지만 관자의 사상은 과거의 사상가라고 믿기 어려울 정도로 세련된 것으로 오늘날 그대로 적용해도 크게 무리가 없다. 제갈량은 항상 관자를 자신의 모델로 삼았다. 실제로 촉과 같이 작은 나라가 위나라를 지속적으로 침공하여 대적할 수 있었던 것도 제갈량이 관자의 사상에 따라 국가를 경영하였기 때문이다.

국제정치라는 것은 본질적으로 서로 다른 국가가 존재하면 불가피하게 있어야만 하는 이론이다. 따라서 국제정치이론의 역사는 유구한 전통을 가지고 있다. 그리스 시대의 플라톤이나 아리스토텔레스가 도시국가의 방어 문제를 고심한 것으로부터 투기디데스(Thucydides)는 『펠로폰네소스 전쟁사』에서 전쟁과 평화 문제를 분석했으며 동맹 형성에 관한 초보적 이론(외교에 관한 원시적 이론)을 제시하기도 하였다. 로마시대에는 세계지배를 위해 각 지방간의 관계를 정리하는 과정에서 법에 의한 세계평화로 개념적 확장이 일어났다. 중세의 암흑기를 거쳐 근대 정치철학의 시조 마키아벨리의 『군주론*The Prince*』

이 등장하였다. 마키아벨리는 정치행위에 있어서의 몰가치성을 강조하고 권력을 장악·유지하기 위해서는 비도덕적 수단의 채용도 가능함을 강조하여 정치적 현실주의의 시조가 되었다.

그후 베르사이유 강화조약(1919) 체결 후 국제정치이론에 대한 연구가 본격화되었다. 당시 교수 출신으로 미국의 대통령이었던 윌슨은 국제평화는 국제법만 잘 지키면 가능하다고 주장하였다. 윌슨은 정치적 이상주의를 제창하였다. 그러나 히틀러가 베르사이유 강화체제를 와해시킴으로써 정치적 이상주의의 한계는 드러나고 정치적 현실주의가 등장하였다.

정치적 현실주의는 제2차 세계대전 후 미소의 냉전기를 맞이하여 더욱 심화 발전하였다. 그러나 현실주의로 해결하기 힘든 민족주의·제국주의·군축·기술이전 등의 복잡한 문제가 나타나고 정치적 현실주의의 시각이 오히려 국제문제를 악화시키는 것에 사람들은 주목하기 시작하였다.

1980년대 말 냉전이 종식되고 1989년을 고비로 하여 국가 안보보다는 경제문제가 주요 이슈가 되었다. 그래서 신자유주의와 신현실주의가 등장하여 이를 보완하였다. 이와 동시에 포스트모더니즘의 경향이 대두하였다.[329] 그러나 포스트모더니즘은 대체이론 제시 없이 기존 이론을 부정만 하고 지나치게 '다양성'을 강조하여 이론적으로 무정부 상태에 봉착하는 문제를 안고 있다.

정치적 이상주의 ─ 왕도정치

정치적 이상주의는 왕도주의와 내용이 별로 다르지 않은 것으로 성선설에

---

329) 그 동안의 과학적 방법론이 비생산적인 논쟁으로 일관되자 과학적 방법론의 회의가 포스트모더니즘의 발달로 나타났다. 그 동안에 사용된 근대화라는 개념은 본질적으로 전 세계를 서구화·민주화·자본주의화·기독교화하는 것을 말한다. 그러나 포스트모더니즘은 이 같은 발전의 불가피성을 부정하였다. 즉, 서구사회의 발전모델이 어느 곳이나 적용될 수 있다는 논리는 오류임을 분명히 하였다. 포스트모더니즘에 의하면 발전은 '불연속성(discontinuity)'의 산물이므로 방법론상, 개념상 다양할 수 있다는 것이다. 근대화가 바로 서구화·민주화·자본주의화·기독교화를 의미하는 것은 아니다. 그것은 유럽 특정 시기에 나타난 특수한 상황에 불과하다는 것이다. 포스트모더니즘은 결국 선택하는 자들의 실체를 가려내는 것이 핵심이고 이들의 선택에 따라 중요도가 결정된다는 것이다. 예를 들면, 페미니즘이나 녹색정치(Green Politics)도 국제정치의 영역이 될 수 있다는 것이다.

기반을 두고 있으며, 평화를 위한 초국가적 기구나 제도를 만들거나, 전쟁에 대해 법적으로 통제하고, 무기 제거(군비 축소, 군비 제한)를 통하여 전쟁을 피할 수가 있다는 이론이다. 『삼국지』와 관련해서 논한다면 유비는 이데올로기적으로 정치적인 이상주의를 지향한 사람으로 볼 수 있다. 그는 여론을 중시하여 현실을 무시하고 조조의 추격을 받으면서도 무리하게 백성과 함께 하기도 하고 당장의 국가이익을 무시하고 의리를 들어서 형주와 익주를 차지하는 것을 거부하기도 하였다. 조조라면 유비처럼 행동하지는 않았을 것이다.

정치적 이상주의는 루소와 칸트를 거쳐 윌슨에 이르러 절정에 달하였다. 루소는 악의 원인을 인간이 아니라 사회이고, 전쟁의 원인도 '군주의 탐욕'에서 비롯되었다고 주장하였다. 따라서 국제적 평화는 공적인 중재자, 즉 '국가연합(國家聯合)'에 의해 달성할 수 있다는 입장이다. 칸트는[330] 「영구평화론(永久平和論)」에서 상비군(常備軍)을 폐지하고 세계평화를 모색하자고 주장하여 국제 평화사상의 원류로 평가되고 있다. 이 생각은 미국의 대통령이었던 윌슨에 의해 계승되었다.

윌슨[331]은 제1차 세계대전의 전후 처리 방안으로 14개조의 원칙과 국제연맹의 창설, 민족자결주의를 제창하였다. 보다 구체적으로 윌슨은 항구적 세계평화를 유지하기 위해서는 국제적 평화기구인 '보편적 국가연합체(a general association of nations)' 설립의 필요성을 역설하였다. 윌슨은 비밀외교의 철폐·공개외교의 수립, 군비 축소, 국제연맹의 창설 등으로 국가간의 장벽을 낮춤으로써 전쟁의 가능성은 낮아진다고 주장하였다. 그는 공평의 원칙, 세력균형의 부인, 영토귀속의 주민의사 존중, 소수 민족의 보호 등의 4가지 원칙을

---

330) 칸트(1724~1804)는 근대 초기에 시작된 영국의 경험론(經驗論)과 대륙의 합리론(合理論)을 종합하여 오랫동안 계속된 근대철학의 논쟁과 대립을 자신의 선험적 비판철학으로 비판을 가함으로써 인간 인식 능력의 한계와 그 가능성을 근대 자연과학을 기반으로 하여 명백히 밝혔던 철학자였다.
331) 미국의 대통령 윌슨(1856~1924)은 프린스턴 대학교의 법학·정치학 교수와 총장을 지낸 학자였다. 1910년 뉴욕 주지사에 당선되고 1912년 대통령이 된 사람이다. 1914년 제1차 세계대전이 발발하자 윌슨은 중립을 선언하였다. 1916년 다시 대통령에 재선이 되었고 독일이 중립국인 미국의 선박에 공격을 가하자 1917년 독일에 선전포고를 하였다.

제시하였다.

그러나 정치적 이상주의는 연합군들의 독일에 대한 지나치게 가혹한 정책과 그로 인한 독일의 재무장으로 위협을 받았고, 결국 제2차 세계대전을 통하여 무참히 깨져 이론적으로나 현실적으로 그 유용성이 사라지고 말았다. 정치적 이상주의는 이제 정치적 현실주의의 논리들을 대폭 수용해야만 했다. 이렇게 하여 등장한 것이 신자유주의이다.

신자유주의는 현실주의의 가정을 대폭 수용하여 국가는 국제정치의 유일한 주요 행위자이며, 통합된 합리적인 행위자로 본다. 나아가 신자유주의는 국제사회의 무정부 상태가 국가의 선호와 행동에 중요한 영향을 미친다고 파악하고 있다. 그러나 그럼에도 불구하고 신자유주의는 국가간 협력의 전망은 현실주의와는 달리 낙관적으로 보고 있다.

이 같은 현대의 정치이론이 물론『삼국지』에 그대로 적용되기는 어렵지만 굳이 정치적 이상주의와 신자유주의를『삼국지』와 관련하여 본다면 유비는 정치적 이상주의자이고 제갈량은 신자유주의적 성향을 가졌다고 볼 수 있다. 왜냐하면 제갈량은 현실을 중시하되, 왕도사상과 주공의 도를 끝까지 지키려 했던 사람이기 때문이다. 제갈량이 국가를 중시했다는 점에서 개인의 의리에만 치우친 유비와는 다르고 주공(周公)의 도(道)를 추구했다는 점에서 조조나 사마의와도 다르다.

정치적 현실주의─패도정치

정치적 현실주의는 패도정치와 거의 일치하는 것으로 사람의 본성은 사악하다는 전제하에 국제정치는 만인에 대한 만인의 투쟁(every man against every man)이므로 국가의 우선적 의무는 '국가이익'을 증진해야 한다는 이론이다.『삼국지』와 관련해서 본다면 조조는 가장 대표적인 정치적 현실주의자이다. 조조는 정치적 현실을 냉정히 바라보고 안으로는 정책적으로 국민을 무마하고 외적으로는 강력한 무력을 동원하여 천하를 통일하려 한 사람이다.

서구에 있어서 정치적 현실주의는 마키아벨리로부터[332] 그로티우스(Grotius), 베버,[333] 카아(E. H. Carr)의『20년간의 위기The Twenty Years'

Crisis : 1919~1939』 등을 거쳐 케난(George F. Kennan)에 의해 절정에 이른 다. 케난은 국제적 조화를 추구한 윌슨의 이상주의적 가정은 미국 외교의 적절 한 토대가 아니며, 국익이 위태로우면 평화는 선(善)이 아니므로 국가안보는 착각에 빠진 유엔에 달린 것이 아니라 적대적 이익 세력간의 평형에 의해 좌우 된다고 주장하였다. 케난은 '미국 외교의 기초자'로서 소련을 철저히 봉쇄할 것을 주장하였다.

현실주의는 정치적 이상(理想)보다는 권력 또는 국가 이익을 중시한다. 즉, 현실적으로 힘센 나라가 국제정치를 좌우하는 점을 중시하여 국가이익을 최 대화하는 데 수단과 방법을 가릴 필요가 없다는 입장이다. 정치적 현실주의는 제2차 세계대전 후 미소의 냉전기를 맞이하여 더욱 심화 발전하였다. 그러나 현 실주의로 해결하기 힘든 민족주의, 제국주의, 제3세계 대두 동맹형성, 군축, 지 역통합, 기술이전 등의 복잡한 문제가 나타나고 사람들은 정치적 현실주의의 시 각이 오히려 국제 문제를 악화시킨다고 보았다.

1960년대 후반부터 1970년대 초에 미국-소련간 데탕트(화해), 일본과 유 럽의 성장으로 현실주의는 새로운 국면을 맞이하게 되었다. 즉, 국가의 이익 이라는 요소만으로 국제정치를 분석하는 데는 일정한 한계가 있다는 것이다. 국가들은 자국의 이익을 위해 서로 대립하지만 경우에 따라서는 더 큰 목표들 을 향하여 서로 연합하기도 하고 제휴하기도 하기 때문이다. 뿐만 아니라 국제 정치에 있어서도 정치가 경제를 결정하는 것이 아니라 경제 · 정치는 밀접하 게 관련되어 있어서 기존의 현실주의 이론만으로는 설명하기 힘든 요소들이 많이 존재하는 것이다. 이 같은 경향을 반영하여 국제정치이론은 구조와 체계 에 더욱 관심을 가지게 되었다. 이것이 신현실주의이다.[334]

---

332) 마키아벨리(1469~1527)는 『군주론』에서 군주가 내적 또는 외적 위협에 교묘히 대처해나간 다면 국가를 유지할 수 있다고 주장한다. 마키아벨리에 의하면, 군주에게 부여되는 '필요성' 이라는 인과적 압력을 극복하려면, '착하지 않을 수 있는 방법'을 배워야 한다. 즉, 군주는 사 자의 용맹과 여우의 간교함을 동시에 가져야 한다는 것이다.

333) 베버(1864~1920)에 의하면, 국가는 강제력을 사용할 권리의 유일한 원천이라고 한다. 즉, 국가란 주어진 영토 내에 물리적 강제력을 합법적으로 독점하는 인간공동체라는 것이다.

정치적 현실주의와 신현실주의를 『삼국지』와 관련하여 본다면, 조조는 정치적 현실주의자이고 사마의·사마소·사마염이 권력을 장악하는 과정은 철저히 신현실주의적이었다고 볼 수 있다.

즉, 조조의 경우는 조비가 곧바로 황제에 등극하는데 사마의의 경우에는 권력을 장악한 후에도 천자가 재상(宰相)으로 임명하려 하자 완강히 거부하였고 최고의 영예인 구석(九錫)의 예를 베풀고자 하여도 굳이 사양하였다. 이것은 사람들이 그를 충의지사(忠義志士)로 오해할 정도였다. 그러나 사마의는 반(反)사마의 세력에 대해서는 용납하지 않았다. 사마의와 사마사(司馬師 : 사마의의 큰아들)가 죽고 사마소(司馬昭 : 사마의의 둘째아들)가 정권을 잇게 되자 모든 영예가 그에게로 집중되었는데 사마소는 굳이 이를 사양하면서도 황제도 함부로 죽이고 반(反)사마씨의 세력을 소탕하는 데 전념하였다. 당시 황제는 사마소에게 황제에 준하는 영전을 베풀고자 했으나 사마소는 이를 또 굳이 사양하였다. 결국 거의 모든 반대세력을 제거한 후 사마소의 아들 사마염이 황제에 등극한다. 그가 진(晉)의 무제(武帝)이다.

사마의 가문이 제위(帝位)를 찬탈하는 과정은 한편의 드라마로 사마의·사마소·사마염의 용의주도한 연출의 결과이다. 그러면 왜 그들은 이 같은 행위를 하였을까? 그것은 천하를 움직이는 데는 선양(禪讓)의 과정을 제대로 밟는 것이 가장 바람직하다는 국제정치적 인식에 바탕을 두었기 때문이다. 오직 무력에 의존해서 천하통일을 이루면 민심(民心)을 잡을 수 없다는 생각을 가지고 있었던 것이다. 그러면서도 그들은 정치는 철저히 권력에 기반한다는 현실을 확고히 믿고 있었기 때문에 반사마씨 세력을 철저히 색출하여 주살(誅殺)하였던 것이다. 황제도 예외일 수는 없었다. 바로 이 점이 이들 사마의·사마소·사마염 부자들을 신현실주의자로 보는 이유이다.

---

334) 대표적인 이론가인 왈츠(Waltz)는 이 체계의 구조를 설명하기 위해서는 체계의 조직원리(ordering principles), 단위간의 기능의 분화(division of function), 구성 단위간의 능력의 배분(distribution of capabilities) 등의 요소가 있다고 하였다.

통합이론—『삼국지』와 통일이론

『삼국지』를 통하여 국가간의 통일과 우리나라의 통일을 대비해보는 것은 의미있는 일이다. 물론『삼국지』의 시대가 우리 시대와 같을 수는 없기 때문에 함부로 적용하는 것은 매우 위험할 것이다. 그러나 험난한 통일의 과정에서 우리에게 참고가 될 수 있는 부분도 있을 수 있다. 이런 점에서 세계적으로 연구되고 있는 통합이론을 간략하게 살펴보자.

통합 혹은 통일이론은 경제적 접근법과 정치적 접근법으로 나누어진다. 기본적으로 통합은 경제적인 통합[335]을 통해서 정치적인 통합으로 나아가는 것이 바람직하다.『삼국지』의 시대에는 이미 도량형이나 여러 가지 경제적인 요소들이 국가간에 상당히 통합되어 있었기 때문에 정치적 요소가 더 큰 문제가 되는 것이지만, 현대 경제는 그리 단순하지가 않다. 특히 우리나라의 경우 남북간에는 체제도 다르고 경제적 발전 단계도 크게 차이가 나기 때문에 대단히 어려운 과정을 밟을 가능성이 높다. 따라서『삼국지』를 통해서 우리나라의 통일에 대한 분명한 혜안(慧眼)을 제시하라는 요구는 지나친 생각일 수도 있다.

먼저 현대의 경제적 통합논의는 연방주의적 접근(유럽의 여러 국가들을 하나의 연방으로 묶어내는 것 : 합중국화), 기능주의적 접근(경제협력을 통한 정치통합의 달성), 민족주의적 접근(통합은 하되, 국체의 소멸은 반대) 등의 논의가 있다.

현대에서 사용되고 있는 경제통합의 개념은 세계경제를 통합의 과정으로 파악하는 것을 전제로 한다. 즉, 일정한 주권 국가간의 경제 거래에 관련된 제약이나 방해 요소들을 점차적으로 제거하는 국가간의 정책결정 과정(추세)을 경제통합으로 보는 것이다.[336] 보다 구체적인 경제통합의 개념은 독립국가들간의 무역 혹은 경제 거래에 관한 장벽을 제거하는 것이다. 일반적인 경제통합

---

335) 경제통합은 독립국들간의 무역 혹은 경제거래에 관한 장벽을 제거하는 것인데, 그 형태는 자유무역지대(Free Trade Area), 관세동맹(Custom Union), 공동시장(Common Market), 경제공동체(Economic Union) 등의 순서를 가지고 있으며 최종적으로는 완전한 정치·경제 공동체를 구성하는 것이다. 현재의 EU는 경제공동체를 넘어선 수준이고 NAFTA는 자유무역지대 수준이다.
336) 틴버겐(J. Tinbergen)의 견해이다.

의 형태는 자유무역지역(Free Trade Area), 관세동맹(Custom Union), 공동시장(Common Market), 경제연합(Economic Union), 완전한 경제동맹(경제공동체 : Complete Economic Union, Economic Community) 등으로 분류할 수 있다.[337] 이 점을 간략하게 살펴보자(통합은 여러 나라간에 이루어질 수도 있지만 독자들이 알기 쉽게 하기 위해 두 나라를 기준으로 하였다).

첫째, 자유무역지대(FTA)는 가장 느슨한 형태의 경제통합이다. 두 나라 사이에 존재하는 관세(역내관세 : 域內關稅)를 없애고 두 나라 사이에 생산물의 완전한 이동을 보장함으로써 모든 생산물 유통을 자유화시키는 형태이다.[338]

둘째, 관세동맹은 자유무역지대 + 제3국에 대한 동일한 관세정책(공통관세 : common external tariff)을 시행하는 것을 말한다.[339] 즉, 두 나라가 대외적으로 동일한 관세정책을 시행하는 것이다. 관세동맹은 '자유무역지대' 보다는 결합력도 강하고 발달한 형태로, 두 나라 중 어떤 경우라도 관세를 지불했다고 하면 제3국에서 생산물은 역내 생산물로 간주 동등한 대우를 받게 된다.

셋째, 공동시장은 자유무역지역 + 관세동맹 + 생산 요소의 이동까지도 자유화시킨 것이다. 즉, 관세동맹에서 더욱 발전하여 두 나라의 경제활동 인구들이 자유롭게 이동하는 것을 말한다. 다시 말해서 두 나라의 국민은 두 나라

---

337) 이것을 흔히 발라사(Balassa)의 경제통합 5단계 혹은 경제통합의 다섯 가지 유형이라고 부른다. Bela Balassa, *The Theory of Economic Integration*(London : George Allen & Unwin Ltd, 1969).

338) 관세의 철폐는 완전 관세 철폐(Economic Free Trade Association, 중남미 아프리카 등지의 Free Trade Area), 부분적인 관세 철폐, 회원국들 간에 완전철폐(EFTA : 1960 European Free Trade Association) 등의 형태로 다시 나누어진다. 일반적으로 FTA의 경우, 회원국들은 제3국에 대한 것은 회원국의 자율에 맡겨두고 있다. 이것은 19세기 영국의 자유무역(Free trade)에서 그 근원을 볼 수 있는데, 각 회원국은 경제적으로 독립되어 있고, 각국은 제3국에 대하여, 각자의 무역을 추구함에 따라 '무역우회(trade deflection)' 현상이 나타나기도 한다.

339) 이것은 가장 오래된 경제통합의 형태로 졸페어라인(Zollverein - 독일, 1833), 베네룩스(Benelux - 1944 제2차 세계대전 중 영국에서 망명 정부 사이에서 맺어진 협정) 등이 대표적인 예이다. 관세동맹에 관한 이론(The Theory of Custom Union)은 1960년대 이후부터 '경제통합이론'으로 발전하게 된다. 관세동맹에서 나타나는 대외적 공통관세 및 무역정책의 실시는 회원국들의 보호주의(Pretectionism)의 측면이 강하다. 이것은 역으로 회원국들이 그만큼 받음을 의미하는 것이다.

가운데 어느 곳에서든지 노동을 하고 돈을 벌 수가 있는 상태이다. 최초의 공동시장은 ECSC(European Coal & Steel Community, 1950)로 '부분통합(partial integration)'의 성격을 띠고 있었다.

넷째, 경제연합(Economic Union)으로 공동시장을 넘어서 보다 적극적인 의미를 지닌 것이다. 즉, 공동시장의 단계에서 나타나는 각종 문제점들이 제거된 경제적 연합체를 말한다. 경제연합이 성공적으로 진행되려면, 생산물과 생산요소의 각종 왜곡이 제거되어야만 한다. 경제연합의 대표적인 예는 EEC(1958)[340]라고 할 수 있다.

다섯째, 완전한 경제공동체(Complete Economic Community)는 사실상 하나의 국가로 통합되는 것을 말한다. 이 단계에 이르면 경제정책이 공동 보조하에서 이루어지고, 대외적인 공동 경제정책이 실시되는 등 완전한 경제정책의 통일을 의미하는 것으로 화폐의 통일·공동 경제정책의 수행 등으로 마무리된다. 대표적인 형태가 '유럽연합(EU)'이다.

이상의 소론들은『삼국지』시대에는 적용되기가 어려운 측면이 있지만 일부는 적용이 가능하다.

정치적 통합이론은 연방주의적 접근, 커뮤니케이션 접근(도이치) 기능주의적 접근(미트라니), 신기능주의적 접근(하스, 나이) 등이 있다.

첫째, 연방주의적 접근은 무정부 상태에 놓인 권력구조를 바꿔 단일한 중앙

---

340) 유럽공동체(EC : European Community)는 평화와 경제번영을 목표로 설립된 국제조직이다. 1958년 유럽경제공동체(EEC)와 유럽원자력공동체(EAEC)가 발족하였고(프랑스·서독·이탈리아·네덜란드·벨기에·룩셈베르크), 여기에 '유럽석탄공동체'가 합쳐져서 EC(1967)가 되었다. 이어서 영국·아일랜드·덴마크(1973), 그리스(1981)가 가맹하여 10개국이 되었고, 주축기관은 유럽의회 각료이사회, EC위원회, 유럽재판소 등 4개이다. 1980년대 중반까지 EC는 관세동맹의 결성, 공동통상 및 농업정책, 유럽통화제도 등을 실시해왔으나 가맹국 상호간의 이해대립 때문에 비효율적으로 전개되자, 1985년 12월 '다수결제도'를 논의함으로써 새로운 국면을 맞았다. 1986년에는 에스파냐, 포르투갈이 가맹함으로써 역내 인구는 약 3억 2천만, GDP 총액은 2조 4800억 불에 달하는 경제블록이 형성되었다. 1986년 2월 체결된 유럽단일법(SEA)에는 정책결정 과정을 보다 효율적으로 운영하기 위하여 '가중다수결(Qualified Majority)'에 따른 결정방식이 대폭 도입되었다. 이 부분은 이종광의『유럽통합의 이상과 현실』(일신사, 1996), 19~71쪽 및 김세원의『EC의 경제·시장통합』(EM문고, 1990), 7~27쪽을 주로 참고로 하였다.

권력을 창출하여 이를 통제하는 것을 말한다. 즉, 3개 이상의 나라가 있으면 국가 하나하나는 질서가 있는지 몰라도 이 세 개의 나라가 모인 국제사회는 무정부 상태이다. 따라서 연방을 만들어서 이 3개국을 모두 통제할 수 있는 군사력ㆍ경찰력ㆍ공통의 법체계 등을 만들어 국가통합을 이룩한다는 것이다. 현재 북한에서는 이와 유사한 제도를 통일이론으로 견지하고 있다. 엄밀한 의미에서 『삼국지』 시대의 통치 형태도 연방주의적 형태인 것으로 볼 수 있다.

전한(前漢 : B.C. 202~A.D. 8)은 전통적인 봉건제(封建制)와 진나라의 군현제(郡縣制)를 혼합한 형태인 군국제(郡國制)를 실시하였다. 이 군국제에 의하면, 황제의 직할령과 제후들에게 영토를 나누어 다스리게 하는 것인데 한(漢) 무제(武帝 : B.C. 141~87)대에 이르러 군현제가 확립되었다. 따라서 중국을 정치적인 연방단계에서 하나의 강력한 중앙집권체제로 만드는 데 거의 100년이 걸린 셈이다. 다시 말해서 유방이 통일한 것은 정치적ㆍ형식적ㆍ외형적 통일이었고, 보다 실질적인 통일을 이룩한 사람은 한 무제라는 의미이다. 그후 후한(後漢) 말기에 이르자 다시 군현제가 붕괴되었기 때문에 중앙권력이 지방권력의 세습이나 지방관의 파견에 별 다른 영향력을 보이지 못하고 하나의 약한 중앙정부(中央政府 : 황제를 옹위한 그룹)를 중심으로 한 연방제(聯邦制)의 형태로 회귀하는 것이다.

둘째, 커뮤니케이션 접근법은 도이치(K. Deutsch)에 의해 제기된 것으로 국경을 넘어 발생하는 정치ㆍ경제ㆍ사회ㆍ문화적 통신과 거래를 통해서 사람들의 접촉이 증가하게 되면 결국은 상호거래와 교류가 많아져서 동질적인 집단으로 변할 수 있고 그것을 토대로 국가간의 통합이 가능하다는 이론이다. 이 과정을 쉽게 표현한다면, 정보거래의 증대 → 상호의존의 증대 → 우호적 태도 형성 → 정치적 동화 → 거래비율 증가 → 정치적 엘리트들의 안보에 대한 민감성 증대 → 안보공동체 또는 융합 안보공동체(융합) / 다자간 안보공동체(독립성 유지) 등으로 진행된다.[341]

셋째, 기능주의적 접근은 미트라니(D. Mitrany)가 제기한 것으로 서로 다른 국가가 비정치적인 분야, 특히 기술적이고 기능적인 분야에서 많은 협력을 하게 되면 이들 사이에는 이익 공동체가 나타날 수 있고, 장기적으로 발전하면 이 이익공동체 등을 통하여 정치공동체가 될 수 있다는 이론이다. 지금까지 논의된 것 중에 미트라니의 이론은 가장 중요한 통합이론이다. 미트라니[342]는 민족국가 체제가 갈등과 분열의 원인이며 통합은 비정치적 분야에서의 협력이라는 특정한 기능적 과업을 통해 '이익 공동체'를 창출함으로써 장기적으로는 정치적 통합을 이룰 수 있다고 본다.

우리나라 김대중 · 노무현 정부의 정책도 여기에 기반을 두고 있다. 즉, 우리나라의 경우 남과 북이 비정치적인 분야에서 협력을 모색하면서 공동의 이해관계가 발생하는 일이 잦아지면 대외적으로 단일한 정책으로 대응하게 되고 이것이 지속적으로 일어나면 정치적 통일까지 달성할 수 있다는 논리이다. 물론 장구한 시간이 걸릴 것이다. 그러나 현재의 남북한 상황을 보았을 때 통일을 서두르는 것은 더욱 위험할 수도 있다. 『삼국지』의 예를 들면, 오나라와 촉나라가 공동으로 기능적인 협력을 강화하다 보면 매우 동질적으로 변화할 수 있고, 그것을 바탕으로 정치적 통합을 이룰 수도 있다는 것이다.

넷째, 신기능주의적 접근은 기능주의 이론을 더욱 발전시킨 것으로, 하스(E. Haas)와 나이(J. Nye) 등에 의해 제시되었는데, 통합에 있어서의 기능주의적 접근에서 한발 더 나아가 정치력이 중요한 요소임을 강조한 것이다. 하스의

---

341) 구체적으로, 국가간 정보의 거래가 증대되면 국가들 사이의 상호의존성이 증대하고, 그 결과 국민들 사이에는 보다 우호적인 관계가 형성된다. 여기서 한걸음 더 나아가 정치적 동화과정 및 사회적 학습과정을 통해 가치 · 제도 · 정서적 일체감을 형성하게 된다. 그리고 거래의 비율이 적정수준에 달할 때, 각국의 엘리트들의 민감성이 증대되어 안보공동체가 형성된다. James E. Doughetry & Robert Pfaltzgraff, *Contending Theories of International Relations*, 1990, p. 437.

342) 미트라니가 말하는 기능주의란 기능적인 분기(functional ramification)의 원칙에 의한 기술 합리성의 구현체라고 정의내릴 수 있다. 즉, 현대 정치과정과 정책이 정치적인 것에서 기술적 · 기능적인 것으로 전환된다는 가정하에 각국 정부는 점차 복잡해지는 기술적 · 비정치적 과업에 직면하게 된다는 것이다. 이는 한 나라 차원의 정책과제 수행에 한계가 있기 때문에 국제적 차원에서의 기술적 문제들을 다룰 전문가들 사이에 협조가 필요하게 되고, 나아가 특정한 기술 분야에서의 협력은 또 다른 기술 분야에서의 유사한 협력을 유발한다는 논리이다. 따라서 기능적 필요성에 의해 구성된 조직은 전문가간 국제적 협력을 축으로 평화를 조성하고 장기적으로는 점차 정치적 분야를 재조정 흡수해나가면서 과거의 정부 조직을 대체해간다는 것이다.

이론은, 기존의 기능적 협력에 정치적 협력을 더하는 것을 내용으로 하고 있다. 하스는 이 기능적인 협력과 정치적 협력의 연계성에 관심을 기울이고 그 과정에서 정치적 엘리트들의 책임을 강조하고 있다.

이상으로 우리는 통합이론들을 살펴보았는데 『삼국지』에 적용 가능한 이론도 있고 현재 우리나라의 통일에 적용할 만한 이론들도 있다. 우리나라의 통일에는 연방주의, 커뮤니케이션 접근, 기능주의, 신기능주의 등 모든 부분이 적용된다. 『삼국지』의 분석에는 주로 연방주의적 개념과 커뮤니케이션 접근법이 유효할 것이다. 예를 들면 손권의 경우에는 지속적으로 위나라와 상호거래를 하고 있다. 손권은 유비의 침공(222년 이릉대전)에 앞서 위나라의 조비에게 항복하여 오왕(吳王)으로 봉해진 다음 촉의 침공에 대비하였다. 그러나 손권은 나중에 오나라를 건국하여 황제에 오르는 인물이다.

『삼국지』 시대의 국가란 기본적으로 연방주의적이다. 왜냐하면 당시의 전술적 상황에서 중국이라는 광대한 영토를 중앙집권화하여 다스리는 것은 불가능하기 때문에 일정한 지역을 중앙귀족이나 황제의 혈족들에게 왕으로 봉하여 나누어주어 다스리게 하고 이들을 중앙에서 통제하는 형식을 띠고 있기 때문이다. 현재의 미국과 유사한 상황이다.

등장인물 리더십 분석과 정치이론

1. 난세 영웅들의 사회경제적 지위

난세의 영웅들—유협객

『삼국지』에는 대체로 군사들을 제외하고 400여 명의 인물들이 등장하고 있다. 그러나 이들 가운데서 주요 인물들은 모두 그 성격이 뚜렷한 전형(典型)으로 묘사되어 있다. 그러다 보니 웬만큼 과격한 사건들은 장비가 모두 다 짊어지고 있고 유비는 항상 부드럽고 인자한 인물의 상징으로 묘사되어 있다.[343] 그래서 성격이 복잡한 현대적인 인물들과는 다소 거리가 있지만, 오히려 그렇기 때문에 생동감 있는 예술적 전형성을 가질 수도 있었을 것이다.

난세(亂世)란 기본적으로 칼의 시대요, 피의 시대이다. 일단 난세에 오래 살아남아 있다는 것은 자기가 가진 군사력이 크거나 아니면 임기응변에 능했거나 아니면 아부를 잘하여 이곳저곳으로 잘 붙어다녔다는 얘기가 된다. 『삼국지』의 주인공들, 특히 유비·관우·장비는 세력의 근거지도 없이 당시로는 매우 오래 살아남았다. 이들은 군사력이 강하지도 못했고 아부에 능한 것도 아니

---

343) 정사(正史)에 나타나기로는 유비가 중앙에서 파견된 감찰관(독우)의 횡포를 참지 못하고 그를 구타한 것으로 되어 있으나 나관중의 『삼국지』에는 장비가 구타한 것으로 나온다. 유비가 서주를 빼앗긴 것도 장비의 나쁜 술버릇 때문으로 묘사되어 있다.

었다. 아마도 그들이 오랫동안 살아남을 수 있었던 것은 임기응변에 능했기 때문일 것이다. 그것도 아니면 도망을 잘 다녔기 때문일 수도 있다.

난세의 영웅은 대체로 포부가 크고 불만이 많은 사람들이다. 그렇지 않으면 적어도 혁명 집단을 조직하기에 충분할 만큼 많은 사람들이 사회에 불만을 품고 있다는 사실을 알고 있는, 사회 분위기에 민감한 사람이어야 할 것이다. 『삼국지』의 시대에서 난세의 영웅들은 기존의 통치계급에서 나오거나 당시 전국적으로 퍼져 있던 유협객(遊俠客 : 깡패, 건달) 가운데서 나올 수도 있다.

다시 말해, 매우 높은 가문에서 태어났으면서도 여러 가지 이유로 보수적 지배계층에 대항하기도 하는데 이런 사람은 결코 단순한 성격의 소유자가 아니며, 혁명가적 기질을 가진 경우라고 할 수 있다. 조조(曹操)가 대표적인 경우이다. 이들이 혁명에 가담하는 이유는 기득권을 버리고 혁명에 가담하는 것이 유리하다고 판단하기 때문이다.

역으로 난세의 영웅들은 치세(治世 : 安世)에서는 대개 존재가 드러나지 않는다. 난세의 영웅들 가운데 상당수는 구사회의 낙오자, 다시 말해 유협객에 불과한 사람들이다. 여기서 말하는 유협객은 의미가 다양하겠지만 대표적인 사람으로는 형가(荊軻)·풍환(馮驩)·후영(侯瀛)·주영(朱英)·계포(季布)·유방·한신(韓信)·유비·관우·장비·곽해(郭解)·주원장 등이다. 이들은 현대적으로 말하면, 일정한 직업이 없이 세력자의 휘하에 들어가 그들의 경호원이나 사병(私兵) 노릇을 하면서 밥을 얻어먹는 사람, 무예도장이나 각종 체육시설에서 무예를 단련하여 무예 사범을 하는 사람, 조직폭력배, 단순한 강도, 일정한 거주지나 직업이 없이 전전하는 단순한 건달에 불과한 사람들을 말한다.

〈정무문(情武門)〉이라는 유명한 영화를 보면 진진(이소룡 분)은 자기의 직업을 가지면서도 정무문이라는 도장에서 신체를 단련하고 있다가 일본인들과 맞서서 의협(義俠)의 역할을 다하고 있다. 이렇게 무예를 닦다가 나라가 위기에 처한다거나 내란 상태에 빠지게 되면 아예 직업 군인화하게 된다. 유비·관우·장비 등은 이런 종류의 사람에 가장 가깝다고 볼 수 있다. 특히 난세란 생명이 가볍게 여겨지며 전란으로 이어지는 시대이므로 아무래도 협객의 신분이 적응하기 쉬울 것이고 그들이 두각을 나타낼 기회가 많을 것이다.

물론 유협객이란 특정한 직업이 없으므로 명사(名士)들이나 유력자들의 식객이 되거나 경호원 역할을 하는 등 현대적 개념으로 보면 정치 깡패가 될 소지가 있는 사람들이다. 그러나 오히려 그렇기 때문에 일반적인 사람들에 비하여 기회를 잡아 정치적으로 출세하기가 쉽다. 우리나라의 경우에도 조직폭력배나 건달패들 가운데 전국적인 정치가가 된 사람도 있고 지방의 유력자로 행세하는 경우가 많다. 『한비자』에서 유자(儒者)는 글로써 법을 어지럽히고 협자(俠者)는 무예(武藝)로써 법을 어기기 때문에 세상이 어지럽다고 했다.[344]

엄밀한 의미에서 협자 또는 유협객은 임협(任俠)과 유맹(流氓 : 속설로 양아치)으로 나뉜다. 임협은 자신의 이익도 이익이지만 보다 중요한 의리를 위해 자기 몸을 돌보지 않는다. 이에 반해 유맹은 오직 자기 이익만을 위해 칼을 함부로 휘두른다. 그러나 명확하게 구분할 수 있는 것은 아니다. 대개는 이 두 가지 속성을 동시에 가지고 있는 경우가 많기 때문이다. 임협은 난세가 될수록 그 가치나 역사적인 영향력이 크게 증대한다. 어떤 의미에서는 임협들 가운데 정치적인 이데올로기가 뚜렷한 사람을 혁명가의 범주에 넣을 수도 있을 것이다.

한 무제 때의 사마천은 자신의 역저인 『사기』에서 역사의 한 항목으로 「자객열전(刺客列傳)」과 같은 「임협전(任俠傳)」을 둠으로써 유자들의 비난을 사 저질의 책이라는 평판을 얻기도 하였다. 바로 여기에 유명한 형가(荊軻)의 노래가 나온다. 진왕을 죽이려 했던 형가는 역사상 가장 대표적인 임협이자 전설적인 영웅이다.[345] 형가가 진왕을 죽이러 갈 때, 사람들은 모두 상복(喪服)을 입고 형가를 역수(易水)까지 가서 전송하였다. 사람들은 흙을 쌓고 제단을 만들

---

344) 평화시에는 협자(협객 또는 유협객)들이 특별한 직업도 없이 떠돌거나 권력자 밑에서 경호원을 하면서 정치깡패가 되거나 아니면 범죄 조직화할 수 있는 경향이 농후하기 때문이다.

345) 스스로 죽어 자신의 목을 형가에게 주어 진시황을 유혹하는 예물로 보낸 번어기(樊於期)의 슬픈 이야기도 이 이야기에 포함되어 있다.

어 공물을 올렸고 그 다음에 송별연이 이어졌다. 친구인 고점리(高漸離)가 축(筑)을 연주하자 형가가 이에 화답하는 노래를 불렀다.

> 바람 소소히 불어 역수의 물이 차구나(風蕭蕭兮易水寒)
> 장사 한번 가면, 다시 오지 못하리(壯士一去不復還).

이것이 유명한 '역수가(易水歌)'이다. 아마 우리나라의 안중근 의사나 윤봉길 의사, 이봉창 의사가 거사를 떠날 때의 심정이 바로 이러하였을 것이다. 형가는 결국 진왕을 죽이지 못하고『사기』의 「진황본기(秦皇本紀)」의 기록에 의하면 '해체(解體)' 당했다고 한다. 이것은 수족(手足)을 따로 절단한 가장 처참한 형벌이었다. 다음은 도연명(陶淵明)이 형가를 노래한 시(詩)이다.

> 그대 이미 떠나갔지만(其人雖已歿),
> 천년이 흘러도 그대 그 충정, 아직도 가슴을 저미네(千載有餘情).

한 고조(高祖) 유방(劉邦 : B.C. 252~195)도 유협객의 대표적인 사람으로 언동이 거칠고, 난폭하며, 사람을 매도하는 버릇이 있었다고 한다. 원래 고조의 부하들은 천한 출신이 많았고,[346] 전란이 계속된 까닭에 난폭한 이도 많았다. 이들은 장락궁(長樂宮)이 완성되어 군신이 조하(朝賀)의 예(禮)를 올리고 유방이 황제로 정식 취임하면서 달라지게 된다. 이제는 유방이 건달이 아니라 한 나라를 통치하는 공식적인 황제이기 때문이다.

그런데 문제는 이런 협자 또는 유협객이 어떻게 천하를 얻을 수 있을까 하는 점인데, 따지고 보면 정치권력도 유협객이나 건달의 세계와 많은 공통점을 가

---

346) 한 고조 유방 자신은 일개 농부의 아들이었고, 패현의 서기였던 소하(蕭何), 옥지기였던 조삼(曹三)은 약간의 학식이 있는 인물이었다. 그러나 번쾌(樊噲)는 개백장, 관영(灌嬰)은 행상인, 주발(周勃)은 장례식 나팔수, 하후영(夏侯嬰)은 관청의 마부, 주창(周昌)은 사환, 유방의 죽마고우인 노관(盧綰)은 건달, 한신은 하루 끼니도 얻기 힘든 룸펜이었다. 유일한 예외는 한(韓)의 대신 가문에서 출생한 장량(張良)이었다.

지고 있다. 현대의 정치가들도 특별한 생산도 없이 정치활동을 하는데 만약 국회의원 자리에서 물러나거나 정치 권력에서 소외되면 그야말로 무일푼의 건달로 전락하기 십상이다.

유협객은 난세에 존재하는 많은 유랑민들을 조직화해내기에 가장 유리한 집단일 수 있다. 이것이 성공하면 천하의 주인이 되는 것이다. 대개의 일반인들은 일생 동안 한 사람을 죽이는 것도 드문 일인 반면, 쉽게 사람을 죽이는 유협객은 전문적인 킬러집단이기도 하다. 역사적으로 유협객을 무시할 수 없는 이유는 그들이 나름의 조직적이고 구체적인 질서나 기풍을 갖고 있기 때문이다. 유협객의 조건으로 장부다운 의리가 중요시되는 것은 고금동서의 일치된 특징이다.

유협객은 고정된 직업이 없기 때문에 대개는 매우 어려운 처지에 있는 경우가 많다. 영화 〈황야의 무법자〉를 보면 주인공은 거의 거지에 가까운 건달이다. 이것이 유협객의 속성이고 보니 이들에게는 하룻밤의 잠자리나 한끼의 식사라도 소중한 법이다. 따라서 유협객들은 자신에게 호의를 베푸는 사람들에게는 그 은혜를 잊지 않고 보답하는 기풍이 하나의 지켜야 할 도리처럼 숭상된다. 설령 그것이 죽음을 담보하는 경우라도 개의치 않는다. 중앙귀족이자 권력층인 조조(曹操)나 원소가 보면 이것은 일개 필부(匹夫)의 만용에 불과할 것이다.

실제로 조조는 유비의 행동을 이해하기 힘든 경우가 많았을 것이다. 조조가 유비를 보면 참으로 한심했을 것이다. 국가를 경영한다는 자가 학식도 거의 없고 공사(公私)를 제대로 분간하지도 못하며 사람들을 다양하게 등용해야 하는데 과거에 어울린 자들만 감싸고돌고 있으니 말이다. 정치가들에게 관우나 장비가 자랑하는 무예라는 것은 별다른 의미가 없었다. 국가경영은 그 역할에 적합한 인재들이 모여서 하는 것이지 무예로 하거나 과거에 내게 도움을 준 친구들을 모아서 할 수 있는 것은 아니다.

그러나 중앙귀족들이나 문사, 지식인들과는 달리 유협객에게는 필부의 의리가 목숨을 바꿀 정도로 매우 중요하다. 유비가 의형제를 맺거나 황제로서의 역할을 무시하면서까지 관우의 복수전을 감행하는 것도 이 같은 기풍과 무관하지 않다. 왜냐하면 유협객은 중앙귀족과는 달리 항상 하루하루 살아가기가 어려운 사람들이다. 유협객이 서로 조직화하는 것은 그들의 생존 가능성을 증대시키기 위해서이다. 특히 난세일 경우에는 더욱 그렇다. 유비·관우·장비 등이 맺은 소위 도원결의는 바로 의제가족(擬制家族)[347]을 의미한다. 이 의제가족은 그들 스스로의 생존 가능성을 증대시키고 삶의 의미를 주는 것이기 때문이다.

물론 유비 삼형제의 의형제 결의는 나관중의 『삼국지』에 나타나는 식의 도원결의는 아니었을 것이다. 도원결의는 나관중이 드라마틱한 구조를 만들기 위해 꾸며낸 창작물일 것이다. 그러나 이들의 우정과 의리는 친형제 이상이었음이 이후 이들의 행태에서 나타나고 있다. 따라서 나관중을 포함한 『삼국지』의 편찬자들은 유비·관우·장비 사이에 말년까지 이어진 의리를 보면서 도원결의라는 이야기를 구성했을 것이다. 이것은 이해하기 별로 어려운 일도 아니다. 원래 전쟁터에서 평생을 보낸 전우는 가족 이상으로 정이 두터운 것은 지극히 당연한 일이기 때문이다. 현대에 의형제 같은 의제가족들이 정상적인 생활을 하는 직업인이나 고급 전문직에서는 나타나지 않고 대체로 직업적으로 불안정하거나 하급 직업에서 많이 나타나고 있는 점도 눈여겨볼 만하다.

난세 영웅들의 성격

혁명이라는 대규모의 사회변동 과정에서 혁명의 지도자가 반드시 최하층민이라고 할 수는 없다. 실제로 그 동안의 혁명이나 난세의 주도자들은 결코 그 사회의 최하층을 대표하는 이들이 아니었다. 『삼국지』에서 중앙정치인인 조조나 향촌의 협객인 유비처럼 거의 모든 사회경제적 집단의 성원이 포함되어 있다. 따라서 불우한 사람들이 혁명을 일으키는 것은 아니었다.

러시아 혁명을 이끌었던 레닌(1870~1924)이나 트로츠키(1879~1940)는

---

347) 원래는 가족이 아니지만 가족과 같은 관계로 맺는 것으로 다양한 형태로 많이 나타난다. 소규모 기업에서도 이같은 경향이 많이 나타난다.

대표적인 중류가정 출신이었다. 특히 레닌은 당시 러시아 사회에서는 매우 모범적인 가정 출신이었고 그의 직업은 변호사였다. 트로츠키도 우크라이나의 매우 유복한 가정에서 출생하였다. 쿠바의 카스트로(1926~)도 작은 농장을 소유한 에스파냐 이주민의 아들로 태어나 명문 아바나 대학을 졸업(1950)하고 변호사 생활을 했던 사람이다. 그리고 현대 젊은이들의 우상이 된 라틴아메리카의 혁명 영웅 체 게바라(1928~1967)는 원래 의사였다. 홍군(紅軍) 사령관이었던 주덕(朱德 : 1886~1976)도 윈난의 강무학당을 졸업(1911)하고 군관으로 출세하였고 독일로 유학(1922)을 떠났다가 공산주의자가 되었다. 우리나라의 경우도 마찬가지다.

민중들의 아래로부터의 혁명은 진승(陳勝)·오광(吳光)·유방·유비·주원장·모택동의 경우와 같이 지도자들은 대체로 무명의 사람들과 동일한 사회적 지위에 있었다. 모택동의 경우도 베이징 대학에서 도서관 직원으로 일하면서 당시의 유명한 교수였던 호적(胡適)의 강의를 듣다가 쫓겨난 일도 있었다. 이들의 특징은 대기만성이라는 것인데 그 이유는 이들에게는 체계적인 정치수련이나 경륜을 쌓을 만한 기회가 없었기 때문이다. 사람을 영도하는 기술을 습득하기 위해서 어떤 형태로든 오랫동안 정치적 도제(徒弟) 노릇을 겪어야 했다. 이 점은 난세의 영웅들도 예외가 아니다.

난세의 영웅들이 받는 정치적 훈련은 안정된 사회에서는 지도자가 되는 길이 아닐 수도 있을 것이다. 그러나 결과적으로 그들이 혁명을 성공적으로 이끌었다면 그들이 난세(불안정한 사회)의 지도자로서 적임자였다는 것이 확인된다. 모택동은 외국어에 능하지 않았기 때문에 『자본론』 같은 주요 저작도 중국어로 번역된 것을 읽었다고 한다(그러나 오히려 이 때문에 사회주의 이론의 중국적 적용이 용이했다고 한다). 모택동은 아버지와의 관계도 나빴으며 유비처럼 가족관리도 소홀하여 상당수가 국민당 군에 잡혀 죽었다.

이에 비하여 유소기(劉少奇)·등소평·주은래 등은 파리 유학파로서 세련된 정치사상가들이었다. 그러나 모택동은 정강산(井岡山)에서 국민당 군대에 쫓겨 귀주(貴州)의 준의회의(遵義會議 : 1935)에서 당권을 장악한 이후 중국

공산당의 지도자로서의 위치를 확고히 하였다. 『삼국지』의 유비도 이 점에서는 모택동과 많은 유사점을 가지고 있다. 다만 모택동은 그 자신이 제갈량과 같은 전략가였고 유비는 제갈량이 필요했던 것뿐이다. 그러나 분명한 것은 유비와 유비의 경쟁자들(조조·원소·여포·공손찬 등) 가운데 황제의 위에 오른 사람은 유비뿐이라는 점이다.

난세의 영웅이나 지도자들은 학구적이며 명리를 떠난 순수한 이론가가 될 수도 없고 될 필요도 없지만 개인적 경험으로 이론의 벽을 뛰어넘는 명석함을 가지거나 자신만의 장점을 통해 이를 극복해가게 된다. 유비의 삼고초려는 대표적인 예이다.

그러나 흥미로운 점은 그들이 돋보이거나 조숙한 청년이 아니고 보통 30~40대의 중년층인데 이 나이는 기존의 사회지도층인 50~60대보다는 상대적으로 젊다는 것이다. 예를 들면 박정희 전 대통령의 경우 자신의 호화 찬란했던 경력에 비해 군인으로서의 출세는 매우 늦었지만 대통령이 되는 나이로는 매우 젊었다. 유비나 조조는 바로 이런 사람들이다. 따라서 이들이 혁명이나 쿠데타를 하지 않았다면 자신의 직업에서 다른 선두주자들보다 늦게 그 지위에 겨우 올랐거나 적당한 시기에 명예퇴직을 당했을 사람이었다.

난세에는 보다 광적인 음모가, 공상적인 순리파, 과도한 이상주의자가 나타나서 득세하기도 하는데 이 같은 사람들이 활약하는 기간은 대체로 혁명의 초반부이다.[348] 경우에 따라서 난세에는 과도한 이상주의자들이 자신의 이상을 실현시켜보려는 기회를 가지기도 한다. 유협객들은 학문적인 역량이 부족하기 때문에 이 같은 단순한 생각들을 현대의 포퓔리스트(populist)처럼 구사함으로써 민심을 얻기도 한다. 여기에는 민심을 완전히 사로잡을 수 있는 사람, 곧 난세의 외교가나 웅변가, 즉 세객(說客)도 포함된다.

---

348) 브린튼, 앞의 책, p. 131.

『삼국지』 영웅들의 모델인 항우와 유방

『삼국지』에서 가장 많이 인용되고, 『삼국지』에 가장 많은 영향을 미친 것은 뭐니뭐니 해도 초한(楚漢) 각축기의 이야기일 것이다. 특히 항우와 유방은 상당히 전형적인 성격을 띠고 있다. 이 두 사람의 대비와 그 특수한 성격들은 유비-조조 및 조조-원소의 비교에도 중요한 역할을 하게 될 것이다. 즉, 조조에 비하면 유비는 유방에 가깝고, 원소에 비교하면 조조가 유방의 성격을 띠고 있다는 뜻이다. 따라서 『삼국지』의 주요 인물 가운데 가장 항우에 가까운 사람은 원소라고 할 수 있다.

초(楚)나라의 귀족 출신인 항우는 어릴 때 숙부인 항량(項梁)의 슬하에 있었다. 항우는 서도(書道)를 배웠으나 제대로 익히지 못했으며, 검술(劍術)에도 별 재능이 없었다. 항량이 이를 보고 걱정스럽게 나무라자 항우는 "서도는 이름만 쓸 수 있으면 되는 것이고, 검술은 오직 한 사람만을 적으로 상대하는 일입니다. 저는 만인(萬人)을 적으로 상대할 수 있는 길을 배우고 싶습니다"라고 하였다. 항량이 병법을 가르치자 항우는 크게 기뻐하였으나 제대로 배우지는 못하였다. 항우는 진시황의 행차 때 진시황이 이미 늙어 초라해진 모습을 보자 이를 비웃으며 "내가 대신 천하를 빼앗겠다"고 하였다고 한다.

이와는 대조적으로 유방은 농민의 아들이었으며 긴 세월을 유협객으로 살았다. 유방은 나이 40세에 이르러 항량의 진영에 가담하게 되는데, 30대에 그가 시황제의 행렬을 보면서 "사내로 태어났을 바에는 저렇게 되어야 하는데" 하고 탄식하였다고 한다. 이것은 마치 로마의 영웅 카이사르가 알렉산더의 동상을 보고 "나는 알렉산더의 나이에 아무 것도 한 것이 없는데 알렉산더는 세계를 정복했다니……" 하면서 탄식한 것과 비슷할 것이다.

시황제의 행렬에 대한 두 사람의 반응의 차이는 매우 중요한 의미를 갖는다. 즉, 항우는 시황제의 본질을 망각하고 외형만을 본 것이고 유방은 늙고 병든 시황제의 그 모습 속에 감춰진 본질을 보고 있었던 것이다. 이러한 차이는 이들이 천하를 두고 쟁패를 할 때 그대로 반영이 된다. 항우는 천하통일에 있어서 여건이 좋은 위치에 있었으므로 상황을 지나치게 가볍게 보는 경향이 있었

유방   항우

* 출전 : 채희순 감수, 『대세계사 3』, 현암사, 204~205쪽.

던 반면, 유방은 항상 여건이 좋지 못한 상황이었기 때문에 늘 신중하게 전문
가들의 견해를 들을 수밖에 없었을 것이다. 그러니 초패왕 항우와 같은 카리스
마가 있을 리 없다.

유방의 성격은 서로 모순된 '이중성'으로 파악하여야 한다. 유방은 인자하
고 도량이 넓으면서도[349] 가족을 돌보지 않고[350] 자신의 부하들에게도 각박하
게 대하는 노회(老獪 : 나이가 들고 세파에 닳아서 교활해짐)한 측면을 동시에 가
진 사람이다. 특히 유방은 개국 공신들에 대해 각박하고 잔인한 태도를 보이고

---

349) 유방은 천성적으로 도량이 넓고 재물을 아끼지 않았으며, 포부가 컸다. 유방은 개인적으로는
   관대하고 너그러우며, 인자한 성격이었다고 한다. 고조의 장인이었던 명문가의 여씨는 고조
   의 인물됨을 보고 아내의 불평에도 불구하고 그 딸을 주었고 고조가 처음 거병(擧兵)할 때도
   도움을 아끼지 않았다.
350) 유방은 항우를 공격하다 수수에서 대패하여 초군기병(楚軍騎兵)의 추격을 받자 자신의 두 자
   녀(후일 惠帝와 魯元공주)를 자신의 차에서 내리게 하였고(이 때 차를 몰던 하후영이 이들을
   구하였다), 항우가 포로로 잡은 유방의 아버지를 끓는 물에 죽이겠다고 하자, "그대는 회왕의
   부하 시절에 형제의 의를 맺어 나의 아버지는 그대의 아버지다. 아버지를 삶겠거든 내게도 한
   그릇을 달라"고 한 점 등을 지적할 수 있다.

있다.

예를 들면 그의 통일과정에서 가장 큰 힘이 되었던 한신(韓信 : 楚王)과 팽월(彭月 : 梁王)을 참혹하게 살해하는 등 토사구팽을 자행하였다.[351] 물론 이같은 측면은 천자(天子)로서 불가피한 측면도 있었을 것이다. 다시 말해서 이것은 천하의 주인으로서는 오히려 장점이 될 수도 있다.

왜냐하면 유방을 이어 등극한 혜제(惠帝 : 유방의 아들)는 어진 사람이었으나 유약했기 때문에 한신과 팽월을 견제할 만한 재목이 될 수 없었기 때문이다.

그런데 『삼국지』에서 유방의 성격과 가장 닮은 사람이 바로 유비이다. 그러나 유비는 유방이 가진 노회함이 없었는데 이것은 그의 장점이자 단점이기도 하였다. 유비가 천하를 통일하지 못한 것은 유방이 가진 노회함이 없었기 때문이고 또 바로 이 같은 유비의 성격 때문에 제갈량·관우·장비·조운(조자룡) 등의 처절한 충성심을 유도한 것이다. 나관중의 『삼국지』에 나오는 얘기지만 제갈량이 유비의 막하에 들면서 "장군께서 저를 버리지 않으신다면 분골쇄신하여 장군을 받들겠습니다"고 한 말은 유비가 성공하더라도 유방의 성격을 닮지 말아달라는 의미로 해석해야 한다. 그것은 신하에게는 너무 가혹한 일이었기 때문이다.

유방이 과연 어떤 인물인지를 분석하는 것은 쉬운 일이 아니다. 분명한 것은, 유방은 공사의 구분이 매우 명확한 성격의 소유자였다는 사실이다. 그것은 자신의 유협객 생활의 경험을 바탕으로 권력과 힘의 속성을 다른 사람보다

---

351) 유방의 노회(老獪)한 것을 보여주는 토사구팽(兎死狗烹)과 유사한 말로 장경오훼(長頸烏喙)라는 말이 있다. 이 말은 구천을 도와서 오(吳)를 멸망시키고 패업을 이룩하게 한 범려(范蠡)가 한 말이다. 즉, 구천의 관상은 '목이 길고 까마귀 주둥이같이 입이 뾰족'한 데서 비롯된 말로 이런 사람들과는 지속적인 거래를 해서는 안 된다는 말이다. 구천은 자신의 목적을 위해서 수단과 방법을 가리지 않는 사람인데(구천은 10년간 노예생활을 할 때, 부차의 변을 손으로 핥으며 충성심을 보이기도 하였다), 이런 사람과는 간난(艱難)은 함께 할 수 있어도 즐거움은 함께 할 수 없다는 말이다. 결국 범려는 오가 멸망한 후 그의 곁을 떠났고, 떠나지 않았던 일등공신인 대부 종(鍾)은 구천에게 죽음을 당했다. 제갈량이 보는 유비의 최대 장점은 바로 이같은 토사구팽이나 장경오훼와 같은 노회함이 없이 사람을 대하고 있다는 점이다.

도 더 정확하게 읽고 있었다는 의미이기도 하다. 유방의 위대한 점은 창업(創業)과 수성(守成)의 차이를 명쾌하게 파악한 데에 있다.[352]

이런 점에서 유비는 유방보다 강인함이 없고 더욱 인간적이었다. 아이러니하게도 그의 탁월한 인간미가 제갈량으로 하여금 그를 따르게 한 것이다. 만약에 유방이 같은 조건에서 제갈량에게 삼고초려 하였다면, 제갈량은 들어주지 않았을 것이다. 유방의 말년의 특성이 노회라고 한다면, 유비는 담백(淡白)이라고 할 수 있다. 제갈량은 아마 유비의 유언을 들으면서 분명 자신의 인생이 헛되지 않았음을 깨달았을 것이다.

그러나 난세는 오직 냉혹한 승부사만이 천하의 주인이 될 수 있다. 진시황은 자신의 실제 아버지인 여불위를 제거하였고, 역사상 가장 냉혹한 혁명가의 한 사람인 스탈린도 트로츠키를 잔인하게 살해하였다. 모택동은 오랜 혁명동지인 유소기(劉少奇)를 숙청하고 문화대혁명이라는 현대판 분서갱유를 자행하기도 하였다.

『삼국지』와 관련해보면, 문제는 유비와 같은 성격을 가지고서는 난세를 통일하기가 불가능하다는 점이다. 난세는 난세에 가장 맞는 자가 천하의 주인이 되고, 치세가 되면 치세에 맞는 자가 천하의 주인이 되는 것이다.

이러한 점에서 가장 이상적인 파트너는 조선의 태종과 세종이라고 할 수 있다. 조선이 500년을 지탱할 수 있는 힘은 태종-세종, 세조-성종, 연산군-중종, 영조-정조 등의 조합이 있었기 때문이다. 한나라의 경우는 고조인 유방-문제(文帝)가 모델이 되겠지만 그 과정에서 여태후의 섭정 등 많은 난관이 있었다.

---

352) 『한서』에는 "말 위에서 천하를 잡을 수는 있으나 천하를 다스릴 수는 없다(馬上得天下 馬上不可治天下)"는 말이 있는데 이 말은 유방이 천하를 두 번째 통일했을 때 나온 말이다. 이 말의 의미는 진시황의 전철을 의식한 말임에는 분명하다. 실제에 있어서 유방을 진시황(이전의 진의 문왕)과 비교한다는 것은 넌센스일 수도 있다. 즉, 신분의 측면에서 왕족과 건달이요, 학문적인 수준이나 자질도 비교될 성질이 아닐 것이다. 그러나 유방은 진시황과는 달리, 창업(創業 : 천하를 얻는 방략)과 수성(守成 : 천하를 다스리는 방략)을 구분할 줄 알았다.

2. 『삼국지』 인물 분석의 도구

청류와 탁류

청류의식에 대해서는 이미 앞에서 충분히 거론하였기 때문에 앞의 논의에서 제외되었던 부분을 중심으로 고찰하겠다.

청류(淸流)와 탁류(濁流)란[353] 동양의 고유한 주류의식이자 계급 또는 계층을 의미한다. 청류란 문자 그대로 아무런 때〔垢〕가 묻지 않은 사람이나 그룹으로 그 사회의 주류를 형성하는 사람들을 의미한다. 이에 반하여 탁류란 주류의 입장에서 볼 때, 주류의 조건들을 충족시키지 못한 사람이나 그룹을 의미한다. 『삼국지』와 관련하여 청류란 출신에 아무런 하자가 없으며, 사대부가 되기 위한 정상적인 절차를 밟아온 사람으로 군자적 품성을 가지고 오직 위민(爲民)을 위한 교양을 쌓은 사람을 말한다. 오직 이들만이 통치계급이 될수 있다. 이에 반하여 탁류란 이 같은 조건을 그 일부라도 갖지 못한 사람들을 말한다.

예를 들면 중국의 중심 영역에서 다소 벗어나 있는 서량인이나 몽골인, 계층적으로 보면 환관의 경우는 아무리 잘해도 사대부의 입장에서는 청류에 속할수가 없다. 따라서 청류의 입장에서 환관이나 서량인이 정권을 잡는 것은 마치말이나 소에게 정권을 맡기는 것과 똑같다.

청류와 탁류와 관련하여 지적되는 계급 개념은 소위 사농공상(士農工商)의 계층구분이다. 공자는 자신의 출신이 비천하였기 때문인지 이 같은 등급 개념을 중요시하지 않았다.[354] 그러다가 사농공상에 대한 개념이 본격적으로 분리

---

353) 우리는 화가는 청류요 만화가는 탁류, 대중가수는 탁류요 성악가는 청류 하는 식의 생각을 은연중에 가지고 있는데 이것은 명백히 문화적인 산물이다. 물론 이 같은 생각이 유럽의 선진국에도 있지만 그 정도의 차이는 존재하는 것이다. 동양사회가 이런 종류의 의식이 심한 편이다. 미국에서는 배우가 대통령이 될 수 있지만 한국·중국·일본에서는 불가능한 일이다. 이또한 청류의식의 발로라고 할 수 있다.

354) 공자는 사농공상이 특별히 분리되어 영구화되는 것은 아니고 국가의 중요한 구성인자로 파악하였다.

된 것은 전국시대의 순자(荀子) 이후이다. 순자는 우리에게 성악설로 널리 알려진 사람이고 법가의 이론적인 토대를 세운 사람이다. 순자에 의하면 "선비는 선비다워야 하고, 농민은 농민다워야 하고 공인은 공인다워야 하며, 상인은 상인의 역할과 직분을 충실히 하면 된다(士士·農農·工工·商商)"는 것이다.

우리나라의 경우에는 이 같은 계층이나 계급의 구분이 확고하게 지켜진 것은 아니다. 동양사회에서 이 같은 계급의식이 가장 확고하게 지켜진 것은 일본의 에도바쿠후[江戶幕府 : 1603~1867] 시대였다. 에도바쿠후는 도쿠가와 이에야스[德川家康]가 자신에 반대하던 제후세력(다이묘 : 大名)들을 세키가하라[關ヶ原] 전쟁[355]에서 물리치고 조정에서 세이이다이 쇼군[征夷大將軍]으로 임명된 때부터 시작하여 15대 쇼군[將軍]이었던 도쿠가와 요시노부[德川慶喜]가 천황에게 국가 통치권을 돌려준 때(1867)까지 265년간 지속되었다. 에도바쿠후 정부는 계층간의 이동을 철저히 금지하였다. 농민에 대해서는 토지조사를 실시하여 무기소지를 금지했으며 거주지 이전을 제한하였고 상공인들은 도시에 거주하도록 하였다.

『삼국지』의 영웅들 가운데 가장 청류에 가까운 사람은 원소이다.[356]

그러나 원소가 관도대전에서 패배한 후 사망하면서, 유비가 새로운 청류로 부각된다. 유비도 출신지로 보면 청류가 되기 힘들지만 한실 종친이라는 이유로 청류가 될 수 있었다. 관우가 자신이 약간 연장인데도 불구하고 유비를 형

---

355) 세키가하라는 일본의 기후현의 지명으로 1600년 도쿠가와 이에야스는 이 전쟁에서 승리하여 전일본의 실권을 장악하였다. 보통 일본어로 '세키가하라'라고 하면 운명을 건 싸움이라는 뜻으로 주로 사용되고 있다.

356) 청류와 탁류를 이해하려면 관존민비(官尊民卑)의 전통이 강한 우리나라의 공무원 사회를 보면 된다. 공무원 사회는 위계 질서가 철저하다. 우리나라나 일본·중국 등의 사회에서는 모든 직업과 직책을 바로 이 같은 위계의 개념으로 분석·평가하려는 경향이 있다. 쉽게 말하여, 그 사회 구성원들 모두를 그 사회가 가진 고유한 원리에 의해 평가하는 것이다. 이것은 마치 공자가 말하는 "임금은 임금답고, 신하는 신하답고 아버지는 아버지답고 아들은 아들다워야 한다(君君臣臣父父子子)"는 말이나 순자(荀子)가 말하는 "선비는 선비답고 농부는 농부답고 공인은 공인답고 상인은 상인다워야 한다(士士農農工工商商)"는 말과도 일맥상통한다. 오늘날에는 이같은 계급 혹은 계층의식은 순수히 내부적인 것으로 존재하고 있다. 만약 이 같은 청류의식을 밖으로 표현했을 경우에는 심각한 반발을 초래하기도 한다.

님으로 모신 것이나 장비가 유비를 평생 따라다닌 것도 이와 무관하지 않다. 제갈량이 손권을 설득하여 적벽대전의 연합군을 결성한 것도 손권에게 새로운 청류의식을 논리적으로 해명한 것이 바탕이 된 것이다.

그런데 재미있는 것은 여포는 유비가 자신과 같이 낙양에서 멀리 떨어진 변방 출신이기 때문에 동류의식을 가지고 접근한 반면, 유비는 자신이 한실 종친이므로 여포와는 근본적으로 다르다는 청류의식을 가지고 있었다는 점이다. 따라서 여포는 항상 유비를 친동생처럼 생각하고 있는 데 반하여 유비는 여포를 짐승 같은 오랑캐 정도로만 여기고 있었다. 이것은 결국 여포의 불행으로 결말이 난다.

청류의식은 사회가 고립되어 있을수록 심하게 나타난다. 한 · 중 · 일 삼국을 보면, 일본이 제일 심하고 한국이 그 다음이고 중국은 가장 약하다. 그런데 문제는 이 청류의식이 크면 클수록 사람들이 받는 스트레스는 매우 심각하다는 것이다. 한국이 낳은 축구 영웅이 신문 칼럼을 통하여 정치인이나 학자들이 스포츠 영웅을 함부로 대하는 무례를 비판한 적이 있다. 최근에 세상을 떠난 국민적인 희극 배우도 이 점을 똑같이 지적한 바 있다. 그들이 비판한 것은 우리 사회에 만연한 이 비뚤어진 청류의식이었다.

나관중의 『삼국지』에서 강조하는 것은 바로 이 청탁의 문제이다. 청류로 분류되어 있는 사람은 유비 · 관우 · 장비 · 제갈량 · 조운 · 헌제 등의 인물이다. 탁류로 분류된 사람은 동탁 · 여포 · 조조 · 사마씨 일가 등인데 이들은 아무리 좋은 행적이 있어도 모두 악인으로 귀결된다. 이 청류와 탁류의 문제는 의리와 명분을 중시하는 춘추필법에 가장 잘 적용되는 논리이다. 이것은 명백히 사실을 사실로 보지 못하게 하는 논리가 된다. 왜냐하면 청류의식은 청 · 탁에 대하여 너무 절대화하는 경향이 나타나기 때문이다. 이것은 극단적인 인종주의나 민족주의로 흐를 위험성이 나타난다.[357] 나관중의 『삼국지』가 위험한 이유가

---

357) 모든 사물의 등급은 실제로는 상대적인 것이다. 『한비자』에 "아무리 하늘을 나는 용이라 하더라도 구름과 안개가 없으면 움직일 수 없어 지렁이에게도 무시당할 수 있다"고 지적하고 있다. 즉, 구름과 안개가 있어야 용의 행세를 할 수 있다는 것이다.

여기에 있다.

이 점에 관하여 청 말기에 갑골문자의 발견자로 유명한 유악(劉鶚)은 소설 『노잔유기』에서 "청류가 탁류보다 훨씬 해독이 크다"고 주장하였다.[358] 이 말이 다소 의아하게 들릴 수도 있지만, 그 동안의 역사를 돌이켜보면 우리는 유악의 통찰력에 새삼 여러 번 놀라게 된다.

흔히 사대부의 관점에서 후한의 역사를 볼 때, 청류(淸流)는 사대부가 스스로를 일컫는 말이고 탁류(濁流)란 환관을 포함하여 사대부가 아니면서 권력에 접근하려 했던 사람들을 말한다. 앞서 지적했지만 189년 원소가 환관을 몰살한 것은 지나친 청류의식이 발현되면 얼마나 비극적인 상황이 발생할 수 있는가를 보여준 대표적인 사건이다. 더욱 심각한 문제는 이 일을 두고서 원소를 흉포한 살인마라고 생각하는 사람은 아무도 없다는 것이다. 사대부의 눈에는 환관이 정상적인 인간이 아니었던 것이다. 『삼국지』에 대한 새로운 이해가 필요한 것도 바로 이 때문이다.

설상가상으로 기존의 『삼국지』에서 표방하는 춘추필법에 의하면 청류와 탁류란 사대부 내부에서 다시 세분된다. 청류는 분류를 하면 할수록 더욱 심화되는 특성을 가지게 되는데, 대부분의 지식인 사회에서 나타나는 현상이다. 오늘날도 마찬가지다. 많은 사람들이 경험한 바에 의하면, '도토리 키재기 식의 청류의식'은 아마 교수 사회와 같은 지식인 사회가 가장 심할 것이다.

춘추필법의 역사의식으로 본다면, 원소 이후 유비와 같이 한번도 한실 중흥을 거부한 적이 없는 사람은 가장 대표적인 청류이고, 그 나머지는 모두 탁류가 될 수밖에 없다. 그러나 엄밀한 의미에서 조조 휘하에 있던 유비는 동승(董

---

358) 유악은 노잔(老殘)이라는 주인공의 여러 가지 인생 경험을 통해 오직관리(汚職官吏)의 폐해도 크지만 청렴(淸廉)을 내세우는 관리는 아예 나라를 망칠 수도 있다고까지 지적하고 있다. 유사 이래 이 같은 예는 너무 많기 때문이다. 멀리는 왕망의 신(新)이 그렇고, 가까이는 2001년 9월 발생한 미국 세계무역센터의 비극적인 테러 사건과 이에 따른 미국의 보복전쟁도 회교 근본주의와 미국 보수주의의 지나친 청류의식의 발로에서 비롯된 것이다. 참고로 제왕이 쓰는 면류관에 옥구슬이 달려 있는 것은 눈에 보이지 않으면 못 본 척하라는 뜻이고 면류관에 드리워진 면(綿) 장식으로 귀를 가리는 것은 소리없이 소리를 들으라는 의미이다.

承)의 조조 암살 음모에 가담하지만 실상 홀로 탈출하여 목숨을 부지하는데 그런 유비의 성격을 제대로 파악한다면 그를 순수한 청류라고 보는 데 많은 문제점이 있다.

용(龍)의 이론─제왕학

용(龍)이란 상상의 동물로 파충류이며 생긴 모양은 큰 뱀과 같고 몸에는 비늘이 있으며 두 개의 뿔과 네 개의 발, 그리고 눈과 귀가 있고 날개가 있는 것도 있다. 용은 비룡(飛龍)·조룡(鳥龍)·교룡(蛟龍)·사룡(蛇龍) 등의 다섯 종류가 있다고 한다. 용이 주로 사는 곳은 못이나 바닷속이며 때로는 공중에 날기도 하고 비·구름·바람 등을 부르기도 한다.

용에 대한 숭배사상은 고대 인도에서 기원하는데, 고대 인도의 종족들 가운데 일부가 사류(蛇類 : 뱀) 숭배를 한 것에서부터 비롯되었다. 우리나라의 경우에도 기린(麒麟)·봉황(鳳凰)·거북[龜]·용(龍)을 4상서(祥瑞)라고 하여 숭상해왔다.

옛날 사람들이 용을 생각하게 된 것은 바닷 속 깊은 곳에 나타나는 실체를 분명하게 알지 못했던 대형 물고기나 일기의 불순으로 나타나는 '용오름 현상' 때문으로 보인다. 흔히 사람들이 용이 하늘로 승천한다는 것은 바로 용오름 현상이다. 이것은 하늘 전체에 퍼진 적란운(積亂雲)에서 땅 위로 좁고 길게 뻗쳐 마치 깔대기 모양으로 보이는 바람의 강한 소용돌이이다. 이 소용돌이는 땅이나 바다를 휩쓸고 지나가면서 아래의 물체를 사정없이 빨아올린다. 땅에서는 먼지와 쓰레기 등이, 바다에서는 물방울이 위로 솟구쳐 용의 형상이 더욱 뚜렷해진다. 특히 봄철에 날씨가 불순하여 생긴 이 신비한 현상이 바로 '용오름 현상'이다.

고대인들이 용오름 현상을 보면서 저만큼 거대한 동물이 분명히 육지에 살고 있다고 생각했겠지만 육지에서는 절대로 볼 수가 없었기 때문에 용에 대한 많은 이야기가 만들어질 수밖에 없었을 것이다. 그러니 용은 가장 거대한 동물이면서도 눈으로 볼 수 없는 신비한 동물이거나 자기의 몸을 축소해낼 수 있는 능력을 가진 동물로 생각하는 것은 너무나 당연하다. 여기서 나관중의 『삼국지』에서 조조가 말하는 용을 한번 되짚어볼 필요가 있다. 조조는 유비에게 용오름 현상을 보면서 다음과 같이 말하고 있다.

용은 그 몸의 크기를 자유자재로 조절할 수 있는 영물(靈物)이오. 뿐만 아니라 자유자재로 숨기도 하고 나타나기도 하지요. 용의 몸집이 커졌을 때는 하늘의 안개를 토해낼 정도이고, 아주 작아졌을 때에는 물고기의 작은 비늘만큼밖에 안 되오. 용이 한번 승천하면 우주 사이를 종횡무진 날아다니기도 하고, 자기 몸을 감출 때는 파도 속으로 잠겨버리지요. 지금이 한창 봄철이라 용이 운신하기가 가장 좋은 계절이지요.

이것은 조조나 나관중의 말이라기보다는 중국인들이 전통적으로 가지고 있는 용에 대한 생각을 요약한 것이다. 그 당시 유비나 조조도 용(龍)에 대해 정통했을 것이다.

용(龍)이란 사람이 뜻을 얻어 천하를 종횡무진으로 누비는 것을 비유한 것이므로 결국 영웅이나 천자(天子)를 말한다. 주(周)나라에서 천명을 받은 사람은 왕(王)이었던 까닭에 공·후·백·자·남작 등의 제후(諸侯)만을 거느릴 수 있었지만 시황제는 제후는 물론 많은 왕(王)을 수하에 거느린 최초의 천자가 되었다. 용(龍)은 천자, 즉 황제이다. 황제는 시황제가 최초로 사용한 말로서[359] 중원을 점령한 천하의 주인을 지칭하는 말이다.

우리나라는 구한말까지 황제라는 용어를 사용하지 못했는데 그것은 황제라는 용어를 사용하면 중국이 주도하고 있는 천하질서에 대한 정면 도전이 되므로 중국과의 관계가 악화되어 결국은 중국과 결전을 치러야 했기 때문이다.[360]

---

359) 진의 문왕(진시황)은 자신의 창업을 주나라의 창업자인 무왕과 비교할 수가 없었다. 왜냐하면 문왕 자신은 500여 년에 걸친 난세를 평정한 유일한 인물이기 때문이다. 문왕은 고금을 막론하고 최상의 용어를 쓰지 않으면 안 되었고, 삼황오제(三皇五帝) 등 전설상의 제왕들을 상고하면서 찾아낸 글자가 황제(皇帝)였다.

그러나 이런 이유로 우리나라를 중국의 속국(屬國)으로 인식하는 것은 동양사에 대한 이해가 부족한 소치이다.

우리나라의 삼국시대나 고려시대에는 중국 지역 자체가 워낙 혼란하여 중화의 세계 질서가 제대로 작동하기가 어려웠고, 문제는 조선시대인데 조선도 실제의 내정(內政)에 대해서는 독립적이었으며 임금이 사후에 사용하는 묘호(廟號)도 황제가 사용하던 묘호를 그대로 사용한 것을 볼 수 있다.

단지 조선의 입장에서는 중국이 추구하는 질서는 무력에 의한 도발이 아니라 문화적인 것으로 이것을 지키는 것은 동북아의 안정에 매우 필요한 일이기 때문에 중국 황제의 일부 명령을 따랐던 것이다. 조공무역(朝貢貿易)이라는 것도 그 물량이 워낙 크게 돌아오기 때문에 조선의 입장에서는 큰 이익이 되는 것이었다. 다만 조선은 천하의 안정에 불필요한 것만 행하지 않으면 되는 것인데 이를 속국으로 생각하는 것은 잘못이다. 명나라가 망한 이후 우리나라가 소중화의식(小中華意識)을 가지게 되는데 이는 천하의 중심이 무력이 아니라 문치(文治)·덕치(德治)에 의한 것임을 보여주고 있다.

황제 또는 예비 황제나 군주인 용(龍)은 항상 무리들을 거느리고 있다. 또 무리를 거느릴 수 있어야 용이다. 그러나 천하의 안정을 위해서 용이 많은 것은 매우 나쁜 일이다. 용이 많을수록 세상이 시끄러워지는데 왜냐하면 용을 따르는 많은 물고기들이 자신이 따르는 용을 따라 무리를 만들고 서로 대립하여 싸우기 때문이다. 천하의 안정이란 측면에서 한 고조 유방이 위대한 점은 바로 여기에 있다. 즉, 유방은 자신의 부하들을 잔인하게 살해했는데 이것은 그 부하들의 입장에서는 분명 가혹한 일이었지만 천하의 안정에는 절대적으로 필요한 요소였기 때문이다.

---

360) 우리나라와는 달리 일본이나 베트남은 황제라는 용어를 사용했다. 그러나 베트남의 경우도 국제정치에서 황제라는 용어를 남발한 것은 아니고 내부용(국내에서만 사용)으로 한정해 사용했다. 즉, 베트남에서 중국에 국서를 올릴 때는 월남 왕이라고 칭한 것이다. 베트남이 황제라는 용어를 사용한 것은 1천여 년 가까이 중국으로부터의 독립운동을 전개하고, 10세기경 가까스로 독립을 쟁취한 특수한 역사적 배경이 있기 때문이다. 지리적으로 멀리 떨어져 있던 일본과는 달리 베트남은 중국이 마음만 먹으면 쉽게 침략할 수 있다는 약점이 있었기 때문이다.

유방은 용이 될 가능성이 있는 자를 일찌감치 제거하여 천하의 안정을 도모하였다. 한신(韓信)의 군사(軍師)였던 괴통(蒯通)은 "용기와 지략으로 군주를 두렵게 하는 자는 위태로우며, 공이 천하를 덮는 자는 칭찬받지 못한다"라고 하였다. 유방이 한신을 제거한 것은 그 자체는 나쁘지만 천하를 생각할 때는 오히려 다행일 수도 있다.[361]

다음으로 용의 행태와 역할을 살펴보자. 『여씨춘추(呂氏春秋)』에 "용은 맑은 물을 먹으며 맑은 물에서 놀고 이무기〔螭〕는 맑은 물을 먹고 흐린 물에서 논다. 용은 분명히 맑은 물에서 태어나 맑은 물에서 놀지만 그가 다스리는 수많은 물고기〔魚〕는 흐린 물에서 태어나 흐린 물에서 논다(龍食乎淸而游乎淸 螭食乎淸而游乎濁 魚食乎濁而游乎濁)"고 적혀 있다.[362] 이 말은 제왕의 역할과 위치 또는 덕목을 가장 알기 쉽게 표현한 것으로 볼 수 있다.

위에서 인용한 말은 용(龍)이 비록 맑은 물에서 산다고 해도 흐린 곳에서 사는 물고기들에 대한 깊은 이해나 통찰력이 없다면 용의 구실을 하기 힘들다는 의미로 이해할 수 있다. 세상의 많은 정치인들 가운데는 오직 용이 가진 권력(權力)과 위광(威光)에 눈이 멀어서 용이 되려고 하는데 이것은 아집이나 독선으로 일종의 불치병이다. 우리 모두가 김구나 워싱턴, 케말파샤, 쑨원〔孫文〕, 후치밍〔胡志明〕, 만델라 등은 될 수 없을지라도 그런 인물을 민족 지도자나 대통령으로 추대하면 되는 일이다.

그런데도 굳이 나만 용이 되어야 한다고 하면 그것은 심각한 문제를 야기한다. 대표적인 경우가 『삼국지』의 원술(袁術)의 경우이고 중국 근세사에서는 원세개(袁世凱, 위안스카이: 1859~1916)이다. 원술은 원소의 사촌동생이다.

---

361) 그러나 이 같은 일이 항상 성공하는 것은 아니다. 대표적으로 명의 혜제(惠帝 建文帝 : 1398~1402)는 연왕(燕王)을 제거하려다 오히려 자신이 제거당했다. 참고로 한자 중 가장 획수가 많은 글자는 용 자(字) 네 개가 위아래로 겹쳐서 만들어진 '말이 많을 철' 자이다. 용이 네 마리 이상이면, 천하가 시끄러울 수밖에 없다는 뜻이다.

362) 진(秦)의 재상이었고 진시황의 실제 아버지로 알려져 있는 여불위가 찬집한 『여씨춘추(呂氏春秋)』를 말하는데 위에서 말하는 공자의 견해는 동서고금을 막론하고 대권(大權)을 추구하는 사람들에게 많은 시사를 하고 있다.

원술은 천하의 대세를 살피지 못하고 너무 서둘러 황제를 칭함으로써 제후들로부터 전방위적인 공격을 받아 대패하고 자신도 객사하였다. 원세개는 우창 봉기가 일어나자 청 최고의 정예부대의 충성으로 내각 총리대신에 임명되었다. 그러나 손문(쑨원)이 이끄는 혁명파와 교섭하여 황제를 퇴위시키고 그 대가로 자신이 임시 대총통에 올랐다. 손문이 중국의 안정을 위해 양보를 한 것이다. 그런데 원세개는 손문이 이끄는 국민당을 탄압하고 정식 대총통에 취임하더니(1913) 자신이 황제에 오르려고 획책하는 과정에서 일본과 21개조의 반민족적 밀약(1915)을 맺었다. 그 다음해에는 황제에 취임하였다가 국민적 반대에 부딪혀 실패하였고 자신도 화병으로 죽고 말았다. 중국은 다시 극도의 혼란에 빠졌다.

용이 되려고 하는 사람은 기본적으로 자신에게는 엄격하고 남에게는 관대한 품성을 가져야 한다. 공자는 자신의 일생의 가르침을 한마디로 "내가 싫어하는 바를 남에게 시키지 말라(我所不欲 勿施於人)"고 하였다. 『여씨춘추』는 "군자(君子)는 남을 책망함에 있어서는 인(仁)으로써 하고 자신을 책망함에 있어서는 의(義)로써 한다(君子責人則以仁 自責則以義)"라고 강조했다.

이것을 확장하여 해석하면, 정치가는 철저히 타인에게는 관대하되, 자기 자신에 대해서는 엄격한 도덕률을 가지라는 의미가 된다. 역으로 자기와 자신의 가족만 알고 타인을 무시하면 자신은 물론이고 나라도 망하게 된다는 것이다. 이런 면에서 『삼국지』의 조조와 유비는 용의 자질을 타고난 사람이라고 할 수 있다.

다시 『여씨춘추』로 돌아가 용의 행태를 살펴보자. 용은 맑은 물에서 살지만 용이 다스려야 할 물고기는 흐린 물에서 살고 있다. 이것이 용의 딜레마이다. 즉, 자신을 지지하는 사람들의 노는 곳이나 먹는 물은 자신의 것과 다르기 때문이다. 그렇다고 하여 용이 무절제하게 흐린 물에서 논다면 그는 용으로서 자격을 상실하게 된다. 따라서 용이 되려는 자는 다음과 같은 순서로 용이 될 수 있도록 노력하여야 한다.

첫째, 용이 되려는 자는 무엇보다도 '수지청즉무어(水至淸則無魚)'의 원리를 깊이 깨달아야 한다. 용은 자신만이 맑은 물에서 놀면 되는 것이지 물고기들에게 이를 강요할 경우 물고기들은 자신의 삶의 토대를 상실할 수 있다.

둘째, 용이 되려는 자는 물고기처럼 살아서는 안 된다. 물고기들이 노는 기준으로 살아온 사람이 용이 되려고 꿈꾸면 자기와 나라를 모두 망치게 된다. 왜냐하면 이 사람은 새로운 비전과 이상을 제시하기에는 너무 평범하고 사람에 대한 흡인력이 부족하기 때문이다.

셋째, 용은 용이 되겠다는 큰뜻을 품고 끝없이 수양하여 체화(體化)한 결과이다. 다시 말해서 용은 타고난 것이 아니라는 점이다. 용의 이론, 즉 제왕학(帝王學)의 본질은 어떤 사람이라도 스스로의 노력을 통하여 제왕이 되는 것을 궁극적인 목표로 삼고 있다.[363]

현대의 용(龍) 이론—리더십 이론

현대에는 정치학에서 대통령이나 정치인들의 성향과 행태를 분석하지만 경영학의 조직이론이나 조직행동론에서도 이것을 본격적으로 다루고 있다. 물론 경영학에서는 주로 기업경영과 관련된 내용을 담고 있지만 이것은 정치학에서 보다 체계적이고 합리적인 이론 기반을 가지고 있으므로 매우 유용하다.

현대는 과거와 같은 왕조사회가 아니므로 어느 한 사람이 권력을 장악하여 자자손손 물려줄 수는 없고 극히 제한된 시간의 권력을 향유할 뿐이다. 따라서 제왕학보다는 리더십 이론이 더욱 적합할 수도 있다.

리더십이란 그 동안의 많은 논의에도 불구하고 사람마다 다르게 이해하고 있다. 리더십처럼 많이 사용되는 말도 없지만 그것이 구체적으로 의미하는 바가 무엇인지에 대해 일반적으로 일치된 견해는 없다는 말이다. 이같은 현상에 대하여 번스(Barnes)는 "리더십이란 가장 흔히 볼 수 있지만 지구상에서 가장 이해하기 힘든 것"이라고 하였다.[364] 그러나 많은 리더십의 정의들 가운데 "일

---

363) 이를 '내성외왕(內聖外王)' 이라고 표현한다. 즉, 성인(聖人)을 모범으로 삼아서 끝없는 수련을 거쳐 군자가 되는데 이 군자야말로 왕이 되어 통치할 자격이 주어진 사람인 것이다.
364) Barnes & Krieger, "The hidden Side of Organizational Leadership", *Sloan Management Review*, 1986 Fall.

정한 상황하에서 목표를 달성하기 위하여 개인 혹은 집단행동에 영향력을 행사하는 과정" 또는 "리더가 달성해야 한다고 확신하는 것을 구성원들이 스스로 원하게 하여 그 일을 하게 하는 방식(Leadership is an art of getting others to want to do something that you are convinced should be done)이다"라는 견해가 리더십을 이해하는 데 도움이 될 것 같다.[365]

리더가 조직이나 회사 나아가 국가를 잘못 이끌어갈 때는 치명적인 문제가 일어날 수 있다. 문화혁명에 과도하게 집착하였던 모택동 이후 중국은 경제적 낙후로 오랜 기간을 고생해야 했다. 그리고 전후 세계적 경제 대국이었던 아르헨티나의 경우 페론 정부는 시장원리들을 무시하고 무분별하게 국민의 인기에만 영합하는 정책을 고수하더니 결국 국가 부도를 초래하고 말았다.

2002년 8월 미국의 경제전문 격주간지 『포천 Fortune』은 1999년 1월부터 2002년 5월까지 3년 5개월 동안 뉴욕 증시의 폭락으로 일반 투자자들이 엄청난 피해를 입었을 때 자기 회사 주식을 팔아치워 자기 뱃속만을 차린 최고경영진들을 공개했다.[366]

이들은 스스로 회사의 가치를 지탱하여야 할 때 자신이 보유한 주식을 대량 매각함으로써 회사의 가치를 폭락시키고 투자자들에게 깡통을 차게 한 사람들이었다. 무려 1035개 기업의 최고경영진들이 종업원들이나 투자가에게는 주식을 보유하라고 주장하면서도 자신의 주식은 팔아치워 660억 달러(약 79조 원)를 챙긴 것이다. 이것은 경제계의 리더들의 파렴치한 행위가 국가 사회에 얼마나 큰 피해를 줄 수 있는가를 단적으로 보여준 사건이었다. 1990년대 후반부터 흔들리기 시작한 미국 경제는 더욱 암울해져 세계 경제를 불안에 떨게 하고 있다.

우스갯소리지만 최근 미국에서는 "당신은 CEO야"라고 하면 욕이 될 지경에

---

365) Kouzes & Posner, *The Leadership challenge*, Bass, 1991, p. 1.
366) 『포천 Fortune』이 조사 대상으로 한 기업은 주식싯가 총액 최고치가 4억 달러 이상이었다가 75% 이상 떨어진 기업들 가운데 1999년 이후 주식 매각만 계산하고 최고경영진 및 이사진이 매각한 주식만 포함시켰다고 밝혔다.

이르렀다고 한다. 이것은 어떤 조직이나 회사라도 리더의 역할이 얼마나 중요한가를 보여줄 뿐만 아니라 한 조직에서 리더의 역할이 잘못되었을 경우 그 여파가 전국가를 넘어 세계에까지 영향을 미칠 수 있음을 보여주고 있다. 그러면 리더십에 대한 연구에는 어떤 방법이 있을까?

리더십을 연구하는 방법에는 여러 가지가 있다.

과거에는 주로 지도자의 개인적인 성격을 중심으로 연구하였다. 예를 들면 링컨은 역경 속에서도 어린 시절부터 열심히 공부하여 후일 대통령이 되었다는 식이다. 그러한 연구는 오랫동안 지속되다가 리더들의 어린 시절이나 성격보다는 리더들이 부하들에게 행하는 실제적인 행위에 대해 분석해야 한다는 이론으로 발전하였다.

그 다음으로 리더를 분석할 때 주변의 환경을 고려해야 한다는 이론이 나타났다. 즉, 훌륭한 지도자는 개인적인 자질도 중요하지만 그가 처한 시대적인 환경도 그의 지도력에 영향을 미친다는 것이다. 최근에는 사회가 급변함에 따라 변혁적 리더십 이론이 대세를 이루고 있다.

리더십 이론의 시대적 변천 과정을 살펴보면, 1940년대까지는 지도자의 인격적 특성을 분석하는 이른바 성격적 특성이론(Traits theory)이, 1960년대에는 지도자의 행태 특성을 분석하는 행동이론(Behavior theory)이, 1970년대에는 리더십 이론의 보편성을 지양하고 리더십이 발휘되는 상황에 따라 그 성과가 다르다는 상황이론(Contingency theory)이 전개되었다.

첫째로 성격적 특성이론은 가장 역사가 오래된 전통적인 기법의 리더십 이론으로 성공적인 리더들의 개인적인 특성을 제시하는 데 중점을 두고 있다. 훌륭한 지도자들의 특성을 한두 마디로 정의하기는 어렵지만 그 동안 여러 사람들의 연구가 있었다.

- 아데어(Adaire)의 연구 : 훌륭한 리더의 특성들을 판정하는 기준들을 살펴보면 의사결정 능력, 리더십, 통합력, 열의, 상상력, 근면성, 분석력, 타인에 대한 이해력, 기회를 포착하는 능력, 변화에 대한 적응력, 위험을 감수하

려는 의지, 진취력, 명쾌하게 말할 수 있는 능력, 능률성, 소탈성, 지구력, 야망, 성실성, 명쾌한 문장력, 호기심, 수리력, 추상적 사고력 등이다.[367]
- 커크패트릭(Kirkpatrick)의 연구 : 리더가 갖추어야 할 자질로는 욕구, 동기부여, 통합성, 자신감, 정보, 지식 등을 들고 있다.[368]

둘째로 행동이론은 주로 리더는 무엇을 하는가(what does leader do, how does a leader do?)에 초점을 맞추어 리더의 개인적 특성보다는 리더가 부하에게 하는 행동을 중심으로 리더십의 효과를 분석하는 것이다. 행동이론은 크게 세 가지로 나뉜다.

- 2원론 : 전제형 · 민주형
- 레빈(Lewin)의 3원론 : 전제형 · 민주형 · 방임형
- 호제트(Hodgetts)의 4원론 : 전제형 · 온정주의형 · 민주형 또는 참여형 · 자유방임형

행동이론에서 유념해야 할 것이 하나 있다. 우리는 심정적으로는 민주형의 리더들이 결과도 좋을 것이라고 예상하지만 실제는 그렇지 않다는 점이다. 즉, 행동이론에서의 연구 결과를 보면 민주형 리더가 부하들에게 정신적 압박을 덜 주는 것은 분명하지만 그것이 반드시 효율적이거나 생산적이라는 것은 아니었다.

셋째, 상황이론은 리더란 주어진 상황의 산물로서 효과적인 리더십은 여러 가지 상황에 따라 달라진다는 이론이다. 즉, 유비가 안세(安世)에 태어났더라면 참으로 훌륭한 리더였겠지만 난세에서도 훌륭했는지는 의문이다. 이와 같이 상황이론은 결정론적인 이론들과는 달리 어떤 상황에서나 유효한 유일 ·

---

367) Adaire, "Leadership and Motivation" in Steward(ed.) *Handbook of Management Skill*, Gower Publ., 1987.
368) Kirkpatrick & Locke, "Leadership : Do Traits Really Matter?" *Management Executive*, 1991 May.

최선의 리더십 유형은 없고 리더들의 지도력이 특정한 시대적 상황에 가장 잘 부합할 때 그것이 효과적이라는 이론이다. 만약에 그 시대적 상황에서 잘 맞지 않으면 그 리더십은 생산적이거나 효과적이지 않다는 것이다. 대표적인 이론가로는 피들러와 하우스 등을 들 수 있다.

- 피들러(Fiedler)의 연구 : 지도력에 영향을 미치는 상황의 결정 변수는 직위 권력(position power), 과업 구조(task structure), 지도자-구성원 관계(leader-member relations) 등으로 나눌 수 있고, 이 세 가지 결정 변수들이 서로 뒤섞이고 혼합되어 때로는 그것이 지도자가 훌륭한 지도력을 발휘할 수 있게도 하고 때로는 지도력을 상실하게도 한다.
- 허시(Paul Hersey)·블랜차드(Kenneth H. Blanchard)의 연구: 어떤 경우라도 최선의 리더십은 없다. 최선의 리더십은 그것이 영향력을 행사하는 상황에 따라 다르다. 이 같은 기본 전제를 바탕으로 상황적 요인들(리더, 부하, 감독자, 주요 관련자, 조직, 직무, 의사결정 시기)은 서로 관련되어 있으며 부하의 존재가 중요한 변수가 된다. 즉, 리더의 성공은 부하의 성숙도에 따라 달라진다. 구체적으로 보면 부하의 성숙도가 매우 높으면 리더는 보다 많은 권한을 위임하고, 부하의 성숙도가 비교적 높으면 참가적으로 행동하며, 부하의 성숙도가 보통이면 설득적이어야 하고, 성숙도가 낮으면 지시적으로 부하들을 통제하는 것이 좋다.
- 하우스(House)의 경로-목표이론(path-goal theory) : 부하들의 동기부여가 가장 중요한 변수이다. 즉, 부하들에게 "이번 일이 완수되면 어떤 보상을 할 것임"을 분명히 주지시켜 부하들이 자신의 역량을 최고로 발휘하게 해야 한다.

넷째, 최근의 리더십 이론은 변혁적 리더십(Transformational leadership)이 주류를 형성한다. 변혁적 리더십은 문자 그대로 보다 변혁적인 리더들이 훌륭한 리더십을 발휘한다는 것이다. 마치 일본의 도요도미 히데요시와 같이 기존의 고정관념을 무너뜨릴 수 있는 배짱과 상황에 대한 판단력이 리더십의 중요한 요소라는 것이다.

변혁적 리더십 이론이 현대 사회의 주류를 형성한 것은 사회가 그만큼 급변하기 때문이다. 즉, 급변하는 디지털 시대에는 어떤 기업이나 조직도 생존을 보장받을 수는 없기 때문에 시대의 변화에 능동적으로 대처하기 위해서는 변혁적인 리더십이 필요하다는 것이다. 흥미롭게도 변혁적인 리더십 이론은 이전의 특성이론을 기반으로 하고 있다. 초일류 기업들의 성공을 보면 그 기업 리더들의 특성이 대부분 강력한 변혁적 리더십의 소유자였던 것들이 밝혀짐에 따라서 대두한 이론이다.[369] 대표적으로는 빌 게이츠나 델 컴퓨터의 사장인 마이클 델, 아마존의 베조스 등을 들 수 있다. 변혁적 리더들의 특성을 요약하면 다음과 같다.

- 루시어(R.N. Lussier)의 연구 : 변혁적 리더가 지녀야 할 주요 특성은 스스로를 변혁의 주체자로 간주함, 위험을 감수하려는 용기, 타인을 믿고 동기를 부여함, 가치 지향성, 평생 학습자, 복잡하고 불확실한 상황에 대한 처리 능력, 미래에 대한 비전 등이다.[370]
- 바스(Bass)의 연구 : 변혁적 리더가 지녀야할 주요 특성은 카리스마, 지적인 자극, 영감 등이다.[371]
- 셔머혼(Shermerhorn)의 연구 : 변혁적 리더가 지녀야할 주요 특성은 비전, 카리스마, 상징성, 자격부여, 지적 자극, 언행일치 등이다.[372]
- 티키와 디바나(Tichy & Devanna)의 연구 : 변혁적인 리더십이 전개되는 과정은 제1단계로 변혁의 필요성을 인정하는 단계, 제2단계로 구성원들

---

369) Holt. D. H, *Management*, Prentice-Hall, 1993(3rd), p.463.
370) Lussier R.N., *Human Relation in Organization*, Irwin, 1993(2nd), p.220.
371) Bass, *Bass & Strogdill's Handbook of Leadership*, Free Press, 1990, p.218.
372) Shermerhorn, *Management for Productivity*, Wiley, 1993(4th), p. 337. 여기서 말하는 상 징성이란 탁월한 사람, 즉 영웅들을 찾아내어 이를 상징화함으로써 자신이 추구하는 목표를 달성하려는 것이다. 그리고 자격부여란 능력있는 부하들에게 과감하게 권한을 이양함으로써 그들의 역량을 극대화하는 것이다.

에게 변혁의 모습을 제시하고 동기를 부여하는 단계, 제3단계로 변혁적 리더가 비전이 현실화되도록 구성원을 안내하는 단계로 나뉜다.[373]

그런데 문제는 동양 사회에서 이같은 변혁적인 리더십은 환영받기가 어렵다는 것이다. 변혁적인 리더십은 조화를 중시하는 동양 사회에 적용하기가 쉽지 않지만 누구라도 변혁적인 리더십을 제대로 적용할 수 있는 능력만 있다면 동양 사회의 기업 문화를 바꿀 수도 있다. 변혁적 리더십이 환영받지 못하는 대표적인 나라가 일본이다.[374]

2002년 「뉴욕타임스」(2002.8.11)는 지난 10여 년간 일본은 세계적인 변화를 따라가지 못하고 세계 문제에서 영향력이 크게 떨어진 '중간국가(中間國家 : middling state)'로 자리잡고 있다고 보도하였다. 미국의 주요 언론들은 100% 문자해독률, 고부가가치 상품들, 숙달된 서구식 경영방식, 일본 가전 제품의 뛰어난 성능과 마케팅 능력 등에도 불구하고 본질적으로 변화를 거부하는 고립성이 일본을 더욱 중간국가로 전락시키고 있다고 한 목소리로 말하고 있다. 즉, 일본은 정실주의(情實主義)에 기초한 정치제도의 역기능, 북한과 비슷한 정도의 영어구사 능력, 외국인에게 국가와 제도를 개방하지 않는 폐쇄성 등으로 인하여 국제사회에 대한 영향력을 지속적으로 상실하고 있다는 것이다. 이 점은 우리나라나 중국도 예외는 아니다. 다만 정도의 차이가 있을 뿐이다.

리더십 이론의 『삼국지』 적용

이제 『삼국지』로 돌아가서 이상의 이론들을 어떻게 적용할 수 있는지를 살펴보자.

---

373) Tichy & Devanna, *The Transformational Leader*, Wiley, 1990(2nd), p. 28.
374) 우리나라도 마찬가지지만 일본인들은 변화를 싫어한다. 일본에서는 혁신적인 기업경영을 해서 크게 성공을 했거나 기존의 기업관행을 무시하고 경제적으로 큰 성공을 이룩한 기업인들에 대하여 '나리아가리(成上り : 졸부)'라고 비하하는 경향이 매우 강하다. 이 같은 태도가 1990년대 이후부터 2000년대에 국가 경쟁력을 전반적으로 저하시키고 있다. 일본은 극히 안정 지향적인 사회문화가 강한 나라이기 때문에 최고급 인재들이 상대적으로 안정된 대기업과 공무원으로만 몰려 경제는 물론이고 사회 전체적인 활력을 떨어뜨린다.

먼저 행위이론으로『삼국지』주인공들의 리더십을 검토해보자. 행위이론가의 한 사람인 라토나(S.C.Latona)는 지도자들의 행태 특성은 권위형 리더십·민주형 리더십·방임형 리더십이 있는데 이 가운데서 민주형 리더십이 가장 생산적이라고 보고하였고, 로젠바움(L. Rosenbaum)은 권위형 리더십이 종업원의 사기와 생산성을 더 높여주었다고 보고하였다. 리커트(Likert)는 착취적 권위형·온정적 권위형·협의형·참여집단형 가운데서 참여집단형을 직무수행에 적용하는 관리자가 가장 성공적인 지도자가 된다고 주장하였다. 그런데 현재까지 우리나라의 재벌 총수들이나 대통령 가운데 민주형이나 참여 집단형은 찾아보기가 어렵다.

그리고 행위이론가인 블레이크(R.R. Blake)와 무턴(J.S. Mouton)은 바둑판 모양의 관리격자도(managerial grid)를 만들었다. 이들이 제시한 관리격자도는 효율성(생산성:업무에 대한 관심)과 인간관계(사람에 대한 관심)라는 두 가지 기준을 토대로 하여 리더십을 분석한다.

관리격자도는 효율성과 인간관계를 두 개의 축으로 하여 1에서 9까지 등급을 매겨 마치 바둑판처럼 보이는데, 가로가 9줄, 세로가 9줄이므로 81개의 리더 유형이 나타나게 된다. 블레이크와 무턴에 의하면 관리격자도에 따른 리더십 유형은 무기력형(impoverished : 1.1), 친목형(country club : 1.9), 과업형(task : 9.1), 단합형(team : 9.9), 절충형(middle of the road : 5.5) 등으로 나누어진다고 한다. 물론 이 가운데서 가장 바람직한 것은 단합형이다. 즉, 생산성이나 효율성이 높고 인간관계도 좋으면 그것은 최상의 상태이기 때문이다. 정치지도자 가운데 이런 사람이 있으면 천하를 통일하는 것이다. 고려를 개국한 태조 왕건(王建)이나 한나라를 건국한 유방, 송나라를 건국한 조광윤(송 태조)은 단합형의 대표적인 지도자였다. 이방원(조선 태종)이나 링컨 대통령, 박정희 대통령의 경우는 대표적인 과업형이었다.

이 분석은『삼국지』의 분석에도 대단히 유용하다. 조조는 과업형에 가깝고 유비는 친목형에 가깝다. 손권은 절충형에 해당한다. 제갈량은 삼고초려하는 유비에게 다음과 같이 말하고 있다.

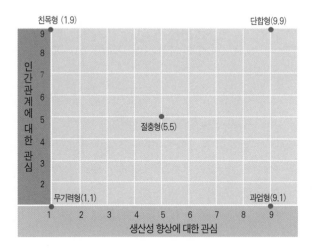

[블레이크 · 무턴의 리더십 모형도]

장군께서 패업(霸業)을 이룩하실 생각이라면 북쪽은 조조에게 양보하여 천시(天時)를 얻도록 내버려두고 남쪽은 손권에게 양보하여 지리(地利)를 차지하도록 하고 장군께서는 인화(人和)를 얻으십시오.

즉, 이미 조조가 천운을 타고났으며 대세를 바꾸기가 어렵지만 조조를 이기기 위해서는 유비의 장점인 인간관계를 최대한 살려서 현재의 쓰촨 지방으로 가 터전을 잡으라는 이야기를 하고 있는 것이다.

이와 같이 지도자의 행동에 착안한 접근 방법이 대두되면서부터는, 카리스마 지수(CQ)도 개념화되었다. 카리스마 지수란 타인에 대한 흡인력, 공동체 내의 신뢰도, 지도력 등을 지수화한 것으로 사람의 지도력을 지수로 나타낸 것이다. 이에 따르면 『삼국지』에서 가장 카리스마 지수가 큰 사람은 조조와 제갈량일 것이다. 난세에 있어서 공동체의 신뢰도나 타인으로부터의 흡인력은 결국 탁월한 실력에 바탕을 두고 있기 때문이다.

다음으로 상황이론을 중심으로 살펴보자.[375] 피들러는 직위 권력, 과업 구조, 지도자-구성원 관계 등을 리더십에 영향을 미치는 상황의 결정 변수로 분류하고 이 세 가지 변수가 지도자의 성공을 결정하게 된다고 하였다. 즉, 지도자가 일을 잘할 수 있는 능력과 그것을 추진할 수 있는 힘과 인간관계가 적절히 조화를 이룰 때 그 지도자의 리더십은 성공하며 리더에게도 상황이 유리하게 전개될 것이라는 말이다.

허시는 블랜차드와 함께 3차원적 유효성 이론을 제시하였는데, 이 이론에 의하면 리더십 유형의 일반적 분류 기준인 과업 지향성과 인간관계 지향성은 동일 선상이 아니라 별개의 축으로 나타내야 하고 유효성이라는 차원을 추가하여야 한다는 것이다. 즉, 관리격자도 모형에서 새로운 축인 유효성을 두면 x축은 생산성, y축은 인간관계, z축은 유효성이 된다. x와 y의 점수가 어떤 지점에 있더라도 z축에서 높은 점수를 받으면 그것은 유효한 것이 되는 것이다.

즉, 리더십 유형이 주어진 상황에 적합할 경우에는 유효하다고 하고, 적합하지 않을 때는 비유효하다고 한다. 이 이론도 『삼국지』나 현실정치를 분석하는 데 매우 유용하다. 조조가 비록 반대파를 대거 숙청하였어도 그가 중원을 재패한 것은 그의 정책이나 리더십이 매우 유효했음을 보여주는 것이다. 링컨의 경우도 마찬가지다. 우리나라에서 박정희를 재평가하려는 움직임이 나타나는 것도 박정희가 물론 허물이 많은 것은 사실이지만 그 시대에는 개발독재가 불가피한 상황이었음을 일부 인정하려는 시도라고 보아야 한다.

리더십 이론의 가장 핵심적인 요소는 인재관리라고 볼 수 있다. 최근 LG 경제연구소는 최고경영자들 가운데 인적 자원을 적절히 활용하지 못하고 오히려 인재를 죽이는 경우가 있다고 지적하고 '인재 킬러형 관리자의 일곱 가지 유형'이라는 제목의 보고서에서 어떤 관리자가 인재를 망치는지 유형별로 소개했다.

• 독선적 권위형 : 귀족의식이 강하고 인위적으로 만들어진 권위로 부하들

---

375) 조직과 조직행동에 관해서는 오석홍, 『조직이론』, 박영사, 1990 ; 오세철, 『조직행동』, 박영사, 1990 ; 최종태, 『현대조직론』, 경세원, 1995 등을 참고하라.

을 억압하는 특징을 가지고 있다. 이들은 부하들에게 마음을 열지 못하므로 아랫사람들이 나쁜 정보를 감추는 경향이 나타나 대화의 왜곡현상이 발생한다.

- 무임승차형 : 얌체형으로 부하를 배려하거나 부하의 공을 인정하지 않을 뿐 아니라 오히려 부하의 공을 가로채기 일쑤이다. 그러면서도 근무시간 외에 불쑥 전화해 누가 야근을 하는지 묻는 등 불필요한 통제와 감시를 하기도 한다. 이런 사람이 회사나 조직의 관리자(경영자)로 있게 되면, 부하들의 스트레스는 가중되고 사기도 심하게 저하된다.
- 감성결핍형 : 오직 일밖에 모르는 일벌레 관리자를 말한다. 직원 개개인이 당하고 있는 고충을 외면하기 때문에 조직적 탈진과 의욕부진 현상을 유발하여 인재가 회사를 떠나게 한다.
- 해바라기형 : 가장 흔히 발견할 수 있는 유형으로 볼 수 있다. 정치적인 성격을 가지고 있으면서 강자에게 절대 복종하는 특징을 가진다. 이런 유형의 관리자는 부하의 사기를 저하시키며 제2인자를 키우지도 못한다.
- 자린고비형 : 인재에 대한 투자 마인드가 부족한 사람이다. 이런 유형의 관리자는 부하들의 작은 실수나 실패를 용납하지 않기 때문에 창의적이거나 도전적인 행동이 나올 수 없다.
- 자유방임형 : 부하들에게 가능한 자유를 주지만 그것을 창의적인 활동으로 연계시키지 못하는 유형이다. 즉, 부하의 비즈니스 활동에 대한 건설적인 질책이나 피드백 활동이 미흡해 오히려 부하직원의 방종(업무태도의 해이)을 가져오게 된다.
- 이지매형 : 자신의 눈밖에 난 직원을 홀대하고 지속적으로 스트레스를 주는 유형이다. 이런 유형은 가장 극단적인 형태로 해당직원은 물론 다른 동료직원들의 정서적 불안감과 사기 저하를 유발해 조직 전체의 생산성을 떨어뜨리게 된다.

현실적으로 업무의 생산성이나 도덕성이 높다고 해서 반드시 관리층으로 진입하는 것은 아니기 때문에 어떤 회사나 조직이라도 유능하고 도덕적인 관리자가 전문경영을 한다는 보장이 없다. 인재관리에 있어서 중요한 점은 내부에서 지속적으로 인재의 능력을 키우고 동기 부여를 하는 것이다. 따라서 기업이나 조직의 관리자들은 반드시 인재를 어떻게 영입하고 관리하고 키우면서 자연스럽게 차세대의 주자로 발전시킬 수 있는가에 대한 확고한 전략이 수립되어 있어야 한다. 이 점에 있어서 유비와 조조, 손권은 매우 이상적인 인재 관리자였다고 볼 수 있다.

『삼국지』에 나타나는 인재관리와 관련하여 방통(龐統)을 살펴보자. 방통은 유비의 참모로서 정사에 따르면 "천성이 인물을 평가하기 좋아했고 사람을 교육시키는 일에 노력했다. 그는 사람을 평할 때마다 그 대상이 되는 사람을 과하게 칭찬하였다"고 한다. 사람들이 이를 이상하게 여겨서 물으면 다음과 같이 말했다.

지금 천하는 크게 혼란스러우며 정도(正道)는 파괴되었고 착한 사람은 적고 나쁜 사람은 많은 형편이오. 지금 사람들에게 가치가 있는 일을 높이지 않으면 이 상황은 더욱 악화될 것이오. 지금 내가 열 명을 칭찬하는데 그 가운데 다섯 명만이라도 내가 한 칭찬에 심성이 곧아진다면 그래도 세상을 교화(敎化)할 수가 있지 않겠습니까?[376]

위에서 나타나는 방통의 생각은 인재 문제를 직접적으로 거론한 것은 아니지만 그가 인적 자원의 개발과 확보에 보다 적극적인 생각을 지니고 있었음을 보여주는 대목이다.

---

[376] 정사 『삼국지』 「촉서(蜀書)」 '방통전(龐統傳)'.

3. 천자 역할의 현대적 이해 – 미국 대통령론

미국 대통령의 권한

오늘날 동양인들이 세계라고 믿었던 것은 사실 큰 세상의 일부에 불과하였지만, 그들의 세계관에 나타난 최고의 권력자인 천자를 현대적인 개념에서 다시 본다면, 국제 사회를 이끌어갈 수 있는 정치 · 경제 · 군사 · 교육 · 사회적인 능력을 가진 국가의 수반(首班)이라고 할 수 있을 것이다. 그 같은 역량을 갖춘 수뇌(首腦)는 시대에 따라서 다르겠지만, 현대의 경우에는 미국의 대통령이라고 할 수 있을 것이다. 즉, 미국의 대통령은 위에서 말한 천자의 역할을 수행할 만한 권력을 가지고 있다는 의미이다.

미국은 제2차 세계대전 후 일시적이지만, 전세계 국민총생산의 50%를 점유할 수 있는 가공할 경제력과 유럽의 부흥과 대소포위전략(對蘇包圍戰略)을 기도할 수 있을 정도의 정치력 및 군사력을 가지고 있었다. 뿐만 아니라, 미국은 자기 국익에 나쁜 영향을 줄 수 있는 국가에 대해서는 때로는 무력으로 응징하기도 하고, 때로는 경제적 제재(制裁) 및 보복으로 고사(枯死)시키기도 하였다. 이것을 도덕성이나 여타의 동양 특유의 가치기준을 배제하고서『삼국지』시대의 동양인들이 생각하는 권력의 관점에서만 본다면, 미국은 가히 천자(天子)의 나라로 보여질 수도 있을 것이다.

국민에 의해 선출되어 4년간(1460일) 미국을 다스리게 되는 미국의 대통령은 미국 정치권력의 핵심으로서, 자유세계의 '지도자'로 간주되어왔다. 그러나 미국은 의회가 실질적인 권한을 가지고 있기 때문에 도대체 대통령은 무슨 힘이 있느냐는 뜻에서 미국의 대통령은 유능한 '사무원(clerk)'에 불과하다는 견해도 만만치 않다. 이것은 미국이 상당히 자율적인 주 정부(州政府 : state government)로 구성되어 있어 개별적인 주 정부나 그들의 업무에 대하여 대통령이 관여할 수 있는 여지가 많지 않기 때문에 나타나는 견해이다. 따라서 미국 대통령의 권력의 실체를 국내적인 업무를 통해 파악한다는 것은 어려운 일이다.

미국 역사의 시작인 혁명전쟁(revolutionary war : 1775~1781) 시대의 미국 대통령은 국가를 이끌어가는 지도자라기보다는 훌륭한 행정가이거나 명예로운 대표자라고 하는 편이 더 맞을 것이다. 당시 미국의 13주는 그 크기·인구수·경제력·정치력 등에 있어서 많은 차이를 보이고 있었지만, 혁명전쟁의 성공적인 수행을 위한 일종의 동맹체제를 구축하였던 까닭에, 다수가 소수를 지배할 수 있는 일반적인 관행이 적용되지 않았다.[377]

그러나 국내 정치에서 큰 권한이 없던 미국의 대통령은 여러 국가적인 시련을 경험하면서, 서서히 그 권력이 강해지기 시작하였다. 특히 남북전쟁과 대공황 및 두 차례에 걸친 세계대전으로 초강대국으로 성장한 미국의 대통령은 명실공히 국내뿐만 아니라 국제 사회도 능히 경륜할 만한 권력을 가지게 되었다.

미국 대통령제 성립의 역사적 배경과 의의

미국의 대통령제는 매우 심오한 역사적인 실험이다. 최소의 사회적 비용으로 새로운 권력 창출과 권력 이전이 가능한 제도이기 때문이다.

인간의 사회는 사회적 통합과 관리를 위한 정치적 조직을 필요로 하고, 그 전체적인 체계를 이끌어가는 정치적 엘리트를 인정해왔다. 그러나 대부분 인류의 역사에 나타난 정치적인 엘리트들은 때로 그 사회 전체적인 이해나 발전보다는 자기 자신의 이해에 과도히 집착하여 결국은 부패해갔다. 하나의 왕조가 성립되고 그것이 사회적 통합과 조정기능, 즉 국가적인 기능을 수행하는 데 실패해도 권력이 이내 바뀌지는 않는다. 따라서 혁명이 나타나고 그 과정에서 수많은 사람들이 희생되는 것이다. 그런 의미에서 "혁명이란 피바다 위로 떠오르는 태양"이라는 말이 나왔으리라.

---

377) 오늘날에도 주를 대표하는 상원의원의 수는 그 주의 크기와는 상관없이 각 주마다 2명으로 구성되어 있다. 미국에는 싱가포르만한 주가 있는 반면에, 우리나라의 10배 이상이나 되는 주도 있다는 점을 감안하면, 각 주간의 동등권의 유지라는 것은 미국 정치 문화의 독특한 성격 가운데 하나이다.

권력의 이동과 변화에 따른 과도한 사회적 비용을 줄이기 위한 시도는 동서양을 막론하고 끊임없이 전개되었다. 동양은 성리학의 관점에서 '반정(反正)'의 논리로 확대ㆍ심화ㆍ발전되어왔으며, 서양은 끝없는 종교전쟁과 농민전쟁 및 시민혁명 등의 역사적 과정 속에서 보다 실질적이고 적용 가능한 그리스ㆍ로마 시민정치 전통의 부활을 강력히 희망하였던 것이다. 서구식 민주주의는 바로 이 사상을 모태로 한 것이다. 낭만적인 사상가 루소 이후, 서양의 정치철학은 조심스럽게 권력분립 이론을 필두로 한 합리적인 권력승계방법론에 대한 새로운 지평을 열어갔다.

　루소ㆍ홉스ㆍ로크는 권력분립론을 바탕으로 한 '사회계약설'을 제시하였는데 이것은 당시에 새롭게 부상하는 신흥 상공시민(부르주아)의 계급적 이해를 대변하는 것이었다. 초기 자본주의하에서 귀족계급의 경제외적 강제(强制)나 국왕의 자의적(恣意的) 시장개입은 성장하는 상공시민들에게는 커다란 질곡이었다. 따라서 그 당시 등장한 사회계약론과 권력분립론은 그들에게 매우 매력적인 것이었고, 그 이론들은 프랑스 대혁명(1789)과 영국 시민전쟁의 촉매제가 되었다.

　자본주의의 발생은 국민국가의 성립과 더불어 발생한 것이며, 초기 국민국가의 성립은 절대왕권과 신흥 상공시민들의 공동의 이익을 대변할 수 있는 새로운 사회체계였다. 국왕은 대외적인 간섭이나 식민지 쟁탈전의 경제적 토대를 구축하기 위하여 상공 시민들의 경제력을 필요로 하였고, 이것을 위하여 신교(新敎)의 자유를 허락하기도 하였던 것이다. 그러나 왕권은 속성상 '임의성'과 '자의성'을 가질 수밖에 없으므로 이들의 관계가 향후 지속적으로 원만할 수는 없었다.[378]

---

378) 왕권 자체가 '합의된 권력'이 아닐 뿐만 아니라 국왕이라는 개별적인 실체를 통해서 권력이 극대화될 수밖에 없는 정치제도상의 구조적인 결함을 내포하고 있다. 가령 루이 14세는 처음에는 신교도와의 밀월을 통하여 경제력을 강화하여 프랑스의 번영에 앞장서다가, 돌연 신교도의 자유를 허용한 낭트 칙령을 폐지(1685)하였다. 이에 따라 많은 신교도 상공인과 기술자가 해외로 이주하여 프랑스의 산업에 막대한 타격을 주기도 하였고 이것은 프랑스 대혁명의 한 원인이기도 하였던 것이다. 따라서 상공 시민 세력의 성장은 결국 왕권과 귀족계급의 약화를 가져와 시민계급과 구세력 전체와의 대립이 불가피한 상황이었다.

국민경제 자체는 왕권과 같은 강력한 권력의 토대 위에서만 성립 가능한 것이었다. 즉, 국민경제는 강력한 정치권력이 있어야만 유지·보호될 수 있다는 말이다. 그러나 상공 시민들의 입장에서 보면 초기의 강력한 왕권하에서 성립된 국민경제는 심각한 자기모순이 있다. 다시 말해 상공시민들은 국민경제를 유지하기 위해서는 국왕의 강력한 권력을 요구하였지만, 국왕의 임의적인 시장개입이나 봉건관행은 철저히 거부하게 된 것이다. '자유 경제'와 그것을 유지할 수 있는 '정치 권력'이라는 국민경제 성립의 두 가지 필요충분조건은 시민계급의 성장에 따라 왕을 정점으로 하는 봉건 귀족들과의 일전을 불가피하게 하였고 그것이 시민혁명으로 나타났다.

시민계급의 입장에서, 국민경제의 일관성을 유지하기 위해서는 강력한 정치권력이 있어야 하지만, 그 권력 자체는 반드시 제한되어야 한다. 이러한 시대적 요구의 산물이 바로 '의회 민주주의'와 '대통령제'였던 것이다. 장구한 군주제의 전통을 가진 구대륙(유럽)의 국가들이 당연하게도 의회 민주주의를 채택한 반면, 미국은 '대통령제'를 선택하였다. 따라서 의회 민주주의는 기나긴 투쟁의 역사 속에서 이루어진 '시민)과 왕의 타협'의 산물이지만, 미국 대통령제는 하나의 정치 실험으로서 그 성격 자체가 정치적 이상주의를 바탕으로 한 것으로 미국의 역사적인 배경을 떠나서는 완전하게 이해하기 어렵다. 군주제에 익숙한 유럽인들의 눈에 대통령제를 채택한 미국은 '4년마다 국왕을 바꾸는' 이상한 나라일 수밖에 없었다. 그러나 이 '이상함'은 또 다른 의미에서 구대륙(유럽)의 국민들에게 부러움의 대상이기도 하였다.[379]

그런데 미국 대통령제는 내적으로 심각한 자기모순을 안고 있는 듯이 보인다. 그 모순이란, 대통령제는 때로는 왕권보다 더욱 강력한 권력 집중 현상을 보이는데 그것이 일정 기간의 임기가 지나서 해체된 후 이내 다른 사람에게도

---

379) 미국에 대한 유럽인들의 생각은 때로는 경멸과 때로는 부러움으로 점철되어왔다. 비단 대통령제뿐만 아니라, 1930년대의 미국에 교회가 아닌 건물들이 하늘을 찌를 듯이 솟아오르는 것을 본 많은 유럽인들은 역사적 전통이 없는 미국의 장래를 불길하게 점쳤었다. 그러나 그런 사실들의 이면에는, 구제도의 질곡이 없던 미국에 대한 유럽인들의 부러움과 질시가 있었다.

그렇게 다시 집중될 수 있는가 하는 점과, 이러한 과정이 합리적으로 반복될 수 있는가 하는 점이다. 또 그 경우 국가 정책의 일관성 유지에는 문제가 없을까 하는 점이다. 오늘날 대통령제를 채택한 상당수의 국가들이 오히려 장기 독재를 강화하는 경우가 많다. 그러나 미국은 이 같은 모순들을 극복하면서, 오히려 그 모순들을 자신의 강점으로 만드는 새로운 정치 문화의 전통을 수립함으로써 현대 정치사에 있어서 모범을 보여왔다.

미국의 초기 정치 지도자들도 대통령 개념에 대한 의견의 일치를 보지 못하였고 그 권력은 오늘날과는 달리 매우 미약하였다. 실제로 조지 워싱턴(1732~1799)은 자신의 집무실을 국왕의 예우에 준(準)하게 만들려 하였고, 이것은 제퍼슨을 격분시키기에 충분하였다.[380] 미국을 건국한 후 일반적인 미국인들은 워싱턴을 국왕의 대리자쯤으로 인식하고 있었음에도 불구하고 당시 국무성의 고용인력(공무원)은 겨우 9명에 불과하다는 사실은 대통령이 마치 "군림은 하되 통치는 하지 않는" 일종의 '명예직' 형태가 아니었나 생각된다.[381]

어떤 의미에서 이 시기의 미국의 대통령은 전쟁 영웅인 워싱턴에게, '국민적 동질성'이 부족한 신대륙민들의 단결을 촉구하기 위한 하나의 표상으로서의 역할을 맡겼던 것 같다. 여기에 연방주의를 반대하는 세력 또한 매우 강했다. 그들은 중앙 정부의 필요성에 별로 동의하지 않았다.

초기의 미국 대통령의 권력이 미약할 수밖에 없었던 것은 혁명전쟁의 기간 중에 끊임없이 논의되어온 각 주 정부간의 역학관계와 밀접한 관련이 있다. 크고 작은 주들이 동등한 결정권을 가지면서 혁명전쟁에 참여함으로써 소수를 다수의 횡포로부터 보호하고자 했던 역사적 전통과 최대한의 자유 및 자율성의 보장을 바탕으로 한 미국적인 정치체제의 특수상황이 대통령 권한의 축소로 귀결된 것이다. 당시의 각 주들은 '사실상(de facto)의 정부(政府)'였다고 할 수 있다.

---

380) Merril D. Peterson, *Thomas Jefferson and the New Nation*, New York : Oxford University Press, 1970, p. 571.
381) James Q. Wilson, *American Government*, Boston Houghton Mifflin Co., 1997, p. 262.

남북전쟁 이전까지의 미국의 실체는 문자 그대로 미완성의 국가 연합(합중국：合衆國)에 불과하였다. 미국은 구대륙에서 파산하거나 소외된 유럽인들의 피신처이자 새로운 삶의 터전이었고, 그 소외의 종류에 따라서 파생된 다양한 형태의 자유에 대한 불간섭이 미덕이 되는 전통이 수립되어 소위 '다양성'을 기조로 하는 백인 위주의 문화 융합을 형성하여왔던 것이다. 따라서 미국은 항상 사분오열(四分五裂)의 위험성을 안고 있었다. 여기에는 당시의 시대정신이기도 했던 '자유방임 사상' 또한 큰 역할을 하였다.[382]

　혁명전쟁으로 영국을 물리친 미국은 두 개의 원죄(原罪)를 지니면서 성장해 갔다. 최강의 나라 미국의 이면에는, 구대륙의 제도들이 가진 부도덕들이 강고히 뿌리 내리고 있다. 신대륙이라는 말 자체가 자아도취적 백인 중심주의의 표현임은 물론이거니와, 인디언과 백인들의 조화와 협력을 희망했던 '포카혼타스'의 선의(善意)를 결국은 원수로 갚은 '인디언 구축정책(驅逐政策)'과 대부분의 다른 국가들에서는 폐지되는 단계에서 오히려 강화된 노예제도는 '자유의 나라, 꿈의 나라' 미국이 가진 자기 도취적 인간 학대의 전형이었다.

　백인들 간의 전쟁의 와중에서 외형적으로 해소된 노예제도는 '남부 귀족주의'의 극단적인 표현이었다. 무위도식이나 사랑싸움으로 세월을 보내는 백인 귀족들의 생활은 어떤 의미에서는 미국의 시민계급들이 구대륙에서 향유하고자 했으나 할 수 없었던 하나의 꿈이었던 것이다. 그러나 그들의 꿈을 이루기 위해 도입되었던 미국의 노예제도는 '혈통적'·'인종적'으로 인간이 인간을 학대하는, 인간 그 스스로가 인간이기를 부정하는 파탄의 논리였다.

　남북전쟁은 이 자아도취적인 남부 귀족주의 청산을 가지고 왔다. 마거릿 미첼의 표현처럼 반드시 고수해야 할 남부 귀족주의는 전쟁과 더불어 '바람과 함께 사라진 것(Gone with the wind)'이다. 그러나 아직도 남부 귀족주의는

---

382) 당시, 정부의 역할은 힘이 센 '야경꾼'이면 충분하다는 논리가 지식인들에게는 당연한 사회 사상이요, 보편적으로 수용 가능한 정치 논리였던 것이다. 따라서 식자층이 부족한 연방정부가 오히려 정치체계에 있어서는 하나의 미덕(美德)으로 이해될 수밖에 없었던 것이다. 결국 지방(주정부)과 중앙방(연방정부), 자율과 통제라는 이원구조(二元構造)와 대립을 해소하는 것은 남북전쟁에 가서야 이루어지게 된다.

현대 미국 백인들의 의식구조를 이해하는 데 불가결한 하나의 요소일 수도 있다.

미국 역사의 중요한 분수령들은 남북전쟁, 대공황, 두 번의 세계대전, 베트남 전쟁의 패전, 소련의 붕괴 등이다. 특이한 점들은 이 같은 역사의 분수령에서 평소 미약하기 이를 데 없던 대통령이 강력한 권한을 행사하여 난국을 주도했다는 사실이다. 남북전쟁의 결과 미국은 신생 공화당에 의한 장기집권이 시작되었으며, 대통령의 권한과 연방정부의 권한이 강력해져 어떤 주 정부도 연방정부의 권위를 감히 넘볼 수 없게 되었다. 이 역사적인 대변혁은 링컨(1809~1865)이라는 개인과 그가 수행했던 '대통령제'를 떠나서는 생각하기 힘들다.

미국의 발전과정 가운데 남북전쟁기와 더불어 미국이 가장 어려움에 처했던 대공황기에 난국을 타개한 것도 다름 아닌 미국의 독특한 정치제도, 즉 '대통령제'였다는 점을 상기할 필요가 있다. 특히 루스벨트(1882~1945) 대통령의 통치기간에는 수백만에 달하는 관료조직이 대통령의 지도하에 국가경영을 주도하게 되었고 미국이 초강대국으로 거듭나는 초석을 마련할 수 있었다.

이 시기의 대통령의 권력은 모든 권력의 구심체였을 뿐만 아니라 새 시대를 열어가는 원동력이었던 것이다. 행정 · 사법 · 입법권을 한손에 움켜잡았던 미국 최초의 4선 대통령 루스벨트가 죽은 후에야 미국민들은 그들이 절대적으로 신뢰하였던 자신들의 '보호자'의 권력이 지나치게 강대했다는 것을 자각하였다(루스벨트 이후 미국 대통령의 3선 금지 조항이 명시되었다).

미국 대통령 권력의 원천

미국의 대통령제는 여러 나라 정치체제의 모델이 되어왔다. 현대 대부분의 후진국들은 대통령제를 채택하고 있다. 우리나라의 경우 불과 40여 년 만에 세계 10대 무역국으로 성장할 수 있었던 것도 대통령제를 떠나서는 생각하기가 어려울 것이다.[383]

그러면 구체적으로 세계를 주도하는 미국 대통령의 권력의 원천은 과연 무엇일까?

• 법적 원천

미국 대통령 권력의 가장 중요한 원천은 '헌법(憲法)'이다. 조약 체결권·외교사절의 신임접수 파견권·법령 집행권·국군 통수권 등을 비롯한 대통령의 공식적인 권한들은 미국 헌법 제2조에 명시되어 있다. 대통령의 권한 가운데서 가장 중요한 고유 권한은 국군통수권자로서의 권한이다. 일반적으로 물리력 혹은 강제력을 수반하지 않는 권력이라는 것은 권력일 수 없다. 모택동은 권력은 총구(銃口)에서 나온다고 하였다.

세계 최강의 군사력을 가진 미국의 대통령은 의회의 동의를 얻어서 군대를 사용한다고는 하나, 대통령의 군사력 사용에 대한 의지가 확고할 경우에는 큰 어려움 없이 군사력을 동원해낼 수가 있다. 일단 의회의 동의가 있을 경우 전군(全軍)은 대통령의 명령하에 놓이게 된다. 그러나 남북전쟁과 같은 내전(內戰)의 상황에서 대통령은 국회의 승인 없이 바로 군사력을 동원할 수 있다. 따라서 대통령의 권력은 물리력의 관점에서 본다면, 국가적인 위기상황에서 최고조로 발휘될 수 있는 특성을 가지게 된다.

그러나 대통령의 판단이 반드시 객관적인 성격을 띠는 것은 아니기 때문에 링컨의 경우와 같이 긍정적인 통일 미국의 건설로 귀결된 것도 있지만 케네디·존슨과 같이 베트남 전쟁 개입으로 미국 경제와 세계 경제에 치명적인 결과를 초래하기도 한다.

미국의 헌법은 대통령의 의무를 "헌법을 충실히 수호하고 보존·유지하

---

383) 단기(短期)적인 수출의 증대란 총체적인 노력의 산물이다. 구체적으로 수출의 증대란 강력한 인플레이션 억제, 수출단가의 하향조정 능력, 일사불란한 행정지원조직, 내수시장의 정비 및 사회적 인프라스트럭처의 건설, 수출시장의 확대 및 다변화를 위한 신속한 적응 능력 등이 없이는 불가능한 것이고 이것은 결국 강력한 정치력을 필요로 한다. 우리나라의 초기 무역 형태가 다소 중상주의(重商主義)적인 성격을 띤 것도 대통령이 주도한 수출 정책이기 때문에 나타난 현상이다. 물론 이러한 강력한 대통령제가 장기집권과 엄청난 인권탄압을 초래한 점을 간과할 수는 없을 것이다.

는" 것으로 규정하고 있는데, 이 조항은 매우 포괄적으로 해석될 수 있다. 즉, 링컨이 남부연합군을 진압하기 위한 징병이나, 부시가 아프가니스탄에 군대를 보내거나 루스벨트처럼 경제체제를 수정하는 것이나, 케네디가 달나라에 로켓을 발사하는 것도 헌법을 충실히 수호하고 보존·유지하기 위한 것일 수 있다. 결국 이 조항은 미국 대통령의 개인적인 판단과 그의 보좌관들의 자질이 미국 자체의 변화, 나아가 세계사의 변혁에 결정적인 영향을 미칠 수 있다는 말이 된다.

그러므로 미국 대통령의 그 엄청난 권력을 만들어내는 비밀은 국군통수권자로서의 권한과 더불어, '포괄적으로' 해석될 수 있는 헌법의 작은 조항에 숨어 있으며, 이것이야말로 국가적 위기에서 '지니'를 불러낼 수 있는 알라딘의 마술 램프인 것이다. 결국 '지니'를 불러내는 자는 '지니'의 속성을 잘 알아야 할 것이다. 마찬가지로 미국의 대통령에게는 자신의 권한을 보장하는 '의무조항' 뿐만 아니라, 미군의 통수권자로서 세계 최강의 군대를 효과적으로 운용할 수 있는 특별한 자질이 요구된다. 우리는 대부분의 미국 대통령들은 군사적 경험을 가지고 있다는 점에 주목할 필요가 있다. 그 가운데는 '전쟁영웅(戰爭英雄)'들도 있으며, 장교로서 참전한 경우가 대부분이다.[384]

실제로 국제적인 전쟁을 치른 후 미국 대통령의 인기는 절정에 달하게 된다. 그리고 무력의 사용을 가장 자제하였던 대통령(가령 지미 카터)은 '가장 형편없는 대통령'이 될 수밖에 없는 상황이 된다.

---

384) 워싱턴은 혁명전쟁기의 영웅이었고, 잭슨은 1815년 뉴올리언스 전투에서 영국군을 이긴 지휘관이었다. 그리고 테일러(Zachary Taylor ; 1784~1850)는 멕시코 전쟁 때 사령관에 임명되어 부에나비스타 전투의 전쟁영웅이었고, 그랜트(Ulysses S. Grant), 헤이스(Rutherford B. Hayes), 가필드(James A. Garfield), 해리슨(Benjamin Harrison) 등은 모두 남북전쟁 당시의 명장들이었다. 우리나라와 깊은 유대가 있었던 아이젠하워는 유럽연합군의 최고사령관으로 노르망디 상륙작전의 영웅이었다. 이들 대통령들의 군사적 업적은 대통령이 되는 가장 주요한 자산이었다.

• 관료조직과 물리력

현대 정치제도의 특질은 무엇보다도 관료조직의 엄청난 확대를 들 수 있을 것이다. 케인스 혁명 이후 정부가 보다 적극적으로 국가경제 발전에 개입하게 됨으로써, 정부는 이전보다 더욱 유능하고 전문적인 관료조직(행정부)들을 필요로 하게 되었다. 그런데 이 전문적인 관료조직의 수반이 바로 대통령이라는 점이다. 질적으로 고급화·전문화되면서, 양적으로 팽창된 현대의 관료조직은 '현대 국가'의 상징이라고 할 수 있다.

앞서 지적한 대로 워싱턴 정부(1789)의 국무성 고용 인력은 겨우 9명에 불과하였다. 그러나 1861년부터 1901년까지 20여만 명 이상이 연방정부에 충원되었으며, 많은 부서들이 국가 경제 문제들을 다루기 위해서 신설되었다. 최근 어떤 대통령은 연방정부의 공무원들의 수가 1970년대의 300만에 비하여 조금도 증가하지 않았다고 불평하기도 하였다.[385] 그리고 실질적으로 대통령이 자신의 정책을 보좌할 수 있는 기구들은 1939년 이전에는 거의 없었지만, 1939년 9월 루스벨트 대통령은 8248호 행정명령을 선포하고 정식으로 대통령 보좌 기구들을 설립하였다. 이 조직들이 갈수록 확대되어 오늘날 그 인원은 수천 명을 상회하고 있다.

동양사회에 있어서도 관료조직은 황제 권력의 상징이었다. 동서고금의 460명의 수뇌들을 연구한 엄가기(嚴家其)는 그의 대저(大著)인『수뇌론』에서 황제나 수뇌의 권력은 '최고권력 장악층' 가운데 수뇌에게 복종하는 관리의 수, 복종하는 '최고권력 장악층'들의 수뇌에 대한 충성도에 따라 결정된다고 하였다.[386] 그리하여 황제들은 귀족세력을 배제하고 자신에게 충성할 수 있는 관료들의 선발에 몰두하였고 그것의 실체는 과거제(科擧制)였다.

근대 유럽의 경우 관료제도는 봉건제를 타파하고 강력한 힘에 의해 국가 통일의 달성을 추구하던 절대군주제와 더불어 발달한 제도이다. 그러나 강력한 절대주의의 지배 없이 대의제(代議制)를 형성한 미국의 경우에는, 유럽식

---

385) Wilson, 앞의 책, p. 260.
386) 嚴家其(한인희 역),『수뇌론(首腦論)』, 희성출판사, 1990, 27쪽.

관료제와는 다른 '민주적 공무원제도'가 확립되어 유럽에서 나타나는 특권적 지배 형태(관료의 독선주의 · 보수주의 · 비밀주의 · 형식주의)가 나타나지 않았다.

미국의 관료조직은 중앙정부(연방정부)의 권한 강화와 그 궤를 같이한다. 특히 1930년대 뉴딜정책 이후 나타나는 급격한 관료화의 진행은 유럽에서 나타났던 바와 같은 반민주적인 성격이라기보다는 근대사회의 합리적 조직화 현상으로 파악해야 할 것이다. 관료조직은 합법적으로, 국민을 대리하여 일정한 범위 내에서 독자적인 판단을 할 수 있다. 남북전쟁 이전까지 미국의 관료조직은 단순히 행정적인 업무에 주력하였으나, 남북전쟁 이후부터는 규제 및 조정자로서의 성격을 띠기 시작하였고 뉴딜 정책의 시행 이후에는 국정의 기획까지 포괄하는 최고 단계에 도달하게 되었다.

미국의 대통령은 이러한 합리적이고 대중적인 국가 조직의 대표자로서 그 국민들과 함께 호흡할 수 있는 제도적인 장치를 가질 수 있는 위치에 있다는 점이다. 더구나 현대의 관공서에는 대통령의 사진을 걸어둠으로써, 대통령은 국민의 대표자임을 항시 인식시키고 전체 관료조직의 수반으로서 '국민과 함께 호흡' 할 수 있게 되어, 정치가로서는 최고의 이점을 가질 수 있게 된 것이다.

이러한 관료조직의 확장과 더불어, 1939년 정식으로 자신의 '보좌조직(補佐組織)'을 갖게 된 루스벨트 대통령은 그의 재임기간 중에 그의 측근들이 어떠한 부서나 국(局)의 사람들을 지배할 권력이 없으며, 대통령과 정부관리 사이에 어떠한 간섭도 할 수 없음을 명확히 규정하였다. 결국 그 많은 전문가 그룹들을 지배할 수 있는 자는 오직 대통령이며, 이론적으로 관료조직을 전문적으로 관리 감독할 수 있는 능력을 대통령이 독점하게 된 것이다.

이에 비하여 의회의 지도자들은 직속의 보좌 및 참모 조직들을 대통령처럼 방대하게 거느리지 못하며, 정책 수행 자체에는 실질적으로 관여하기 어려운 한계를 갖는다. 그리고 행정부라는 방대한 관료조직은 단순히 대(對) 국민 서비스만을 하는 조직체계가 아니라 경우에 따라서는 의회에 대항하는 세력이 될 수도 있다. 1997년 클린턴 대통령이 보여준 것처럼(행정부의 업무거부 : Shut down) 행정부의 수반으로서 대통령은 의회에 대하여 전체 관료조직을 하나의 '히든카드'로 사용할 수도 있다는 의미이다.

• 대통령 개인적 특성

헌법이 대통령의 권한을 실질적으로 보장한다고 해도 모든 대통령이 강력한 권한을 행사한 것은 아니다. 미국의 많은 대통령들 가운데서 강한 대통령도 있었고, 별다른 업적이나 영향력을 행사하지 못한 대통령도 있었다. 포드 대통령은 "미국은 제국(帝國)의 힘을 가진 대통령제(imperial presidency)가 아니라, 나약하여 위기에 빠진 대통령제(imperiled presidency)를 가지고 있다"고 말하기도 하였다.

이와 같이 대통령이 발휘할 수 있는 권력의 정도에 대한 평가가 다르거나, 실제로 다른 정도의 권력이 나타나는 것은 독립적으로 주어지는 외부 환경이라는 요소도 있겠지만, 그보다 각각의 대통령의 지적 능력(사고력·상상력·기억력·관찰력·분석력·판단력·조직력 등), 의회와 유연한 관계를 유지할 수 있는 능력(케네디에 의하면, 타협을 받아들이고, 화해를 주장하며, 협력으로 충돌을 대신할 수 있는 능력), 개성에 따른 것이다.

그리고 그런 대통령의 개인적 자질뿐만 아니라, 텔레비전이 전국적으로 보급된 오늘날에는 일반적으로 인식되는 대통령 기본조건도 중요한 부분을 차지한다. 즉, WASP(백인·앵글로색슨·신교도)에 합당한 대통령 후보의 풍채나 위용이 대통령 경선에서 그가 가진 자질보다 때로는 중요한 역할을 하기도 한다는 것이다. 루스벨트나 케네디처럼 탁월한 외모를 가진 대통령들이나 영화배우 출신이었던 레이건 대통령은 무대상(舞臺上)의 적수가 있을 수 없었다.

일설에 주로 「리더스다이제스트」를 통하여 정치나 경제 지식을 습득했다고 하는 레이건 대통령은, 텔레비전 토론(1980)에서 현직 대통령인 카터보다도 더 여유 있는 표정과 동작으로 국민들에게 "여러분 오늘날 4년 전보다 뭐 나아진 게 있나요?"라고 하면서 탁월한 지식의 소유자였던 카터를 조롱하기도 하였다.

일반적으로 최고 권력자들의 개성이나 개인적인 자질을 말할 때, 청렴성·중립성·관용성·성실성·겸손함·과단성 등을 든다. 물론 이 자질들을 모두 동시에 가진 대통령은 없을 것이다. 가령 자신을 백악관의 코끼리로, 그 외의 사람들을 개미로 묘사했던 존슨 대통령은 의원들을 설득하는 데는 대가였으며[387] 자신의 기질과 성격으로 말미암아 자신의 참모들을 확실하게 통제할 수 있는 용인술(用人術)을 가지고 있었지만(*New York Times*, 1983. 4. 26.), 연설을 잘하지 못했으며 언론에 대하여 겁을 먹고 있었다.

대통령이 가져야 하는 여러 가지의 자질 가운데서도, 국가가 위기에 처했을 때 가장 중요한 덕목은 '강력한 의지'라고 할 수 있다. 부통령과 대통령의 집무를 장장 12년간이나 맡았던 탁월한 정치가였으나 주변의 누구와도 친밀하지 않았던 닉슨은 자신의 저서 『지도자들*Leaders*』에서, 강력한 의지가 없거나, 강렬한 욕구로 돌출된 사람이 아니면, 위대한 지도자가 될 수 없다고 말하였다.

이상에서 보이는 개인적인 자질들이 실질적으로 어떻게 미국 역사에 영향을 미쳤으며 또 그것이 대통령의 실제적인 권력의 향배에는 어떻게 작용했는가를 알아보자.

독립 직후의 미국은 정치 경제적인 결함으로 미완성의 중형국가(中型國家)에 불과하였다. 독립 후 100여 년간 미국은 여러 면에 걸쳐서 대내적 발전을 이룩했지만, 남북의 대립으로 성장과 발전이 벽에 부딪히게 되었다. 미국이 이러한 미완성의 중형국가에서 벗어날 수 있었던 것은 최초의 시련이었던 남북전쟁을 중앙정부(연방정부)가 승리로 이끌었기 때문이다. 남북전쟁에서 연방정부의 승리가 없었던들 현대의 초강대국 미국은 없었을 것이고, 그 연방정부의 승리에는 강력한 통일국가의 의지를 가진 링컨이 있었던 것이다.[388]

링컨은 남북 대립의 시기에 헌법에서 모호하게 규정된 대통령의 의무를 그

---

387) Wilson, 앞의 책, p. 239.

때까지 미국 역사상 유례가 없을 만큼 강력하게 행사하였다. 그는 국군통수권 자로서의 권한을 분열된 미국의 통합에 유감없이 그리고 철저히 사용하였던 것이다. 링컨의 친구였던 윌리엄 헤이든은 "링컨을 보면 그 자신의 포부가 그를 완전히 삼켜버린 것 같다"고 하였고, 링컨의 정적(政敵)이었던 더글러스에 따르면 "링컨은 강철 같은 굳은 의지를 가진" 사람이었다.[389] 링컨은 전쟁의 수행을 위해서는 시민권도 제한하였는데, 당시 유명한 반전주의자였던 밸랜디엄(Vallandigham)을 군법회의에 회부했으며, 의회의 승인 없이 전쟁 기금을 사용하기도 하였다.[390]

훗날 일부 사람들이 그를 혹평하여 '히틀러'에 비유하기도 하는 것은 그가 얼마나 강한 의지의 소유자였던가를 다른 관점에서 말해주는 것이다. 따라서 현대 미국을 이해하기 위해서는 '링컨 대통령'을 이해할 필요가 있다. 즉, 현대 강력한 미국이 탄생할 수 있었던 최초의 근거는 바로 링컨 대통령이라는 것이다. 링컨에 의해서 미국은 다시 태어난 것이다. 1962년 미국의 전문적인 역사가들의 투표 결과 링컨은 역대 그 어느 대통령보다도 높은 평가를 받았다. 그는 워싱턴보다도 높은 점수를 받았다.

링컨의 불행한 죽음은 바로 미국 영광(榮光)의 시작이었다. 링컨의 시신은 20여 일간이나 미국의 각 도시에 마련된 빈소를 순회한 관계로 형체를 알아볼 수 없을 정도로 검게 부패하였지만, 그의 썩어가는 주검이야말로 향후 아메리

---

388) 링컨이 대통령에 당선될 수 있었던 주요한 원인은 그가 1860년 대통령 선거에서 반노예정책을 주장했기 때문이다. 링컨은 당시 명망 있던 하원의원인 스티븐 더글러스(Steven Daglas : 유명한 캔자스-네브래스카 법안을 제출한 사람)와 일리노이 주의 각 도시를 돌면서, 노예제의 폐지에 관하여 7차례의 격론을 벌였다. 자신을 노예제 폐지론자의 선봉이 되게 하였는데, 이것이 그를 대통령으로 만들었다. 그리고 링컨은 남북전쟁의 승리를 위해서 군사적인 문제에도 깊이 개입하였다. 링컨은 군사술에 정통했으며, 술주정꾼인 '그랜트'를 사령관으로 임명한 것도 바로 링컨 자신이었다. 그러나 링컨은 변덕스러운 사람을 죄악시했으며, 정치에 있어서도 사기나 기만적인 준군사술(準軍事術)은 철저히 부정하였다. 링컨은 악상(惡喪)을 당하고 부인이 정신질환을 앓아 결국 정신병원에 보내졌으며 그 자신도 저격으로 서거(逝去)한 개인적으로는 불행한 지도자였다.

389) Benjamin P. Thomas, *Abraham Lincoln*, New York : Knopf , 1952, p. 497.

390) William A. Degregori, *The Complete Book of U.S. Presidents*, New York : Barricade Book Co, 1997, p. 240.

카 합중국 중앙정부에 대한 주 정부의 어떠한 도전도 용납하지 않을 강력한 무기이자 방부제였던 것이다. 링컨은 후대 대통령들에게 국가가 위기에 처했을 때의 경영에 대한 모범을 보여주었으며, 미국의 나아갈 방향을 뚜렷하게 제시한 대통령으로서 미국 지식인들 사이에서는 '제2의 건국의 아버지'로 인식되고 있다.

이와 같이 미국 대통령의 개인적인 성격과 자질이 때로 대통령 권력의 성장 및 강화와 미국의 역사에 결정적인 영향을 미칠 수도 있고 나아가 세계사의 변화를 초래할 수도 있다. 대통령의 개인적인 학습경험이나 도덕적인 자질이 세계사를 변화시킨 대표적인 예는 바로 카터의 경우이다. 해군사관학교 출신인 카터는 개인적으로 근면하고 성실하며, 솔직하고[391] 미국 대통령들 가운데서도 매우 지적이며, 자기절제력이 강한 대통령으로 알려져 있다.[392]

카터는 미국의 대외정책의 기초는 '도덕성'임을 강조하면서, 인권이 그의 대외정책의 초점임을 천명하고, 적(주로 소련과 그 위성국을 말함)과 동지들 모두에게 동일하게 적용되는 '단일한 도덕적인 판단의 기준(single standard)'을 제시하였다. 쉽게 말해서 아무리 동맹국이라고 하더라도 독재적인 수단으로 국민을 학대한다거나 다른 나라를 침략하는 행위는 부도덕하고 이에 따른 제재를 받아야 한다는 것이다.

그리고 카터는 인권문제가 국제정치의 요체가 될 수 있도록 자신의 대통령 직을 최대한 활용하였다. 카터의 정책은 대내외적으로 많은 시련에 부딪혀 그 엄격한 적용은 다소 힘들었지만, 그의 재임(1976~1980) 때인 1970년대 후반은 세계사적으로 괄목할 만한 인권의 개선이 이루어질 수 있었고, 이것은 어떤 제3세계의 민족주의 혁명가도 1450일 만에는 이루기 힘든 업적이었다. 많은

---

391) 카터가 곤욕을 치른 「플레이보이」지의 인터뷰 기사(1976)는 오히려 그의 솔직성을 보여주는 일화라고 할 수 있다. 카터는 스스로 자신의 최대 강점을 내적인 평온을 유지해낼 수 있는 능력이라고 말했다.
392) Bruce Mazlish and Edwin Diamond, *Jimmy Carter : An Interpretive Biography*, New York : Simon & Schuster, p. 16.

독재자들이 권좌로부터 축출되었으며, 수천 명의 아시아와 라틴아메리카의 정치범들이 석방되었다.[393] 이란의 팔레비, 필리핀의 마르코스, 우리나라의 박정희는 이 시기에 권좌에서 축출된 대표적인 사람들이다.

수많은 이익 집단이 난립한 미국의 상황에서도, 카터는 분명히 인권문제를 국제관계에서 가장 중요한 이슈로 등장시키는 데 성공했는데, 이것이야말로 카터가 미국 대통령으로서 인간의 역사에 가장 용기 있고 도덕적인 기여를 했다는 점을 아무도 부정할 수 없을 것이다. 제국주의의 대명사로만 알려졌던 미국을 그 오명에서 잠시나마 벗어나게 해주고 초강대국 미국이 '세계의 후원자'가 될 수 있는 가능성을 보여준 것이다.

그러나 미국인들에게는 카터가 연약하고 미국이 나아가야 할 방향을 명확히 제시해주지 못한 대통령으로 인식되었다. 카터의 성격을 단적으로 보여주는 하나의 사건이 있었다. 카터는 1980년 대통령 선거 당시 마지막 일요일에, 신나게 방송되던 미식축구 중계를 중단시키고 이란에 억류된 미국 인질의 구출 작전에 실패했다는 암울하고 김빠지는 소식을 진지하게 발표하였다. 이러한 '솔직 담백한' 그의 자질을 대부분의 미국인들은 외면하였던 것이다.

그러나 대통령 이후의 카터는 보다 진지한 평화의 사도로서 국제적인 분쟁이나 갈등의 해결사 역할을 성실히 수행함으로써 그에 대한 국민들의 존경과 사랑을 회복하였다. 카터는 퇴임 후 카터재단을 설립하여 각종 재해와 빈곤에 허덕이는 사람들을 도와 1985년 슈바이처 인권상을 받기도 하였다.

그러므로 미국 대통령의 개인적인 자질이나 능력 또한 대통령 권력의 원천일 수 있으며, 때때로 그것은 미국을 수호하거나 세계 역사를 바꾸는 데 결정적인 역할을 하기도 했던 것이다.

---

393) Richard Falk, *Human Right and State Sovereignty*, New York : Holms and Meier, 1981, p. 23. 및 Alan Tonelson, "Human right : The Bias We Need", *Foreign policy 78*, (winter) 1982, p. 63.

• 외부적 요인

우리나라나 미국의 대통령들 가운데서 강한 권력을 행사할 수 있었던 대통령이 있었던 반면, 별다른 영향력을 행사하지 못한 대통령도 있었는데, 여기에는 독립적으로 나타나는 외부적 환경의 요소가 중요한 역할을 한 경우가 많았다. 시대의 요청이 한 사람을 영웅으로 만들기도 하고, 위인으로 만들기도 하는 것이다. 흔히 조조를 평하여 "평화시에는 간웅이요, 난세에는 영웅(安世奸雄 亂世英雄)"이라고 하는데, 이 말은 외부적 요소, 즉 시대적인 대세와 환경이 한 사람의 정치가에게 어떤 영향을 주는지를 잘 나타낸 말이다.

가령 그랜트 장군(미국의 18대 대통령이 됨)은 링컨에 의해 발탁되기 전에는 엉터리 사업가에 술주정꾼으로 악명이 높았던 사람이지만, 군사령관으로서는 최고의 전략가였다. 그는 막연하고 추상적인 작전을 지양하고 적의 거점을 집중 공격하여 중앙정부군(북군)이 승리하는 데 결정적인 공헌을 한 장군이지만, 전쟁영웅의 후광을 업고 대통령에 당선된 다음 보여준 그의 자질은 심히 실망스러운 것이었다.

대통령의 권력의 본질을 이해한다는 것은 대단히 어려운 일이지만, 국외자에게서조차도 남북전쟁이나, 대공황 등에 따른 대외정책 및 국가적인 위기 상황에서 대통령의 강한 힘을 목격하기란 그리 어려운 일이 아니다. 루스벨트 대통령은 제2차 세계대전을 훌륭히 치러내었고, 트루먼은 중국과 북조선 인민군을 격퇴하기 위하여 한반도로 지상군을 파견하였으며, 케네디와 존슨은 50여만 명의 미군을 베트남에 파병하였다.

이후에도 레이건은 그라나다와 레바논에 의회의 승인 없이 군대를 파병하였으며, 부시는 걸프전에 미군을 파견하였다. 그리고 그의 아들 부시는 아프가니스탄에 대규모의 병력을 파견하여 대부분의 군사시설을 초토화시켜 9 · 11 테러의 범인으로 지목된 빈 라덴을 응징하였다. 이러한 대통령의 행위들은 세계사의 변화에 커다란 영향을 준 것으로 국외자들에게 미국 대통령의 권력의 단면을 보여주는 명확한 사례였던 것이다.

동서고금을 막론하고, 전쟁이란 그 국가의 흥망성쇠와 밀접하게 관련되어 있을 뿐만 아니라 때로는 역사변화의 원동력이 되기도 한다. 미국은 건국 초부터 지방 정부의 자율성이 높았던 까닭에 대통령은 국내 정책들보다 대외정책에 더욱 큰 영향력을 발휘할 수 있었다. 왜냐하면 대통령은 국군통수권자일 뿐아니라 외교 사절의 임명권을 가지고 있으며, 의회 역시 그 스스로가 다른 나라와 교섭할 수 없다는 것을 인식하고 있기 때문이기도 하다.[394]

현대의 국제정치에서, 미국의 대통령이 최고의 권력을 가지고 있는 가장 근본적인 이유는 미국의 군사력이 세계 최강이며, 미국의 대통령은 그것을 어느 정도까지는 자신의 판단에 의해 사용할 수 있는 권한을 가지고 있다는 점 때문이다. 그러나 이러한 물리력을 가장 잘 사용하려면, 그것에 합당한 외부 조건이 있어야 한다. 이 점에서 대공황과 세계대전을 성공적으로 극복해내면서 대통령 권력의 절정을 구가한 루스벨트 대통령이야말로 대통령의 권력이 어디까지 갈 수 있는지를 보여준 대표적인 경우이다.[395]

루스벨트는 그 재임기간이 12년(1933~1945)이었는데 그나마도 마지막 임기는 채우지도 못하고 서거하였다. 루스벨트 대통령은 2천 명 이상의 보좌관과 참모들의 자문을 받으면서, 저녁에는 라디오 방송을 통해서 국민들과 대화

---

394) Wilson, 앞의 책, p. 249.
395) 프랭클린 루스벨트 대통령의 권력은 상부구조의 핵이 되는 경제제도조차도 바꿀 수 있을 정도로 강력한 것이었다. 그 당시만 해도 '계획경제'라는 용어는 사회주의자나 공산주의자들의 용어였을 뿐만 아니라, 전체 유럽에 풍미하고 있던 사회주의 세력의 위험을 고려해본다면, 가히 혁명적인 시도라 할 수 있다. 루스벨트는 소위 3R(Relief, Recovery, Reform)의 슬로건을 내걸고 의회로부터 광범위한 '비상독재권(非常獨裁權)'을 얻어 대통령의 권한을 강화하고 '통제경제'를 실시하였다. 루스벨트는 전국 산업 부흥법(NIRA), 농업 조정법(AAA), 와그너법, 광범위한 사회복지 정책 등을 실시하여 '수정자본주의(修正資本主義)'의 길을 열었던 것이다. 이 같은 시도는 자본주의에 만연한 불평등을 극복하고 격렬해지는 사회주의자들의 도전을 사전에 차단하는 것으로 장기적으로 사회주의를 이겨낼 수 있는 커다란 원동력이 되었다.
루스벨트의 뉴딜정책에 따라 관료제의 팽창과 2차 세계대전의 발발에 따르는 가공할 군사력의 증대로 말미암아 미국 대통령 권력의 절정기를 맞이하게 된다. 유럽 대부분이 히틀러의 수중에 떨어지고 오직 영국군만이 '괴링'이 이끄는 독일공군 공습에 처절히 저항하던 시기에 세계사를 변혁시킬 수 있는 유일한 국가가 미국이었다. 미국은 그 격렬한 전쟁의 와중에서 미국의 국익에 가장 위협이 되는 두 개의 세력, 즉 사회주의 소련과 전체주의 독일이 서로 격돌하여 어부지리를 바랄 수 있었던 여유를 가진 나라였다. 결국 스탈린그라드 공방전(1943)에서 독일군이 소련군에 대패하자 미국이 본격적으로 참전하였고, 전쟁은 싱겁게 끝이 난 것이다(1945.5).

하고(fire side talk), 헌법 위헌 심사를 맡는 대법원 판사들도 자신의 추종자들로 채울 수 있었다.[396)]

1951년 미국 헌법 제22번째 수정안에 의해 대통령의 삼선은 엄격히 금지되었다. 이것은 루스벨트 치하의 미국이 세계적인 초강대국이 될 수 있는 모든 여건을 갖춘 것과는 무관하게 대통령의 권력이 극대화되었을 경우, 그것을 통제할 만한 방비책에 한계가 있다는 것을 미국민들이 인식하게 되었기 때문이기도 하였다. 루스벨트 대통령의 잠재된 권력을 가히 '천자(天子)'의 수준으로까지 확대시킨 것은 세계대전이나 공황과 같은 '독립적으로 주어지는 외부적 요소로서의 상황'이 있었기 때문이다. 링컨의 경우에도 이 명제는 충분히 증명될 수 있다.

4. 『삼국지』와 일본의 무가정치

『삼국지』에 나타난 통치제도의 성격

『삼국지』의 동탁 정권이나 조조의 정권은 전시체제였기 때문에 일반인들이 이해하기 매우 어렵다. 아마 독자들은 『삼국지』에서 과연 황제의 존재는 무엇인가, 동탁과 조조는 왜 황제를 제거하고 권력을 쟁취하지 않았는가, 왜 신하들은 황제파와 조조파로 나뉘는가 하는 의문을 가졌을 것이다. 이 같은 의문은 일본의 덴노[천황 : 天皇]와 바쿠후[幕府 : 막부] 체제를 이해하면 쉽게 풀릴 수 있다.[397)]

---

396) 루스벨트는 공개적인 연설을 대단히 중요시하여 자신의 연설이 전국의 서로 다른 계층과 유형의 사람들에게 미칠 효과는 물론이고 원고의 글자 수에 대해서도 보좌관들과 상의하였다고 한다. 물론 이러한 루스벨트의 '의도하지 않은 장기집권'의 결과는 그의 참모들의 사상적인 문제에 많은 의혹을 낳아서 1950년대에 미국식 분서갱유로 비유될 만한 소위 '매카시 선풍'이라는 엄청난 사상적인 탄압을 가져왔다.

397) 물론 『삼국지』의 동탁-조조 정권의 통치제도가 난세에 나타난 일시적인 제도이기도 하지만 이 같은 형태가 이후 지속적으로 나타나고 있다. 고려시대의 무신정권이나 일본의 바쿠후 체제는 조조 시대의 통치제도와 거의 같은 형태를 띠고 있다.

일본의 천황은 실권이 없는 명목상의 통치자이나 일본의 상징으로서 매우 중요한 의미를 지니고 있다. 천황은 오히려 실권이 없었기 때문에 천년 이상 유지되었다고 할 수 있다. 흥미로운 것은 정권교체기에는 천황이 구심점 역할을 한다는 사실이다. 그리고 일본의 군사정권 체제인 바쿠후 체제는 『삼국지』 시대의 정치권력을 이해하는 데 매우 유용하다. 지나친 비약일 수도 있지만 어떤 의미에서 『삼국지』에 나오는 헌제(獻帝)는 끊임없이 권력을 회복하려 하였기 때문에 결국은 황제 자리를 유지할 수 없었던 것일지도 모른다.

『삼국지』의 통치제도와 일본의 바쿠후 제도

일본의 무가정치(武家政治)를 바쿠후〔幕府〕 체제라 한다. 바쿠후 체제는 군사정권으로 황제를 그대로 둔 상태에서 군인들 가운데 가장 힘이 센 사람이 사실상 정권을 장악하고 그것이 세습되는 형태이다. 『삼국지』에서 조조의 경우를 보면 조조의 권력이 그대로 아들인 조비에게 세습되는 것을 볼 수 있다. 그리고 조조가 죽고 난 뒤에도 여전히 권력은 조조의 가문에 그대로 있다. 이 경우는 바쿠후 체제와 완벽히 일치한다.[398] 천황에게도 자신을 추종하는 그룹이 없는 것은 아니다. 천황을 받들어 자손 대대로 궁정 일에 종사하는 사람들을 공가(公家)라 하였다.[399]

원래 바쿠후, 즉 막부(幕府)라는 말은 중국에서는 장군의 권력조직을 뜻하는 말이었는데, 일본에서는 대장군(大將軍 : 다이쇼군) 자체를 가리키는 말로 사용되었다. 그리하여 바쿠후는 무가정치를 이끄는 대장군의 거처로 인식되었다. 나아가 쇼군〔將軍 : 장군〕이 거처하는 지역의 이름을 따서 가마쿠라〔鎌倉〕, 에도〔江戸〕 등의 말이 붙었다. 그런데 일본의 무가정치는 중국과 같이 과도기적인 현상이 아니라 무려 700년 동안 유지된 통치 형태라는 것이다.

---

398) 물론 일시적인 이 현상이 일본의 통치제도인 바쿠후 제도를 닮았다는 것이다. 근본적으로 중국의 황제에 의한 통치제도와 일본의 바쿠후 제도가 닮았다는 말은 아니다. 『삼국지』는 권력의 과도기에서 군벌정치가 등장하는데 이것이 일본의 바쿠후 체제와 닮아 있다는 것이다.
399) 대표적인 가문이 후지와라〔藤原〕 가문이었다. 이들은 메이지 시대 이후 복권되었다.

일본은 4세기경부터 기나이 지방에서 야마토[大和] 정권이 급속히 세력을 확대해 오키미[大王]를 정점으로 하는 지배구조를 만들었다. 야마토 정권은 5세기 경부터 초기 형태의 일본 문자를 만들기도 하였고, 선진문물의 수입에도 적극적으로 임했다. 7세기 중엽에 이르자 야마토 정권은 오키미 권력을 강화하려고 당나라의 율령제를 모방하여 정치개혁인 다이카개신[大化改新 : 646]을 시작하였다. 다이카개신은 중국의 유학생과 유학승(遊學僧)들의 지원을 받은 궁중세력이 정변을 일으켜 천황 중심의 율령국가체제를 확립, 당의 행정조직과 제도들을 본받아 유교적 중앙집권제를 확립하려는 것이었다. 개혁 작업은 701년 다이호 율령이 제정되면서 확립되었다. 천황의 통치체제가 굳어지면서 일본(日本)이라는 국호가 사용되었다.

그후 간무 천황이 794년 수도를 헤이안(지금의 교토)로 옮기면서 율령제의 기초가 무너지고 귀족세력이 대두하였다. 이로써 천황의 세력들이 약화되었다. 그 과정에서 지방의 무사 세력이 강화되고 큰 지방의 장원들이 독립하면서 강력한 무사 집단으로 변모하였고 이들이 통치권을 행사하게 된 것이다. 이들이 정권을 장악하여 만든 정권이 바쿠후 체제이다.

바쿠후 체제는 무사계급이 군사력을 바탕으로 독자적인 권력과 조직을 가지고 통치한 정치 형태를 말한다. 그리고 12세기 말(1185) 가마쿠라 바쿠후가 들어선 때부터 1867년 에도 바쿠후가 무너질 때까지를 무가정치 시대라고 한다. 따라서 일본은 2천년 전 조조 정권과 같은 이원적 통치제도가 개항기까지 지속되었다는 얘기다. 이 제도는 세계사적으로도 매우 특이한 정치제도이다. 다른 나라라면 과도기적 제도에 불과할 이 군벌 통치제도가 거의 700여 년 동안 유지되었다는 것은 현대 일본을 이해하는 데도 중요한 요소이다.

천황제의 중요한 의미는 사실상 왕조의 교체를 의미하는 바쿠후의 교체와 같은 대대적인 혼란기에서 구심점 역할을 함으로써 정치적 변화에 따른 비용을 최소화한다는 점일 것이다. 1185년 가마쿠라 바쿠후 수립 이후, 일본의 역사는 무로마치 바쿠후[400] — 센코쿠지다이[戰國時代 : 전국시대] — 오다 노부나가[織田] · 도요토미 히데요시[豊臣] — 도쿠가와[德川] 바쿠후(에도 바쿠후)로 전개되었다. 일본이 비록 무인들에 의해 정권이 장악된 체제였다고는 하나 바쿠후의 교체기에는 천황을 옹위하고 바쿠후를 무너뜨리려는 소위 '도바쿠후[倒幕 : 도막]운동'이 광범위하게 일어난다.[401]

도쿠가와 이에야스는 전국시대를 통일 후 봉건제도를 재편성하고 바쿠후 체제·병농일치(兵農一致)·석고제(石高制)[402] 등을 실시하였다. 바쿠후 체제는 중앙집권적이라기보다는 각 영주들의 연합정권의 성격을 띠고 있었다. 그들 가운데 최강자, 즉 교토[京都]의 덴노를 보호할 수 있는 자가 바쿠후의 다이쇼군이 될 수 있는 체제였고 사농공상의 신분제도가 엄격하였다. 부시[武士 : 무사]는 영지의 수도인 죠우카마치[城下町]에 모여 살고 지배계급으로서의 지위를 확보하였다.[403]

『삼국지』의 황제와 일본의 천황

일본의 군주인 천황의 본질을 파악하기란 쉽지 않다. 흔히 일본의 천황은 일

---

400) 가마쿠라 바쿠후 말기에 고다이고 천황은 정권을 장악했으나 논공행상(論功行賞)에 불만을 품었던 아시카가[足利]가 고묘 천황을 옹립하고 무로마치에 바쿠후를 세웠으며 1388년 쇼군에 임명되었다.

401) 대표적인 예가 도쿠가와 바쿠후의 말기에 있었던 일본의 개국과정과 메이지 유신의 달성 과정에서 나타났다. 일본을 개국시킨 미국은 1837년부터 태평양 국가를 선언하였다. 당시 미국의 주목표는 중국이었으며 일본은 중간 기착지로서 필요했던 것이다. 미국의 일본에 대한 압력을 도쿠가와 바쿠후 정권이 홀로 감당할 수 없어 전일본의 다이묘[大名]들과 의논한 결과 50인의 다이묘들 가운데 34명이 소위 '하요오[破洋 : 파양 – 무력으로 물리침]'를 주장하였으나 결국은 미국의 무력에 굴복하여 가나가와[神奈川] 조약을 맺어서 가나가와, 나가사키 등 5개항을 개항하였다. 이 사건은 바쿠후 정권의 무능과 서투름을 만천하에 공개한 사건이기도 하지만 다른 한편으로는 '메이지이싱[明治維新 : 명치유신]'이라는 새로운 시대의 예고이기도 하였다. 바쿠후 정부의 동요는 마치 가마쿠라 바쿠후의 말기와 같은 전국적인 '도바쿠[倒幕 : 도막]운동(막부 타도 운동)'를 촉발하여 '죠슈[長州]', 사쯔마[薩摩]', 도사[土佐], 히젠[肥前] 번(蕃) 등과 교토의 하급 궁중귀족, 혁신적 하급 관리 등 친황파(親皇派)의 세력들이 연합하여 '손오우쥬이[尊王攘夷 : 존왕양이]'를 표방하고 천황 궁정을 무력으로 장악한 후 왕정복고를 선언하였다(1868). 이 과정에서 도쿠가와 요시노부[德川慶喜]는 전투 없이 에도 성을 내어주는 역사적 대결단을 내리고 일본은 근대화의 길을 걷게 되었다.

402) 석고제(石高制)란 토지검사에 따라 산출량을 정하여 세금을 매기는 조세운영의 방식이었다.

403) 나카무라, 「자유주의와 국가주의의 갈등」, 차기벽·박충석 편, 『일본현대사의 구조』, 한길사, 1980, 63쪽.

본의 '정신적 지주'이자 '일본의 상징'이라고 한다. 그러면서도 천황이 삼국 시대의 백제계(百濟系)라는 것은 공공연한 비밀이기도 하다.[404] 현대에는 천황의 동정이 거의 보도되는 일이 없기 때문에 일반인들은 천황의 존재를 느끼기조차 어렵다. 그러나 일본 왕실에서 출생·부음 등 경조사가 있을 때는 대부분의 국민이 마치 자기 일처럼 기뻐하고 슬퍼한다. 어떤 의미에서 일왕 가족의 출생은 일본의 영속성이 유지된다는 상징이기도 하다.

천황은 역사적으로 정치적 실권은 없이 국민적 통합에만 기여하다가 과도기에는 실제로 권력을 장악하기도 하지만 일정 기간이 지나면 다시 그 권력을 포기하는 것을 볼 수 있다. 따라서 일본의 천황은 권력이 없다고 말하기도 어렵고 있다고 말하기도 어렵다. 다만 분명한 것은 항상 일본의 구심점 역할을 하고 있다는 점이다. 만약에 『삼국지』에서 헌제(獻帝)가 끊임없이 권력을 회복하려 하지 않았다면 조조의 아들 조비가 굳이 헌제를 폐했을까 하는 점도 한 번쯤 생각해볼 필요가 있다. 만약 그랬다면 『삼국지』에 나타나는 통치 형태도 변할 수 있었을 것이다. 뿐만 아니라 이후 중국사도 어떤 형태로든 변화했을 것이다.

1930년대 일본이 군국주의로 치달아 대동아 공영권을 꿈꾸던 당시, 천황은 개인적으로 생물학에 대한 연구에 몰두하고 있었다. 「하라다쿠마오니끼(原田熊男日記)」를 보면, 천황이 육군(陸軍)으로부터 "폐하, 폐하께서는 이 비상 시국에 생물학 연구나 하고 계시다니 될 법이나 한 일입니까?"라고 비난을 받고, 시종으로부터 "폐하께서 너무 자연과학에 기울어지시는 것보다 하다 못해 한문 선생이라도 부르셔서 『논어(論語)』같은 것을 들으시면 어떻겠습니까?" 하고 주의를 받았다고 기록되어 있다. 마치 엄한 부모에게 닦달을 당하는 아이의 모습처럼 보이기도 한다.

그러나 유심히 보면, 천황의 무력화가 오히려 천황을 더욱 신비화·절대화

---

404) 어떤 의미에서 일본인들이 한국에 대해 느끼는 적개심은 과거 백제인들이 신라인들에 대해 가졌던 적개심과 무관하다고만 할 수는 없다.

시키는 아이러니를 낳고 있다.[405] 그리고 이것은 천황제가 오래 유지되는 이유가 된다. 이것은 분명히 특이한 권력구조이다. 그렇다고 하여 입헌군주제와도 다른 성격을 띠고 있다. 입헌군주제는 대의제를 바탕으로 한 것이고 이것은 군벌정치(군사정치)를 바탕으로 한 것이기 때문이다. 가마쿠라 바쿠후(1185) 이후 최근에 이르기까지 천황의 권력이 가장 강력했던 때는 메이지 시대였을 것이다.

천황을 분석하는 이론에는 천황주권설(天皇主權說)과 천황기관설(天皇機關說)이 있다.

천황주권설은 천황의 권력은 헌법이나 기타의 제도적인 산물이 아니라 바로 일본의 조상으로부터 받은 것이라는 견해이다. 즉, 천황의 존재 자체가 바로 일본을 통치할 수 있는 권리를 부여하는 것으로 일종의 왕권신수설(王權神授說)이다. 특히 다이세이호칸〔大正奉還 : 1867〕[406] 이후 일본은 천황의 통치권은 조상으로부터 받은 것이지 헌법에 의한 것이 아니라는 사상과 천황의 통치권은 신성하여 침범할 수 없다는 등의 국수주의적 성격을 강하게 띠게 되었다. 그리하여 소위 '니혼세신〔日本精神 : 일본정신〕'을 강조하고 있다.[407]

천황기관설은 천황은 국가를 위한 기관이고 의회가 독자적 기능을 가진다는 이론을 기초로 삼고 있었다. 그것은 메이지 헌법을 전제로 하면서 이것을 가능한 자유주의적으로 해석하려는 시도였다.[408] 천황기관설은 1912년 도쿄제대 교수 미노베 다쓰키치〔美濃部達吉〕가 제기한 헌법이론으로 천황제에 무조건 복종을 주장하는 천황주권설에 반대하는 것이다. 이것은 처음에는 광범위하게 인정되다가 당시에 군국주의의 길을 걷던 우익세력과 군부에 의해 철저히 비판되었다. 1935년 초 제67의회에서 다이쇼 이후 학계에서 널리 인정되

---

405) 이시다, 「이데올로기로서의 천황제」, 차기벽·박충석 역, 앞의 책, 100쪽.
406) 바쿠후의 권력이 천황에게 이양된 것을 다이세이호칸(大正奉還 : 대정봉환)이라고 한다.
407) 나카무라, 「자유주의와 국가주의의 갈등」, 앞의 책, 88쪽. 충군(忠君)과 애국(愛國)이 야릇하게 유착한 천황제 이데올로기는 '교육칙어(教育勅語)'의 환발(渙發) 이후 제국주의적 경쟁이 치열해진 러일전쟁에 이르러서 애국(愛國)이 훨씬 강화되었다.

고 있었던 '천황기관설'의 문제가 제기되었다. 귀족원의 기쿠치 다케오 중장 등 재향군인의원은 본회의 석상에서 귀족원 의원 미노베 다쓰키치가 국체에 위반되는 학설을 주장하는 "가쿠히〔學匪 : 학비〕"이며, "완만한 모반자"라고 비난했다. 이어 3월 오카다 수상이 천황기관설을 비판했고, 4월에 마사키 진자부로〔眞崎甚三郎〕 교육총감은 '천황기관설'이 국체에 위반된다는 취지의 훈시를 전 육군에 통지하고 문부성도 각 학교에 훈령을 내렸다. 이 당시 '천황기관설'을 변호하는 움직임은 거의 보이지 않았다. 이 사건은 천황와 국체를 방패로 삼으면 어떠한 비합리적인 말이라도 활개치며 다닐 수 있고, 그것이 여론을 선동하여 폭력적인 위력을 발휘한다는 것을 생생히 증명하는 사건으로 일본의 군국주의화에 박차를 가하게 된다.[409] 그리고 이 '천황기관설' 문제는 지배층 내부의 암투를 격화시키는 계기가 되었다. 그것이 폭발한 사건이 바로 2 · 26 사건(1936)이다.[410]

이 2 · 26 사건은 천황을 옹호하는 황도파와 군부의 입장을 반영하는 통제파의 대결이었는데 결국은 통제파의 승리로 끝이 났다.[411] 이 과정은 『삼국지』에서 나타나는 동탁과 조조 또는 이각 · 곽사의 난과 매우 유사한 성격을 띠고 있으며, 일본에서 파시즘의 지배를 구축하는 데 천황제 기구와 이데올로기가 얼마나 큰 역할을 하는지 보여주는 것이었다.[412]

일본 군국주의는 대동아 공영권과 태평양 전쟁을 통해서 절정에 달하게 된

---

408) 이어서 1916년 『中央公論』 지상에 발표된 도쿄제대 교수 요시노 사쿠조〔吉野作造〕의 '민본주의'에 대한 논문은 정당 내각의 실현으로 벌족세력을 물리치고 재산에 의한 선거권 제한을 철폐하는 보통선거에 의해서 의회와 정당이 민중의 지지를 기반으로 설립될 수 있도록 하려는 논지였다. 그런데 요시노가 말하는 '민본주의'란 데모크라시를 번역한 말이지만, '민주주의'와는 일단 구별하여 주권의 소재를 묻는 것은 잠시 보류하고 주권의 운동에 대해 주권자는 일반 민중의 복리와 의향을 존중하라고 하면서 그 제도적 보장을 요구하는 것이었다. 따라서 처음으로 천황제와의 대결을 피한 타협적인 성격의 것이었지만 그만큼 현실적으로 가능한 개량의 길을 제시하고 있었다. 이 주장은 데라우치 내각의 비밀외교 및 언론탄압 정책에 대한 반감과 결부되어, 「大阪朝日」, 「大阪每日新聞」을 비롯한 많은 언론기관의 지지로 국민들 사이에 널리 퍼졌다. 때마침 연합국이 데모크라시를 전쟁 목적으로 내건 것에 자극되어 요시노의 주장은 곧 도시 중산계급의 마음을 사로잡았다. 도야마〔遠山茂樹〕 외, 『일본현대사』, 한울, 1990, 23~24쪽.
409) 도야마〔遠山茂樹〕 외, 앞의 책, 108~110쪽.

다. 이 당시 일본의 군대는 천황, 즉 대원수가 직접 통수하는 '천황의 군대' 임을 자랑하였다. 천황의 권위를 절대시하고 "상관의 명을 받드는 것을 짐의 명령을 받들듯이 하라(『군인칙유(軍人勅諭)』)"고 함으로써, 군대는 엄격한 계급 구별과 상급자에 대한 절대 복종으로 다져져 있었다. 그런데 이 시기의 천황은 앞서 본 대로 전혀 실권이 없는 존재였다.

실제로 군부의 특정 권력에 희생되는 상황인데도 마치 일본을 대표하는 신적인 존재인 천황을 위해 죽는 성전(聖戰)의 형태를 띠고 있었던 것이다. 군부

---

410) 당시 일본 육군 내부에서는 '황도파(皇道派)'와 '통제파(統制派)'의 투쟁이 격렬해지고 있었다. 이들은 군부 독재를 지향하는 점에서는 일치했으나 파벌대립에 덧붙여 군부독재를 위한 수단과 그 형태를 놓고 서로 배척하고 있었다. 이보다 앞서 아라키(荒木) 육군대신은 칸인노미야(閑院宮) 참모총장 밑에서 실권을 잡고 있던 마사키 차장과 손잡고 자파에 유리한 파벌인사를 시행함과 함께 쿠데타의 단행을 기도하는 청년 장교의 일부를 비호하고 이용하려고 했다. 이들 청년 장교는 '천황(君) 주위의 간신배(奸)'를 제거하면 국체가 바로서고, 천황 친정하에서 일본의 발전을 기약할 수 있을 것이라는 입장을 취했다. 아라키·마사키파는 천황주의를 강조하기 때문에 황도파라고 불렸다. 이에 대해 사쿠라 회의 흐름을 잇는 육군성, 참모본부 등의 막료층을 중심으로 하는 통제파의 세력이 진출하였는데 그 지도적 지위에 있던 나가다 뎃산(永田鐵山) 군무국장 등은 합법적 수단에 의해 군부의 정치적 발언권을 강화하고 중신, 관료, 재계 등을 이용하여 총력전 체제를 수립하려고 획책하고 있었다(도야마 외, 앞의 책, 110~112쪽). 하야시 육군대신과 니가다 군무국장의 '황도파' 일소 시도 이후 내외의 정세가 절박하고 게다가 육군 군부 내의 통제가 흔들리고 있는 가운데 1936년 '황도파'는 '통제파'가 정부, 중신, 재벌과 결탁하고 있는 것을 폭로하고 자파의 세력을 만회하려고 맹렬한 선전전을 시작했다. 1935년 12월에 황도파의 거점이 되었던 도쿄의 제1사단이 1936년 봄, 만주로 이주하는 것이 결정되자 청년 장교들은 전부터 계획하고 있던 쿠데타를 결행하였는데 이것이 유명한 2·26 쿠데타 사건이다. 자신들의 영향력 확대를 노리던 군부는 행정권을 장악한 뒤 반란부대를 그대로 계엄부대에 편입시키는 등 반란이 성공한 듯하였으나 2월 29일이 되자 사태는 일변했다. 해군은 앞서 발표된 육군에 항의하여 연합함대를 도쿄만에 집결, 시위 태세를 갖추었고 측근의 중신이 살해당한 천황은 반란군의 진압을 강력히 명령하였기 때문이다. 청년 장교들도 열광적인 천황주의자였기 때문에 정작 자신들이 반란군으로 취급되자 전의를 잃고 자살 또는 투항했다. 이렇듯 2·26사건은 1400여 명의 병력을 동원하면서 싱겁게 끝났다.

411) 2·26 쿠데타의 실패로 봉기의 형태를 띤 파시즘 운동은 종말을 고했고 이후 군부는 조직의 힘으로 지배기구를 통해 파쇼화를 추진하게 되었다. 따라서 청년 장교와 민간 우익은 이미 주역이 아니고 육군성이나 참모본부의 당국자에 이용되었다. 1936년, 2·26사건의 반란이 진압된 직후부터 군부는 피비린내 나는 사건의 진압과 계엄령의 시행을 배경으로, 정치에 대한 발언권을 공공연히 요구하였고, '황도파'의 장교 다수가 좌천 혹은 해직되고 통제파가 요직을 독점했으며 이미 청년 장교의 파시즘 운동을 토대로 군부의 세력 신장을 꾀하는 것은 군수뇌부로서도 바람직하지 않고 필요하지도 않았다. 군부는 제도적으로 그 발언권을 확보하려고 한 것이다(도야마 외, 앞의 책, 122~123쪽).

412) 도야마 외, 앞의 책, 116쪽.

의 입장에서는 약간의 양보를 통해 엄청난 열매를 거두는 결과를 가져왔다. 『삼국지』에서 조조나 동탁 혹은 이각과 곽사가 황제를 그대로 자기의 휘하에 둔 이유는 바로 이런 이유 때문이다. 사실은 조조의 가문을 위해 죽는 것인데 명목상으로는 한나라를 위해 죽는 것으로 선전할 수 있기 때문이다.

『삼국지』 등장인물 분석

1. 『삼국지』의 주인공들

가후(賈詡)──청렴한 성품의 정치·전략가

　가후(147~223)는 자가 문화(文和)이고 무위(武威) 고장(姑藏) 사람이다. 그는 효렴으로 천거되었다가 질병이 들어서 고향으로 돌아갔다. 아마 이때 동탁과 관계를 맺은 것으로 추정된다. 가후는 동탁의 모사(謀士)를 거쳐 이각·곽사의 군사(軍師)를 지냈다. 동탁이 암살된 후 이각과 곽사가 군대를 몰고 양주로 돌아가려 하자 그들을 설득하여 장안을 공격하여 한수와 마등의 근왕병을 물리치고 장안을 회복하였다. 이각·곽사의 권력투쟁으로 난이 일어나자 이들을 중재하기 위해 노력했으며, 그것이 실패하자 황제를 모시고 미오궁을 빠져나와 낙양으로 가는 데 중요한 공헌을 했다. 그리고 장수(張繡)의 막하에 있으면서 장수와 형주의 유표(劉表)를 도와 신출귀몰한 병법으로 조조군(曹操軍)을 대파하였다. 그후 가후는 장수를 설득하여 중원을 장악한 조조에게 귀순하여 순욱과 더불어 관도대전에 결정적 기여를 하였다. 가후는 적벽대전을 치르려는 조조를 막으려다 실패하고 결국 조조군은 적벽에서 대패하였다. 이로써 천하통일의 과업은 수십 년 뒤로 연기되었다. 이후 가후는 조조의 가장 큰 우환거리였던 마초와 한수 연합군을 '이간계'로 물리친다. 그리고 조조가 장로(張魯)를 공격할 때 큰 공을 세워 방덕을 조조의 휘하로 끌어들이는 데 결정적인 역할을 하였다. 가후는 이후 중대부(中大夫)가 되었다가 조조의 장자인 조비의 후견인이 되었다. 조조가 후사로 고민하자 원소의 예를 들어서 장자인 조비에게 물려주도록 권하여 이를 성사시켰다. 조조 서거 후 가후는 조비에 의해 태위(太尉 : 현재의 국방부장관에 해당)에 봉해지게 된다. 가후는 헌제를 설득하여[413] 이름뿐인 황제의 자리를 조비에게 넘기게 하고 조비를 황제의 위에 오르게 하였다. 가후는 77세로 병사했다.

• 출신 배경

가후는 『삼국지』에 등장하는 가장 탁월한 정치가이자 전략가의 한 사람이지만 사람들의 주목을 받지 못했다. 이것은 그의 출신과도 관련이 있다. 가후가 태어난 무위 고장은 과거 강족 · 흉노족의 지역이었다.[414] 이 지역은 낙양 사람들에게 천대를 받던 대표적인 지역 가운데 하나로 여포의 고향만큼이나 낙양에서는 멀리 떨어진 곳이었고 이 때문에 대부분의 사람들이 가후를 반(半) 오랑캐 취급한 것으로 보인다.[415]

가후는 이 같은 출신 배경 때문에 항상 노심초사한 것으로 추측된다. 정사에 나타난 그의 행적은 이를 잘 뒷받침해준다. 정사에 의하면, 가후는 자신을 시기하는 사람들이 많아서 항상 문을 잠그고 스스로를 지켰다고 한다. 그리고 가후는 개인적으로 어떤 교분도 맺지 않았고 자식들도 권문세족과 혼인시키지 않았다고 한다.

• 정치 이력과 사상적 경향

『삼국지』 전체를 유심히 들여다보면 모든 중요한 사건에는 가후가 개입되어

---

413) 이 부분은 정사에는 나타나지 않고 나관중의 『삼국지』에만 나타난다.
414) 그는 병으로 고향으로 돌아가다가 저족에게 사로잡힌 적도 있다.
415) 그러나 그가 효렴에 의해 등용된 것으로 보아 한족을 부모로 두고 있거나 한화(漢化)한 사람으로 추정된다. 그가 효렴으로 등용된 것은 유목생활과 거리가 먼 독서인(讀書人)이라는 의미이고 그 지방에서는 일류 명사로 통했을 것이다.

있음을 알 수 있다. 그럼에도 불구하고 가후는 거의 무시당하고 있다. 예를 들면 관도대전에서 군량미 부족으로 조조가 철군 문제를 고민하고 있을 때 조조의 마음을 바로잡아준 사람은 가후와 순욱(荀彧)인데 나관중의『삼국지』에는 순욱만이 등장한다.『삼국지』에서 장량에 비견할 만한 인물이 바로 가후인데 가후의 출신지가 서량쪽이었기 때문에 항상 평가절하 되었다. 정사인『삼국지』「위서」'순욱 · 가후전(荀彧賈詡傳)'에는 "천하의 지혜를 논하려고 하는 자는 가후에게로 온다"고 되어 있다.

『삼국지』에서 그가 관여한 사건을 모으면 그것이 바로『삼국지』가 될 정도로 그는 중대사에 빠짐없이 등장한다. 가후의 정치적 경력을 보면『삼국지』의 그 어떤 등장인물보다도 화려하다. 이를 구체적으로 살펴보면 다음과 같다.

- 동탁이 낙양 입성시 태위의 속관으로 평진도위(平津都尉)에 임명함.
- 이각 · 곽사의 군사로 좌풍익(左馮翊)에 임명된 한수와 마등의 근왕병을 격파함.
- 이각과 곽사가 제후로 봉하려 하자 사양하고 상서복야(尙書僕射)도 사양함.
- 광록대부에 제수됨. 이각은 가후를 선의장군으로 임명함. 이각과 곽사의 권력투쟁으로 난이 일어나자 이들을 중재함. 황제를 모시고 미오궁을 빠져나와 낙양으로 옮기는 데 결정적으로 공헌함.
- 장수(張繡)의 막하에서 신출귀몰한 병법으로 조조군을 대파함. 조조가 원소와 대치할 때 장수를 조조에게 투항시킴.
- 조조는 가후를 집금오(執金吾)에 추천하여 도정후에 봉함.
- 기주목으로 승진.
- 관도대전 때 조조를 도와 원소군을 격파함.
- 관도대전 후 조조는 가후를 태중태부[416]로 임명함.
- 가후가 적벽대전을 말렸으나 조조는 무리하게 출병하여 대패함.

---

416) 태부(太傅)란 3공보다 윗자리로 상공(上公)이라고도 불렀다. 이 벼슬은 천자가 어렸을 때 보도(輔導)하는 직책이다.

- 조조의 가장 큰 우환거리였던 마초와 한수 연합군 격파함.
- 방덕을 조조의 휘하로 끌어들이는 데 결정적인 역할을 함.
- 위 문제(文帝:曹조) 즉위 후 태위(太尉)로 승격, 위수향후(魏壽鄕侯)에 봉해짐. 장자인 가목(賈穆)은 부마도위가 됨.
- 조비(위 문제)가 오나라를 토벌하려고 하자 가후는 오와 촉을 모두 토벌하기 어려우니 지키고 있다가 변화가 생기기를 기다려야 한다고 주장. 조비가 그 말을 듣지 않고 출전하여 대패함.
- 시호는 숙후(肅侯).

• 인물평

정사에 나타나는 기록으로만 보면 가후는 성실하고 합리적이며 청렴하고 탁월한 재능을 겸비한 인물이자 신뢰를 중시하고 명리를 좇지 않는 소탈한 성격의 소유자로 그려져 있다. 그의 시호인 숙후에서 보더라도 가후는 스스로에 대해 매우 엄정하고 철저했음을 알 수 있다. 그는 장수의 막하에 있을 때 조조의 권유를 받고도 의리를 들어 이를 거부했다. 동탁이나 이각 · 곽사가 정권을 잡았을지라도 가후와 이유가 건재하거나 권력자들이 이들을 신뢰할 때는 아무런 문제가 없이 정권이 안정되었다. 그러나 권력자들이 도를 넘어 가후와 이유의 말을 무시하면서 비극이 시작되었다.

조조의 경우도 예외는 아니다. 조조가 손권을 치기 위해 남정군(南征軍)을 일으키자 가후는 "이미 조조군의 군세가 천하에 떨치고 있으니 초나라의 풍부함을 틈타 선비들을 포상하고 백성을 위로해주며 편안한 땅에서 즐겁게 일하게 하면, 군대를 동원하지 않아도 손권은 투항할 것"이라고 권고하였다. 그러나 조조는 가후의 권고를 듣지 않고 군대를 일으켜 적벽대전에서 대패함으로써 유비에게는 기사회생의 기회를 주고 그 바람에 천하통일은 70년이 늦추어졌다.

가후는 자신에 대해 매우 엄격했으며 청렴한 성품을 지니고 있어 여러 가지의 벼슬을 주려 해도 사양했다. 예를 들면 이각과 곽사가 가후의 공을 높이 평가하여 제후로 봉하려 하자 사양하였고 상서복야(尙書僕射)를 제수하자, "상서복야란 모든 관리의 사장(師長)이며, 천하 사람들이 우러러 받드는 직책인데 저는 다른 사람을 설복시킬 수 없을 것"이라며 사양하였다. 가후는 워낙 탁월한 식견과 학식을 가지고 있었기 때문에 자신을 시기하는 사람들이 많아서 항상 경계하면서 살얼음판을 걷듯이 살아간 것으로 보인다. 말썽이 나는 것을 꺼려하여 사사로이 어떤 교분도 맺지 않았고 권문세족과 혼인관계도 맺지 않았다. 이것은 그가 주류사회에 얼마나 적응하기 힘들었는가를 단적으로 보여주는 것이다.

참고로 이문열은 가후를 지조(志操) 없는 사람의 대명사로 그리고 있는데,[417] 이것은 역사인식이 결여된 소치이다. 가후의 경우에는 주류에서 벗어나 있는 사람이기 때문에 춘추필법만을 가지고 그를 평한다는 것은 모택동이 마르크스 이론으로 중국 역사 전체를 재단하는 것과 다르지 않다. 가후는 천하의 안정에 관심이 있었던 사람으로 황제의 권위와 한나라의 사정을 그만큼 잘 아는 사람이 없는데, 그에게 한실에 대하여 절대적인 충성을 요구하는 것은 지나친 생각이다.

지조를 지킨다는 것이 단순히 자신을 고용해준 사람을 위해 죽는 것이라면 그 지조는 필부의 만용에 불과하다. 심배(審配)가 원소와의 의리를 위해 죽은 것을 지조라고 하면 곤란하다. 지조는 조선시대의 삼학사(三學士)가 조선이라는 조국을 위해 적으로 간주되는 청나라의 회유를 거부하고 죽을 때 쓰는 말이지 이미 사멸해가는 한 사람의 군벌을 위해 죽는 것을 지조라고 하는 것은 곤란하다.

지조로 말하면 유비는 매우 위험한 사람이다. 유비는 한실을 처절하게 옹호한 듯하지만 그 실상은 전혀 그렇지 못했다. 그는 헌제를 위해 죽지도 않았고, 퇴위된 헌제를 모시고 와서 황제로 복귀시킨 사람도 아니었다. 유비는 단지 자신이 한실 종친이기 때문에 그것을 이용하여 천하의 주인이 되려 했을 뿐이다.

---

417) 이문열 평역, 『삼국지』 제4권, 민음사, 1998, 45쪽.

유비(劉備)──요순의 덕(德)을 실현하려고 노력한 인물

유비(161~223)는 전한(前漢) 경제(景帝)의 아들 중산왕(中山王) 유승(劉勝)의 후손으로 알려져 있다. 관우(關羽)·장비와 함께 황건적의 난을 진압하는 데 참여하고 이로써 전국적으로 알려지게 되었다. 그후 한때 조조의 휘하에 있기도 했으나 한을 부흥한다는 기치를 내걸고 독자 노선을 걸었고 이것이 자신과 다른 제후들을 구별하는 무기이기도 하였다. 유비는 조조의 객(客)으로 있으면서 조조가 한나라의 천자를 너무 허수아비로 대하는 데 격분해 조조 암살 모의에 가담했으나 중간에 탄로나 도주하여 하북(河北)의 원소에 의탁했다. 그러나 원소-조조와의 관도전쟁 중 관우가 조조 진영에 있었으므로 원소와의 갈등을 유발하였다. 또한 원소에게는 새로운 시대에 대한 비전이 없다고 판단, 그를 떠나 형주(荊州 : 현재의 후베이성)의 유표(劉表)에 의탁하였다. 유표에 의탁하는 동안 유비는 삼고초려하여 제갈량을 휘하에 둘 수 있었다. 남정(南征)으로 천하통일을 꾀하던 조조의 공격으로 유비가 쫓겨가는 도중에 제갈량의 활약으로 손권과의 연합에 성공하여 적벽대전에서 조조의 대군을 대파하고 조조군의 남하를 저지하였다. 적벽대전의 승리로 형주를 차지한 유비는 그것을 발판으로 하여 파촉을 넓혀 한중왕(漢中王)을 칭하고, 조비가 제위에 오르자 황제로 즉위하였다(221). 그러나 많은 신하들의 반대에도 불구하고 형주의 영유권을 회복하고 관우의 죽음을 복수하기 위해 손권을 정벌하러 갔다가 대패하여 백제성에서 죽었다.

•출신 배경

유비는 현재의 북평(北平) 남서쪽인 탁군(涿郡)에서 출생하였다. 이 지역은 현재는 베이징에 가까운 지역이지만 당시로 보면 변방에 속하는 지역이었다. 소위 중화의 사각지대인 동북 3성(길림성·흑룡강성·요양성)에 가까운 지역으로 명나라 이전까지도 중원의 통제가 미치지 않은 곳이다.

유비가 성군(聖君)이었던 경제의 아들 중산왕 유승의 후손인지는 확실하지 않지만 본인은 이를 굳게 믿고 있었다. 그의 조부 유웅은 겨우 현령의 지위에 있었다. 일찍 고아가 된 유비는 친척들의 도움으로 학업을 계속할 수도 있었지만 남에게 부담스런 존재가 될 것을 우려하여 협객의 무리에 투신한 것으로 알려져 있다.

그러나 유비가 유협객이라는 점을 지나치게 강조하는 것은 잘못이다. 왜냐하면 협객이란 특정의 직업이라기보다는 공부로 출세하지 못하거나 농사일 등과 같은 일정한 직업도 가지지 못할 경우 일시적으로 협객의 모습처럼 보일 수 있기 때문이다. 오늘날에도 대학 입시에 떨어지고 특별한 기술이 없어서 일시적으로 우왕좌왕하면서 친구들과 어울려 술도 마시고 싸움질을 좀 한다고 해서 그런 사람을 조직폭력배의 행동대장 쯤으로 보지는 않는다. 물론 건달과 재수·삼수생은 겉으로 보면 표시가 별로 나지 않지만 그 내용은 분명히 다르다.

특히 유비처럼 자신을 돌보아줄 사람이 전혀 없는 혈혈단신이라면 스스로 밥벌이를 해야 했을 것이고 그래서 잠시 그와 같은 일에 참여했을 수도 있다. 그러나 다시 말하지만 그 사실을 침소봉대(針小棒大)할 필요는 없다. 그 당시 상황이 워낙 난세여서 정상적인 생활을 하는 일반인들이 그리 많지는 않았을 것이기 때문이다. 그리고 엄밀한 의미에서 유협객은 오늘날의 조직폭력배와도 성격이 다르다. 이 점은 이미 앞에서 분석하였다.

유비의 이 같은 출신 배경은 전국적인 명사가 되는 데 큰 장애가 되었고, 휘하에 훌륭한 인재를 모으는 것이 거의 불가능하였다. 죽을 때까지 유비를 따르던 관우·장비는 용맹하나 천하를 도모할 만한 인재는 아니었다. 당시에는 거의 노인이나 다름없는 나이인 50이 가까워지도록 유비에게는 귀족사회에 통할 수 있는 참모가 없었다. 한 고조 유방이 40세에 겨우 무리를 모을 수 있었기 때문에 47세의 유비는 한신과 장량 같은 인재가 더욱 절실했을 것이다. 삼고초려는 이와 같은 배경에서 이루어진 것이다.

『삼국지』의 최대의 아이러니는 조조가 기존의 정치지배 세력을 기반으로 하는 사람인 데 반하여 유비는 거의 유협객에 가까운 민초(民草)라는 점과, 조조는 구체제와 결별하는 데 반하여 유비는 구체제를 다시 건강하게 재생하는 데 중점을 두고 있다는 점이다. 객관적으로 유방이 건국한 이래 400여 년이 경과한 한(漢) 왕조는 더 이상 왕조로서 재생 가능성이 없다는 점을 유비는 고려하지 못했다.

음양오행으로 보더라도 한조(漢朝)는 이제 사멸하는 기운이다. 그러면 유비는 유방이나 후한의 유수(劉秀 : 光武帝)가 자신의 모범이 될 수밖에 없는데, 유비는 이것으로 새로운 세계를 고대하는 혁명적 신지식인들을 유혹하기는 어려웠을 것이다. 관우와 장비는 중앙무대의 세련된 사상이나 진보적 사고로 무장한 사람이 아니라 향촌의 지방적이고 보수적인 하급 지식인들이 될 수밖에 없으므로 이들을 통해 천하를 경륜한다는 것은 불가능한 일이다.

• 정치 이력과 사상적 경향

유비의 정치 이력은 이미 여러 번 소개되었으므로 생략하기로 하고 여기서는 유비를 이해하기 위한 몇 가지의 항목만 소개한다.

나관중의 『삼국지』에서 유비와 관련하여 가장 큰 문제점은 유비의 지적 성장과 정치적 성장 과정이 제대로 나타나 있지 않다는 점이다. 제갈량을 만나기 전에는 실제의 전투에서 전략가 · 세객 · 군지휘관 등을 모두 도맡아 하면서 아우들의 신임과 전국적인 명성을 얻었는데 이 점이 나관중의 『삼국지』에는 제대로 나타나 있지 않다. 나관중 『삼국지』는 무조건 유비가 훌륭한 사람이라는 식으로 묘사된 경우가 많다.

유비에게는 자신의 조상이기도 한 한 고조 유방이나 문제 · 경제가 삶의 모범이었을 것이다. 유비에게는 이와 같이 한실 부흥이 대명제였던 반면, 조조는 심리적으로는 오히려 반한(反漢)적일 수밖에 없었다. 이것이 두 영웅의 다른 점이다.

조조와 유비의 대립은 사상적으로는 유가(儒家)와 법가(法家)의 대립 과정으로 보아야 한다. 이 같은 대립은 모택동과 유소기의 대립에 이르기까지 중국사 전체에서 지속적으로 나타나는 현상이다. 『삼국지』에서 조조나 유비 모두는 법가적인 성격을 띠고 있지만, 그것은 난세에서 불가피한 것이었고 그 내면적으로는 조조로 대표되는 법가와 유비로 대표되는 유가의 대립 과정이었다.

• 인물평

유비는 자신이 모범으로 삼았던 한 고조 유방보다는 강인함이 부족했지만 그보다는 더욱 인간적이었다. 유비는 역사 인물로서는 한조(漢朝) 최대의 성군이었던 문제와 유방의 사이쯤에 위치한다고 할 수 있다. 유비의 매력은 탁월한 인간미였으며 제갈량은 그런 이유 때문에 그를 따르게 된 것이다.

유비의 장점은 유방의 노회함이 없었다는 것이다. 유방은 임협(任俠)의 정신에서 전제군주로 변해갔으므로 훌륭한 제왕이 되었지만 말년에 노회하여 자신의 참모들을 도륙(屠戮)하였다. 이에 비하여 유비는 전제적 군주나 노회함과는 거리가 멀었다. 이것은 유비가 가진 인간적 매력이기는 하나 그의 한계이기도 하였다.

특히 제갈량과 조운(조자룡)에 대한 유비의 태도는 매우 극진하다. 이 점과 관련하여 『예기』는 "옛날의 군주는 신하를 등용할 때나 사임할 때나 항상 예로써 하였다. 그러나 요즈음의 군주는 사람을 등용할 때는 무릎에라도 태울 듯이 융숭하지만 사임시킬 때는 사람을 낭떠러지에 떨어뜨릴 듯이 하고 있다. 이 경우에는 그 사임자가 역신(逆臣)이 되어 공격하지 않으면 다행이다"라고 지적하고 있다. 이 같은 상황이 난세에는 더욱 심각했을 것이다. 그 점을 염두에 둔다면 조조나 유비는 철저히 예로써 사람을 쓴 것으로 나타난다.

사람을 예로써 쓴다는 점에서 유비와 조조는 차이가 없는 듯이 보이지만 유비의 존사정신(尊師精神)은 조조가 따를 수 없는 경지에 있었다. 지도자나 황제가 존사정신을 가진다는 것은 매우 어려운 일이다. 그러나 유비는 존사정신이 특히 강한 사람이었다. 유비가 제갈량을 모시는 것은 조조가 참모를 거느리는 것과는 다른 맥락으로 보아야 한다. 제갈량은 유비에게 있어서 참모가 아니라 스승이었다. 제왕이 되어 나라를 잘 다스리려고 한다면 반드시 스승을 모실 줄 알아야 한다. 왕사(王師)를 둘 줄 아는 사람이 제왕이 되는 것이고 친구를 둘 수 있는 사람은 패자(覇者)가 된다고 한다.

유비는 유조(遺詔)에서, "그대(제갈량)의 재주는 조비보다도 십배는 낫다. 반드시 그대는 능히 나라를 편안하게 하고 천하통일의 대사를 도모할 수 있을 것이다. 만약에 아들 유선(劉禪)을 보필할 만하거든 그를 보필하되, 큰 대사를 치를 인물이 못 되면 그대 스스로 나라를 이끌라"라고 말하였는데, 이 말이 사실로 실재한 것이었다면, 유비는 봉건사회에서는 있을 수 없을 정도로 '요순(堯舜)의 정치'를 구현하려는 덕(德)을 가진 사람임이 분명하다. 이 덕은 오히려 신하들의 충성을 더욱 배가시키는 효과가 있다. 이것이 바로 유가의 이상인 덕치의 구현인 것이다. 바로 이 점이 유비의 위대한 점이다.

　앞서 본 대로 음양오행과 관련하여, 유비의 경우는 오행으로 천자가 되기는 어렵다. 그러나 결국 유비는 역사의 승리자이다. 이것이 동양인들의 결론이다. 유비는 안세(安世)에 태어났으면, 문제와 경제에 버금가는 성군의 자질을 타고난 사람이다. 제갈량도 이 점을 안타까워하였다. 따라서 결국 지도자의 자질이란 단순히 그 개인적인 면모에 국한해서는 안 되고 그 사람이 살아가야 할 상황이 변수가 되기도 한다는 것이다. 즉, 리더의 성공은 그 리더의 개인적인 자질이 충분히 발현될 수 있는 환경이 있어야 함을 역사는 증언하고 있는 것이다.

　유비가 원소, 여포, 공손찬 등 다른 주인공들에 비하여 오래 살았고 황제에까지 등극을 했다는 점은 유비가 현란한 처세술과 모사가적인 능력을 충분히 가지고 있다는 것을 의미한다. 수많은 위기 속에서 자신이 강해질 때까지 기다리는 능력도 유비의 중요한 특징이다. 난세에서의 처세술은 생존의 매우 좋은 무기라는 점을 유비는 충분히 보여주었다. 그러나 난세의 주인은 처세술만으로는 부족하며, 스스로 실력을 겸비하고 좋은 인재를 거느리며 그 기본 역량이 중앙 정치무대에서 충분히 통하는 사람이어야 한다. 즉, 객관적인 환경변수들을 매우 유리하게 확보하는 것이 중요하다는 말이다. 이 점에 있어서 유비는 조조의 상대가 분명히 아니었다.

조조(曹操)— 인재 등용의 대가, 천재적 군사전략가

조조(155~220)는[418) 조숭(曹嵩 : 유력한 환관 曹騰의 양아들)의 아들로 20세에 효렴(孝廉)을 통해 관직에 등용되었으며, 황건적의 난 때 진압군으로서 큰 공을 세웠다. 영제가 죽은 후 동탁이 정권을 장악하자 각지에서 원소를 맹주로 한 반(反)동탁군이 일어나 참전하였다. 그후 독자적으로 세력을 확장하다가 동탁이 죽고 이각·곽사의 난 중에서 장안(지금의 西安)을 탈출한 헌제(獻帝)를 자신의 근거지인 허(許)로 맞아들여 대권을 장악하였다.

조조는 둔전(屯田)을 시행하고[419) 수리시설을 정비하여 국가경제를 재건하였다. 또한 병호제를 실시하여 병력을 확보하고 순욱·곽가·장료 등을 등용하여 군을 정비한 후 최대의 경쟁자인 원소를 관도(官渡)에서 격파하고 승상에 올랐다. 이로써 조조는 중원통일을 달성한 것이다. 이어 남부에서 잔존한 반란세력을 진압하기 위해 남중국 정벌에 나섰으나 적벽대전에서 유비와 손권의 연합군에 크게 패하였다. 그후 조조는 위왕(魏王)이 되어 독자적인 영역과 관료체제를 갖추어 후한을 대체할 새로운 왕조체제의 기틀을 마련하였다(216). 조조가 죽자 장자인 조비는 헌제를 폐하고 제위에 올랐다. 조조는 문학을 애호하고 시부(詩賦)에 뛰어난 실력을 보여 당시의 문학 융성을 주도하였다.

• 출신 배경

현재 나온『삼국지』들은 조조를 정확하게 읽을 수 있는 것들이 아니다. 어떤 『삼국지』에서든 조조만큼 전형화된 인물로 그려진 예도 거의 없을 것이다. 그의 모습 또한 미장부(美丈夫)가 아닌 교활하고 간사한 자로 그려져 있다. 대부분 조조를 분석한 글들은 아이러니하게도 조조에 대해 호의적일 수 없는 사람

---

418) 조조는 한 고조의 출생지와 가까운 패(沛)의 초(楚)에서 출생하였다.
419) 둔전제란 중앙정부가 지방 호족의 방식으로 장원을 가지는 형태이다. 즉, 전란으로 황폐해진 토지를 정부의 관리지로 만들고 유랑농민과 빈민을 소집하여 경작하게 하였다. 둔전은 매우 세금이 높았으나(수확의 5할을 정부에 바침), 활성화되었다. 조조는 전선(戰線)에서도 대군이 주둔할 경우 군인들로 하여금 둔전을 경작하게 하여 정부에 공급되는 식량을 늘리면서 보급량도 줄이는 이중의 효과를 얻었다.

들에 의하여 씌어졌다는 특징이 있다. 따라서 조조에 대해서는 상당한 왜곡이 있을 수밖에 없다. 가령 정사『삼국지』를 쓴 진수는 촉나라의 유신(遺臣)이었고, 『조만전(曹瞞傳)』도 오나라 출신의 사람이 쓴 것이다. 특히 나관중의『삼국지』는 '조조악인설'에 근거하여 저술된 책이다.

조조가 출생한 곳은 패국(沛國) 초군(譙郡)이었다. 이 지역은 중국의 산 가운데 최고의 풍광(風光)을 자랑하는 현재의 안후이〔安徽〕성 지역으로 중원에서 양쯔강으로 내려가면 반드시 지나야 하는 길목이다. 이 지역 사람들은 지역적으로는 남방에 가깝지만 북방의 기질을 가지고 있어 인정이 후한 편이다. 따라서 조조는 중국을 남북으로 이해하기가 쉬웠을 것이다.

알려진 바로는 조조는 학문에 열심이었지만 한 가지에 몰두하기보다는 다독주의(多讀主義)였다고 한다. 조조가 가장 탐독한 책은 법가사상과 병법이었다. 이 지역은 산지가 많아서 예로부터 관중(管仲) · 조조(曹操) · 주원장(朱元璋) 등의 혁명가나 대정치가 또는 정호(程顥) · 정이(程頤) · 주희(朱熹) 등의 대학자나 대상인이 나왔던 지역이기도 하다. 조조가 나중에 허창을 전진기지로 삼은 것도 자신의 고향에서 낙양에 이르는 중간 기착지였기 때문이다.

조조의 가계는 명문이었다. 조조가 효렴으로 천거되어 관직생활을 일찍 시작한 것도 가문의 후광(後光)이었을 것이다. 그러나 조조의 가계가 환관 집안이었으므로 심리적인 콤플렉스가 심했을 것이고, 그만큼 구체제가 가진 위선에 대해 반감을 가지고 있었을 것이다. 특히 조조는 원소에 대하여 심한 콤플렉스를 가지고 있었던 듯하다.

• 정치 이력과 사상적 경향

나관중의『삼국지』에 의하면, 조조는 대권에 대해 과도한 집착을 보인 사람으로 나타나 있다. 조조는 진궁(陣宮)에게 "내가 천하를 배반하는 것은 괜찮아도 천하가 나를 배반하는 것은 용서할 수 없다"는 말을 하였다. 이것은 조조의 개인적인 성품을 단적으로 드러내는 말이다. 어쩌면 이것도 조조에 대한 중상모략적 차원에서의 서술일 가능성도 배제할 수 없지만 조조는 어린 시절부터 총명하여 당시의 천거제도인 효렴으로 중앙무대에 진출했으므로 '대권'을 향한 강한 의지를 가지고 있었을 수도 있다.

왜냐하면 그가 중앙무대에서 활약할 당시는 황제의 권위가 땅에 떨어져 있어 자신이 권력의 중앙부에 진입할수록 이 같은 욕망이 커졌을 것으로 짐작되기 때문이다. 천자가 된다는 것은 자손만대의 큰 영광이 아닐 수 없으며, 그것은 제왕학(帝王學)을 공부하는 사대부라면 누구나 한번쯤 생각할 수 있는 일이다.

조조가 가장 탐독한 책이 법가사상과 병법이었다는 것은 특기할 만하다. 조조는 후한 말기의 혼란한 사회는 예(禮)와 같은 도덕적 규율로 통치할 수 없다고 보고, 관자(管子), 한비자와 같은 법가의 저술을 탐독했던 것이다. 황건 농민전쟁(황건적의 난) 당시 30세였던 조조는 기도위(騎都尉 : 기병대장)로서 출정하여 공을 세우고 그 공적으로 제남국(濟南國)의 상(相)이 된다.[420] 조조는 30대 초반에 태수급으로 승진한 셈이다. 이 당시 조조는 8명의 장관을 파면하고 600여 개의 사당(祠堂)을 모조리 없애 관민에게 제사를 금하였다. 이러한 조치는 '귀신을 경원시하는' 유가에서는 행하기 어렵다.[421] 이 점이 그가 법가 사상을 얼마나 강건하게 지니고 있었는지를 보여준다.

조조는 계속하여 동군(東郡) 태수로 임명되었으나 병을 핑계로 고향으로 돌아가 낭인생활을 하게 된다. 이것에 대한 구체적인 이유는 알기 어렵다. 다만 환관과 외척들이 중앙권력을 장악하고 있었으므로 자신이 요직에 앉게 되면, 장기적으로 정치적 부담이 생기지 않을까 하는 우려를 했기 때문일 수도 있다.[422]

---

420) 여기서 말하는 국(國)은 황족이 책봉되어 있는 군(郡)을 말하고(따라서 명목상 군의 주인은 황족이다), 이 군의 장관은 태수이므로 상(相)은 사실상의 장관이다. 그리고 국 아래에는 5～10개의 현이 있는데, 현령(현의 장관)들은 유력자에게 잘 보여야 하므로 오직(汚職)이 극심한 상황이었다. 이때 조조는 8명의 장관을 파면하기도 하였다.

421) 유가에서는 가급적 민간신앙에 간섭하지 않는 것이 특징이다. 그러나 법가에서는 미신사종(迷信邪宗)이라고 판단되면 가차없이 탄압하는 특징이 있다. 제사를 지낸다는 것은 그만큼 비생산적이며 가산을 탕진하는 일이기도 하기 때문이다. 진순신(서석연 역), 『중국걸물전』, 출판미디어, 1991, 139～141쪽.

조조가 추구한 정치와 경제 정책을 판단하는 기준은 법가의 3대 통치술이라고 불리는 법(法) · 술(術) · 세치(勢治)를 통해 이해할 수 있다.[423] 한비자는 이 세 가지를 갖춘 자만이 통치권을 완벽하게 행사할 수 있고 군주의 자리를 안전하게 보전한다고 하였다.

조조는 훌륭한 행정가로서의 자질을 가지고 있었다. 극도의 혼란기였던 삼국시대에서 조조의 경제정책은 부국을 위한 중농주의(경제 제일주의)와 강병을 위한 군사주의(군사 지상주의)를 동시에 발전시키는 병농일치(兵農一致)의 추구라고 요약할 수 있다. 난세에서 선택의 여지가 없었을 것이다. 조조는 가장 앞서서 둔전제(屯田制)을 시행하였는데[424] 이 둔전제는 위에서 말하는 정치 · 경제 정책의 가장 전형적인 경우이다. 이 점은 오(吳)나 촉(蜀)도 마찬가지였다.[425]

조조의 가장 빛나는 업적 중의 하나는 둔전제의 시행이다. 조조는 조정을 안고서 천하통일을 주도하였는데 여기에는 장점과 단점이 모두 있다. 천자의 이름으로 다른 제후들을 누를 수 있는 장점이 있는 반면, 하나의 정부를 유지

---

422) 진순신, 앞의 책, 128쪽.
423) 이 개념은 법가사상가의 한 사람이었던 신불해(申不害)에 의해서 정립된 것이다. 전국시대 한(韓)나라 재상을 지낸 신불해는 법률 지상주의자인 상앙(商鞅)과 달리 국가의 안정된 경영을 위해서는 군주권 강화가 중요하다고 보았다. 신불해는 군주가 스스로 통치권을 강화하는 나름대로의 방식을 술(術)이라고 표현하였다. 따라서 신불해의 통치사상을 술치사상(術治思想)이라고 부른다. 상앙의 법치사상과 신불해의 술치사상을 합쳐 법술(法術)이라고 한다. 여기에 신도(愼到)는 상앙과 신불해의 권세를 이용한 군주의 노련한 통치술을 강조한 세치(勢治)를 합쳐서 흔히 법가의 3대 통치술이라고 한다.
424) 조조는 명목적이나마 후한 정부를 옹립하고 있었기 때문에 재정적으로 매우 어려웠다. 사방에 강호들로 둘러싸인 천하의 중심에 위치한 탓에 군비(軍備)를 하루도 소홀히 할 수 없었기 때문이다. 그러나 전란으로 말미암아 토지는 황폐화되어 재원 조달의 방법을 찾기가 어려웠는데, 이때 둔전제를 실시하였던 것이다. 『대세계사 3』, 현암사.
425) 춘추전국시대에 이 같은 논리를 편 대표적인 사람은 이사(李斯)였지만 법치 사상가들은 대부분 중농주의자이자 군사주의자였다고 보면 된다. 경우에 따라서 농업생산력을 극대화하기 위해 책을 불태우는가 하면 무력을 강화하기 위해 병농일치제를 강력히 추진하는 것이 그 골자였다. 강력한 법치주의를 실시하게 되면 국민의 기본권은 제한되고 사생활도 극도로 침해된다. 다섯 집을 하나의 단위로 해 연대책임을 묻는 오가작통법(五家作統法)은 진(秦)나라 시대부터 시행되었다. 법치의 원칙이 철저히 지켜진 진나라의 경우 물건이 떨어져 있어도 아무도 이를 주워가지 않았다고 한다.

하는 데 엄청난 비용이 들어가 재정적으로 매우 어려운 단점이 있다. 특히 낙양과 허도는 천하의 중심에 위치한 탓에 사방의 강호들의 침입에 대비해 군비(軍備)를 하루도 소홀히 할 수 없었지만 전란으로 말미암아 토지가 황폐화되어 재원 조달의 방법을 찾기가 어려웠다. 그 대안이 바로 둔전제였던 것이다.

둔전제란 중앙정부가 지방 호족의 방식으로 장원을 가지는 형태이다. 전쟁이 장기화되는 바람에 넓은 농장들이 주인 없이 방치되어 비옥하고 광대한 화북평원의 땅이 개간되지 못하고 있었는데 조조는 이 주인 없는 토지들을 국유화하여 수리시설을 정비하고 농기구 생산에 박차를 가하였다. 동시에 새로 생긴 국유지의 경작지에 먼저 전쟁 포로를 투입하면서 지위를 둔전민(屯田民)으로 격상하고 개간을 시작하였다. 점차 전란으로 재산과 가족, 집을 잃은 유랑민들이 몰려오자 한 가족당 100무(畝 : 1무는 30평)를 지급하였다. 둔전은 반드시 경작되어야 하므로 군대식으로 편성하고 유사시에 대비하였는데 이 제도는 여러 면에서 조조에게 도움을 주었다. 관도대전의 승리도 어떤 의미에서는 둔전제의 승리라고 할 수도 있다.

즉, 원소군의 경우에는 병력을 자유민인 농민으로부터 차출한 까닭에 문제가 많았지만 조조군은 둔전민을 바로 병력으로 동원할 수 있는 이점이 있었다. 쉽게 말한다면 향토예비군 체제가 된 것이다. 싸우면서 일하는 군대 그것이 둔전제가 가진 최대의 장점이었다.

둔전제는 전란으로 황폐해진 토지를 정부의 관리지로 만들고 유랑농민과 빈민을 소집하여 경작한 것으로 그 효과는 막대하였다. 둔전제를 통해 국가 조세원의 확보로 국가 재정을 확충하고, 유랑농민을 없애 경제활동인구로 만듦으로써 사회불안 요인을 줄이며, 군인들의 유휴노동력을 이용하여 군량미 보급의 현지조달로 기동성을 강화하고 국가부담을 감소시키는 등의 여러 가지 효과를 거두었다.

조조는 관도대전을 승리로 이끈 후 삼공(三公)의 제도를 폐하고 스스로 승상을 겸하게 되었다. 다시 말해서 조조는 천하의 통일이 가까워지자 자신의 위상을 더욱 강화하고 친정체제(親政體制)를 실현하기 위해서 삼공을 폐지하고 승상 1인 통치를 확립하게 된 것이다. 원래 전한 초기에는 승상(丞相)과 어사대부(御史大夫)와 군을 통솔하는 태위(太尉)를 삼공이라고 하였다. 그후 전한 말기에 이르러서는 대사마(大司馬)·대사도(大司徒)·대사공(大司空)을 삼공이라고 하다가 후한 말기에 이르러서는 사마(司馬)·사도(司徒)·사공(司空)을 삼공이라고 하였다. 그리고 이 가운데 사마는 태위로 명칭이 바뀌었다. 따라서 태위(太尉)·사도(司徒)·사공(司空)을 삼공(三公)이라고 불렀다.[426] 그러나 조조가 대권을 장악한 후 이 삼공제도는 실무적인 권한만 있을 뿐 사실상 실질 권력과는 거리가 멀었다. 이로써 친정체제를 강화한 것이다. 이것은 조조가 유방의 지방분권적 통치형식보다는 진시황의 강력한 중앙집권적인 통치구조를 선호하고 있다는 것을 보여준다. 즉, 조조는 확실히 유가보다는 법가를 숭상하고 있음을 알 수 있다.

• **인물평**

　조조에 대한 이해를 가장 저해하는 요소는 나관중의 『삼국지』라고 할 수 있다. 즉, 나관중은 즉 '조조악인설'이라는 전제하에 조조를 교활하고 잔꾀에 밝은 사람으로 묘사하고 있다. 그러면서도 조조는 인명(人命)을 가벼이 여기는 사람으로 줄곧 그려져 있다.

　조조의 대담하고 교활한 모습은 나관중 『삼국지』에서는 동탁에 대한 암살 시도에서 나타난다. 조조는 동탁이 매우 신뢰한 사람이었으나 동탁을 배신하고 대담하게 단독으로 암살 시도를 하는데 그 과정도 일반인들이 생각하기에는 불가능할 정도로 대담하고 교묘하다. 나관중 『삼국지』에서는 조조가 동탁의 암살 기도 실패로 탈출한 것으로 되어 있는데, 이 점은 물론 드라마틱하게 그리기 위한 것이다. 실제로는 다소 밋밋할 수도 있다.[427]

---

426) 삼공(三公)이란 한나라 때 조정에서 가장 높은 세 개의 고관직을 말하는데 이들 삼공이 조정의 대소사를 공동책임으로 관리하고 처리한다. 후한에서는 태위(太尉)·사도(司徒)·사공(司空) 등을 삼공이라 하였고 각각 한 사람씩 두었다. 삼공은 각각 삼공부(三公府) 또는 삼부(三府)라고 부르는 독자적인 행정 기구들을 두고 스스로 그에 따르는 수십 명의 관리를 뽑아서 운영하였다.

'조조 악인설'을 보여주는 가장 대표적인 대목은 자신의 아버지 친구인 여백사(呂伯奢)를 살해하는 과정이다. 나관중의『삼국지』는 조조가 쫓기고 있는 자신을 환대하는 아버지의 친구 가계를 의심하여 모두 살육하는데[428] 이 같은 조조의 행위는 조조가 성악설(性惡說)을 믿고 있으며, 사람들은 기본적으로 법적 제도적으로 보장되는 권리와 보상 여하에 따라 행위를 한다고 믿기 때문이다. 그렇다면 조조는 순자-한비자-상앙-이사-진시황 등의 계보 속에 존재할 수 있다.[429] 그러나 이 부분의 정사는 전혀 다르다. 진수의『삼국지』에서는 "태조(조조)는 변성명(變姓名)을 하고 샛길로 걸어 동으로 돌아오다"라고 적고 있다.

　만약에 조조가 고향으로 도망오는 과정에서 이와 유사한 사건이 있었다고 하면 위기의 상황에서 나타날 수 있는 정당방위에 가까운 사건은 있을 수 있을 것이다. 흔히 조조가 태평한 세대에는 유능한 관료, 난세에는 간웅(奸雄)이라는 평가를 듣고 흡족해 하였다는 것은 유명한 일화다. 그러나 이 부분도 아마 조조 악인설과 무관하지 않을 것이다.

　조조 악인설을 나타내는 또 다른 대목은 조조・여포 연합군이 원술군을 치기 위해 수춘성을 포위하는 과정에서 보인다. 조조는 군량미 부족으로 진중에서 군심(軍心)이 동요하자 경리장교의 목을 베고 "이 자가 되를 작게 하여 관미(官米)

---

427) 실제로는 조조는 동탁이 조조가 효기교위(驍騎校尉 : 근위기병대장)에 임명한 것을 거부하고 귀향한 것으로 보인다. 왜냐하면 난세의 한가운데서 일단의 정파에 소속되면 이를 바꾸기가 쉽지 않기 때문이다. 따라서 효기교위를 거부한 것은 동탁에 대한 반역이므로 낙양에 있을 수 없었기 때문에 낙양을 빨리 떠난 것이다.

428) 동탁에게 쫓기던 조조를 살려준 사람은 진궁(陣宮)이었는데, 그는 조조가 부친의 친구인 여백사(呂伯奢)를 의심하여 살육하는 것을 보고 "이 전의 가족을 죽일 때는 모르고 한 일이나 이번에는 알고 한 일이니 공연히 살생을 하는가" 반문하고 조조를 떠났다. 진궁은 조조가 천하를 구하고 세상을 근심하는 우국지사(憂國之士)가 아니라 천하를 빼앗으려는 야심가라는 것을 간파하였기 때문이다. 그런데 이 부분은 그 출전에 따라서 내용이 다르다. 먼저『세설신어(世說新語)』에서는 다섯 아들이 융숭하게 대접했는데 조조가 의심하여 죽였다고 하고 있고, 손성(孫盛)의『잡기(雜記)』에서는 식기소리를 듣고 자기를 죽이려 한다고 생각하여 사람들을 죽이는 것으로 되어 있는데, 나관중은 바로『잡기(雜記)』의 것을 차용한 것이다.

429) 여기서 한비자는 스승인 순자의 사상 가운데 인치(人治)나 예치(禮治) 사상을 버리고 모든 통치사상을 법치에만 준거하였다.

를 도둑질했다"라고 하여 흐트러진 군심을 바로잡는다. 이 부분은 「조만전(曹瞞傳)」[430]에 나오는 대목인데, 앞서 지적한 대로 이 책은 오나라 출신의 사람이 쓴 것이므로 신뢰하기가 어렵다. 물론 정사에는 없는 내용이다.

나관중『삼국지』에 나타나듯이 적벽대전을 앞두고 '단가행(短歌行)'을 읊은 후 유복(劉馥)이 "둥지를 틀 가지가 없는 이라는 표현은 불길합니다"라고 하자 조조가 이를 듣고 격노하여 찔러 죽인 것으로 묘사하였는데 사실이라고 보기는 어렵다. 왜냐하면 유복은 정확히 208년에 죽었으며 양주자사로서 합비에 있었기 때문에 적벽대전에는 참전할 수가 없었다.[431]

조조의 일생일대의 가장 큰 실수는 서주 민중 대학살 사건일 것이다. 조조의 가족이 도겸에 의해 몰살당하자 조조는 그 책임을 물어 서주의 도겸과 전쟁을 벌인다. 이때 도겸이 항복하지 않자 서주 백성들을 학살한다. 이 부분은 정치가로서는 용서될 수 없지만 난세인 당시의 상황에서는 무마된 것으로 보인다. 조조와 관련된 다른 부분은 정사에 없기 때문에 '조조 악인설'에 근거하여 왜곡된 것으로 봐도 무방하지만, 이 대목은 정사에도 나타나기 때문에 사실일 가능성이 매우 높다. 이 같은 일생일대의 중대한 실수를 제외하면, 조조는 사실상 관용의 인물로 나타난다.

조조를, 난세를 통일하려는 의지의 인물이라는 관점에서 파악할 경우 인재 등용의 대가, 천재적 군사전략가 등의 각도에서 살펴볼 필요가 있다. 위나라가 당시 중국의 대부분을 통일할 수 있었던 것은 바로 조조의 이 두 가지 장점이 큰 영향력을 발휘했기 때문일 것이다.[432] 흔히 천하를 얻으려면 인재를 먼저 얻어야 하고, 천하를 다스리려면 인재를 잘 써야 한다(得天下得人 治天下

---

430) 조만은 조조의 어릴 적 이름이다. 따라서 「조조전(曹操傳)」으로 보면 된다.

431) 진순신(서석연 역), 앞의 책, 139쪽.

432) 조조는 후한 말에 향거리선을 실시하기가 어렵게 되자 구품중정제(九品中正制)를 실시하였다. 이 제도는 천하의 모든 인재들을 대상으로 한 등록표를 만들어 각각 아홉 단계의 품평을 내리고 이것을 근거로 관리를 임용하는 방식이었다. 구품중정법은 중앙에 재직하는 모든 관리들이 중정관이 되어 전국의 모든 인사들을 등록표에 올려 등급을 매기도록 한 제도로서 현대적으로 보면 인재 풀(pool) 제도라고 할 수 있다. 이 제도는 한나라의 제도보다 훨씬 객관적이며 골고루 인재를 등용할 수 있는 장점을 가진 제도임에 분명하다.

用人)고 한다.[433] 이 점에 있어서 조조는 탁월하였다.

조조는 재능이 있는 사람을 매우 아껴 여하한 경우라도 함부로 죽이지 않았다.[434] 이 점은 조조를 중국 역사상 위대한 인물로 만들기에 충분하였다. 바로 이 같은 전통에서 당 태종의 정관의 치(治)가 나올 수 있었던 것이다.

조조의 인재 등용의 위대성을 구체적으로 들어보면, 자신에게 반역한 필심(畢諶)이 효자라는 이유를 들어서 중용한 점, 자신의 적을 도왔던 위충(魏种)을 하내군의 태수로 임명한 점, 자신의 명 참모였던 곽가의 소행이 나빴는데, 당시의 어사중승(御使中丞 : 검찰차장)인 진군(陳群)이 이를 여러 차례 탄핵하자 상관하지 않으면서도 진군을 높이 평가한 점, 원소 휘하의 문장가였던 진림(陳琳)이 조조에 대해 인신 공격성 격문(檄文)을 지었음에도 불구하고 용서해 주면서, "나를 비판하는 것은 어찌해도 상관이 없지만, 부친이나 조부에 대해서까지 욕할 게 무엇이 있나?" 하는 정도의 불평만 하고 넘긴 점, 조조가 원소의 부대를 점령했을 때 가장 먼저 원소의 기밀서류를 모두 불태워버린 점[435] 등이다.

조조의 인재 등용의 백미는 바로 적벽대전 이후 내린 유명한 영에서 찾을 수 있다. 조조는 청렴하지 않아도 재능이 있는 자,[436] 태공망 같은 재능을 가지고서도 숨어 있는 자, 형수와 정을 통하거나 뇌물을 받거나 하는 인간 말자(末子)

---

433) 한나라 이전까지 용인(用人)이나 득인재(得人材)에는 한 고조 유방을 으뜸으로 치고 있다. 항우와 같이 독점욕이 강한 사람에게는 인재가 모이지 않은 대신, 유방에게 인재가 많이 모인 이유는 유방이 자신의 한계를 분명히 알고 전문가가 제 역할을 다할 수 있도록 폭넓은 기회를 주었기 때문이다.

434) 제의 환공이 용인(用人)의 요체에 대하여 묻자, 관중은 "사람을 쓰는 데 있어서 우선 사람을 먼저 알아야 한다. 일단 사람에 대하여 정확히 안다면 그 사람을 부릴 줄 알아야 한다. 일단 사람에게 일을 맡길 때는 전적으로 그 사람에게 맡길 수 있어야 한다. 그리고 그에게 맡길 때는 그 사람을 전적으로 신뢰하지 않으면 안 된다. 왜냐하면 소인의 참언을 듣고 일을 그르칠 수 있기 때문이다"라고 하였다.

435) 이 사건은 매우 중요한 사건이다. 그 동안 간첩 행위를 한 사람들이나 잠재적인 배신 행위자들을 모두 색출할 수 있는 가장 좋은 기회였음에도 불구하고 조조는 원소의 기밀 서류를 소각함으로써 지난 과오를 묻지 않으며, 새로이 탄생하는 정권에 충성하게 한 것이다. 이것은 조조가 얼마나 큰 그릇인가를 보여주는 대목이다.

436) 조조는 "만일 청렴한 사람[廉士]만을 등용해야만 한다면 어찌 제의 환공이 천하의 패자가 될 수 있었을 것인가"라고 하였다.

라도 재능이 있는 자라면 등용할 것이라고 포고하였다.[437) 뿐만 아니라 아무리 신분이 낮더라도 재능이 있으면 그 어떤 사람이라도 등용할 것임을 천명하였다. 어떤 의미에서는 좀 지나친 측면이 있을 정도이다. 이것은 조조의 인재 등용에 관한 진면목을 보여준다.

정사에서 진수가 조조를 평하여 "정(情)을 억제하여 산(算)에 임하고 구악(舊惡)을 염두에 두지 않는다"라고 하였다. 물론 이 같은 조조의 인재 등용법이 반드시 옳다고 할 수만은 없을 것이다. 신상필벌(信賞必罰)에 의해 인재를 등용하되, 상이나 벌을 너무 남발하게 되면 그 가치가 떨어지는 문제가 발생한다. 상앙은 이것을 논하여 "대첩(大捷)을 하면 상을 주지 않고 대패(大敗)를 하면 벌을 내리지 않는다"는 말로 표현하고 있다. 즉, 상과 벌을 남발하는 것은 상과 벌을 내리지 않는 것보다 나쁘다는 의미이다.

그리고 조조는 당대 최고의 군사전략가 가운데 한 사람으로 삼국시대에서 가장 중요한 전투인 관도대전을 승리로 이끌었다. 이 관도전투는 나관중 『삼국지』에서는 중요하게 거론되지 않지만, 역사적으로 볼 때 삼국시대에서 가장 중요한 제1차 중국 통일전쟁이다. 전쟁의 중요도로 따지면 적벽대전에 비할 바가 아니다. 실제로 촉이나 오의 영역은 당시의 관념으로는 중국의 영역이 아니다. 촉이나 오가 전체 중국의 역사상 촉 지방과 강남 지방을 개척했다는 중요한 의미를 가지지만 이 당시까지만 해도 오지였기 때문에 진압이 어려웠던 것뿐이다.

조조는 『손자병법』에 자신이 직접 주를 달고 제가병법(諸家兵法)을 집대성하여 전술의 교본으로 군(軍)에 반포하고, 스스로 용병의 대천재로 자부하여 모든 작전계획을 스스로 입안하였는데, 이 점은 한 고조(유방)가 명장(名將) 한신(韓信)과 군사(軍師) 장량(張良)에게 일임하였던 것과는 큰 대조를 이룬다. 실제로 황하 연안에서 일어난 원소를 비롯한 군웅들은 모두 조조에 의해

---

437) 한나라의 지평(陳平)은 형수와 내통하고 뇌물을 먹은 사람이나 승상으로서의 큰 업적을 남겼다.

평정되었다. 남중국에서 조조군의 위력이 발휘되기 힘들었던 것은 북방에서 위력을 발휘하였던 기병(騎兵)이 제 구실을 못했기 때문이다. 당시의 장강(長江 : 양쯔강) 유역, 즉 오(吳)의 영역은 저습(低濕)하며 호수와 늪이 많은 곳이었다.[438]

참고로 조조는 철저히 현실적인 사람이다.[439] 진림이 작성한 반조조(反曹操) 격문에는 조조를 발구중랑(發丘中郎 : 묘를 파헤치는 사령관)이나 모금교위(摸金校尉 : 도굴대장) 등으로 묘사하고 있는데 이 대목에서도 조조 성격의 단면을 볼 수 있다. 즉, 조조는 금은보화는 지하에 두어 썩힐 것이 아니라 활용하는 것이 중요하다고 생각한 듯하다.[440] 그리고 조조는 임종(臨終)을 맞아 "천하가 안정되지 않았으니 아직 예법을 따를 수 없다. 장례가 끝나면 모두 상복(喪服)을 벗어라. 그리고 장병들은 진영을 이탈해서는 안 되고 관리들도 자리를 지켜라. 입관(入棺)할 때는 평상복을 입히고 금은보화를 넣지 말라"는 말을 남겼다. 그러고 보면 조조는 위대한 군주였다.

제갈량(諸葛亮)── 도덕성과 신의를 겸비한 지략가

제갈량(181~234)은 후한 말 태산군승(泰山郡丞)을 지낸 제갈규(諸葛珪)의 아들이며 자는 공명(孔明)이다. 제갈량은 현재의 산동성 칭다오[靑島] 서쪽 낭야(琅琊)에서 태어났다. 형 제갈근은 덕행이 높았던 사람으로 알려져 있으며 오의 대신으로 손권의 신임이 두터웠던 사람이었다. 제갈량은 어려서 아버지를 여의고 백부인 제갈현(諸葛玄) 슬하에서 자랐으나 그 백부가 전란을 피해 형주목(荊州牧 : 형주의 장관) 유표에게 의탁하였기 때문에 그도 형주에 살게 되었다. 그러다가 백부가 죽은 후 10년간 양양성 서쪽 융중에 은거하여 농사짓고 학문을 닦았다.[441] 그러던 중 서서(徐庶)의 소개를 받은 유비의 삼고초

---

438) 『대세계사 3』, 현암사, 1973, 360~364쪽.
439) 조조는 최대의 정적이었던 원소와 비교해볼 때 매우 과단성이 있는 전략가였다. 옛말에 망설이는 호랑이는 벌이나 전갈의 위험만도 못하고 제자리걸음만 하는 명마는 느린 말보다 못하다는 말이 있듯이 원소의 우유부단함이 조조와의 경합에서 패배한 원인이 된 것이다.
440) 진순신, 앞의 책, 140쪽.

려에 감동하여 유비를 섬기기 시작했다. 삼고초려 이듬해(208)에 조조가 형주를 장악하고 유비가 쫓기는 신세가 되자 손권을 찾아가 구원을 요청하고 조조에 대해 공동 대응의 필요성을 역설해 동의를 얻었다. 그 결과 적벽에서 손권과 합동작전으로 조조의 대군을 격파하여 유비를 기사회생하게 하였고, 그 결과 형주를 점령하여 촉한(蜀漢) 건설의 터전으로 삼았다. 제갈량은 유비가 제위 3년 만에 죽자, 황제 유선을 보필했으며, 승상으로 12년 동안 국정을 담당하였다. 227년부터 중원 회복에 힘을 기울여 직접 군대를 이끌고 수차례 위(魏)를 정벌하였지만 뜻을 이루지 못하고 전쟁터에서 죽었다.

• 출신 배경

제갈량은 어려서 아버지를 여의고 백부인 제갈현 슬하에서 자라 유년시절을 불우하게 보냈던 것 같다. 학문은 그의 형으로부터 배웠을 가능성이 크다. 따라서 그는 다른 사람처럼 여유있게 경전에만 집착하여 평생을 보낸 것이 아니라 보다 현실적인 학문을 하였던 것으로 보인다. 정사에는 없지만, 나관중의 『삼국지』에서 "도대체 당신은 무슨 경전을 읽었소?" 하는 말에 대하여 제갈량은 자신은 남의 글줄이나 외며 인용하는 썩은 선비가 아니라고 대답한다. 이것은 제갈량이 경전 공부나 훈고학에 침잠한 사람이 아님을 보여주기 위해서 나관중이 예로 들었을 가능성이 높다. 그래서 제갈량은 자신을 공자 · 맹자 · 순자 · 한비자에 비유한 것이 아니라 관자(管子 : 管仲)와 악의(樂毅)에 비긴다고 하였다.

관중은 춘추시대 최고의 정치가이고, 악의는 전국시대 최고의 무장(武將)이었다. 관중은 제후들을 불러모아 대쥬신 계열의 동이족(東夷族)의 공격을 막아 주나라 왕실을 보호하고 멸망한 위(衛)나라를 다시 세워 춘추시대 최초로 패자(覇者)가 된 한족(漢族)의 위대한 영웅이다. 그리고 악의는 연(燕)의 명장으로 조(趙) · 초(楚) · 한(韓) · 위(魏) · 연(燕) 등 다섯 나라의 군사들을

---

441) 이 생활을 청경우독(晴耕雨讀), 즉 맑은 날은 밭 갈고 비오는 날은 글을 읽는다는 말로 표현하고 있다.

거느리고 대쥬신 동이족 계열의 제(齊)나라 군대를 제수(濟水) 서쪽에서 대파했던 한족(漢族)의 영웅이었다.

제갈량은 낭야에서 태어나 유비를 만날 때까지 형주와 융중에서 보냈다. 중국 속담에 "예로부터 인물은 산동에서 나온다(自古山東出好漢)"라는 말이 있다. 공자·맹자·순자·묵자·손자 등이 산동성 출신이다. 산동성은 과거에 제(齊)나라와 노(魯)나라 지역으로 우리나라와도 밀접한 관계가 있다.[442] 산동인(山東人)은 돈이나 재물보다는 의리나 명분을 중시하는 사람들로 알려져 있다. 다른 지역들에 비해 유가의 가르침이 강하고 사람들의 성격이 다혈질이며 생마늘을 즐겨먹는 등 우리나라 사람들과 유사한 점이 많다. 따라서 제갈량도 보다 유가적이며 원칙적인 사람에 가까운 것으로 보인다. 그가 유비 사후 유비의 유명(遺命)을 끝까지 지키려 한 점도 이와 무관하지 않을 것이다.

제갈량은 그 출신 성분으로 보건대 중앙 무대에 크게 알려진 사람은 아닌 듯하다. 그 이유로는 지방의 군에서 하급 관리였던 부친이 그나마도 일찍 사망한 점, 조조나 원소 같은 중앙의 일류 명사들이 제갈량에 대해 잘 모르고 있다는 점, 어린 시절부터 눈칫밥을 먹고 자라야 했다는 점 등을 지적할 수 있다. 그러나 형인 제갈근이 입신하면서 제갈량의 존재가 부각되었을 가능성이 있다. 인근에 사는 사람들은 제갈량의 학식이나 명성을 이미 알고 있었고 그래서 유비가 제갈량을 만나러 갔을 때 주변에서는 제갈량이 더 뛰어나다는 것을 말해주었던 것이다.

당시 제갈량이 은거하였던 융중은 형주의 외곽 지역이었다. 형주는 당시 수많은 인재들이 전란을 피해 와 있었던 곳이다. 빼어난 산수를 자랑하는 형주는 춘추전국시대에는 초(楚)나라 땅으로 서쪽으로는 무당산(武當山) 무산(巫山) 등의 험한 산지가 있고 남쪽으로는 장강이 휘감아 돌아간다. 형주는 7개의 군(郡)과 117개의 현(縣)으로 구성되어 있는데, 수부(首府)는 한수현

---

442) 이 지역은 우리나라 문화와 밀접한 관련이 있으며 기원전 2400~1900년경 이 지역에서 발달한 용산문화(龍山文化)가 그 근간인데 이것은 화하(華夏) 계통의 한족 문화와는 다른 동이족(東夷族) 계열의 문화라는 견해가 최근 들어 강하게 대두되고 있다.

(漢水縣 : 현재의 후난성 한수이셴 북쪽)에 있다가 양양현(襄陽縣 : 현재의 후베이 샹판)으로 옮겼다. 그래서 흔히들 형주를 형양구군(荊襄九郡)이라고 불렀다.

형주의 대호족(大豪族)들은 방덕(龐德)으로 대표되는 방씨(龐氏), 황승언(黃承彦)으로 대표되는 황씨(黃氏)를 비롯하여 채모(蔡冒)로 대변되는 채씨(蔡氏), 그리고 괴(蒯)ㆍ마(馬)ㆍ습(習)씨 등의 가문들이었다. 후한 말기에 이르러 지방은 거의 이 같은 호족들의 세력에 의해 장악되었다. 이들의 지지가 없이는 지역을 다스리기가 힘들었다. 그 동안 유표(劉表)는 방(龐)씨와 채(蔡)씨의 양대 세력에 전적으로 의지하여 형양구군을 안정적으로 다스릴 수 있었다.

제갈량이 형주에 있을 당시 형주의 정신적인 지도자는 양양(襄陽) 사람 방덕(龐德 : 방통의 숙부)과 영천(潁川) 사람 사마휘(司馬徽 : 수경선생)였다. 이들은 형주 땅의 젊은 인재들에게 학문을 전수하기도 하고 시국에 관한 토론도 하며 다가올 미래를 준비하게 했다. 이들을 따르던 젊은 무리는 남양 땅 등현(鄧縣) 제갈근과 그의 동생인 제갈량, 방덕의 아들이자 제갈량의 자형인 양양의 방산민(龐山民), 방덕의 조카인 방통(龐統), 의성(宜城) 사람 마량(馬良)과 마속(馬謖) 형제, 박릉(博陵)의 최주평(崔州平), 영천(潁川) 사람 서서와 석도(石韜), 여남(汝南)의 맹건(孟建) 등이었다.

이들의 정신적 지도자였던 방덕은 예의바르고 부지런할 뿐만 아니라 탁월한 재능을 가졌던 제갈량을 특히 총애하여 그를 와룡(臥龍)이라고 불렀다고 한다. 아마 자신의 제자에게 그 같은 극찬을 한 사람은 드물 것이다. 제갈량은 방덕으로부터 큰 가르침을 받았고, 방통과 더불어 천하의 기둥을 바칠 재목으로 알려진 사람이었다.

제갈근ㆍ제갈량 형제는 자신들을 돌보던 백부의 죽음으로 힘들고 고단한 삶을 살아야 했다. 특히 제갈근이 손권의 휘하로 들어가게 됨에 따라 더욱 힘들었을 것이다. 분명하지는 않지만 제갈량은 형주에서 뿌리를 박고 살기 어려워지자 다소 정략적으로 결혼을 한 듯하다. 제갈량의 누나는 방덕의 며느리가 되었고 자신은 당시 형주의 유력자였던 황승언의 딸과 결혼하게 된다. 이 결혼은 아마 제갈량으로 하여금 신산(辛酸)의 세월을 이기는 힘이 되었을 것으로 보인다. 특히 제갈량의 부인 황씨(黃氏)는 키가 매우 크고 박색(薄色)으로 알려져 있는데 제갈량은 이 부인과 평생을 해로하면서 별다른 첩(妾)을 두지 않았던 것으로 보인다. 당시로서는 매우 드문 일이었다. 이 점에서 제갈량은 도덕적으로도 절제력이 매우 강한 사람임을 보여준다.

제갈량이 유비의 휘하에 있던 시절, 대립관계에 있었던 채모(蔡冒)도 실은 제갈량의 처외삼촌이었다. 즉, 제갈량의 장인인 황승언은 채씨 집안과 결혼하였기 때문에 유표와는 서로 동서(同壻) 사이였다. 따라서 채모가 유표의 처남이 되고 제갈량에게는 처외삼촌이 된다.

이 같이 얽히고설킨 가족관계는 유비나 제갈량이 극복하기 힘든 부분이었을 것이다. 특히 채모는 양양(襄陽) 사람으로 형주 토박이인데 젊었을 때 조조와 친하였다. 채모는 형주목인 유표의 대장으로 그의 여동생인 채부인(蔡夫人)이 유표의 후처(後妻)가 되자 유표의 두터운 신임을 얻어서 형주의 병권(兵權)을 장악하였다. 사정이 이러하니 채모로서는 조조의 침공에 대해서 무리하게 항전할 필요성을 느끼지 못했던 것이다.

제갈량은 성격이 매우 담백하면서도 냉정하고 단호한 사람으로 보이는데 이것은 아마 그가 살아온 인생 역정이 매우 고달팠기 때문이었을 것이다. 나관중의 『삼국지』에도 "담백한 마음으로 뜻을 밝히고 편안하고 조용히 앉아 먼 곳을 내다본다(淡泊以明志 寧靜以致遠)"는 표현이 나오는데, 이 말은 제갈량의 집 중문에 걸린 편액에 큰 글씨로 씌어 있던 내용이다.

• 정치 이력과 사상적 경향

제갈량의 정치 이력은 유비와의 만남에서부터 시작되었다고 보아야 한다. 그는 줄곧 유비의 스승이자 군사(軍師)였으며 유비 진영의 국무총리·내무부장관·재무부장관·외무부장관·국방부장관 역할을 한 사람으로 촉이 건국되자 승상(丞相)의 지위에 올라 개인적으로도 최고의 영예를 누린 사람이다. 제갈량의 사상을 이해하기 위해서는 관자(관중)의 사상을 이해하면 된다. 관중은 이미 법가를 설명하면서 충분히 거론하였기 때문에 여기서는 생략한다.

난세(亂世)에는 전체적인 군사이론, 정세 파악, 대세의 흐름, 인간에 대한 통찰력 등을 두루 갖춘 참모가 필요하다. 유비가 조조와 쌍벽을 이루면서 위의 조조에 대항할 수 있었던 것도 바로 제갈량이 있기 때문에 가능한 일이다. 제갈량은 당시의 정세 분석과 군사이론에 정통했으며, 용인(用人)의 대가였는데, 이 점은 유비가 갖지 못한 부분이기도 하다.

제갈량은 흔히 한신의 핵심 참모였던 괴통(蒯通)과 비유되면서 때에 따라서는 괴통이 다시 태어난 것으로 묘사되곤 한다. 한신이 괴통의 말을 듣지 않고 여태후의 위계에 빠져 죽으면서,[443] "나는 괴통의 계책을 쓰지 않았음을 후회한다. 그래서 결국 아녀자에게 속고 말았던 것이다. 이 또한 어찌 하늘의 뜻이 아니겠는가?"라고 탄식하였다.[444]

그러나 제갈량의 시각에서 유비는 난세에 천하를 도모하기는 어려운 사람이었다. 물론 제갈량의 입장에서 조조를 지지하기는 어려웠을 것이지만 유비는 이미 좋은 기회를 다 놓치고 형주까지 밀려와 송곳 하나 꽂을 땅도 없는 형편이었기 때문이다. 반면 당시 조조는 한 고조처럼 40만 대군을 동원할 수 있는 사람이었다. 조조의 남정군(南征軍)이 내려온다는 소문이 파다할 즈음, 형주에서는 군대를 모아보자 2만 명을 넘길 수가 없는 형편이었고 여기에 유비의 군대를 합친 3만의 병력으로 조조를 막아내는 것은 불가능한 일이었다.

형주가 함락되면 유비는 어디로 갈 곳도 없는 형편이었다. 이런 상황에서 제갈량의 고뇌는 컸을 것이다. 그런 상황이 발생할 것을 예상했다면 제갈량은 오

---

443) 한신은 유방의 군사로 천하통일에 결정적인 역할을 하였다. 유방은 한신을 매우 경계하여 항상 제거할 생각을 하였다. 이것을 알고 있었던 괴통은 "용기와 지략으로 군주를 떨게 하는 자는 위태로우며, 공이 천하를 덮는 자는 칭찬받지 못한다"는 속담을 인용하면서, 천하를 양분하여 후일을 도모해야 한다고 한신에게 건의하였으나 한신은 주저하였다. 결국 한신은 제후직을 박탈당하고 나라를 빼앗긴 뒤 여태후의 간계에 참수를 당하고 말았다.

444) 한신의 죽음은 애석한 일이기는 하나 한신이 유방을 상대로 거병을 하지 않은 것은 높이 평가해야 한다. 수백 년에 걸친 난세가 한신이 거병을 포기함으로써 중단되었다는 역사적 의미가 있다. 유방 – 한신의 사건은 한신의 우유부단함만을 지적할 것이 아니라 유방의 각박한 행태도 함께 비판해야 한다.

히려 세월을 좀더 기다려 대세를 관망하면서 자신의 역할을 찾으려 했을 것이다. 즉, 제갈량은 무리하게 어떤 군벌을 지지하기보다는 차라리 조금 더 세상을 지켜보면서 자신의 역량을 키우려 했을 가능성이 높다. 나관중의 『삼국지』에도 "봉황은 하늘 천 길을 날아도 오동나무 아니면 깃들이지 않고, 선비는 외로운 땅 쓸쓸히 있어도 참되고 어진 주인이 아니면 따르지 않네"라는 표현을 쓰고 있다.

나관중의 『삼국지』에는 삼고초려의 과정을 강태공과 역식기(酈食其 : 또는 역이기)에 비유하고 있다. 이들 두 사람은 모두 무명인사로 초야에 묻혀 있다가 주나라의 문왕과 한 고조 유방에게 발탁되어 천하의 영웅이 된 사람들이다. 특히 역식기는 본래 문을 지키는 하급관리였다. 역식기가 한 고조를 만나러 왔는데 그때 한 고조는 침상에 앉아 있었고 시녀들이 그의 발을 닦고 있었다. 이 광경을 본 역식기가 한 고조 유방의 오만한 태도를 나무라자 한 고조는 발 씻기를 그치고 역식기에게 상좌를 권하고 죄를 빌었다 한다. 그리고 삼고초려는 제나라 환공이 동곽(東郭)에 사는 은둔자를 만나려고 무려 다섯 번이나 찾아간 것에 비유되기도 한다.

유비의 끈질긴 설득 끝에 제갈량은 결국 유비의 휘하에 들게 된다. 이때 제갈량은 28세였다. 당시 유비는 48세로 다른 사람들 같으면 벌써 증손자를 보았을 나이이다. 제갈량은 유비를 통해서 유방의 노회함보다는 한 문제(文帝)의 온후함과 경제(景帝)의 치세(治世)를 본 듯하다. 유비는 유방과 달리 보다 인간적이었는데, 그 유비의 인간미가 제갈량의 마음을 사로잡은 것이다. 나관중의 『삼국지』에 나오는 삼고초려의 과정을 일부 사실로 인정하고 내용을 파악해보면, 냉정했던 제갈량도 순수하게 다가오는 유비의 인간미 앞에는 굴복할 수밖에 없었으리라는 점을 인정하게 된다.

제갈량을 얻은 유비는[445] "물고기가 물을 얻었다"며 기뻐한다. 제갈량과 유비의 사이를 일러 수어지교(水魚之交)라 하는데, 이것은 공자가 제창한 임금은 임금답고 신하는 신하다운(君君臣臣) 군신의 가장 이상적인 관계를 보여준다. 즉, 임금은 신하를 최대한 배려하여 그 능력이 충분히 발휘되도록 해주고,

신하는 임금의 신의를 결코 저버리지 않는 관계가 형성된 것이다. 유비와 제갈량의 친교는 비록 16년 정도에 불과했으나, 이들의 관계는 역사상 가장 모범적인 군신관계였다.[446] 이것이 이들을 역사의 승리자로 만든 것이다.

• 인물평

원래 대부분의 인재란 지조(志操)를 가벼이 여기는 사람들이다. 왜냐하면 탁월한 능력이 있기 때문에 언제 어디서든지 등용될 수 있기 때문이다. 그리고 이들 가운데 탁월한 자는 역심(逆心)을 품을 소지도 항상 있는 것이다. 특히 난세의 경우는 더욱 그렇다. 제갈량이 유비를 선택하고 아무 것도 가진 게 없는 그로 하여금 조조에 대항할 수 있게 해준 것과 유비와 유선을 끝까지 성실하게 보좌한 것은 재능이 탁월한 천재가 도덕적으로도 탁월했음을 의미하는 것이다. 이것이 유비-제갈량을 역사의 승리자가 되게 한 근거이다. 인간이 동물과 다른 점은 의리를 숭상하는 데 있다.

위(魏)나라는 군주가 황위를 주지 않으려 하는데도 신하가 군주를 폐하였고 이런 행위는 후한-위-진-남북조에 이르기까지 반복된다. 이것은 전국시대(戰國時代)이기 때문에 당연히 나타날 수밖에 없는 현상이지만, 한편으로는 사회적 불안정성을 더욱 가중시키는 원인이 된다. 약육강식과 하극상(下剋上)은 삼국시대의 보편화된 현상인데 이러한 일이 촉에서 발생하지 않았다는 사실은 매우 중요하다. 사실 실력대로만 한다면 군주는 세대마다 바뀔 것이고 그러면 천하는 혼란으로 뒤덮일 것이다. 후세인들이 제갈량에 대해 존경의 염

---

445) 서서는 제갈량을 유비에게 소개하면서, "그는 잠자는 용[臥龍]입니다. 기회가 있으면 풍운을 질타하여 하늘로 오를 것입니다. 다만 명리(名利)에 마음이 없는 사람인 만큼 부르신다고 해서 올 사람도 아닙니다. 직접 자택을 방문하셔야 합니다"라고 하였다. 이것은 정사의 기록과도 일치하는 내용이다.

446) 사실이라고 보기는 어렵겠지만 나관중의 『삼국지』에서는 임종하는 유비가 당시 17세인 유선(劉禪)이 범용하여 황제의 그릇이 못될 경우는 이를 폐하고 43세였던 공명이 황제의 지위를 계승해도 좋다는 극언(極言)을 하였다고 전한다. 공명은 울면서 사력을 다해 후주(後主) 유선을 수호할 것을 맹세했다고 한다. 이 대목은 아마도 제갈량의 도덕성을 높이기 위해 창작되었을 것이라고 생각된다.

을 가지는 것은 바로 이 때문이다.

　다시 말해서 제갈량의 위대성은 그가 뛰어난 군사 지략 못지않게, 도덕성과 신의를 가진 인물이라는 점에 있다. 이것은 동양 사회가 가장 지향하는 군자의 모습이다. 물론 『삼국지』에는 과장되거나 미화된 부분도 많겠지만, 그가 적벽 대전을 오(吳)와 연합하여 소수의 군대로 다수의 조조 군대를 격파시키는 데 중요한 역할을 했다는 점, 천하삼분지계(天下三分之計)를 유비에 헌책하고 실천에 옮김으로써 뛰어난 지략을 발휘한 점, 어린 황제를 충성으로 보위한 점, 단순한 지략에 머무르지 않고 직접 군대를 이끌고 위에 대적하였던 점 등은 그의 됨됨이를 보여주는 대목이다. 위나라는 황위가 찬탈당하였고 오나라의 경우도 정변이 심했으나, 범용하다고 알려진 황제가 다스린 촉나라는 삼국 가운데 가장 건실하게 유지되다가 멸망을 맞이하였다. 이 점은 우리가 『삼국 지』에서 중요하게 읽어야 할 대목이다.

원소(袁紹)── 명문가 출신의 실력가

　원소는 자가 본초(本初)이며, 여남군(汝南郡) 여양(汝陽) 사람이다. 원씨 집 안은, 원소의 고조부가 되는 원안(袁安)이 삼공(三公)의 하나인 사도(司徒) 자리에 오른 이후, 4대가 계속해서 삼공을 배출한 이른바 '사대삼공(四代三公)'의 명문가로서 당시의 가장 큰 실력자였다. 원소가 환관들과 크게 반목하여 환관들을 대살육한 이후 동탁이 입경(入京)하자 몸을 피하여 기주(冀州)로 달아났다. 동탁이 정권을 장악하자 이에 맞서 군웅이 동탁 토벌에 나서자(190), 원소는 그 맹주로 추대되었다. 그후 원소는 기주를 차지하고 난 뒤, 공손찬을 제거하고 기주(冀州)·청주(靑州)·유주(幽州)·병주(竝州)를 전면적으로 지배하게 되었다. 이로써 원소는 중원을 양분하게 되었다. 그러나 관도대전에서 조조군에게 패배함에 따라 세력이 약화되었고 이내 사망하였다.

• 출신 배경

　원소는 '사대삼공'의 명문가의 자손으로 자신의 주변에 천하의 인재들이 많왔으며 당시의 가장 큰 실력자였다. 따라서 원소가 천하의 주인 자리를 넘보는 것은 지극히 당연한 일이었다. 나관중의 『삼국지』에는 원소를 과소 평가하는 경향이 있는데, 실질적으로 보면 조조와 원소의 대립이 『삼국지』의 가장 중요한 부분이다. 이 둘 가운데 승자가 천하의 주인이 되는 것은 자명한 일이기 때문이다.

원소의 출생지는 여남군 여양인데 이 지역은 현재의 허난[河南] 성의 여남으로 낙양과는 아주 가까운 지역이다. 원소는 한마디로 대표적인 한나라의 명문이자 중앙귀족이었던 것이다.

그러나 이 같은 출신 배경은 오히려 지나친 청류의식을 낳는 원인이 되었고 자신의 사적인 문제에 집착해 대사를 그르치게 하였다. 결국 다른 영웅들은 극심한 패전에도 불구하고 불굴의 의지로 재기하는 데 반하여, 원소는 패배를 견디지 못하고 화병으로 죽고 만다. 그만큼 그는 명문가에 태어나 별 어려움을 모르고 자란 탓에 자기절제력이 부족하고 위기를 이기기 힘든 성격의 소유자였다. 뿐만 아니라 원소 휘하에는 늘 천하의 인재들이 많았던 까닭에 인재의 중요성을 깨닫지 못하였고 그들을 잘 통솔하지도 못하였다. 이것이 그의 패인이었다.

• 정치 이력과 사상적 경향

원소는 조조와 비교할 수 없을 만큼 빠른 속도로 출세가도를 달렸고 일찌감치 중앙권력 쟁탈전에 개입하였다. 원소는 영제(靈帝)가 죽은 후 외척인 하진(何進)과 공모하여 환관의 주멸(誅滅)을 꾀하였다. 그런데 하진이 환관 세력에게 암살되자, 궁중으로 병력을 투입 환관을 모조리 살육하는 만행을 저질렀다. 이 사건은 처참하기 이를 데 없었다.[447]

원소는 190년 군웅이 동탁 토벌에 나서자, 그 맹주(盟主)로 추대되었다. 이

---

447) 당시의 모습은 말로 형용하기 힘들 정도로 처참한 것이었다. 환관이란 환관은 늙거나 젊거나 2천 명 이상 살육되었으며, 죽은 사람들 가운데는 수염이 없다는 이유로 잘못 살해된 자도 있었다고 한다.

러한 사실은 당시 중국 전역에 알려진 원소의 영향력을 짐작할 수 있게 해준다. 원소가 옥새에 대한 집착이 강했던 것도 당연한 일일 것이다.[448] 그로 인하여 조조와의 사이도 더욱 나빠졌다. 그러나 제후들의 반(反)동탁 전쟁은 실패로 끝나고 오히려 제후들 사이에 반목만 커졌다. 이 점도 원소가 조정능력이 없음을 보여주는 대목이다. 제후연합군의 반동탁 전쟁은 오히려 조조에게 전국적인 명성을 가져다주었고, 유비를 전국적인 무대에 등장시키는 계기가 되었다.

그후 원소는 기주를 차지하고 난 뒤, 공손찬을 제거하고[449] 기주ㆍ청주ㆍ유주ㆍ병주를 전면적으로 지배하게 되었다. 이 지역은 현재 산둥과 베이징 등을 아우르는 경제 중심지이자 인구와 물자가 풍부한 지역으로 많은 군수품과 병력조달이 용이한 지역이었다. 원소는 물론 혼란한 중국을 통일하겠다는 생각을 가졌으며 그 야심은 더욱 커져서 헌제를 수중에 거느리고 있는 조조와 중원의 주인이 되기 위한 일전이 불가피했다. 그것이 바로 관도대전으로 표출되었다.

원소가 차지한 지역은 기주ㆍ청주ㆍ유주ㆍ병주로 이들 주는 조조가 거점으로 삼고 있는 곤주(袞州)ㆍ예주(豫州)와 비교할 때 땅이 광대하고 군량도 풍부하며, 정병을 충분히 뽑을 수 있는 지역이다. 객관적인 전력 면에서 원소의 압도적 우위인 것은 분명하지만 조조는 천자를 안고 있고, 관도-허도-낙양 등에 이르는 지역은 천연의 요새이기 때문에 자웅이 충분히 겨룰 수 있는 상황이었다. 그러나 결국 앞서 본 대로 원소군은 조조군에게 대패하고 그 자신도 화병으로 죽고 말았다.

정사에 나타나는 원소에 대한 사항을 면밀히 분석해보면 원소는 합리적이고 유가적(儒家的)이며 귀족주의적 품성에 젖어 있음을 알 수 있다. 이것은 원

---

448) 나관중의 『삼국지』와 같은 식의 옥새 소동은 기록에는 보이지 않는다. 다만 정사 『삼국지』 '무제기(武帝記)' 초평 원년(190년)에는 "원소는 일찍이 옥새를 얻은 적이 있는데 조조가 앉아 있는 좌석에서 팔꿈치를 치면서 들어올려 보여주었다. 조조는 이로 말미암아 비웃으며 원소를 증오했다"라는 말이 있다.

449) 공손찬은 가족을 죽인 후 자결하였다.

소에게 강점으로 작용했지만 때로는 큰 약점으로 작용하기도 했다. 조조가 관습으로부터 비교적 자유로웠던 반면, 원소는 관습이나 전통으로부터 자유롭지 못했던 것 같다. 이것은 자기 주변에 많은 재사(才士)·문인(文人)들을 모으는 데는 큰 도움이 되었겠지만 난세에 대전(大戰)을 치러야 하는 영웅의 풍모를 지키는 데는 도움이 되지 못했다.

조조가 임기응변에 능하고 실질적인 사람이었다면 원소는 전통적이고 관습적이며 형식주의적인 사람이었다고 할 수 있다. 원소는 항상 당당한 사람이었고 변법이나 술책에 능한 사람이 아니었다. 조조는 어떤 의미에서 원소와 정반대의 사람이었다고도 할 수 있다. 만약 안세(安世)라면 원소도 역시 삼공의 지위에 올라갔을 인물이었다. 그렇게 되면 조조는 아마 원소와 라이벌이 되기는 어려웠을 것이다. 그러나 전쟁의 소용돌이 속에서 결국 승리는 조조에게 돌아가고 그 충격으로 원소는 죽고 말았다.

• 인물평

나관중의 『삼국지』는 물론 정사 『삼국지』에도 원소에 대한 평가는 나쁘다. 물론 그의 약점 때문일 수도 있지만 궁극적으로는 원소가 역사의 패배자였기 때문일 것이다. 그러나 그런 점을 떠나서 그의 이력을 살펴보면 내용은 다소 달라질 수 있다.

나관중의 『삼국지』나 정사 『삼국지』에 원소에 대한 충성심이 강한 사람들이 매우 많이 등장하고 있음을 볼 수 있는데 이것은 원소가 덕망있는 인물임을 보여주는 대목이다. 많은 인재가 오랜 기간 그의 주변에 모였던 것은 단순히 그가 삼공 집안의 후손 때문만은 아닐 것이다.

원소의 문제는 너무 오랜 명문(名門)이라는 데 있을 수도 있다. 원소는 인재가 너무 많아서 오히려 인재들 간의 분란을 막기 어려웠고, 인재의 중요성을 조조만큼 심각하게 고려해보지 않았던 것 같다. 그리고 원소는 명문가 출신으로 청류의식이 강하여 사태의 추이를 제대로 파악하기 어려웠던 것 같다.

원소 - 조조의 관계는 항우 - 유방의 관계와 비슷하다고 할 수 있다. 원소와 항우는 명문가 출신으로 조조나 유방의 경우처럼 자기 목적을 위하여 비굴한 모습을 일체 보이지 않는다. 『삼국지』에는 원소를 과소 평가하거나 비하하는 경우가 많은데, 이 점은 바로잡아야 한다. 예를 들면 관도대전은 원소의 70만 대군과 조조의 7만 대군의 격전으로 묘사되어 있는데 이것도 과장이다. 병력 차이가 있었다면 3만~7만 정도였을 것이다. 군사전략가로서의 조조를 지나치게 부각하기 위한 서술일 가능성이 높다.

손권(孫權)— 신중하고 실리적인 수성형 인물

손권(182~252)은 손견(孫堅)의 둘째아들이다. 강남 지역을 기반으로 오후(吳侯)에 봉해진 형 손책(孫策)의 뒤를 이었고 222년 오의 1대 황제(222~252 재위)가 되었다. 초기에는 조조에 협력하였으나 유비와 연합하여 조조의 대군을 적벽에서 격파한 후 건업(建業 : 현재의 난징)을 본거지로 자립하였고 229년 황제를 칭하고 연호를 황룡(黃龍)이라 하였다. 형주의 분할을 둘러싸고 촉과 관계가 악화되기도 하였지만, 대체로 우호관계를 유지하였고, 수리사업을 활발히 전개하여 둔전을 시행하는 등 강남 지역을 크게 개발하였다.

• 출신 배경

손권의 집안은 대대로 오나라에서 벼슬을 하였다. 손권의 아버지인 손견(155~192)의 집은 부춘에 있었고 성(城) 동쪽에는 집안 무덤이 있었다. 손견은 어린 나이에 현의 관리가 되었으며 성격이 대담하고 용감무쌍한 사람이었다. 172년 손견은 하비현의 승(丞)으로 임명되었고 황건 농민군 토벌과 동탁군과의 전투에서 전공을 많이 세워 전국적인 명성을 날리게 되었다. 192년 원술은 손견을 시켜 형주를 정벌하고 유표를 공격하도록 하는 과정에서 말을 타고 순시하던 중 화살에 맞아 사망하였다.

그후 맏아들인 손책은 원술(袁術)에 의탁하고 있으면서 원술의 총애를 받아서 강동(江東)을 토벌하러 갈 수 있었다. 강동에서 세력을 키운 손책은 원술을 배반하고 강동에 기업을 이루었다. 손책은 용모가 수려하고 성격이 활달하였으며 유머 감각이 풍부하여 다른 사람의 말을 잘 들었고 사람을 기용하는 데도 탁월하였다. 조조는 표를 올려 손책을 오후(吳侯)로 봉하였고 손씨 가문과 결혼관계를 맺기도 하였다. 그러나 200년 손책이 허공(許貢)의 문객에게 살해되자 손권은 어린 나이(18세)에 가업을 계승하게 되었다.

손권은 손견 - 손책이 이룩한 많은 성과들을 바탕으로 하여 이를 더욱 계승 · 발전시켰다. 손권은 손견과 손책의 심복(정보 · 장소 · 주유)들이 헌신적으로 도움을 주었기 때문에 가업을 더욱 발전시킬 수 있었다. 물론 손견 - 손책의 요절로 많은 어려움을 겪었겠지만 순수하게 자수성가한 유비나 조조와 비교해볼 때 상당히 유리한 입장이었고 학업도 체계적으로 닦을 만한 여유가 있었을 것으로 보인다.

원래 손권의 가문은 대대로 다혈질이고 마치 현대 미국의 케네디 가문처럼 모험을 좋아했던 것으로 알려져 있다. 나관중의『삼국지』에도 그런 장면이 매우 많다. 그러다 보니 요절한 경우가 많았다. 정사의 내용에도 유완(劉琬)이라는 사람이 손책에게 사신으로 와서 사람들에게 다음과 같이 말하고 있다.

제가 보건대 손씨 형제는 비록 각기 재능이 출중하고 사리에 통달했을지라도 수명이 길지 못합니다. 다만 둘째인 손권만이 모습이 특이하고 골상(骨相)도 비범하여 가장 오래 살고 크고 귀하게 될 것 같습니다.

실제로 손권조차도 모험을 즐기는 인물이었다. 그러나 아이러니하게도 그의 정책은 모험적인 적이 거의 없었다.

• 정치 이력과 사상적 경향

손권은 가업(家業)을 이은 후 하제에서 상요(上饒)를 토벌하고(204), 황조를 정벌하였다(208). 208년 10월 적벽대전에서 조조군을 대파하고 214년에는 환성을 정벌하였다. 219년에는 여몽에게 명하여 관우를 죽이고 형주를 함락하였다. 220년 조비는 제위에 올라 위를 건국하고 다음해인 서기 221년, 유비도 황제를 칭하고 촉을 건국하였다. 그러나 이 해에 손권은 위와 제휴하여 오왕에 봉해졌다.

손권은 서기 222년 위로부터 독립을 선언하고 사실상의 독립국으로 위와 촉에 대립하게 되었다. 그러나 222년 당시 손권은 황제를 칭하지는 않았고 229년에 가서야 황제를 칭하였다. 229년 손권은 촉나라와 협의하여, 위나라를 정벌했을 경우 예주·청주·서주·유주는 오나라에 속하게 하고, 연주·기주·병주·양주는 촉에 귀속시킨다고 협약하였다. 236년 봄 손권은 작은 엽전 500개에 해당하는 대전(大錢)을 주조하게 하였다. 손권은 조서를 내려 관리와 백성들에게 동(銅)을 내도록 하고 그 동을 계산하여 전을 주었다.

일반적으로 손권은 인재를 매우 귀하게 여겨서 성공적으로 인간 경영을 한 사람으로 알려져 있다. 이것은 사실이기도 하고 아니기도 하다. 손권의 이력은 250년 전후를 기점으로 다르게 나타난다. 250년대 전의 손권은 늘 겸손하고 인재를 중시하여 그들의 능력이 충분히 발휘될 수 있음을 보여주었다. 그러나 250년 이후의 손권은 의심이 많고 어린 부인에게 경도되어 대사를 그르치게 되었다. 즉, 태자인 손화(孫和)를 폐위시키고 노왕인 손패에게는 자살을 명하였으며 8세도 안 된 막내아들 손량을 태자로 삼았다(250).

원래 손권에게는 7명의 아들이 있었는데 위로부터 손등(孫登)·손려(孫慮)·손화(孫和)·손패(孫霸)·손분(孫奮)·손휴(孫休)·손량(孫亮)의 순서이다. 손화는 손등이 죽자 태자가 되었으나 참소를 당하여 남양왕으로 있다가 손권이 죽은 후 손준(孫峻)[450]의 손에 죽었다. 손량의 등극 후 오나라는 극심한 혼란에 사로잡히게 되었다.

손권은 집권 후반기에 이르러 암군(暗君)의 모습으로 여러 가지 과오를 범하게 되는데 그 원인은 여러 가지가 있겠지만 가장 큰 이유는 손권이 권좌에 너무 오래 있었기 때문일 것이다. 손권은 권력을 승계한 이후 무려 52년 동안 권좌에 있었다. 권좌에 오래 있음으로써 국가를 기울게 한 군주들은 많았다.

---

450) 손준은 손책의 막내동생 손정의 맏아들인 손호의 3자 손공의 아들이다.

특히 한 무제가 대표적인 경우였다. 한 무제의 재위 기간(B.C. 141~87)은 54년에 달하는데 초기에는 중앙집권적 지배체제를 완성하고 유교를 국교화하며 대외정복 사업을 강력하게 추진하여 국력을 강화했지만 말년에 사술(邪術)에 현혹되어 결국 한나라의 쇠망을 가져온 장본인이 되었다. 손권의 경우도 한 무제와 유사하다.

그리고 손권은 대외적으로는 공손연(公孫淵)의 간계에 많은 국력을 낭비하고 외교적으로도 크게 망신 당했다. 태화 2년(228), 성인이 된 공손연은 숙부인 공손공(公孫恭)의 직위를 빼앗고 다시 요동의 주인이 되자 위 황제 조예는 공손연을 양열장군(揚烈將軍) 요동(遼東) 태수에 봉했다. 그런 후 황제에 오른 지 얼마 되지 않은 손권이 오나라의 위세를 높이기 위해 서둘러 장미(張彌)와 허연(許宴)을 공손연에게 사신으로 보내어 갖가지 금은보화를 전하고 공손연을 연왕(燕王)에 봉했다.

그러나 공손연은 위나라의 명제(明帝) 조예가 두려워 오히려 장미·허연의 목을 베어 위나라 명제에게 바쳤다. 위나라 명제(조예)는 공손연의 공을 인정하여 대사마(大司馬) 낙랑공(樂浪公)에 봉했다. 이로써 손권은 천하에 크게 망신을 당하고 말았다. 침착하기로 이름이 높았던 손권이 제위에 오른 후 허둥대다가 공손연에게 사기를 당하고 천하의 웃음거리가 되고 만 것이다.

• 인물평

정사『삼국지』「오서(吳書)」'오주전(吳主傳)'에서 위나라 문제(文帝) 조비가 오나라에서 온 사자 조자(趙咨)에게 오나라 왕은 어떤 군주인가라고 묻자 다음과 같이 대답하고 있다.

보통 사람들 가운데 노숙(적벽대전의 영웅)을 받아들였는데 이것은 그의 총명함이요, 보통 사람들 가운데 여몽(관우 제거·형주 정벌)을 발탁했으니 이것은 그의 현명함을 보여줍니다. 우금(위나라 맹장)을 붙잡았지만 죽이지 않았으니 이는 그의 어짊이요, 피 한 방울 흘리지 않고 형주를 얻었으니 이는 그의 지혜로움입니다. 세 주를 차지하고 호랑이처럼 천하를 보고 있으니 이는 그의 웅대함이요, 폐하(위나라 문제)에게 몸을 굽혔으니 이는 그의 재략(才略)입니다.

손권이라는 인물을 가장 짧고 일목요연하게 보여주는 대목이다. 그러나 위의 예에서도 손권은 가업을 충실히 이어가려는 의지는 강한데 천하를 도모하려는 정열이 부족한 편이고 지나치게 신중하다. 정사의 '노숙(魯肅)편'을 보면 손권이 노숙에게 천하의 계책을 묻는 대목이 나오는데 노숙은 먼저 형주를 점령하고 장강 전역을 차지한 후에 제왕을 칭하고 천하통일을 도모하라고 주문하였다. 그러자 손권은 "지금은 힘을 다하여 한 왕실을 보좌하기를 바랄 뿐 내게는 그럴 능력이 없소"라고 대답하였다. 손권은 노숙을 마치 유비가 제갈량을 대하듯 하였다.

이와 같이 손권은 수성형(守成型)의 대표적인 인물이다. 형인 손책은 천하대사를 도모할 인물이었으나 손권은 안정을 희구하는 인물이었다. 손권은 지방의 정권이 퇴수적(退守的)이면 결국은 소진할 수밖에 없는 운명이라는 점을 깊이 깨닫지 못했다. 손권은 조조의 계책에 합류하여 동맹국인 촉을 공격하여 강릉(江陵)에서 관우를 죽이기도 하였다. 손권은 여세를 몰아 천하통일을 도모하지도 않았고, 오히려 안정화의 수단으로 삼았던 것인데, 이것은 그의 성격을 잘 보여준다.

손권의 성격은 무엇보다도 신중하고 실리적이라는 점이다. 비록 말년에는 많은 실수를 저지르기는 하나 그는 매우 신중하여 황제를 칭하는 것도 여건이 충분히 성숙한 이후에 시행한다. 형주 문제로 관우가 죽자 유비의 대대적인 침공을 맞은 손권은 위와 촉에 의한 동시 양면 공격을 피하기 위하여, 일단 조비에게 항복을 청하여 오왕(吳王)으로 봉해진 다음 촉의 침공에 대비하였다. 이런 모습들은 손권이 매우 이성적이며 실리적인 사람이라는 것을 보여준다.

손책이 죽으면서 "강동의 많은 인재를 거느리고 조조와 유비를 대항하여 천하를 다투는 일은 네(손권)가 나(손책)보다 못할 것이지만 어진 사람을 적재적소에 발탁해서 자기 힘을 다하도록 하여 강동 땅을 보전하는 일은 내(손책)가 너(손권)보다 못할 것이다"라고 하였다.

손권은 이와 같이 매우 신중하고 실리적인 인물로 천하대세의 전체적인 균형에 있어서는 대단히 중요하였다. 그러나 앞서 본 대로 손권은 정권의 후반기에서 만년에 이르기까지 매우 많은 과오를 범했다. 대내적으로 태자를 폐위시키고 어린 아들을 태자로 삼은 일이나 대외적으로는 공손연의 간계에 많은 국력을 낭비하고 외교적으로도 크게 망신 당한 일은 대표적이다.

정사 『삼국지』의 저자인 진수는 손권을 평하여 와신상담(臥薪嘗膽)의 주인공인 구천(句踐)처럼 치욕을 참으면서 재능있는 인재와 지혜로운 사람들을 임용하였지만, 그의 성격은 의심이 많고 사람들을 주저없이 죽이고 참언(讒言)을 듣고 아들과 손자를 버리거나 죽임으로써 결국은 오나라의 멸망을 초래했다고 지적하고 있다.

2. 주요 등장인물들

관우(關羽)— **탁월한 무공을 지닌 의리의 화신**

관우(162?~219)는 하동(河東) 해현(解縣) 사람으로 자는 운장(雲長)이다. 관우는 후한말 혼란기에 몸을 피해 탁군에 있을 때, 장비 · 유비와 의형제를 맺고 죽을 때까지 큰 공을 세웠다. 특히 그는 적벽대전에서 크게 활약했다고 한다. 유비가 익주(지금의 四川)를 공격할 때, 형주에 남아서 촉을 방어하였다. 그 과정에서 손권군의 공격을 받아 사로잡힌 후 참수되어 그 수급은 조조에 보내졌으며 이 일은 이릉대전의 원인이 되었다. 민간에서는 관우를 무신(武神)으로 받들고 있다. 관우는 나관중 『삼국지』에서 여포 · 조운(조자룡)과 더불어 가장 무예가 뛰어난 사람으로 묘사되고 있다. 정사에서도 관우의 무공을 높이 평가하고 있는 것으로 봐서 어느 정도는 사실인 듯하다. 관우는 자신의 학문이 어느 정도는 된다고 생각했기 때문에 문관 정치가들이나 전략가들을 경멸하고 군인을 소중히 생각하였다. 그리고 그는 자신의 판단을 깊이 신뢰하게 되는데 그것이 그의 죽음을 초래한다. 물론 무장(武將) 가운데 관우보다 뛰어난 학식을 가진 사람은 별로 없었을 수도 있다. 그러나 문인들과 비교할 만한 수준은 아니었다. 이것은 마치 조조가 자신이 환관 가문 출신인 것에 대해 가지는 일종의 정신적인 콤플렉스와 마찬가지였을 것이다.

• 출신 배경 · 이력

정사에 나타나는 젊은 날의 관우에 대한 기록은 다만 "탁군에 망명했다"는 것이 전부이다. 이 망명 이유에 대해서 알려진 바는 없고 관우라는 이름도 본명이 아닐 가능성이 많다고 지적되어 있다. 청나라 때의 『청음소집(淸音小集)』에 의하면 "관우의 원래 성은 풍(馮), 이름은 현(賢), 자는 수장(壽長)이다"라고 한다. 물론 이 사실을 완벽히 증명할 수 있는 길은 없다.

그의 출신지인 해현(해량)은 현재 산시[山西]의 윈청[運城] 시인데 이 지역은 당시의 수도인 낙양과 매우 가까운 지역이다. 낙양은 바로 중국의 중심지였다. 그런데 젊은 날의 관우가 왜 탁군이라는 오지로 망명했을까하는 점에 대해서는 많은 이야기들이 구전되고 있다. 대부분의 이야기들은 "의협심에 불타서 여자를 구하기 위해 현령과 그 처남을 죽이고 타향으로 도망갔다"는 것이다.

그후 관우는 유비가 고향에서 병사를 모았을 때 장비와 함께 그를 호위하고 유비가 평원(平原)의 상(相)이 된 후 그를 도와 군대를 통솔하였다. 조조가 동정(東征)에 나서 유비군을 궤멸시키자 관우는 조조에게 사로잡혔다. 조조는 그를 매우 후대한 것으로 정사는 기록하고 있다. 그러나 나관중의 『삼국지』에서 보이는 식은 아니었다. 여기에는 좀더 복잡한 문제가 있었던 것으로 보인다.

당시 조조는 서주를 정벌하기 위해 동정에 나섰지만 자신이 부친의 죽음을 갚기 위해 서주인들에게 만행을 저질렀기 때문에 이에 대한 부담을 안고 있었다. 유비와 장비가 줄행랑을 친 후 관우는 조조군을 맞이하여 힘들고 외로운 투쟁을 하고 있었다. 조조가 판단하기에 관우는 사람이 다소 고지식한데다 자존심이 강하고 의리를 중시하는 자이기 때문에 고립된 상태에서 목숨을 걸고 싸우려 들면 하비성은 상당한 피해를 입을 수밖에 없었다.

그런데 당시 서주인들은 조조에게 원한을 품고 있었기 때문에 조조는 자신이 이 땅을 정복한 후 오히려 여론이 극도로 나빠지는 것을 우려하였을 것이다. 그래서 조조는 당시 천하에 이름도 없는 무장인 관우를 굳이 죽이느니 차라리 그를 살려서 자신의 관후대도(寬厚大度)함을 서주인들에게 알릴 필요가 있었다.

한편으로 관우가 탁월한 무공을 지닌 장군이라면 원소가 군을 일으켰을 때 원소의 용장인 안량(顔良)이나 문추(文醜)를 잡는 데 관우를 편장군(偏將軍 : 정벌전쟁을 주관하는 5품 벼슬) 정도로 임명하여 활용하면서 관우의 자질을 테스트해볼 수도 있었다. 조조의 입장에서는 굳이 휘하의 맹장들을 안량과 문추와 싸우게 하여 다치게 할 필요가 없었기 때문에 관우에게 실제 병력을 통솔할 수 있는 권한을 주지 않고 부장으로 참전하게 하였다.

정사에 나타난 조조의 행적을 유심히 보면 조조는 충직하고 자존심이 강하면서 글줄도 읽을 줄 아는 관우를 개인적으로 아낀 듯하다. 관우는 헌제의 허락을 받아 조조에게 편장군의 벼슬을 내렸다. 이 편장군이란 직책은 대단한 직책은 아니었지만 관우에게는 매우 소중한 벼슬이었다.

관우는 하동(河東) 사람으로 주로 탁군에서 살았고 그 동안 일개 현의 마궁수(馬弓手), 평원현의 별부사마(別部司馬), 하비 태수 직무대행 등의 미관말직(微官末職)으로 전전하다가 천자로부터 처음 고급 장군의 관작을 받은 셈이었다. 객관적으로 인정받은 최초의 지위로 난세가 아니면, 참으로 영광스러운 자리가 아닐 수 없다. 조조의 입장에서 볼 때 그가 아무리 관우를 총애한다 해도 휘하의 부하들을 고려한다면 편장군이라는 벼슬은 그가 관우에게 내릴 수 있는 최고의 한계였을 것이다. 그리고 편장군은 품계는 낮을지 몰라도 난세에는 대규모 원정군이 많으니 자신이 하기에 따라서 실권이 많은 직책이 될 수도 있다.

그리고 이 시기에 관우는 처음으로 제후의 반열에 올랐는데 이것은 그에게는 큰 영광이었을 것이다. 후일에 송곳 하나 꽂을 곳 없는 유비로부터 같이 합류하자는 연락을 받았을 때 아마 관우는 큰 고뇌에 잠겼을 것이다. 최고의 권력자의 총애를 받고 있는 상태에서 출세는 이제 떼어놓은 당상인데, 거의 거지와 다름없는 유비에게 합류한다는 것은 개인적으로 엄청난 고뇌였을 것이다. 특히 관우는 중원 땅을 고향으로 하고 있었고 나름대로는 청류의식이 강한 사람인데 변방의 오지인 탁군의 유비가 합류를 요청하는 것을 거절할 수도 있었을 것이다.

만약 그랬다면 우리는 관우의 이름도 모르고 나관중의『삼국지』도 없었을 것이다. 그러나 관우는 결국 유비에게 돌아갔다. 바로 이 일 때문에 유비는 관우에게 평생 마음의 짐을 안았을 것이다. 관우의 죽음 후 유비가 모든 부귀영화를 버리고 주변 신하들의 만류에도 불구하고 군대를 일으켜 오나라 토벌전인 이릉대전을 일으킨 것도 이 일과 무관하지 않을 것이다. 그러나 이 전쟁을 준비하는 과정에서 장비도 죽고 전쟁이 끝난 뒤에는 유비도 죽고 말았다. 물론 유비의 죽음은 전쟁으로 인한 후유증일 수도 있겠지만 항상 궂은일을 도맡아 처리했던 맹우(盟友)에 대한 의리를 저버릴 수는 없었을 것이다.

관우가 유비에게로 돌아간 것은 조조의 입장에서는 매우 아쉬운 일이었을 것이다. 한편으로 관우의 이같은 행위가 이해될 수도 없었을 것이다. 정사에 따르면 조조는 관우를 추격해 죽이자는 주변의 권유에 대해 "사람들은 각자 주인이 있게 마련이니 그대로 두시오(正史「蜀書」‘關羽傳’)"라고 하면서 뿌리친다. 조조는 관우가 참으로 답답한 필부(匹夫)라고 느꼈을 수도 있다. 그는 이미 관우의 역할을 써먹은 터에 난세에 명분이나 찾고 생각이 복잡하며 필부의 의리만을 고집하는 고지식한 사람을 붙들고 있는 것도 무의미한 일이었을 것이다.

그후 관우는 유비를 중심으로 보좌하여 적벽대전의 승전과 촉의 건국에 이바지하였다. 그후 홀로 외롭게 형주에 남아서 형주 방어에 전념하던 중 조조와 손권의 협공으로 말미암아 아들 관평(關平)과 함께 사로잡혀 임저(臨沮)에서 처형되었다.

• 인물평

　관우를 평할 때 가장 중요한 점은 충의나 용맹보다 의리이다. 나관중의 『삼국지』에는 고뇌하는 관우의 모습은 보이지 않는다. 즉, 나관중의 『삼국지』에서 묘사된 관우는 태어나면서부터 충신이자 무예의 달인이기 때문이다. 이것은 오히려 관우를 너무 일방적이고 편협하게 묘사함으로써 현대인들에게 실존의 관우의 모습을 생소하게 만들고 있다.

　그러나 우리가 그의 이력을 면밀히 살펴보면 관우는 매우 고뇌가 많았던 인물임을 알 수 있다. 관우의 위대함이란 그런 고뇌 속에서도 보다 인간적이고 의리를 지키는 것을 결국 택했다는 점이다. 관우는 청년 시절부터 쫓겨다녔으니 그 가족의 파탄은 말할 것도 없고 사고무친의 땅 탁군에서 불우한 삶을 살았을 것이다. 그리고 유비와 장비가 팽개친 일을 도맡아 처리해야 했으며 그 과정에서 유비 · 관우 · 장비 삼형제 가운데 유일하게 포로가 되기도 한 사람이다. 나관중의 『삼국지』에도 유비와 장비가 도망다니는 것은 자주 나오지만 관우가 도망다니는 예는 거의 없다. 나아가 관우는 자신의 벼슬과 작위를 모두 포기하고 거지와 다름없는 유비를 따라나서고야 만다. 사람들은 그래서 관우를 좋아하는 것이다. 이것이 관우가 가진 매력이자 위대함이다.

　진수는 관우를 평하여 1만 명을 대적해낼 수 있는 무장(武將)이지만 너무 고지식하고 교만하여 실패했다고 지적하고 있다. 그러나 어떤 의미에서 그 교만함이란 관우의 불우한 삶들을 지탱해주었던 힘이 되었을 것이다. 그리고 관우가 가진 그 당당함이 유비가 가진 비굴함보다 더욱 빛을 발하여 관우에 대한 민중들의 사랑은 관우의 불우했던 삶을 보상하기에 충분하였다. 민중들에게 관우는 신(神)적인 경지에 올라 있으며 중국을 상징하는 인물로까지 여겨지고 있다.

장비(張飛)─ 이야기 전개의 윤활유 역할

　장비(167~221)는 유비와 동향인 탁군 출신으로 자는 익덕(翼德)인데 그 조상은 연(燕)나라 사람이다. 젊어서는 백정이었던 것으로 알려져 있다. 유비와 도원결의를 맺은 것은 불명확하지만 유비와 가깝게 지낸 관계로 평생을 유비에게 충성과 신의를 다하였다. 그는 초기의 유비에게 경제적으로 큰 도움을 주었던 것으로 알려져 있다. 장비는 용맹이 무쌍하여 당양(當陽) 장판교(長板橋) 싸움에서 조조군의 남진(南進)을 저지한 것으로 유명하다. 그후 유비가 황제에 오르자 그를 도와 이릉대전에 참여하려다가 부하들의 손에 암살된다.

• 출신 배경 · 이력

장비는 탁군 사람이다. 관우가 연장자였기 때문에 젊은 시절에도 그를 형처럼 따랐다고 한다. 그후 관우와 함께 유비를 보좌하여 촉의 건국에 크게 기여하게 된다.

유비가 조조를 도와 여포를 공격하고 허도로 돌아오자 조조는 장비를 중랑장(中郎將)에 임명하였다. 그후 유비와 함께 형주를 철수할 당시 장판교에서 혁혁한 공을 세워 유비군을 보호하였다. 장비는 유비가 한중왕(漢中王)이 되었을 때 우장군(右將軍)이 되었고 후에 거기장군(車騎將軍)으로 승진(221), 서향후(西鄉侯)에 봉해졌다.

나관중의 『삼국지』에는 장비가 일자무식에 개백장으로 나온다. 그러나 실제로 장비는 시문에 능하고 서화에도 일가견이 있었다고 한다. 다만 그는 소인을 싫어하고 군자를 경애하는 성품이 강해서 좋고 싫음이 분명했던 사람으로 보인다. 이 같은 그의 성격이 그의 죽음을 자초하기도 하였을 것이다.

장비의 용모에 대한 기록은 어디에도 없지만 나관중의 『삼국지』에서 묘사된 것처럼 "키가 팔척이고 범 같은 머리에 호랑이 수염"을 가진 사나이는 아니었던 것 같다. 나관중은 일반적으로 알려진 장비 이미지를 더욱 과장하여 묘사한 듯하다. 정사에 따르면 장비의 두 딸이 모두 황후가 되었다는 기록이 있다. 이를 토대로 살펴본다면 장비는 용모가 매우 준수했을 가능성도 크다.

• 인물평

나관중의『삼국지』에 따르면 장비는 주벽(酒癖)이 심하고 취하면 부하를 학대했으므로 유비는 항상 이를 훈계하였다고 한다. 장비는 당시의 직업으로는 사람들에게 내세우기 어려운 개백장과 같은 일을 하였고, 자신이 배우지 못했기 때문에 학자와 문인 정치가는 존경하였으나 학문이 없는 무인들을 경멸하였다. 이러한 그의 성격이 결국 자신의 부하에게 죽임을 당하는 결과를 초래하고 말았던 것이다. 장비는 주둔지였던 낭중(閬中 : 四川省)에서 부하들에게 암살되었다. 앞에서 지적하였듯이 물론 이 가운데 상당한 부분은 사실이 아니다.

그러나 장비가 확실히 성격이 다혈질이고 때로는 포악했으며 타인에게 은혜를 베풀 줄 모르는 사람이었던 것은 어느 정도 맞는 듯하다. 이 점은 정사「촉서(蜀書)」'장비전(張飛傳)'에서도 분명히 밝히고 있다. 관우가 아랫사람에게 관대했던 반면, 장비는 군자에게는 존경심을 가지고 공손히 대하지만, 소인에게는 엄격하거나 때로는 포악하게 굴었다는 결점을 가지고 있었다. 이에 대하여 유비는 항상 훈계하였지만 장비는 개의치 않고 출병을 앞두고 돌이킬 수 없는 실수를 저질러 장달과 범강에게 살해되었고, 그들은 장비의 수급을 가지고 손권에게로 달아났다. 장비의 성격은 개인적으로도 파멸을 초래하고만 것이다.

장비에 대해서 눈여겨보아야 할 대목은 유비와 관우 사이에서 윤활유 역할을 했다는 점이다. 장비는 다소 껄끄러울 수도 있는 초기의 유비와 관우의 관계를 돈독히 하는 데 한몫을 했다. 나이로 보면 관우가 유비보다 한 살 가량 많지만 확실히 이들보다 나이가 적은 장비는 삼형제 중 막내로서 이들의 관계를 보다 부드럽게 해주었을 것이다.

그리고 나관중의『삼국지』에서 장비의 역할이 중요한 이유는 여러 가지 사건들에서 유비의 과오를 덮어준다거나 스토리 전개를 원활하게 하는 감초 역할을 했기 때문일 것이다. 나관중의『삼국지』에서 장비가 난폭하고 무식하고 주사(酒邪)가 심한 모습으로 그려져 있는데 나관중은 장비의 모습을 이렇게 묘사함으로써 사건의 반전이나 해명하기 힘든 사건들을 처리하고 있다. 그런 의미에서 장비는 일종의 피해자라고 볼 수도 있다.

이미 앞에서 지적하였지만 정사 『삼국지』에는 독우를 때린 사람이 유비라고 나와 있지만 나관중의 『삼국지』에는 장비가 한 일로 기록되어 있다. 그리고 여포와의 불화도 모두 장비가 조장한 것으로 되어 있고 서주를 상실한 것도 장비의 책임으로 서술되어 있다. 그러나 엄밀한 의미에서 보면 이 모든 일들은 유비의 책임이다. 나관중이나 그 이전의 많은 『삼국지』 저자들은 좌충우돌하는 인물 하나를 등장시켜 골치아픈 많은 사건들을 해결하려 했는데 장비가 아마 적격이라고 판단한 듯하다.

유비 · 관우 · 장비의 의리

유비 · 관우 · 장비가 도원결의를 통해 의형제를 맺은 것은 아마도 후세의 사람들의 창작인 듯하다. 이들이 형제라는 의식을 가지게 된 것은 아마도 도원결의 때문이 아니라, 포부는 크나 여건이 열악하며 사정이 비슷한 동병상련의 사람들이라는 점, 수많은 전투를 통하여 생사고락을 같이 함으로써 형제 이상의 동료의식이 커졌다는 점, 성격적으로 상호보완적인 요소들을 갖춤으로써 그 우정을 오랫동안 지속적으로 유지할 수 있었다는 점 때문이었을 것이다.

따라서 이들이 만나자마자 바로 의형제를 맺었다기보다는 수많은 죽음의 고비를 함께 넘기면서 형제 이상의 신뢰가 다져졌을 것으로 생각된다. 유비가 천자(天子)로 등극하기 이전에 이미 형제 이상의 정을 맺은 상태였을 것이다.

실제로 중국어에는 존칭어가 없기 때문에 연배가 비슷한 사람들끼리는 형과 아우의 호칭 문제가 별로 심각하지 않다. 자(字)라는 것은 호칭으로 사용되기 때문에 후세의 사람들이 이들의 죽음과 의리를 좀더 친밀하게 묘사하기 위하여 도원결의와 같은 형식의 의형제를 맺어줌으로써 소설적인 요소를 한층 더 강화했을 것으로 짐작된다. 아마 의형제의 의리는 수많은 전투 속에서 자연스럽게 형성되었을 가능성이 훨씬 더 크다. 실제로 전투에 함께 참전하거나 사선(死線)을 같이 넘은 사람들의 실제 경험들을 토대로 보면, 가족적인 정서 이상의 의제가족적(擬制家族的) 요소를 가질 수 있다.

난세의 상황에서 이들이 지키는 의리는 다른 사람들에게는 나타나지 않는다. 난세에서 사람들이 자신의 주인이나 의리를 배반하는 것은 자신의 목숨을 보전하기 위해 불가피한 것이었지만, 이들의 의리가 30~40년 이상 존속되고 있다는 점은 매우 주목할 만하다. 이것은 이들의 죽음으로 증명된다.

유비는 효정대전(猇亭大戰, 이릉대전)을 치르면서 촉군의 약화를 초래했고 동시에 자신도 죽음을 맞이하게 되었다. 유비는 아마 자신이 천자로 등극하는 데까지 견마지로를 다한 두 맹우의 죽음에 대하여 이성적으로 접근하기는 힘들었을 것이다. 유비는 촉을 건설하면서 누구보다도 이들과 함께 부귀영화를 누리고 싶었을 것이다. 그러나 관우의 죽음은 모든 것을 한꺼번에 소멸시키는 비운을 가져온다. 실제로 관우가 형주를 홀로 방어하기에는 무리였다. 환갑에 가까운 나이로 제대로 된 참모도 없이 전쟁을 치른다는 것은 불가능한 일이었다. 아마 이 점 때문에 유비는 괴로웠을 것이다.

결국 유비는 환갑이 넘은 노인의 몸으로 대군(大軍)을 이끌고 이릉대전을 일으키지만 홀로 감당하기에는 너무 노쇠했다. 그렇다고 하여 건국한 지 1~2년밖에 안 된 나라를 팽개치고 국정을 책임지고 있는 제갈량까지 전장에 데리고 갈 수도 없었을 것이다. 유비가 일으킨 이릉대전은 오직 자신을 위해 죽은 관우에 대한 속죄의 심정에서 시작되었다. 유비는 비록 이 전쟁에는 패했지만 오히려 편한 마음으로 죽음을 맞이할 수 있었을 것이다.

그 엄청난 난세를 교묘하게 생존해온 이들 유비·관우·장비는 이상하다 싶을 만큼 거의 동시에 죽음을 맞이한다. 관우의 죽음(219년 10월)을 시작으로 장비의 죽음(221년 7월), 유비의 죽음(223년 4월)이 거의 1년 반 간격으로 연달아 발생함으로써 결말이 싱거운 『삼국지』를 만들어버리지만 바로 이런 그들의 죽음이 도원결의라는 드라마를 만들게 한 것이 아닌가 생각된다.

조운(趙雲)—가장 훌륭한 실무자형

조운(158~229)의 자는 자룡(子龍)이다. 촉의 용장으로 상산(常山) 땅 진정(眞定) 사람이다. 원래는 말을 사고파는 상인이었다고 한다. 그러나 조운이 말

장수라는 것을 구체적으로 확인하기는 어렵다. 분명한 것은 당시의 상산은 중국의 변방으로 유목민들과 가까운 거리에 있었기 때문에 말 거래로 생활하는 상인들이 많았을 것이므로 조운이 말장수를 했을 개연성은 충분히 있다. 조운은 원소의 휘하에 있다가 출신 성분 때문에 거의 주목을 받지 못한 듯하다. 그후 공손찬을 위기에서 구해주고 공손찬과 인연을 맺었다. 공손찬의 휘하에 있다가 공손찬이 원소에 의해 죽은 후에는 얼마간 유랑 생활을 거쳐 유비의 휘하로 들어왔다. 유비와 인연을 맺은 후에는 평생을 유비와 함께 하였다. 『삼국지』에는 조운의 무용담이 매우 많다. 당양 장판파에서 유비의 아들(유선)을 품고 적진을 돌파하였고 승진하여 아문장군(衙門將軍)이 되었다. 성도가 평정된 후 익군장군(翊軍將軍)에 임명되었다. 223년 정남장군으로 임명되어 영창정후(永昌亭侯)에 봉해졌고 다시 승진하여 진동장군이 되었다. 227년 제갈량을 수행하여 한중에 주둔했다. 조운은 229년 세상을 떠났는데 시호가 순평후(順平侯)로 추증되었다.

• 출신 배경 · 이력

조운은 나관중『삼국지』를 통하여 가장 스타가 된 장수라고 할 수 있다. 조운에 대한 기록이 없기 때문에 나관중이 조운을 가장 탁월한 장수 가운데 하나로 묘사하는 데 지장이 없었을 것이다.

그러나 군주의 측면에서도 조운은 가장 이상적인 장수로 평가할 수 있다. 왜냐하면 조운은 비정치적이면서도 충성심이 매우 강했기 때문이다. 그런데 나관중의『삼국지』에는 이 점이 제대로 거론되어 있지 않다. 험난한 난세를 살면서 그가 70세를 넘기고 천수를 다했다는 것은 그가 그만큼 실력이 출중하고 원만한 사람이라는 의미로 볼 수 있다. 나관중의『삼국지』도처에는 제갈량과 관우의 갈등이 등장하지만 조운이 제갈량과 불화가 있었던 흔적은 없다. 이 점은 정사도 마찬가지다.

유비와 조운의 관계는 마치 모택동과 주덕(朱德)의 관계와 같다고 표현할 수 있다. 조운이 태어난 곳은 유비의 출생지와도 매우 가깝지만 원소의 지배

지역에 속하는 곳이었다. 그러나 원소의 휘하에는 워낙 장수들이 많아서 아마 큰 주목은 못 받았던 것 같다. 조운은 창술의 대가(大家)로 알려져 있으며 무예가 능하여 진수는 그를 한 고조 때의 하후영(夏侯嬰)이나 관영(灌嬰)에 비유하고 있다.

나관중의 『삼국지』에는 유비보다 젊은 장수로 묘사되는 듯하지만 유비보다는 나이가 많은 사람이었다는 견해가 있다(성원규 역, 『직역 삼국지』). 만약 그것이 사실이라면 이 점은 대단히 중요한 부분이다. 유비는 여러 정황으로 보면 자신의 형처럼 조운에게 의지한 대목들이 나타난다. 조운은 자신보다 서너 살이나 어린 유비에게 충성을 다하였고 나관중 『삼국지』에는 잘 나타나지 않지만 유비의 가장 큰 신뢰를 받았던 사람 중의 하나였다. 정사 「촉서」 '조운전(趙雲傳)' 배송지의 주석을 보면 유비는 조운과 한 침대에서 잘 정도로 가까운 사이였다고 나와 있다. 그리고 유비는 조운을 원소의 영역에 파견하여 은밀히 군사를 모집하기도 하였다.

나관중은 조운과 유비의 관계를 잘 알았을 것으로 추정된다. 실제로 정사에 나타난 조운의 행적은 워낙 간략하여 조운의 모습을 알아내기가 쉽지 않다. 그럼에도 불구하고 나관중의 『삼국지』에서 가장 화려하게 부활한 사람은 바로 조운이었다. 나관중의 입장에서 보면 조운은 비정치적이면서도 충성심이 가장 강한 사람으로 유비에게 가장 이상적인 장수로 보였을 수도 있다. 나관중의 『삼국지』에서 나관중이 가장 깊은 애정을 가지고 부활시킨 사람은 제갈량과 조운일 것이다.

나관중의 『삼국지』에 나타나는 행간의 의미를 되새겨보면 새로운 사실을 보게 된다. 즉, 유비는 죽으면서 조운에게 다음과 같이 말하고 있다.

짐은 경과 함께 환란 속에서 상종한 지 여러 해가 되었다. 짐이 이렇게 뜻밖에 급히 죽음을 맞게 될지는 몰랐다. 경은 짐과의 오랜 우정을 생각하여 항상 내 자식을 돌봐주기를 바라노라.

위의 대목이 정사의 내용은 아닐지라도, 이 말의 의미는 매우 다양하게 해석된다. 우선 단순히 유선을 도와달라는 의미로 해석할 수 있다. 그러나 혹시라도 유선에 해가 되는 여러 가지 일들이 발생하면 조운이 알아서 처리해달라는 의미로 볼 수 있다. 이것은 유비가 제갈량의 나이가 아직 젊어 완벽히 신뢰하기 어렵기 때문에 이를 경계하는 말로도 해석할 수 있는데, 이 엄청난 말을 굳이 조운에게만 남기고 있는 것이다.

사실 유비는 산전수전을 다 겪은 사람이다. 유비가 제갈량을 불신했다기보다 난세를 살다보면 의리를 지키기가 힘든 경우가 워낙 많이 발생한다는 것을 그는 경험으로 알고 있었던 것이다. 그러나 이런 장면을 통해 조운의 존재가 유비에게 어느 정도였는지 짐작할 수 있다.

• 인물평

조운은 관우와 장비에 가려져 있었지만 『삼국지』를 통하여 가장 충성스럽고 능력이 뛰어난 용장(勇將)이었다. 그는 관우처럼 자존심을 내세운 적이 없고 어린 제갈량과 충돌하지도 않았던 것으로 보인다. 조운은 필요 이상의 욕심이 없고, 분수를 지키면서도 자신의 능력을 다하여 충성을 바치고 신의를 중요시하는 사람이었다.

조운은 비정치적이기 때문에 대권을 도모하는 사람들에게 가장 훌륭한 참모이자 부하가 될 수 있는 사람이었다. 대권을 도모하고자 하는 자는 조운 같은 사람을 많이 확보할수록 천하의 주인이 될 가능성이 높아지게 된다. 바로 이 조운 같은 타입의 용장들을 확보한다면 누구라도 능히 천하의 주인이 될 수 있을 것이다.

방통(龐統)—주인을 늦게 만난 천재의 조급함

방통(178~213)은 자는 사원(士元)으로 양양(襄陽) 사람이다. 방통에 대한 기록은 정사나 나관중의 『삼국지』가 거의 대부분 일치한다. 방통은 어린 시절에는 노둔하였다고 한다. 그를 높이 평가한 사람은 사마휘였다. 사마휘는 방통을 남주(南州)의 선비 가운데 으뜸이라고 평가하여 그가 유명해지게 되었다. 그후 유비가 형주를 다스리게 되자 방통은 종사(從事)의 신분으로 뇌양현의 현령을 대행하도록 했다. 방통은 현의 일을 제대로 하지 못하여 면직되었으나 제갈량과 노숙의 추천으로 다시 중용되어 군사 중랑장으로 임명되었다. 제갈량이 형주에 남아 지킬 때 방통은 유비를 수행하여 익주(益州)로 들어갔다. 방통은 유비의 절대적인 신임을 받았으며 유비가 익주를 차지하고 촉을 건국하는 데 결정적인 공헌을 한 사람이다. 그러나 그는 익주의 유장군(劉璋軍)과 전쟁하는 과정에서 유시(流矢)를 맞고 36세로 죽는다.

• 출신 배경 · 이력

방통은 들창코에 얼굴색이 검고 수염은 적어서 외모가 다소 기괴하였다고 전하고 있다. 손권은 그의 생김새 때문에 그를 중용하지 않았다고 한다. 유비조차도 그를 제대로 평가하지 못하고 고작 현령 자리를 주었을 정도였다. 방통은 인물을 정확히 보는 것으로 유명한데, 아마 이것은 자기 자신의 탁월한 재능에도 불구하고 자신의 외모만으로 평가받은 경우가 많았기 때문에 생긴 능력이 아닌가 생각된다.

정사에 따르면 방통은 사람을 교육시키는 것을 좋아했다고 한다. 방통은 사람들을 칭찬해줌으로써 그 칭찬받는 사람이 좀더 도덕적으로 변하고 자기 능력을 충분히 발휘할 수 있다고 보았다. 방통은 자신이 10명을 칭찬하여 도덕적으로 5명이라도 바르게 될 수 있다면 그만큼 사회는 건강해질 수 있다고 보았다.

방통은 소탈하지만 강직한 성품을 가진 사람이다. 유비가 방통의 계책에 따라 양회(楊懷 : 유장의 용장)와 고패(高沛)의 목을 베고 연회를 베풀면서 흥겨워하자 방통은 "다른 사람의 나라를 토벌하고 즐겁다고 여기는 것은 어진 사람의 군대가 아닙니다"라고 쏘아붙였다. 방통이 이 말을 한 것은 불가피하게 한 일이라도 도덕적으로 옳고 그름은 알고 있어야 한다는 의미였는데 이 말은 유비를 격분시켰다. 왜냐하면 유비도 내심으로는 유장을 쳐서 익주를 빼앗으려는 것이 마음에 걸렸는데, 방통이 정곡을 찌르는 말을 하였기 때문이다.

유비의 입장에서는 달리 선택의 여지도 없었고 그 일을 추진한 사람도 방통이라, 유비는 방통에게 "그러면 무왕(武王)이 은(殷)나라를 토벌할 때 앞뒤로 노래하고 춤추는 사람이 있었으니 어진 사람이 아니었겠군. 도대체 당신의 말은 앞뒤가 맞지 않아. 당장 나가시오"라고 하였다고 한다. 물론 유비는 이내 후회하고 그를 불러들여 사과하고 "방금 있었던 논쟁에서 잘못한 사람은 누구입니까?" 하고 다시 물었다. 방통이 "군신(君臣)이 함께 잘못하였습니다"라고 하자 유비도 크게 웃으며 연회를 즐겼다고 한다.

이 사건은 방통의 인품이나 강직하고 소탈한 그의 성격을 보여주는 좋은 예가 될 것이다. 그러나 만약 제갈량이었다면 그같이 직선적으로 유비를 나무라지는 않았을 것이다. 사실 난세에는 죄 없는 자가 있을 수 없다. 그것을 유비도 모르지는 않았을 것인데 방통은 가뜩이나 불편한 유비의 심기를 건드렸던 것이다. 사람은 겉으로 기쁘게 보인다고 해서 마음 속으로까지 기뻐하는 것은 아닐 수도 있다. 방통은 너무 직선적인 성품을 가지고 있어 유연성이 다소 떨어지는 인물이었다. 아마 방통이 평화 시에 교육과 관련된 일에 종사했다면 국가에 큰 업적을 남겼거나 훌륭한 충신으로 기억되었을지도 모른다.

• 인물평

방통은 최고의 전략가이나 인상이 좋지 않아서 출세에 지장이 많았는데 이것은 그에게 통찰력을 기르는 계기가 되었지만, 다른 한편으로는 능력을 즉각적으로 발휘해야 하는 문제를 안겨주었다. 즉, 사람이란 능력을 서서히 그리고 견고하게 발휘해야 하는데, 방통은 너무 오랫동안 자신의 능력을 발휘할 기회가 없었기 때문에 단기간에 무엇인가를 보여주어야 하는 심리적 부담을 가졌을 것이다. 그가 요절한 것도 결국은 이 때문이다. 극단적으로 말하면 방통은 자신의 탁월한 능력에 비하여 오랫동안 평가받지 못한 탓에 나중에 평가의 시험대에 올라 무리하다가 요절한 것이라고 할 수 있다.

사실 장수나 군사(軍師)가 유시(流矢)를 맞고 죽는다는 것은 전쟁에 대한 경험 부족일 가능성이 크다. 그때까지 방통은 실제 대규모의 전투 경험이 없었던 사람이었다. 방통은 실제적인 무예나 용맹과는 거리가 먼 선비였고 국가 전체의 정책을 설계하고 종합적인 군사 전략을 제시하는 일이 적격이었다. 그런 사람이 군대를 몰고 현장에서 지휘까지 하였기 때문에 죽음을 초래했던 것이다. 그런 일은 조운이나 장비가 할 일이었다. 그만큼 유비에게는 사람이 없었던 것이다. 이 때문에 개인적으로 방통이 유비를 따라간 것은 큰 불행이었다. 그가 만약 조조의 휘하로 갔다면 모든 능력을 발휘하여 사마의의 준동을 막았을 것이다. 그러나 강직한 그의 성품으로 볼 때 그가 조조에게 간다는 것은 있을 수 없는 일이다.

순욱(荀彧)—유연성이 부족한 천재

순욱(163~212)은 위나라의 모사로 자는 문약(文若)이고 영천(潁川) 땅의 영음(潁陰) 사람이다. 순유(荀攸)와는 사촌간이다. 26세(189) 때 효렴에 천거되었지만 동탁이 정권을 잡은 후 귀향하였다. 그후 원소의 휘하에 있었으나 원소의 사람됨을 보고 당시에 분무장군으로 있던 조조에게로 갔다. 조조는 크게 기뻐하여 자신의 장량(장자방)이라고 하였다. 이듬해 조조는 연주목·진동장군이 되었고 순욱은 사마(司馬 : 삼공 등이 설치한 속관)의 직위로 조조를 수행하였다. 순욱은 조조에게 이호상식지계(二虎相食之計)로 여포와 유비가 싸워서 자멸하게 하고, 구호탄랑지계(驅虎呑狼之計)로 원술을 움직여 여포·유비를 공격하게 하는 전략으로 원술까지 약화시키는 등 평생 조조를 도운 사람이었다. 조조는 사실 순욱의 도움을 받아 천하의 대업을 이룰 수 있었다. 그러나 순욱은 조조가 위공이 된 후에 구석(九錫)을 누리는 데 반대하여 조조의 미움을 받았고 음독 자살하였다.

• 출신 배경 · 이력

순욱이 태어난 영천 지역은 허창 바로 옆에 있는 곳으로 낙양에 매우 가까운 곳이다. 그리고 순욱은 명문가의 자손이었다. 그의 할아버지인 순숙(荀淑)은 순제와 환제 때 이름을 떨친 인물이다. 순숙의 자식은 8명이었는데 순욱의 아버지인 순곤(荀緄)은 제남(濟南)의 상(相)이었고 숙부인 순상(荀爽)은 사공이었다. 따라서 순욱은 대표적인 청류 가문에 속하며 세련된 문화를 향유한 사람으로 보인다.

순욱이 어렸을 때 남양(南陽)의 하옹(何顒)이 그를 특별히 여겨 "왕을 보좌할 재능을 가지고 있다"고 말했다. 그후 효렴에 천거되었고(189) 동탁이 반란을 일으킨 후에는 고향으로 돌아갔다. 영천은 낙양과 가까운 곳이라 외부의 침입이 잦으므로 순욱은 원소에게 가서 1년 정도 있다가 원소의 인물됨을 헤아려 조조에게 몸을 의탁하게 되었다(191).

조조는 이듬해 연주목의 관직을 받았고 후에 진동장군이 되었으나 순욱은 항상 사마의 직위로 조조를 수행하였다. 이후에도 조조가 여포를 정벌할 때도 혁혁한 공을 세워 조조의 신임이 매우 두터웠다. 조조가 낙양으로 가서 헌제를 받들고 허현을 수도로 삼은 것도 순욱의 강력한 권고 때문이었다. 천자는 조조를 대장군에 임명하고 순욱을 한의 시중(侍中)으로 승진시켜 상서령(尙書令)을 대신하도록 하였다. 순욱은 항상 마음에 치우침이 없이 바르고 엄정한 태도를 견지하였다.

관도대전(官渡大戰)에서 조조가 원소의 대군을 맞아서 고전하고 있을 때 순욱은 가후와 더불어 조조가 관도대전을 승리로 이끌 수 있도록 하는 데 최대의 공헌을 하였다. 조조는 딸을 순욱의 장남 순운(荀惲)에게 시집보냈을 정도로 신임이 두터웠다. 그러나 동소(董昭) 등이 조조의 작위를 국공(國公)으로 승진시키고 구석(九錫)의 예물을 갖추어야 한다고 생각하고 은밀히 순욱에게 자문을 구했으나 순욱은 조조가 군사를 일으킨 것은 조정을 바로잡고 국가를 안정시키기 위한 것임을 강변했다. 이 말을 들은 조조는 순욱에 대해 불만을 가지게 되었고 그것을 알아차린 순욱은 근심 속에 죽었다. 정사의 주석에는 조조가 순욱에게 먹을 것을 주었는데 두껑을 열어보니 빈그릇이어서 순욱은 독약을 마시고 죽었다고 나와 있다.

• 인물평

순욱은 순유와 더불어 모두 고관·중신이었지만 한결같이 겸허하고 검소하였으며 봉록을 친지와 친구들에게 모두 나누어주어 집에는 남아 있는 재산이 없었다고 정사는 적고 있다. 그러나 조조가 구석을 받으려 한 것에 대해서 반대하다가 결국 자진(自盡)하고 말았는데 이것은 조조에 대한 이해가 부족했거나 아니면 자신이 살아온 시대에 대한 이해가 부족했던 것으로 보인다. 순욱에 대해서 간략히 평하자면, 뛰어난 자질을 갖춘 최고의 전략가이자 모사이나 유연성이 다소 부족하고 스스로 이데올로기적인 혼란으로 결국 그 주인으로부터 배척을 받는 사람이라고 할 수 있다.

순욱의 활약에 대해서는 나관중의 『삼국지』에 워낙 자세히 나와 있기 때문에 새삼 재론할 필요는 없을 것이다. 다만 쟁점이 되는 것은 순욱이 조조가 위공(魏公)이 되어 구석을 누리는 것을 반대하여 조조의 미움을 사서 결국 음독 자살했다는 사실이다. 그렇다면 순욱은 조조가 천하의 주인이 되는 것을 반대하고 조조가 제나라의 환공(桓公)과 같은 패자(覇者)가 되기를 바랐다는 말이 된다. 이것이 사실이라면 순욱은 분명히 세상의 흐름을 제대로 파악하지 못한 것이다.

순욱이, 조조가 관도대전을 치르는 것을 보면서 그 전쟁이 단순히 한나라의 신하로서 천하의 패자 정도가 되기 위해 일으킨 것으로 이해했다면 그것은 순욱의 잘못이다. 조조에 대해 충성을 다한 순욱의 행동은 장량의 견마지로와 다를 바가 없는데 유방은 천하의 주인이 되고 왜 조조는 한나라의 신하 정도로 머물러야만 하는지에 대해 순욱은 제대로 설명하고 있지 않다. 따라서 순욱의 죽음은 그 누구에게서도 동정을 살 수 없는 행위이다.

순욱같이 천재적인 사람이 조조의 의도를 몰랐을 리가 없는데 그는 마지막에 조조가 천자가 되려는 야심을 비치자 반대하고 나선 것이다. 이것은 상식 이하의 행동이다. 사람은 한 가지를 선택하고 그 길이 잘못되었다고 생각되면 빨리 빠져나와야 하는데 끝까지 가고 난 뒤에 그 동안의 모든 일을 부정하는 것은 잘못된 일이다. 만약 순욱이 조조를 그와 같이 부정하려 했다면, 애

초에 동승이나 유비처럼 행동하거나 혹은 천자(天子)를 옹위함으로써 그 입장을 분명히 해야 했을 것이다. 순욱은 매우 총명한 사람이라, 조조가 주공(周公) 단(旦)이 아닌 줄은 이미 알았을 텐데, 나중에 황제에 준하는 의례를 가지려는 조조의 행위를 반대한 것은 의미도 없고, 천하의 동정을 얻을 수 있는 일도 아니다. 이 점에서 순욱은 차라리 위(魏)나라의 건국에 더욱 헌신했어야 했다.[451]

사마의(司馬懿)─냉혹한 승부사

사마의(179~251)는 위나라의 대신으로 묘호는 고조(高祖), 시호는 선제(宣帝)이다. 자는 중달(仲達)이고 하내(河內) 땅의 온(溫) 사람이다. 사마의는 어릴 때부터 재주가 많았고 유교 교양을 갖춘 박학다식한 사람이었다. 사마의는 조조의 휘하에 들어가 조조의 신임을 받았고 특히 위나라의 문제가 그를 신임하여 문제·명제·제왕(조방) 등 4대에 걸쳐 요직을 두루 역임했다. 사마의는 조조에게 진언하여 둔전제를 시행할 것을 주장했으며 위나라의 문제 조비와 명제 조예 때에는 국무총리에 해당하는 보정(輔政)을 맡았다. 사마의는 제갈량이 수차례 위나라를 공격(230~234)하였으나 이를 잘 막아내었으며 공손연을 정벌하여 위나라의 영역을 동북 지방까지 확대하였다. 명제가 죽고 후사가 없어 황태자로 임명된 조방(曹芳 : 제왕)이 즉위하자 조조의 일족인 조상(曹爽)과 함께 보정을 맡았지만 쿠데타를 일으켜 조상을 제거한 후에 전권을 장악하였다. 그가 죽은 지 14년 만에 그의 손자였던 사마염이 진(晉 : 서진)을 건국하였다.

---

451) 그의 사촌이었던 순유(荀攸)도 그와 유사한 이력을 가진 것으로 알려져 있다. 즉, 순유는 서량의 마등을 불러들여서 죽여 후환을 없앴고, 실전에 투입되어 기발한 계략으로 수많은 전공을 세웠다. 순욱은 조조에게 자신이 없을 때는 순유를 쓰라고 권고한 바 있다. 순유는 조조를 수행하여 손권을 정벌하러 가는 도중 죽었는데 조조는 순유에 대해 말하면서 "나는 순유와 주유한 지 20여 년이 되었지만 서로 털끝만큼의 어긋남이 없었다"고 말하면서 눈물을 줄줄 흘렸다고 한다.

• 출신 배경 · 이력

사마의는 다재다능할 뿐 아니라 유교 교양을 갖춘 박학다식한 사람이었다. 그는 조조의 휘하에 들어가 조조의 신임을 받았지만 일설에는 관상이 조조 마음에 들지 않아서 권력의 중앙부에서는 배제되고 주로 행정적인 일을 담당했다고 한다. 조조는 자신이 승상이 되었을 때 사마의를 문학연(文學掾)으로 삼았다가 다시 주부(主簿)로 임명했다. 문학연이란 승상(丞相)의 속관(屬官)으로 학문을 담당하여 학교를 관리하고 경학(經學)의 전수(傳受)를 주관하는 관직으로 사마의가 학문적으로 매우 능한 사람이었음을 보여주고 있다.

사마의는 대세를 보는 탁월한 능력이 있었다. 관우가 조인(曹仁)을 포위하고 칠군을 물에 빠뜨리자 조조가 천도(遷都)를 단행하려 하였다. 이때 사마의는 이를 간하여 저지하고 차라리 손권으로 하여금 관우군(關羽軍)의 후방을 협공하게 할 것을 진언하였다. 이 작전은 주효하여 관우는 손권에게 사로잡혀 그의 아들과 함께 처형되었다.

사마의는 위나라의 문제(文帝 : 조비)가 황제에 오른 후 매우 돈독한 신임을 받았다. 위나라의 문제와 명제는 사마의를 특히 신임하여 중앙권력에 진입하게 된다. 사마의는 특별히 권력욕이 있는 것도 아니고 충성심도 강하여 매사에 일을 합리적으로 처리하였기 때문에 문제와 명제의 신임이 매우 두터웠던 것으로 보인다.

사마의는 국가를 운영함에 있어서 탁월한 정책을 추천할 뿐만 아니라 군사전략에도 매우 능한 사람이었다. 조조가 한중 땅을 점령하자 익주(益州 : 촉땅)까지 바로 점령하라고 한 것은 그의 혜안(慧眼)을 보여주기에 충분하다. 조조는 이 말을 듣지 않고 결국은 삼국이 정립하는 실수를 범하게 된다. 그리고 관우의 공격을 받자 그 역으로 손권의 군대를 이용하여 촉나라와 오나라를 갈등하게 만들어 어부지리를 취하게 하는 등 전략가로서 대단한 역량을 보여주었다. 사마의는 조조에게 진언하여 둔전제를 시행할 것을 주장하는데 이 둔전제의 시행은 삼국시대에서 가장 훌륭한 정책으로 평가된다.

사마의는 당시 위나라가 당면한 골칫거리를 잘 해결하였다. 하나는 촉의 공격을 막는 일이었고 다른 하나는 요동 지방의 문제였다. 촉의 승상이었던 제갈량의 공격(230~234)은 말할 것도 없고 요동의 공손연도 위나라의 근심거리였는데 휘하의 관구검과 함께 요동을 정벌하여 위나라의 영역을 현재의 베이징 근방에서부터 랴오둥 반도까지 확대하였다.

• 인물평

사마의는 잘 알려진 바와 같이 『삼국지』를 통하여 제갈량을 능가할 수 있는 뛰어난 전략가이다. 사마의는 현실을 직시하고 때로는 다양한 전략도 구사하지만, 강한 인내심을 가지고 있는 인물이었다. 사마의가 제갈량보다 평가절하된 이유는 도덕성 때문이다. 사마의는 이미 앞에서 여러 번 거론되고 분석되었기 때문에 구체적인 내용은 재론하지 않겠다. 여기서는 다만 몇 가지의 문제들만 분석하고자 한다.

사마의는 개인적으로는 크게 나무랄 것이 없는 사람이지만 그의 가문에 의해서 권력이 찬탈되고 그 과정은 조조가 한나라를 없애는 과정과 거의 동일한 것으로 볼 때 그는 그 책임에서 벗어나기 어렵다. 조조가 대장군으로 임명된 이후 조조의 가문은 위공-위왕-위 황제의 과정을 밟는데 이 과정은 한치의 오차도 없이 사마의의 가문에 의해 진공-진왕-진황제로 연결되고 있다. 마치 박정희 대통령의 권력승계 과정(육군소장으로 5·16 쿠데타-장도영 체포-육군대장 승진-혁명정부 수반-공화당 창당-대통령 선거-대통령 취임)과 전두환 대통령의 권력승계 과정(육군소장으로 12·12 쿠데타-정승화 체포-육군대장 승진-국보 위원장-민주정의당 창당-대통령 간접선거-대통령 취임)이 거의 유사한 것과 같다.

조조는 사마의의 능력을 알면서도 너무 자신과 유사하기 때문에 그를 멀리한 듯하다. 조조는 사마의의 모습이 "눈초리는 매와 같고 용모는 승냥이 같다"고 하여 중용하기를 꺼렸다고 한다. 물론 사마의가 조조보다는 24살이나 연하이기 때문에 그만큼 심각하게 사마의를 생각하지 않았을 수도 있다.

그러나 조조는 침착하고 기다릴 줄 알며 해박한 지식을 가진 사마의의 모습에서 무의식적으로 두려움을 느꼈을 것이다. 그럼에도 불구하고 객관적으로 나타나는 사마의의 모습은 탁월한 능력을 가진 충직한 신하였다. 사마의는 정말 긴 세월을 그렇게 살았던 것이다. 그러나 그의 아들들은 전혀 다른 모습을 보여주고 있다. 이것은 사마의가 자식교육을 잘못 했거나 아니면 그 전부터 사마의 자신이 그 같은 대역무도한 생각을 했을 가능성이 있다.

사마의와 관련하여 논의할 쟁점은 조상(曹爽)을 필두로 한 위나라의 종친들의 지나친 압박 때문에 사마의가 반심을 품은 것인지 아니면 원래부터 사마의가 천하에 대한 야심을 가졌는지 하는 문제일 것이다. 뒤집어 생각해보면 종친들의 압박이 지속되다 보니 사마의가 정권을 장악했을 가능성이 높고 일단 정권을 장악하자 생존을 위해 권력유지를 하지 않으면 안 되었던 것 같다. 그리고 그것이 그대로 새로운 왕조의 개창으로 자연스럽게 이어졌을 것으로 추정된다.

다른 한편으로 사마의의 아들인 사마사나 사마소가 위나라 조정에 대해 극심한 반감을 가졌을 가능성도 있다. 일평생을 전쟁과 조정을 넘나들면서 국가보위에 총력을 다한 사마의가 끝없이 모함을 받는 현실을 그의 아들들은 견디기 힘들었을 것이다. 결국 사마의의 아들 세대에 이르자 이미 장악된 권력을 바탕으로 위나라를 무력화시키게 되고 사마소의 아들인 사마염에 의해 진(晉)이 건국된다. 이 새로운 왕조의 개창에 대한 책임 소재가 사마의에 있는가 하는 문제가 제기되면 사마의 또한 이 책임을 면할 수는 없을 것이다.

만약 사마의가 천하에 욕심을 가진 사람으로 위나라 멸망에 대한 책임이 분명히 있다면 사마의는 매우 교활하고 자신을 철저히 은폐하는 데 능한 사람으로 판단된다. 사마의와 같은 사람이 가장 무서운 이유는 자신의 생각을 겉으로 드러내지 않기 때문이다. 그러면서도 자신의 영향력을 확고하게 장악해나간다. 이런 사람이 권력을 완전히 장악하고 난 뒤에 바로 천자를 제거한다면 그것을 막아낼 방도는 없다. 영특하기로 이름 높은 조비가 사마의를 깊이 신뢰한 것도 사마의가 역심(逆心)을 가질 것이라는 생각을 꿈에도 하지 않았기 때문이다. 그만큼 사마의는 외형적으로 볼 때 완벽한 충신이었다. 사마의는 외형적으로는 조운(조자룡)의 모습을 하고 있었던 것이다. 실제로 사마의는 그런 사람일 수도 있지만 현실적으로 나타나는 진(晉)나라의 탄생 과정은 사마의에서부터 사마염에 이르는 이들 부자의 연출이 아니었으면 불가능한 일이다. 사마의는 비유하자면 일본의 도쿠가와 이에야스에 가장 가까운 인물이다.

강유(姜維)—충실한 계승자

강유(206~264)는 촉의 대장으로 제갈량을 계승한 사람이다. 자는 백약(伯約)이고 천수(天水) 기현(冀縣) 사람이었다. 천수는 농서(隴西) 동쪽에 위치하고 있으며 서역으로 가는 입구에 있는 지역이다. 강유는 지용(智勇)을 겸비한 재사(才士)로 제갈량의 병법을 전수하여 촉한을 버티게 했으며 제갈량의 과업을 계승하여 한실 회복을 위하여 위나라와의 전쟁을 계속한 사람이다. 천수 지방 출신으로 서역 지방의 유목민들의 풍속에 익숙했던 강유는 강족과 호족을 유인하여 위나라 정벌의 한 날개로 삼으려 했다. 그러나 장완(蔣琬) 다음에 승상에 오른 비의(費禕)는 늘 그것을 제지하여 1만 명 이하의 병력만 가지고 가게 하였다. 253년 봄 비의가 죽자 비교적 자유롭게 용병할 수 있었다.

강유는 이후 많은 성들을 항복시켰고 256년 대장군으로 승진하였다. 강유는 위나라의 장군 등애에게 패배하자 스스로 삭탈관직을 요구하여 후장군으로 강등되기도 했지만 그 이듬해 다시 대장군으로 임명되었다. 촉이 멸망한후 강유는 위나라 장군이었던 종회에게 거짓 항복을 하여 등애를 죽이고 한실의 부흥을 도모하다가 처자식과 함께 위나라 장수들에 의해 죽음을 당하였다.

• 출신 배경 · 이력

강유는 천수(天水) 기현(冀縣) 사람이었고 아버지가 일찍 전사(戰死)하였기 때문에 유년시절을 어렵게 보냈던 사람이다. 강유가 유년을 보낸 천수 지역은 서역으로 가는 길목으로 저족이나 갈족들의 거주지와 가까운 곳이기 때문에 그들의 생리에 대해 잘 알고 있었을 것이다. 이러한 경험이 그가 후일 촉장(蜀將)이 되었을 때 위나라를 직접 공격하기보다는 이들 이민족들과 연합하여 위나라를 공격하는 전략을 세우는 배경이 되었을 것이다.

강유는 군에서 벼슬을 하여 상계연(上計掾)이 되었고 주에서 그의 능력을 높이 사서 종사가 되었다. 228년 강유는 위군의 자중지란(自中之亂)으로 위군 진영으로 돌아가지 못하고 제갈량에게 귀순하였고 제갈량은 강유를 총애하여 창조연(倉曹掾)·종의장군(奉義將軍)·당양정후(當陽亭侯)로 임명하였다. 이때 강유의 나이는 27세였다고 한다.

234년 제갈량이 죽자 강유는 우감군·보한장군(輔漢將軍)이 되어 군사들을 통솔하고 평양후(平襄侯)로 승진하였다. 243년 진서대장군으로 승진했고 양주자사를 겸임하였다. 그후 강유의 군사행동을 통제하던 비의가 죽자(253) 사실상 군대를 장악하였다. 256년 봄 강유는 대장군으로 승진하였다.

강유는 여러 차례 위나라 정벌군을 일으켰지만 성공하지 못하였다. 여기에 대해서 정사『삼국지』의 저자인 진수는 "공명(功名)을 세우려는 뜻이 있었지만 병력을 남용했으며 세세한 전략에 대한 식견이 부족했다"고 말하고 있다. 즉, 강대국에 대항하여 싸워야 하는 군사전략가로서 강유는 일반적인 전략가의 한계를 벗어나지 못했던 것으로 보인다. 진수는 특히 작은 나라가 너무 자주 군대를 일으켜 소란스럽게 한 것이 국력의 결정적인 약화를 초래했다고 보고 있다.

강유의 군사행동을 통제했던 사람은 비의였다. 비의는 사상(四相)[452]의 한 사람으로 제갈량의 총애를 받았다. 제갈량이 북벌할 때 비의·곽유지(郭攸之)·동윤(董允) 등으로 하여금 국내 일을 총괄하게 하였다. 제갈량이 죽자 장완(蔣琬)이 대장군이 되었을 때 비의는 상서령이 되어 정무를 총괄하였고 장완의 뒤를 이어 대장군·녹상서사에 임명되었다.

---

452) 촉의 네 명의 훌륭한 인물을 일컬어 '사영(四英)' 또는 '사상(四相)'이라고 하였다. 이 네 사람은 제갈량·장완·비의·동윤을 말한다. 이 말은『화양국지(華陽國志)』「유후지지(劉後主志)」에 나오는 말이다.

비의는 강유가 항상 대규모 출병을 요구하였지만 이에 대해서 매우 부정적이었던 것 같다. 비의는 강유가 공명심이 앞서서 일을 그르치는 사람으로 생각하였던 것으로 보인다. 비의가 승인한 병력은 항상 1만여 명을 넘지 못했다고 한다. 실제로 비의가 세상을 떠난 후 강유는 더 이상 간섭을 받을 필요가 없어져 대규모 병력을 동원하지만 결국 촉의 국력도 급속도로 약화되었다.

제갈량이 위나라의 중심부로 진출하기 위해 장안(長安)을 목표로 공격한 것과는 달리 강유는 주로 장안 – 천수(天水) – 농서(隴西) 방면으로 진출하려 하였는데 그것은 촉의 주력군과 한중(漢中) – 성도(成都)에 이르는 주요 거점들의 거리가 멀어지게 되는 전략적 과오를 범했다. 즉, 강유는 장안–낙양에 이르는 길을 포기하고 장안 – 농서에 이르는 위나라의 군대에 초점을 맞춘 것인데 이 전략은 원래 저족과 갈족의 힘을 모아 장안을 공격하려는 장기적인 계책이었다. 그러나 별로 효과적이지 못하고 설령 전투에 승리하더라도 다시 위군에 의해 고립될 수 있는 위기를 자초하게 되는 것이다. 이 전략은 후에 촉의 주력군이 고립되는 결과를 초래하고 말았다. 나관중의 『삼국지』는 강유가 마치 환관인 황호(黃皓)의 농간으로 한중에서 멀어진 것처럼 묘사하고 있는데 이것은 나관중이 강유를 지나치게 두둔하려고 창작한 것이다.

• 인물평

강유는 약점도 많았지만 장점이 더 많은 사람이었다. 강유의 가장 훌륭한 점은 그의 청렴하고 근검한 생활태도에 있었다. 강유는 정사에 의하면[453] 신하들보다 높은 벼슬을 하였지만 초라한 집에서 살았으며 달리 재산도 없었다. 별당에 첩을 둔 적도 없고 후당에서 음악을 연주하거나 오락을 즐긴 일도 없었다. 강유는 음식을 절제하였으며 그에게 의복이란 입는 것이면 족하였다. 강유는 학습을 좋아하고 게으르지 않았으며 청렴하고 소박하여 절약하는 인물로 한 시대의 모범이었다고 한다.

---

453) 진수, 앞의 책, 「촉서」, 354쪽.

그러나 진수는 강유를 평하여 병사들을 경시하여 병력을 남용했으며 결단력이 있었으나 제갈량처럼 세밀하지는 못하여 결국 자신의 죽음도 막지 못했다고 평가한다. 이것이 비의가 강유에게 병력을 잘 내주지 않았던 이유일 것이다. 역으로 보면 제갈량은 많은 병력을 충분히 운용할 수 있었는데 강유는 그만큼의 역량은 되지 못했다는 의미가 된다.

물론 제갈량은 촉뿐만이 아니라 중국 전체에 카리스마를 가진 사람이었는데 비하여 강유는 촉에서만 영향력을 발휘한 사람이었기 때문에 불가피한 일이기도 하였을 것이다. 환관이었던 황호와의 대립 과정에서 강유 자신이 제대로 대처하지 못한 것은 촉의 건국 1세대가 가진 결속력이 이미 상실되어가고 있었기 때문이다.

나관중의 『삼국지』에는 강유가 지나치게 미화되어 있다. 나관중은 다만 강유가 제갈량을 충실히 계승하는 인물이었다는 이유로 강유를 높이는 것이 제갈량을 높이는 것과 동일하다고 여긴 듯하다. 그래서 오히려 강유의 실존적인 모습과 그의 과오가 잘 나타나지 않는다.

즉, 나관중 『삼국지』에서는 촉의 멸망 원인을 거의 당시 촉나라의 정권을 장악한 환관 황호(黃皓)와 염우(閻宇)에게 돌리고 있는데 이것은 잘못이다. 오히려 강유가 군대를 너무 답중(沓中)이나 농서 쪽으로 몰고가서 그 교두보를 위군에게 빼앗김으로써 한중 – 성도로 회귀하지 못한 것이지 황호나 염우의 책임만으로 보기는 어렵다.

그리고 나관중의 『삼국지』에 황호는 까닭 없이 강유를 소환하기도 하고 유선(유비의 아들)을 더욱 주색에 빠지게 만들었다고 하는데 이 점도 일반적으로 나타나는 중앙 권력투쟁일 뿐이지 나관중의 『삼국지』에서 말하는 정도는 아니었다.

그러나 강유의 삶 전체를 보면 그는 촉한의 보호와 계승에 일생을 바쳤다. 강유는 촉이 멸망한 후에도 헌신적으로 촉을 부흥시키려다 그 일로 인하여 처참한 죽음을 맞이하게 된다. 현실적으로 권력투쟁 속에서 강유가 자신을 제거하려는 주변의 무리들로부터 자신을 보호해가면서 위나라와 싸운다는 것이 매우 어려운 일이었을 것이다. 그러나 강유는 이 과업을 묵묵하고 꾸준히 추진하고 있다. 따라서 강유는 후계를 잇기에 가장 적합한 사람으로 보인다. 강유는 한마디로 신의도 강하고 능력도 있어서 후사를 부탁하기에 가장 적합한 인물이었다. 다만 그 역량이 다소 부족했다. 그러나 제갈량과 조운의 성격을 동시에 가지고 있으므로 대권을 도모하는 사람에게는 매우 이상적인 파트너라고 할 수 있다.

그밖의 주요 인물

『삼국지』에 등장하는 인물들 가운데 주인공과 주요 등장인물 외에 비중이 높거나 역사적으로 교훈이 될 만한 인물들을 선별하면 다음과 같다.[454]

• 유선(劉禪)—알고 보면 현군(賢君)

유선(207~271)은 촉한의 2대 황제이다. 자는 공사(公嗣), 어릴 때 자는 아두(阿斗)이며 유비의 아들이다. 나관중의『삼국지』에서 동탁·조조·여포 다음으로 가장 혹평을 받은 사람이다. 그러나 유선의 실체를 분석해보면 나관중의 결론과는 완전히 다르다. 나관중의『삼국지』에서는 유선에 대하여 그 허물들을 다음과 같이 지적하고 있다.

첫째, 막 제위를 계승했을 때는 범용(凡庸)한 군주(君主)였다. 둘째, 제갈량이 죽은 후 환관 황호를 총애하고 주색에 빠져 조정의 정치가 나날이 부패해갔다. 셋째, 위나라의 대장 등애(鄧艾)가 성도로 진격해왔을 때 위나라에 항복하고 안락공에 봉해졌다. 넷째, 사마소가 연회를 열고 촉(蜀) 출신의 사람들에게 촉나라 음악을 연주하게 하니 모두 눈물을 흘렸는데 유선은 태연히 촉의 일들이 생각나지 않는다고 말했다.

이상이 유선의 대표적인 허물들이다. 그러나 촉 황제 유선에 대해서는 좀더 다른 각도에서 접근할 필요가 있다.

---

454) 조조의 참모로 곽가와 같은 훌륭한 인물도 있었지만, 여기서는 다루지 못하였다.

첫째, 유선이 범용하다는 것도 납득하기는 어렵다. 유선은 성품이 부드럽고 그의 능력이 겉으로 드러나지 않아서 그런 인상을 준 듯하다. 제갈량의 말을 빌리면, 유선은 "천성적으로 인애(仁愛)가 가 있으셔서 아랫사람을 소중히 다룬다"고 하였다. 유선은 성격이 원만하고 무리하지 않으며 무슨 말이든지 받아들일 수 있는 아량이 있었다. 주변 사람들에게 매우 편안한 인상을 주는 것이 마치 유비와 비슷하다. 경우에 따라서 제나라의 성군(聖君)이였던 환공(桓公)에 비기기도 한다.[455] 촉한의 소열황제(유비)가 죽은 이후 유선이 황제의 자리에 있던 41년 동안 촉에는 정변(政變)이 한 번도 일어나지 않았다. 위나라 조정이나 오나라 조정과는 판이하게 다르다.

둘째, 흔히 지적되는 것으로 촉 황제 유선은 정치에 무관심하고 주색잡기에 빠져 있고 환관 황호가 정권을 좌우하였다는 것이다. 그러나 제갈량이나 강유가 유선의 재가 없이 군대를 움직인 적은 없다. 그러나 군주들 가운데 유선만이 주색잡기에 몰두했다는 것은 말이 안 된다. 다른 군주들이 더 심했다는 것이 정사에 많이 나타나고 있다. 어떤 의미에서 유선만큼 현명한 신하와 재상들을 거느린 사람도 없었을 것이다. 제갈량을 비롯 장완·비의·동윤 등이 대표적인 예일 것이다. 사실 제갈량의 생전에 중국 정벌의 기치가 드높았으나 강유의 지속적인 패전 이후로 유선은 위나라의 정벌을 무모한 전략으로 판단할 수밖에 없었을 것이다. 유선의 입장에서는 위나라와 일방적인 전쟁의 과정에서 오나라에게만 어부지리의 기회를 주었다고 생각하였을 것이다.

셋째, 결사항전(決死抗戰)도 없이 위나라에 항복하고 안락공에 봉해진 문제이다. 이 점도 당시의 사정을 분석한다면 얼토당토 않은 논리이다. 현실적으로 당시 촉은 전쟁에 너무 지쳐 있었다. 한실 부흥이라는 명분으로 그 많은 세월을 버텨왔는데 더 이상은 어려웠을 수도 있다. 유선의 입장에서 본다면 지금 당장 백성들의 피해를 줄이는 것이 더 중요하다고 판단했을 것이다. 아마 그의 마음 속에는 한실 부흥이라는 명분을 포기한 지가 오래 되었을지도 모른

---

455) 이전원·이소선, 앞의 책 제2권, 275~279쪽.

다. 만약 유선이 위군의 공격에 대하여 무리하게 끝까지 항전하려 한다면 위나라 대군을 이기지도 못했을 뿐만 아니라 백성들을 모두 '개죽음'으로 몰고갈 상황이었다. 유선은 무슨 일이든지 억지로 추진하는 사람은 아니었다. 왕은 (王隱)은 『촉기(蜀記)』에서 "나라를 온전히 지키는 것이 상책"이라고 평하면서 유선은 총명하고 사리에 밝은 왕이라고 적고 있다.

세상에는 인간이 거스르기 힘든 대세(大勢)가 있는 법이다. 고래로 하늘의 뜻을 따르는 자는 흥하고 그렇지 않으면 망한다고 하였다. 촉은 건국 후 40여 년 동안 전쟁만 해왔고 상대는 촉이 정벌하기에는 너무나 강한 나라였다. 민심은 지속적으로 이반되고 위군의 침입은 더욱 돌이킬 수 없는 상태에서 결사항전을 하여 백성들과 군인들을 모두 죽이는 것은 폭군이나 할 짓이다.

어떤 의미에서 사람이 자신의 기득권이나 욕망을 보전하는 데 급급하는 것보다 더 잘못된 일은 없을 것이다. 천하의 대세에 순응하는 것도 중요한 인생의 덕목이다. 특히 군주는 제일 먼저 천하의 안정과 백성의 안위를 생각할 필요가 있다. 부질없이 싸워서 수많은 사상자를 내기보다는 어차피 이길 수 없고 함락이 눈앞에 있는 상황에서 투항하는 것인데, 그것을 한 가지 잣대로 평가해서는 안될 일이다.

넷째, 사마소가 연회를 열고 촉나라 음악을 연주하게 하니 모두 눈물을 흘렸는데 유선은 태연히 촉의 일들이 생각나지 않는다고 말한 문제이다. 이 점도 분석이 옳지 못하다. 사마소는 촉의 황제 유선을 크게 환대하여 안락공(安樂公)에 봉하였다. 사마소는 유선이 전혀 불편을 느끼지 않도록 주택, 일상용품, 비단 1만 필, 노비 100여 명을 하사하였다. 그리고 유선을 따라온 유선의 아들 유요와 신하 번건·초주·극정 등에게도 각각 작위를 내렸다. 사마소는 대학자로 이름이 높고 촉이 투항하는 데 힘을 아끼지 않았던 초주(譙周)를 양성정후(陽城亭侯)에 봉했다.

사마소가 유선을 불러서 속내를 떠보기 위해 큰 잔치를 베풀었을 때 유선이 얼굴에 아무런 표정 없이 과거 촉의 일이 생각나지 않는다고 말한 것은 비난받을 일이 아니라 사실은 정답이었을 것이다. 이것은 어떤 의미에서 조조가 유비를 떠보기 위해 같이 술을 마시면서 용의 이야기를 했을 때 천둥이 치자 유비가 깜짝 놀란 흉내를 내어 위기를 모면했던 상황과 별로 다르지 않다. 이 시기를 즈음하여 위나라에서 가장 문제가 되는 것은 촉의 부흥운동이었을 것이다. 그리고 강유가 등애와 종회의 틈을 비집고 들어가 위군을 자중지란에 빠지게 한 사건이 분명히 유선에게까지 영향을 미쳤을 것이다.

유선의 입장에서는 그 동안 최선을 다하여 천하의 대권을 두고 싸웠고 이제는 패배하였기 때문에 그 당시는 그것을 받아들이는 것이 필요한 시점이었다. 이기는 것도 중요하지만 현명하게 지는 것도 대장부의 중요한 덕목이다. 당시 촉이 이민족에게 나라를 빼앗기는 것이 아니고 중원에 다시 흡수되는 과정에서 양측이 천하의 대권을 두고 싸우다가 패배했으면 승복하면 그만이지 오직 자신만이 천하통일에 명분이 있다고 고집하는 것은 더욱 잘못된 일일 것이다.

이상의 소론으로 볼 때 나관중의 『삼국지』는 유선에 대해 보다 깊은 이해가 결여된 것임을 알 수 있다. 유선은 한마디로 현군(賢君)이었다.

• 이유(李儒)─베일에 가려진 천재

이유는 동탁의 책사로 뛰어난 정책통이었으며, 동탁의 사위로 알려져 있다. 이유는 자신의 경륜을 충분히 발휘하지 못하고 정변에 휩쓸려 죽은 인물이다. 이유는 정사 『삼국지』에서는 그의 존재를 찾을 수 없고 나관중의 『삼국지』에만 등장하는 인물이다. 만약 나관중 『삼국지』의 사료가 사실이라면 이유는 『삼국지』에서 재평가를 받아야 할 인물이다. 동탁이 이유의 말을 경청했더라면, 동탁은 아마 관중(管仲)의 정치도 할 수 있었을 것이다. 그 동안 이유가 배척당한 것은 한의 주류 인사가 아니었기 때문이다. 이유는 나관중의 『삼국지』로만 분석해보아도 지적 능력(사고력, 판단력, 조직력, 관찰력, 분석력)과 개별적 특성(청렴성, 중립성, 관용성, 성실성, 겸손함, 과단성), 대외관계의 유연성 모두에서 뛰어난 사람이었다. 이유가 만약 조조 아래에 있었다면, 제갈량에 버금가는 사람이 되었을 것이다. 그의 이름은 이론과 실무를 겸비한 탁월한 능력의 소유자이나 정변에 휩쓸려 요절한 사람으로 기억된다.

• 손책(孫策)─슬픈 이무기

손책(175~200)은 손견의 맏아들로 손권의 형이다. 자는 백부(伯符). 손견이 죽은 후 원술(袁術)에게 의탁하여 주치(朱治)와 여범(呂範)의 도움으로 동오(東吳)로 들어가 주유(周瑜)·장소(張昭) 등과 함께 오나라의 기초를 닦았다. 소패왕이란 별명을 들을 정도로 용맹하였으나 26세의 나이로 요절하였다. 손책은 조조·원소와 더불어 초기의 영웅 반열에 들어갈 만한 경륜을 가졌으나 성격이 급하고 자존심이 지나치게 강하여 일을 그르칠 수도 있는 사람이다.

손책은 당시 신선으로 추앙받던 우길을 죽였다고 하나 이것은 사실이 아니고 아마 몸을 다친 상태에서 일부 미신적이거나 무속적인 사람들을 탄압했을 것으로 짐작된다. 손책은 모험심이 지나치게 강하여 홀로 사냥을 다니는 것을 즐기다가 자신이 죽인 허공(許貢)의 부하들에게 노출되어 습격을 받아 그 후 유증으로 사망하였다. 손책이 천하의 대권을 잡으려 했다면 좀더 많은 인내심을 기르거나 경솔한 행동을 자제했어야 했다. 이런 사람은 개인적 성격을 고치면 대성할 수 있는 유형이다.

• 원술(袁術)─준비 안 된 황제

원소의 사촌동생으로 남양(南陽) 사람이다. 자는 공로(公路). 원술(?~255)은 4대 3공을 낸 명문가 출신으로 한나라의 장군을 지냈고, 제후연합군에도 참여하였으나 그 과정에서 원소와 불화가 있었다. 주로 회남(淮南) 지역을 자신의 근거지로 삼았는데 중원을 정벌하지도 않고 무리하게 황제를 칭하였다가 조조를 중심으로 한 제후들의 집중공격을 받고 몰락하였다. 나관중의『삼국지』에서는 대세에 대한 판단이 어두워 옥새를 가지고 천자의 지위를 착각한 사람으로 묘사되고 있다. 원술은 자의식이나 청류의식 및 계급의식이 워낙 강한 사람으로 천하를 경륜하기에는 어려운 사람이었다. 옥새는 그 주인을 제대로 찾아주어야 하지만 진정한 옥새의 주인은 옥새가 필요 없다는 사실을 깨닫는 것도 중요하다. 그는 준비도 없이 천하의 대권을 향한 욕심만 앞섰던 사람이다.

• 마속(馬謖) —읍참마속의 주인공

촉의 대장으로 양양(襄陽) 의성(宜城) 사람이다. 마씨 5형제 중의 한 사람으로 관직은 참군(參軍)이었다. 제갈량과 형제처럼 지내던 마량(馬良)의 아우였다. 『삼국지』의 주요 전쟁인 가정(街亭)전투에서 제갈량의 충고를 듣지 않고 군진을 함부로 옮겨서 대패하였다가 제갈량에게 처형되었다. 이때의 고사가 '눈물을 흘리며 마속의 목을 치다'라는 뜻의 읍참마속이다. 아마 유비였으면 그를 죽이지 않았을 것이다. 그러나 제갈량은 유비보다 좀더 법가에 가까운 사람이었기 때문에 장수가 부족한 상태에서도 일벌백계(一罰百戒)한 것으로 보인다.

마속은 경륜이 부족하면서도 자신의 능력을 지나치게 신뢰한 사람이다. 현대에서 능력 있는 사람들 가운데 가장 많이 볼 수 있는 유형이라고 할 수 있다. 물론 신중한 것이 반드시 승리를 보장하는 것은 아니지만, 최소한 신중함은 낭패에 이르는 것을 막아줄 수 있다. 마속의 입장에서 제갈량은 지나친 완벽주의자였을 것이다. 제갈량은 확인된 승리가 아니면 전쟁을 하지 않는 스타일의 사람이었는데 이 지나친 신중성이 마속에게는 오히려 일을 그르칠 수 있는 요소로 보인 듯하다. 마속의 생각만 잘못된 것이라고 보기는 어렵지만, 보다 중요한 것은 적의 실체를 파악하는 것이 선행되어야 하는데 마속은 이 점을 간과하였다는 것이다. 이런 사람은 경륜이 부족한 상태에서 자신만을 신뢰하다가 실패에 봉착하는 사람이다.

• 관구검(毌丘儉)—위나라의 마지막 충신

관구검(?~255)은 위나라에서 매우 중요한 업적을 남기고 위나라를 지키려고 끝까지 항전한 사람이었다. 관구검은 성품이 강직하고 충성심이 강할 뿐 아니라 방형진법(方形陣法)의 대가로 알려져 있다. 관구검의 업적은 주로 요동 정벌과 관련이 있다. 그 과정에서 고구려와 충돌하게 되어 고구려의 역사와도 깊은 관련을 가진 인물이다. 사마사의 황제 폐위에 반대하여 외롭게 군대를 일으켰지만 결국 실패하고 자신도 처참한 죽음을 맞이한다.

관구검은 황초 연간에 무위(武威) 태수로 널리 이름이 알려진 명망가였던 관구흥(毌丘興)의 아들이다. 관구흥은 원래 쥬신족의 토벌에 공이 많았던 사람인데 관구흥이 죽자 관구검은 관구흥의 작위를 계승하여 평원후문학(平原侯文學)에 임명되었고 이어 형주자사를 거쳤다. 후에 위나라 명제(조예)는 요동을 정벌하는 계획을 수립하면서 쥬신족 토벌에 공이 많았던 관구검을 유주자사로 임명하였다.

238년 위 황제 조예는 사마의와 함께 유주자사 관구검을 파견하여 요동 남부 지역에 주둔시키고 고구려와 위나라가 합작하여 요동의 맹주였던 공손연(公孫淵)을 죽이고 위나라의 영역을 확대하였다(제1차 요동전쟁).

공손연의 토벌로 관구검은 안읍후(安邑侯)에 봉해졌으며 식읍으로는 3900호를 받았다. 그러나 공손연의 제거로 인해 오히려 고구려와 위나라의 긴장이 고조되기 시작하였다. 요동 땅이 정벌되고 난 뒤 완충지대였던 요동에 위군이 주둔하면서 서쪽으로 세력을 넓히려 하던 고구려와 사사건건 충돌이 일어나기 시작하였기 때문이다. 한동안 우호관계를 유지해오던 두 나라의 충돌은 불가피해졌다. 위나라 조정은 유주자사 관구검을 다시 파견하여 고구려 토벌전을 전개하였다.

244년 관구검과 왕기(王頎)가 이끄는 군대는 고구려 전토를 유린하였지만 위나라의 선봉대의 장수가 암살됨으로써 위군(魏軍) 진영은 큰 혼란에 사로잡혔고 그 틈을 놓치지 않고 고구려 왕 위궁은 위군을 몰아내고 국토를 회복하였다(제2차 요동전쟁). 제2차 요동전쟁의 결과 양국이 한동안 소강 상태를 보이게 된다.

255년 봄 정월, 사마사가 위 황제(조방)를 폐위시키자 당시 진동장군(鎭東將軍)이었던 관구검과 양주자사(揚州刺史) 문흠(文欽)이 군사를 일으켰다. 당시 사마사에게 대부분의 제후들이나 장수들이 침묵하고 있었는데 관구검은 분연히 일어나 이에 대항하였다. 충성심이 강했던 관구검은 사마사 일당이 이치에 닿지 않는 이유를 대고 천자를 폐위시킨 것에 격분, 군대를 일으킨 것이다. 관구검은 사력을 다하여 싸웠으나 위장 호준과 왕기가 군사를 거느리고 사면에서 협공했기 때문에 패전하여 도피 중 안풍진(安風津) 도위의 휘하에 있던 장교인 장속(張屬)에 의해 죽음을 당했다. 요동전쟁의 영웅이자 위나라의 투철한 충신이었던 관구검은 유언 한마디 남기지 못하고 한 많은 인생을 마감하였다.

• 가남풍(賈南風) ― 빈계(牝鷄)의 화(禍)인가, 시대의 여걸인가

가남풍은 사마염의 심복이었던 가충(賈充 : 가규의 아들)의 딸로 진(晉)나라의 두 번째 황제였던 혜제(사마충)의 황후였다. 가남풍은 나관중의 『삼국지』에는 나오지 않지만 사마염이 건국한 진(晉)나라의 멸망과 관련이 있는 인물이다. 가남풍은 중국의 최대 혼란기를 연 사람들 중의 하나로 알려져 있다. 대부분의 사서들은 그에 대하여 매우 부정적으로 보고 있지만 긍정적인 요소도 많은 인물이다.

가남풍의 아버지인 가충은 일찍부터 사마소의 측근이 되었고 사마소의 아들인 사마염이 제위에 오르는 데 결정적인 역할을 한 인물로 알려져 있다. 가남풍을 이해하기 위해서는 먼저 당시의 구체적 상황을 파악할 필요가 있다.

사마염은 천하를 통일한 후 천하를 안정시키기 위해 제도를 정비하였다. 사마염은 각 지역의 군비를 축소하고 둔전을 폐지하였다. 그리고 점전제(占田制)·과전제(課田制)라는 토지제도를 시행하여 지방 군벌의 경제적 기반을 약화시켰다. 이 제도는 둔전이었던 땅을 개인들에게 분배하여 세금을 받도록 하는 제도로서 이를 통해 호족들의 토지겸병을 막고 통일 후 흡수된 강남을 포함하여 광대한 땅을 개인에게 나누어주어 모든 국민들을 과세의 대상이 되도록 한 것이다. 이것은 그 동안의 전란으로 황폐화된 국고(國庫)를 안정시키려는 정책이었다.

사마염은 위나라의 멸망이 조조가 종실(宗室 : 황제의 집안)을 귀하게 여기지 않고 능력에 따라서 사람을 등용했기 때문이라고 보았다. 사마염은 즉위 초부터 종친들에게 많은 권한을 주었다. 자신의 가족이나 친족들을 왕으로 봉하여 전국을 지배한다면 타성(他姓)을 가진 제후가 발호할 수 없을 것이라고 생각하였다. 사마염은 즉위 후 가족과 친척 27명을 왕으로 봉하여 개인의 군대를 갖도록 함으로써 다른 성씨의 장군들을 위압하여 다시는 자기와 같이 황제위를 찬탈하는 일이 없도록 하고자 하였다. 사마염의 정책에 대하여 사예(司藝) 유송(劉頌)은 표를 올려서 경계했으나 사마염은 대수롭지 않게 생각하였다.

사마염은 천하를 통일한 후 주군(州郡)이 가지고 있던 군비를 없애고 자사(刺史)는 찰거(察擧)만 관장하고 군대를 갖지 못하도록 하였다. 그리고 큰 군(郡)의 경우에도 겨우 100여 명의 무관(武官)을 두어 사실상 전국의 군대는 해체되고 제왕들만이 군대를 가지게 되었다. 이로써 다른 성씨(姓氏)를 가진 사람들이 군대를 일으켜 중앙정부에 도전할 수 있는 길은 구조적으로 막히게 되었다. 모처럼 천하에는 평온함이 깃들었다. 사람들은 저마다 천하가 하나의 가족으로 통일되어 오랜만에 찾아온 평화를 황제(사마염)의 어진 덕으로 돌렸다. 특히 사마염이 통치를 할 시기에는 변방도 조용하였다.

사마염의 여러 아들 가운데 태자인 사마충은 어질기는 하지만 심성이 약한 편인데다 국사(國事)에 별로 관심이 없었다. 사마염은 양황후의 소생인 사마충을 태자로 봉하면서 자신의 의지에 충실히 복종하는 양준(사마염의 장인)을 태부(太傅)로 봉하여 정사를 돌보게 하였고 양준의 동생들도 모두 요직을 차지하여 실세로 등장하게 되었다. 사마염은 손자인 사마휼(司馬遹)을 총애하여 그를 자주 데리고 다녔었다. 휼은 사마충의 비(妃)인 가남풍(賈南風)의 소생이 아니었다.

290년(태강 10년) 사마염은 천하를 통일한 지 10여 년 만에 54세의 일기로 세상을 떠났다. 사마염의 대를 이어 맏아들인 33세의 충(衷 : 후에 혜제)이 제위에 올랐다. 사마충은 사마염에게 무제(武帝)라는 시호를 올리고 연호를 바꾸어 영강(永康) 원년이라고 하였다. 사마충은 가남풍을 황후에, 사마휼을 태자에 봉하고, 태자의 어머니인 사씨(謝氏)는 태비로, 양준은 태부로 봉하였다.

사마염이 죽고난 뒤에 조정은 양준의 천하가 되었다. 양준은 초기에는 조심하였기 때문에 큰 마찰없이 국사를 처리해나갔다. 그러나 시간이 지남에 따라 세력을 키우기 시작하여 조정에서 가장 큰 세력이 되었다. 이 점을 가장 경계한 사람은 혜제(사마충)의 아내인 황후 가남풍이었다. 가남풍은, 중앙은 이미 양준의 세력이 점령해 있고 지방은 대부분의 종친들이 차지하고 있었기 때문에 극심한 위기감에 빠져 있었다.

가남풍은 남편인 사마충(혜제)의 안전을 위해서는 양씨 세력들을 견제하지 않으면 안 되었다. 사마충은 원래부터 부드러운 심성을 가진 사람으로 아버지의 죽음은 자신에게는 오히려 큰 부담이 되었다. 따라서 사마충이 등극하고 난 뒤에는 오히려 아내를 더욱 의지하게 되었다.

가남풍이 가장 두려워하는 것은 양씨 세력이었다. 왜냐하면 양태후가 사마충의 친어머니가 아니고 어머니의 사촌이었기 때문이다. 따라서 가남풍은 황실의 승계에 대한 권리를 가진 양태후가 혜제를 퇴위시킬 수도 있다는 불안감에 시달리고 있었다. 위기는 시시각각으로 다가왔다. 양준은 가남풍의 정치적인 식견과 탁월한 능력을 이미 알고 있었기 때문에 서서히 외곽으로는 자신의 당파를 만들어 가남풍의 공격에 대비하고 안으로는 금병(禁兵)을 장악하여 가남풍을 압박하기 시작하였다. 양준은 사병(私兵)들만 3천 명 이상을 거느리고 있었으며 벼슬은 태부에 이르고 임진후(臨晉侯)에 봉해진데다 천하의 형벌을 마음대로 할 수 있는 황월(黃鉞)까지 하사받았다.

양준은 사마충이 가남풍에 의해 국사를 처리한다는 사실을 공공연하게 퍼뜨리기 시작하여 '빈계(牝鷄)의 화(禍)', 즉 '암탉이 울면 집안이 망한다'는 식으로 가남풍을 매도하기 시작했다. 가남풍은 호위장군 맹관(孟觀)의 도움을 받아서 친왕(親王 : 종친들로 왕에 봉해진 사람)들의 군대를 동원하여 양준을 제거하는 계획을 세우게 된다. 당시 유력한 제후들은 다음과 같았다.

- 초왕(楚王) 사마위(司馬瑋) : 진 혜제(사마충)의 동생

  주둔지 : 형주(荊州) – 형주의 군사감독
- 여남왕(汝南王) 사마량(司馬亮) : 진 혜제의 종조부(從祖父)

  주둔지 : 허창(許昌) – 예주의 군사감독
- 조왕(趙王) 사마륜(司馬倫) : 진 혜제의 종조부, 진 무제(사마염)의 삼촌

- 성도왕(成都王) 사마영(司馬穎) : 진 혜제의 동생
- 제왕(齊王) 사마경(司馬冏) : 진 혜제의 사촌동생
  사마소의 둘째아들로 사마사의 양자가 된 제왕 사마유(司馬攸)의 아들
- 하간왕(河間王) 사마옹(司馬顒) : 진 혜제의 육촌동생(再從)
- 장사왕(長沙王) 사마애(司馬乂) : 진 혜제의 동생
- 동해왕(東海王) 사마월(司馬越) : 진 혜제의 육촌동생
  ― 회남왕(淮南王) 사마윤(司馬允) : 진 혜제의 동생
  ― 동안왕(東安王) 사마요(司馬繇) : 진 혜제의 동생

가남풍은 먼저 나이가 어리고 다혈질인 황제의 아우 초왕 사마위를 충동질하여 양준을 제거하였다. 거사가 성공한 후 가남풍은 군사적인 일은 맹관에게, 조정의 일은 인망이 높은 자신의 가까운 친척 오빠인 가모(賈模)를 중서령(中書令)으로 임명하여 맡겼다. 원래 중서령은 상서령(尙書令)·복야(僕射)와 더불어 최고 정무를 공동으로 책임지는 자리였다. 가모는 위 문제 조비의 부마도위였던 가목(賈穆)의 아들로 그 할아버지가 바로 전설적인 천재 전략가였던 가후였다. 가모는 진나라 초기의 현신으로 이름 높은 사람이었다. 가모는 가남풍에게 다시 위관(衛瓘)을 천거하였다.

291년 거사가 일어난 후 진나라 조정에서는 당시 사마씨의 장로격인 사마량의 영향력이 커졌다. 그런데 사마량이 자신을 중심으로 다시 사람들을 모으기 시작하자 가남풍은 다시 초왕 사마위를 충동질하여 사마량을 제거하였다. 이 과정에서 사마위의 권력이 강대해지기 시작하였다. 다시 가남풍은 좌장군 방욱수(方郁修)에게 은밀히 명하여 초왕 사마위를 제거하였다. 이때 초왕의 나이는 겨우 스물한 살이었다.

그러나 초왕의 죽음은 종친들에게 충격적인 사건이었다. 그렇다고 하여 이 일이 가남풍이 한 일이라고 믿는 사람은 당시에는 별로 많지 않았던 것으로 보인다. 이러한 혼란한 상황을 신속히 안정시킨 사람이 가모였다. 가모는 가남풍에게 복잡한 정국을 이끌어나가기에 적합한 두 사람을 더 천거하였는데 바

로 중서감(中書監) 장화(張華)와 배위(裴頠)였다. 장화는 일찍이 비서승(秘書丞)을 지냈으며 동오를 토벌할 때도 큰 공을 세운 사람이고 통일 후에도 유주 지역의 군사 일들을 관장한 사람이었다.

가모 · 장화 · 배위의 등장으로 진나라 조정은 안정을 찾았다. 즉, 이들 세 현신(賢臣)의 등장으로 진나라 조정은 초기 8년간 매우 안정적으로 유지될 수 있었다. 그러나 문제는 나이가 든 가모가 병들어 조정을 떠나면서 시작되었다.

가남풍은 태자인 사마휼과 그의 생모(生母)인 사숙원(謝淑媛)에 대해서 본능적으로 증오하고 있었는데 정권의 찬탈을 노리는 조왕(趙王) 사마륜(司馬倫 : 사마소의 동생)의 심복인 손수(孫秀)가 개입하여 가남풍과 태자인 사마휼을 이간하였다. 손수는 가남풍에 접근하여 가남풍이 태자를 모함하여 죽이도록 만들고 이를 만천하에 알림으로써 친왕들이나 종친들을 경악시켰다. 이 일에는 가밀(賈謐)도 개입하였다. 가밀은 가남풍의 여동생 가오(賈午)의 아들로 원래 이름은 한밀(韓謐)이었는데 가남풍은 그의 이름을 가밀(賈謐)로 고치고 평양군공(平陽郡公)으로 삼아 죽은 아버지 가충의 대를 잇도록 하였다. 가밀은 태자인 광릉왕(廣陵王) 사마휼을 탐탁치 않게 생각하고 있었다. 자신이 가남풍의 아들과 같은 존재였던 까닭에 본능적으로 그를 적대시하였던 것이다. 가남풍은 황태자를 폐위하고 나이 어린 황태자를 새로이 세워놓고 섭정(攝政)함으로써 권력을 지속적으로 장악 · 유지하고자 했다.

300년, 가남풍은 폐위된 태자를 다시 허창으로 유배 보냈고 한 달 뒤 사람을 보내 태자를 독살하였다. 이 사건은 종친들, 즉 친왕들 전체를 경악시켰고 분노하게 만들었다. 그 동안 가남풍에 대해 동정적이었던 사람들조차 용납할 수 없는 사건이었다.

이 기회를 놓치지 않고 조왕 사마륜은 가남풍을 처형하고 정권을 장악하였다. 이로써 가남풍은 역사의 뒤편으로 사라졌지만 이후 친왕(親王 : 황제의 피붙이로 왕으로 봉해진 사람들)들의 싸움은 더욱 격렬해져서 결국 팔왕(八王)의 난이 발생하게 되었다.

이상의 내용으로 보면, 가남풍이 팔왕의 난에 대해 모든 책임을 진다는 것은 가혹한 일이다. 그런데 대부분의 사서에는 가남풍을 빈계의 화를 일으킨 대표적 사람으로 지목하고 있다. 가남풍이 어느 정도 팔왕의 난을 촉발했다는 점은 인정할 수 있는 일이지만 그 원인은 근본적으로는 사마염(진의 무제)에게 있는 것이다. 나라의 군대를 대부분 없애고 종친들만 군대를 가지게 했으니 그 결과는 당연한 일이다. 가남풍은 이 같은 상황에서 왕조를 보호하려 했던 것인데 그 보호의 과정에서 오히려 친왕들의 권력욕을 부추겨 더욱 상황이 악화된 것뿐이다.

왕조의 역사를 보면 골육상쟁으로 망한 경우가 무수히 많다. 아마 사마염은 사마의의 직계 가문이 형제간 우애(友愛)가 깊었기 때문에 그런 문제에 대해 심각하게 생각하지 않은 듯하다. 특히 사마의의 두 아들 사마사나 사마소는 워낙 우애가 깊기로 유명했다. 그것은 아마 핍박을 많이 받았기 때문이 아닌가 생각된다. 그러나 그것은 개인적인 문제이고 천하의 군대를 형제와 친척들이 나눠가진 경우는 상황이 다르다. 그 경우에는 팔왕의 난과 같은 골육상쟁이 나타날 수밖에 없다.

극단적으로 말하면 가남풍은 진나라 왕조를 보호하는 데 진력을 다한 여걸(女傑)이라고 할 수 있다. 허약한 황제를 보호하고 호시탐탐 권력을 노리는 외척들과 종친들의 틈바구니에서 진나라 황실을 그나마도 온전하게 보존했던 사람이 가남풍이었다. 실제로도 가남풍이 제거되자 황제의 권력은 이내 약화되고 제위(帝位)는 조왕 사마륜에게 찬탈당하고 말았다. 이것을 어떻게 설명할 것인가? 조왕 사마륜은 진 혜제의 종조부로 결코 직계 황통을 계승할 만한 위치에 있는 사람이 아니었다.

가남풍의 돌이킬 수 없는 과오는 자기 소생이 아닌 태자(太子)를 살해한 것이라고 할 수 있다. 가남풍은 본능적으로 태자인 사마휼을 받아들이기가 어려웠을 것이다. 그래서 이 문제를 이성적으로 처리하지 못하였다. 만약 가남풍이 태자를 오히려 옹호하고 진나라의 안정을 도모했다면 진나라는 아마 한나라 못지않게 안정적으로 장기간 중국을 통치하였을 것이다. 그렇다고 하여 모든 문제를 가남풍에게 돌리는 것은 옳지 않다. 자기 소생이 아닌 태자를 제거한 예는 역사상 너무 흔한 일이기 때문이다. 따라서 진을 멸망으로 몰고간 팔왕의 난은 결국 군대를 약화시키고 군권을 나눠가지게 한 사마염에게 책임이 있다.

• 팔왕(八王)의 난(亂)

가남풍이 사약을 받고 죽은 후 천하는 조왕 사마륜의 천하로 바뀌었다. 사마륜이 혜제(사마충)를 쫓아내고 황제위에 오르려 하자 회남왕(淮南王) 사마윤(司馬允)이 이에 반발, 사마륜과의 대결이 시작되었다. 그러나 사마륜은 회남왕의 도전을 물리치고 회남왕의 참모 및 장수들과 그 가족들을 몰살시켰다. 이때 전사한 사람들을 합하면 무려 1천여 명이 죽었다.

이에 대해 다시 제왕(齊王) 사마경이 사마륜을 타도하기 위해 허창으로 가서 은밀하게 성도왕(成都王) 사마영, 하간왕(河間王) 사마옹, 장사왕(長沙王 : 거사 당시에는 상산왕) 사마애 등에게 사마륜의 비리를 적어 통문을 돌리고 있을 때 사마륜이 황제위에 올랐다.

서기 302년 봄 제왕 사마경은 업(鄴)에 주둔 중인 성도왕과 장안(長安)에 있던 하간왕, 장사왕 등 당시 가장 큰 세력을 가진 친왕들을 모아서 낙양을 포위하였다. 제왕은 먼저 혜제(사마충)를 복위시키고 사마륜과 그 일족 및 일파들을 모두 죽였다. 조정을 장악한 제왕 사마경은 거사에 참여했던 친왕들의 벼슬을 높이고 그들의 식읍을 더욱 늘려준 뒤에 자기의 영지로 돌려보냈다. 제왕 사마경은 대사마(大司馬)가 되었으며 황제(혜제)로부터 구석(九錫)을 하사받았다. 혜제(사마충)의 아들과 손자가 모두 죽었기 때문에 제위 서열상 성도왕(成都王) 사마영(司馬穎 : 진 혜제의 동생)이 제위를 계승해야 할 상황이었다.

그런데 사마경은 성도왕이 제위를 이을 경우 자신이 권력을 전횡하기가 어려우므로 사마염의 손자들 가운데 이제 여덟 살이 된 청하왕(淸河王) 사마담(司馬覃)을 태자로 봉하고 제왕은 태자태사(太子太師)가 되어 사실상 전권을 장악하였다.

이 일은 성도왕 사마영에게는 용납될 수 없는 일이어서 성도왕은 하간왕(河

間王) 사마옹(司馬顒 : 진 혜제의 육촌동생)과 결탁하여 제왕의 처사를 비난하고 은밀히 혜제에게 사람을 보내어 내응을 요청하자 성내에 있던 혜제는 자신의 동생인 장사왕(長沙王) 사마애로 하여금 은밀히 사마경을 습격하여 죽이라고 명을 내렸다. 결국 사마경이 죽고 사마경 일파의 삼족을 멸하니 이때 죽은 자가 2천 명이 넘었다. 이로써 성도왕 사마영이 정권을 장악하였다.

그러나 이때 거사 전체를 모의한 사람은 성도왕 사마영이지만 황제의 명을 받아 사마경을 죽인 이는 장사왕이었으므로 장사왕 사마애와 성도왕 사마영 사이에 또다시 갈등이 생기게 되었다. 두 사람 모두는 혜제의 아우들이지만 이들은 여러 점에서 서로 대립하였다. 다음해(303년) 음력 8월 가을, 성도왕과 장사왕의 결전이 벌어졌다. 성도왕은 하간왕과 공모하여 장사왕을 격파하자 장사왕과 그 일족들이 모두 주살되었다. 이때에도 3만 이상의 장병이 죽었다고 한다.

성도왕 사마영은 자신의 형인 혜제(사마충)가 장사왕과 뜻을 같이하여 자신을 공격한 데 대하여 엄중 항의하였다. 성도왕은 태자 사마담을 폐위하고 그 스스로 다음의 보위를 이을 수 있도록 태제(太弟)가 되면서 승상을 겸하게 되었다. 그리고 거사에 공이 큰 하간왕 사마옹을 태재(太宰)로 삼았다.

조정을 장악한 성도왕 사마영에 대해서 동해왕(東海王) 사마월(司馬越 : 진 혜제의 육촌동생)이 과거 장사왕의 부하들과 자신의 아우인 사마등(司馬騰)과 연합하여 다시 성도왕 사마영과 결전을 벌이게 되었다. 이 전투에서 대패한 성도왕 사마영은 혜제와 함께 남쪽으로 도망을 가게 되었는데 이 일행을 중간에서 영접한 하간왕 사마옹은 혜제를 모시고 장안으로 갔다. 혜제가 장안으로 들어가니 결국은 천도한 셈이 되었고 권력은 하간왕(사마옹)에게 돌아가고 그해 겨울 하간왕은 성도왕 사마영을 폐하고 예장왕(豫章王) 사마치(司馬熾 : 사마염의 아들로 훗날 회제가 됨)를 태제로 삼게 하였다.

305년, 성도왕은 힘을 잃었고 하간왕이 권력을 장악하였다. 그러나 이내 동해왕(東海王) 사마월이 자기의 아우인 남양왕(南陽王) 사마모(司馬模)와 함께 하간왕과 권력투쟁을 벌여 하간왕을 죽이고 권력을 장악하였다. 오랜

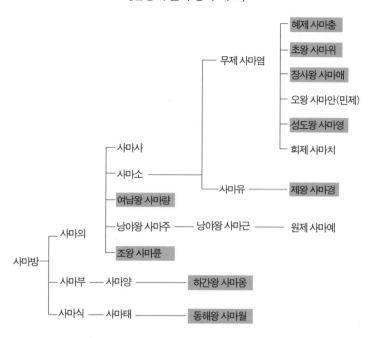

[팔왕의 난 주동자 계보]

무제 사마염 ─ 혜제 사마충
초왕 사마위
장사왕 사마애
오왕 사마안(민제)
성도왕 사마영
회제 사마치

사마방 ─ 사마의 ─ 사마사
사마소 ─ 사마유 ─ 제왕 사마경
여남왕 사마량
낭야왕 사마주 ─ 낭야왕 사마근 ─ 원제 사마예
조왕 사마륜
사마부 ─ 사마양 ─ 하간왕 사마옹
사마식 ─ 사마태 ─ 동해왕 사마월

＊ 출전 : 김희영 편, 『이야기 중국사』, 청아, 1989, 60쪽

골육상쟁에서 최후까지 살아남아서 권력을 장악한 이는 결국 동해왕 사마월
이었다.

사마월은 혜제가 자신의 권력 장악에 걸림돌이라고 보고 과일과 다과를 준
비하여 혜제(사마충)를 독살하고 태제인 사마치를 황제로 만들었다.

사람들은 16년에 걸쳐 일어난 이 골육상쟁을 '8왕의 난'이라고 불렀다. 여
기서 여덟 명의 왕이란 여남왕(汝南王) 사마량, 초왕(楚王) 사마위, 조왕(趙
王) 사마륜, 제왕(齊王) 사마경, 장사왕(長沙王) 사마애(, 성도왕(成都王) 사
마영, 하간왕(河間王) 사마옹, 동해왕(東海王) 사마월을 말한다. 이로써 무려
16년에 걸친 골육상쟁은 일단 막을 내렸다. 그러나 중국은 다시 더 이상 통제

하기 힘든 혼란기로 접어들게 된 것이다.

3. 『삼국지』 주인공의 리더십 비교 분석

『삼국지』에 등장하는 주요 인물들의 리더십 분석에 앞서 재미있고 풍자적인 이야기 하나를 소개하고자 한다. 인터넷 상에서 돌아다니는 유머인데 그 내용은 다음과 같다.

• 정치인 수술이 제일 쉬운 이유는

외과 의사들이 모여 어떤 직업을 가진 환자가 제일 수술하기 편한지 얘기하고 있었다. 첫번째 의사가 말했다.

"뭐니 뭐니 해도 회계사야. 절개해보면 몸 속의 모든 것에 숫자가 붙어 있다네. 숫자만 정확히 알면 헷갈릴 일이 없지."

두번째 의사가 다른 의견을 말했다.

"자네는 전기 기술자 수술을 안 해봤구먼. 전깃줄이 여러 색깔인 것처럼 동맥·정맥별로 색깔이 달라 참 편하다네. 게다가 장기에는 마지막으로 애프터 서비스(수술)를 받은 날짜와 고친 사람 이름까지 찍혀 있어."

그러자 세번째 의사가 말했다.

"도서관 사서는 아예 몸 속의 것들이 가나다 순으로 정리돼 있던데. 전기 기술자처럼 고친 기록도 전부 남아 있고."

또 다른 얘기가 나왔다.

"건설 기술자가 최고라고. 날림으로 공사(수술)해도 그게 업계의 관행이려니 하고 다 이해해주지. 예를 들어 뼈에 철심을 다섯 개 박을 것을 네 개만 박아도 뭐라 그러지 않아서 원가가 싸게 들어. 자기도 공사 때 설계보다 철근을 훨씬 덜 쓰는 게 예사라던데."

의견이 분분할 때 마지막으로 한 사람이 나섰다. 그리고 그의 말에 모두

고개를 끄덕였다.

"얼마 전에 정치인을 수술했는데 말이야, 글쎄 간도 쓸개도 뼈대도 없는 데다 머릿속은 텅 비었더라구. 그저 밥통만 엄청나게 크더군. 뭐가 있어야 수술이 힘들지."

이 이야기는 정치인에 대해 욕을 한 것이라기보다는 오히려 그들의 특성을 풍자적으로 잘 지적한 말이라고 생각된다.

정치가가 머리가 비어 있다고 해서 나무랄 일이 아니다. 현재 미국에서 인기 있는 대통령 가운데 한 사람은 레이건이다. 레이건이 학식이 뛰어난 사람은 아니었지만 미국인들의 레이건에 대한 애정은 각별하다. 위대한 정치가는 학식이 풍부한 것보다는 풍부한 학식을 가진 사람을 잘 쓰면 되는 것이다.

문제는 그 사람이 지닌 학식의 성격과 종류를 파악해야 하는 일인데 이것을 잘하려면 상대의 말의 의미를 정확히 파악할 수 있어야 하고 때로는 그 분야의 전문가의 말을 경청해야 한다. 누구든 일단 정치가의 길로 접어들면 이 점을 명심해야 한다. 자기가 공부하고 분석하고 평가하는 것은 오히려 위험하다. 어차피 자신이 그것을 종합적이고 전체적으로 파악하는 데는 시간이 부족하기 때문이다.

그리고 정치가가 쓸개도 없고 뼈대도 없다는 것도 나무랄 일이 아니다. 경우에 따라서는 합종연횡이 불가피한 경우도 있기 때문이다. 조조에게 투항한 유비나 관우를 쓸개 빠진 사람이라고 비난할 수만은 없는 일이다. 너무 용감한 군인은 오래 살아남기 어렵고 두려움과 비굴함이 없는 정치가도 오래 존속하기 어렵기 때문이다.

이러한 여러 가지 점들을 참고로 해서 지금까지 『삼국지』에 등장한 주요 인물들의 리더십, 정치가로서의 자질을 분석해보는 것도 의미 있는 일일 것이다. 그리고 정치가들은 이들의 분석을 통하여 자신의 모습을 추론해보기 바란다.

『삼국지』 주인공의 리더십 종합평가

『삼국지』의 영웅들은 어떤 의미에서 모두 실패자라고도 볼 수 있다. 즉, 당(唐) 태종(太宗)이나 송(宋) 태조(太祖)・명(明) 태조(太祖)・모택동처럼 중국 전토(全土)를 통일하고 지속적으로 통일 국가를 이끌어가지 못했다는 것이다. 그 이유는 여러 가지가 있겠지만, 이들에게 리더십의 덕목들 가운데 일부가 결핍되어 있기 때문이기도 하다.

리더의 덕목을 평가하는 기준을 정하는 것은 어려운 일이다. 현대의 대통령의 경우 크게 업적(50점)과 자질(40점) 및 종합평가(10점) 등으로 나누어 평가한 예는 있다(2002년 한국대통령학연구소). 구체적으로 본다면 업적 부문으로는 경제발전(23점), 외교・안보(20점), 정치・행정(19점), 교육・과학(19점), 사회・복지(19점) 등을 기준으로 삼고, 자질로서는 비전 제시(23점), 인사관리(20점), 민주성(20점), 위기관리(19점), 도덕성(18점) 등이 기준이었다. 항목별로 가중치를 설정하였다. 이 설문은 우리나라 역대 대통령들의 연대기를 정리・첨부하여 각계의 전문가들에게 보내고 그 평가자들이 10점 만점으로 점수를 매기도록 하는 문항과, 평가자가 생각하는 최고의 대통령과 최악의 대통령을 한 명씩 선택하도록 하는 문항으로 이루어져 있다.

물론 이같은 기준과 방법으로 『삼국지』의 지도자들의 유형을 분석하는 것도 좋겠지만 경제・교육・행정・복지・과학 등에 대한 구체적인 통계가 있을 리 만무하니 적합한 방법이 아니다. 그래서 정사에 나타난 기록들을 중심으로 역추적하는 방식을 택하는 수밖에는 없을 것이다. 리더십에 대한 항목도 기존에 거론된 여러 가지 사항들을 임의로 구성하되 일부는 『수뇌론』의 저자 엄가기가 만든 항목들을 도입하여 구성하였다. 이 과정에서 항목별로 더 중요하고 덜 중요한 것도 있으므로 가중치를 설정하여야 하지만 그 기준을 정하기가 어렵기 때문에 일단 가중치를 두지 않고 리더들을 분석하였다.

먼저 종합적으로 『삼국지』 영웅들 가운데 왕위나 제위에 오른 사람들을 일반적으로 말하는 기준들로 분석해보면 다음의 표와 같다. 이는 정사를 토대로 분석・평가한 것이다.

[『삼국지』주인공들의 리더십 비교]

인물	정치이념	참모의 유능성	덕성	정치력	경제력	신하 충성도	출신 기여도	판단력	카리스마
조조	법가	O	△	O	O	△	O	O	O
유비	유가	△	O	X	X	O	X	X	O
손권	중도	O	△	O	△	O	O	△	X

△ 보통 O 강함 × 약함

표를 보면 조조는 인재는 많은데 충성도(의리)가 강하지 못한 반면, 유비는 인재는 적지만 충성도는 높다. 실제의 천하통일 전쟁은 제갈량이나 방통과 같은 대가들만으로 운영되는 것이 아니라 중국처럼 광활한 곳에는 수많은 인재들의 풀(pool)이 필요한 것이다. 한두 사람의 천재들에 의해 전쟁이 수행되기에는 중국은 너무 넓은 곳이다. 나관중은 이 점을 의도적으로 무시하고 도덕적인 군주를 이상적으로 보고 촉(蜀)나라를 중심으로 서술한 것이다.

현실적으로 승리자는(전체는 아니지만) 분명 조조 – 사마염의 진영이었음이 분명하다. 그러나 궁극적으로 역사의 승리자는 유비였다. 전 중국사를 통틀어 가장 많은 동정과 사랑을 받았으며, 제갈량과 더불어 유비·관우·장비는 가장 모범적인 중국인상(像) 혹은 동양인상(東洋人像)을 보여주었기 때문이다. 이 점에서 현실적인 승리자를 추구할 것인지 전체사(全體史)를 통틀어 궁극적인 승리자를 추구할 것인지 정치가들은 스스로에게 물어보아야 한다.[456]

출신 배경 분석

제위(帝位)에 오른 사람들의 출신 배경을 보면 손권은 자신의 출신 지역과

---

456) 예수와 같은 위대한 성인(聖人)도 어떤 의미에서는 현실의 실패자라고 할 수 있지만 또 다른 의미에서는 가장 위대한 승리자였다. 그리고 영국의 넬슨 장군이나 조선의 이순신 장군도 전사(戰死)하여 생을 마감하였지만, 궁극적으로는 역사의 승리자였다.

지지 기반이 되는 지역이 동일하므로 권력 기반을 가장 쉽게 공고히 할 수 있었을 것이다. 그리고 조조와 손권은 출신 배경이 비교적 우수하고 가족들의 강한 지원을 받을 수 있는 환경이었으므로 순수하게 출신 배경의 우위만을 따진다면 손권 → 조조 → 유비의 순서가 될 것이다. 손권이 조조보다 우수하다는 것은 손권은 자신의 아버지와 형으로부터 권력을 쉽게 승계했다는 의미이다.

[제위에 오른 주인공들의 출신 배경]

분석	출신지역	세력권	가족	가족지원	권력계승	이전 직업
조조	중앙에 근접	중앙	우수	강함	자수성가	중앙관리
유비	변방(河北)	촉(四川)	미천	없음	자수성가	백두(무직)
손권	변방(江東)	강동	우수	매우 강함	권력승계	정치참모

개인적 능력

왕위나 제위에 오른 사람들의 인간성과 개인적인 특성을 보면 분석해보자. 지도자의 개인적인 자질을 말할 때 지적 능력과 개별적인 특성 및 대외 관계의 유연성 등을 먼저 지적할 수 있다.[457] 여기서 먼저 지적 능력이란 사고력 · 상상력 · 기억력 · 관찰력 · 분석력 · 판단력 · 조직력 등을 말한다. 다음으로 개별적인 특성이란 청렴성 · 중립성 · 관용성 · 성실성 · 겸손성 · 과단성을 들 수 있으며, 마지막으로 대외적인 관계의 유연성에는 여론을 주도할 수 있는 능력을 포함한다. 이것을 순서대로 분석해보자.

지적 능력의 높고 낮음은 학문하는 기간의 길이와 안정성에 비례한다고 할 수 있다. 유비에 비하여 손권과 조조는 비교적 안정된 환경에서 수학(修學)하였기 때문에 전체적으로 높게 나온 것이다. 특히 사태를 분석할 수 있는 능력이나 이성에

---

457) 여기서 사용된 기준은 엄가기(嚴家其)의 『수뇌론』에 따른 것이다.

[조조 · 유비 · 손권의 개인적 능력]

구분	카리스마	도덕성	결단력	친화력	인간미	교우
조조	○	△	○	○	△	넓고 얕게
유비	○	○	△	△	○	좁고 깊게
손권	×	△	○	△	×	일반적

△ 보통 ○ 강함 × 약함

[조조 · 유비 · 손권의 지적 능력]

구분	사고력	판단력	조직력	관찰력	분석력	총점
조조	○	○	○	○	○	10
유비	△	○	△	△	△	6
손권	△	○	○	○	○	9

△ 보통 ○ 강함 × 약함(점수 환산은 △는 1점, ○는 2점, ×는 0)

기반을 둔 판단력은 오랜 학문을 통해서 함양될 수 있는 것이다. 조직력은 인재를 조직화하고 자신의 목적에 맞게 능력을 배분할 수 있는 능력을 말한다.

조조 · 유비 · 손권의 개별적 특성만을 보면 손권이 가장 훌륭한 자질을 가진 것으로 나타나고 있다. 손권은 적어도 250년 이전까지는 매우 침착하고 필요한 때는 자신을 낮출 줄 아는 인물이었고 인재를 적재적소에 배치하여 매우 효과적으로 관리해온 사람이었다. 개별적인 특성에서 본다면 유비가 가장 낮은 점수를 받고 있다.

왕위나 제위에 오른 사람들의 인간성과 개인적인 특성을 점수로 환산해보면 조조는 23점, 유비는 21점, 손권은 23점으로 나타난다.

[조조 · 유비 · 손권의 개별적 특성]

구분	청렴성	중립성	관용성	성설성	겸손성	과단성	총점
조조	×	○	○	○	×	○	8
유비	○	×	△	○	○	×	7
손권	△	○	○	○	△	△	9

△ 보통 ○ 강함 × 약함(점수 환산은 △는 1점, ○는 2점, ×는 0)

[조조 · 유비 · 손권의 대외관계 유연성]

구분	對중앙	對천하	여론주도	對이민족	관계유연성	총점
조조	×	△	△	○	△	5
유비	○	○	○	○	×	8
손권	△	×	×	○	○	5

△ 보통 ○ 강함 × 약함(점수 환산은 △는 1점, ○는 2점, ×는 0)

[인간성과 개인적 특성 종합]

구분	지적 능력	개별적 특성	대외관계 유연성	총점	순위
조조	10	8	5	23	1
유비	6	7	8	21	3
손권	9	9	5	23	1

이상의 분석을 통해 보면, 지적인 능력은 조조가, 개별적인 특성은 손권이 대외관계의 유연성은 유비가 강하게 나타나고 있다. 전체적인 역량 면에서 조조와 손권에 비하여 유비는 다소 떨어지고 있음을 알 수 있다.

정치적 역량

동서고금의 460명의 수뇌들을 연구한 엄가기는 그의 대저 『수뇌론』에서 황제나 수뇌의 권력이 두 가지의 중요한 요소에 의해 결정된다고 하였다. 첫째, 각종의 권력을 서로 나누어 장악한 관리들에 의해 형성된 '최고 권력 장악층' 가운데 수뇌에게 복종하는 관리의 수에 따라 결정된다. 둘째, 복종하는 '최고 권력 장악층' 들의 수뇌에 대한 충성도에 따라 결정된다.[458]

정치적 역량을 다각도로 평가할 수 있겠지만 난세라는 시대적 특성을 중시하여 항목을 정할 때 통일에 대한 의지에 높은 점수를 주었다. 따라서 정치 이념이 혁신적·진보적이거나 정치 전략이 공세적이면 더욱 많은 점수를 받게 된다.

예를 들어보자. 손권의 경우에는 거의 수세(守勢)에 전념하는 특징을 가지고 있다. 그는 자신의 세력 기반을 확실히 벗어나는 모험을 하지 않고 오직 그 세력을 보전하려는 경향을 가진 사람이다. 이런 류의 정치가는 천하통일의 대

[조조·유비·손권의 정치적 역량]

구분	정치이념	참모			정치전략	총점
		수	유능성	충성도		
조조	혁신·진보(○)	○	○	△	공세형(○)	9
유비	완고·보수(×)	×	×	○	공세형(○)	4
손권	중간적(△)	△	△	△	수세형(×)	4

△ 보통 ○ 강함 × 약함(점수 환산은 △는 1점, ○는 2점, ×는 0)

---

458) 엄가기, 앞의 책, 27쪽.

업을 도모하기 어렵다. 왜냐하면 손권의 강동에 대한 집착은 천하를 그 스스로 도모할 수 없다는 생각과 천하의 변화가 발생하더라도 수습할 수 없다는 자신감 결여에서 기인하는 것이기 때문이다.

위의 표를 보면, 난세에 필요한 정치적 역량이 가장 강한 사람은 역시 조조라는 것을 알 수 있다. 유비나 손권은 비슷한데 정치적 전략에서는 유비가 강하고 여타의 부분에서는 손권이 유비보다 우세하다.

군사 · 경제적 역량

전쟁이란 경제력을 바탕으로 하는 것이다. 이 당시의 경제력은 주로 인구수에 비례하고, 군사력도 인구수에 비례한다. 물론 군사력은 기병 · 보병의 비율에 따라서 달라지겠지만, 위 · 오 · 촉의 경우에는 모두 전거대(戰車隊)와 보병(步兵)을 바탕으로 하므로 큰 차이가 없었을 것이다.

조조 · 유비 · 손권의 군사 · 경제력을 살펴보면 조조는 유비와 손권을 압도하고 있다. 손권은 조조에 비해 막강한 수군(水軍)을 가진 점에서 조조의 침공을 방어하는 데는 다소 효과적일 수 있지만 그것도 매우 안정적인 전략을 구사할 때의 일이다. 후일 손권이 죽고 난 뒤 오나라의 수군은 사마염의 대군(大軍)을 맞아서 제대로 된 전투 한 번 못하고 수도가 함락되고 말았다.

[조조 · 유비 · 손권의 군사 · 경제력]

구분	인구	병력	육군	수군	생산 능력	영역 크기	전략가 수·질	군사전략	전쟁 수행능력	총점
조조	○	○	○	△	○	○	○	공세형(○)	○	17
유비	×	×	△	×	×	×	○	공세형(○)	×	3
손권	△	△	△	○	△	△	△	수세형(×)	△	8

△ 보통 ○ 강함 × 약함(점수 환산은 △는 1점, ○는 2점, ×는 0)

종합대비표

이상의 분석을 통해, 조조가 전반적으로 압도적 우위에 있다는 것을 알 수 있다. 다음으로는 손권, 유비의 순서로 나타난다. 물론 유비의 경우도 일찌감치 근거를 확보하는 전략으로만 치달았으면, 손권보다 우위에 있을 수도 있었겠지만, 개인적인 특성이 신의(信義)를 중시하기 때문에 난세에는 역량이 떨어지는 것으로 나타난 것이다.

[인간성과 개인적 특성 종합]

구분	1. 개인적 특성과 자질 지적 능력 ①	②	③	④	⑤	개별적 특성 ⑥	⑦	⑧	⑨	⑩	⑪	대외유연성 ⑫	⑬	⑭	⑮	⑯	2. 정치적 역량 ⓐ	ⓑ	ⓒ	ⓓ	ⓔ	3. 군사·경제력 ㉠	㉡	㉢	㉣	㉤	㉥	㉦	㉧	㉨	총점
조조	2	2	2	2	2	0	2	2	2	0	2	0	1	1	2	1	2	2	2	1	2	2	2	2	1	2	2	2	2	2	49
유비	1	2	1	1	1	2	0	1	2	2	0	2	2	2	2	0	0	0	0	2	2	0	0	1	0	0	0	0	0	2	0	28
손권	1	2	2	2	2	1	2	2	2	1	1	1	0	0	2	2	1	1	1	1	0	1	1	1	2	1	1	1	1	1	37

＊ 위의 표에서 나오는 각 항목들의 제목은 다음과 같다.
1. 개인적 특성과 자질
   • 지적 능력 : ① 사고력 ② 판단력 ③ 조직력 ④ 관찰력 ⑤ 분석력
   • 개별적 특성 : ⑥ 청렴성 ⑦ 중립성 ⑧ 관용성 ⑨ 성실성 ⑩ 겸손성 ⑪ 과단성
   • 대외관계 유연성 : ⑫대중앙(한실 조정과의 관계) ⑬ 대천하정책 ⑭ 여론주도(전국) ⑮대이민족관계
     ⑯ 상호관계의 유연성(조조-유비-손권의 상호관계)
2. 정치적 역량
   ⓐ 정치이념 ⓑ 참모의 수 ⓒ 참모의 유능성 ⓓ 참모의 충성도 ⓔ 정치전략
3. 군사·경제력
   ㉠인구 ㉡ 병력수 ㉢ 육군력 ㉣ 수군력 ㉤ 생산능력(경제력) ㉥ 영토의 크기 ㉦ 전략가의 수와 질 ㉧ 군사전략의 난세에 대한 적합성 ㉨ 전쟁수행 능력

조조가 우월한 것은 그가 군사전략가로서 탁월했다는 것이 중요한 요인이다. 왜냐하면 난세에 있어서 군주란 전투적인 성향을 가져야 하기 때문이다. 동서고금을 막론하고 난세의 대권을 가진 자는 군사론에 정통하거나 군 출신이 많은 것이 주요 특징이다.[459]

이상의 표를 토대로 현실의 정치가들을 분석하면 흥미로운 결과를 얻을 수 있을 것이다. 특히 우리나라는 대통령을 선거로 뽑기 때문에 여기서 사용하는 분석 방식을 조금만 변경하면 재미있는 결과들이 도출될 수 있다.

4. 『삼국지』 주요 인물들의 비교 분석

조조와 더불어 대권을 겨루었던 주요 인물들을 분석해보자.

원소는 제후연합군의 맹주로 추대될 만큼 전국적인 인물로, 출신배경이나 여론몰이에 중심적인 역할을 할 수 있었던 사람이다. 원소는 자신이 가진 경제력이나 군사력이 강성했음에도 불구하고 난세에 필요한 비굴함을 지니지 못한 것이 큰 결점이 되었다. 그는 항우와 비교할 수 있는 인물이었다.

이상의 내용을 바탕으로 하여 동탁·원소·여포를 보다 구체적으로 분석해보자. 위의 인물들과 황제에 올랐던 인물들을 비교해보면 그 순서가 다음과 같

---

459) 가령 미국의 경우에도 이 같은 현상은 나타나고 있다. 미국 대통령의 권한 가운데서 가장 중요한 고유 권한은 '국군통수권자'로서의 권한이다. 미국의 대통령에게는 미군의 통수권자로서 세계 최강의 군대를 효과적으로 운용할 수 있는 특별한 자질이 요구된다. 대부분의 미국 대통령들은 군사적 경력을 가지고 있다는 점에 주목할 필요가 있다. 그 가운데는 '전쟁 영웅'들도 있으며, 장교로서 참전을 한 경우가 대부분이다. 워싱턴은 혁명전쟁기의 영웅이고, 잭슨은 1815년 뉴올리언즈 전투에서 영국군을 이긴 지휘관이었으며, 테일러는 멕시코 전쟁 때 사령관에 임명되어 부에나비스타 전투의 전쟁 영웅이고, 그랜트, 헤이스, 가필드, 해리슨 등은 모두 남북전쟁 당시의 명장들이었으며, 아이젠하워는 유럽 연합군의 최고사령관으로 노르망디 상륙 작전의 영웅이었고, 이들의 군사적 업적들은 대통령이 되는 가장 주요한 자산이었던 것이다. 실제로 국제적인 전쟁이 있은 후 대부분의 경우 미국 대통령의 인기는 절정에 달하게 된다. 그리고 무력의 사용을 가장 자제하였던 대통령(가령 지미 카터)은 '가장 형편없는 대통령'이 될 수밖에 없게 된다.

인물	정치이념	참모의 유능성	덕성	정치력	경제력	신하 충성도	출신 기여도	판단력	카리스마
동탁	군벌정치	○	×	×	○	×	△	○	○
원소	유가	○	○	○	○	○	○	×	×
여포	×	×	×	△	△	○	×	×	○

△ 보통 ○ 강함 × 약함

[주요 인물의 구체적인 비교]

구분	1. 개인적 특성과 자질																2. 정치적력 역량					3. 군사·경제력									총점
	지적 능력					개별적 특성						대외유연성																			
	①	②	③	④	⑤	⑥	⑦	⑧	⑨	⑩	⑪	⑫	⑬	⑭	⑮	⑯	ⓐ	ⓑ	ⓒ	ⓓ	ⓔ	㉠	㉡	㉢	㉣	㉤	㉥	㉦	㉧	㉨	
동탁	2	1	2	1	1	0	0	1	1	1	1	0	0	0	2	0	0	2	2	0	0	2	2	·	·	2	2	2	1	2	30
원소	1	1	2	1	1	1	2	2	1	0	0	2	2	2	1	2	2	2	2	1	2	2	2	·	·	2	1	2	2	2	43
여포	1	1	1	1	1	1	1	2	1	0	0	1	0	0	1	1	0	0	0	0	0	1	1	·	·	1	1	0	0	1	18

＊ 위의 표에서 나오는 각 항목들의 제목은 앞의 표 '인간성과 개인적 특성 종합'의 내용과 같다.

이 나타난다.

　　조조 – 49점, 원소 – 43점, 손권 – 37점
　　동탁 – 30점, 유비 – 28점, 여포 – 18점

『삼국지』를 통틀어서 보면, 원소와 조조가 가장 큰 라이벌이었으며, 유비는 사실 상대가 될 수 없는 존재였다는 것을 알 수 있다.

참고로 새롭게 분석된 조조의 경우는 미국의 링컨과도 많은 유사성이 나타나고 있다. 링컨은 미국 대통령의 표상인데, 난세를 치세로 전환시킨 대표적인 사람이다. 링컨이 그랜트를 발탁한 것도 인재의 능력을 중시했기 때문이다. 그는 강철 같은 의지로 많은 반전론자들의 시위를 잠재우고 통일전쟁을 수행하였다. 남북전쟁에서 연방정부의 승리가 없었던들 현대의 초강대국 미국은 없었을 것이고, 그 연방 정부의 승리에는 링컨이라는 개인의 강력한 통일국가에의 의지가 있었던 것이다.

제2부
삼국지 인명사전

- 정사(正史)에 나타나는 인물들을 중심으로 선정하였다. 여기서 말하는 정사는 주로 진수(陳壽)의『삼국지』를 말한다. 그렇지 않더라도『후한서』또는『진서(晉書)』등 공식적인 사서(史書)들을 광범위하게 포괄하고 있다.
- 등장인물들이 역사에서 큰 족적을 남겼거나 큰 족적을 남겼는데도 제대로 평가되지 못한 사람들이나 새로 평가해볼 만한 인물들을 선정하였다. 예를 들면 촉의 대학자 초주(譙周:201~270)의 경우다. 초주는 단지 촉의 2대 황제 유선에게 투항을 권고한 사실만으로 나관중『삼국지』에는 폄하(貶下)되고 있다. 어떤 역사적 인물이 행한 외형적 사실만으로 당시의 복잡한 시대사를 감안하지 않고 평가하는 것은 매우 위험한 일이다.
- 나관중의『삼국지』와 확연하게 구별되는 경우, 즉 역사적 사실과 많이 다른 경우에는 이를 바로잡기 위해서 관련 인물을 선정하였다. 나관중의『삼국지』에서 사실이 아닌데도 소설적으로 창작된 인물들 가운데 주요한 사람은 포함했다. 그러나 제갈량의 남만(南蠻) 정벌과 같이 진수의 정사『삼국지』에는 없는 거의가 조작된 내용일 경우에는 몇 사람을 제외하고는 선정하지 않았다.
- 새롭게 평가해야 하는 인물의 경우에는 심층적인 분석을 곁들임으로써 나관중의『삼국지』를 읽지 않은 사람도 이 부분만을 읽어보면『삼국지』전반에 관해 이해할 수 있도록 하였다. 특히『삼국지』최대의 미스터리인 위나라 3대 황제 조예(曹睿:명제)와 조방(曹芳)의 출생에 관한 비밀에 대하여 원희(袁熙)의 항목에서 심층 분석하였다.
- 가급적 생몰연도(生沒年度)가 확인되는 사람을 중심으로 선정하였다. 당시의 사회통계·조사 사정을 감안해보면 사망 연도는 분명해도 탄생 연도는 알기가 어렵다. 따라서 죽은 연도라도 분명한 사람들을 중심으로 인물을 선정하였다.
- 재미있는 이야기나 가슴 아픈 사연들을 간직했음에도 불구하고 나관중의『삼국지』에는 외면을 당하는 인물이나 오늘날의 관점에서도 소개할 만한 인물들을 선정하였다. 예를 들면 조비(曹丕)의 황후 견씨(甄氏), 조예의 황후 모씨(毛氏) 등이 있다.
- 구름과 비바람을 부르는 식의 인물들은 배제하였지만 나관중의『삼국지』에서 이야기의 중심축을 이루는 사람들은 선정하여 분석하고 타당성을 검증해보았다.
- 앞의 등장인물 분석에서 충분히 분석된 사람이라도 다시 간략히 요약하여 해당 항목에 넣음으로써 독자들이 이 부분만 보더라도『삼국지』전반을 이해할 수 있도록 하였다.

ㄱ

가규(賈逵:?~?) 위(魏)의 문신(文臣). 하동(河東) 양릉(襄陵) 사람. 자(字)는 양도(梁道). 가충(賈充)의 아버지로 가남풍(賈南風)의 할아버지가 된다. 『삼국지』「위서」'가규전'에 의하면 가규는 할아버지인 가습(賈習)에게 병법을 배웠다고 한다. 가규는 명문가 출신이기는 하지만 어려서 부모를 잃었기 때문에 가세가 궁핍하여 겨울에는 바지도 못 입고 다녔다. 가규는 무재(武才)로 천거되어 현령이 되었으며 할아버지인 가습이 죽자 귀향했다. 그후 다시 사도(司徒 : 정승급)로부터 초빙되어 속관(屬官)이 되었다가 홍농 태수에 임명되었다. 조조(曹操)는 가규를 좋아하여 "관리들이 가규와 같으면 내가 무슨 걱정이 있겠는가?"라고 할 정도였다. 가규는 간의대부(諫議大夫)로 승진했고 조조가 죽을 때 장례의식을 주관하기도 하였다. 220년 조조가 죽고 조비가 위왕(魏王)이 되었을 때 조조의 아들 조비와 조창의 갈등을 무마시켰다. 가규는 사마의와 조휴를 도와 많은 공을 세우고 병사하였다. 그러나 가규는 어떤 수식어보다 가충의 아버지라는 점에서 매우 중요한 인물이다. 아들 가충은 진(晋)나라를 세운 사마소(司馬昭)·사마염(司馬炎)에게는 장자방(張子房)과 같은 인물이었다.

가모(賈模:?~299) 진(晋)나라의 충신·현사(賢士). 무위(武威) 고장(姑藏) 사람. 천재 전략가였던 가후(賈詡)의 손자(孫子). 위 문제 조비의 부마도위였던 가목(賈穆)의 아들. 가모의 집안은 대대로 매우 신중하고 합리적인 가풍을 지니고 있었다. 가모의 할아버지였던 가후는 사사로이 교분을 맺지 않았고 자식을 시집 보내거나 장가 보낼 때도 권문세족을 택하지 않았다. 가후는 후한 말 이각(李催)이 자신을 제후로 봉하려 하자 사양하고 받지 않았다. 이각과 곽사(郭汜)가 가후를 상서복야에 임명했을 때도 "그 자리는 천하의 명망가나 할 자리이지 저는 타인을 설복하는 재주가 없습니다"며 사양한 사람이기도 하다. 가후가 죽은 후 그의 아들인 가목(賈

穆)이 작위를 계승했으며 군수를 역임했고 가목이 죽은 후 그의 아들인 가모(賈模)가 계승하였다. 가모는 진나라 혜제 때 불안정한 조정을 안정적으로 이끌었다. 진 혜제(惠帝)의 황후였던 가남풍과는 친척 오라버니 사이라고 한다. 진 혜제인 사마충(司馬衷)은 유약(柔弱)했다고 전해지는데 그의 비(妃)였던 가후(賈后:가남풍)는 군사적인 일은 맹관에게 맡기고 조정의 일은 인망이 높은 자신의 가까운 친척 오라버니인 가모를 중서령(中書令)으로 임명하여 맡겼다. 원래 중서령은 상서령(尙書令)·복야(僕射)와 더불어 최고 정무를 공동으로 책임지는 자리였다. 황제의 입장에서는 비서에 가까운 지위이기 때문에 사실상 가모는 재상(宰相)에 해당되는 실권을 가지게 되었다. 가모가 배위(裴頠)·장화(張華) 등과 함께 진나라 조정을 꾸려나갈 때 혼란에 빠졌던 천하는 안정되었다. 가모가 가남풍(가후)에게 열성적으로 충간하여 천하는 안정되었으나 그녀는 점차 가모의 충간(忠諫)에 염증을 내게 되어 가모는 관직을 사퇴하고 얼마되지 않아 노환으로 죽었다. 가모의 죽음은 본격적인 팔왕(八王)의 난의 시작이라고 볼 수 있다.

가남풍(賈南風:?~300) 진(晋) 나라 혜제의 황후. 가후 또는 가황후(賈皇后)라고도 한다. 평양(平陽) 양릉(襄陵) 사람. 가규(賈逵)의 손녀이고 진(晋)나라 건국의 일등 공신인 가충(賈充)의 딸이다. 나관중『삼국지』에는 나오지 않지만 장정일『삼국지』에는 상세히 묘사되어 있다. 가남풍은 빈계(牝鷄)의 화(禍), 즉 '암탉이 울면 집안이 망한다'는 식으로 중국사에서 매우 가혹하게 평가되어왔지만 사실은 진 황실을 수호하려던 여걸(女傑)로 평가되기도 한다. 조선(朝鮮)의 명성황후와 유사한 인물로 볼 수 있다. ―7장『삼국지』 등장인물 분석(가남풍) 참고.

가범(賈範:?~237) 요동 태수 공손연(公孫淵) 진영의 부장. 237년 공손연이 위나라에 대하여 반란을 일으키려 하자 이를 반대하다가 참수당했다. 사마의는 공손연을 토벌한 후 가범의 무덤에 봉토하고 그의 충성을 기렸다. 공손연이 가범을 죽인 것은 가범이 위나라 중심으로 연나라의 조정을 꾸려나가려 했기 때문이다. 당시 공손연은 중국(위)에 대하여 대등한 입장을 견지한 사람이었다.

가충(賈充:217~282) 평양(平陽) 양릉(襄陵) 사람. 자는 공려(公閭)·건위(建威). 가후와 한집안 사람으로 장군 가규(賈逵)의 아들이고 가남풍(賈南風)의 아버지이며, 진(晉)나라를 건국한 사마염의 아들인 혜제의 장인이다. 가충은 일찍이 대장군장사(大將軍長史)를 지냈고 사마소의 심복이되었다. 가충은 사마소를 위해 황제 조모(曹髦)를 시해하는 만행을 저질렀다. 가충은 위나라를 멸하고 진나라를 건국한 사마(司馬) 가문의 모신(謀臣)으로 또 여걸(女傑) 가남풍의 아버지로 사마사(司馬師)·사마소 형제가 정권을 안정적으로 장악하는 데 헌신하였고, 사마염이 동생인 사마유(司馬攸)를 제치고 제위에 오르는 데 결정적인 역할을 하였으며, 종회(鍾會)로 하여금 등애(鄧艾)를 죽이게 하는 술책을 제시하였다. 가충은 중국의 대표적인 역신(逆臣)의 한 사람으로 볼 수도 있고 진(晉)나라의 건국에 가장 큰 공을 세운 사람으로 볼 수 있다.

(참고로 가충의 딸 가남풍은 한나라 때 여태후, 당나라의 무위의 화 등과 함께 중국사를 혼란에 빠뜨린 인물로 알려져 있지만 그녀가 한 일들은 사실 조정을 보호하기 위한 의도에서 비롯된 것이지 사욕에 따라 움직였다고 보기 어렵다). 가충과 관련하여 가장 중요한 사건은 가충이 심복인 성제(成濟)를 시켜서 사마소의 권력에 정면 도전하려 했던 어린 황제 조모(曹髦)를 죽인 것이다. 조모는 지방에서 자라 중앙 권력 구조나 행태에 어두워 최고 권력자였던 사마소를 성가시게 하였다. 사마소의 입장에서는 자신을 죽이려고 달려드는 조모를 사전에 차단하여 제거하는 일이 불가피한 것이기는 하나 황제(皇帝)를 시해한 사건 자체는 위나라 초유의 일이었다. 그런데 사마소는 황제를 시해한 사태에 직면하여 행동대장에 불과한 성제에게 이 책임

을 물어 성제의 일족을 모두 죽였다. 성제는 단지 가충의 명으로 위주 조모를 죽였을 뿐이므로 이 일의 책임은 실은 가충에게 있는 것인데 사마소는 이것을 성제에게 뒤짚어씌운 것이다. 이 일로 인하여 가충은 정치적으로 매우 고립되지만 사마소의 권력은 더욱 견고하게 자리잡게 되고 사마소에 대항하는 무리가 사실상 소멸하고 말았다. 그후 가충은 사마소가 자신의 둘째아들인 사마유에게 권력을 물려주려 하자 이를 저지하고 사마염에게 권력을 승계하는 데 결정적인 역할을 하였다. 뿐만 아니라 위나라 마지막 황제였던 조환(曹奐)에게 선양(禪讓)을 강요하는 악역도 도맡았다. 가충의 시호는 무공(武公).

가후(賈詡:147~223) 위나라의 천재 전략가. 무위(武威) 고장(姑藏) 사람으로 『삼국지』 전체에 걸쳐서 가장 큰 역할을 한 전략가이다. 자는 문화(文和), 관직은 태위(太尉). 가후는 원래 동탁(董卓)의 막하에 있으면서 이유(李儒)와 함께 동탁의 군부정권(軍部政權)을 안정화하는 데 큰 기여를 하였다. 동탁이 암살된 후 가후는 마등과 한수의 근왕병(勤王兵)을 물리치고 이각과 곽사를 도와 장안을 회복하였다. 그후 이각과 곽사의 갈등이 격화되었을 때 황제를 수행하여 낙양(洛陽)으로 갔다가 장수(張繡)와 함께 완성(宛成)에서 조조를 대파하였다. 뒤에 조조에게 귀순하여 조조의 총애를 받았고 출세가도를 달렸다. 조조의 휘하에서 가후는 주요한 고비마다 계책을 제시하여 문제를 해결하였다. 관도대전의 승리, 조비에게로 왕위 계승, 적벽대전의 불가 주장, 마초를 물리친 계책의 헌책 등 가후는 『삼국지』 전체에 걸쳐서 중요 사건마다 결정적인 역할을 한 사람이다. 가후의 일대기를 요약하면 바로 『삼국지』가 될 정도이다. 가후는 『삼국지』 내에서 한 역할이 가장 큼에도 불구하고 가장 과소 평가를 받은 인물이다. —가후에 대한 구체적인 내용은 7장 『삼국지』 등장인물 분석(가후) 참고.

간옹(簡雍:?~?) 유비 막하의 문사·탁군(涿郡) 사람. 자는 헌화(憲和). 유비와 한 고향 사람으로 온갖 고락(苦樂)을 함께 하였다. 간옹은 여포와 조조, 오(吳) 등지에 사신으로 다니며 노고가 많았다. 간옹은 제갈량이나 방통이 등용되기 전에 유비의 막하에서 매우 큰 역할을 한 사람으로 유비는 간옹을 매우 존중하여 예로써 대하였다고 한다.『삼국지』「촉서」'간옹전'에 의하면 214년 유비가 익주를 평정한 후 간옹을 소덕장군(昭德將軍)에 임명하였다.

감부인(甘夫人:?~?) 유비의 부인으로 패(沛) 사람. 시호는 소열황후(昭烈皇后). 촉의 2대 황제 유선(劉禪)의 생모(生母). 원래는 유비가 예주(豫州)로 부임하여 소패(小沛)에 살 때 그 지역에 살던 감씨(甘氏)를 맞아 첩으로 삼았다. 유비는 정주하여 살지 못했기 때문에 본처를 여러 차례 잃어 감씨가 집안일을 담당하였다. 유비는 당시 미부인과 정식으로 결혼하지만 이에 대한 기록은 보이지 않는다.『삼국지』「촉서」'이주비자전(二主妃子傳:황후전)'에도 미부인에 대한 기록이 보이지 않는다. 주변의 정황을 미루어볼 때 미부인은 부호(富豪)이자 호족(豪族)의 딸이었으므로 감부인에 비하여 지위가 높았을 것으로 보인다. 그러나 유비에게는 감부인이 편하고 가까운 존재였을 가능성이 크다. 왜냐하면 미부인과의 결혼은 다소 정략적인 요소가 강하기 때문이다. 예로부터 '여인은 그 아들로 귀하게 된다(母以子貴)'는 말처럼, 감부인은 유비의 아들 유선을 낳음으로써 미부인과 격차가 벌어짐은 물론 황후의 지위까지 오르게 되었다.

감영(甘寧:?~?) 오(吳) 수군의 용장. 자는 흥패(興覇), 파군(巴郡) 임강(臨江) 사람. 조조의 남침(南侵)을 물리쳐 '강좌호신(江左虎臣)'이라 불렸다고 한다. 나관중의『삼국지』에 의하면 감영은 유비가 오나라를 공격할 때 감영이 병든 몸으로 촉군을 저지하다가 남만(南蠻) 사마가(沙摩柯)

의 화살을 맞고 죽었다고 하는데 이는 사실이 아니다. 관직은 절충(折衝) 장군.

감택(闞澤:?~243) 오(吳)의 모사. 산음(山陰) 회계(會稽) 사람으로 자는 덕윤(德潤). 효렴(孝廉)으로 추천되었고, 학문이 깊어 저술이 많았다. 벼슬은 태자태부(太子太傅) 도향후(都鄕侯)에 책봉되었다.

강유(姜維:202~264) 촉(蜀)의 대장. 제갈량의 계승자로 알려져 있다. 천수(天水) 기현(冀縣) 사람으로 자는 백약(伯約). 강유는 지용(智勇)을 겸비한 재사(才士)로 제갈량의 병법을 전수받아 촉한(蜀漢)을 유지하기 위해 노력했다. 강유의 위대한 점은 군사전략가로서의 자질보다는 청렴하고 근검한 삶의 태도에 있다. 무엇보다도 '한실중흥(漢室中興)'의 기치를 끝까지 유지하려 한 그의 충성심이 돋보인다. 군사전략가로서 강유는 성공적이지 못했다. 강유는 여러 번 중원을 회복하고자 출정했으나 제갈량과는 달리 서북 방면으로 거점을 확보하려다가 군대가 고립되어 국가적인 위기를 맞이하게 된다. 이것은 낙양(洛陽)의 관문인 장안(長安)을 공격하여 위나라와 정면 승부를 걸었던 제갈량에 비하여 강유 자신의 전략적인 능력이 부족했음을 자인하는 것이다.

촉의 조정에서는 강유의 능력을 불신하여 강유가 많은 군대를 요구하면 이를 삭감하여 출병시키곤 하였는데 강유를 견제하던 촉 조정의 비의(費禕)가 죽고난 후 강유는 무리하게 대병을 이끌고 출진하여 국력을 낭비하였다. 이 점에 대해서 촉의 대학자 초주(譙周)도 매우 우려하여「구국론(仇國論)」이라는 소를 올리기도 했다. 그러나 촉이 위나라에 멸망한 후 강유가 종회(鍾會)를 회유(懷柔)하여 다시 촉을 부흥시키려고 한 점은 높이 평가되기도 한다. 그러나 그 과정에서 그와 그의 일족 모두가 주살되었다. 벼슬은 대장군(大將軍). ─7장『삼국지』등장인물 분석(강유) 참고.

견씨(甄氏：182~221) 위나라의 황후. 시호는 문소황후(文昭皇后). 중산(中山) 무극(無極) 사람. 빼어난 미모의 인물로 알려져 있다. 원래는 원소(袁紹)의 둘째아들 원희(袁熙)의 아내였다가 원소가 멸망한 후 조비가 아내로 맞았다. 위(魏) 명제(明帝：조예)와 동향공주(東鄕公主)를 낳았다. 견씨의 일생은 조선의 장희빈과 유사한 경우라고 볼 수 있다. 견씨는 빼어난 미모로 위나라 문제(文帝：조비)의 마음을 사로잡았으나 후일 조비의 사랑이 식자 이에 대한 분노와 투기로 인하여 조비(문제)로부터 죽음을 당했다.

그녀의 일생은 후일 자신이 낳은 조예(명제)의 황후 모씨(毛氏)와도 거의 유사하다. 죽음을 눈앞에 둔 견씨의 심경은 첫남편인 원희(袁熙：?~207)에 대한 미안함과 조비에 대한 분노 등으로 매우 복잡했을 것이다. 명제가 어린 시절을 불우하게 보냄으로써 후일 문제(文帝)와 비슷하게 요절하게 되고 위나라는 사마씨(司馬氏)에 의해 정권을 유린당하게 된다. 나관중의 『삼국지』에는 견씨의 이야기가 많이 나오지 않으나 견씨의 일생은 위나라의 흥망과도 관련이 있다. 만약 명제가 40대 중반까지만 살았어도 위나라는 쉽게 멸망하지 않았을 것이다. 정사『삼국지』「위서」'문소견황후전'을 살펴보면 조예(명제)가 죽은 견씨를 얼마나 그리워하고 가슴아파 했는지 알 수 있다. 조예는 외삼촌들과 그 일족들의 벼슬과 지위를 높여주기도 하였다. 그런데 아이러니한 것은 조예 자신도 문제와 똑같은 일을 되풀이하고 있다는 점이다. 이들 부자(조비·조예)는 둘 다 일찍 죽었다. ─이에 대한 상세한 내용은 장정일의『삼국지』참고.

소해설　**견씨의 죽음** 견씨(甄氏)의 일생은 조씨황가(曹氏皇家)에서 가장 파란이 많았다고 할 수 있다. '미인박명(美人薄命)'의 대표적인 경우이다. 조비가 황제에 오른 후(220) 곽후(郭后)·이귀인(李貴人)·음귀인(陰貴人) 등을 총애하였다. 그리고 조비는 산양공(후한의 헌제)의 두 딸을 비빈(妃嬪)으로 맞기도 하였다. 조비는 초기에는 견씨를 깊이 사랑했으나 조비의 마음이 이들에게 기울자 견씨는 이것을 견디기 힘들었다. 한 사람의 지아비(원희)는 시아버지(조조)에 의해서 죽었고 그 지아비의 원수의 아들(조비)과 두 번째 혼인했던 견씨는 두 번째 지아비가 황제에 오르고 자신도 황후에 오르면서 오히려 파국으로 치달았다. 견황후는 황후가 된 뒤 조비의 마음이 자신에게서 멀어진 것을 괴로워하다 마음의 병이 깊어져서 만나는 사람들마다 위 황제인 조비를 원망하는 말들을 늘어놓았다고 한다. 결국 조비가 등극한 지 한 해 만인 221년 음력

6월 늦더위가 기승을 부릴 때 조비는 견황후를 스스로 죽게 만들었다. 견황후의 시신은 업성에 매장되었다.

고간(高幹 : ? ~ 206) 원소의 장로 그의 조카이며, 병주(幷州)를 지키고 있었다. 나관중『삼국지』에서는 고간이 원소가 패망한 후 유표를 의지해 달아나다가 왕염(王琰)에게 죽었다고 하는데 이는 사실과 다르다.『삼국지』「위서」'무제기'에는 조조가 원담(袁譚)을 멸한 뒤에 고간이 투항(投降)하여 그를 병주자사(幷州刺史)로 삼았으나 이내 배반하여 조조가 그를 공격하여 죽였다고 되어 있다.

고옹(顧雍 : 168 ~ 243) 오나라의 명신(名臣)이자 뛰어난 재상(宰相). 오군(吳郡) 사람으로 자는 원탄(元嘆). 중랑장(中郎張) 채옹(蔡邕)의 제자. 채옹은 고옹에게 학문을 가르치면서 고옹의 성실성을 높이 평가하여 제자의 이름과 자신의 이름을 똑같이 하여 고옹이 되었다고 한다.『삼국지』「오서」'고옹전'에 의하면 손권은 "고옹은 말을 잘 하지 않지만 말을 하면 핵심이 있다"고 하였다. 그리고 손권이 그를 중시한 이유는 고옹이 사람을 선발할 때는 능력에 따라 하였고 자신의 감정에 좌우되는 일이 없었으며, 고옹은 항상 백성들 사이로 들어가 백성들의 의견을 경청(敬聽)하고, 정치적인 일에 마땅히 취할 것이 있으면 보고(報告)하였으며, 자신의 의견이 받아들여진다면 그 공을 손권에게 돌렸고 자신의 의견이 쓰이지 않았다면 끝까지 세상에 알리지 않았기 때문이다. 고옹의 이런 성품은 그가 19년 동안 승상(丞相)으로 재직하면서 선정(善政)을 베푼 밑거름이었다.

공도(龔都 : ? ~ ?) 여남(汝南) 지방에 나타난 황건(黃巾) 농민군의 장령. 나관중의『삼국지』에는 조조군에 포위되어 조조의 장수 하후연(夏候淵)의 손에 죽는 것으로 나오지만 그것은 사실이 아니다. 공도는『삼국지』「위서」'무제기'에 확실히 나오는 사람으로 유비(劉備)가 황건 농민군과 연합전선을 폈다는 사실을 입증하는 인물이라고 볼 수 있다. 조조가 형주로 남하하자 유비는 유표에게 의탁하고 공도는 흩어졌다는 기록이 있다. 즉, 유비가 유표에게 의탁하기 전에 이들과 연합하여 조조에 대항하려 했음을 알 수 있다.

공손강(公孫康:?~?) 요동의 태수. 양평(襄平) 사람으로 무위장군 공손도(公孫度)의 아들. 조조에게 쫓겨온 원소의 아들 원희와 원상의 목을 베어 조조에게 보냄으로써 조조와의 평화를 유지했다. 공손강이 원소의 아들들을 참수하여 보낸 데는 조조와 대적하기에는 부담이 너무 컸으며, 원소의 아들들이 혹시라도 요동 땅을 취할지 모른다는 두려움이 있었기 때문이다. 당시 공손강의 판단은 옳았던 것으로 평가된다.

공손공(公孫恭:?~?) 요동의 태수. 양평(襄平) 사람. 공손도(公孫度)의 아들이자 공손강(公孫康)의 동생이다. 공손공은 형인 공손강이 죽자 공손강의 아들(공손연, 공손황)들이 어렸으므로 공손 태수를 계승하였다. 조비가 위나라를 건국하고 공손공을 양평후(襄平侯)로 봉했다. 그후 공손강의 아들인 공손연이 장성하여 228년 공손공을 몰아내고 정권을 장악하였다.

공손연(公孫淵:?~238) 요동(遼東) 태수. 양평(襄平) 사람. 요동 반도 지역의 맹주로 공손강의 아들이다. 공손강이 죽자 그의 동생인 공손공(公孫恭)이 위(位)에 나가자 신변의 위협을 느껴 침묵하고 있다가 나이가 차고 힘이 모이자 공손공(公孫恭)을 제거하고 요동 태수의 자리에 올랐다. 처음에는 자신의 능력을 과신하여 오나라와 연합하여 위나라를 압박하기 위해 손권에게 사신을 파견하였다. 당시 칭제한 손권은 국제적인 인정이 필요했으므로 많은 재물을 동원하여 장미(張彌)와 허안(許晏) 등을 파견하여 공손연을 연왕(燕王)으로 봉했다. 손권이 공손연을 연왕으로 봉한 것은 자신이 천자(天子)임을 대외적으로 알리려 했던 것인데 공손연은 손권으로부터 연왕으로 봉해지자 태도를 바꾸었다. 오나라는 멀고 위나라는 가까운 상태에서 국력의 차이는 10배 이상인 위나라와 적대한다는 것은 매우 위험한 일이었기 때문이다.

공손연은 오나라와의 동맹을 거부하고 장미와 허안의 목을 베어 위 황제 조예에게 보냈다. 이에 위나라 황제 조예는 공손연을 대사마(大司馬)·낙랑공(樂浪公)에 임명하였다. 이 사건은 손권의 가장 참혹한 외교적 실패를 의미하고 공손연에 대한 여론이 악화되는 결정적인 계기가 되었다. 오나라와 통교하려고 시도한 쪽은 원래 공손연이었기 때문에 공손연의 이미지는 매우 미숙하고 외교관례를 무시한 이기적인 인물로 낙인찍히게 되었다.

손권은 이 사건 이후 국내 정책도 실정을 거듭하여 오나라의 약화를 초래하게 된다. 그리고 공손연도 위나라에 대항할 입장이 아니라는 점을 알고는 있었지만 경험이 부족하고 나이가 상대적으로 어렸던 관계로 지속적으로 위나라에 대해 독자적인 노선을 추구하였다. 이것은 중원(中原)의 패자(覇者) 위나라로서는 용납할 수 없는 일이었다. 위 황제는 드디어 요동 정벌을 명하게 된다. 그러나 위나라의 요동정벌전(遼東征伐戰)이 대홍수(大洪水)로 실패하게 되자 공손연은 이것이 단지 천재지변에 의한 것이라는 점을 망각하고 스스로 연왕(燕王)을 칭하고 노골적으로 위나라에 반기를 들었다. 그후 사마의·관구검·고구려 연합군이 이끄는 군대에게 정복되어 효수(梟首)되었다. 공손연은 세계사의 흐름을 망각하고 지나치게 독자적인 세력을 구축하여 중국적인 질서에 대항하다가 망한 경우라고 할 수 있다.

공손찬(公孫瓚:?~199) 북평(北平) 태수, 요서(遼西) 영지(令支) 사람, 자는 백규(伯珪). 유비와 함께 노식(盧植)에게서 동문 수학함. 탈위장군(奪威將軍)에 계후(薊後)로 책봉, 백마장군(白馬將軍)이라 칭하였고 원소에게 패하자 일족 전체가 처절한 죽음을 맞이함. 나관중『삼국지』에 의하면 공손찬은 동탁을 타도하기 위한 제후연합군에 참여하여 유비에게 많은 도움을 준 것으로 되어 있지만, 정사『삼국지』「위서」'공손찬전'에는 그런 사실이 없다. 공손찬은 자신의 잘못은 잊어버리고 타인의 잘못은 잘 기억하여 일을 처리함으로써 많은 사람들의 원성을 샀다는 기록이 있는 것으로 보아 정치적인 사안들을 제대로 처리하지 못한 것으로 보인다. 공손찬과 관련하여 주요한 문제는 조운(趙雲:조자룡)이 고향에서 용병(傭兵)을 이끌고 공손찬에게 투항했다는 점이다. 원래 조운의 고향은 원소의 통치 영역에 속한 곳인데 많은 관민의 용병을 데리고 공손찬에게 귀순해오자 공손찬은 그를 환영하면서도 한편으로는 의심의 눈초리로 보았다고 한다. 이때 조운은 "천하의 대세는 모르는 법이고 우리는 단지 인자한 정치를 따르려는 것일 뿐"이라고 응수했다고 한다(『삼국지』「촉서」'조운전'). 이 사건은 조운에게는 많은 실망을 안겨주었을 것이다. 조운이 공손찬의 막하에서 오히려 유비에게 더 정을 붙인 이유도 공손찬의 깐깐하고 타인을 배려할 줄 모르는 성품에서 비롯되었을지도 모른다.

공수(孔秀) 위의 장수. 동령관(洞嶺關)을 지키고 있다가 관우의 오관참장(五關斬將)의 제1호로 죽였던 것으로 알려져 있다. 그러나 이것은 사실이 아니다. 나관중이 관우의 용맹을 보이기 위해서 지어낸 이야기이다. 오관참오장(五關斬五將), 즉 관우가 형수들을 모시고 5개의 주요한 관문(關門)을 통과하면서 5명의 용맹한 장수를 죽였다는 것은 모두 없었던 일로 소설가들이 지어낸 이야기이다.

공융(孔融:153~208) 북해(北海) 태수. 노국(魯國) 곡부(曲阜) 사람, 자는 문거(文擧). 공자의 20세손 태산도위(泰山都尉) 공주(孔宙)의 아들. 그는 유학(儒學)에 힘썼으며 좌우에는 문객이 가득 차 술잔에는 술이 비지 않았다고 알려져 있다. 공융은 조조에게 바른말로 간하다가 죽음을 당하였다.

> 소해설 **공융 죽음의 역사적 의미** 공융(孔融)의 죽음은 복잡한 정치적인 요소가 있다. 한(漢)나라를 이끌었던 주요 호족(豪族)은 대성씨로 공씨(孔氏)·원씨(袁氏)·양씨(楊氏) 등이었는데 조조에게 이들은 상당한 정치적 걸림돌로 작용하였다. 특히 조조는 자신이 환관 가문의 출신이기 때문에 이들 보수 정치세력들을 통제하지 않고서 중원을 장악한다는 것은 어려운 일이었다. 그런데 이들은

권문세족들이기는 해도 나름대로 독특한 도덕률과 절제를 기반으로 경학(經學)으로 가풍을 이어가는 사회적 지도층이었기 때문에 제압하기가 어려웠다. 이 과정에서 공융은 조조에게 적절한 표적이었다. 공융이 특유의 강직한 성품으로 조조의 잘못을 간하자 조조는 구실을 붙여 공융을 제거한 것이다. 공융을 제거한 것은 한나라의 주요 사족(士族)들의 탄압을 상징적으로 보여주기 위한 사건으로 선정된 것이다. 물론 조조가 건안칠자(建安七子)의 한 사람이었던 공융의 재능을 아끼지 않았던 것은 아니었을 것이다. 다만 조조가 판단할 때 공융은 결코 자신에게 도움을 줄 사람은 아니었던 것이다. 공융의 잠재의식 속에는 늘 조조에 대한 우월감이 자리잡고 있었고 존황주의자(尊皇主義者)였기 때문에 조조는 그를 살려둘 수 없었던 것이다. 나관중『삼국지』에서는 이 과정이 매우 드라마틱하게 그려져 있으나 허구가 많으며, 조조의 공씨 가문에 대한 탄압은 정해진 수순대로 진행된 것뿐이다.

곽가(郭嘉:170~207) 위의 모사(謀士). 순욱(荀彧)과는 동향인 영주 영음(穎州 穎陰) 사람으로 자는 봉효(奉孝). 요동 정벌 때 풍토병으로 38세로 요절함. 관직은 군제주(軍祭酒). 순욱의 천거로 조조의 막하에 든 이래 충성을 다하여 조조를 도왔으나 38세에 요절하여 조조군(曹操軍)의 전력에 큰 차질을 가져왔다. 만약 곽가가 오래 살았더라면 삼국의 역사가 달라졌을 수도 있다. 왜냐하면 곽가는 전쟁에서 승리를 쟁취하기 위한 허허실실 전법에 매우 능했기 때문에 오나라의 정벌도 적벽대전과 같은 형식으로 치르지는 않았을 것이다. 성급하게 천하통일을 추진하던 조조가 밀어붙인 적벽대전을 가후(賈詡) 혼자 막기에는 역부족이었을 것이다. 만약 곽가가 있었더라면 가후와 함께 전혀 다른 방책을 제시했을 것이고 조조는 흔쾌히 이에 동의했을 것이다. 정사『삼국지』「위서」'곽가전'에는 조조가 "오직 곽가만이 나의 뜻을 확실히 알고 있다"라고 하였다.

유비에게 제갈량과 방통이 있었다면 조조에게는 가후와 곽가가 있었고 손권에게는 노숙과 주유가 있었다. 곽가는 조조가 여포를 정벌할 때 장기화하여 돌아가려 하자 이를 반대하고 전쟁을 마무리했으며, 손책의 세력이 확대일로에 있어 손책이 장강을 넘어 허도로 공격할 것을 조조의 진영에서 두려워하자 손책의 죽음을 예언했고, 원소를 격파한 후 원소 아들들의 계승전쟁이 치열해지자 전투를 중단하고 이들간의 싸움이 끝날 무렵에 어부지리를 취할 것을 진언하여 성공적으로 진압했으며, 요동 정벌시 경기병(輕騎兵)으로 적이 준비하기 전에 신속하게 공격하게 하여 승리를 쟁취했다. 또한 북방 정벌 도중에 유표의 침공을 우려하자 유표는 말재주꾼에 불과하다고 일축함으로써 조조의 중원통일(中原統一)에 결정적인 기여를 하였다. 중원통일에서 말하는 '중원(中原)'이란 천하9주의 중심 지역을 말한다. 당시 조조는 천하9주 가운데 촉(익주)을 제외한 8주를 통일하였고 익주도 조조에 적대적이 아니었다. 따라서 관도대전·북방전쟁의 승리는 사실상의 중원통일을 의미한다.

곽도(郭圖:?~205) 원소의 모사. 곽도는 원소의 큰아들 원담을 도와 항전하다가 조조의 장수 악진(樂進)과의 전투에서 전사.

곽사(郭汜:?~197) 동탁의 장수. 장액(張掖) 사람으로 일명 다(多)라고도 함. 나관중『삼국지』를 통하여 폄하되어 묘사됨. 나관중이 곽사를 산적처럼 묘사한 것은 그가 강족(羌族) 출신이라는 것과, 동탁의 장수였다는 이유에서일 것이다. 곽사는 새롭게 평가할 필요가 있는 사람이다. 곽사는 이각과 함께 장안을 회복하여 신군부(新軍府)의 통치를 구성한 사람이다. 오히려 이각·곽사 정권이 무너지면서 중국은 걷잡을 수 없는 혼란에 빠져 새로운 전국시대(戰國時代)에 접어들게 된다. 곽사는 태위(太尉) 양표 등의 이간책(離間策)에 걸려 중원 통치를 실패한 사람으로 되어 있지만 그보다는 오히려 중앙정부에 대한 통치 경험의 부족 때문에 중원 통치에 실패했다고 보는 것이 타당하다. 이각과 곽사에 대한 나관중의 서술 태도 가운데 가장 큰 문제점은 곽사가 이각의 처와 간통했다고 의심하는 부분이다. 당시 한나라 상류사회에서 자기 친구의 처와 간통을 했다는 것은 있을 수 없는 일이다. 극단적으로 말하면 나관중은 이각과 곽사를 인간 이하로 보고 있다는 말이다. 곽사의 아내가 이각과 곽사의 사이를 이간질한 것은 사실이지만 동지(同志)의 처와 간통한 사실은 있을 수 없다.『삼국지』「위서」'이각·곽사전'의 주(註)에는 곽사가 조정의 일로 부중(府中)에서 자주 잠을 자게 되자 그의 아내는 자신이 남편의 사랑을 잃게 되지나 않을까 하여 곽사를 가급적 이각과 멀리하게 하면 남편이 자신에게 돌아올 것으로 생각하고 저지른 일이라고 한다. 물론 이것도 확인하기 어려운 일이다.

곽준(霍峻:178~217) 촉의 장수. 남부(南部) 지강(枝江) 사람, 자는 중막(仲邈). 중랑장(中郎張) 벼슬을 하다가 맹달의 천거로 유비의 막하에 들어가 함께 가맹관을 지킴.

곽회(郭淮:?~255) 위의 용장. 태원(太原) 양곡(陽曲) 사람, 자는 백제(伯濟). 거기장군으로 조홍·사마의·사마사를 도와 외적 방어에 공이 많음. 나관중 『삼국지』에서 곽회는 강유의 되받아 쏜 화살에 맞아 죽었다고 하는데 이는 지어낸 이야기다.

관구검(毌丘儉:?~255) 위의 대장. 하동(河東) 문희(聞喜) 사람, 자는 중공(仲恭). 『삼국지』 후반에서 가장 중요한 인물의 하나로 평가된다. 관구검은 위나라의 마지막 충신이라 할 수 있다. 그는 탁월한 전략가, 특히 진법(陣法)의 대가(大家)로 알려져 있다. 그가 유주자사(幽州刺史)로 있을 때 사마의와 함께 공손연(公孫淵)을 토벌하고 고구려를 침범하여 고구려의 동천왕(東川王)을 멀리 남옥저(南沃沮)까지 피난하게 하였다. 관구검은 고구려의 왕성(王城)을 초토화하고 고구려 세력이 다시 성장할 수 없도록 하여 요동(遼東)의 안정을 꾀하려 기도하였으나 고구려의 유유와 밀우의 항전으로 실패하였다. 사마사를 도와 공을 세웠으나 사마사의 위(魏)에 대한 반역행위들을 보고 격분하여 군사를 일으켜 항전하였으나 역부족으로 패퇴하던 중 안풍진 도위의 휘하에 있던 장교 장속에 의해 죽음을 당했다. 장정일 『삼국지』에서는 이 부분이 상세히 묘사되어 있다.— 7장 『삼국지』 등장인물 분석(관구검) 참고.

관로(管輅:209~256) 평원(平原) 사람, 자는 공명(公明). 주역(周易)과 수학에
정통하고 관상술에 능했음. 조조가 위왕이 되고 도사(道士) 좌자(左慈)
에게 농락당하여 병이 났을 때 불러온 점쟁이로 조조가 태사(太史)로 봉
하려 했으나 사양했다고 한다. 관로는 여러 가지 신통한 예언과 점술로
당대 화제의 인물이기도 한데 정사의 기록에 나타난 것 가운데 정치권력
과 관련해서는 하안(何晏)과의 대화가 중요하다. 하안은 조상(曹爽)의
책사(策士)로 위나라 무제(武帝) 조조의 양아들이었다. 조조가 사공이
되었을 때 하안의 어머니 윤씨(尹氏)를 아내로 맞았다. 조조가 하안을 자
식으로 거둔 후 하안은 궁성에서 자랐고 후에 공주(公主)와 결혼하였다.
하안은 권력의 실세로 특히 노장철학(老莊哲學)에 밝은 사람이었는데 말
하는 데 거리낌이 없었다.

하안은 관로가 주역에 밝다는 소문을 듣고 그를 청하여 세상의 운수(運
數)와 천하의 변화에 대하여 논하며 즐겼다고 한다. 이때 하안이 관로에
게 "내가 계속하여 푸른 파리 수십 마리가 내 코 위에 모여드는 꿈을 꾸
었소. 이게 도대체 무슨 징조요?"라고 물으니 관로가 "지금 하상서(하
안)께서는 지위가 높으시고 세도를 누리시기는 합니다만 세상 사람들은
상서께서 덕(德)이 있다고 생각하지는 않습니다. 상서께서 꾸신 꿈에서
코[鼻]는 산(山)을 상징합니다. 그런데 그 산은 높지만 산이라는 것은 안
정되어 있으므로 오랫동안 귀한 자리를 지킬 수 있는 것을 상징합니다.
그러나 산이 높은 만큼 많은 파리떼들이 모여들 수도 있습니다. 그러니
높은 지위에 계시더라도 항상 주의하셔야 합니다. 만약 그렇게 하지 않
는다면 상서께서는 나쁜 일은 많고 이로운 일은 적을 것이니 주의하셔야
하고 무릇 예(禮)가 아니면 따르지 마십시오. 그러면 상서께서는 삼공의
지위에 올라 파란 파리도 몰아낼 수 있을 것입니다"라고 하였다고 한다.
이 말을 듣고 분위기가 어색해지자 함께 자리했던 등양(鄧颺)이 노하여 꾸
짖었다. 집에 도착한 관로가 외삼촌에게 하안과 등양을 만났던 이야기를
하자 그는 깜짝 놀라며 하안과 등양 두 사람은 실세(實勢) 중의 실세인데

그런 소리를 했느냐고 나무라자 관로가 태연하게 "별 말씀을 다 하십니다. 곧 죽을 놈들에게 한 말인데 무엇이 어떻다는 말이십니까?"라고 했다고 한다. 그리고 얼마후 사마의의 쿠데타가 일어나 하안과 등양은 모두 죽음을 당했다고 한다. 그런데 역사적 사실과 객관성을 중시했던 진수가 왜 이런 이야기를 모아두었는지가 흥미롭다. 진수는 『삼국지』 「위서」 '방기전(方技傳)'의 끝 부분에 "과거에 사마천이 「편작(扁鵲)」, 「창공(倉公)」, 「일자(日者)」의 전(傳)을 지은 것은 불가사의한 것을 포괄하여 기록하고자 한 것인데 나 역시 이런 것을 기록하였다"고 말하고 있다.

관색(關索) 관우의 셋째아들로 알려진 사람. 형주가 함락된 뒤 상처를 치료하며 숨어 있다가 제갈량이 남만을 토벌할 때 찾아왔으므로 선봉을 삼았다고 하나, 앞뒤에 그에 대한 내용이 없는 것으로 보아 후세에 사람들이 관우를 신으로 신봉하게 되자 가공의 인물로 꾸며진 듯하다. 이것은 고대 소설에 나타나는 전형적인 특징 중의 하나. 관색은 민간 전설에는 많이 나타나고 있다.

관영(管寧:158~241) 후한의 명사. 젊어서 화흠(華歆)과 같이 공부하였는데 뜻이 높고 재물에 대해서도 스스로 엄격히 멀리하였으며, 친구였던 화흠의 탐심(貪心)을 몹시 멸시했다. 난을 피하여 요동(遼東)에 가서 살면서 위(魏)나라의 벼슬을 하지 않았다. 위 문제(文帝:조비)는 일찍이 조서(詔書)를 내려 관영을 태중대부(太中大夫)로 삼고자 하였고 명제는 광록훈(光祿勛)으로 임명하려 했으나 역시 이를 거부하고 은거하였다.

관우(關羽:?~219) 하동(河東) 해현(解縣) 사람, 자는 운장(雲長). 유비와 도원에서 결의한 이래 고난을 같이함. 관우는 『삼국지』가 씌어졌을 때는 이미 민간에서 널리 신으로 모시고 있었기 때문에 관공(關公)이란 칭호로 등장하며 나관중은 관우를 충의의 화신으로 그렸다. 나관중『삼국지』에서는 관우가 사수관 싸움에서 동탁 수하의 맹장들을 단칼에 베고 혼자 힘으로 오관참장(五關斬將)하고 유비 가족을 모셔 의기(義氣)를 빛냈다고는 하나 모두 지어낸 이야기로 사실이 아니다. 관우의 젊은 시절에 대한 기록은 거의 없기 때문에 관우에 대해 정확히 알기는 어렵지만 불우한 청년기를 보낸 것은 틀림없다. 그리고 관우의 성씨(姓氏)도 불분명하고 그의 이력도 일개의 협객에 불과했을 수도 있지만 유비를 만나서 전국적인 명성을 얻게 된다.

관우의 위대한 점은 조조의 막하에 있으면서 보장된 출세를 마다하고 무숙자(無宿者)에 가까운 유비에게 돌아간 점일 것이다. 관우는 유비 · 제갈량을 도와 형주(荊州)를 장악한 후 그곳을 지켰지만 이때 그의 나이 이미 60에 가까웠기 때문에 형주라는 요충지를 지키기는 어려웠다. 그만큼 유비에게는 인재가 없었던 것이다. 일반적으로 관우가 형주를 잃고 죽음을 당한 문제는 관우의 지나친 자존심 때문이라고 알려져 있으나 그보다는 오나라의 탁월한 전략이나 조직적인 형주 정벌이 원인이다. 당시 형주는 오나라에 있어서는 절대절명의 요충지였으며 적벽대전의 원인도 형주에 있었기 때문에 오나라가 형주를 정벌하려 한 것은 당연한 일이었다. 결국 관우는 양양을 뺏으려 출병한 사이 오(吳)의 기습을 받아 궁지에 빠진 끝에 58세로 생을 마감하였다.

그후 관우는 신격화되어 중국에서는 재신(財神)으로 민간 신앙의 대상이 되었다. 관우와 관련해서 그의 아들의 사정을 정확하게 살펴볼 필요가 있다. 정사『삼국지』「촉서」 '관우전'에 의하면 관우의 아들은 관평(關平) · 관흥(關興) · 관통(關統) 등의 세 사람이 있었는데 대부분 요절하였다. 관평은 임저(臨沮)에서 관우와 함께 참수되었고 관흥은 20대에 죽었고 관통은 비교적 오래 살았지만 자손이 없었다고 한다.—7장『삼국지』등장인물 분석(관우) 참조.

조조의 관우에 대한 예우 조조는 과연 관우를 어떻게 대접했을까? 조조가 과연 나관중『삼국지』에서 보듯이 관우를 마치 자신의 구세주나 되듯이 대우했을까? 이 문제에 대한 대답은 분명히 '아니다(no)'이다. 나관중『삼국지』에는 이 부분이 지나치게 과장되어 있다. 이 문제의 해답은 조조가 관우에게 내린 편장군(偏將軍)이란 직책을 토대로 알 수 있다. 편장군이란 변란이 발생하거나 필요에 따라서 임시로 설치되는 직책으로 잡호장군(雜號將軍)의 일종이다. 당시에 장군 서열은 대장군(大將軍)-거기장군(車騎將軍)-좌장군(左將軍)-전장군(前將軍)-우장군(右將軍)-후장군(後將軍)-잡호장군 등의 순서로 위계가 정해진다. 대장군(大將軍)은 제1품으로 장군들 가운데 최고의 칭호로 군대를 통솔하고 정벌전쟁을 관장하고 독립적인 부서를 설치하여 군사(軍師)·장사(長史)·사마(司馬)·종사중랑(從事中郞)·주부(主簿)·참군(參軍)·조연(曹掾) 등의 속관(屬官)을 둘 수 있다. 거기장군(車騎將軍)은 제2품 벼슬로 상설된 것인데 중앙의 상비군(常備軍)을 통솔하고 징벌전쟁을 담당하는 직책이다. 좌장군(左將軍)은 역시 상설 직책, 제3품으로 전(前)·후(後)·좌(左)·우(右) 등의 네 장군 중에서 가장 높은 직책으로 관위는 구경(九卿) 다음이고 독립적인 부서를 설치할 수 있다. 전장군(前將軍)은 수도의 방위와 변경의 경비를 담당하는 상설 직책, 제3품으로 후(後)·우(右)장군과 직위가 동일하다. 관위는 구경(九卿) 다음이고 독립적인 부서를 설치할 수 있다. 우장군(右將軍)과 후장군(後將軍)은 역시 상설 직책, 제3품으로 관위는 구경(九卿) 다음이고 독립적인 부서를 설치할 수 있고 속관을 둘 수 있다. 그 다음으로 변란이 발생하거나 필요에 따라서 임시로 설치되는 직책이 잡호장군(雜號將軍)인데 편장군은 바로 이 잡호장군의 일종이다. 편장군은 제5품으로 중앙군과는 별 상관이 없고 대규모의 정벌 시에 각 군(郡)에서 징발한 장정(壯丁)들을 군사로 교육시키고 편제하여 총 지휘하는 직책이다. 편장군(偏將軍)의 품계는 고급장군들 가운데 제일 낮지만 전쟁이 잦아지면 실권은 점점 강화될 수 있는 특징을 가지고 있다. 조조는 다른 부하들의 눈치를 보면서도 투항(投降)한 장수인 관우에게 편장군을 임명하였는데 이는 관우의 역량을 별로 높이 평가하고 있지는 않다는 의미이다. 편장군은 전시(戰時) 상황에서 주력군(主力軍)인 중앙군(中央軍)이 아니라 지역의 새로 편재된 군대를 거느리고 전쟁을 수행하는데 조조는 관우에게 이 직책을 맡김으로써 열심히 하면 승진시키고 아니면 그대로 해임하려 했던 것으로 보인다. 즉, 관우가 중앙군을 다스리기에는 신뢰감이나 역량이 부족하고 내치기에는 아까운 장수이므로 관우를 편장군에 임명함으로써 중앙군에 영향을 미치지 않으면서 관우의 능력을 최대한 활용하는 것이 최선이었을 것이고 조조는 그것을 택한 것이다.

관정(關定) 나관중『삼국지』가 만들어낸 인물. 나관중『삼국지』에 의하면 관정은 관우가 조조 곁을 벗어나 유비를 찾아헤맬 때 만난 노인으로 관우는 그의 둘째아들 관평(關平)을 양자로 받아들여 평생을 같이 했다고 한다.

관평(關平 : ?~219) 관우의 친아들. 나관중『삼국지』는 관평이 관우의 양자(養子)라고 하는데 이에 대한 기록은 어디에도 없고 다만 관우의 아들로 나온다. 나관중『삼국지』에 의하면 관평의 얼굴은 희고 수염이 없었으며 오관참장(五關斬將)하고 관우가 유비를 찾아나섰을 때 신세 진 관정(關定)

노인의 작은아들이 관평이라고 한다. 평생 양부(養父)인 관우를 따라 행동을 함께 하였고 형주(荊州) 함락 후 관우와 함께 죽음을 당하였다고 한다. 관평에 관한 정사의 기록들을 보면, 관평이 정체를 알 수 없는 노인 관정의 아들이 아니라 바로 관우 자신의 아들이다.

관흥(關興:?~?) 촉의 장수. 관우의 아들. 자는 안국(安國). 관흥이 관우의 아들인 것은 맞지만 나관중 『삼국지』를 통해서 많이 왜곡되어 나타난다. 나관중 『삼국지』에는 관흥이 장비의 아들 장포(張布)와 함께 많은 공훈을 세우고 난군 중에서 아버지의 원수인 오나라의 반장(潘璋)을 찾아내어 죽였으며 관우가 쓰던 청룡도(靑龍刀)를 도로 찾아 평생 사용했다고 한다. 이에 따르면 관흥은 무용이 절륜하고 충성과 용기가 아버지에 못지 않았다고 한다. 그러나 이것은 모두 사실이 아니다. 정사 『삼국지』 「촉서」 '관우전'에 따르면 관흥은 무장(武將)이라기보다는 유능한 행정관료에 가까웠던 것으로 보인다. 제갈량이 관흥을 높이 평가하여 약관의 나이에 시중(侍中)·중감군(中監軍)이 되었다고 한다. 이것은 야전의 장군들이 가질 수 없는 지위들이다. 그리고 관흥은 관우가 죽고난 뒤 몇 년 후 세상을 떠났기 때문에 관통이 작위를 계승했다고 한다. 따라서 제갈량의 북벌(北伐) 기간에는 관흥은 이미 이 세상 사람이 아니었다.

괴량(蒯良:?~?) 유표의 모사. 괴량은 관상을 보는 데도 능했으며 계책을 서서 손책을 죽인 것으로 알려져 있다.

괴월(蒯越:?~?) 유표의 모사. 자는 이도(異度)로 괴량의 아우. 괴월은 유표와 그의 일족에 충성하여 채모와 함께 유비를 제거하기 위해 노력하였다. 괴월은 유비의 입장에서 보면 간신이지만 유표의 입장에서는 충신이었다. 괴월은 후일 조조에게 항복하여 강릉 태수 번성후가 되었다.

교국로(喬國老:?~?) 오의 대교(大喬)·소교(小喬)의 아버지. 이 당시 대교와 소교는 절세미인으로 알려져 있다. 이 두 자매 가운데 대교는 손책(孫策)의 아내가 되고 소교는 주유(周瑜)의 부인이 되었다. 제갈량은 이를 의지하여 유비의 혼사를 성취시킨 것으로 알려져 있다. 그러나 제갈량이 주유에게 읊은 동작대에 대한 시는 사실이 아니다.

극정(郤正:?~278) 촉의 구신(舊臣). 하남(河南) 언사(偃師) 사람. 자는 영선(令先). 촉한 학자 중의 한 사람. 촉의 조정에서 고립된 강유를 도왔다. 촉한이 망한 후에 유선을 수행하여 낙양으로 가서 관내후(關內侯)에 봉해졌고 후에 진나라에서 파서(巴西) 태수(太守)를 지냈다.

길평(吉平:?~218) 후한의 유명한 의사. 낙양(洛陽) 사람. 자는 칭평(稱平). 나관중『삼국지』에는 본명이 태(太)이며 흔히 길평(吉平)이라 불렀다고 하는데『삼국지』「위서」'무제기'에 의하면 길본(吉本)이다. 관직은 태의령(太醫令). 나관중『삼국지』에는 길평이 동승(董承)의 병을 보러 갔다가 한 황실에 대한 그의 충성에 감복하여 동지로서 서약을 하고 조조를 독살하려다 탄로나 참살당한 것으로 나오지만 이는 사실이 아니다. 길본은 동승과 모의한 적이 없으며 218년 조조의 횡포를 분히 여겨 경기(耿紀)·위황(韋晃) 등과 봉기했다가 실패하여 처형당했다. 나관중『삼국지』에는 이 사건이 여기저기 합쳐져서 새로 만들어져 있다. 즉, 나관중『삼국지』에는 길평(길본)의 아들 길막(吉邈:?~218)·길목(吉穆:?~218)이 동승의 의대조(衣帶詔) 사건으로 죽은 아버지의 원수를 갚고자 경기·위황·김위(金褘:?~218) 등과 봉기했다가 실패하여 처형당했다고 되어 있다. 오히려 이 사건이 실제 사건과 유사하다. 역사적 사실은 길본(길평)이 경기·위황·김위 등과 공모하여 조조를 죽이려다가 실패한 것이다.

ㄴ

낙통(駱統 : 193~228) 오의 모사. 회계(會稽) 오상(烏傷) 사람. 자는 공서(公緖). 효자로 유명하며 20세에 오정상(烏程相)이 되었다. 뒤에 촉군과 조인의 침공에 공을 세웠다. 신양정후(新陽亭侯)에 책봉됨.

노숙(魯肅 : 172~217) 오의 명장. 자는 자경(子敬). 임회(臨淮) 동성(東城) 사람. 손권 진영의 군사. 유비에게 제갈량이 있었다면 손권에게는 노숙이 있었다. 나관중 『삼국지』에서는 노숙이 우둔하고 바보스럽게 묘사되고 있는데 이것은 사실이 아니다. 노숙은 천하를 보는 눈이 탁월하여 천하삼분지계(天下三分之計)를 가장 먼저 제시한 사람으로 알려져 있다. 노숙이 손권보다 열 살이나 나이가 많았으므로 손권에게 노숙은 마치 아버지이자 삼촌이며 형님의 역할까지 동시에 한 것으로 보인다. 손책이 죽자 근심으로 날을 지새우던 손권은 노숙을 보자 큰 시름을 덜었다. 손권은 하루 종일 노숙에게 무언가를 묻고 배우며 그와 담론을 나누었다. 노숙은 손권에게 제갈근을 천거하였다. 노숙은 타고난 전략가이기도 하지만 충성심도 강하여 오나라가 형주(荊州)를 토벌하는 데 결정적인 공헌을 하였고 조야의 극심한 반대를 물리치고 오나라가 유비와 더불어 적벽대전을 치르게 함으로써 오나라 왕실을 보호하고, 유비에게는 활로를 열어주었으며, 오나라에게는 위나라를 실질적으로 견제할 수 있는 토대를 마련했다. 제갈량과 왕래하며 양국 사이에 충돌을 없애기에 진력하기도 하였다. 손권은 노숙과 제갈근을 가장 신뢰한 것으로 알려져 있다. 후일 주유(周瑜)가 죽고난 뒤 노숙은 주유를 대신하여 군사를 거느렸다.

소해설 **노숙의 '천하삼분지계'** 노숙은 손권에게 강동(동오 지역 : 후일 오나라)을 보전하는 길은 원소·조조(曹操)의 대립을 이용하여 강동을 보전하는 것, 즉 천하가 원소·조조·강동으로 나뉘도록 만들어 조조가 함부로 강동을 넘보지 못하게 한다는 것이었다. 한 고조(高祖 : 유방)는 의제(義帝)를 섬기려 한 반면, 항우는 의제를 해쳤듯이, 노숙이 보기에 조조는 항우와 같은 사람이었다. 이제 한나라는 다시 부흥시킬 수 없을 것이고 조조를 쉽게 제거할 수도 없으니 남은 것은 솥의 세 발처럼 오나라가 강동에 버티고 있으면서 조조와 원소의 싸움을 적절히 이용하라는 것이다. 손책이 살아 있을 때 이미 팽려택(彭蠡澤 : 현재의 파양호)과 여강까지 진출했으니 조금만 더 앞으로 나아가 황조를 없애고 다음에 유표(劉表)를 토벌하여 장강을 경계로 해서 지키고 있다가, 조조가 황제를 청하면 손권도 황제를 청하고 천하를 도모하면 된다는 것이다. 이것은 바로 한 고조가 대업을 이룬 것과 같은 방식이다. 그런데 조조에 의해 원소가 제거되자 이제는 유표가 대안이 되었다. 노숙이 보는 당시의 천하는 조조의 힘을 아무도 막기 어렵기 때문에 유표를 이용하여 다시 세 개의 축을 만들어 조조가 유표를 공격하면 동오가 이를 협공하여 구해주고 조조가 동오를 공격하면 유표가 조조를 협공하는 형태를 만들어 오나라를 안정적으로 지키면서 지구전(持久戰)으로 돌입할 것을 구상하였다. 즉, 일단 천하삼분의 형세가 굳어지면 유표를 정벌하여 병합하면 이제 천하는 위(魏)·오(吳: 동오) 양국이 대치하는 국면이 되면서 마치 유방과 항우가 버티는 형세와 유사하게 된다. 그러면 이제 대세는 1강 2약이 아니라 2강 구도가 되기 때문에 진(秦)나라 말기와 같은 상황에서는 오히려 남방이 북방을 공격하는 것이 유리할 수도 있다. 그런데 조조가 너무 급하게 남진(南進)하기 시작하였고 유표는 죽고 유종은 항복한 상황에서 노숙이 선택한 차선책은 바로 유비였다. 노숙이 유비와 연합하여 적벽대전을 치르려 한 것은 당연한 일이었다. 그리고 천하의 명사인 유비가 새로운 파트너로 부상한 지금, 노숙의 전략은 다소 수정이 불가피해졌다. 일단 촉과 오가 연합하여 공동의 적인 위나라를 멸한 뒤에 당시 천하의 9주 가운데 8개를 장악하고 있는 위나라의 8개 주를 양분하여 지형적으로 가까운 곳을 중심으로 촉과 오 자국의 영토에 귀속시킨다는 것이다. 즉, 촉·오 연합군이 위나라를 정벌했을 경우 예주·청주·서주·유주는 오나라에 귀속시키고 연주·기주·병주·양주는 촉에 귀속시킨다는 식이다.

노식(盧植 : ?~192) 후한 말엽의 중신(重臣)이자 학자. 중랑장(中郎將)으로 조칙을 받들어 황건 농민군 토벌에 활약함. 유비를 가르쳤던 것으로 알려져 있다. 이 시대에는 문신과 무신의 구분이 뚜렷했다고 보기는 어렵다.

능통(凌統 : 189~237) 오의 장수. 회계(會稽) 사람. 자는 공적(公績). 15세에 황조를 치는 전투에 종군. 적벽대전 때 조조의 대군을 오림에서 격파, 교위(校尉)가 됨. 뒤에 손권을 위기에서 구해내기도 했다고 한다. 정사 『삼국지』 「오서」 '능통전'에 의하면 능통은 어진 선비들과 가까이 하고 재물을 가볍게 생각하고 의리를 숭상하였다고 한다. 손권은 능통을 깊이 신뢰하였으며 그를 편장군(偏將軍)에 임명했다고 한다.

단규(段珪:?~189) 후한 십상시(十常侍) 환관의 한 사람. 정권의 혼란기에서 황제를 도와 황권(皇權)을 강화하려 했다. 대장군 하진을 제거함.

단복(單福) 조조의 전략가인 서서(徐庶)의 가명. — '서서' 참고.

답돈(踏頓:?~207) 후한 말 동호(東胡), 즉 요서(遼西) 지방의 맹주. 이 당시 중국은 이 지역을 동호라고 불렀는데 이 부족의 정확한 명칭은 아니다. 답돈은 대쥬신 계열로 205년 조조가 기주(冀州)와 유주(幽州)를 평정하자 원소의 아들인 원희와 원상이 구원병을 청하러 갔을 때 동호의 왕이었다(선우는 아님). 답돈은 원희(袁熙)·원상(袁尙)을 도와 유주(幽州)를 정벌하지만 대홍수(大洪水)로 인하여 유목민들이 동북대평원으로 이주해 가서 요서 지방이 피폐했을 때 조조군의 대규모 침공을 맞아 싸우다 전사하였다. 동호(東胡)는 원래 만리장성 북부, 청주, 요서, 요동 등의 지역을 터전으로 삼았다가 춘추전국시대와 한대(漢代)를 지나면서 후한 말기에는 요서(遼西) 지역에 정주하였다.

나관중『삼국지』에서는 조조가 마치 북만주 일대를 모두 아우르고 동호의 선우(황제)인 모돈(冒頓)을 죽인 것으로 나와 있는데 이는 전혀 역사적 사실이 아니다. 모돈은 비유하자면 칭기즈칸〔成吉思汗〕과 유사한 인물인데 그는 조조가 태어나기 400여 년 전에 이미 죽은 사람이다. 모돈은 흉노족(대쥬신족)으로 천지(바이칼호)로부터 천산산맥(天山山脈)이나 몽골고원은 물론 혼유(渾庾)·굴사(屈射)·정령(丁零)·격곤(鬲昆)·신리(薪犁) 등의 나라들을 차례로 정복하고 전한(前漢)까지 정벌하여 속국(屬國)으로 삼은 사람이었다. 그리고 답돈도 선우로 나오는데 이것도 잘못이다. 정사『삼국지』「위서」 '오환전'만 보더라도 이 당시 답돈은 자신의 사촌동생인 루반(樓班)에게 모든 권력을 이양하고 자신은 요서 지역만을 통치하던 소군주(小君主)에 불과하였다.

소해설 **답돈과 동호의 역사** 정사 『삼국지』 「위서」 '오환전'에 의하면 한나라 영제(靈帝) 때 구력거(丘力居)라는 영걸이 나타나 한때 강성하여 황제를 칭하였다. 구력거는 선비족의 단석괴(檀石槐)가 가진 힘을 대부분 가지게 되었는데 중산(中山) 태수 장순(張純)이 투항하자 장순을 미천안정왕(彌天安定王)을 봉하기도 했다. 구력거는 청주·서주·유주·기주 등 네 주를 점령했다. 구력거가 죽자 그 아들인 루반(樓班)은 어려서 구력거의 조카인 답돈이 황제 위를 이었다. 이 당시 원소는 북방의 안정을 위해 답돈에게 조공을 바치기도 했다. 즉, 원소는 답돈을 무마하기 위해 한 집안 사람의 딸들을 자기의 수양딸로 삼고 있다가 답돈과 그 휘하 장수들에게 시집을 보내기도 했다. 대쥬신족(흉노족)은 600년 전부터 500년 동안 몽골 고원 지대를 차지하고 번영을 누린 대쥬신족의 원류로 이들은 전국시대에 얼뛰스(오르도스) 지방에 거주하다가 진(秦)나라 시대에는 음산(陰山)으로 후퇴하였으며 진나라 말기에 동호·월지·얼뛰스 등 몽골 지역 전체를 장악하여 한나라를 크게 위협하고 조공을 받기도 하였다. 그러나 전한(前漢) 말기에 대쥬신족의 내분으로 5명의 선우가 서로 싸우다가 양대 세력으로 분리되었다. 그후 후한 때 다시 북쥬신(북흉노)과 남쥬신(남흉노)으로 나누어졌다. 남쥬신은 중국에 복속하였고, 북쥬신은 한나라와 타림의 지배권을 차지하기 위해 다투다가 순제(順帝 : 126~144), 환제(桓帝 : 147~167) 때 원인도 모르게 서역의 키르기즈 초원 쪽으로 이주하였다. 환제 때 북쥬신은 사라졌지만 역시 남아 있던 북쥬신 계열의 세르베족, 즉 선비족(鮮卑族)이 나타나 동호(東胡)의 땅을 장악하였다. 세르베란 쥬신들이 사용하던 동물 모양의 대구(帶鉤 : 혁대 버클)로 상서롭고 길(吉)하다는 뜻이다. 환제 때 단석괴(檀石槐)라는 자가 나타나 전체 몽골 고원을 점령하고 각 쥬신족들을 통합하여 단군임금에 올랐다. 단석괴 이후 등장한 자가 바로 동호의 구력거이고, 구력거 이후에 나타난 자가 바로 답돈이었다. 그러나 유주(幽州)를 떠난 원상(袁尙)과 원희(袁熙)가 동호(東胡)에 이르렀을 때 답돈은 선우(單于 : 단간, 단군임금)가 아니라 왕(王)으로 격하되어 있었다. 구력거의 아들인 루반이 강력한 힘을 가진 선우가 되어 북으로 부여를, 남으로는 고구려를 압박하여 대흥안령산맥(大興安嶺山脈)과 소흥안령산맥(小大興安嶺山脈), 동북대평원을 지배하고 있었기 때문이다. 따라서 이때는 루반 단군이 동호 전체를 통치하고 있었고 답돈은 요서왕(遼西王)으로 격하되어 주로 유성(柳城)을 중심으로 유주의 경계까지 다스리고 있었다.

대교(大喬) 동오 교공(喬公)의 딸로 동생 소교(小喬)와 함께 절세의 미인. 그는 손책의 부인이 되고 동생은 주유의 아내가 됨. 한자는 '대교(大橋)'라고 해야 맞다.

대원(戴員 : ?~204) 동오 단양(丹陽)의 군승(郡丞). 손권의 아우 손익(孫翊)을 도와 단양의 군승으로 있다가 손익을 죽이고 가재와 손익의 여자를 빼앗고 조조가 배치한 양주자사 유복(劉馥)에게 항복하려 했다. 이때 기지(機智)가 뛰어났던 손익의 처 서씨(徐氏)의 미인계에 걸려 죽었다.

도겸 (陶謙:132~194) 단양(丹陽) 사람. 자는 공조(恭祖). 서주자사 때 황건적 토벌에 공을 세워 서주목(徐州牧)이 되었다. 조조의 아버지 조숭(曹嵩)이 도겸의 부하 장개에게 몰살을 당해 조조의 원한을 샀다. 조조의 침공에 항전하다가 유비에게 자리를 물려주고 병으로 죽었다. 나관중『삼국지』에서는 도겸이 조숭의 죽음에 책임이 없으며 마치 선양(禪讓)의 도(道)를 발휘하여 유비에게 자리를 물려주려 한 듯이 묘사하고 있으나 이는 사실과는 다르다. 실제로 도겸은 조숭의 죽음에 책임이 있으며 유비에게 자신의 지위를 물리려 한 것도 궁지에 몰려서 행한 것이다. 단지 나관중『삼국지』에서는 유비를 높이기 위해서 도겸을 이용한 데 불과하다. 도겸이 죽을 즈음에는 이미 그가 통치할 만한 영역은 없었고 조조의 침공에 멸망 일보 직전이었다. 오히려 도겸의 지위를 계승한다는 것은 멸문지화(滅門之禍)의 상황이었다.

나관중『삼국지』에서는 도겸이 "사람됨이 온후 돈독하고 순수하다"고 하면서 선정(善政)을 베풀고 도의심(道義心)이 깊은 사람으로 묘사되어 있지만, 정사『삼국지』「위서」'도겸전'을 보면 도겸은 도의를 위배하고 감정에 따라 행동하는 파렴치하고 악정(惡政)을 거듭한 사람이었다. 하비성에서 궐선(闕宣)이란 자가 감히 천자(天子)를 칭했을 때도 도겸은 그에게 빌붙어서 약탈을 도모한 사람으로 거의 '건달'에 가까운 인물이었다. 193~194년 조조는 대대적인 도겸 토벌전을 전개하였고 도겸은 대패하여 단양(丹陽)으로 도망가려 하였다. 이때 장막이 조조를 배반하고 여포를 받아들였으므로 조조가 군대를 돌려 여포를 공격한 덕에 목숨을 건졌지만 이내 병으로 죽었다.

동궐 (董厥:?~?) 촉의 구신. 의양(義陽) 사람. 자는 공습(龔襲). 동궐은 제갈량이 북벌할 당시 영사(令史)를 지냈는데 제갈량은 동궐을 높이 평가하여 벼슬이 보국(輔國) 대장군에 이르렀다고 한다. 동궐은 촉한이 망할 때 검각(劍閣)을 지켰지만 뒤에 사마염이 건국한 진(晉)나라에서 벼슬하였다. 나관중 『삼국지』에는 동궐이 촉이 멸망한 후 일체의 벼슬을 거부한 것으로 묘사하고 있지만 사실은 다르다. 촉이 망한 후 동궐은 낙양(洛陽)으로 가서 상국참군(相國參軍)이 되었고 같은 해에 산기상시(散騎常侍)를 겸하였다. 나관중이 동궐을 이같이 왜곡한 것은 제갈량이 총애한 사람이 충성을 다하여 자진하지는 못할망정 진나라까지 가서 벼슬을 한 것을 숨기려 한 때문이다.

동귀비(董貴妃:?~200) 후한 헌제(獻帝)의 후궁. 오라버니 동승의 의대조(衣帶詔) 사건으로 회태(懷胎) 5개월의 몸으로 조조의 손에 죽음. 동귀비의 죽음은 헌제가 시대의 흐름을 읽지 못하고 무리하게 황권을 회복하려 한 데서 비롯되었으며, 조조의 패륜을 천하에 알리는 상징적인 사건이 되었음에 유의할 필요가 있다. 물론 조조가 자신을 죽이려는 음모에까지 관대할 수는 없지만 일반적인 여론은 동귀비라는 연약한 여성을 죽였다는 데 분개할 수 있기 때문이다.

동소(董昭:156~236) 위의 모사. 제음(濟陰) 정도(定陶) 사람. 자는 공인(公仁). 원소와 장양의 종사관(從事官)으로 있다가 조조가 득세한 뒤 장사(長史) 벼슬에 있으면서 212년 헌제에게 표를 올려 조조에게 위공(魏公)의 칭호와 구석(九錫)을 내리라고 권유하였다. 벼슬은 태복(太僕)을 지냈으며, 병사했다. 여기서 말하는 구석이란 특별한 공로가 있는 신하에게 황제가 하사하는 아홉 가지의 은전(恩典)을 말한다. 대부분이 왕이나 황제에 준하는 의전(儀典)으로 권력자들이 자신의 권위를 대내외적으로 과시하기 위해서 이용한 측면이 많다.

동승(董承:?~200) 후한 헌제(獻帝)의 국구(國舅), 동귀비(董貴妃)의 아버지. 조조에 대한 최대의 반역 사건의 주모자. 이 사건으로 많은 사람들이 처형되었다. 나관중 『삼국지』에서는 동승이 동귀비의 오빠로 나오는데 사실이 아니다. 동승의 벼슬은 거기장군(車騎將軍). 동승은 허전(許田)의 사냥에서 조조가 황제에게 큰 무례를 범하자 이에 격분, 헌제의 밀조(密詔)를 받아 조조를 치려다가 발각되어 죽음을 당했다.

동승은 황권을 회복하기 위해 유비의 실질적인 군사력을 이용하려 했지만 유비가 조조를 피하여 떠나는 바람에 결국 유비를 제외한 나머지는 모두 죽음을 당하게 된다. 나관중『삼국지』에서는 이런 유비의 행동에 대해서 침묵하고 있다. 실제로 군사를 동원해야 할 사람이 없는 상태에서는 쿠데타 성공이 불가능하다는 사실을 유비는 잘 알고 있었겠지만 그는 조조에 대한 두려움이 워낙 컸기 때문에 허도를 떠난 것으로 보인다.

동심(董尋:?~?) 위의 문신(文臣). 조예의 지나친 사치와 토목공사를 크게 일으키는 것을 보고 충간(忠諫)하다가 평민으로 파직됨.

동윤(董允:?~246) 촉의 문신. 촉의 뛰어난 네 사람, 즉 '사영(四英)' 가운데 한 사람. 동화(董和)의 아들로 자는 휴소(休昭). 제갈량이 죽은 뒤 대장군 비의(費禕)의 보좌관을 맡아서 촉의 조정을 이끌고 전쟁 후유증을 수습하다가 병사함. 벼슬은 상서령(尙書令). 동윤은 조정에서 엄정한 모습과 중용의 태도를 택하면서 위로는 임금을 바로잡고 아래로는 모든 관리들을 통솔하였다고 한다. 동윤의 아버지인 동화는 유장(劉璋)의 막하에서 익주(益州) 태수를 지냈고 유비가 익주를 점거한 뒤에는 장군중랑장(將軍中郎將)을 지냈다. 동화는 국가의 일을 처리하는 데 부지런했으며 자주 직간(直諫)을 했고 타당하지 않은 일이 있으면 제갈량과 여러 차례 협의하여 제갈량의 칭찬을 받았다고 한다. 당시 촉나라 사람들은 제갈량·장완·비의·동윤을 일러 사상(四相) 또는 사영(四英)으로 불렀다. 촉의 조정은 이들이 주도하였던 것이다. 이들은 청렴하고 강직하며 조정에서는 항상 엄정함을 잃지 않았는데 촉한을 지탱하는 가장 강력한 힘이기도 하였다.

동천왕(東川王:209~248) 고구려 제11대 왕(재위 227~248). 이름은 위궁(位宮). 어릴 때 이름은 교체(郊彘). 나관중『삼국지』에는 나오지 않지만 장정일『삼국지』에서는 상세히 묘사되어 있다. 고구려 제10대 산상왕(山上王:?~227)의 아들로 선대의 사회변동과 지배세력의 분열을 극복하여 왕을 중심으로 한 새로운 사회질서를 구축하고 그 여력을 바탕으로 서진정책(西進政策)을 추진하였다. 동천왕은 중국 진출의 걸림돌인 공손씨(公孫氏)를 제거하기 위해 위나라와 연합하여 공손씨를 멸망시킨 후(제1차 요동전쟁), 다시 요동에서 위나라와 전쟁을 벌이게 된다.

242년 압록강 하구인 서안평(西安平)을 경계로 하여 위나라와 대치하던 중 양군이 충돌하면서 요동전쟁의 막이 올랐다(제2차 요동전쟁). 위나라는 관구검에게 명하여 고구려 정벌에 나서게 했는데 관구검은 이 지역 사정에 밝은 왕기(정확한 약력은 불명)와 함께 고구려를 침공하였다. 제2차 요동전쟁은 초기에는 고구려군의 우세 속에서 전개되었으나 관구검의 계략에 말려 고구려는 수도인 환도성이 함락되고 전 시가(市街)가 불에 타는 국가적 위기를 맞게 된다. 동천왕은 남옥저(南沃沮)까지 후퇴를 거듭하다가 동부 출신인 밀우(密友), 유유(紐由) 등의 게릴라 전술과 적장(왕기-실존 인물이 아님) 암살작전이 주효하여 다시 위군을 서안평(西安平) 외곽으로 몰아내는 데 성공하였다. 이 요동전쟁으로 말미암아 위나라와 고구려 양국은 모두 전의(戰意)를 상실하고 한동안 소강상태를 맞게 된다.

동천왕은 전몰 인사들에 대한 국가적 애도와 함께 전쟁으로 인한 피해를 복구하는 데 온힘을 기울이고 선정(善政)을 베풀어 체제정비에 노력하던 중 죽었다. 기록에 의하면 동천왕이 죽자 많은 사람들이 동천왕의 덕을 흠모하여 따라 죽었다고 하는데 이것이 당시의 순장제(殉葬制) 풍습의 일부인지는 분명하지 않다. 동천왕은 산상왕의 왕비였던 우씨의 소생이 아니고 주통촌의 후녀(后女)와의 사이에 난 소생이라 태어날 때부터 많은 암살기도에 직면하기도 했다. 그후 아버지인 산상왕의 보호 속에서 궁중에서 자랐는데 이때도 왕비인 우씨로 인하여 많은 어려움을 겪었다고 한다. 그러나 역경 속에서도 덕을 베풀어 우씨와의 별다른 충돌 없이 왕위에 올랐다.

동천왕은 등극 후 우씨 집안과의 화해를 통하여 내정의 안정을 꾀하는 한편 조선 반도와 중국을 잇는 교통 및 무역의 요충지인 서안평을 장악하는 것이 고구려가 대제국으로 발전하는 지름길이라고 보고 중국을 향한 서진정책을 국시(國是)로 삼았는데 이로써 위나라와의 충돌이 불가피해진 것이다. 공손연(公孫淵)의 토벌 때 고구려가 위나라의 사마의·관구검을 지원한 것은 요동(遼東)의 맹주 공손씨의 제거, 위나라의 군사적 능력의 탐지 등 두 가지 이유가 작용한 것으로 보인다. 동천왕의 이 같은 정책은 위군과의 전쟁으로 좌절되었고 양국은 오랜 기간을 소강상태로 보내게 되었지만 동천왕의 정책은 후대 왕들에 의해 지속적으로 계승 발전하였다.

원래 서안평은 압록강 하구의 랴오닝(遼寧) 성 단동(丹東) 부근으로 이곳은 중국과 한반도 두 육로를 연결하는 지점이다. 고구려는 146년 태조왕 때에도 서안평을 공격하였고 242년 동천왕 때에도 공격했다가 실패했으나 결국 311년 미천왕이 서안평을 점령하여 그 여세를 몰아 낙랑과 대방을 병합했다(313). 나관중 『삼국지』에서는 요동전쟁을 모두 사마의의 공적으로 돌리고 있으며 공손연의 토벌 및 위군과 고구려 군의 요동전쟁에 대하여 침묵으로 일관하고 있다. 그러나 위나라는 고구려와의 대대적인 전쟁으로 소강상태를 만들었기 때문에 촉과 오나라의 정벌이 용이했을 것이다.

동탁(董卓:?~192) 농서(隴西) 임조(臨洮) 사람. 자는 중영(仲穎). 하동(河東) 태수로 궁중의 환관들과 줄을 대어 전장군(前將軍)·서량자사(西涼刺史)·오향후(鰲鄕侯)로 승진함. 황제를 폐하고 하태후(何太后:하진의 여동생)를 죽였으며, 헌제(獻帝)를 세워 도읍을 장안(長安)으로 옮기고 정권을 장악하여 스스로 태사(太師)가 되었다. 나관중『삼국지』에서 가장 인간 이하의 대접을 받는 사람이고 진수의『삼국지』에서도 극심한 혹평을 받는 인물이다. 진수의 정사『삼국지』「위서」'동탁전'에는 동탁의 여러 가지 만행들이 나오는데 이것을 모두 신뢰하기는 어렵다. 왜냐하면 오나라 마지막 황제 손호(孫皓)의 기록에도 이와 유사한 만행이 나오기 때문이다. 나관중의『삼국지』에서는 동탁이 미오(郿塢)에 크게 별장을 짓고 마음껏 영화를 누리려 하였으나 왕윤이 미인 초선(貂蟬)으로 연환계(連環計)를 쓰는 바람에 의아들 여포에게 죽음을 당했다고 되어 있다. 그러나 동탁이 수도(낙양)에서 멀리 떨어진 미오에 궁을 세우고 호사를 했다고 보기는 어렵다. 왜냐하면 동탁이 권력을 장악한 시기가 그리 길지 못하고 정사에는 초선도 등장하지 않기 때문이다. 동탁은 189년 낙양으로 들어와 190년 2월에 장안으로 천도하였고 192년 4월에 왕윤(王允)에 의해 살해되었다.

만약에 정사『삼국지』「위서」'동탁전'에 나오는 대로 장안 성벽과 똑같은 높이의 성벽을 쌓고 미오궁을 지어 30여 년간 먹을 식량을 비축하려면 최소한 5~10년 이상이 걸릴 텐데 동탁의 집권기는 불과 2~3년밖에 되지 않는다. 그런데 정사『삼국지』「위서」'동탁전'에는 1년도 채 안 되어 미오가 건설된 것처럼 말하고 있다. 따라서 이것은 지나치게 과장된 것이라고 보아야 한다. 동탁이 인간 이하의 평가를 받는 것은 동탁이라는 존재 자체가 중국인들에게 공분(公憤)을 유발하는 사람으로 낙인이 찍혀 있을 뿐만 아니라 유비를 옹호하기 위한 명분과 제후연합군의 동탁 타도의 명분, 동탁은 탁류(濁流)라는 의식, 그의 출신지가 중국인들이 볼 때 오랑캐 지역이므로 그를 반(半) 오랑캐로 보았던 점, 나관중 개인이 가지고 있던 몽골 지역이나 유목민에 대한 적개심 등 여러 가지의 이유가 있을 수 있다. 동탁에 대한 재평가는『삼국지』를 제대로 이해하는 데 중요한 부분이기도 하다. —2장 새로운『삼국지』해석의 필요성 (유아독존식 청류의식) 참고.

동태후(董太后:?~189) 후한 유장(劉萇)의 부인. 하간(河間) 사람. 후한 영제 (靈帝)의 생모. 손자(孫子)인 헌제(獻帝)를 보호하다가 비명에 간 비극적 인 인물. 원래 유장은 환제(桓帝)의 사촌동생이었는데 환제가 죽은 후 후 사가 없자 자신의 아들인 유굉(영제)이 제위에 올랐다. 그리고 영제가 죽 은 후 유변(劉辯)이 보위에 올랐는데 이가 곧 소제(少帝)이다. 유변의 어 머니는 하황후(何皇后:하태후), 즉 하진(何進)의 여동생이다. 하황후는 라이벌인 왕미인(王美人:헌제의 어머니)을 독살하고 권력은 하진이 장악 하였다. 당시 하진의 세력을 견제할 만한 사람들은 환관들밖에 없는 상 황이었다. 동태후는 영제가 죽은 후 비운으로 죽어간 왕미인의 소생인 유협(劉協)을 돌보며 살았다. 동태후는 하황후(소제의 어머니)의 위협으 로부터 유협(후일 헌제)를 보호하다가 하황후에게 독살되었다.

두습(杜襲:?~?) 위의 문신(文臣). 영천(潁川) 정릉 사람. 자는 자서(子緖). 학 식이 많아 조조의 극진한 대우를 받았으며, 위 명제 때에는 대장군 조진 (曹眞)의 군사(軍師)를, 후에는 사마의의 군사를 역임하기도 하였다. 두 습은 조조에게 위왕(魏王)이 되기를 권한 인물. 벼슬은 대중대부(大中大 夫). 시호는 정후(定侯).

두예(杜預:224~284) 진(晋)의 대장. 두릉(杜陵) 사람. 자는 원개(元凱). 양호 (羊祜)의 천거로 진남대장군(鎭南大將軍)이 되어 동오를 정벌함. 두예 는 동오를 정벌한 공로로 당양현후(當陽縣侯)에 정남대장군(定南大將 軍)으로 추증됨. 두예는 오나라 정벌을 성공적으로 하여 천하를 통일하 였고 정사『삼국지』의 저자 진수의 능력을 아껴 지원하였다. 280년 진 황 제 사마염은 양호의 추천에 따라 두예를 진남대장군(鎭南大將軍)으로 삼아 형주 지역을 총괄하고 동오의 정벌을 준비하라고 명하였다. 두예 는 이 당시 56세로 장안 인근에서 태어나 우장군(右將軍)까지 오른 사람 이지만 학문을 숭상하여 더 이름이 높았다. 두예는 특히 좌구명(左丘明)

이 지은 『춘추좌씨전(春秋左氏傳)』을 좋아해서 항상 옆구리에 끼고 다녔고 나들이 할 때는 언제나 시동(侍童)에게 들고 다니게 하여 사람들은 두예를 '좌전벽(左傳癖)'이라고 불렀다고 한다.

두예는 양양으로 떠나면서 진황제 사마염에게 촉 출신인 진수를 산기시랑(散騎侍郎)으로 추천하였다. 진수는 이미 『삼국지』를 편찬하여 천하에 이름이 많이 알려진 상태였다. 그러나 진수는 당시 진나라 조정에서 그를 미워하는 여론이 형성되어 낙향해서 놀고 있었는데 두예가 그의 재능을 아껴 다시 추천한 것이다. 그 전에 두예는 장화(張華)를 통해서 진수를 소개받았다. 장화는 두예보다는 10년이나 연하였지만 가까이 지냈기 때문에 두 사람의 사이는 각별한 편이었다. 장정일 『삼국지』에서는 이 점이 소상하게 묘사되어 있다.

등애(鄧艾:197~264) 위의 모사. 사마씨(司馬氏) 휘하의 대장. 의양(義陽) 사람. 자는 사재(士載). 등애는 천재적인 전략가로 촉의 패망에 결정적인 영향을 끼친 사람이다. 등애는 어려서 부모를 잃었지만 큰 뜻을 품고 있었고 천성적으로 군전략가로 태어난 사람이었다고 한다. 등애는 높은 산이나 넓은 연못을 보더라도 그대로 지나치는 법이 없이 일일이 지형과 도로를 살피며 어느 곳이 군사를 주둔시키기에 좋은지, 군량미를 쌓아둘 만한 곳은 어디인지, 또 어느 곳에 군사를 매복시킬 것인지를 표시해두곤 했다고 한다. 사람들은 그를 비웃었지만 오직 사마의만은 그의 재주를 아껴 요직에 앉혔다. 등애는 말을 더듬기 때문에 군무(軍務)를 보고할 때마다 '애~, 애~'하는 버릇이 있어서 사마의가 "자네는 이름도 애인데 그 놈의 애가 왜 그리 많은고"라고 놀리곤 했다고 한다.

등애는 여러 차례 강유(姜維)를 압박하여 고립시켰다. 그는 연리(椽吏) 벼슬로 촉 정벌에 참여했는데 당시 예상을 뒤엎고 종회(鍾會)와 길을 나누어 검각(劍閣)의 험한 길을 넘어 성도(成都)를 함락시키고 후주(后主)의 항복을 받았다. 등애의 작전은 마치 한니발이 알프스를 넘어 로마를 공격하는 것과 유사한 형태라고 할 수 있다. 등애는 병사들과 고락을 같이하고 전장에 참여한 자신의 아들에게도 엄격하게 하는 등 촉나라를 굴복시키는 데 가장 큰 공훈을 세운 사람이다. 그후 자신의 라이벌인 종회와의 갈등과 시기, 사마소의 의심 등으로 인하여 역모 혐의를 받고 낙양으로 호송 도중 피살되었다. 불운한 천재적인 전략가.

등양(鄧颺 : ?~249) 위의 문신. 남양(南陽) 사람. 자는 현무(玄武). 후한의 명신 등우(鄧禹)의 자손. 조상 정권하에서 상서(尚書)의 높은 벼슬로 권세를 부렸으나 사마의의 쿠데타로 죽음을 당함.

등지(鄧芝 : ?~251) 촉의 문신. 의양(義陽) 신야(新野) 사람. 자는 백묘(伯苗). 후한의 명신 등우(鄧禹)의 자손. 탁월한 외교관으로 강직 · 박식했을 뿐만 아니라 담력이 있고 구변이 좋았다. 어려운 시기에 여러 번 동오에 사신으로 가서 오촉(吳蜀)의 평화를 다지고 우의를 지속시키는 데 공이 컸음. 관직은 대장군. 양무정후(陽武亭侯)에 책봉함.

마대(馬岱:?~?) 촉의 대장. 서량 태수 마등(馬騰)의 형의 아들. 뒤에 사촌 마
초(馬超)를 도와 촉한의 대장으로서 활약함. 나관중의 『삼국지』에서는
제갈량의 유명을 받들어 위연(魏延)을 참하여 후환(後患)을 없앴다고 하
지만 실제로는 제갈량 사후 권력 투쟁의 과정에서 위연을 제거한 것에 불
과하다.

마등(馬騰:?~212) 서량 태수. 복파장군(伏波將軍) 마원(馬援)의 후손. 우부
풍(右扶風) 무릉(茂陵:현재의 산시성 싱핑) 사람. 자는 수성(壽成). 일찍이
정서장군(征西將軍)에 임명됨. 진서장군(鎭西將軍) 한수(韓遂)와는 형
제의 의(義)를 맺었던 것으로 알려져 있다. 서량(西涼)에서 지리적으로
불리한 입장에서 근황병(勤皇兵)을 이끌어 동탁을 치고 후에는 조조의
횡포를 제거하려다가 조조군에 패하여 멸족당했다. 장자 마초와 조카 마
대는 여러 번 조조를 쳐서 압박하기도 하였지만 성공하지 못하고 후에 유
비에게로 가서 활약했다. 나관중 『삼국지』와 정사 『삼국지』에 나타나는
마등의 모습은 많이 다르다. 정사에서 마등은 동승(董承)의 모의에 참여
한 적이 없으며 211년 조조가 한중(漢中)을 공격하자 마등은 조조가 자신
을 공격하는 것으로 오인하여 조조에 대항했으나 패하여 다음해 마등과
그의 모든 가족이 죽었다.

마량(馬良:187~222) 촉의 모사(謀士). 마속(馬謖)의 형. 마씨 5형제 중 눈썹에
흰 터럭이 있는 이가 제일 출중하다 하여 백미(白眉)라는 이름이 생기게
한 인물이다. 양양(襄陽) 의성(宜城) 사람으로 자는 계상(季常). 제갈량
과는 형제처럼 친한 사이였다. 유비의 종사(從事)로 동오와 남만을 왕래
하며 공을 세웠다고 한다.

마속(馬謖:190~228) 촉의 대장. 양양(襄陽) 의성(宜城) 사람. 자는 유상(幼

常). 관직은 참군(參軍). 마씨 5형제 중의 한 사람. 제갈량과 형제처럼 지내던 마량(馬良)의 아우임. 제갈량의 충고를 듣지 않았다가 가정(街亭) 싸움에 대패하여 죽음을 당함. 이때 유명한 읍참마속의 고사가 생겼다. 이 말은 아무리 사랑하는 사람이라도 공과 사를 구분하여 그 잘못에 대해서 엄정히 징계하는 것을 의미한다.

마일제(馬日磾:?~194) 후한의 중신. 벼슬은 태부(太傅). 동탁이 죽은 뒤 채옹을 구하려고 노력했음. 일시적으로 정권을 장악한 왕윤이 독단적으로 국사를 전횡하자 이를 저지하려고 노력한 사람.

마초(馬超:176~222) 서량 태수 마등의 큰아들. 우부풍(右扶風) 무릉(武陵) 사람. 자는 맹기(孟起). 얼굴은 분을 바른 듯 희고 늘씬한 키에 허리는 가늘고 어깨가 넓어 '비단 마초'라는 별명을 얻었다. 무용이 뛰어난 장수로 알려져 있다. 하후연에게 패하여 한중(漢中) 장로(張魯)에게로 갔다가 가맹관에서 제갈량의 전략에 넘어가 유비에게 항복하여 유비의 막하에 있게 되었다. 제갈량이 위나라를 정벌하기에 앞서 병사했다. 시호 위후(威侯).

만욱(萬彧:?~272) 오의 중신. 오나라 황제 손휴(孫休)가 죽자, 손호(孫皓)를 황제로 세워 육개(陸凱)와 함께 좌우 승상이 됨. 그러나 손호의 통치가 독단으로 흐르자 이를 막기 위해서 간하다가 죽음을 당함.

만총(滿寵:?~242) 위의 모사. 산양(山陽) 창읍(昌邑) 사람. 자는 백녕(伯寧). 서황(徐晃)을 끌어들이고 관우와 벌인 양양성(襄陽城) 싸움에서 조인을 도와 승전으로 이끌었음. 만총은 위 무제(武帝) 조조가 헌제(獻帝)를 영접하여 허도로 왔을 때 허도령(許都令)으로 삼았으며 후에 조인(曹仁)을 도와 번성을 지켰고 위 문제(文帝) 조비가 위나라를 건국한 후에 전장군(前將軍)에 임명되기도 하였다. 벼슬은 태위(太尉). 시호는 경후(景侯).

망아장(忙牙長) 나관중 『삼국지』에 등장하는 인물로 남만왕 맹획(孟獲)의 대장으로 절두대도(截頭大刀)를 잘 사용했는데 협산곡에서 마대의 칼에 맞아 죽었다고 한다. 그러나 망아장은 역사적인 인물은 아니고 나관중 또는 그 이전 사람이 창조한 인물이다.

맹공위(孟公威:?~?) 전란을 피해 남양(南陽)으로 숨어들어 있던 인재 중의 한 사람. 여남(汝南) 사람. 제갈량·최주평(崔州平)·석광원(石廣元)·서서 등과 함께 공부한 사이로 알려져 있다. 황건 농민전쟁 이후로 전란이 계속되자 많은 지식인들이 형주 지역으로 피신하게 되었는데 맹공위도 그 가운데 한 사람으로 보인다.

맹달(孟達:?~228) 촉의 장수. 우부풍(右扶風) 사람. 자는 자경(子慶). 유장의 수하였다가 장송·법정과 함께 유비에게로 왔다. 관우의 위급함을 구하지 않은 데에 따른 문책을 우려하여 위나라에 항복하였다. 뒤에 사마의가 촉을 칠 때 모반하여 촉에 항복하려다가 탄로되어 신탐의 손에 죽음.

맹우(孟優) 나관중의 『삼국지』에 나오는 인물로 남만왕 맹획의 아우. 형과 함께 제갈량에게 일곱 번 잡힌 끝에 비로소 복종하게 되었다고 한다. 그러나 이것은 역사적 사실이 아니라 가공의 이야기이다.

맹절(孟節) 나관중의 『삼국지』에 나오는 인물로 남만왕 맹획의 형. 만안계(萬安溪)에 숨어 살던 만안 은자(隱者)라고 한다. 제갈량의 군대가 독룡동(禿龍洞)에서 독천(毒泉)을 마시고 위기에 처했을 때 구해주었다고는 하지만 이것은 역사적 사실이 아니라 가공의 이야기이다.

496

맹획(孟獲) 나관중의 『삼국지』에 나오는 남만의 왕. 제갈량이 남만을 토벌할 때 맹획을 일곱 번 잡았다 일곱 번 놓아주자 맹획은 제갈량의 은의(恩義)에 감복하여 진심으로 항복해서 제갈량은 그를 눌러 남만의 땅을 다스리게 했다고 한다. 그러나 이것은 역사적 사실이 아니라 가공의 이야기이다. 일반적으로 맹획이 통치했던 지역이 현재의 베트남 지역으로 알려져 있는데 이것은 사실과 다르고 남만은 현재의 구이저우〔貴州〕 지역 정도일 것이다. 맹획과 관련된 사실이 거짓이라는 근거는 제갈량이 국내(國內) 문제를 수습해야 하는 형편인데 당시의 남만을 정벌하러 갈 시간적 여유가 없었고, 설령 촉에서 귀주로 간다고 해도 당시에는 군대가 진군(進軍)하기는 거의 불가능한 험한 길이었으며, 맹획에 대한 기록은 진수의 정사 『삼국지』에서는 나타나지 않기 때문이다. 특히 진수는 촉(蜀) 출신으로 이 시기의 촉에서 일어난 일에 대해서 가장 정통하게 알고 있는 사람이었는데 그가 기록하지 않았다는 것은 이 사건이 없었음을 의미하는 것이다. 나관중이 살았던 시기에는 현재의 상하이 이남에서 광둥에 이르는 지역이 많이 개발되어 마치 제갈량이 월남을 정벌한 듯이 묘사하고 있는데 이는 역사적 사실과는 거리가 멀다. 제갈량의 고난과 충성을 강조하기 위해서 끌어들인 이야기라고 볼 수 있다.

명림답부(明臨答夫:67~179) 고구려 신대왕 때의 국상(國相). 165년 폭정을 일삼는 차대왕을 죽이고 신대왕을 옹립하였다. 이때의 공으로 정치개혁을 단행, 좌부와 우부를 폐지하고 국상제를 신설하였는데 초대 국상을 맡았다. 172년(신대왕 8년) 한(漢)나라의 대군이 고구려에 침공하자 들판의 곡식을 모두 없애고 성밖에 도랑을 파서 백성들을 모두 성안으로 모음으로써 적이 공격의 장기화에 따른 식량 부족으로 스스로 철군하게 하는 견벽청야(堅壁淸野)의 전법을 사용하여 전쟁을 장기화시킨 후 후퇴하는 한군을 좌원에서 전멸시켰다. 이로써 고구려의 군사적 능력이 예상보다 강력하다는 사실이 중국에 알려지는 데 결정적인 계기가 되었다. ―나관중의 『삼국지』에는 없는 내용이나 장정일 『삼국지』에는 요동전쟁 부분에서 이 과정이 충실히 묘사 되어 있다.

모황후(毛皇后:?~237) 위의 조예의 후(后). 하내(河內) 사람. 자색이 있어 조예가 평원왕으로 있을 때부터 총애하여 황후로 삼음. 뒤에 조예가 곽씨(郭氏)를 사랑하게 되어 하찮은 일로 죽음을 당하게 된다. 조예의 죽음은 모황후의 죽음과도 깊이 연관되어 있을 가능성이 크다. 왜냐하면 조예의 어머니인 견씨(甄氏:견황후)가 투기로 인하여 문제(文帝:조비)에게 죽음을 당하여 조예는 크게 상심하였는데 자신이 아버지와 똑같은 일을 되풀이하여 깊은 죄책감에 사로잡혔을 가능성이 크다. 모황후가 죽고난 뒤 총명하기로 이름 높았던 조예가 실정을 거듭하다가 요절하게 된다. 조예의 황후 모씨(毛氏)는 위 문제 때 선발되어 동궁에 들어왔다. 하내 우씨(虞氏)를 왕비로 맞이하였지만 조예는 모씨에게 마음이 기울었다. 당시 외로운 평원왕(平原王) 조예는 왕비보다 모씨를 총애하여 항상 자신의 수레에다 태우고 다녔다고 한다.

그후 조비가 죽고 조예가 제위에 오르자 조예는 모씨를 귀빈(貴嬪)에 봉하고 우씨를 황후로 세우지 않았다. 우씨는 변태황태후(조예의 할머니)의 미움을 받아 퇴위되고 227년 모씨가 황후에 올랐다. 위나라는 조조를 비롯하여 조비, 조예에 이르기까지 그 황후의 신분이 매우 미천하였다. 조예가 황후로 삼은 모씨 역시 미천한 가문 출신으로 웃음을 사는 일이 잦았다. 모씨는 가난한 목수의 딸로 어린 나이에 황궁에 들어왔다. 조예는 황후인 모씨의 부친인 모가(毛嘉)를 기도위(騎都尉:근위기병 연대장)에 임명하고 동생인 모증(毛曾)을 낭중(郎中)에 임명하였다.

그러나 시간이 지날수록 조예의 애정이 곽씨(郭氏)에게로 기우는 바람에 모씨는 조예의 총애를 잃었다. 곽씨(郭氏)는 서평군(西平郡) 출신으로 대대로 호족인 가문의 딸이었다. 문제 시대에 서평군에서 반란이 일어나 곽씨는 관노(官奴)가 되어 황궁으로 들어왔다. 그후 조예의 총애를 받아 부인(夫人:후궁들의 지위)의 직위를 하사 받았다. 곽씨는 용모와 자태가 아름다울 뿐 아니라 지성도 갖추어 조예는 미천한 가문 출신인 모황후를 멀리하게 되었다. 237년 조예가 한달 동안이나 정궁(正宮)에 들지 않자 모씨는 조예를 찾아가 크게 책망했다. 조예가 이에 분개하여 모씨에 대해 자진(自盡)할 것을 명하였다. 모황후는 눈물을 흘리며 거부하다가 결국 자진하였다. 조예는 모황후가 자진하여 죽은 후 시호를 내렸고 나중에 곽씨를 황후의 자리에 앉혔다.

문빙(文聘:?~?) 위의 장수. 남양(南陽) 완성(宛城) 사람. 자는 중업(仲業). 유표(劉表)의 장수로 있다가 조조의 부름을 받아 강하(江夏) 태수가 되었다. 적벽대전에서 부상당했지만 다년간 강하(현재 우창 서남쪽)를 잘 지켰다. 벼슬은 후장군(後將軍). 시호는 장후(壯侯).

문추(文醜:?~200) 원소의 용장. 원소의 휘하에서 안량(顏良)과 더불어 대표적인 용장으로 통한다. 나관중『삼국지』에는 백마(白馬) 싸움에서 조조의 장수 장요·서황을 물리쳤으나 결국 관우에게 죽었다고 하는데 이것은 사실이 아니다. 나관중이 관우를 부각시키기 위해서 가져다 붙인 것이다.

문흠(文欽:?~257) 위의 장수. 초군(譙郡) 사람. 자는 중약(仲若). 관직은 전장군(前將軍). 양주자사로 있을 때 사마사의 폐립에 분개하여 관구검과 함께 그를 치다가 실패하여 오나라에 투항했다. 뒤에 제갈탄(諸葛誕)이 사마소에 반기를 들자 동오의 군사를 이끌고 그를 도왔는데 오해를 사서 죽었다. 정사『삼국지』「위서」'관구검·제갈탄전'에 의하면 문흠은 평소 제갈탄과 사이가 좋지 않았는데 사마소의 군대가 압박하자 제갈탄이 그를 의심하여 죽였다. 유주목(幽州牧)을 지냈고 초후(譙侯)에 책봉됨.

미방(糜芳:?~?) 미축의 아우. 유비의 처남. 관우 막하의 장수. 형주(荊州)가 함락되자 촉의 장수 부사인(傅士仁)과 함께 오에 항복. 나관중『삼국지』에는 미방이 유비가 오나라를 침공했을 때 관우를 잡은 장본인인 왕충(王忠)의 목을 베어 유비에게 돌아갔으나 결국 죽음을 당했다고 하는데 이는 사실이 아니다. 정사『삼국지』「촉서」'미축전'에 의하면 미방은 오나라에 남아 있었지 유비에게 돌아간 적은 없었다.

미부인(糜夫人:?~?) 유비의 부인. 미축의 매씨(妹氏). 장판파(長坂坡) 싸움에서 부상을 당하고 조운을 만나 아두의 보호를 당부한 뒤 자결한 것으로 알려져 있다. 초기에 유비의 성공은 사실 미부인과의 정략적 결혼과 깊은 관련이 있다. 유비는 난세를 떠돌아다닌 사람으로 여러 부인이 있었지만 정상적인 결혼 생활을 하지 못하여 대부분은 기록에 없다. 그리고 유비는 가족을 제대로 돌본 적이 한 번도 없는 사람이라 슬하에 아두(阿斗) 이전엔 자식을 두지 못했다. 유비는 일정한 지위를 가졌을 당시 그 지역의 부호인 미씨 가문과 혼사(婚事)함으로써 참모(參謀)인 미축과 미방을 얻을 수 있었다. 이로써 유비는 정치적 참모와 경제적 기반을 동시에 마련한 것이다. 미부인과 결혼할 당시 유비는 신분이 미천했던 감씨와 사실혼(事實婚) 관계에 있었던 상태였기 때문에 부부애는 감씨(甘氏)와 더욱 돈독했을 가능성이 크다. 후사(아두)를 감부인에게서 얻게 되는 것도 이와 무관하지 않다. 그러나 유비는 미부인과 결혼함으로써 재정적인 안정은 물론 참모 및 지역 명사들과의 교류가 용이하게 된다. 나관중의『삼국지』에서는 이 점이 거의 나타나 있지 않다. 미부인은 유비와 결혼한 감부인과 사실상의 경쟁관계에 들어서게 되는데 실제로는 미부인이 감부인을 하녀처럼 다루었을 가능성이 크다. 그러나 감부인이 나중에 아두를 낳게 되자 그 지위가 높아지게 되고 이 시기를 전후하여 미부인은 죽음을 맞는다.

미축(糜竺:?~?) 촉의 장수. 미부인은 그의 누이. 동해(東海) 구현(胸縣) 사람. 자는 자중(子仲). 도겸(陶謙)의 별가종사(別駕從事:자사에 속한 관리)로 있다가 조조의 침공을 받자 도겸의 유탁(遺託)으로 유비를 섬기게 되었다고는 하나 당시 도겸과 조조는 화해할 수 없는 관계였기 때문에 조조에 대항하기 위해서는 전국적인 명성을 가진 유비 이외의 대안은 찾기 어려웠다. 후일 그의 아우 미방이 배반하여 오에 항복한 것을 고민하다 병들어 죽음. 벼슬은 안한(安漢) 장군.

민공(閔貢:?~?) 하남(河南) 중부연리(中部掾吏). 십상시 난리 때 내시 단규를 죽이고 최의(崔毅)의 집에서 황제와 진류왕(陳留王)을 찾아내어 무사히 환궁하도록 한 공이 있다.

밀우(密友:?~?) 고구려 동천왕 때의 장수. 동부 출신. 밀우에 대한 기록은 많지 않고 『삼국사기』(김부식)에 다만 관구검의 침공 때의 내용만 간략히 서술되어 있다. 245년 위나라의 관구검이 침입하여 환도성이 함락되자 밀우는 유격대를 조직하여 산악전으로 위군을 공격했으며 위군의 공격을 저지하여 동천왕을 무사히 옥저 지방으로 피신시켰다. 이를 계기로 동천왕은 위기에서 탈출하고 다시 군사를 모아서 반격에 성공하였다. 밀우는 이 공로를 인정받아 거곡과 청목곡을 식읍으로 받았다고 한다. ―나관중의 『삼국지』에는 나오지 않으나 장정일 『삼국지』에는 소상히 묘사되어 있다.

반씨 (潘氏 또는 반황후:?~252) 오나라 2대 황제 손량(孫亮)의 어머니. 반씨는
미천한 신분으로 황궁에 들어와 손권의 총애를 받은 인물로『삼국지』전
체를 통틀어 가장 입지전적이고 신데렐라 같은 인물이다. 그러나 그녀는
기존의 구세력과 많은 갈등을 야기했으며 자신의 소생을 황제위에 올리
려다가 결국 자신도 죽음을 당하게 된다. 말년의 손권은 그녀를 총애하
여 정사(政事)에 어두워져 오나라의 국력은 급속히 쇠약해져갔다. 이 점
을 구체적으로 보면, 손권은 손화(孫和)를 폐한 뒤 셋째아들인 어린 손량
(孫亮)을 태자로 삼았는데 손량은 부인 반씨(潘氏)의 소생이었다.

반씨는 손권이 늙어서 얻은 부인으로 회계(會稽) 구장(句章) 출신으로
젊고 야심이 많은 여자였다. 반씨의 아버지는 하급관리였는데 죄를 지어
사형을 당하자 반부인은 궁중의 직실(織室)에 호송되었다가 후궁이 된
인물이다. 이때 반씨의 나이는 불과 16세 정도였다고 한다. 환갑이 넘은
손권이 어린 소녀를 사랑하여 낳은 아들이 바로 손량이었다. 손량은 여
덟 살에 태자에 책봉되었다. 손량이 태자로 책봉된 다음해인 251년, 손
권은 반부인을 황후로 세웠다. 반부인은 질투가 심해 원부인(袁夫人) 등
수많은 후궁들을 참소하여 음해하였다.

251년 노환(老患)에 시달리고 있던 손권의 병이 갈수록 깊어지자 반씨
는 중서령 손홍(孫弘)을 불러 전한(前漢) 때 여태후(呂太后)의 일을 묻
기도 하였다. 여태후는 한조조 유방의 부인으로 혜제(惠帝)의 어머니였
는데 유방이 죽자 그 아들(혜제)을 내세워 섭정하였다. 반씨도 섭정을
위한 채비를 하고 있었던 것으로 보인다. 252년부터 반씨는 손권의 병이
깊자 다른 후궁들은 모두 물리고 자신이 나서서 손권의 병간호를 도맡아
하면서 권력을 장악할 책략을 세우기 시작하였다. 그래서 손홍(孫弘)을 중
심으로 한 새로운 권력집단을 구성하기 위해 바삐 움직이기도 하였으나 손
권을 극진히 간호하다 자신도 과로로 자리에 눕게 되었다. 반씨(반황후)가
병석에 들자 고통을 받던 다른 후궁들은 이 기회를 놓치지 않고 반황후의

병간호를 핑계로 자주 드나들다가 기회를 봐서 반씨를 목 졸라 죽이고 말았다. 처음에 후궁들은 반황후가 갑자기 몹쓸 병에 걸려 죽은 듯이 말했으나 나중에 이 일이 누설되어 대대적인 조사가 행해졌고 이 일로 사형 당한 후궁이 6~7명이나 되었다. 반씨가 죽고 나자 손권은 더욱 충격을 받아 이내 죽었다.

반장(潘璋:?~234) 오의 용장. 동군(東郡) 발간(發干) 사람. 자는 문규(文珪). 관우를 궁지에 몰아 사로잡음. 벼슬은 북평(北平) 장군에 양양(襄陽) 태수를 지냄. 뒤에 우장군(右將軍)에 책봉됨. 나관중『삼국지』에는 반장이 엉뚱하게 이미 죽은 관흥(關興)에게 죽음을 당한 것으로 되어 있다. 정사 『삼국지』「오서」'반장전'에 의하면 오히려 반장이 이릉대전에서 많은 촉군 병사들을 섬멸하는 것으로 나온다. 반장은 그 공로로 평북장군(平北將軍)·양양 태수가 되었다. 이것은 나관중이 관흥으로 하여금 관우의 원수를 갚게 함으로써 독자들에게 카타르시스를 느끼도록 하려고 창작한 내용이다.

방덕(龐德:?~?) 후한 말의 은사(隱士). 양양(襄陽) 사람. 제갈량의 스승. 방통의 삼촌. 방덕은 형주(荊州) 지역의 호족(豪族)이자 명사(名士)로 정신적인 지주 역할을 했던 사람이다. 방덕은 제갈량의 스승으로 알려지고 있다. 방덕은 제갈량 누이의 시아버지이기도 하다(방덕의 아들 방산민이 제갈량의 누나를 아내로 맞았다). 방덕은 일찍이 제갈량의 재능과 성실함을 보고서 '와룡(臥龍)'이라고 하였고, 조카인 방통(龐統)을 '봉추(鳳雛)', 사마휘(司馬徽)를 '수경(水鏡)'이라고 하였다고 한다.
당시 전란(戰亂)으로 인하여 많은 젊은 인재들이 형주로 몰려들게 되었는데 이들 지식인 사회에서 가장 큰 영향을 끼친 인물이 양양 사람 방덕(龐德:방통의 숙부)과 영천(潁川) 사람 사마휘였다고 한다. 이들은 형주 땅의 젊은 인재들에게 학문을 전수하기도 하고 시국에 관한 토론도 하며 형주의 지식인 사회를 주도해나갔을 것이다. 당시에 이들을 따르던 청년 지식인들은 남양 등현(鄧縣) 제갈근·제갈량, 방덕의 아들이자 제갈량의 자형인 양양의 방산민(龐山民), 방덕의 조카인 방통(龐統), 의성(宜城) 사람 마량(馬良)과 마속(馬謖) 형제, 박릉(博陵)의 최주평(崔州平), 영천 (潁川) 사람 서서와 석도(石韜), 여남(汝南)의 맹건(孟建) 등이 있었다.

> **소해설** **형주의 호족** 유비가 형주로 피신할 당시 형주 땅의 대호족(大豪族)은 방덕(龐德)으로 대표되는 방씨(龐氏), 황승언(黃承彦)으로 대표되는 황씨(黃氏)를 비롯하여 채모(蔡冒)로 대변되는 채씨(蔡氏), 그리고 괴(蒯)·마(馬)·습(習) 씨 등의 가문들이었다. 후한 말기에 이르러 지방은 거의 이 같은 호족들의 세력에 의해 장악되어 그들의 지지(支持)가 없이는 지역을 다스리기 힘들었다. 당시 형주를 통치하던 유표(劉表)는 방(龐)씨와 채(蔡)씨의 양대 세력에 전적으로 의지하여 형양구군(荊襄九郡)을 안정적으로 다스릴 수 있었다.

방덕(龐德:?~219) 마초(馬超)의 부하였다가 조조 수하에 든 용장. 남안군(南安郡) 원도(豲道) 사람. 자는 영명(令明). 조조가 한중(漢中)을 침공했을 때도 용감히 항전했다. 조조는 반간계(反間計)로 방덕을 자신의 수하에 넣게 된다.

방통(龐統:179~214) 촉의 모사. 양양(襄陽) 사람. 자는 사원(士元). 사마휘가 "와룡(臥龍:제갈량)·봉추(鳳雛:방통) 중의 한 사람만 얻어도 왕업을 이루리라"고 말했을 때의 봉추가 바로 방통이다. 방통은 천재적인 전략가로 유비가 촉을 정벌할 때 실질적인 역할을 한 사람이다. 제갈량이 적벽에서 위나라와 오나라를 싸움 붙여 유비를 소생하게 한 사람이라면 촉을 건국하는 데 결정적인 역할을 한 사람은 바로 방통이다. 방통은 당시 형주 지역의 유력 집안인 방씨 가문의 사람으로 방덕(龐德:조조 수하의 방덕이 아님)의 조카로 지략이 뛰어난 사람이었지만 그의 생김새가 들창코에 얼굴은 검고 수염은 적어 기괴했기 때문에 손권이나 유비에게 푸대접을 받았다고 한다. 방통은 노숙(魯肅)의 천거로 유비에게 갔으나 유비 역시 방통의 풍체를 보고 하급관리 자리를 주었다. 뒤에 제갈량과 장비의 권고로 천하 기재(奇才)임이 알려져 중용되었다.

방통은 서천(西川) 공략에 군사(軍師)로서 지휘하여 많은 전공을 세웠으나 낙봉파(落鳳坡)에서 유시(流矢)를 맞아 36세로 죽었다. 방통의 죽음은 촉군 전력에는 엄청난 손실이었다. 만약 방통이 제갈량만큼만 살았어도 삼국의 역사는 달라졌을 것이다. 시호는 정후(靖侯). 나관중의 『삼국지』에서는 적벽대전 때 조조를 설복하여 연환계(連環計)를 성공시켰다고 하는데 이는 전혀 사실이 아니다. 나관중이 제갈량의 역할과 방통의 역할을 과장하기 위해 끌어들인 내용에 불과하다. 요컨대 방통은 촉의 건국에 결정적인 역할을 한 사람이다. ―보다 구체적인 내용은 7장 『삼국지』 등장인물 분석(방통) 참고.

배원소(裴元紹) 황건 농민군의 일원. 나관중의 『삼국지』에서는 관우가 오관 참장하고 나올 때 배원소에게 호의를 베풀었으나, 배원소는 조운이 발판을 마련키 위해 단신으로 쳐들어오는 것을 막아 싸우다 산채를 빼앗기고 죽었다고 하는데 이는 역사적 사실이 아니라 지어낸 이야기이다.

범강(范彊:?～?) 촉의 장수. 유비가 관우의 원수를 갚고자 출병할 때 장비의 지나친 성화에 못 견디어 장비의 목을 베어 오나라에 항복함.

법정(法正:176～220) 촉의 모사. 자는 효직(孝直). 우부풍(右扶風) 사람. 명사로 알려진 법진(法眞)의 아들. 익주 유장의 수하였으나 유장을 배신했다. 유비의 서촉 진공에 진력했고 촉군 태수를 역임했다. 시호 익후(翼侯).

변희(卞喜) 나관중이 지어낸 인물. 나관중 『삼국지』에서 관우가 조조 진영을 떠날 때 사수관(汜水關)을 지키던 장수인데 유성추의 명수로 관우를 진국사(鎭國寺)로 끌어들여 죽이려다가 탄로나 죽었다고 한다. 나관중 식으로 말하면 오관참장의 제3호에 해당하나 이는 역사적 사실이 아니다.

보정(普淨) 나관중이 꾸며낸 인물. 관우의 오관참장 때 사수관(氾水關) 진국사(鎭國寺)에 있던 승려. 관우와 동향 출신. 변희(卞喜)가 그를 해치려는 계획을 귀띔하여 위기를 모면케 해줌. 뒤에 관우가 죽어 그 영혼이 옥천산(玉泉山)에 나타나 "나의 목을 내놓아라"고 할 때 그의 영혼을 제도(濟度)했다고 알려져 있지만 모두가 허구다.

보즐(步騭:?~247) 오의 모사. 임회(臨淮) 회음(淮陰) 사람. 자는 자산(子山). 제갈량이 처음 오에 갔을 때 설전(舌戰)을 한 것으로 되어 있지만 사실은 아니다. 다만 제갈량의 위계(僞計)에 대해 오나라가 신중해야 함을 주장했던 사람 중의 하나일 수는 있다.

복양흥(濮陽興:?~264) 오의 구신(舊臣). 손휴가 죽을 때 태자 손완의 보호를 위탁받은 승상(丞相). 그러나 손호가 즉위하여 난폭해짐을 간하다가 멸족을 당함.

복완(伏完:?~209) 복황후의 친정아버지. 나관중『삼국지』에서는 복완이 세력이 비대해진 조조를 제거하려다 탄로나 멸족을 당했다고 되어 있는데 이는 사실이 아니다. 『후한서』「황후전(皇后傳)」에 의하면 복완은 명령을 받았지만 두려워서 감히 시행을 못하고 있다가 죽었는데 복완이 죽고 난 뒤 5년 후에야 음모가 탄로났기 때문에 복완은 조조에게 죽은 것이 아니다.

복황후(伏皇后:?~214) 후한의 마지막 황제인 헌제의 황후. 동무(東武) 사람. 이름은 수(壽). 조조의 오만한 태도에 격분하여 친정아버지 복완(伏完)에게 조조를 제거할 수 있도록 하려다가 탄로나 처참한 죽음을 당했다. 그의 소생인 두 황자도 독살당하였다.

봉기(逢紀:?~202) 원소의 모사. 자는 원도(元圖). 원소가 죽자 심배와 함께 셋째아들 원상(袁尙)을 추대하려다 원담(袁譚)의 손에 죽음. 봉기는 『삼국지』에서 매우 중요한 인물이지만 원소의 막하에 있었기 때문에 매우 평가절하 되었다. ─장정일 『삼국지』에서는 이 인물이 많이 부각되어 있다.

부사인(傅士仁:?~?) 촉의 장수. 성명은 사인(士仁)임. 관우의 막하에서 실화 (失火)한 죄로 공안(公安)의 수비로 좌천되었다가 뒤에 손권에게 항복했 다. 나관중 『삼국지』에는 유비가 복수의 군대를 일으켜 쳐들어오자 부사 인이 미방과 함께 왕충(王忠)의 목을 베어 촉으로 돌아왔으나 관우를 구 하지 않은 죄로 죽음을 당했다고 하는데 그는 다시 촉으로 온 일이 없다.

부첨(傅僉:?~263) 촉의 장수. 제갈량이 죽은 뒤 강유의 추천으로 군대를 거느 림. 사마망의 수하 왕진(王眞)·이붕(李鵬)을 사로잡아 용맹을 떨쳤다. 위의 종회(鐘會)가 침범했을 때 양안관을 잘 지켰으나 장서(蔣舒)가 항 복하여 자결함.

비관(費觀:?~?) 서촉 유장의 처남이자 그의 막하 장수. 유비의 침공을 당하 자 면죽관(綿竹關)을 지키다가 항복함. 촉한의 조정에서 요직을 역임함.

비의(費禕:?~253) 촉의 명상(名相). 강하(江夏) 맹(鄳) 사람. 자는 문위(文 偉). 오에 여러 번 사신으로 가서 공을 세움. 장완(蔣琬) 다음에 승상이 되 어 경륜을 펼쳤다. 정사 『삼국지』 「촉서」 '비의전'에 따르면, 비의에 대 한 제갈량의 총애가 깊어 제갈량은 북벌에서 돌아올 때 특별히 비의가 함 께 수레에 탈 것을 명하기도 하였다고 한다. 비의는 촉의 위대한 네 사람 (四相 또는 四英) 중의 한 사람으로 강유(姜維)를 철저히 통제하였다. 비 의가 강유를 통제한 것은 강유의 능력이 제갈량에 미치지 못하면서도 공명심(功名心)이 앞서서 항상 대규모의 출병을 요구한다는 점이었다. 촉의 멸망은 비의의 죽음과도 깊이 연관되어 있다. 비의가 죽은 후 강유의 세력을 견제할 만한 장치가 사라졌고 강유는 대규모의 병력을 동원하기 시작한 것이다. 당시에 대군(大軍)을 동원한다는 것은 그만큼 자신의 세력이 커진다는 의미이므로 능력이 있으면 항상 대군을 동원하려 했다(이 점은 오늘날도 별로 다르지 않다).

비의는 253년 위에서 투항했던 곽순(郭循)의 칼에 암살당한다. 비의의 죽음은 촉나라 불행의 시작이기도 하였다. 그 동안 비의는 사이가 나쁜 양의(楊儀)와 위연(魏延)의 분쟁을 중재하면서 그들의 능력이 최고로 발휘되도록 노력한 사람이다. 비의가 죽고 강유의 무모한 도발과 잘못된 전략은 촉의 국력이 쇠약해지는 결과를 가져와 후일 위나라의 침공에 쉽게 붕괴된 것이다. 문제는 나관중『삼국지』에서는 비의의 역할이 거의 사라지고 중요하지 않은 인물로 묘사하고 있는데 그것은 제갈량의 후계자로서 강유(姜維)를 부각시키기 위한 불가피한 선택이었기 때문이다. 그러나 이 점은 분명 역사적 사실과는 매우 다르다. 강유는 장점도 많았지만 전략적인 실패도 그에 못지않게 많았다. 그것은 후일 위나라가 촉을 수월하게 침공하는 결과를 초래했다. 결국 비의의 죽음은 촉 멸망의 전초전(前哨戰)이었던 것이다. 따라서 『삼국지』에서 비의는 재평가되어야 한다.

사마망(司馬望:205~271) 사마씨의 장수. 사마소의 집안 형. 젊어서 최주평(崔州平)·석광원(石廣元)과 교류하여 진법을 익혔고 등애가 강유의 포위에 빠졌을 때 구해냈다.

사마부(司馬孚:180~272) 하내(河內) 온(溫) 사람. 사마의의 둘째아우. 자는 숙달(叔達). 상서령(尙書令)으로 있으면서 조상(曹爽)을 치는 데는 따랐으나 황제를 폐립하는 데는 반대하였다. 사마염이 진(晉)을 세우고 안평왕(安平王)을 봉했으나 받지 않고 위나라의 구신으로 충절(忠節)을 지킨 것으로 알려져 있지만 이에 대해서는 다른 분석도 가능하다. 즉, 사마의나 사마부(司馬孚)는 위(魏)나라의 신하였기 때문에 황제위를 찬탈하지 않고 자신의 아들이나 손자들이 황제를 폐하는 데 명분을 제공한 것으로 보인다. 다시 말해서 사마부가 황제의 폐립을 반대한 것은 자신의 일족(一族)이 나라를 세울 때 그 신하들이 더욱 충성하라는 의미로 파악될 수도 있다. 사마염이 진나라를 건국했을 당시에 사마부는 집안의 가장 큰 어른이었기 때문에 누구도 그를 역모죄로 제거할 수 있는 상황은 아니었다. 사마부의 행동은 일종의 '정치적인 쇼'라고 보는 것이 좋을 것이다.

사마사(司馬師:208~255) 하내(河內) 온(溫) 사람. 사마의(司馬懿)의 장자. 자는 자원(子元). 얼굴이 둥글고 키가 크며 성격이 침착하고 병서에 통달하며 계모(計謀)가 다양했다고 알려짐. 사마의의 뒤를 이어 위의 정권을 잡았다. 사마사는 냉정한 인물이지만 대단한 통솔력을 가지고 있었던 것으로 보인다. 사마의가 죽은 후 그의 권력은 매우 견고해졌으며 각종의 모반에 대해서도 슬기롭게 대처했다. 그는 동오 원정 중 혹을 깬 자리가 터져 진중에서 죽었다. 조카 사마염이 위를 찬탈한 후 경제(景帝)로 추존되었다. ―7장 『삼국지』 등장인물 분석(사마의) 참고.

사마소(司馬昭:211~265) 하내(河內) 온(溫) 사람. 사마의의 둘째아들. 자는
자상(子尙). 권모술수에 뛰어나고 간흉·오만했다. 형 사마사가 죽은 뒤
대장군(大將軍)이 되어 정권을 한손에 잡게 된다. 특이한 점은 사마사·
사마소의 아버지였던 사마의가 위나라 종친들의 집중적인 견제를 지속
적으로 받아온 까닭인지 아니면 사마의의 철저한 가정교육 때문인지는
모르나 이들 형제(사마사·사마소)의 우의(友誼)가 매우 돈독했던 것으로
묘사되어 있다는 점이다. 사마소는 자신이 장악한 권력이 원래는 사마사
의 것이라고 즐겨 말했던 것으로 알려져 있다. 실제로도 사마소는 자신
이 가장 아끼는 아들을 죽은 형의 양자로 보내어 대(代)를 잇게 하기도 하
였다. 사마소는 진왕(晉王)에 책봉되었지만 오래지 않아 담을 앓아서 죽
었다. 그후 사마소의 아들 사마염이 진(晉)의 초대 황제가 된 후 사마소
는 문제(文帝)로 추존된다.

사마소와 관련해서 지적할 점은 그가 촉 정벌을 완수하려 했던 것은 천하
통일을 이루기 위한 것이기도 하지만 자신이 새 왕조를 개창하는 명분으
로 삼기 위한 것이기도 하다는 점이다. 촉 정벌이 완수된 뒤 위나라 조정
에서는 사마소를 진왕(晉王)으로 추대하자는 움직임이 일어났고 허수아
비 황제 조환(曹奐)은 진공(晉公) 사마소를 진왕(晉王)으로 높이고 죽은
사마의에게는 선왕(宣王)이라는 칭호를 내렸다. 265년 사마소는 갑자기
죽었다. 장자인 사마염은 즉각 왕위와 관직을 계승하고 사마소에게 문왕
(文王)이라는 시호(諡號)를 올리고 대사면을 단행하였다.

> **소해설** **사마소의 직계** 사마소의 처는 왕숙(王肅)의 딸이었는데 이들 사이에는 두 아들이 있었다. 장남
> 은 사마염이고 차남은 사마유였다. 사마염은 숭무(崇武)적인 사람으로 담이 크고 총명하여 영
> 웅의 기상이 있었고 사마유는 성격이 온순하고 공손했으며 효성이 지극하였다고 한다. 그런데
> 사마소(司馬昭)는 사마유를 특히 좋아하였다. 사마소는 항상 죽은 형인 사마사를 그리워하면
> 서 "천하의 주인은 실은 우리 형님"이라고 말하곤 했다고 한다. 사마사가 죽은 후 사마사에게 아
> 들이 없어서 사마유를 양자(養子)로 보냈다. 사마소는 사마유로 하여금 자신의 대를 잇게 하려
> 하였지만 가충(賈充)이 단호하게 반대하였다. 대부분의 신하들도 이에 동조하고 나섰다. 할 수
> 없이 사마소는 사마염을 세자로 삼았다(세자가 된 사마염이 느낀 가충에 대한 고마움은 이루 말
> 할 수 없었을 것이다). 그런데 재미있는 일은 이 시기에도 사마소는 제위(帝位)를 이어받을 생
> 각이 조금도 없는 듯이 행동하였다는 것이다. 모든 권력은 이미 사마소가 장악하고 있는데도

사마소는 권력이양(權力移讓)에 대해 일언반구도 하지 않았고 그러다가 265년 가을 8월 향년 54세로 갑자기 죽고 말았다. 사마염은 즉각 왕위와 관직을 계승하였다. 이때 사마염의 나이는 겨우 29세였다. 사마염은 죽은 사마소에게 문왕(文王)이라는 시호(諡號)를 올리고 먼저 대사면을 단행하였다. 그리고 사도 하증(何曾)을 승상(丞相)으로 삼고 표기장군 사마망(司馬望)을 사도로 삼았다. 사마망은 사마염의 할아버지인 사마의의 동생 사마부(司馬孚)의 아들이었다.

사마염 (司馬炎:236~290) 진(晉)의 초대 황제. 사마의의 손자이고 사마소의 장자. 자는 안세(安世). 용모는 양팔이 무릎 아래까지 닿는 것으로 알려져 있고 사람됨이 총명했다고 한다. 아버지 사마소가 죽자 진왕의 자리를 이어받고 황제 위를 찬탈하여 진나라를 개창했다. 또한 황제가 되어 촉과 오를 멸하여 천하를 통일했다. 재위 26년. 시호는 무제(武帝). 묘호(廟號)는 세조(世祖). 사마염에 대한 평가는 일정하지 않다. 천하를 통일한 공로는 크지만 종친(사마씨)들만을 중심으로 전국의 군권(軍權)을 장악하게 함으로써 결국은 팔왕(八王)의 난을 초래하여 중국 전토를 걷잡을 수 없는 혼란으로 몰아가 대쥬신족들이 중국을 지배할 수 있는 빌미를 제공하였다.

사마의 (司馬懿:179~251) 하내(河內) 온(溫) 사람. 자는 중달(仲達). 삼국시대에 가후·제갈량·방통·노숙 등과 더불어 가장 뛰어난 천재 전략가의 한 사람. 사마의는 젊어서부터 뛰어난 학식을 자랑하였고 조조의 내치 안정에도 크게 기여하였다. 사마의는 매의 눈초리에 이리 같은 용모를 가진 것으로 알려져 있다. 조조 밑에서 승상부(丞相府) 주부(主簿)로 두각을 나타내었고 제갈량의 장안(長安) 방면 침공을 여러 차례 격퇴함으로써 위나라를 보호하였다. 사마의는 쿠데타를 일으켜 조상(曹爽)의 병권(兵權)을 뺏고 권력을 잡아 승상(丞相)이 되어 구석(九錫)을 받았다. 사마의가 원래부터 역신(逆臣)의 음모(陰謀)를 가졌는지에 대해서는 판단하기 어렵다. 왜냐하면 총명한 군주였던 조비·조예가 가장 총애한 신하가 바로 사마의였고 외형적으로 사마는 절대적인 충신의 모습으로만 나타나 있기 때문이다. 분명한 것은 조상을 중심으로 한 위나라의 종친들이 사마의를 지나치게 견제했다는 사실이다. 위나라에 절대적인 충성을 다 바친 사마의와 그의 아들들인 사마사·사마소에게 있어서 위나라 종친들의 견제는 매우 실망스러울 뿐 아니라 역심(逆心)을 품을 만한 근거를 충분히 제공하였을 것이다. 더구나 위나라 종친들은 호시탐탐 사마의 부자(父子)의 생명을 위협하였기 때문에 어떤 의미에서 사마의의 권력 찬탈은 불가피한 것이었을 수도 있다. 사마의는 손자인 사마염이 진나라를 세운 뒤 선제(宣帝)로 추존되었다. ―7장『삼국지』등장인물 분석(사마의) 참고.

사마휘(司馬徽 : ?~208) 유비가 유표에게 의지하여 신야(新野)에 있는 동안 만난 은사(隱士), 자는 덕조(德操). 흔히들 수경선생(水鏡先生)이라 불렀다. 유비에게 와룡(臥龍 : 제갈량)·봉추(鳳雛 : 방통) 중 한 사람만 얻어도 왕업을 이룰 것이라며 이들을 적극 추천했다고 한다.

서서(徐庶 : ?~?) 유비가 조조에게 패하고 유표에게 있을 때 만난 인재. 영천(潁川) 사람. 자는 원직(元直). 변명은 단복(單福), 원음은 선복(單福). 유비를 위해 공을 세움. 조조가 그의 어머니를 볼모로 그를 불러들였다고 한다. 나관중의『삼국지』에 의하면 적벽대전 때도 방통의 꾀로 죽음을 모면하였고 그 뒤 조조에게 한 가지 꾀도 바치지 않고 마음은 항상 촉에 있었다고 하는데 이것은 전혀 사실이 아니다. 나관중『삼국지』는 유비의 인격을 지나치게 과장하기 위해 서서를 이용한 것이다. 유비가 조조에게 패하여 신야(新野)에서 수경선생(水鏡先生) 사마휘를 만난 뒤 길에서 서서를 만난 것으로 되어 있으나 실제로 서서가 유비를 찾아갔을 것으로 보인다. 나관중『삼국지』에는 유비와 서서의 만남이 우연적으로 그려져 있다. 서서가 유비를 만날 당시 사실상 무숙자(無宿者)에 가까운 처지였기 때문에 다른 사람에게 의지하기가 어려웠을 것이다. 나관중의『삼국지』

에서는 서서가 제갈량을 유비에게 소개하고 조조의 진영으로 간 것으로 되어 있지만 실제로 서서는 유비의 막하에 든 후 얼마 되지 않아 제갈량을 유비에게 소개했을 뿐만 아니라 조조의 형주(荊州) 침공을 제갈량과 더불어 막았던 것으로 나타난다. 즉 208년 조조가 형주를 공격하여 남진해왔을 때도 서서는 제갈량과 함께 유비의 막하에 있었다.

정사『삼국지』「촉서」 '제갈량전'에 의하면 서서와 제갈량은 유비와 함께 남쪽으로 달아났다고 한다. 이때 조조군(曹操軍)이 서서의 어머니를 사로잡자 할 수 없이 서서는 조조의 진영으로 돌아갔다. 나관중『삼국지』에서 서서는 조조의 진영으로 가면서 자신은 조조를 돕지 않겠노라고 했다지만 이것은 사실이 아니다. 왜냐하면 서서는 조조의 휘하에서 우중랑장(右中郎將)·어사중승(御史中丞:4품의 직위로 최고의 감찰관, 승상 다음의 관직)에 이르렀다고 하는데 이것은 무위도식하면서 이를 수 있는 자리는 아니다.

그리고 서서의 어머니가 조조의 꼬임에 빠져 죽었다고 하는데 이것도 사실이 아니다. 물론 조조가 서서를 휘하에 두기 위해 책략을 사용했겠지만 서서의 어머니는 매우 불우한 환경에서 살았기 때문에 글을 읽을 줄 몰랐던 것으로 보인다. 유비나 제갈량의 위대함을 나타내기 위해서 과장한 부분일 것이다. 서서는 조조의 진영으로 간 이후 친구인 제갈량이 촉의 승상이 되었을 때도 중랑장(中郎將)에 불과하여 위나라 인재가 매우 많았음을 보여준다. 요컨대 조조는 서서가 위대한 전략가라서 영입한 것이 아니라 유비의 성가신 도전이 귀찮고 전쟁을 빨리 종식시키기 위해 서서를 빼내온 것이다. 그런데 의외로 유비 휘하에는 제갈량이라는 전략가가 있었는데 이 점은 몰랐던 것이다.

서씨(徐氏:?~?) 손권의 아우 손익(孫翊)의 아내. 남편이 단양(丹陽) 태수로 있다가 부하 규람·대원에게 죽자 꾀를 내어 원수를 갚았다고 한다. 서씨는 자신의 미모를 이용하여 이들을 유혹한 다음 남편의 심복들을 모아서 이들을 제거한 것으로 알려져 있다.

서황(徐晃:?~227) 위의 용장. 하동(河東) 양군(楊郡) 사람. 자는 공명(公明). 큰 도끼[大斧]를 잘 사용했다고 함. 이각·곽사의 무리들이 어가(御駕)를 낙양(洛陽)으로 옮길 때, 양봉(楊奉)의 수하로 있었는데 조조가 사로잡아 자신의 수하에 넣었다. 그는 마초를 물리치고 포위한 관우를 쫓는 등 공을 세웠으며, 사마의를 따라 제갈량을 막으러 가는 도중 전사했다. 관직은 우장군(右將軍). 시호는 장후(壯侯). 정사에 나타난 기록으로 보면 서황은 매우 충성스럽고 공사(公私)가 분명한 사람으로 나타난다.

석광원(石廣元:?~?) 남양(南陽)의 숨은 인재. 영천(潁川) 사람. 제갈량·최주평·맹공위·서서 등과 함께 공부한 사이. 난세에 세상에 나와 벼슬을 하지 않고 은거하여 술과 글로 세월을 보냄.

설종(薛綜:?~243) 오의 모사. 패현(沛縣) 죽읍(竹邑) 사람. 자는 경문(敬文). 문장이 뛰어나 저술이 많음. 교지(交趾) 태수와 오관중랑(五官中郎)을 지냄. 벼슬은 태자소부(太子少傅).

성제(成濟:?~260) 사마소의 대장. 가충(賈充)의 심복. 대표적인 정치적 희생양. 성제는 가충의 명으로 위나라 황제인 조모(曹髦)를 시해하였다. 그러나 사마소는 이 책임을 성제에게 모두 뒤집어씌워 성제의 동생인 성수를 포함하여 성제의 일족을 모두 죽였다. 성제는 정치적인 희생양의 대표적인 사람이다. 사마소가 조모를 황제위에 앉힌 것은 조모가 지방에서 살아 중앙 권력과의 연계가 없으며 비교적 고분고분하게 권력을 이양할 것이라고 기대했기 때문이었으나 의협심이 강한 조모가 오히려 이에 반발하여 크고 작은 문제를 일으키자 가충이 심복인 성제로 하여금 조모를 시해하게 하였다.

그런데 여기에는 보다 중요한 문제가 있다. 황제를 시해하는 일을 사마소가 알고 있었는지 아니면 가충이 독단적으로 처리했는지 하는 문제이다. 결론적으로 말한다면 사마소가 황제 시해라는 엄청난 일을 몰랐을 리가 없을 것이고 가충이 보고했을 것이 틀림없다. 사마소는 이름밖에 없는 황제를 죽이는 것에 대해서 재가(裁可)를 했을 것이지만 그래도 황제의 시해는 조야의 엄청난 반발을 일으켰다. 정치적 파장이 커지자 사마소는 성제를 희생양으로 삼아 조사도 하지 않은 채 즉각 처형한 것이다. 이 사건이 있은 후 사마소는 자신이 제위(帝位)에 오르기는 어렵다고 파악했을 가능성이 크다.

소교(小喬) 동오 교공(喬公)의 딸로서 언니 대교와 함께 절세의 미인. 언니는 손책의 부인이 되고 자신은 주유의 아내가 됨.

손건(孫乾:?~214) 촉의 장수. 북해(北海) 사람. 자는 공우(公祐). 도겸의 천거로 종사(從事)가 된 뒤 유비를 위해 시종 외교 활동으로 많은 공을 세움. 오랫동안 유비를 섬기다가 병사함. 벼슬은 병충(秉忠) 장군.

손견(孫堅:155~191) 오군(吳郡) 부춘(富春) 사람. 자는 문대(文臺). 춘추 열국 때 명장 손무자(孫武子)의 후손으로 알려져 있지만 확실하지는 않다. 교위(校尉)로서 허창(許昌)의 반란을 토벌하여 이름을 떨쳤다. 황건 농민전쟁에 참가했으며 동탁 토벌의 선봉으로 싸우고 구성(區星)을 토벌한 공로로 오정후(烏程侯)에 책봉되었다. 형주 유표를 공격하다가 괴양의 계략에 빠져 죽었다. 아들 손권이 무열황제(武烈皇帝)로 추존.

손고(孫高:?~?) 손권의 아우 손익(孫翊)의 오랜 장수. 규람과 대원이 손익을 죽였을 때 미망인 서씨(徐氏)의 요청으로 부영과 함께 이들을 죽여 남편의 원수를 갚아줌.

손교(孫皎:?~219) 손권의 숙부 손정(孫靜)의 셋째아들. 자는 숙랑(叔朗). 정보(程普)를 대신하여 하구(夏口)를 지켰고, 관우를 사로잡는 데도 공이 컸음. 호군교위(護軍校尉)에서 도호(都護)·정로(征虜) 장군이 됨.

손권(孫權:182~252) 동오(東吳)의 주인공. 손견의 둘째아들. 자는 중모(仲謀). 머리는 네모나고 입이 크며 눈은 파랗고 수염은 붉으며 제왕의 기상을 가졌다. 부형의 패업(霸業)을 이어받은 뒤 강동에 웅거하여 적벽(赤壁)에서 조조의 대군을 대파시켜 삼분천하의 기반을 굳혔다. 권모에도 뛰어나 조비에게 칭신(稱臣)하여 싸움을 일으키지 않았고, 오왕(吳王)이 된 지 7년 만에 연호를 정했다. 재위 24년. 수 71세. 시호는 대황제. —7장 『삼국지』 등장인물 분석(손권) 참고.

손량(孫亮:243~260) 손권의 셋째아들로 반씨(潘氏)의 소생. 자는 자명(子明). 손권의 뒤를 이어 어린 나이에 제위(帝位)에 올랐으나 자신을 보위해줄 세력이 미약하여 통치에 실패하고 자신도 제거됨. 손량은 대장군 손침을 제거하려다 탄로나 폐위되었다. 회계왕(會稽王)으로 봉해졌다가 후관후(侯官侯)로 격하되었으며, 울분을 못 이겨 자살함. — '반부인' 참고

손부인(孫夫人:?~?) 유비의 셋째부인. 손권의 누이로 자색과 무예를 겸비했음. 정략결혼에 희생된 대표적 인물. 나관중 『삼국지』에서는 유비가 패해 죽었다는 소문을 듣고 자결하여 뒷사람들이 동정하여 효희사(梟姬祠)를 세웠다고 하는데 이는 사실이 아니다. 손부인과 관련된 사실들은 대부분 유비를 높이는 과정에서 미화된 데에 불과하다. 정사 『삼국지』 「촉서」 '선주전'에 (적벽대전) 후 "손권은 점점 유비를 두려워하여 여동생을 시집보내 우호관계를 공고히 하였다"라는 대목이 있지만 「촉서」 '이주비자전(황후전)'에는 손씨에 대한 기록은 없다.

손소(孫韶:188~241) 오의 대장. 본래 유씨(兪氏)였으나 손책에게 총애를 받아 주인의 성을 따름. 자는 공례(公禮). 무용이 뛰어나고 병법에 통달함. 수장 서성(徐盛)의 명령을 어겨 군법으로 다스려질 것을 손권의 청으로 목숨을 보전했다. 그후 조비의 본진을 습격하여 공을 세우고 승열교위(承烈校尉) · 건덕후(建德侯)에 책봉되었다. 손권이 대위에 오르자 진북장군 · 유주목(幽州牧)이 됨.

손유(孫瑜:177~215) 손권의 종제. 손권의 숙부 손정(孫靜)의 아들. 자는 중이(仲異). 주유가 유비를 칠 때 중도에 와서 도움.

손익(孫翊:184~204) 손권의 아우. 손견의 셋째아들. 자는 숙필(叔弼). 단양(丹陽) 태수로 있을 때 부하의 불평을 사서 규람과 대원의 사주를 받은 종자 변홍(邊洪)에게 죽음. 부인 서씨가 꾀를 내어 원수를 갚음. 벼슬은 편장군(偏將軍).

손정(孫靜:?~?) 손책의 숙부. 손견의 아우. 자는 유대(幼臺). 그의 계책으로 엄백호를 치고 유요를 파하고 회계(會稽)를 평정함. 벼슬은 중랑장(中郎將). 손정과 관련해서 특기할 만한 것은 오나라 후기에는 손정의 후손들이 권력을 장악하게 된다는 점이다. 손견의 막내동생이었던 손정에게는 손호 · 손유 · 손교 · 손환 · 손경 등의 다섯 아들이 있었는데 그 가운데 손호(孫暠:오나라 마지막 황제 孫皓가 아님)에게는 손작(孫綽) · 손초(孫超) · 손공(孫恭) 등의 아들이 있었고 이 손공은 손준(孫峻)을 낳았고 손작이 손침(孫綝)을 낳았다. 이들이 오나라 후기 권력의 실세(實勢)들이었다.

손준(孫峻:219~256) 오의 권신. 자는 자원(子遠). 손견의 아우 손정(孫靜)의 증손. 손공(孫恭)의 아들. 손권의 총애를 받아 어림군을 맡음. 제갈각을 죽이고 대장군 · 승상(丞相)이 되어 권력을 잡은 뒤 전횡하여 조야의 반발을 삼. 그가 죽은 뒤 종제 손침(孫綝)이 권세를 이었다가 패한 뒤 부관참시(剖棺斬屍)를 당함.

손책(孫策：175~200) 오의 용장. 손견(孫堅)의 장자. 손권의 형. 자는 백부(伯符). 손견이 죽은 뒤 원술(袁術)한테 의지했다가 원술을 배반하고 주치(朱治)·여범(呂範)의 도움으로 동오로 들어가 주유(周瑜)·장소(張昭)와 함께 오나라의 기초를 닦음. 유요(劉繇)를 칠 때 태사자(太史慈)와 용전했고, 삽시간에 두 장수를 죽여 소패왕(小覇王)이란 별명을 얻음. 허공(許貢)의 식객에게 상해를 입어 사망함. 원래 손책은 아버지인 손견이 죽은 후 강남(江南)에 물러가 살면서 어진 선비를 받들고 사람들에게 인심을 얻어 지역에서 발판을 구축하려 하였으나 강남에 오래 살기가 어려웠다. 왜냐하면 악행을 일삼던 서주(徐州) 태수 도겸(陶謙)과 손책의 외할아버지였던 단양 태수 오경(吳璟)은 서로 사이가 좋지 않았기 때문이다. 그래서 오경은 도겸으로부터 자주 핍박을 받았다.

손견이 죽고 홀로 된 오씨(吳氏) 부인은 불안하여 강남 땅에 살지 못하여 곡아(曲阿)로 이사하였다. 그리고 손책은 원술에게 몸을 의탁하고 있었다. 원술의 손책에 대한 사랑은 사방의 화제가 될 만큼 소문이 나 있었다. 원술은 손책에게 "역시 범의 자식은 범의 자식"이라고 칭찬하면서 나이답지 않게 무용과 지략이 뛰어난 손책을 항상 칭찬하였다. 손책의 성공의 발판은 확실히 원술의 지원이었던 것이다. 그러나 손책은 원술에 대한 빚을 갚지 않고 죽었다. 나관중의『삼국지』에서 손책은 우길선인(于吉仙人)을 죽이고 그의 환영(幻影)에 시달려 26세의 나이로 죽은 것으로 되어 있으나 이것은 손책의 성향을 보이기 위해 만들어낸 이야기에 불과하다.

손책은 아버지의 가업을 이으려는 노력이 지나쳐 자신을 키워준 원술을 배반하여 오나라의 기초를 다지지만 성품이 다혈질이고 모험을 좋아하여 그것이 결국 자신의 죽음으로 이어지게 된다. 여러 가지 정황으로 보아 손책은 매우 합리적인 인물이었던 것으로 보인다. 손책이 죽은 후 손권은 권력의 안정을 도모하려 했음인지 손책의 후손들과 일정한 거리를 두었기 때문에 손책의 후손들이 권력에서 멀어지게 되었다. 이것은 후일 손권의 방계(傍系) 가문이 득세하는 결과를 초래하였다.

손침(孫綝 : 231~258) 오의 권신. 자는 자통(子通). 손준(孫峻)의 사촌동생. 손준이 죽은 뒤 시중(侍中)이 되어 정권을 장악함. 손침은 황제 손량(孫亮)이 자기를 없애려는 것을 알아내고는 손량을 폐하고 손휴(孫休)를 세웠다. 그리고 자신은 대장군(大將軍)과 승상(丞相)을 겸하게 되었으나 노장 정봉에게 유인되어 죽었다.

> **소해설** **손침의 득세와 몰락** 오나라는 승상인 손준(孫峻)이 병으로 죽자 손준의 사촌동생 손침(孫綝)이 정권을 장악하였다. 손준은 제갈각을 제거한 이후 승상과 대장군을 겸임하면서 중앙과 지방의 군사 일을 감독하였다. 손준은 성격이 포악한 편이라 많은 사람을 죽이기도 하였다. 37세 때 손준은 병으로 죽었는데 자신의 후사를 손침에게 맡겼다. 원래 손견의 막내동생이었던 손정(孫靜)에게는 손호·손유·손교·손환·손경 등의 다섯 아들이 있었는데 그 가운데 손호(孫暠)에게는 손작(孫綽)·손초(孫超)·손공(孫恭) 등의 아들이 있었고 이 손공은 손준(孫峻)을 낳았고 손작이 손침(孫綝)을 낳았다. 따라서 이들은 모두 손견의 후손이었다.

손호(孫皓 :242~283) 오나라 마지막 황제. 자는 원종(元宗). 오군 부춘(富春) 사람. 손권의 손자이고 손화(孫和)의 아들. 손휴(孫休)가 갑자기 죽자 좌장군 장포(張布), 승상 복양흥(濮陽興) 등이 손호를 옹립하였다. 진(晋)에 항복하여 귀명후(歸命侯)에 책봉되었다. 나관중의 『삼국지』에서는 손호가 포악하고 잔인하며 황음무도(荒淫無道)하다고 하는데 이 점에 대해서는 비판의 여지가 있다. 원래 오나라는 중앙집중적인 국가 권력의 발달이 미약했는데 손호의 통치 기간이 중앙권력 강화 기간이었을 수도 있기 때문이다. 진나라의 공격을 받았을 때 손호는 제위에 오른 지 14년째로 오나라는 계속 안정되어가고 있었다. 사마염이 오나라 정벌을 서두른 이유도 오나라가 혼란으로 인한 허점이 많아서가 아니라 방치하면 정벌하기가 더욱 어려워진다고 판단했기 때문이다. 손호가 폭군이니, 10년 동안 중신(重臣)만 20명을 죽였느니 하는 말도 오나라의 분산된 권력구조를 집중화시키느라 나온 이야기일 것이다.

손권이 칭제(稱帝)한 229년부터 오나라는 한 번도 대규모의 원정군을 보내지 못했는데 그것은 오나라의 호족 세력이 강대하여 군주가 그것을 제대로 통제하지 못하고 있음을 보여주는 것이다. 그런데 손호는 강한 호족세력들을 하나씩 억압하여 중원과 같은 권력구조를 만들어가고 있었던 것이다. 위 무제(武帝) 조조가 공씨(孔氏) · 원씨(袁氏) · 양씨(楊氏) 등 당시의 사족(士族)이자 대 성씨들을 탄압하여 굴복시킨 것과 유사한 상황일 수도 있다. 손호는 많은 비판에도 불구하고 필요한 인물이라면 적재적소에 배치했는데 육항(陸抗:226~274)이 대표적인 사람이다. 손호가 죽인 중신(重臣)이라는 자들은 대부분 정치적인 일에만 골몰하는 사람들이었다.

소해설 **손호(孫皓)의 포악성 문제** 정사 『삼국지』 「오서」 '손호전'에는 손호의 만행이 매우 상세히 그려져 있다. 대표적인 것만 소개하면 "손호는 궁안으로 물살이 센 물줄기를 끌어들인 후 궁녀들 가운데 마음이 들지 않은 여자들은 모두 죽여서 그 물에 빠뜨려 흘러나가게 했으며 어떤 경우에는 사람의 낯가죽을 벗겨서 죽이기도 하고 때로는 눈도 뽑아 죽였다"고 한다. 그런데 이것은 사실로 보기는 어렵다. 특히 황제가 마음이 안 드는 궁녀를 굳이 죽일 이유가 있을 리 만무하다. 궁녀들은 황제의 첩(妾)이기도 하지만 다른 한편으로는 궁전 내부의 중요한 노동력이기도 한데 그들을 죽인다는 것은 상식적으로 이해하기 어렵다. 이 점을 이해하기 위해서는 정사 『삼국지』의 저자인 진수(陳壽)가 진(晋)나라의 신하였다는 점을 상기해볼 필요가 있다. 진수는 진나라의 공식적인 사가(史家)이고 그는 진나라가 오나라를 정벌해야 하는 명분을 분명히 제시해야만 했을 것이다. 그래서 진수는 오나라의 마지막 황제에 대해서 이 같은 중상모략을 늘어놓았을 가능성이 크다. 정사 『삼국지』 가운데서 아마 「오서」 '손호전'이 가장 심하게 왜곡되었을 것으로 보인다. 이런 경우는 역사상에서 지속적으로 나타난다. 백제(百濟)의 경우에도 마지막 왕인 의자왕(義慈王 : ?~600)은 성군(聖君)이었음에도 불구하고 있지도 않은 음행(淫行)이나 포악성을 지나치게 강조하고 있고, 고려(高麗) 태조 왕건(王建)에 의해 퇴출된 궁예(弓裔 : ?~918)의 경우에도 온갖 패륜(悖倫)을 다한 군주로 묘사되고 있다. 의자왕은 당(唐)나라와 신라군의 압도적인 무력 앞에 어쩔 수 없이 굴복한 것이고 궁예는 호족 세력의 통합에 실패했던 군주였을 뿐이다. 이것은 역사란 기본적으로 승자(勝者)의 기록이기 때문에 나타난 현상으로 보아야 한다.

손화(孫和:224~253) 손권의 아들. 자는 자효(子孝). 형 손등(孫登)이 죽자 태자(太子)로 봉해졌으나 참소(讒訴)를 당해 남양왕(南陽王)으로 있다가 손권이 죽은 후 손준(孫峻)의 손에 죽음을 당했다. 후에 아들 손호(孫皓)

가 제위(帝位)에 올라 문황제(文皇帝)라 추시(追諡)함.

비운의 황태자 손화 오나라 황제 손권은 일찍이 부춘 출신의 부인 서씨(徐氏) 소생인 손등(孫登)을 태자로 삼았다. 그러나 부인 서씨가 질투가 너무 심해 서씨를 오군(吳郡)에 팽개쳐두고 보씨(步氏)를 황후로 삼으려 했으나 신하의 반대로 뜻을 이루지 못했다. 그런데 부덕(婦德)이 높고 질투가 없어 다른 후궁도 손권에게 추천해주던 보씨가 죽은 후 241년 손권은 둘째아들 손화(孫和)를 태자로 삼았다. 손화는 낭야 출신의 부인 왕씨(王氏) 소생이었다. 왕씨(王氏)의 소생인 손화는 보씨(步氏)의 큰딸인 전공주(全公主)와 사이가 좋지 않았다(전공주는 원래 이름이 노반이었다). 손권은 보부인이 죽은 후에도 보부인의 딸인 전공주를 특히 총애하였다. 전공주는 자신의 어머니인 보부인(步夫人)과 연적(戀敵)이었던 왕부인(王夫人)의 소생인 손화가 태자가 된 사실을 매우 걱정하였다. 손권의 병이 깊어졌을 때 전공주가 아버지인 손권을 간병하면서 왕씨 부인이 "이제 내 아들이 제위를 물려받을 것"이라면서 기뻐하는 기색이 역력하다고 고해바치자 이 말을 들은 손권은 왕부인을 불러서 크게 꾸짖었다. 왕부인은 이 일로 마음의 병을 얻어 죽고 말았다. 왕부인이 죽은 후에도 전공주는 사사건건 손화를 비난하고 조금이라도 잘못된 일이 있으면 손권에게 일러바쳤다. 그런데 손화의 동생 노왕(魯王) 손패(孫霸)는 이것을 빌미로 자신이 태자가 되어야 할 것이라고 주장하면서 동조자들을 규합하기 시작하자 손권은 252년 손화를 태자에서 폐위시키고 손패를 분란을 일으키는 주범으로 처형하였다. 이로써 왕씨 소생의 두 아들이 동시에 제거되는 비운을 당했다. 태자의 자리에서 퇴위당한 손화는 화병이 나서 한을 안은 채 죽고 말았다.

손휴(孫休 : 235~264) 오의 3대 황제. 손권의 여섯째아들. 자는 자열(子烈). 성군(聖君)의 자질을 갖추었고 호학(好學)의 성품이었으나 요절한 군주. 낭야왕으로 책봉되었다가 손침(孫綝)이 손량을 폐하고 세운 황제. 위막(魏邈)·시삭(施朔)과 노장 정봉(丁奉)을 움직여 손침의 5형제를 죽이고 손준의 무덤을 파서 부관참시(剖棺斬屍)함. 재위 7년. 시호 경제(景帝).

손침에 의해 황제가 된 손휴는 손침을 승상으로 앉히고 형주목사를 겸임하게 하였다. 손휴는 비운의 태자였던 자신의 형 손화(孫和)의 아들인 손호(孫皓)를 오정후(烏程侯)에 봉하고 손호의 동생인 손덕(孫德)은 전당후(錢唐侯)로, 손겸(孫謙)은 영안후(永安侯)로 봉하였다. 손휴가 등극했을 때 승상(丞相)으로 임명된 손침의 권세는 가히 하늘을 찌를 듯하였다. 손침은 자신의 동생들을 포함하여 다섯 명의 직계혈족들을 제후로 봉했다. 손침의 형제들은 모두 금군(禁軍)을 거느리고 있어 손휴는 허수아비 황제에 불과했다. 손휴는 절치부심(切齒腐心)하면서 기회만을 노리고 있었다. 258년 겨울, 오나라 승상 손침은 관례적으로 내려온 행사로 소고

기와 술을 황제에게 올리는 예를 갖추는데 오 황제 손휴는 몸이 불편하다는 핑계로 이를 마시지 못한다고 하자 손침은 이를 불쾌하게 생각하였다. 이해 조상이나 신들에게 제사를 지내는 납일(臘日)에 정봉·위막·시삭 등과 함께 오나라의 문무백관들이 모두 입조(入朝)하여 하례하고 공경들은 모두 당상에 올랐을 때 손침이 가벼운 경호만을 거느리고 나타나자 장포(張布)는 즉시 무사들에게 명하여 경호원들을 죽이고 손침을 체포하여 참수하였다.

손침을 제거하자 손휴는 선정(善政)을 베풀고 현군(賢君)이 되기 위해 젊은 학사들과 함께 각종 제도와 학문 연구에 몰두했다. 그런데 264년 늦여름 손휴가 30세의 일기로 갑자기 서거했고 손휴의 아들은 채 열 살도 되지 않았기 때문에 후사가 큰 문제로 대두되었다. 결국 좌전군(左典軍) 만욱(萬彧)의 권유에 따라 오정후(烏亭侯) 손호(孫晧)가 제위에 올랐다.

소해설 **철인황제 손휴** 손휴는 황제에 오른 후 평소에 깊은 관심을 가졌던 학문에 대한 연구를 장려하였다. 손휴는 오나라 땅에 흩어져 있는 전적(典籍)들을 수집하게 하고 춘추전국시대의 문적(文籍)들도 모두 수집하도록 명하였다. 262년 손휴는 복양흥(濮陽興)을 승상(丞相)으로 임명하고 좌장군인 장포(張布)와 함께 국가정무를 관장하도록 하였다. 손휴는 이들에게 정무를 일임한 뒤 스스로는 학자들과 함께 고전(古典) 연구에 몰두하기를 좋아했고 학자들과 토론하기를 즐겼을 뿐만 아니라 학문적으로 탁월한 사람들의 강의를 듣는 것을 즐거워하였다. 장포는 손휴로부터 워낙 두터운 신임을 받고 있었기 때문에 무례한 행동도 많이 하여 원성을 사는 경우가 많았지만 장포에 대한 손휴의 신임은 변함이 없었다. 손휴는 학문을 워낙 숭상한 나머지 책을 손에서 놓는 법이 없었다. 손휴는 수많은 책들을 읽으면서 고금의 성군(聖君)과 폭군(暴君), 간신과 충신, 수많은 인물들의 성공과 실패에 대하여 광범위한 연구를 진행시켜 보다 현명한 군주가 되기 위해 노력하였다. 그리고 자신이 읽다가 모르는 부분에 대해서는 학식이 높은 신하나 선비를 초빙하여 강의를 듣곤 하였다. 손휴는 도덕(道德)과 육예(六藝)에 능했던 위요(韋曜) 및 성충(盛庶)과 토론하기를 즐겼다. 위요와 성충은 평소 솔직하고 성실하였으므로 학문적인 문제뿐만 아니라 조야에 일어나는 일도 그들과의 대화를 통해서 해결할 수 있었기 때문에 손휴는 그들을 더욱 신뢰하였다.

순우경(淳于瓊:?~200) 원소의 장수. 오소(烏巢)의 수비를 맡았다가 위군의 기습을 받아서 관도대전의 패전에 결정적인 영향을 주었다. 나관중의 『삼국지』에 의하면 연일 술만 먹고 큰소리치다가 야습을 받아 대패하여 코와 귀, 손가락을 잘려 원소에게로 보내져 격노한 원소의 손에 죽었다고는 하지만 이는 사실이 아니다. 정사 『삼국지』 「위서」 '무제기'의 주(註)에 따르면 순우경은 조조에게 죽었다.

> **소해설** **순우경의 죽음과 원소 진영의 신·구 갈등** 순우경의 죽음을 나관중 『삼국지』 식으로 회화적(戲畵的)으로 묘사한 것은 다시 검토할 필요가 있다. 원소의 진영에서 원로(元老)급에 해당하는 인사는 허유(許攸)와 순우경인데 이들이 원소의 패배에 결정적인 역할을 하고 있다는 것은 원소 진영 내부에 심각한 분열이 있었음을 의미하는 것이다. 관도대전(200)을 기준으로 보면 조조(曹操)는 당시 45세였고 허유도 45세 전후, 원소는 40대 후반이나 50대 초반 정도로 짐작되니 순우경도 40대 후반이었을 것이다. 관도대전 당시 원소는 대장 순우경에게 부장 목원진(睦元進)·한거자(韓莒子)·여위황(呂威璜)·조예 등에게 백마(白馬)와 연진(延津)에 있는 예비 부대를 데리고 가서 오소(烏巢)를 지키라고 명했다. 원래 순우경은 용맹스러운 장수로 영제(靈帝) 때 이미 중앙군의 우교위(右校尉)가 되어 원소·조조와 같은 반열에 있었던 사람이었다. 원소는 그를 우대하여 대장으로 임명하였으나 나이가 많은데다 성질이 괴팍스러워 심배가 그를 기용하기를 꺼렸다. 순우경은 원소와 함께 천하를 도모한다는 뜻으로 그를 따라왔으나 원소의 수많은 인재들에 묻혀서 갈수록 고립되는 상황이었다. 순우경은 관도에서 전투 부대를 이끌지 못하여 심기가 매우 불편하던 중 다시 병참부대장(兵站部隊長)을 맡게 되니 더욱 심란해졌을 것이다. 이것이 순우경의 주사(酒邪)의 원인일 가능성도 있다. 나관중 『삼국지』에서는 순우경을 지나치게 매도하여 묘사하고 있는데 이는 잘못이다. 초기에 순우경은 정치적인 영향력이 매우 큰 인물이었고 원소가 관도대전에 임하면서 젊고 패기에 찬 젊은이들을 중용한 데 따른 불만이 누적된 것으로 사양길에 접어든 원소 막하의 구세력의 입장을 대변했던 사람으로 보인다.

순욱(荀彧 : 163~212) 위나라 조조의 모사. 천재적인 전략가. 영천(潁川) 영음(潁陰) 사람. 자는 문약(文若). 본래 원소에게 있다가 조조의 막하에 참여. 순욱은 '이호상식지계(二虎相食之計)'로 유비와 여포가 싸워 자멸케 하고 '구호탄랑지계(驅虎呑狼之計)'로 원술을 움직여 둘을 치게 하는 등 조조를 위해 평생을 진력하여 많은 공을 세웠다. 그러나 조조가 위공(魏公)이 되어 구석을 누리려는 것에 반대하여 조조의 규탄을 받자 음독 자살하였다. 벼슬은 시중(侍中)·광영대부(光榮大夫). 시호는 경후(敬侯). ─7장 『삼국지』 등장인물 분석(순욱) 참고.

> **소해설** **순욱의 실패** 순욱은 탁월한 전략가로 조조가 "그대는 나의 장자방이로다"라고 할 정도였다. 조조의 성공은 순욱의 공이 컸다. 그러나 순욱은 그 시대의 입장에서 다소 이해하기 어려운 측면이 있다. 왜냐하면 순욱은 조조를 헌신적으로 도우면서도 조조의 가문이 위나라를 건국하는 것에는 반대한 사람이기 때문이다. 그렇다고 그가 한나라 헌제(獻帝)를 앞세워 한나라의 부흥운동을 도모한 적도 없는 사람이다. 다만 순욱은, 조조가 '주공(周公)의 도'를 본받아 천하통일의 대업을 완수하여 그 권력을 다시 헌제에 돌려주기를

기대했을지도 모른다. 그러나 이미 비대해질 대로 비대해진 조조의 권력을 다시 한 나라로 되돌릴 수 없다는 것은 순욱 자신이 더 잘 알았을 것이다. 순욱의 실패는 노선의 불분명함에 있었다. 순욱이 한나라의 부흥을 도모하려 한다고 해도 당시에는 믿을 사람도 없었을 것이므로 순욱은 차라리 조조의 가문이 위나라를 여는 데 매진하는 것이 오히려 그 자신의 입장에서는 나았을 것이다.

순유(荀攸:157~214) 위의 모사. 순욱의 조카. 자는 공달(公達). 해내 명사로 황문시랑(黃門侍郎)까지 지냄. 서량의 마등을 불러들여 죽여 후환을 없애고, 조조를 따라 출정하여 장막 안에서 기발한 계모로 많은 공을 세웠다. 벼슬은 상서령(尙書令). 나관중『삼국지』에서는 조조를 위왕으로 받들려 할 때 순유가 이를 불가하다고 간하다가 조조의 노여움을 사 그로 인해 병들어 10여 일 만에 죽었다고 하는데 이는 사실이 아니다. 정사 『삼국지』「위서」'순유전'에 따르면 214년 순유는 손권을 정벌하러 갔다가 도중에 죽었는데 조조는 이 소식을 듣고 눈물을 줄줄 흘렸다고 한다. 조조는 포고령을 내려 "내가 순유와 가까이 지낸 지가 20여 년이 되었지만 서로 털끝만큼도 어긋남이 없었다"라고 하면서 순유의 죽음을 애달파 하였다.

시삭(施朔:?~?) 오의 장수. 손침이 손량을 폐하고 새 임금 손휴를 다시 농락하자 위막과 함께 노장 정봉을 움직여 손침을 죽임.

신비(辛毗:?~?) 원소의 장자 원담의 막하. 신평의 아우. 영천(潁川) 양적(陽翟) 사람. 자는 좌치(佐治). 원담이 아우 원상과 싸우다 지쳐 조조에게 항복하는 특사로 활약. 신비는 조조를 설득하러 갔다가 조조의 인재 사랑에 감복하여 오히려 조조의 막하에 들게 되었다. 뒷날 신비는 군사(軍師)가 되어 조진을 도와 제갈량의 침입군을 막았다. 관직은 위위(衛尉). 시호는 숙후(肅侯).

신창(辛敞:?~?) 위의 장수. 조상(曹爽)의 참군(參軍). 신비의 아들. 사마의가 쿠데타를 일으켰을 때 이 사실을 알리기 위해 문지기를 베고 나가 조상의 어가를 호위함. 사마의는 쿠데타가 성공한 후에 신창의 행동은 자신의 주인을 위한 것이니 의로운 행위라고 하면서 직책을 회복시켜 주었다.

신평(辛評:?~?) 원소의 모사. 신비의 형. 본래 기주목(冀州牧) 한복의 모사였으나 원소가 죽은 후 장자 원담을 도와서 싸웠다. 나관중의 『삼국지』에서는 조조나 유비를 부각시키기 위해 신평의 역할을 축소하고 원담을 파렴치한 인물로 묘사하였으나 실제는 다르다. 특히 마치 원담이 신평을 죽인 듯이 묘사하고 있으나 이는 사실이 아니고 원담은 신평을 매우 신뢰했다. 다만 이미 뒤집어진 전세를 원담이나 신평이 되돌릴 수는 없었을 것이다. 이 점은 장정일 『삼국지』에 충실히 묘사되어 있다.

신헌영(辛憲英:191~269) 위의 장수 신창의 누이. 신창이 신비의 아들이고 그는 딸임. 사마의가 쿠데타를 일으켰을 때 신창에게 사리로 타일러서 황제를 호위케 함.

심배(審配:?~204) 원소의 모사로 초기 『삼국지』의 대표적인 전략가의 한 사람. 위군(魏郡) 사람. 자는 정남(正南). 계략에 능하고 충성심이 남달리 강했다. 관도대전에서 조조를 극심하게 압박하였다. 심배는 원소에 대한 충성심이 강하여 원소의 뜻을 받들어 원소가 죽은 뒤 셋째아들 원상(袁尚)을 도왔다. 심배는 관도대전의 패전 후 기주성을 지켜 잘 싸우다가 항복을 거부하고 순사(殉死)하였다.

소해설 **심배와 관도대전** 심배는 『삼국지』에서 다시 평가해야 할 사람 중의 하나다. 왜냐하면 관도대전이 천하통일의 가장 중요한 전쟁이었음에도 불구하고 나관중의 『삼국지』에서는 별로 중요하게 다루고 있지 않기 때문이다. 실제의 나관중 『삼국지』는 적벽대전을 마치 가장 중요한 전쟁처럼 묘사하고 있는데 조조의 입장에서 적벽대전은 그리 중요한 전쟁은 아니었다. 조조가 가장 위기에 처한 것은 관도대전이었고 가장 긴 세월을 싸운 사람은 평생의 동지이자 라이벌이었던 원소였기 때문이다. 그런데 이 관도대전을 실질적으로 이끌었던 사람이 바로 심배이다. 그리고 마지막까지 원소 진영을 보호하기 위해 처절한 전투를 벌인 사람도 바로 심배였다. 원소는 관도대전을 시작하면서 심배와 봉기에게 전쟁을 지휘하게 하였다. 심배는 관도대전이 원소의 라이벌인 조조군과의 불가피한 일전이며 전쟁터는 관도(官渡) 지역으로 판단하였다. 기주의 수도인 업도와 조조군의 수도인 허창(허도)을 사이에 두고 황하가 흐르고 있는데 전선은 위로는 백마에서부터 아래로는 연진을 거쳐 여양·양무·획가·산조·수무·여양·원무 등으로 확대될 가능성도 있었다. 관도 지역은 낙양의 동쪽 지역으로 과거 전국시대의 위나라와 한나라의 경계 지역이며 황하를 중심으로 남(조조)과 북(원소)을 나누고 화북평원(華北平原) 지역으로 중원(中原)에 해당한다. 결국 이 전쟁은 중원통일전쟁으로 실질적인 천하 통일전쟁이었다. 심배가 이끄는 원소군에 비하여 조조군은 정치력(政治力)의 우위, 천연요새(天然要塞)의 확보, 원소군이 황하를 건너서 공격해야 하는 부담 등의 관점에서 유리하였지만 전쟁은 원소군의 압도적인 우위에서 전개되었다. 관도는 이 당시 주요 거점 확보 지역이자 전략적 목표 지역으로 조조의 근거지인 허창의 북쪽 입구였으므로 심배가 관도를 점령한다는 것은 조조(曹操)를 쳐부수는 교두보(橋頭堡)를 확보한다는 측면에서 매우 중요한 지역이었다. 그러나 관도전쟁은 순우경이 지키던 보급기지(오소)가 조조군에 의해 대파되면서 승리의 여신은 조조에게 미소지었다. 심배와 원소의 몰락은 오소(烏巢)에서 시작되었고 업도(鄴都)에서 끝이 났다.

십상시(十常侍) 조절(趙節)을 위시하여 장양(張讓), 조충(趙忠), 봉서(封諝), 단규(段珪), 후남(侯覽), 건석(蹇碩), 정광(程曠), 하운(夏惲), 곽승(郭勝) 등의 열 명의 내시(內侍)를 말함. 후한 권력의 실세. 영제(靈帝)는 12세에 등극하여 자신을 부모 이상으로 보살펴준 환관 장양과 조충을 각각 아부(阿父), 아모(阿母)라 하여 부모처럼 생각하였다. 천하의 문재 채옹(蔡邕)이 환관들의 권력이 강해지는 것을 간하다가 삭탈관직하고 시골로 내쫓긴 후, 환관들의 힘은 더욱 커진 듯하였다. 조절·장양·조충·봉서·단규·후남·건식·정광·하운·곽승 등의 열 명의 내시는 정치 실세로 부상하였다. 이들은 대부분 환제의 궁정 쿠데타에 가담한 사람들로 세상 사람들은 이들을 일러 십상시라고 하였다.

소해설 **십상시의 역사적 의미** 십상시와 관련하여 환관의 역사적 의미를 새롭게 파악해볼 필요가 있다. 많은 후궁들을 거느리고 있는 황제를 위하여 인위적으로 만들어진 사람들이 바로 환관이었다. 즉, 생식능력을 강제로 없앤 환관은 남성의 강건한 신체와 여성의 유약한 기질을 가졌기 때문에 황제의 곁에서 시중을 들기 위해 인위적으로 만들어놓은 존재였다. 전한(前漢) 시대에는 환관들이 실질적인 권한을 잡을 수 없었지만, 후한(後漢)에 들어서 환관들은 황제의 비서격인 상시(常侍)나 황문(黃門) 같은 요직에 임명되었다. 일반적으로 왕조사에서 정치제도가 문란해지고 세도정치가 나타나는 것은 황제들이 어린 나이에 등극을 했거나 특정 집단이 의도적으로 권력 유지를 위해 어린 황제를 보위에 오르게 했기 때문이다. 후한 말기에 황제들은 10세였던 화제(孝和皇帝 : 재위 17년, 27세에 사망, 연호는 永元)의 등극을 시작으로 이어 생후 100일 된 상제(孝殤皇帝 : 재위 1년,

2세 사망, 연호는 延平)의 등극(105년), 13세인 안제(孝安皇帝 : 재위 19년, 32세 사망, 연호는 永初)의 등극(107년), 15세인 순제(孝順皇帝 : 재위 19년, 34세 사망, 연호는 永建)의 등극(126년), 2세인 충제(孝沖皇帝 : 재위 1년, 3세 사망)의 등극(145년), 8세인 질제(孝質皇帝 : 재위 1년, 9세 사망)의 등극(146년), 15세인 환제(孝桓皇帝 : 재위 21년, 36세 사망, 연호는 建和)의 등극(147년), 12세인 영제(孝靈皇帝 : 재위 22년, 34세 사망, 연호는 熹平)의 등극(168년), 10세인 헌제(孝獻皇帝 : 재위 31년, 41세 사망, 연호는 初平, 建安 : 建安 원년은 196년)의 등극(190년) 등 후한의 멸망(202년)에 이르기까지 거의 어린 황제가 등극하였다. 따라서 권력은 자연히 황제의 어머니와 외척의 수중으로 넘어갔다. 나중에 황제가 장성하여 권력을 다시 찾기 위해서는 궁정 쿠데타를 일으켜야 하는데 황제가 의지할 사람이라고는 궁중 사정에 가장 밝고 궁중에 상주하는 환관의 힘을 빌릴 수밖에 없게 된다. 외척이라는 대귀족에 대항하여 황제를 옹위할 수 있는 세력은 아이러니하게도 가장 허약한 것으로 보이는 환관밖에는 없었다. 이들은 학식 면에서 관료에 뒤지지 않았고, 무엇보다도 선대(先代)의 사정을 잘 알고 있었으며, 경험이 풍부하고, 궁중에 상주하는 등 만약에 어린 황제가 자라서 궁중 쿠데타를 도모할 때 가장 큰 힘이 되는 존재였다. 사람들은 마치 환관의 잘못으로 국정이 문란해진 것처럼 이야기하는데 사실은 외척들이나 훈구세력들의 농간으로 이미 국정은 부패해질 대로 부패해진 상태였다. 예를 들면 환제 때 외척 양기(梁冀)의 세력은 거의 절정에 달하였다. 20여 년에 걸친 그의 집정 기간에 양기 일족은 7명의 제후, 3명의 황후, 6명의 귀인(貴人), 3명의 부마(駙馬), 2명의 대장군이 배출되었고, 조정의 요직에 있는 이가 57명으로 사실상 권력을 독점하였다. 관리로서 임명되면, 먼저 양기에게 인사하는 것이 관례화되기도 하였다. 이에 성인이 된 환제는 환관 선초(單超) 및 구원(具瑗)과 피로써 맹세하고 양기를 제거할 수 있었다. 이때 삭탈관직된 자가 300명에 달하여 중앙 조정이 텅 비어버렸으며, 몰수한 양기의 재산이 1억 전이 넘어서 천하의 조세를 반을 감하였다고 한다. 이와 같이 황권을 회복하는 과정에서 환관들은 투철한 충성심으로 큰 공을 세운 예가 많아 황제는 그들에게 고위 벼슬을 제수해줌으로써 고마움에 보답하게 되고, 이것이 후한 말 환관들의 권력이 강대해진 원인이 되었다. 이러다 보니 정통 지배계층인 문무관리들과는 자연히 권력투쟁의 단계에 접어들게 된 것이다. 이것이 후한 말의 상황이었다.

ㅇ

악진(樂進:?~218) 위의 장수. 양평(楊平) 위국(衛國) 사람. 자는 문겸(文謙). 단신으로 손권에게 달려들어 가로막는 송겸(宋謙)·가화(賈華)를 물리치는 등 용맹을 떨치고 그후 많은 공을 세움. 절충(折衝) 장군으로 시호는 위후(威侯).

안량(顔良:?~200) 원소의 용장. 일찍부터 용명을 떨침. 백마(白馬) 전투 때 조조의 대장인 송헌·위속을 베어 위풍을 나타냈으나 관도대전 때 전사.

양기(楊琦:?~?) 후한의 중신. 벼슬은 시중(侍中). 이각·곽사의 난 중에 가후를 임금에게 천거함.

양봉(楊奉:?~197) 이각의 부하. 한나라 헌제(獻帝)가 장안(長安)에서 낙양(洛陽)으로 돌아갈 때 호송한 장군. 이 공으로 양봉은 흥의장군(興義將軍)·거기장군(車騎將軍)으로 임명되었다. 196년 조조가 헌제를 영접하여 허창(許昌)으로 왔을 때 양봉은 한섬과 함께 조조의 흉계라고 이를 저지하려 했으나 결국 패하여 원술(袁術)에게 귀부(歸附)하였다. 그러나 원술이 천하의 대세를 무시하고 황제를 칭하고 조조군의 격퇴를 명하자 양봉은 이에 반발하여 원술군을 대파하였다. 여포가 양봉을 보호하기 위해 낭야목으로 삼았는데 유비에게 유인당하여 처형되었다.

소해설 **충신 양봉의 일생** 양봉은 여포·동탁과 더불어 나관중 『삼국지』에서 가장 폄하된 사람이다. 그 이유는 양봉이 동탁의 정권에 참여한 까닭일 것이다. 양봉은 역사에서 한 인물의 생애가 얼마나 날조될 수 있는가를 보여주는 대표적인 사례이다. 나관중 『삼국지』에서 양봉은 동탁의 잔당으로 이각·곽사의 난리 때 원술에게로 갔고 원술이 황제를 칭하고 7로군을 일으켰을 때 제 7로군을 거느리고 유비를 치러 왔으나 진등의 계교로 한섬(韓暹:?~197)과 내응(內應)이 되어 원술을 패하게 하였다고 한다. 그후 산동 지방의 통치를 맡았으나 노략질하고 백성을 괴롭히기 때문에 유비가 잡아서 죽였다는 것이 골자인데 이 부분은 역사적 날조가 가장 심한 부분이다. 양봉은 이각·곽사의 막하에 있었지만 황제의 호위를 맡아서 낙양까지 안전하게 모시고 간 사람이다. 그리고 원술이 명분 없는 군사를 일으키고 황제를 칭하자 유비의 사주를 받은 진등이 충직했던 양봉에게 접근하여 칭제(稱帝)는 반역(反逆)이라고 설득하자 양봉은 전투를 중지시켰던 사람이다. 문제는 양봉이 노략질하여 유비가 죽였다는 대목이다. 유비가 양봉을 죽인 것은 어떤 명분도 없다. 나관중의 『삼국지』에는 유비나 조조 등 일부의 주인공들이 군량미를 조달한 것은 모두 지역민들이 나와서 절을 하며 곡물을 바친 것으로 되어 있고 원술 등 나머지 사람들이 군량을 조달한 것은 모두 노략질로 보고 있다. 양봉은 당시의 관점에서 보면 황제 호위의 일등공신이었고 충성심이 대단한 충신이었다. 그것은 헌제가 양봉을 흥의장군(興義將軍)·거기장군(車騎將軍)에 임명한 것을 보아도 알 수 있다. 뿐만 아니라 원술의 휘하에서도 천하의 대의명분을 위한다는 유비의 꼬임에 빠져 유비군이 승전하는 데 양봉이 결정적인 도움을 주었음에도 불구하고 유비는 교활하게 양봉을 죽인 것이다. 유비는 은혜를 원수로 갚은 사례가 여럿 있는데 그 중의 하나가 양봉의 사건이다.

양부(楊阜:?~?) 위의 장수. 자는 의산(義山). 마초의 참군(參軍)으로 있다가 조조에게 귀순하여 기성(冀城)을 지킴. 마초에게 항전하다가 상처를 입고 허도로 옮김. 뒤에 조예의 사치와 지나친 토목공사를 간하다가 추방됨.

양송(楊松:?~?) 한중 장노의 모사. 뇌물을 좋아해서 제갈량에게 마초를 빼앗기고 조조에게 방덕을 사로잡히게 했음. 조조가 한중을 점령하자 양송만은 주인을 팔아 부귀를 탐낸 놈이라 하여 저자에 끌어내어 죽임.

양수(楊修:175~219) 위의 재사. 자는 덕조(德祖). 화음(華陰) 사람. 태위 양표의 아들. 사공(司空) 양진(揚震)의 손자. 여섯 재상을 배출했던 명문 출신. 양수는 박학하고 견식이 넓고 언변이 좋았으며 사람의 심리를 잘 간파했다고 한다. 양수는 한중 출병 때 종군하여 황견유부(黃絹幼婦)의 글뜻을 조조보다 먼저 아는 등 생각이 민첩하여 조조의 총애를 받았다. 그러나 조조는 양수를 아끼면서도 한편으로는 그의 지나치게 성급한 행동을 경계하였다. 나관중의 『삼국지』는 조조가 '계륵(鷄肋)'이라 한 말뜻을 양수가 미리 알고 회군할 짐을 꾸렸다가 군법 시행을 당해 죽었다고 하는데 이것은 사실이 아니다. 왜냐하면 조조가 한중을 철수한 것은 219년 봄이고 양수가 죽은 것은 그해 가을이었다. 죄명은 국가기밀을 제후들에게 누설했다는 것이다. 나관중의 『삼국지』에서는 조조악인설(曹操惡人說)에 근거하여 조조를 악인으로 폄하하고 양수는 지혜롭지만 경박

했다는 점을 부각시켜 흥미를 유발하기 위해 만든 이야기이다. 그러나 나머지 대부분은 정사와 일치한다. 양수의 벼슬은 주부(主簿).

양의(楊儀:?~235) 촉의 문신(文臣). 양양(襄陽) 사람. 자는 위공(威公). 일을 재치있게 잘 처리했음. 제갈량과 여러 차례 출정하여 그의 좌우에서 일을 돌보아 많은 공을 세우고, 제갈량의 유언을 받아 위연의 모반을 막았다고는 하나 이 부분은 『삼국지』의 미스터리 중의 하나이다. 왜냐하면 위연이 모반할 까닭이 없었고 국가의 위기 상황에서 제갈량을 대신할 만한 경륜을 가진 장수인 위연을 죽인다는 것은 합리적이지도 않기 때문이다. 위연의 죽음은 촉 전력의 급속한 약화를 가져올 수밖에 없었다. 제갈량이 죽은 후 발생한 권력투쟁에서 위연을 제거하는 데 앞장선 사람이 양의이지만 제갈량의 후계자가 아님에도 불구하고 마치 후계자를 자처하는 등 정치적 처신에 많은 문제가 있었다. 후진인 장완(蔣琬)이 윗자리에 앉았다고 불평하자 서인(庶人)으로 추방되어 불만을 품고 있던 중 자결했다고 한다. 벼슬은 후군사(後軍師).

양표(楊彪:142~225) 후한의 사도(司徒). 태위(太尉). 화음(華陰) 사람. 자는 문선(文選). 훈구(勳舊)에 뛰어났고 박학함. 양수(楊修)는 그의 아들. 동탁이 장안으로 천도하려 하자 이를 극력 반대하다가 파직당했다. 그후 이각·곽사의 집권 때 헌제(獻帝)에게 조조를 불러들이도록 권하였다고 한다. 나관중의 『삼국지』에는 양표가 아내를 시켜 이각과 곽사의 사이를 갈라놓아 자멸케 했다고 하는데 이는 사실이 아니다('이각' 참고). 양표는 후일 조조가 득세한 후 원소·원술과 친척이 된다는 이유로 추방당했다.

양호(楊祜:221~278) 진(晋)나라의 대장. 오장(吳將) 육항(陸抗)과 서로 경대하여 인의(仁義)로써 국경을 지킴. 문병온 사마염에게 두예(杜預)를 천거하여 오나라를 멸망하게 함. 태부(太傅) · 거평후(鉅平侯)에 추증됨. 양호는 278년 조정에 입조하여 병이 있으니 낙향하여 요양을 하게 해달라고 청하였다. 사마염은 평소에 양호를 존경하고 있었으므로 친히 불러 다과를 베풀며 "짐은 경(卿)이 조정을 떠난다고 하니 마치 어금니가 빠지는 듯하오"라며 아쉬워했다고 한다. 이때 양호는 동오의 정벌의 필요성을 역설하였다. 양호는 포악하다고만 알려진 손호(孫晧)에 대해서 재평가하고 손호를 그대로 두면 동오는 계속 안정되어 정벌하기가 더욱 어려워진다고 간하였다. 양호는 손호가 강한 호족세력들을 하나씩 억압하여 중원과 같은 권력구조를 만들어가고 있다고 본 듯하다.

특히 자신의 라이벌이었던 육항(陸抗)이 죽었기 때문에 신속히 오나라를 토벌하라고 종용하였다. 그해(278년) 11월 한겨울 사마염은 양호가 위독하다는 기별을 받자 친히 어가를 타고 양호의 집으로 병문안을 갔을 때 양호는 눈물을 흘리며 동오의 정벌을 간하면서 천거한 사람이 두예(杜預)였다. 사마염은 두예를 중용하여 심복이었던 가충 등의 반대를 물리치고 오나라를 침공하여 손쉽게 멸망시켰다. 진제 사마염은 양호의 장례를 성대히 치르고 양호에게 태부(太傅) 거평후(鉅平侯)를 추증하였다. 양양의 백성들은 양호가 죽었다는 소문을 듣고 큰 슬픔에 잠겼다. 그리고 강남을 지키던 진나라의 병사들도 이를 슬퍼하였고 양호가 살아 있을 때 즐겨 찾았던 현산(峴山)에 사당(祠堂)과 비(碑)를 세워 그의 공덕과 부하 사랑을 기렸다고 한다.

엄백호(嚴白虎:?~?) 동오의 호족(豪族)으로 덕왕(德王)이라고 불림. 손책의 침공을 받아 도망하다가 동습(童襲)에게 죽음. 이 당시 오나라의 영역은 일정한 중앙세력이 있었던 것이 아니라 일종의 호족들의 연합체적인 성격이 강했기 때문에 여러 군웅들이 할거하고 있었다.

엄안(嚴顔:?~?) 촉의 용장. 유장의 밑에서 파군(巴郡) 태수로 있으면서 용맹을 떨치다가 장비에게 사로잡혀 의(義)로 대하니 촉에 항복하여 황충(黃忠)과 함께 많은 공을 세움.

엄준(嚴畯:?~?) 오의 모사. 팽성(彭城) 사람. 자는 만재(曼才). 성질이 순후하고 학문에 대한 사랑이 강하여 시경삼례(詩經三禮)에 능통하였고, 『효경전(孝經傳)』·『조수론(潮水論)』을 저술했다. 장소(張昭)의 천거로 종사중랑(從事中郎)에 발탁, 뒤에 위위(衛尉)·상서령(尚書令)이 되었다. 촉에 사신으로 가 제갈량과 뜻이 상통하여 깊이 사귀었으며, 병으로 죽음.

여개(呂凱:?~?) 촉의 대장. 영창(永昌) 불위(不韋) 사람. 자는 계평(季平). 맹획이 반(反)했을 때 항전했고, 제갈량에게 평만지장도(平蠻指掌圖)를 바치고 행군교수로 향도가 되었다. 벼슬은 운남(雲南) 태수·양천정후(陽遷亭候)에 책봉됨. 뒤에 모반한 만인에게 죽음을 당함.

여대(呂岱:161~256) 오의 장수. 광릉(廣陵) 해릉(海陵) 사람. 자는 정공(定公). 계모(計謀)에 밝음. 번우후(番愚候)·진남(鎮南)장군을 거쳐 대사마(大司馬)에 이름. 손권은 여대에게 어린 태자 손량(孫亮)을 탁고(託孤)함. 병으로 죽음.

여몽(呂蒙:178~219) 오의 장수. 여남(汝南) 부파(富波) 사람. 자는 자명(子明). 주유를 따라 조조를 오림(烏林)에서 격파, 편장군이 됨. 어린 시절 불우하게 자랐지만 후일에 대성한 대기만성 형의 대표적인 인물. 여몽은 노숙의 뒤를 이어 군사권을 장악하자 오나라의 숙원이었던 형주 탈환에 착수하여 지모로 관우를 안심시킨 후, 기습하여 형주를 점령하고 관우 부자를 사로잡았다. 벼슬은 남군(南郡)에서 책봉됨.

여몽의 괄목상대 정사 『삼국지』 「오서」 '여몽전' 의 주(註)에 따르면 여몽은 노숙의 친구로 아주 무식한 사람이었다고 한다. 여몽은 전공을 많이 세워 계속 승진하였는데 어느날 손권이 여몽에게 공부를 하도록 충고하였다. 그후 얼마의 세월이 흘러 노숙이 여몽을 만나보고 깜짝 놀라서 "언제 그렇게 공부를 많이 했는가? 학식이 대단하네 그려. 자네는 과거의 여몽이 아니야"라고 하자 여몽은 "선비는 사흘 정도 헤어져 있으면 눈을 비비고 다시 봐야 하네(士別三日 卽更刮目相對)"라고 응수하였다. 여몽은 '괄목상대(刮目相對)' 고사의 주인공으로 그 뜻은 '눈을 비비고 다시 보며 상대(相對)를 대한다'는 것이다. 즉 얼마 동안 보지 못하던 사이에 상대가 놀랄 정도의 발전을 보이는 것을 뜻한다.

여백사(呂伯奢 : ?~?) 조조의 아버지 조숭(曹嵩)과 의형제 사이. 나관중의 『삼국지』에 의하면 조조가 동탁을 암살하려다 실패하고 도망가던 중 여백사의 집에 들렀다가 여백사 가족들의 행동을 오해하여 그의 가족을 멸족시킨 것으로 되어 있지만 이것은 사실이 아니다. 정사에서는 "조조가 변복을 하고 귀향"한 것으로 되어 있다. 조조가 귀향을 하던 중 이와 유사한 사건은 있을 수 있지만 어디까지나 조조악인설에 근거하여 만든 이야기에 불과하다.

여범(呂範 : ?~228) 오의 문관. 여남(汝南) 세양(細楊) 사람. 자는 자형(子衡). 지략이 있고 재정(財政) 관리를 잘했다. 유비와 손부인의 정략결혼을 위해 촉에 특파되기도 하였다. 건위(建威)장군·완릉후(宛陵侯)·단양(丹陽) 태수를 거쳐 대사마(大司馬)에 승진됐으나 인수(印綬)를 받기 전에 죽었다.

여포(呂布 : ?~198) 오원(五原) 구원(九原) 사람. 여포의 고향은 현재 내몽고의 바오터우[包豆] 지역이다. 자는 봉선(奉先). 여포는 이각·곽사에게 패하여 장막에게로 투신하였다. 진궁의 계교로 연주(宴州)를 함락하여 초기에 막강한 세력을 구축하였다. 서주성에서 원문(轅門)에 활을 쏘아 맞힌 일은 유명하다. 분위(奮威)장군·온후(溫侯)에 책봉. 후에 조조에게 사로잡혀 처형됨.

여포의 평가 나관중『삼국지』에서 여포만큼 인간 이하의 대접을 받은 사람도 드물다. 이것은 여포의 출신이 몽골 지역(현재 내몽고)으로 나관중이 살았던 원나라 말기의 몽골족에게 시달리던 한족의 입장에서는 여포가 인간 이하의 대접을 받는 데 가장 적합한 사람이었기 때문이기도 하다. 진수의『삼국지』에서도 여포에 대한 평가는 호의적이지 못하다. 특히 여포가 의부(義父) 정원(丁原)을 호위하다가 적토마에 매수되어 정원을 죽이고 동탁을 의부로 섬겼다가 다시 동탁을 살해하는 만행을 저질렀다고 하는데 이 상황도 구체적으로 어떤 환경에서 비롯되었는지는 알 수가 없다. 왜하필이면 의부(義父)라는 말을 강조하는지 사료만으로 판단하기는 어렵다. 유비는 자신의 필요에 따라 자신과 온갖 고난을 함께 했던 양자(養子 : 유봉)도 죽인 사람이다. 그런데 이 부분에 대해서 중국 사서들은 침묵하고 있다. 실제로 정사『삼국지』「위서」'여포전'에서는 "여포가 정원(丁原)에게 신임을 얻고 있다"는 정도의 표현밖에 없다. 정원이 여포의 양부(養父) 또는 의부(義父)였다는 것은 어떤 사서(史書)에도 없는 내용으로 소설가들이 꾸며낸 내용이다. 물론 여포가 가까운 상관을 죽인 것은 사실이겠지만 그 같은 사건은『삼국지』에 허다하게 발견되고 있다. 동탁(董卓)과의 관계도 의부(義父)라는 표현을 사용하고 있는데 이것도 과장된 표현이다. 다만 정사『삼국지』「위서」'여포전'에 동탁은 여포가 정원(丁原)을 죽인 것이 고마워 여포를 기도위(騎都尉)로 삼고 부자의 서약을 맺었다고 하는데 이것은 동탁의 일방적인 행위였다. 여포가 동탁에 대해서 진정으로 어떤 감정을 가졌는지는 알 수 없다. 물론 여포가 동탁을 살해하는 데 가담한 것은 인간적으로 용서받을 수 없는 행위이겠지만 동탁을 죽인 여포의 행위는 공화주의자 브루투스가 자신의 양부였던 카이사르를 "로마를 더 사랑했기 때문"이라는 단서를 달고 암살했던 것과 같은 맥락으로 이해할 수도 있다. 또 여포-동탁의 관계는 브루투스-카이사르의 관계처럼 수십년을 지속한 관계가 아니라 불과 2~3년밖에 되지 않는다. 나관중의『삼국지』에서 왕윤이 초선(貂蟬)을 제물로 한 연환계(連環計)를 사용하여 동탁을 죽였다고 하는데 이것도 사실이 아니다. 다만 당시 어린 황제가 등극함에 따라 대부분의 후궁들이 귀향하거나 논공행상에 따라 분배되었을 것인데 당시 귀향하지 않은 후궁들을 사이에 두고 동탁과의 갈등이 있었던 것으로 보인다. 참고로『삼국지』「위서」'무제기'에 따르면 194년 봄 조조는 아버지 조숭이 살해되자 도겸을 공격하였는데 이때 장막(張邈)이 진궁(陳宮)과 함께 조조에 반역을 도모하여 여포를 맞아들이니 군과 현이 모두 호응하였다고 한다. 이것은 여포에 대한 신망이 두터웠음을 의미한다.

여포와 유비 여포는 생전에 누구보다도 유비를 아끼고 사랑한 인물이었다. 정사『삼국지』「위서」'여포전'만 보더라도 여포는 유비를 친아우 이상으로 사랑하고 존경하였던 것으로 나타난다. 여포는 여러 번 되풀이된 유비의 도전을 너그러이 용서해주고 유비가 세력을 형성하는 데 도움을 주었다. 여포가 유비를 좋아한 이면에는 자신이 변방 출신이라는 이유로 당하는 고독과 괴로움이 자리잡고 있었다. 그런 감정들이 역시 변방 출신인 유비에 대한 강한 애정으로 드러난 듯하다. 여포는 유비를 친아우 이상으로 대접했지만 유비에게 여포는 일개 오랑캐에 불과했다. 유비는 여포를 철저히 배신하고 조조(曹操)에게 의탁하는데 이 과정에서 여포를 끝까지 죽여야 한다고 주장했다. 유비가 여포를 죽이려 했던 것에는 여러 가지 이유가 있겠지만 무엇보다 유비는 여포가 이끄는 기마군단(騎馬軍團)의 위력을 알고 있었기 때문이다. 그런 여포와 조조가 결합했을 때 자신이 제어하기는 불가능하다고 판단했기 때문에 여포를 일찌감치 제거하려 했던 것이라고 볼 수 있다. 유비가 가장 두려워한 사람은 조조와 여포였다. 아이러니하게도 여포와 조조는 유비를 매우 총애했던 사람이었다. 여포가 유비를 초대하여 자신의 아내에게 잔을 따르게 한 것은 유목민(遊牧民)들에게 있어서는 최고의 대접이었는데 유비는 내심 이것을 오랑캐의 풍습이라고 경멸하였다. 여포의 삶은 입지전적(立志傳的)이지만 최종적으로 마음을 준 유비로 인하여 죽음을 맞는다. 실제로 조조는 여포를 휘하의 장수로 두려고 하였고 만약 조조 아래에서 장수 생활을 했다면 여포는 별다른 위기 없이 평탄한 삶을 살았을 것이다.

예형(禰衡:173~198) 이형 참고.

오국태(吳國太:?~202) 손견의 부인으로 이름은 정확하지 않다. 흔히 오씨 또는 오부인이라고 부르기도 한다. 오국태는 손책·손권을 낳았고 손견이 죽은 후 가문을 일으켜 세우려고 노력한 사람이다. 자질이 명민한데다 지략이 있고 권모술수가 뛰어나 난국에 처한 오나라의 방향을 잡아주는 역할을 한 '철(鐵)의 여인'이다. 그의 동생(오태부인)도 손견의 부인이 되어 딸(유비의 부인) 하나를 낳았다. 오국태는 오늘날 케네디 가문이나 부시 가문 등의 여인들에 비견된다. 그녀의 죽음과 관련하여 나관중의 『삼국지』에서는 건안 12년(207)에 죽었다고 하지만 이것은 잘못이다. 그녀의 사망 연대는 건안 7년(202)이었다. 장정일의 『삼국지』에서는 보다 정확하게 그려져 있다.

오란(吳蘭:?~218) 서촉 유장의 장수. 원래 낙성을 지키다가 유비에게 항복한 뒤 유비의 장수로 활약하였다. 뒤에 마초를 도와 싸우다가 조조의 둘째 아들 조창(曹彰)에게 죽음.

오반(吳班:?~?) 오광의 아들, 자는 원웅. 촉 황제 유선 때에 관직이 표기장군(驃騎將軍)에 이르렀고 가절을 받았으며 면죽후(棉竹侯)에 봉해졌다. 나관중의 『삼국지』에서는 유비와 함께 관우의 원수를 갚으려 출병했을 때 선봉을 맡아 공을 세운 것으로 나온다. 제갈량의 북벌 당시 위수(渭水) 싸움에서 전사함.

오부(伍孚:?~190) 후한의 충신. 자는 덕유(德瑜). 조복(朝服) 안에 단도(短刀)를 숨겨 예궐하는 동탁을 단도로 찔렀으나 실패하고 붙잡혀 죽음을 당함. 벼슬은 월기교위(越騎校尉).

오석(吳碩:?~200) 후한의 충신. 동승과 함께 황제의 밀조를 받아 조조를 제거
하려다 누설되어 전 가족이 참수되었음. 벼슬은 의랑(議郎).

오태부인(吳太夫人) 나관중이 창조한 인물. 나관중의 『삼국지』에 의하면 손
견의 둘째부인으로 오국태의 동생이라고 한다. 언니 오국태는 손책·손
권을 낳고, 그녀는 딸 하나만 낳아 그 딸이 유비의 부인이 되었다. 오국태
부인이 죽은 후 손권은 오태부인을 어머니로 극진히 섬겼다고 한다. 그
리고 제갈량은 오태부인의 도움으로 유비의 혼사를 무사히 진행하였다
고 한다. 그러나 이것은 사실이 아니다. 나관중은 손권이 얼마나 효자(孝
子)인가를 보이기 위해서 오태부인을 창조한 듯하다.

오연(伍延:?~280) 오의 건평 태수. 거기장군(車騎將軍)으로 도독(都督)을 겸
해 진(晉)의 두예를 막아 싸우다 패해 죽음.

오의(吳懿:?~237) 촉의 대신. 원래는 서촉 유장(劉璋)의 장수이자 그의 장인.
낙성을 지키다가 조운에게 잡혀 항복함. 그의 누이는 유비의 왕비가 되
어 유영(劉永)·유리(劉利) 두 아들을 낳았다. 234년 제갈량이 죽자 오의
는 한중을 통솔하면서 거기장군이 되었고 제양후로 봉작이 높아졌다.

오찬(吳粲:?~?) 손권의 모사. 오정(烏程) 사람. 자는 공휴(孔休). 손권이 거
기장군(車騎將軍)이 되자 오찬을 불러 주부(主簿)로 삼았다. 오찬은 참
군교위(參軍校尉)로 여범과 함께 위와 싸울 때 공을 세웠다. 손권이 황제
위에 오르자 오찬은 태자태부(太子太傅)로 옮겨졌다. 후에 손권이 적자
(태자손화)를 버리고 서자(손패)를 책봉하려는 데 반대하다가 죽음을 당
했다. 벼슬은 태자태부.

올돌골(兀突骨) 나관중이 창작한 인물. 나관중의 『삼국지』에 의하면 올돌골
은 맹획을 도운 오과국(烏瓜國) 왕으로 등갑군(藤甲軍)을 거느려 용맹이
뛰어났다고 한다. 올돌골은 제갈량에게 유인되어 반사곡에서 불타 죽은
것으로 되어 있는데, 이는 사실이 아니라 창작된 내용이다.

옹개(雍闓:?~225) 촉에 반기를 든 건녕(建寧) 태수. 맹획과 합세했다가 제갈
량의 반간계에 빠져 고정(高定)과 자신의 부하 악환(鄂煥)에게 죽음.

왕경(王經:?~260) 위의 충신으로 자는 언위(彦緯). 일찍이 옹주자사를 지낸
사람. 사마소에게 핍박당하고 있던 위 황제 조모(曹髦)가 근위병을 끌고
나갈 때 만류했으나 실패하여 결국 조모는 시해되었다. 조모가 죽은 후
당시 사마소의 심복이었던 가충(賈充)을 꾸짖다가 그의 어머니와 함께
죽음을 당했다. 왕경의 어머니는 죽음을 의연하게 맞았으며 자신의 아들
을 자랑스럽게 생각했다고 알려져 있다.

왕관(王瓘) 위의 장수. 등애의 부하로 등애를 따라 촉을 정벌할 때 강유에게
거짓 항복하는 계책을 바쳤으나 오히려 강유에게 역이용 당해 등애는 참
패함. 왕관은 강유의 공격을 받자 한중의 잔도(棧道)와 관애(關隘)를 불
사르고 흑룡강에 빠져죽음.

왕랑(王朗:?~228) 후한의 구신. 자는 경흥(景興). 동해(東海) 담(郯) 사람. 헌
제 때 효렴(孝廉)으로 발탁되었고 일찍이 회계 태수를 지냈으며 손책에
게 패배하였다. 그후 조조에게로 가서 간의대부(諫議大夫), 소부, 대리
등의 직책을 맡았다. 조비가 황제가 된 뒤 사공(司空)이 되었다. 나관중
의 『삼국지』에 의하면 왕랑은 조진을 도와 출전하였다가 제갈량의 조리
있는 변설과 꾸짖음에 기가 질려 낙마(落馬)해 죽었다고 하는데 이는 거
짓이다. 정사의 '왕랑전'에 의하면 왕랑은 한 번도 조진(曹眞)의 군사(軍

師)에 임명된 적이 없으며 제갈량과 싸운 적도 없다. 나관중은 제갈량의 언변(言辯)이나 지략(智略)을 돋보이게 하기 위해서 왕랑을 낙마시켜 죽이는 장면을 연출한 것이다. 왕랑은 228년 병사하였다. 낙평향후(樂平鄉侯)에 책봉. 시호는 일성(日成).

왕루(王累:?~221) 서촉(유장)의 대표적인 충신(忠臣). 유장(劉璋)의 종사관(從事官). 왕루는 유장이 법정을 파견하여 유비를 촉으로 끌어들이자 성문에 거꾸로 매달려 유비의 영입을 끝까지 반대하다가 죽음.

왕립(王立) 후한의 중신. 벼슬은 시중(侍中) 태사령(太司令). 천문(天文)에 능한 사람으로 천문을 보고 조조의 세력이 커질 것을 예언했다고 한다.

왕상(王祥:184~268) 위의 구신. 낭야 사람으로 자는 휴징. 왕상은 위 황제 조환(曹奐) 때에 태위(太尉)를 지냈고 후에 진(晉:서진)나라의 대신이 되어 관직이 태보(太輔)에 이르렀다.

왕쌍(王雙:?~228) 위의 장수. 농서(隴西) 적도(狄道) 사람. 자는 자전(子全). 철태궁(鐵胎弓)과 유성추(流星鎚)를 잘 쓴 것으로 알려져 있다. 왕쌍은 조진의 선봉으로 촉의 사웅(謝雄)·공기(龔起)·장의(張疑)를 죽이고 전공을 세웠으나 제갈량의 계교에 빠져 전사했다.

왕수(王修:?~?) 북해(北海) 영릉(營菱) 사람. 원소의 별가종사(別駕從事). 왕수는 원담(袁譚)·원상(袁尚)을 화해시키려 노력하였다. 205년 조조가 원담을 죽여 그 수급(首級)을 저잣거리에 효수하였을 때 곡을 하지 말라는 명을 어기고 곡을 하였다. 조조는 오히려 이에 감복하여 그를 중랑장(中郎將)에 임명하여 우대하였다.

왕숙(王肅:195~256) 위나라의 대신. 동해(東海) 담(郯) 사람. 자는 자옹(子
雍). 왕랑의 아들로 사마염의 장인이다. 일찍이 황문시랑(黃門侍郞)·산
기상시(散騎常侍) 등을 지냈다. 230년 조진(曹眞)과 사마의가 촉 정벌에
나설 때 홍수가 닥치자 철군(撤軍)을 주청하여 회군(回軍)시킨 사람이
다. 사마사가 죽은 후 위 황제 조모에게 조서를 내리게 하여 사마소가 무
리없이 권력을 승계하는 데 기여하였다. 왕숙은 사마사·사마소의 두터
운 신임을 얻었고 사마소와 사돈을 맺었다.

왕식(王植) 실존 인물이 아님. 나관중의 『삼국지』에 의하면 조조의 부하로
후한의 형양(滎陽) 태수인데 관우가 조조 곁을 떠나 유비를 찾아갈 때
관우에 의해 죽음을 당한 오관참장의 제4호라고 한다. 하지만 이것은
사실이 아니다. 나관중이 관우의 무공을 보이기 위해 지어낸 이야기
이다.

왕연(王連) 나관중의 『삼국지』에 의하면 촉의 문신으로 남양(南陽) 사람. 자
는 문의(文儀). 왕연은 제갈량의 남만(南蠻) 정벌을 반대했다고는 하는
데 확인할 수 없다.

왕윤(王允:137~192) 후한의 중신. 태원(太原) 사람. 자는 자사(子師). 나관중
『삼국지』에 의하면 왕윤은 사도(司徒)로 있으면서 나랏일을 근심하던 중
초선(貂蟬)을 제물로 연환계(連環計)를 써서 여포가 동탁을 죽이는 데 성
공하였다고 한다. 그러나 이것은 사실이 아니다. 192년 왕윤은 상서복야
사(尙書僕射士) 손서(孫瑞) 및 여포 등과 밀모하여 동탁을 암살하는 데
성공하고 정권을 장악하였다. 그러나 얼마 후 이각·곽사의 공격을 받아
서 멸족당하였다.

왕자복(王子服:?~200) 후한의 중신. 한나라 헌제 때 공부시랑(工部侍郞)을

지냈다. 왕자복은 허전(許田)의 사냥에서 조조가 황제를 무시하는 행동에 격분하여 자신과 교분이 두터웠던 동승과 함께 동지를 규합하여 조조를 암살하려다가 누설되어 죽음을 당했다.

왕준(王濬:206~286) 진(晋)의 대장. 호(湖) 사람. 자는 사치(士治). 일찍이 익주자사(益州刺史)를 지냈고 수군(水軍) 양성에 힘쓰다 용양장군(龍讓將軍)으로 오나라를 침공하여 멸한 뒤 보국대장군(輔國大將軍)으로 책봉되었다.

왕찬(王餐:177~217) 위의 문사. 유표(劉表)의 식객으로 있었음. 산양(山陽) 고평(古平) 사람. 자는 중선(仲宣). 채옹(蔡邕)의 수제자. 건안 시대를 대표하는 문학가를 일컫는 건안칠자(建安七子)의 한 사람이다. 왕찬은 건안칠자들 가운데서도 비교적 높은 문학적 업적을 남겼는데 대표작으로는 「칠애시(七哀詩)」, 「등루부(登樓賦)」 등이 있다. 한말에 이르러 천하가 어지러워지자 왕찬은 유표에게 몸을 의탁하였다가 유표가 죽은 뒤 유종에게 조조에 항복하기를 권했다. 관내후(關內侯)·승상연(承相椽)으로 조조의 막하에 들었다. 벼슬은 시중(侍中)에 이르렀다.

왕충(王忠:?~?) 위의 장수. 부풍(扶風) 사람으로 유비의 서주를 치다가 관우에게 생포된 뒤 살아서 돌아옴.

왕평(王平:?~248) 촉의 대장. 파서(巴西) 암거(巖渠) 사람. 자는 자균(子均). 조조 밑에서 아문(牙門)장군으로 있다가 한중 정벌전 당시 조운에게 항복하여 촉의 편장군이 되었다. 벼슬은 전부대장군(前部大將軍). 왕평은 제갈량의 제1차 북벌 당시 마속(馬謖)을 보좌하여 가정(街亭)을 지키게 하였으나 마속이 왕평의 충고를 거절하여 대패하였다. 이 일로 인하여 마속은 참수(斬首)를 당하였지만 왕평은 오히려 참군(參軍)의 벼슬을 더

하였다. 제갈량이 죽은 후 왕평은 한중 땅을 지켰으며 관직이 진북대장
군(鎭北大將軍)까지 올라갔다.

왕필(王必:?~218) 위의 장수. 조조의 심복. 218년 소부(少府)·경기(耿紀) 등
이 조조를 암살하려 할 때 가장 먼저 어림군을 총괄하던 왕필을 죽이려
하였다. 왕필은 이들의 공격을 받아 부상을 심하게 당했음에도 불구하고
조휴(曹休)의 집으로 가서 이들을 막으려 하였다. 결국 소부와 경기의 암
살 기도는 실패로 돌아갔지만 왕필도 상처가 깊어 사망했다.

왕항(王伉:?~?) 촉의 문신. 223년 옹개, 주포 등이 촉을 배반하여 반란을 일
으키자 왕항은 영창군(永昌郡) 부승(府丞)으로 있으면서 여개(呂凱)와
함께 성을 사수했다고 한다. 제갈량은 그를 태수로 승진시켜 여개와 함
께 익주 4군을 다스리게 함.

왕후(王垕) 실존 인물이 아님. 나관중의 『삼국지』에 의하면 왕후는 조조군(曹
操軍)의 운량관(運糧官)으로 조조가 원소를 칠 때 양식이 딸려 군심(軍
心)이 동요하자 "왕후가 작은 되로 식량을 배급"했다는 죄목으로 왕후를
죽여 사태를 수습했다고 한다. 그러나 이것은 사실이 아니다. 왕후가 살
해된 것은 정사의 「위서」 '무제기(武帝記)'에 나오는 것이 아니라 '무제
기'의 주석에 달린 '조만전(曹瞞傳)'에 나오는 이야기로 '조조악인설'
을 부각시키기 위해서 만들어낸 사건이다. 그리고 조조와 관련된 야사들
을 모은 '조만전'에서조차 왕후라는 이름은 나오지 않는다.

요화(廖化:?~264) 촉의 장수. 양양(襄陽) 사람. 자는 원검(元儉). 나관중의
『삼국지』에 의하면 요화는 산적(山賊)으로 있다가 관우에게 귀순하여 활
약하였다고 하는데 확실하지 않다. 요화는 상방곡에서 사마의를 크게 압
박하였고 후일 유일한 구장(舊將)으로서 강유(姜維)와 함께 많은 공을

세웠다. 촉의 황제 유선이 항복하자 낙양으로 옮겨가는 도중에 병으로 죽었다고 한다. 벼슬은 우거기장군(右車騎將軍).

우금(于禁:?~221) 위의 용장. 태산(泰山) 거평(鉅平) 사람. 자는 문측(文側). 조조가 연주(兗州)를 정벌하였을 때 조조에게 귀부(歸附)하였다. 우금은 장수(張繡)를 물리치는 데 공이 컸으며, 민폐를 일삼던 병사들을 엄격히 처리하여 조조의 총애를 받았다. 그러나 적벽대전 때 수군(水軍)을 총지휘하다가 참패하여 양양에서 관우에게 항복하고 포로로 있다가 후일 손권이 돌려보내 주었다. 조조의 총애와는 대조적으로 조조의 아들 조비는 우금을 싫어했다고 전한다. 조비는 벽화에 우금이 투항하는 장면을 그려 그를 비웃었는데 우금은 그 일로 병을 얻어 죽은 것으로 알려져 있다. 시호는 이후(履侯).

우길(于吉) 실존 인물이 아님. 나관중의 『삼국지』에 의하면 우길은 낭야(琅琊) 사람으로 강동 지방에서 숭배받은 도사(道士)라고 한다. 우길은 도서(道書)를 읽으며 부적 등으로 많은 사람의 병을 고치고, 호풍환후(呼風喚雨)하는 술법을 써서 민심을 크게 사로잡았다고 한다. 손책은 그를 혹세무민(惑世誣民) 한다고 죽이려 했으나 오히려 그의 망령에 시달리다가 병을 얻어 죽었다. 그러나 우길은 역사적 인물은 아니다. 나관중이 손책의 급한 성격이나 물불을 가리지 않는 성향을 묘사하기 위해 만들어낸 인물이다.

우번(虞翻:164~233) 오의 모사. 회계(會稽) 여요(餘姚) 사람. 자는 중상(中翔). 회계 군리(郡吏)로 있다가 손권에게 발탁. 우번은 역리(易理)에 통달했으며 박학하고 의술에 밝았다고 한다. 우번은 성격이 강직하였고 화타를 천거하여 주태를 치료케 했으며 부사인과 미방을 권유하여 항복하게 했다고 한다. 학자로서의 우번은 역(易)·노자(老子)·논어(論語)·국책(國策) 등에 훈주(訓注)를 달았으며 벼슬을 버리고 교주(交州)로 가서 강학(講學)하였는데 그는 학문을 논함에 있어서 결코 싫증을 내지 않아서 제자가 100여 명도 넘었다고 한다. 벼슬은 기도위(騎都尉).

우보(牛輔:?~192) 동탁의 사위로 관직은 중랑장(中郎將). 나관중의 『삼국지』에 의하면 우보는 동탁이 패한 뒤 이각과 함께 장안을 공격하였으나 여포군에 패하여 심복 호적아(胡赤兒)의 손에 죽은 것으로 되어 있는데 이것은 사실이 아니다. 우보는 이각이 돌아왔을 때 이미 사망하였다.

우전(于詮:?~258) 오의 장수. 사마소의 전횡에 대하여 위의 진동대장군(鎭東大將軍) 제갈탄이 의거(義擧)를 일으키자 우전은 제갈탄을 구원하기 위해 출정하였다. 그러자 사마소가 친히 대군을 이끌고 성을 포위하자 이에 굴하지 않고 끝까지 대적(對敵)하다 전사하였다.

원담(袁譚:?~205) 원소의 장자. 자는 현사(顯思). 청주자사(靑州刺史)로 있을 때 유비를 맞아들임. 조조가 기주(冀州)를 공격할 때를 전후하여 원소의 막내아들인 원상(袁尙)이 원소를 계승하자 원담은 거기장군(車騎將軍)에 임명되었다. 조조가 곽가의 권고로 일단 철수하자 원담은 원상이 원소를 계승하는 것이 부당하다고 주장하면서 원상과의 일전을 벌였다. 모사 신평(辛評)과 곽도(郭圖)의 지지로 원소를 계승한 원상과의 싸움에서 원담이 밀리게 되자 원담은 조조에게 거짓으로 항복한 후 조조의 힘을 빌려 원상을 토벌하고 재기를 노렸으나 계획이 탄로나 실패하였다. 원담은 조조군과의 격전 중에 사망하였다. 나관중의 『삼국지』에는 원담이 매우 모순적인 인물로 그려져 있다. 즉, 관도대전 이전에 유비가 원담을 찾아가 도움을 청할 때는 한정없이 착한 사람으로 그려져 있고 후반에서 조조와 대치할 때는 매우 저급한 인물로 그려져 있는데 이는 사실이 아니다.

원상(袁尙:?~227) 원소의 셋째아들. 자는 현보(顯甫). 모사 심배와 봉기의 도움으로 원소를 계승하였다. 권력의 승계 과정에서 상당한 진통이 있었다. 권력을 장악하는 과정에서 형 원담과 싸우는 한편 조조군의 침공에도 대비해야 하는 상황이었다. 원상은 조조군에 패하자 자신의 둘째형인 원희(袁熙)와 함께 요동(遼東) 공손강에게로 피신하여 재기를 노렸으나 결국 공손강에게 죽어 그 수급(首級)은 조조에게 보내졌다.

원소(袁紹:?~202) 4대째 한(漢)나라에서 정승 벼슬을 한 명문 출신의 장수. 여남(汝南) 여양(汝陽) 사람. 자는 본초(本初). 원소는『삼국지』의 인물들 가운데 가장 청류(淸流)에 가까운 사람이다. 나관중『삼국지』에서는 원소에 대해 혹평으로 일관하고 있는데 이는 잘못이다. 원소는 동탁을 불러들이고 일찍이 환관들을 대살육하여 정권을 장악하려 하였으나 동탁에게 쫓겨 하북에 웅거하였다.

후일 원소는 동탁 토벌의 맹주(盟主)로 추대되었지만 동탁을 토벌하지는 못한다. 원소는 기주(冀州)를 빼앗아 자신의 근거지로 삼고 공손찬을 토벌하여 기주 · 청주 · 유주 · 병주에 이르는 광대한 지역을 자신의 거점으로 삼았다. 관도대전에서 평생의 라이벌이었던 조조에게 패하여 울분으로 사망했다.

소해설 **『삼국지』의 실제 주인공 원소** 원소는 조조와 더불어 『삼국지』의 실제 주인공으로 보아야 할 정도로 영향력이 큰 인물이다. 나관중『삼국지』에서는 조조-원소의 대결을 대수롭지 않게 묘사하고 있으나 이것은 잘못이다. 당시에는 원소-조조의 싸움이 중국 전체의 전쟁이나 다름 없었다. 이들의 영역은 천하 9주 가운데 8주에 해당되는 지역이었기 때문이다. 나머지 한 주는 익주(益州)로 익주를 지키던 유장은 어떠한 대세에도 따를 인물이었기 때문에 이들 싸움의 승자는 바로 천하의 주인이 되었던 것이다. 그리고 손권이 장악하고 있던 동오(東吳)는 중원(中原)에서 보면 변방 중의 변방이었다. 오나라에서는 위나라를 '중국(中國)'이라고 불렀다. 원소는 백마·관도·창정싸움에서 조조에게 패하고 돌아왔다가 병으로 죽었다. 나관중의『삼국지』에서 원소는 결단성이 부족하고, 참모들이 불화하고, 아들들을 잘못 다스린 대표적인 사람으로 묘사되어 있으나 이는 사실과 다르다. 다만 원소는 유가적(儒家的)이고 전통적인 입장에 충실한 사람이었기 때문에 합리적이고 법가적(法家的)·전투적이었던 조조를 이기기 어려운 요소를 가지고 있었던 것이다. 조조와 원소의 전쟁은 마치 유방과 항우의 전쟁에 비유할 수 있다. 원소는 항우처럼 임기응변에 능하지 않았으며 오랜 명문귀족이었기 때문에 관습으로부터 자유롭지 못하였을 것이다. 전쟁에 나갈 때는 봄을 피하고 아들의 병 때문에 출정할 수 없었던 것도 하나의 예가 될 것이다. 원소의 입장에서 보면 조조는 자신보다 한수 아래인 환관의 자손이며 변법(變法)에 능한 사람으로 경멸의 대상일 수밖에 없었을 것이다. 만약 난세(亂世)가 아니라 평화 시기였다면 원소는 최고의 명문 가문을 유지할 수 있었던 사람이다. 동탁 토벌을 위한 제후연합군의 맹주(盟主)가 원소였다는 점을 상기해볼 필요가 있다.

원술(袁術:?~199) 4대 3공을 낸 명문. 원소의 사촌동생. 남양(南陽) 사람. 자는 공로(公路). 원소와 사이가 나빴다. 원술은 한나라의 장군으로 회남(淮南)에 웅거하여 세력을 펴고 황제라고 칭함으로써 오히려 군웅들의 반감을 사서 멸망을 재촉하였다. 조조의 대대적인 토벌로 싸움에 패하여 피신해 있던 중 병사했다.

> [소해설] **원술과 손책** 나관중의 『삼국지』에서는 원술(袁術)을 매우 비하(卑下)하고 있다. 원술이 비하를 받을 만한 요소가 있기도 하지만 그것은 역으로 원술이 가지고 있는 권력의 크기를 보여주는 것이기도 하다. 그러나 무엇보다도 나관중 『삼국지』는 원술이 손책을 아들 이상으로 보살펴준 공에 대해서는 철저히 침묵으로 일관한다는 점을 지적해야 한다. 원술의 지원이 없었다면 손책이 오나라의 기초를 닦기는 어려웠다. 이 점을 무시하고 원술이 마치 있지도 않은 옥새(玉璽)에 눈이 멀어서 손책을 후원한 것처럼 되어 있다. 사실은 손책이 원술의 도움을 받아서 재기에 성공한 것이다.

원외(袁隗:?~190) 후한의 중신. 벼슬은 태부(太傅). 전국적으로 동탁 토벌군이 결성되자 원외는 원소·원술(袁術)과 일가(一家)라 하여 동탁에게 멸족을 당했다고 한다.

원희(袁熙:?~207) 원소의 둘째아들. 자는 현역(顯奕). 유주(幽州)를 수비. 성격이 무던했기 때문에 원소가 죽은 후에도 후계권을 놓고 싸우지 않았다. 원희는 조조에게 여러 번 패하자 원상과 함께 요동 공손강에게 의지해 갔으나 도리어 공손강의 손에 참수되어 그 수급은 조조에게 보내졌다. 원희의 아내 견씨(甄氏)는 후일 조비의 아내가 되어 위나라의 황후로 책봉되었다. 그리고 견씨의 아들인 조예는 다시 황제로 등극하게 된다.

소해설 **원희, 슬픈 남자의 일생** 원희는 기록상에 나타난 부분만을 보더라도 『삼국지』를 통틀어 가장 비극적인 생애를 살다간 남자라고 할 수 있다. 물론 이 당시에는 여자들이 일종의 전리품(戰利品) 역할을 하기도 하였지만 절개를 중요시한 측면도 있기 때문에 견씨에 대해서는 비판의 여지도 없지 않다. 그러나 견씨(甄氏) 역시 조비가 제위에 오른 후 총애를 잃고 투기를 일삼다가 사약을 받고 죽었다. 원희와 견씨 부부의 삶은 비극적 드라마처럼 끝을 맺고 있다. 원희는 아내를 원수(怨讐)의 자식(조비)에게 보냈고 그 원수의 아들이 데리고 살다가 죽은 여인의 남편이었던 것이다. 그런데 그 원수의 아들과의 사이에서 난 아들(조예 : 위나라 명제)이 원수의 나라의 황제가 되는 아이러니를 낳고 있다.

중요해설 『삼국지』 최대의 미스터리 ― 위 황제 명제 조예는 원희(袁熙)의 아들인가

원희(袁熙)와 견씨(甄氏) 부부의 삶은 비극적이면서도 많은 비밀을 간직하고 있다. 견씨의 소생이었던 위나라 3대 황제 조예는 원희의 아들일 가능성이 높다는 점이다. 만약 위나라 명제(明帝) 조예가 원희의 아들이라면 위나라의 역사나 『삼국지』는 다시 씌어져야 한다. 만에 하나라도 위나라 명제 조예가 원희의 소생이라면 조조의 위(魏)나라는 원소의 후손에 의해 계승되는 셈이 된다. 그렇다면 조예가 원희의 아들이라는 근거는 무엇인가? 이 점들을 구체적으로 살펴보자.

첫째, 조예의 탄생 시기에 관한 문제이다. 조예는 205년에 태어났고 원희는 207년에 사망하였다는 점이다. 조조가 원담(袁譚)을 죽이고 원희를 공격한 것은 205년 말이기 때문에 그때까지도 원희는 아내인 견씨와 부부 사이였던 것이다. 구체적으로 보면 조조가 업도(鄴都)를 함락한 것은 204년 가을이었는데 이때 조비가 견씨와 결혼했다면 조예가 205년 출생할 수 있지만 정사 『삼국지』에는 이 부분에 관한 기록이 없다. 설령 조비가 견씨와 204년 겨울에 결혼했다고 하더라도 조예가 205년 출생한 것은 여전히 의문으로 남을 수밖에 없다. 정사 『삼국지』 「위서」 '무제기' 에는 204년 음력 8월 "조조는 원소 진영의 수도인 업도(鄴都)를 함락하고 원소의 묘(墓)에 가서 제사를 지내고 원소의 부인을 위로했다"는 것만 기록되어 있다.

둘째, 조비가 자신의 장자(長子)에 해당하는 조예를 싫어했다는 점이다. 이것은 조비가 조예를 자신의 아들로 인정하지 않았기 때문일 가능성이 크다. 정사 『삼국지』 「위서」 '명제기(明帝紀)' 에 따르면 조조는 조예를 매우 사랑한 반면, 위 문제 조비는 조예를 싫어했다고 한다. 조비는 서씨(徐氏)의 소생인 경조왕(京兆王) 조례(曹禮)를 후사로 삼으려 했기 때문에 장자인 조예를 오랫동안 태자로 세우지 않았다. 조예는 거의 스무 살이 되어 조비의 병세가 위독해지자 태자로 봉해지게 된다. 이것은 무슨 의미일까? 정사 『삼국지』 「위서」 '명제기' 에는 조예의 생모인 견씨가 조비에게 주살(誅殺)되었으므로 조예를 태자로 세우지 않았다고 하는데 이것은 사실이 아니다. 견씨가 죽은 것은 221년으로 그때 조예의 나이는 16세이다. 그렇다면 조비는 자신의 재위 기간 동안 태자를 세우지 않았다는 것인데 이것은 사리에 맞지 않기 때문이다.

셋째, 조예는 조비와는 달리 용모가 수려하였다는 점이다. 정사 『삼국지』 「위서」 '명제기' 에는 조조는 조예의 용모가 수려함에 흐뭇해 하면서 "나의 기반은 너에 이르러 3대째가 된다"고 조예에게 말하곤 했다. 물론 조예의 용모가 모계인 견씨를 닮았을 수도 있다.

넷째, 조예가 자신의 후사로 삼은 조방(曹芳 : 231~274)의 문제이다. 조예는 조방의 출생에 대하여 철저히 비밀에 부치고 있는데 상식적으로 납득하기가 어렵다. 왜냐하면 조방이 종친의 아들이었다면 굳이 숨길 이유가 없기 때문이다. 더욱이 조예가 죽은 후에는 조방이 자신의 생부·생모에 관해 침묵할 이유가 없기 때문이다. 그리고 설령 조예가 견씨 일족의 여인과 사통을 해서 낳은 아들이라고 하더라도 손(孫)이 귀한 상태에서 조예가 그것을 숨길 하등의 이유는 없다. 그 여인을 후궁이나 황후로 삼으면 되는 일이다. 정사 『삼국지』 「위서」 '제왕기' 에는 "조방은 어디서 온 사람

인지는 아무도 모른다. 궁중의 일은 비밀에 속한 것이기 때문이다"라고 기록되어 있다. 조방의 즉위 칙서(勅書)에는 "나는 보잘것없는 몸으로 대업을 계승했으나 혈혈단신이기 때문에 고통스러워도 누구에게 말할 상대조차 없도다"라는 말을 하고 있다. 이상의 논의를 통해서 보면 조방은 원희의 후손으로 견씨 집안의 친척들 가운데서 양육되었을 가능성이 있다는 것이다. 즉, 조방은 원희 집안의 숨겨진 아이일 수 있다. 즉, 전란이 발생하자 원희의 가족들은 대부분 몰살당했겠지만 원희의 아들 중 일부가 안전한 외가인 견씨의 집안에 양육되었을 가능성이 있다. 239년 조방이 8세를 전후로 하여 제위에 오르는 것으로 보아 살아남은 원희의 아들의 아들, 즉 원희의 손자일 가능성이 있다.

다섯째, 조예와 조방은 모두 상식적으로 생각하기 힘들 정도로 견씨 가문과 긴밀도를 유지하고 있다는 점이다. 조예는 자신의 외조부였던 견일(甄逸)의 가문에 대해서는 끔찍이 아끼고 보호하였다. 이것은 조방대에 이르러서도 아무런 변화가 없었다. 견일의 가문은 견일(甄逸)—견상(甄像)—견창(甄暢)—견소(甄紹) 등으로 이어지는 동안 조예·조방의 부자(父子)는 이들에 대해 철저히 지원하였다. 조예가 외가인 견일의 집안에 대해서 얼마나 신경을 썼는가 하는 점은 정사『삼국지』「위서」'후비전'·'문소견황후전(文昭甄皇后傳)'에 상세히 기록되어 있다. 그 내용은 너무 많고 다양해서 오히려 견씨 가문이 왜 외척세력으로 성장하지 못했는지가 의문스러울 정도이다. 조예가 견씨 집안과 함께 했던 가장 극적인 일은 조예가 자신이 사랑했던 딸 조숙이 죽자 이미 죽은 종손 견황(甄黃)과 영혼결혼(靈魂結婚)을 시키고 열후(列侯)에 봉한 사건이다. 그리고 조방은 견씨 집안의 딸을 황후로 맞았다. 조방의 비(妃)였던 견씨는 243년에 황후로 책봉되어 251년 죽을 때까지 조씨 집안과 견씨 집안의 징검다리 역할을 한 것으로 보인다.

이상의 논의를 토대로 보면 조예는 원희의 아들일 가능성이 매우 크다. 또 다른 문제는 조조가 조예의 출생 비밀을 알고 있었을 수도 있다는 점이다. 조조는 조예의 출생에 대하여 충분히 의문을 가질 수 있기 때문이다. 그런데 한 가지 분명한 사실은 정사『삼국지』「위서」에서 조조는 조예를 끔찍이 사랑한 것으로 나타난다. 여기에는 두 가지의 분석이 가능하다. 조조가 조예를 조비의 소생이라고 확신했을 경우와 원희의 아들이라고 생각했을 경우이다.

첫째, 조조는 조예가 조비의 소생이라고 분명히 믿고 있었으므로 할아버지가 장손을 사랑하는 것은 극히 당연한 일이다.

둘째, 조예를 원희의 자식, 즉 원소의 손자라고 생각했을 경우, 그럼에도 불구하고 조조가 조예를 끔찍이 사랑할 수 있었을까? 이것은 참으로 어려운 일이다. 그러나 조조와 원소와의 관계를 다시 생각해보면, 이것도 있을 법한 일이다.

원래 조조와 원소는 오랜 동지이자 친구 사이다. 정사『삼국지』「위서」'원소전'에 따르면 "원소는 풍모가 빼어나고 위엄스런 용모가 있었으며 지위가 낮은 선비들에게도 허리를 굽혀 존경하였으므로 수많은 선비가 그에게 귀의했다. 조조도 젊었을 때 그와 가깝게 지냈다"고 되어 있다. 조조와 원소가 수도(낙양)에서 근무할 때 이 두 사람은 '호형호제(呼兄呼弟)' 하면서 지냈을 것이다. 이들은 장래 촉망된 차세대 주자로서 한나라 조정의 엘리트들이었다. 그리고 조조는 때로 원소 집을 방문하기도 했을 것이고 원소의 아들들도 자주 보았을 것이다. 후일 이들은 다만 천하를 두고 쟁패(爭霸)를 벌인 것뿐이지 이들 사이에 견원지간(犬猿之間)과 같은 감정이 있을 리 없다.

그런데 조조는 원소의 집안을 멸족시키게 된다. 오랫동안 잘 알고 지내던 친구의 아들들까지 모두 죽이게 되니 조조는 만감이 교차하였을 것이다. 문학적 감수성이 예민한 조조는 관도대전 후 원소에 대해 늘 미안하고 안타까운 감정을 가졌을 가능성도 있다. 정사『삼국지』「위서」'무제기'에는 조조가 업도를 함락하고 "원소의 묘에 가서 제사를 지내고 원소를 위해서 눈물을 흘리며 곡(哭)을 하고 원소의 부인을 위로하였으며 그 집에 심부름꾼들과 보물을 보내주고 각종 비단과 솜을 하사했으며 관(官)에서 양식을 제공하도록 했다"고 기록되어 있다. 이런 점을 고려해볼 때 조조는 조예에 대해 남다른 애정을 가지고 귀여워했을 수도 있다. 그것은 옛 친구에 대한 속죄의 표현이기도 했을 것이다.

위개(衛凱:?~?) 위의 문신. 하동(河東) 안읍(安邑) 사람. 자는 백유(伯儒). 「위서」'무제기'에 인용된 『위씨춘추』에 의하면 위개가 아니라 위기(衛覬)이다. 위기는 문장이 뛰어나 조조의 총애를 받아 시중을 지내기도 했다. 위기는 왕찬 등과 더불어 조조에게 위왕(魏王)이 되기를 권했다. 시호는 경후(敬侯).

위관(衛瓘:220~291) 위의 장수. 사마소 수하의 감군(監軍). 고대의 유명한 서예가. 위관은 종회의 지령으로 등애 부자를 체포해 압송하였고 종회가 반역을 했을 때 여러 장수들을 모아 평정하여 위나라의 평화에 크게 기여하였다. 위관은 전속(田續)을 보내 등애를 살해하였다. 이와 같이 위관은 촉 정벌기에 나타난 여러 가지의 환란을 독자적으로 잘 극복해냄으로써 그 공을 인정받았다. 진 무제 때 위관의 지위는 이미 사공(司空)에 이르렀다.

위속(魏續:?~?) 위의 장수. 원래는 여포 막하에 있었다. 조조가 여포를 정벌하러 갔을 때 송헌 후성 등과 함께 여포를 사로잡아 조조에게 바쳤다. 그후 백마 싸움에서 전사함.

위연(魏延:?~234) 촉의 용장. 강표(江表) 의양(義陽) 사람. 자는 문장(文長). 유표(劉表)의 장수로 있다가 적벽대전 후 장사 태수 한현(韓玄)의 목을 베어 유비에게 항복했다. 유비를 따라 많은 공을 세우고 219년 유비가 한중왕이라고 칭한 후 위연을 한중 태수로 삼았다. 유비 사후에도 제갈량은 그의 용맹을 활용하여 항상 선봉을 삼았다. 위연은 전군사(前軍

師)·정서대장군(征西大將軍) 남정후(南鄭侯)에 책봉되었다. 정사인 진수의 『삼국지』에는 제갈량이 죽자마자 바로 "양의를 공격하였는데 여러 사람들이 그의 이 같은 행동을 보고 뜻을 같이 하지 않았으며 그 과정에서 피살되었다"고 한다. 나관중 『삼국지』에서는 위연의 반의(叛意)를 안 제갈량은 마대(馬岱)에게 유계(遺計)를 주어 불시에 그를 제거하도록 한 것으로 되어 있다. 그런데 위연에 대해서는 나관중식 해석을 따를 수 없는 많은 요소가 있다. 평소 제갈량은 군권은 강유(姜維)에게, 행정은 양의(楊儀)에게 맡기고 있었는데, 제갈량이 죽으면서 승상 직위는 장완(蔣琬)이 계승하도록 하였다. 위연은 원래 양의와는 사이가 나빴는데 양의는 자신이 제갈량의 지위를 계승할 것으로 예상하고 있었다. 양의는 자신이 권력을 장악하는 과정에서 위연이 분명히 장애가 될 것으로 판단하고 마대와 함께 위연을 유인하여 살해한 것이다. 물론 위연은 성격이 다혈질이고 강직하여 제갈량에게는 부담스러운 존재였을 수도 있다.

그러나 나관중의 『삼국지』에서 말하듯이 위연은 횡포하고 파렴치한 사람은 아니었다. 더구나 나관중이 말하듯이 '역모'를 도모하다가 죽은 사람이 더구나 아니었다. 후에 양의는 승상 자리가 장완에게 돌아가자 불평을 늘어놓다가 관직이 박탈되었으며 스스로 자결하였다. 양의가 위연을 살해하려 한 것은 제갈량 사후 촉 진영에서 거의 유일한 일기당천(一騎當千)의 용장(勇將)이었던 위연이 군권을 장악할 가능성이 컸기 때문이다.

양의는 자기와 사이가 나쁜 위연이 장차 자신이 권력을 장악하는 데 가장 큰 걸림돌이 될 것을 우려했던 것이다. 그래서 양의는 위연이 역모를 도모한다는 소문을 퍼뜨려 죽이게 된 것이다. 물론 이 과정에서 위연이 양의를 공격한 것은 국가적인 위기상황에서 행한 행동이라고 할 수 없고 위연의 모든 행위들이 정당화되는 것도 아닐 것이다. 그러나 나관중 『삼국지』가 "내가 위에 투항했더라면 크게 출세했을 텐데"라고 하는 양의를 오직 촉(蜀)을 위해서 싸워온 위연보다도 중히 여기고 위연을 인간 이하로 묘사한 것은 큰 잘못이다. 이것은 제갈량과 관련이 있다고 보아야 한다. 즉, 양의는 제갈량에 대하여 절대적으로 복종한 반면, 위연은 전략 문제로 제갈량에 반대하는 자신의 주장을 굽히지 않았다. 이러한 위연의 행동을 나관중은 용납할 수 없었을 것이고 결국 위연은 파렴치범에 역모자로 몰려서 역사의 죄인으로 남게 된 것이다.

소해설 **위연과 양의** 당시 촉(蜀) 조정에서는 위연(魏延)은 용맹하지만 다소 경솔한 사람이고 양의(楊儀) 또한 성품이 과격하고 포용력이 없는 사람으로 보고 있었던 것 같다. 이 두 사람의 불화는 촉의 황도(皇都 : 성도) 사람이면 다 아는 일이었다. 양의는 군량미와 말먹이 풀을 관장하고 군기를 참찬하여 오랫동안 제갈량을 보필하였다. 따라서 제갈량이 갑자기 임종을 맞자 대사를 양의에게 위임하였을 것이다. 위연은 평소 공을 세운 것을 크게 자랑삼아 잘난 체하며 사람을 업신여기는 경우가 있었다고 한다. 위연의 입장에서는 제갈량 사후의 일을 자신이 담당해야 하는데 직위도 낮은 양의가 제갈량을 대신하여 자기에게 군령(軍令)을 내리는 것을 못마땅하게 생각했을 가능성이 크다. 양의는 평소 위연을 신통치 않게 여겼으므로 위연은 양의에 대하여 앙심을 품고 있었을 것이다. 항상 자기가 잘난 사람이라고 여겼던 위연은 제갈량이 자신의 전략을 채택하기를 꺼리자 제갈량을 겁쟁이라고 하기도 하고 촉 황제 유선이 위연을 총애하자 자신을 잘 몰라주는 제갈량에 대하여 불만을 가졌을 것이다. 그러나 이들 두 사람은 이 시기에 돌이킬 수 없는 실책을 했다. 양의와 위연은 제갈량이 죽은 국가적인 비상사태에 직면하여 '군사권 장악' 이니 '승상 대리' 니 하는 문제로 권력 투쟁을 벌였던 것이다. 그것은 그 어떤 변명에도 불구하고 비난을 면하기는 어려울 것이다. 그리고 군권이나 승상 임명은 황제의 소관이지 위연이나 양의가 경망스럽고 불충하게 거론할 문제는 아니었던 것이다. 위연은 성품이 다소 과격하거나 다혈질이긴 하지만 역모와 연루될 만한 사람은 아니었고, 양의는 제갈량 사후의 일을 처리하면서 자신이 마치 '승상(丞相)' 이 된 듯이 처신했을 가능성도 있다. 전후의 사정과 기록을 살펴보면, 위연보다는 오히려 양의가 모반할 가능성이 더 높은 사람이었다.

위홍(衛弘:?~?) 조조가 동탁을 암살하려다 실패하고 돌아와 모병할 때 군자금을 대어준 부호(富豪)로 알려져 있다(물론 조조의 암살 시도는 정사에 없다). 정사 『삼국지』 '무제기(武帝紀)' 에 인용된 주에 따르면 위홍이 아니라 위자(衛玆)라고 한다. 위자는 진류 사람으로 효렴 출신이다. 위자는 조조를 도와 그로 하여금 군사를 일으키게 했는데 모두 5천 명이 되었다고 한다.

위황(韋晃:?~218) 후한의 충신. 벼슬은 사직(司直). 위왕 조조가 권력을 전횡하는 것을 보고 경기(耿紀) · 김위(金褘) 등과 봉기했다가 붙잡혀 자결함.

유기 (劉琦:?~219) 유표(劉表)의 장자(長子). 나관중의 『삼국지』에 따르면 유기는 계모인 채씨(蔡氏)와 그녀의 오빠인 채모(蔡瑁)의 시기를 받아 유비에게 의지하였고 제갈량의 계책에 따라 강하(江夏) 태수로 나와 생명을 구했다고 한다. 그리고 연이어 벌어진 적벽대전에 공을 세웠고 유비가 형주자사로 삼았으나 요절하였다. 유기에 대한 부분은 정사에서도 많이 나타나고 있지 않고 다만 유종(劉琮)이 유표(劉表)의 지위를 계승한 후 유기는 그의 배다른 아우인 유종과 원수지간이 되었으며 유비가 적벽대전에서 승리한 후 유기를 형주자사(荊州刺史)로 삼았고 그는 곧 죽었다는 부분만 확인되고 있다. 유기와 관련하여 지적할 문제는 나관중의 『삼국지』가 유기를 마치 허약하고 자신의 일을 처리할 능력이 없는 무능한 인간으로만 그리고 있다는 점일 것이다. 이것은 사실이 아니다.

유벽 (劉辟:?~?) 나관중 『삼국지』에 나오는 인물로 여남(汝南) 지방의 황건 농민군의 장수로 알려져 있다. 유벽의 공으로 유비 · 관우 · 장비 · 조운이 다시 만나 세력을 펴게 되었다고 한다. 나관중 『삼국지』에 의하면 유벽은 조조의 장수 고람(高覽)과 싸우다 죽었다고 한다. 그러나 이것을 확인하기는 어렵다. 유벽과 관련해서 정사 『삼국지』 「촉서」 '선주전(先主傳)'에서는 다음과 같이 나온다.

"조조가 원소와 관도(官渡)에서 서로 대치하고 있을 때 여남의 황건적 유벽이 조조를 배신하고 원소에게 호응하였다. 원소는 유비를 파견, 병사들을 지휘하여 유벽과 더불어 허현 주위를 탈취하도록 했다. 이때 관우는 유비가 있는 곳으로 도망쳐 돌아왔다."

관도대전이 장기화되고 있던 200년부터 206년까지는 전선이 전반적으로 장기화되었기 때문에 유비는 조조의 공격에서 벗어나 다소 숨을 돌릴 수 있게 된 것이다.

이 시기에 유비가 유벽과 같은 농민군과 연합전선을 편 것은 중요한 의미가 있다. 현실적인 군사력이 거의 없었던 유비에게 있어서 황건 농민군의 잔당들은 군사력을 정비하는 데 큰 힘이 될 수 있기 때문이다. 유비가 그 당시 원소를 벗어나 농민군들과 합류하는 과정은 마치 도시 폭동에서 실패했던 모택동이 정강산(井崗山)으로 들어가서 홍군(紅軍:중국인민군의 전신)을 구성한 것과도 매우 유사하다. 당시 유비는 복우산(伏牛山)으로 들어가 자신을 보호하고 힘을 길렀던 것으로 보인다.

그런데 여기서 눈여겨봐야 할 대목은 『삼국지』의 영웅들 가운데 황건 농민군과 연합하려 했던 사람은 거의 없었는데 오직 유비만이 연합하였다는 점이다. 성리학적 시각에서 본다면 유비의 행동은 용납받을 수 없는 점일 수도 있다. 즉, 보수적 시각이나 성리학적 시각에서도 '아무리 어려워도 어떻게 도적들과 행동을 같이 할 수 있는가' 하는 문제가 남기 때문이다. 그러나 이 점에 있어서 나관중의 『삼국지』는 철저히 침묵으로 일관하고 있고 오히려 황건적들을 교화했다고 한다. 그러나 실제로 유비는 이들을 철저히 이용한 것에 불과하다.

유복(劉馥:?~208) 위의 장수. 패국(沛國) 상현(相縣) 사람. 벼슬은 양주(楊州) 자사. 유복은 주를 잘 다스려 유민(流民)을 귀순시키고 학교를 열고 둔전(屯田)을 크게 넓혔다고 한다. 나관중 『삼국지』에서는 조조가 적벽대전을 앞두고 배의 갑판에서 연회를 베풀고 호기롭게 즉흥시를 읊었을 때 조조의 글귀가 불길하다고 간하다가 조조의 창에 찔려 죽은 것으로 되어 있다. 그러나 이것은 사실이 아니다. 정사 『삼국지』에 의하면 유복은 단지 208년에 죽었다는 내용 이상의 기록은 없다. 이 부분은 다만 '조조악인설'을 목적으로 하여 만들어낸 부분에 불과하다.

유봉(劉封:?~220) 유봉은 유비의 양자로 본성은 구(寇). 벼슬은 부군중랑장(副軍中郎將). 유비는 구봉(유봉)을 번성 유필(劉泌)의 집에서 만나 양자로 삼은 후 데리고 다니면서 전투에 참여하게 했다. 유봉은 유비와 더불어 각종 전투에 참가하여 온갖 고초를 함께 겪는다. 유봉이 상용성(上庸城)을 지킬 때 관우의 구원 요청을 들어주지 않았다는 이유로 유비는 그를 참수했다.

> **소해설** 『삼국지』의 미스터리 유봉의 죽음 나관중 『삼국지』에 의하면 유봉이 상용성을 지킬 때 관우의 구원 요청을 들어주지 않았기 때문에 유비에게 죽었다고 한다. 그러나 이것은 하나의 핑계에 불과하다. 설령 그렇다고 하더라도 동생(관우)의 죽음을 못 막았다고 아들(유봉)을 죽이는 아버지의 모습은 용납하기 어려운 일이다.
> 유봉의 죽음은 촉 지도부, 즉 유비와 제갈량의 합작품일 가능성이 더 크다. 유봉과 함께 산성을 지키던 맹달(孟達)이 유봉에게 편지를 보내어 유비의 친아들인 유선(劉禪)이 태어났기 때문에 유봉은 살아남기 어려울 것이니 위나라에 함께 투항하자고 했을 때 유봉은 이를 단호히 거절했다. 유봉은 무용이 뛰어나고 전쟁에서의 공적이 탁월한 사람이었다. 제갈량은 이 점에 대해 평소 우려했던 것으로 보인다. 그러던 가운데 관우가 죽게 되자 유봉에게 책임을 덮어씌워 죽이게 된 것인데 그 안에 깔려 있는 것은 유비의 사후(死後) 유선이 권력을 계승했을 경우 과연 유선이 유봉을 통제할 수 있을까 하는 고민이 있었던 것이다. 그러나 어떤 이유에서든 자신의 양자(養子)를 자신의 목적을 달성하기 위해서 살해한다는 것은 있을 수 없는 일이다. 특히 유봉은 유비와 함께 전장을 누비면서 온갖 고초를 겪은 사람이다. 이 점에 있어서 유비나 제갈량의 처사는 용서받을 수 없는 만행이라고 할 수 있다. 필요할 때는 양자로 삼았다가 소용이 없어지니 엉뚱한 죄목으로 죽이는 유비나 제갈량의 행동은 유비가 어떤 사람인지를 보여주는 예이다. 물론 제갈량의 입장에서는 안정적인 정권 이양을 위해 헌책(獻策)할 수는 있겠지만 그것을 취하는 것은 결국 유비의 몫이다. 따라서 유봉의 죽음은 유비의 교활성과 무책임한 성격에서 비롯된 것이라고 볼 수 있다. 나관중의 『삼국지』는 이 부분에 대해 침묵으로 일관하고 있다.

유비(劉備:161~223) 탁군(郡) 누상촌(樓桑村) 사람. 자는 현덕(玄德). 중산정왕(中山靖王) 유승(劉勝)의 후예라고 알려져 있으나 정확하지는 않다. 유비는 너그러운 성격에 항상 미소를 지어 희노(喜怒)를 얼굴에 나타내지 않았다고 한다. 이것은 유비가 난세(亂世)를 살아가는 데 큰 자산이었을 것이다. 유비는 사람들을 인의(仁義)로 대하고 관우·장비라는 평생의 동지이자 맹우(盟友)들을 얻음으로써 왕업을 닦았다. 유비는 황건 농민군을 토벌하면서 전국적인 인물로 부각되었고 그후 공손찬·도겸·여포의 신세를 졌으며 조조에 투항하여 여포를 제거하고 허도(許都)로 돌아와 황숙(皇叔)이 되었다. 조조를 암살하려는 거사에 가담했다가 혼자만 탈출하였고 조조군의 추격을 받아 패퇴하여 원소에게 의탁, 재기를 노렸다.

그러나 관도대전에서 원소가 조조에게 패하자 다시 원소의 진영을 탈출하여 황건 농민군의 잔당들과 협력하여 재기를 도모하다가 여의치 않자 유표(劉表)의 진영으로 투항한다. 유표의 진영에 있던 중 유비는 '삼고초려(三顧草廬)'하여 제갈량과 방통(龐統)을 얻어 촉(蜀)의 기업(基業)을 세우고 손권과 더불어 천하를 삼분(三分)하였다. 위나라의 조비가 제위에 오르자 유비는 한(漢)을 계승한다는 명분으로 제위에 올랐다. 정사 『삼국지』에서는 선주(先主)라고 불린다. 유비는 관우·장비의 원수를 갚기 위해 오(吳)의 정벌을 강행하다가 패하여 백제성(白帝城)에서 병사하였다. 시호는 소열황제(昭烈皇帝).

소해설 **유비의 평가** 유비는 평가하기 대단히 어려운 매우 복합적인 성격을 가지고 있다. 외형적으로는 철저히 인의(仁義)와 대의명분으로 위장하지만 속으로는 철저히 자기에게 이익이 되는 방향으로 움직이고 있는 인물이기도 하다. 유비는 평생을 '한실부흥(漢室復興)'이라는 기치를 내세웠지만 그것은 기존의 한나라를 중흥시킨다기보다는 자신의 왕조를 개창(開昌)하려는 데 더 큰 관심을 가지고 있었던 것 같다. 조조를 평생의 라이벌로 여기고 조조 토벌의 집념으로 천하의 대의명분을 얻고자 하였다.

유비는 일생을 통하여 투항과 배신을 반복해가면서 자신의 입지를 굳혀가는데 이것은 그의 출신 배경과도 관련이 있다. 원소나 조조와는 달리 변방 중의 변방인 곳에서 가난한 농민의 아들로 태어나 '무(無)'에서 '유(有)'를 창조하기까지 그의 이 같은 행적은 불가피한 선택일 수밖에 없었을 것이다. 유비가 많은 허물에도 불구하고 중국인들의 가장 사랑받는 영웅으로 다시 탄생한 것은 크게는 대의명분을 중시하여 천하의 인심을 사로잡았다는 점, 중국이 외세의 침입을 받고서 고통을 당할 때 정신적인 힘과 위안이 되었다는 점, '무(無)'에서 '유(有)'를 창조하는 인간 승리적인 요소가 있다는 점, 보기 드문 우정의 표상을 보여주었다는 점 등의 이유가 있을 것이다. 실제로 유비는 자신의 능력 밖에 있을지라도 끝없이 조조라는 거대한 세력에 도전하려는 의지를 보여주었다. 여기에 난세를 살아가면서 변하지 않는 의형제들의 독특한 우정이 어우러져 이민족의 지배에 시달려온 중국인들에게 유비는 크게 어필한 것으로 보인다.

유선(劉禪:?~264) 유비의 외아들. 촉한의 후주(後主)이자 성군(聖君)의 자질을 가진 군주. 자는 공사(公嗣). 감부인(甘夫人) 소생. 조운(趙雲)이 당양 장판파에서 품에 안고 달리던 아두(阿斗). 나관중 『삼국지』에서는 유선이 우둔하고 암약하며 주색(酒色)에 탐닉했다고 하지만 이는 사실과 다르다. 유선은 단지 정권을 유지하지 못하고 위나라에 항복했다는 이유 하나로 이 같은 평가를 받고 있는 것이다.

유선이 항복한 것은 불필요한 인명 손실을 막으려 한 것으로 보인다. 실제로 촉의 국력은 위나라의 국력과 비교할 수 없을 만큼 약한 상태였다. 유선의 입장에서는 제갈량의 원정(遠征)이 무모하게 보였을 수 있고 제갈량의 입장에서는 유비가 조조의 야욕을 피해 촉 땅으로 온 것은 단순히 몸을 보호하기 위해 농성(籠城)을 하려고 온 것은 아니기 때문이다. 제갈량이 유선이 원하는 대로 농성을 했더라면 제갈량은 일개 주(州)의 태수(太守)나 자사(刺史)에 불과할 수밖에 없었겠지만 군사 원정을 통하여 제갈량 자신은 자랑스러운 한(漢)나라의 승상(丞相)이자 '한실부흥'이라는 천하의 대의명분을 얻을 수 있었을 것이다. 바로 이 점이 제갈량이 북벌에 집착했던 이유이다.

반면 유선은 한실부흥에 대한 의지가 중요했던 것이 아니라 다만 촉의 안정적인 유지에 관심을 가졌던 것으로 보인다. 그럼에도 불구하고 유선은 17세에 황제가 되어 제갈량의 보필을 받았으며 제갈량이 북벌을 안정적으로 도모할 수 있도록 모든 지원을 아끼지 않았다. 제갈량의 모든 군사 원정은 유선의 재가(裁可) 아래 이루어진 것이다. 따라서 제갈량의 행위가 명분이 있고 옳은 것이었다면 그것은 유선의 행위도 옳은 것이 된다. 제갈량이 죽자 유선은 장완(蔣琬)·비의(費禕) 등의 당대 최고 수준의 현사(賢士)들을 중용(重用)하여 제갈량의 원정 후유증을 최소화하는 데 진력하였다. 재위 32년에 위에 항복한 뒤 안락공(安樂公)으로 책봉되었고 낙양에서 여생을 보내다 죽었다. —7장『삼국지』등장인물 분석(유선) 참고.

유심(劉諶:?~263) 촉 황제 유선(劉禪)의 다섯째아들. 유심은 용모가 준수하고 식견이 탁월하여 북지왕(北地王)으로 책봉되었다. 촉이 망하자 위에 항복하지 않고 처자의 목을 베어 소열황제(昭烈皇帝:유비) 사당(祠堂)에

가 통곡한 다음 자살했다고 한다.

유언(劉焉:?~194) 후한의 익주목(益州牧). 강하(江夏) 경릉(竟陵) 사람. 자는 군랑(君郎). 노공왕(魯恭王)의 후예. 유장의 아버지로 익주목이 되어 성도(成都)를 다스리다가 병사함.

유염(劉琰:?~234) 촉의 대신. 노국(魯國) 사람. 자는 위석(威碩). 유염은 풍류를 즐기고 담론을 잘했다고 한다. 유염과 관련된 가장 큰 사건은 유염의 부인이 입궐하여 황후의 명에 의해 한 달 동안 궁에 머물렀는데 유염은 자기의 아내가 황제 유선과 사통(私通)했다고 의심하여 돌아온 아내의 얼굴을 신발로 때리는 등 폭행을 자행한 일이다. 유선은 이 사실을 듣고 크게 노하여 유염을 참형에 처하였다.

유엽(劉曄:?~?) 위의 대신. 회남(淮南) 성덕(成德) 사람. 자는 자양(子陽). 광무황제의 후손으로 알려져 있다. 조조가 연주를 점령했을 때 곽가(郭嘉)가 천거하였다. 관도대전(원소와의 전쟁)에서 발석거(發石車)와 굴자군(掘子軍)으로 공을 세웠다. 벼슬은 대홍로(大鴻臚). 병사함.

유요(劉繇:?~?) 후한의 황족. 동래(東來) 모평(牟平) 사람. 연주자사(兗州刺史) 유대(劉岱)의 아우. 후한 헌제 때 양주자사(楊州刺史)로 있다가 원술이 강동으로 돌아오자 군대를 물려 곡아(曲阿)에 주둔하였다가 예장(豫章) 쪽으로 철수하였다. 나관중『삼국지』에서는 유요가 손책의 침공을 받아 유표에게 의탁하였다고 하는데 이것은 사실이 아니다. 예장은 형주에 속한 것이 아니고 양주에 속한 땅이다. 유요는 예장·팽택(澎澤)을 지키다 병사함.

유유(紐由:?~246) 고구려의 충신. 동부 사람으로 위나라 관구검이 고구려를 침공했을 때 유유는 거짓 항복을 하여 위나라 군영으로 들어가 적장을 암살하여 군진(軍陣)을 어지럽힌 뒤 참살되었다. 고구려 동천왕이 위나라의 대군을 물리친 후 논공행상(論功行賞)을 할 때 유유는 제1등 공신과 구사자(九使者)에 추증되었고 유유의 아들 다우(多優)도 대사자의 벼슬을 받았다. 유유의 위군과의 교전에 대해서는 장정일의 『삼국지』에 자세히 묘사되어 있다.

유장(劉璋:?~219) 서천(西川)의 영주(領主). 한종실 노공왕(魯恭王)의 후예로 익주목 유언(劉焉)의 아들로 자는 계옥(季玉)이다. 장로와의 사이가 극히 나빠서 유비를 받아들여 익주를 넘겨주었다. 유비는 유장에게 진위장군(鎭威將軍)의 인수(印綬)를 달아주고 남군 공안에 배치하였다. 후에 병사함.

유종(劉琮:?~?) 유표의 작은아들. 후처 채씨(蔡氏)의 소생으로 유표의 뒤를 이음. 조조에게 투항하여 간의대부(諫議大夫)에 임명되었다. 나관중 『삼국지』에서는 유종이 조조에게 항복한 후 청주자사(青州刺史)로 임명되었고 유종이 자신의 어머니인 채부인과 함께 부임지로 가던 중 조조의 밀명을 받은 우금에게 멸족을 당했다고 하는데 이것은 전혀 사실이 아니다. '조조악인설'에 근거하여 조작된 내용이다.

유파(劉巴:?~222) 촉의 대신. 유장의 장수. 영릉(零陵) 승양(丞陽) 사람. 자는 자초(子初). 유파는 유비에게 군량미를 빌려주는 것에 적극 반대했다고 한다. 뒤에 유장이 유비에게 항복하니 집에서 나오지 않았는데 유비가 직접 그를 찾아가 출사시켰다고 한다. 제갈량은 유파가 문장에 능하기 때문에 그를 중용하였고 유비가 황제를 칭할 때 모든 문서와 고명(誥命)이 그의 손에서 나왔다고 한다. 벼슬은 상서령(尙書令)에 이름. 병사함.

유표(劉表:142~208) 형주자사. 산양(山陽) 고평(高平) 사람. 자는 경승(景升). 팔준(八俊)의 한 사람이라고 하나 확실한 것은 아니다. 한실의 종친. 나관중의『삼국지』에서는 전국 옥새를 얻어 돌아가는 손견을 쳐 원수가 되었다고 하는데 이는 사실이 아니다. 정사『삼국지』「위서」 '유표전'에 의하면 원술(袁術)이 남양(南陽)에 주둔하고 있을 때 손견과 연합하여 유표를 공격했으나 손견은 날아오는 화살을 맞아 죽었다고 되어 있다. 유표는 원교근공(遠交近攻:가까운 나라는 공격하고 먼 나라와는 교류를 도모함)으로 일관한 사람이어서 조조와는 다소 적대적이었지만 이각 · 곽사 및 원소와는 가깝게 지냈다. 재미있는 것은 유표가 원소와도 동맹을 맺었지만 관도대전 당시에는 군대를 파견하지 않았다는 점이다. 유표는 조조와는 사이가 좋지 못했던 것으로 알려져 있지만 조조를 자극하는 것은 자제한 것으로 보인다. 그는 난세에서 철저히 중립을 지켰을 뿐만 아니라 어부지리를 노린 것으로 보인다.

나관중『삼국지』에서는 유표가 마치 형주를 들어서 유비에게 주려한 듯이 묘사하고 있는데 그것은 사실이 아니다. 유비는 쫓기는 몸으로 형주에 들어왔지만 유표는 조조의 남진(南進)을 막기 위해서는 유비와 같은 인물이 필요했을 것이고 유비는 유비대로 근거로 삼을 만한 곳이 필요했는데 이 두 가지 이해관계가 서로 들어맞았기 때문이다. 유표는 유비를 중용한 적이 없었고 유비의 세력을 철저히 견제하였다. 유표의 입장에서 유비는 조조의 남진에 적절히 이용해야 할 대상이었던 것이다.

진수의 정사『삼국지』에서 유표에 대해 평가하기를 겉으로는 관대하나 속으로는 질시하고 모략을 좋아하고 결단력이 부족하고 인재가 있어도 받아들이지 않았다고 한다. 나관중의『삼국지』에서는 더욱 혹독하게 평가를 하고 있다. 그러나 유표의 입장은 조조와 대항하기도 역부족이고, 원소를 지원하기도 부담이 되었다. 왜냐하면 원소는 한복(韓馥)의 호의(好意)를 악용한 사람이었기 때문이다. 그렇다고 하여 독자적으로 천하를 도모할 만한 군사력이나 인재도 없으며 중원에서 멀리 떨어져 있기 때문에 굳이 전쟁을 도발할 필요도 없었다. 가장 가까이 있는 군웅이라고 해도 조조를 제외하면 서촉의 유장인데 그와는 같은 종친일 뿐만 아니라 서촉 땅은 워낙 산세가 험하여 공격하는 것도 불가능한 일이었다. 따라서 유표는 일체의 개입을 삼가고 일단 관망하기로 작정한 것이지 그가 우유부단했다고만 말하는 것은 잘못이다. 그는 다만 한 고조 유방과 같이 천하를 가져보려는 야심이 없었던 것뿐이다.

육개(陸凱:198~269) 오의 중신. 육손과 한집안 사람이다. 육개는 손호(孫皓) 밑에서 승상을 지냈다. 육개가 진동장군(鎭東將軍)으로 강구(江口)에 둔 영을 치고 있을 때 적장 양호(羊祜)를 공격하지 않았다고 하여 사마(司馬)로 벼슬이 깎이기도 하였다.

육손(陸遜:183~245) 오의 장수. 오군(吳郡) 오현(吳縣) 사람. 자는 백언(伯言). 소패왕 손책(손견의 형)의 사위. 병법에 능통하여 기계(奇計)를 잘 쓴 전략가로 통한다. 육손은 여몽을 대신하여 육구(陸口)를 지키면서 위계를 사용 관우의 경계심을 늦추고 관우의 배후를 쳐서 그를 사로잡아 죽게 하였다. 이어 이릉대전에서 유비의 복수의 군을 화공(火攻)으로 대파했다. 편장군에서 우도독 · 대도독 · 보국(輔國)장군 · 형주목(荊州牧)이 되었으며 강릉후(江陵侯)로 책봉되었다. 뒤에 승상이 되어 손권이 적자를 폐하는 데 반대하다가 손권의 책망을 받고 분을 못 이겨 병사했다.

육적(陸績:187~219) 오의 학자. 자는 공기(公紀). 24효(孝)의 한 사람. 『주역』에 주를 달았던 것으로 전해진다.

육항(陸抗:226~274) 오의 장수. 육손(陸遜)의 아들. 자는 유절(幼節). 손호(孫皓)가 즉위한 뒤 진군대장군, 익주목을 역임. 대사마(大司馬) · 형주목(荊州牧)을 지냄. 육항은 탁월한 전략가이자 유능한 행정가였다. 육항은 철인황제(哲人皇帝) 손휴(孫休)·손호(孫皓) 때 더욱 중용되었다. 손휴는 육항을 진동대장군(鎭東大將軍)으로 임명하고 형주목(荊州牧)을 겸하게 하여 강구(江口 : 현재의 후베이 宜昌 서쪽) 방면을 방어하도록 하여 형주와 서촉에서 강을 타고 내려오는 위군을 막게 하였다. 육항이 방어할 때는 위나라가 감히 넘보지 못하였다. 손휴를 이은 손호도 육항의 능력을 매우 신뢰하였다. 육항은 아버지인 육손이 죽었을 때 불과 20세였지만 건무교위·입절중랑장(立節中郎將)·분위장군·정북장군 등을 역임하다가 손휴·손호가 오황제로 등극하자 다시 진남대장군·익주목을 겸했으며 대사마였던 시적이 죽자 신릉·서릉·이도·낙향·공안의 군사업무를 총괄하는 직책에 임명되어 있었다. 관소는 낙향에 두었다.

272년 서릉(西陵) 태수 보천(步闡)이 진(晋)에 투항하려 한다는 첩보(諜報)가 있어 육항은 즉각 서릉을 포위하고 구원병을 증파하여 섬멸하였다. 그러나 이로부터 육항은 병석에 눕게 되었다. 손호는 육항의 병환이 낫도록 모든 지원을 아끼지 않았으나 육항은 1년 만에 사망하였다. 손호는 그의 아들 육안(陸晏)이 뒤를 잇도록 하고 육안과 동생 육경(陸景)·육기(陸機) 등이 육항의 병사를 나누어 지휘하도록 배려하였다. 그러나 그것으로 육항을 대신할 수는 없는 일이었다. 진나라의 공격을 방어할 수 있는 가장 탁월한 장군의 죽음은 오나라에게는 커다란 전력의 손실이었다. 육항의 죽음으로 진나라는 오나라 공격을 구체화하였고 육항이 죽고 6년 만에 오나라는 멸망하였다.

응소(應邵 : ?~?) 후한의 학자. 후한 헌제 때 태산(泰山) 태수로 있던 중 명을 받아 조조의 아버지 조숭을 허도로 모셔오다가 도겸의 수하인 장개에게 몰살을 당하자 원소에게로 달아났다고 알려져 있다.

이각(李催 : ?~198) 동탁의 장수. 북지(北地) 사람. 자는 치연(稚然). 동탁이 죽은 뒤 잔병을 규합하여 여포를 물리치고 장안을 점령하였다. 그 다음 사도 왕윤을 죽이고 다시 정권을 장악하여 신군부정치(新軍部政治) 시대를 열었다. 동탁은 주로 대학자나 명망가들을 중시하여 중용했는데 그들 가운데 있었던 사람이 바로 왕윤(王允)이나 양표(楊彪) 같은 사람들이었다. 그러나 이들은 교묘한 방법으로 이간계(離間計)를 동원하여 신군부 세력을 약화시킨 듯하다. 나관중의 『삼국지』에서는 이각과 곽사가 양표와 주전의 이간책에 걸려들어 조조에 쫓겨 녹림당 강도가 되었다가 같은 당 단외(段煨)에게 죽음을 당한 것으로 되어 있는데 이것은 확인할 수 없다. 이각과 곽사도 평가절하되어 정확한 사정을 알 수는 없다.

무엇보다 주의해서 보아야 할 부분은 나관중이 이각과 곽사가 마치 여자들의 농간에 놀아나 국사를 망친 인물로 묘사하고 있다는 것이다. 이것은 이각과 곽사가 가진 인물의 크기를 비하하기 위한 것이다. 중국인들의 전통적인 시각에 맞추어 이각·곽사의 행태가 전형적인 소인배로 보이도록 나관중이 조작한 내용이다. 이각과 곽사가 장악한 권력은 매우 위태로운 상황이었다. 왜냐하면 일단 동탁이 제거되어 반(反)동탁 세력이 전국적으로 견고해진 상태에서 낙양의 사정도 불안하였기 때문이다. 이각과 곽사는 중앙정부를 구성하고 운영해본 경험이 없어 서로 많은 갈등을 발생시킬 수 있었을 것인데 나관중은 그것만 부각시켜 이들을 '여인들의 치마폭에서 사사로운 소인배의 싸움이나 일삼는 건달'로 묘사한 것이다. 분명한 것은 정부 운영 경험이 없었던 이각과 곽사의 중간에서 양표가 이들을 성공적으로 이간시켰다는 것이다.

이숙(李肅 : ?~192) 동탁의 장수. 후한말 오원군(현재의 내몽고 바오터우 서북쪽) 사람으로 여포와 동향. 호분중랑장(虎賁中郎將) 벼슬로 여포가 정원(丁原)을 죽이고 동탁에게 들도록 설득하였다고 한다. 이숙은 자신의 공에도 불구하고 동탁이 그를 중용하지 않자 왕윤과 양의의 이간계에 빠져 자신의 능숙한 구변과 수단으로 고향 친구인 여포에게 동탁을 죽이고 황제의 권력을 회복하는 것이 대의명분임을 역설하여 결국 동탁을 유인하여 죽이는 데 성공하였다. 그러나 동탁이 죽고 난 뒤 이내 이각과 곽사군의 공격을 받아서 많은 병력을 잃고 여포에게 처형당했다.

이승(李勝:?~249) 위의 무신. 남양(南陽) 사람. 자는 공소(公昭). 조상(曹爽)의 모사. 이승은 조상이 권력을 장악하자 하남윤(河南尹)이 되었다가 사마의의 쿠데타에 의해 죽음.

이엄(李嚴:?~234) 촉의 장수. 남양(南陽) 사람. 자는 정방(正方). 유장의 수하로 면죽관을 지키다가 황충에게 패하여 항복. 유비는 이엄의 능력을 높이 평가하여 건위 태수, 흥업장군 등으로 임명하였다. 유비 사후에도 지원 부대를 맡아서 관리하던 중 군량미 조달을 잘못하여 제갈량에 의해 삭탈관직되었다. 뒤에 제갈량이 죽었다는 소식을 듣고 다시는 자기를 불러줄 사람이 없다는 것을 알고 실의 속에서 보내다가 병이 되어 죽음.

이유(李儒:?~192) 동탁의 사위이자 모사. 동탁 정부의 정책 입안 및 운영자로 동탁을 신변에서 도왔다. 동탁이 암살되고 그 와중에 죽음을 당했다. 이유라는 인물에 대해서 잘 알려진 기록은 없다. 그러나 이유는 동탁의 정부를 이해하는 데 가장 필요한 인물이며 동탁·여포와 더불어 가장 평가 절하된 사람 중의 하나이다.

초기의 동탁 정권은 나관중이 말하는 식의 '깡패 정권'은 아니었고 다만 중앙정부를 운영해본 경험이 없었으므로 많은 시행착오가 있었던 것으로 보인다. 특히 이유나 동탁이 기반을 두고 있던 지역은 한족의 입장에서 볼 때는 강족(羌族)의 영역이므로 한족들은 이들을 반(半)오랑캐 정도로 취급했을 것으로 보인다. 따라서 중앙귀족들은 이들을 경멸했을 것이고 그래서 정권을 장악한 이들은 국가경영에 큰 어려움을 겪었을 것이다. 특히 성격이 솔직 담백한 이들이 한족들을 감당하기에는 무리였을 것이고 여론 조성에 강한 한족들이 온갖 유언비어를 퍼뜨렸을 가능성이 높다. 그리고 그 유언비어 같은 내용들이 진수의 정사 『삼국지』에도 그대로 나타나고 있다. 정사에 나타나는 악행들이나 미오궁 건축은 상식적으로 판단해도 불가능한 일이다. 특히 미오궁 공사는 동탁이 권력을 잡은 한두 해 만에 이뤄질 공사가 아니다. 그러나 냉정히 살펴보면 초기의 군사정권은 기존의 중앙 귀족들 가운데 주요 인사들을 중용하는 등 상당한 성과를 거두고 있는데 이것은 바로 이유의 지도력하에서 이루어진 것으로 볼 수 있다.

소해설 **이유의 정치노선** 이유가 정확히 어떤 인물인지를 알 수 있는 기록은 없다. 그럼에도 불구하고 이유는 동탁의 군부정권의 모든 기초를 닦은 사람이므로 동탁의 통치질서에 대한 분석을 통하여 이유라는 인물에 가까이 다가갈 수 있다. 동탁은 한(漢)나라의 전통적 질서를 개편하여 군부정치 시대를 열었는데 동탁의 정치는 계승자였던 이각·곽사에 의해 유지되고 조조에 의해 더욱 고도화되었다. 이 통치제도는 후일 일본의 정치제도로 1천여 년간 유지되었다. 동탁은 이유의 도움을 받아 대장군부(大將軍府)가 정비되자 기존의 삼공(三公 : 삼정승) 중심의 제도를 폐하는 정치개혁을 단행하여 기존의 질서를 명목상으로 유지는 하되, 모든 실권이 승상부(丞相府)에 집결되는 체제로 만들고 모든 정책 결정은 반드시 자신을 거쳐 황제의 재가(裁可)를 받는 형식으로 만들었다. 그리고 문무관료들의 정치적인 행사를 모두 제한하고 내·외조를 통폐합하였다. 즉, 외조(外朝)는 태위(국방장관)를 없애고 자신이 승상으로서 이를 겸하며, 어사대부는 자신의 심복으로 채워 장악하였고, 황제의 직접 통치기구인 내조(內朝)도 십상시의 난을 이유로 모두 개편하고 자신의 심복으로 채웠다. 동탁의 통치는 기존의 외척 세력들이 득세한 후에도 근본적인 제도개혁이 없었으므로 하진(何進)과 같이 환관의 불의의 습격으로 사망하는 것을 막으려 했던 것이다. 이 같은 동탁의 통치제도는 선악을 떠나서 중국이 전혀 새로운 통치제도에 진입하고 있음을 의미하는 것이다.

이유(李儒)는 그 동안 외척들의 실권이 유지되기 힘들었던 까닭이 내·외조가 그대로 유지되고 있는 상황에서 외척들이 외조 혹은 내조를 장악해도 근본적으로 정치질서 자체를 바꾸지는 못하였기 때문이라고 보았다. 내조는 상서(尙書 : 각부장관), 시중(侍中 : 천자의 고문), 상시(常侍 : 환관, 즉 천자의 비서) 등으로 나뉘는데 실제의 권력은 자연히 상시에 집중되지만 이를 외척이나 권력자들이 장악하는 데 한계가 있기 때문이다. 따라서 모든 정치질서가 승상을 중심으로 이루어지도록 하고 황제가 내린 조칙이라도 자신의 재가가 없는 것은 실제로 무용한 것으로 만들어버림으로써 황제의 권한을 실질적으로 제한하고, 황제는 다만 정치개혁의 상징으로 두기를 권유하였다. 이것은 당시로서는 감당하기 힘든 쿠데타였지만 낙양은 이미 황폐화되고 당시 중국에서 가장 강력한 군대가 진주한 상황이니 물리적으로 거부할 만한 세력이 없었던 것이다. 그리하여 동탁은 이유의 책략을 바탕으로 한편으로는 인재를 설득하여 자기 사람으로 만들고, 다른 한편으로는 반항하는 사람들을 잔혹하게 탄압하면서 중앙권력을 장악하였다. 그러나 문무백관들이 초기에는 숨을 죽이고 있다가 사태가 안정되자 이에 대해 조직적으로 반발하기 시작했다. 그래서 동탁과 이유는 이들에게 정치적 탄압을 가하게 되었던 것인데 이것이 오히려 역효과를 내게 되었고 결국은 동탁과 이유의 암살로 이어진 것이다.

이적(伊籍:?~?) 유비의 막빈(幕賓). 산양(山陽) 사람. 자는 기백(幾伯). 원래는 유표의 막하에 있었으나 채모가 유비를 해치려 할 때 알려주어 위기를 모면하도록 했다. 이적은 유비가 익주를 평정하고 난 뒤에 좌장군 종사 중랑으로 임명되었다. 마양·마속 형제를 천거했다. 소문(昭文)장군을 지냄. 병사함.

이전(李典 : 174~209) 위의 장수. 산양(山陽) 거록(鉅鹿) 사람. 자는 만성(曼成). 조조가 처음 진류(陳留)에서 군대를 일으켰을 때 악진과 함께 맨먼저 참여하여 여러 곳에서 많은 전공을 세웠다. 벼슬은 파로(破盧)장군을 지냄. 시호는 민후(愍侯). 병사함.

이풍(李豊 : ?~254) 위의 충신. 이풍에 대해서 나관중의 『삼국지』에서는 위나라 황제(조방)의 밀조를 받아 사마사를 제거하려다가 발각되어 죽음을 당한 것으로 되어 있으나 이는 사실과 다르다. 정사 『삼국지』에 의하면 이풍은 하후현으로 하여금 사마사를 대신하여 정치를 보필하도록 기도하였는데 사마사(대장군)가 이 소문을 듣고 만나보려고 하자 이풍은 모르고 갔다가 죽음을 당했다고 한다.

이형(禰衡 : 173~198) 예형으로도 읽힘(여기서는 가급적이면 오늘날 우리 사전 발음에 맞추기 위해 이형으로 통일하였다). 평원의 반(般) 사람. 자는 정평(正平). 이형은 덕성과 재능을 함께 갖춘 재사로 건안 시대(建安時代)의 문학가이다. 조조에 의해 유표에게 사신으로 보내져서 죽음을 당했다. 후한말의 한족(漢族)들의 슬픈 자화상과도 같은 인물.

소해설 **이형의 죽음** 나관중의 『삼국지』에 의하면 이형은 성품이 강직·오만하고 구변이 좋은 재사요 문장가였는데 조조가 유표를 회유하려고 할 때 공융이 천거하였다고 한다. 이형은 조조의 거만함을 욕하고, 유표에게 가서도 굽히지 않았다가 결국 황조(黃祖)에게 보내져 죽음을 당했다고 하는데 문제는 이형의 모습이 지나치게 희화적으로 그려져 있다는 것이다. 이형은 조조와 더불어 당대를 풍미한 문사(文士)임에도 불구하고 나관중의 『삼국지』는 이형을 마치 경박스럽고 예의도 모르는 사람으로 그리고 있는데 이는 이형을 모독하는 행위이다. 이형은 정치적인 희생물이었고 그것을 거부하다가 죽은 인물로 보는 것이 옳을 것이다. 나관중의 『삼국지』만 보더라도 인재를 중히 여긴다고 소문이 난 조조가 이형을 홀대하면서부터 일이 꼬이기 시작한 것이다. 이형을 조롱한 것은 기본적으로 조조의 휘하에 있는 참모들인데 그들은 천재적인 이형이 조조의 막하로 들게 되면 자신들의 역할이 축소될 것을 고심하였을 것이다. 그리고 조조도 이형과 같이 강직한 사람은 자신을 돕기보다는 공씨(孔氏)·양씨(楊氏) 등의 대호족과 더불어 황제를 옹호하는 무리의 중심축이 될 수도 있다는 점을 우려하였을 것이다. 조조는 인재를 중시하였지만 자신이 황권을 찬탈하려는 입장에 있었기 때문에 능력을 중시하고 덕성을 경시하였다. 그런 측면에서 이형이라는 존재는 능력과 덕성을 겸비한 재사였기 때문에 조조 자신도 마찬가지지만 조조의 참모들은 이형의 진입이 매우 부담스러웠을 것이다. 공융이나 이형이나 모두 유표와 조조를 화해시키기는 싫었을 것이다. 이들의 입장에서 유표는 많은 군웅들 가운데 의식 있고 한 황실의 부흥을 이룩하는 데 도움을 줄 수 있는 유일한 세력이었을 수도 있다. 그런데 그 일을 이형이 하게 되었으니 난감한 일이 아닐 수 없었고 조조의 입장에서는 이형을 사석(死石)으로 활용한 것으로 볼 수 있다. 즉, 조조는 이형을 중용하는 것이 아니라 제거해야 하는데, 만약 이형이 능력을 발휘하여 유표를 조조에게 귀부(歸附)시킨다면 이형은 한실부흥보다는 조조에게 충성하는 셈이 되므로 조조에게는 그보다 더한 선물이 없었을 것이다. 만약 이형이 한실부흥을 도모하려는 문사(文士)라고 한다면 유표에게 가서 돌아오지 않거나 아니면 유표에게 죽음을 당하게 되는 것은 자명한 이치이다. 따라서 조조는 유표에게 이형을 보냈을 것이며 그 길은 이형에게는 죽음의 길이 되고 만 것이다.

그렇다면 유표는 어떤 과정을 통해서 이형을 죽이게 되었을까? 추론해보면 다음과 같다. 형주 땅에 도착한 이형은 유표를 만났을 것이고 유표는 『앵무부(鸚鵡賦)』로 유명한 천하의 문장 이형이 조조의 사자(使者)로 온다는 소리에 의아하기도 했을 것이다. 유표가 이형에게 이 사정을 물었을 것이고 이형은 유표에게 천자를 구하지는 않고 유표가 형주에 눌러앉아 선비들과 희롱하고 있지나 않은지 추궁했음직도 하다. 유표는 이형의 말이 틀리지 않음에도 불구하고 자신의 능력으로 조조를 정벌한다는 것은 불가능하다는 것을 잘 아는 처지였으므로 이형이 부담스러운 존재였을 것이다. 그리고 서로가 답답하게 며칠을 보내다가 유표는 이형을 아름다운 관광지인 강하(江夏 : 현재 후베이의 우한 서쪽)로 보냈고 그 곳에서 황조(黃祖)에게 죽음을 당했을 것이다. 아마 이형은 죽기를 작정하고 그 길을 갔을 것이다. 왜냐하면 유표가 설령 이형을 죽이지 않는다 하더라도 이형을 수행했던 조조의 무사들이 쥐도 새도 모르게 이형을 죽였을 것이기 때문이다. 유표의 입장에서도 이형은 다루기 어려운 사람이었고 황조는 단순 우직하니 이형이 살아서 오면 이형을 받아들이고 설령 황조가 죽인다 한들 문제될 것이 없었을 것이다.

소해설 **형주와 앵무주** 형주(荊州)는 춘추전국시대에는 초(楚)나라 땅으로 서쪽으로는 무당산(武當山) 무산(巫山) 등의 험한 산지가 있고 남쪽으로는 장강(長江 : 양쯔강)이 휘감고 돌아간다. 형주의 매력은 험한 산과 깊은 계곡, 중국을 가르는 강이 만들어내는 빼어난 산수(山水)이다. 강하(江夏 : 현재의 우한)에는 유명한 황학루(黃鶴樓)가 있다. 황학루는 술집에서 술을 먹은 선비 하나가 술값 대신에 황학(黃鶴)을 그려주었는데 후에 신선(神仙)이 와서 이 학을 타고 가버렸다 하여 이를 기념하여 누각을 만들었다는 전설이 있었다. 황학루는 한나라 최고의 누각으로 여기에 오르면 장강의 거대한 물줄기가 휘돌아가는 것을 한눈에 볼 수 있다. 황학루가 있는 강하 땅은 이형이 죽은 후부터 더욱 유명해졌다. 이형은 황학루 앞의 장강에 떠 있는 섬에서 황조의 칼에 맞아 죽었다. 사람들은 이형의 죽음을 슬퍼하여 이형이 죽은 곳을 이형의 작품 이름을 따라 앵무주(鸚鵡州)라고 불렀다. 앵무주에 봄풀이 무성해지면 강물 위에는 내(煙)가 자욱하게 피어오른다. 사람들은 그 연기(내)가 예형의 서러움과 못 다한 꿈이 피어나는 것이라고 하였다. 글을 아는 선비들은 세상을 한탄하고 죽은 이형의 넋을 술로 달래주었다(장정일의 『삼국지』).

장각(張角:?~184) 황건 농민군의 우두머리. 거록(巨鹿) 사람. 대현양사(大賢良師)라 칭함. 아우 장보(張寶)·장양(張梁)과 함께 도교(道敎)를 배경으로 농민혁명을 일으키려 했다. 10여 년 동안 도탄에 빠진 백성들을 교화하여 자신을 추종하는 무리가 수십만 명에 이르자 신도들을 36방(1방은 6천~1만여 명)으로 조직하고 각 방마다 거사(渠師)를 두고 통솔하였는데 이 조직은 군대 조직과 거의 유사하였다. 장각은 스스로를 대현양사(大賢良師)라 하였는데 이것의 의미는 황천(黃天)이라는 신(神)의 사자(使者)라는 의미이다. 여기서 말하는 황천이란 전지전능한 신(神)으로 인간의 병은 이 신이 내리는 벌이니만큼 사람들은 자신의 죄를 참회해야 한다고 가르쳤다. 184년 장각은 도탄에 빠진 민중을 구한다는 기치로 거병하여 중국 전반을 아우르고 북진하던 중 병사하였다.

소해설 **장각과 중국사** 장각(張角)이 중국사에서 차지하는 비중은 매우 크다. 장각의 삶은 1900년이 지난 후 청나라 말기 태평천국(太平天國)의 혁명을 일으킨 홍수전(洪秀全)의 삶이나 우리나라의 동학 교주 최제우의 삶과 거의 유사하다. 장각은 뛰어난 재능에도 불구하고 사회적인 부패로 인하여 벼슬에 나가지 못하고 실의에 잠겨 있던 중 산속에서 도인을 만나서 도탄에 빠진 백성들에게 병을 고쳐주고 도(道)를 전하게 되었다고 하는데 이는 홍수전이나 최제우의 삶과도 대동소이하다. 이것은 유교적인 질서를 바탕으로 하는 사회적 모순이 수천 년이 지나도 거의 해소되지 못했음을 의미하는 것이다.

농민전쟁이 일어나는 가장 큰 이유는 '관핍민반(官逼民反)', 즉 관료들이 부패하여 백성들의 고혈을 빨면서 백성들의 삶이 힘들어지니 반란을 일으킨다는 것이다. 그리고 그 과정에서 재산을 잃은 백성들은 유랑하게 되고 유랑민들은 자연스럽게 무리를 형성하여 도적화되거나 사회적 변혁 세력이 된다. 이들은 숫적으로는 관군과 비교할 수 없을 정도로 광대하지만 성공하기가 매우 어렵다. 중국의 기나긴 역사를 통틀어도 농민전쟁이 정권을 장악한 상황까지 간 것은 주원장의 명(明)나라뿐이었다. 그리고 농민군에 의해 건국된 나라라고 해서 농민을 위한 민주정권이 형성되는 것이 아니라 다시 봉건왕조로 회귀하는 모순을 항상 안고 있다. 명나라가 대표적인 경우이다. 그리고 태평천국의 경우도 이와 유사한 특성을 가지고 있다. 농민군이 정부군을 이길 수 없는 이유는 무엇보다도 군사전을 제대로 치르기에는 너무 오합지졸이라는 점일 것이다. 정부군은 직업군인들이 엄격한 군율을 바탕으로 정규전을 펼치는 데 반하여 이들의 전쟁은 거의 병력의 숫자에 의존하고 경우에 따라서는 가족 단위로 이동하기 때문에 전쟁을 수행하는 데 오히려 방해가 되는 상황이 자주 발생하게 된다. 따라서 이들을 타격한다는 것은 정규군의 입장에서는 그리 어려운 일이 아니다. 나관중의 『삼국지』에도 조조·유비·황보숭(皇甫嵩) 등이 소수의 병력으로 황건 농민군들을 제압하는 상황이 많이 나타나는데 이것이 과장만은 아닐 것이다. 그럼에도 불구하고 농민전쟁은 중국사 변화의 가장 큰 흐름으로 보아야 할 것이다. 어떤 왕조의 말기에도 농민전쟁이 일어나고 그것은 시대의 흐름을 바꾸기 시작하는 것이다. 전 중국 역사를 통틀어 가장 성공적으로 농민 혁명을 이끌어간 사람은 모택동이 유일하다. 다시 말해서 장각의 기나긴 꿈이 2천여 년이 지난 후 모택동 대에 이르러 성취된 것이다. 모택동은 기층 민중과 농민들 그리고 도적화된 유랑민들을 정치 교육을 통해 홍군(紅軍)으로 전환시켜 그 힘을 중국 공산혁명의 원동력으로 활용한 것이다. 모택동은 '장각 + 유비(조조) + 제갈량' 등을 합친 형태를 띠고 있다. ─장정일의 『삼국지』는 수많은 『삼국지』들 가운데 이 부분을 가장 상세히 묘사하고 있다. 중국의 민란을 연구하는 데는 장정일 『삼국지』가 도움이 될 것이다.

장간(蔣幹 : ? ~ ?) 조조의 막빈(幕賓). 구강(九江) 사람. 자는 자익(子翼). 나관중의 『삼국지』에 따르면 장간은 주유와 동문수학(同門修學)하였고 적벽대전 때 주유를 설득하러 갔다가 주유에게 온 기밀 편지를 훔쳐 조조의 진영으로 가서 계책을 쓰려 했다가 도리어 역이용당하여 대패했다고 하는데 이것은 지어낸 이야기이다. 조조가 장간을 보내어 주유를 만나게 한 것은 적벽대전 후의 일이다. 정사 『삼국지』에 인용된 주에 따르면 장간은 적수가 될 만한 자가 없을 정도로 재변이 뛰어난 사람이었다고 한다.

장개(張闓 : ? ~ ?) 나관중 『삼국지』에 따르면 장개는 황건적의 잔당으로 서주 태수 도겸(陶謙)의 도위로 있다가 조조의 아비 조숭(曹嵩)과 그 가족을 호위하게 된다. 장개는 조숭의 일행을 호위하는 도중 일행을 몰살시키고 재물을 뺏아 도망쳤다고 한다. 그러나 이것은 사실이 아니다. 정사 『삼국지』 「위서」 '무제기' 의 주(註)에 따르면 조숭은 당시 태산(泰山)에 머무르고 있었기 때문에 조조는 태산 태수 응소에게 명하여 곤주까지 조숭과 그 가족들을 호송하게 하였는데 도겸이 이를 먼저 알고 기병 수천 명을 보내어 조숭을 살해했다고 한다. 또 다른 주에는 조숭은 도겸의 관할하에 있는 태산에서 살해되었는데 그 책임이 도겸에게 돌아갔다고 한다. 따라서 장개라는 인물은 실존 인물이 아니라 나관중이 창작한 인물이다. 나관중이 장개를 창작한 이유는 유비 때문이라고 보아야 한다.

정사 『삼국지』 「위서」 '도겸전' 을 보면 도겸은 폭정을 일삼은 인물로 나타나는데 유비는 도겸을 대신하여 서주(徐州)를 장악하게 된다. 나관중 『삼국지』에는 도겸이 덕이 높은 사람으로 몇 번씩 유비에게 선양(禪讓) 하는 장면이 묘사되고 있다. 이렇게 함으로써 도겸은 나쁜 사람이 아니고 덕(德)이 높은 사람으로 그것을 유비가 계승했다는 점을 부각시켜 유비의 허물을 덮으려고 한 것이다. 이 과정을 통하여 조조는 악인이며 도겸과 유비는 선인으로 다시 태어나는 것이다.

장굉(張紘:153~212) 오의 모사. 광릉(廣陵) 사람. 자는 자강(子綱). 장소(張昭)와 더불어 이장(二張)으로 불렸다. 장굉은 문장에 능했으며 손책이 창업하자 장소와 함께 그의 참모가 되었다. 손권이 손책의 뒤를 잇자 한 사람이 출정하면 다른 한 사람은 조정을 지켜 보필하였다. 손책 – 손권의 신임이 매우 두터웠던 인물이다.

장달(張達:?~?) 장비 수하의 장수. 형주를 수비하던 관우가 죽은 후 유비가 그 원수 갚으러 이릉으로 출병할 때, 장비의 지나친 독촉에 못 견디어 장비의 목을 베어 오에 항복했다. 오의 손권은 유비가 오나라를 침공할 때 유비와 화친하기 위해 장달과 범강을 묶어 유비에게 돌려보냈고 이들은 능지처참(陵遲處斬)을 당했다. 이 사건은 장비의 성격을 단적으로 보여주는 예이다. 장비는 아랫사람들을 지나치게 다루었고 그들은 그것을 견디기가 어려웠던 것이다.

장로(張魯:?~?) 한중(漢中)의 영주. 패국(沛國) 풍(豊) 사람. 자는 공기(公祺). 오두미도교(五斗米道敎)의 교주(敎主)였던 조부와 부친을 계승하여 도를 전파하고 백성을 다스림. 후에 조조에게 항복하여 진남장군·낭중후(閬中侯)를 받음. 시호는 원(原).

장료(張遼:169~222) 조조의 장수. 자는 문원(文遠)이며 마읍(馬邑:현재의 산서성 삭현) 사람으로 원래는 동탁의 휘하에 있다가 여포에 귀부(歸附)하여 기도위(騎都尉)가 되었다. 여포가 사로잡히자 장료는 조조에게 투항하였고 조조의 막하에 있으면서 수많은 전공을 세워 조조의 총애를 받았다.

후에 조비를 따라 오나라를 토벌하였는데 나관중의 『삼국지』에 따르면 장료는 여포가 죽는 것을 두려워하자 여포를 꾸짖기도 하고 후일 조비를 구하려다가 오나라 장수 정봉에게 화살을 맞아서 죽었다고 하는데 이는 사실이 아니다. 장료는 끝까지 여포에게 충성하였고 조조는 여포를 포함하여 이들 전체를 구원하려 했으나 유비의 반대로 여포는 죽고 장료는 산 것이다. 정사 『삼국지』 '장료전'에 따르면 장료는 222년 조휴의 군사를 거느리고 오나라를 공격하던 도중 병사했다고 한다.

장비 (張飛:?~221) 탁군(涿郡) 사람. 자는 익덕(翼德). 선대의 고향을 따져 연인(燕人) 장익덕(張翼德)으로 통하기도 한다. 나관중의 『삼국지』에 따르면 장비는 오호장군(五虎將軍:실제는 이 말이 없었음)의 한 사람으로 유비·관우와 도원결의한 이래 고난을 같이 하였고 당양 장판교 싸움에서 호통을 쳐서 조조군의 진격을 막았다고 한다. 그리고 장비는 엄안(嚴顔)을 설득하여 유비에 귀부시키고, 장합(張郃)을 꾀로 유인하였다고 하는데 이는 대부분 역사적 사실과 일치한다. 정사에 의거해도 장비는 용맹이 무쌍하였지만 술이 과하고 성미가 급하여 부하에게 혹독하게 대했다고 한다.

정사 『삼국지』 「촉서」 '장비전'에 따르면 유비는 늘상 장비를 타일러 "너는 형벌에 따라 사람을 죽이는 것이 지나치고 아랫사람을 매일 채찍질을 해대니 이는 큰화를 당할 일이다"라고 하였다고 한다. 결국 이같은 그의 성품이 죽음을 재촉하고 말았다. 장비는 관우의 원수를 갚는 복수심에 불타 출병을 서두르다가 출병하기 전날 부하의 손에 죽고 말았다고 한다. 시호는 환후(桓侯). 장포(張苞)는 그의 아들이나 요절하였고 차남 장소(張紹)가 후사를 이었는데 시중상서복야까지 이르렀다. 장포의 아들 장준(張遵)은 상서가 되어 제갈첨을 수행하여 면죽에서 등애와 싸우다 전사했다. 장비의 딸은 촉의 2대 황제 유선의 황후가 되었다.

> **소해설** **장비의 용모** 장비와 관련해서 앞에서 많이 지적했기 때문에 상세한 내용은 생략하더라도 몇 가지 지적할 만한 중요한 사항들이 있다. 그 하나는 장비의 용모에 관한 것이다. 일반적으로 장비는 호랑이 수염에 우레 같은 목소리, 거친 말씨 등 '단순무식'의 대명사로 통하지만 정사 『삼국지』 「촉서」 '장비전'에 따르면 장비는 소인을 멀리하고 군자를 경애하는 사람이었고 이전원·이소선의 『삼국지 고증학』(청야, 1997)에 따르면 장비는 시문에 능할 뿐만 아니라 서화(書畵)에도 일가견이 있는 사람이었다고 한다. 그리고 주의할 점은 장비의 두 딸이 모두 촉 황제 유선의 황후가 되었다는 사실에서 장비의 용모를 짐작할 수 있다. 이같은 사실로 미루어볼 때 장비는 오히려 우람한 체구의 선이 굵은 멋있는 장부였을 가능성이 크다. 어떤 의미에서 장비는 소설에서는 가장 추남이지만 실제로는 선이 굵은 멋진 장부라는 양 극단의 전형적인 인물이 된 최초의 사람일 것이다.

> **소해설** **장비의 역할** 장비라는 인물이 용모의 변화와 함께 다시 태어남으로써 나관중 『삼국지』는 크게 성공할 수 있었을 것이다. 장비와 관련해서 반드시 짚고 넘어가야 할 부분은 『삼국지』의 수많은 사건들 가운데 설명하기 어렵거나 유비가 실패한 사건들은 모두 장비의 탓으로 돌리고 있다는 점이다. 나관중은 장비를 통하여 완전히 새로운 인물을 창조함으로써 『삼국지』를 매우 재미있는 이야기 책으로 만든 데 가장 성공한 사람으로 볼 수 있다. 물론 나관중의 『삼국지』는 그 이전부터 있었던 이야기들을 집대성한 것이기는 하지만 사람들이 장비라는 인물에 더욱 친근함을 느끼고 쉽게 다가갈 수 있는 인물로 변신하게 한 것은 나관중을 포함하여 이전의 『삼국지』 저자들의 공이라고 할 수 있다. 아이러니하게도 소설 『삼국지』의 성공은 장비의 새로운 탄생에 기인하였을 것이다.

장소(張昭:156~236) 오의 모사. 팽성(彭城) 사람. 자는 자포(子布). 주유(周瑜)의 추천으로 손책의 막하에 들어 장사(長史)·무군중랑장(撫軍中郎蔣)이 되었으며 손책은 문무(文武)의 일을 그에게 물어 처결했다. 장소는 오나라의 대표적인 학자로 장굉(張紘)과 함께 이장(二張)의 한 사람. 장소는 손책의 유명을 받아 손권을 보좌하였다. 장소는 오나라의 원로중신으로 성품이 강직하여 손권에게 직간을 자주 하였으므로 손권은 그를 높여 장공(張公)이라 부르며 어려워했다고 한다. 보오(輔吳) 장군 누후(婁侯)에 책봉. 시호는 문후(文侯). 나관중 『삼국지』에는 제갈량이 적벽대전을 성사시키기 위해 오나라를 방문했을 때 많은 오나라 학자들과 대항하여 홀로 설전(舌戰)을 벌이는 대목이 나오는데 이때 가장 먼저 공격을 한 사람이 바로 장소이다. 그러나 이것은 사실이 아니고 다만 제갈량의 담력과 학식, 논리정연한 말솜씨를 보이기 위한 허구일 뿐이다. 정사『삼국지』「오서」‘노숙전’과 사마광의『자치통감(資治通鑑)』에는 장소가 중신의 우두머리로 조조와의 화친을 주장하였다고 나온다.

장송(張松:?∼212) 유장의 별가(別駕). 성도(成都) 사람. 자는 영년(永年). 용모가 누추했으나 기밀하고 변술도 능하고 박학다식했으며 뛰어난 기억력을 가지고 있었다고 한다. 유장이 장송을 조조에게 보냈는데 조조가 무시하였고 오는 길에 유비를 만났는데 장송은 유비의 대접에 감격하여 서천 지도를 바치고 내응할 것을 약속했다고 한다. 그런데 그의 형 장숙이 밀서를 주워 유장에게 보내어 처형되었다.

장수(張繡:?∼207) 동탁의 막하에 있던 장제(張濟)의 조카. 무위(武威) 조리(祖厲) 사람. 장수는 완성에서 천재적인 전략가 가후(賈詡)의 주선으로 조조와 화친했다. 그러나 조조가 그의 숙모인 장제의 아내 추씨(鄒氏)를 후궁으로 받아들이자 이에 격분하였는데 이 사실을 조조가 먼저 알았다고 한다. 조조는 할 수 없이 장수를 먼저 제거하려 하였으나 이를 간파한 장수는 조조를 기습하여 대파하였고 이때 조조의 아들과 조카가 전사했다. 이 사건으로 장수는 유표(劉表)에게로 몸을 피했고 그 뒤 유엽의 주선으로 다시 가후와 함께 조조에게 귀순하여 관직은 파강(破羌)장군, 양무장군 등에 임명되었다. 조조는 장수가 강족(羌族) 지역 출신이었기 때문에 주로 강족 지역과 관련된 일을 맡기고자 하였던 것으로 보인다. 조조는 장수를 매우 환대하였는데 그것은 자신이 장수의 숙모를 후궁으로 삼으면서 지은 잘못이 매우 크다는 점을 인정했기 때문일 것이다. 장수의 시호는 정후(定侯).
장수와 관련된 사건들은 대부분 정사『삼국지』「위서」‘장수전’‘가후전’과 일치한다. 장수와 관련된 추씨 사건은 매우 드라마틱한 내용으로 소설적인 요소가 매우 많다.

장양(張讓:?~189) 후한 십상시의 지도자. 후한의 충신(忠臣). 그 동안 잘못 평가되어온 사람들 가운데 한 사람. 나관중의 『삼국지』에서 장양은 황제를 끼고 갖은 모략과 악행을 다했으며 대장군 하진(何進)이 이들을 제거하려다가 도리어 이들 손에 죽음을 당한 것으로 묘사되어 있다. 또한 장양은 원소의 토벌군에 황성이 포위되자 소제를 위협하여 달아나다가 일이 급하게 되어 강에 뛰어들어 자살했다고 한다. 그러나 이것은 사건을 너무 사대부 중심으로 본 것이다. 장양은 특별히 모가 난 사람도 아니었기 때문에 나관중의 『삼국지』와 같이 판단하는 것은 매우 위험한 일이다. 왜냐하면 장양은 서로 사이가 나빴던 하태후나 동태후 모두에게 지지를 받았는데 이것은 장양의 성품이 원만했음을 의미하는 것이다. 장양은 혼란기에 외척 세력의 팽창을 차단하고 황실을 보호하기 위해 노력하던 중 사망한 사람으로 보아야 한다.

소해설 **장양과 황제의 몽진(蒙塵)** 장양은 원소의 토벌군에 황성이 포위되자 소제(少帝)를 위협하여 달아나다가 일이 급하게 되어 강에 뛰어들어 자살했다고 한다. 그런데 장양이 과연 어린 황제와 어린 진류왕을 협박하여 황궁 밖으로 데리고 나갔을까? 전후의 상황으로 보아 그것은 아니다. 소제나 진류왕(후일 헌제)은 장양이 옥박질러서 따라간 것이 아니라 궁정 대습격의 와중에서 이들이 상해(傷害)를 당하는 것을 방지하기 위해 장양이 데리고 나갔다고 보는 것이 더욱 정확할 것이다. 소제와 진류왕은 바로 영제(靈帝)의 아들로 영제는 장양의 친아들이나 다름없는 관계이므로 소제는 장양에게는 손자(孫子) 같은 존재였다. 영제는 장양을 항상 아부(阿父)라고 불렀다. 그런 의미에서 장양은 후한의 충신으로 외척들의 발호를 차단하고 황제를 보호하려던 인물로 보아야 한다. 그러나 대부분의 사서(史書)들이나 나관중 『삼국지』는 장양을 인간 이하의 인물로 그리고 있다. 장양의 평가가 이토록 가혹하게 비하된 것은 사대부들의 삐뚤어진 청류의식(淸流意識)의 결과로 볼 수밖에 없다. 장정일의 『삼국지』는 최초로 이에 대해 재평가하고 있다.

장양을 이해하기 위해서는 무엇보다도 이전에 있었던 여러 가지 사건들을 이해하여야 한다. 영제에게는 하황후(何皇后) 소생의 황자 변(辨 : 후일의 소제)과 왕미인(美人은 妃嬪의 관직명) 소생의 협(協 : 후일의 헌제)이 있었다. 하진은 원래 육류를 취급하던 큰 상인이었으나 자신의 여동생이 황후가 되자 상당한 권력을 가지게 되었다. 하황후가 왕미인을 독살하자 의탁할 곳이 없는 협은 영제의 친어머니인 동태후(董太后)가 길렀다. 협은 자질이 영특하여 영제(아버지)나 동태후(친할머니) 모두 그가 제위를 잇기를 바랐다. 이로 인하여 동태후와 하황후의 사이가 특히 나빴다. 그러나 189년 영제가 갑자기 죽는 바람에 자연스럽게 태자(太子)인 변이 등극을 하여 하황후가 이제 태후(太后)가 되어 섭정을 하게 되고 하태후(하황후)의 오빠인 하진이 대장군이 되어 권력을 장악하였다. 이때 십상시 가운데 건석(蹇碩 : ?~189)이 하진을 제거하려다가 하진에게 죽었다. 하태후는 시어머니 동태후를 폐서인(廢庶人)으로 만든 뒤 하진이 동태후를 독살하는 만행을 저질렀다. 새로운 권력자로 부상한 하진은 장양을 비롯한 원로 상시들로 인하여 권력을 전횡하기 어려웠다. 하진은 사예교위(司隸校尉 : 황제직할령을 방어하는 일종의 수도경비사령관) 원소를 총애하였는데 원소의 권유로 원소에게 정병 3천을 주고 황궁을 포위하여 십상시들을 모두 제거하기로 하였다. 이에 대하여 역시 하진의 두터운 신임을 받는 전군교위(典軍校尉 : 황실경비 담당 부대의 부대장) 조조는 반대하였지만 하진은 조조가 환관 가문 출신인 까닭으로 환관 토벌에 반대한다고 생각하였던 것 같다. 하태후는 하진에게 참살하려는 시도를 중지하기를 종용했지만 원소는 하진에게 다른 군대를 불러 이들을 주살(誅殺)하는 것이 좋을 듯하다고 권고하였고 이에 별 말썽이 없고 조정에 고분고분했던 동탁이 선택된 것이다. 그러나 이 과정에서 하진이 먼저 장양에게 사로잡히고 말았다. 장양은 하진이 선제(先帝 : 영제를 말함)의 친모 동태후의 독살과 동탁의 군대를 낙양(洛陽)으로 끌어들인 책동을 준열하게 꾸짖고 하진을 주살하였다. 하진이 죽자 원소는 즉각 환관들을 토벌할 것을 명령하여 십상시 가운데 조충(趙忠), 정광(程曠), 하운(夏惲), 곽승(郭勝) 네 명을 취화루(翠花樓) 앞에서 끌어내어 난자(亂刺)를 해서 육니(肉泥)를 만들었다고 한다. 궁중은 화염에 휩싸이고 살아 남은 십상시인 장양, 조절, 후남 들은 내성(內城)으로 들어가 소제(하태후의 아들)와 진류왕 협(후일의 헌제)을 데리고 피신한 것이다. 따라서 나관중의 『삼국지』에서 보듯이 황제를 협박하여 끌고 갈 상황은 아니었던 것이다.

장온(張溫 : ?~?) 오의 모사. 오군(吳郡) 오현(吳縣) 사람. 자는 해서(海恕). 장온은 문장이 뛰어나고 응대를 잘하여 촉에 사신으로 왕래하면서 세객(외교관)으로 활약하였다. 장온은 손권에게 신임을 얻어 태자태부(太子太傅)에 올랐으나 그 명성이 너무 높은 것을 손권이 꺼려 그에게 죄를 주어 내쫓았다고 한다. 병사함.

장완(蔣琬 : ?~246) 촉의 중신. 영릉(零陵) 상향(湘鄕) 사람. 자는 공염(公琰). 촉의 사상(四相) 또는 사영(四英) 중의 한 사람. 장완은 형양(荊襄) 일대의 명사로 제갈량이 그를 기용하여 내치(內治)를 맡겼다. 제갈량의 신임이 두터워 제갈량이 출정하면 장완은 안에서 식량과 군사조달을 담당하였다. 제갈량이 죽은 뒤 승상(丞相)이 되고 대장군이 되었다. 안양정후(安陽亭侯)에 봉했으며 병사함. 시호는 공후(恭侯).

장익(張翼 : ?~264) 촉의 장수. 건위(犍爲) 무양(武陽) 사람. 자는 백공(伯恭).

나관중『삼국지』에 따르면 장익은 원래 유장의 부장이었으나 유비에 포위당하자 유괴(劉瑰)를 죽이고 귀순하였으며 제갈량의 남만 정벌에 부장으로 출전하였다.

뒤에 강유와 함께 대장군이 되어 활약하다가 종회가 성도에 침입했을 때 전사했다고 한다. 그러나 이것은 대부분 사실이 아니다. 정사『삼국지』「촉서」'장익전'에 의하면 유비가 익주목이 되었을 때 장익은 겨우 서좌(書佐)였고 후에 효렴(孝廉)으로 천거되어 벼슬을 하였다고 한다. 나관중의『삼국지』에서처럼 유장의 장수는 아니었고 유괴를 죽인 일도 없었다.

장제(張悌:?~196) 동탁의 장수. 무위(武威) 조려(祖厲:현재의 간쑤성) 사람. 192년 동탁이 암살당하자 장제는 동료였던 이각·곽사와 함께 동탁의 원수를 갚기 위해 장안으로 들어가 다시 정권을 장악하고 표기장군(驃騎將軍)에 임명되었다. 나관중『삼국지』에서는 장제를 일방적으로 매도하고 있는데 이는 잘못이다. 장제는 이각과 곽사를 서로 중재하는 데 큰 역할을 하였다. 장제는 196년 형주를 공격하다가 유시(流矢)를 맞아 전사했다고 한다. 장수(張繡)의 숙부로 그의 아내 추씨(鄒氏)는 조조의 후궁이 되었는데 장수는 이에 격분하여 조조를 야습하였고 조조는 크게 패해 오점을 남겼다.

장제(蔣濟:?~240) 위의 모신(謀臣). 자는 자통(子通). 사마의와 함께 승상부 주부(主簿)로 있을 때 조조가 천도를 단행하려 하자 사마의와 함께 이를 간(諫)하여 중지시켰다. 장제는 관우가 양양을 공략할 때 오나라와 화친하자고 건의하였다. 위 황제 조방(曹芳) 때에는 관직이 태위(太尉)에 이르렀다. 사마의를 위해 조상(曹爽)이 모반한다는 표문(表文)을 씀으로써 사마의가 쿠데타를 성공시키는 데 크게 기여하였다.

장집(張緝:?~254) 위의 충신. 조방(曹芳)의 장인. 벼슬은 광록대부(光祿大

夫). 장집은 하후현(夏侯玄)·이풍(李豊) 등과 함께 공모하여 사마사를 제거하려다가 이를 눈치챈 사마사의 부하들에게 잡혀 하후현·이풍과 함께 처형됨.

장패(臧霸:?~?) 위의 장수. 태산(泰山) 화음(華陰) 사람. 자는 선고(宣高). 장패는 원래 여포의 장수로 있다가 하비에서 여포가 패하자 조조에게 귀순하였다. 조조의 휘하로 들어간 장패는 많은 전공을 세웠다. 장패는 적벽대전을 앞두고 서서와 함께 농서(隴西)로 가 위기를 모면했다고 한다. 조비가 등극하자 장패는 진동장군(鎭東將軍)에 임명되어 청주의 여러 군사 업무를 관장하였다. 벼슬은 집금오(執金吳). 시호는 공후(恭侯).

장포(張苞:?~?) 장비의 장자. 나관중의 『삼국지』에 의하면 장포는 장비의 아들로 촉의 대장이라고 한다. 장포는 용맹이 뛰어나 유비가 관흥과 함께 좌우에 데리고 다녔고, 제갈량을 따라 수차 전공을 세웠다. 그후 장포는 곽회를 쫓다가 낭떠러지에 떨어져 치료 중에 죽었다고 한다. 그러나 이 모든 것은 거짓이다. 정사 『삼국지』 「촉서」 '장비전'에 따르면 장포는 요절하여 일체의 기록이 없다. 따라서 나관중의 『삼국지』에 나타나는 장포는 모두 지어낸 이야기이다.

장포(張布:?~264) 오나라의 대신. 당시의 실권을 장악하고 있던 대장군 손침이 손량을 폐하고 손휴(孫休)를 황제로 세우자 장포는 복양홍·손휴와 함께 손침을 암살하고 황권을 회복하였다. 원래 손휴가 낭야왕으로 있을 때 장포는 좌우의 장독(將督)이 되었는데 이로 인하여 손휴와 장포 두 사람은 매우 가까운 사이가 되었다. 후에 장포는 손휴의 탁고(託孤)를 물리치고 손호(孫皓)를 황제로 삼았으나, 손호가 주색에 탐닉하자 이를 제지하기 위해 여러 번 간하다가 결국 멸족을 당함.

장합(張郃: ?~231) 위의 용장. 하간(河間) 정현(鄭縣) 사람. 자는 준문(雋文). 장합은 원래 원소의 장수로 있다가 관도대전 중에 반간계에 걸려 조조에게 항복하였다. 장합은 매우 용맹하여 조조의 깊은 신임을 받았으며 여러 차례 많은 공을 세웠다. 제갈량의 1차 북벌 때 장합은 군대를 거느리고 제갈량의 부장 마속을 가정에서 저지하였다. 벼슬은 정서거기장군(征西車騎蔣軍). 시호는 장후(壯侯).

장화(張華: 232~300) 진(晋)의 중신. 자는 무선(茂先)이며 범양(范陽) 방성(方城) 사람. 장화는 일찍이 비서승상(秘書丞相)을 지냈다. 장화는 『삼국지』에서 매우 중요한 인물이다. 장화의 최대 공적은 진 무제 사마염에게 오나라 토벌을 적극 주장하여 이를 성사시켜 천하를 통일(統一)하는 데 결정적인 기여를 한 것이다. 장화는 그 외에도 정사 『삼국지』의 저자인 진수를 발탁하여 정사 『삼국지』를 있게 한 장본인이기도 하다. 장화는 진수의 가장 큰 후원자였으며 그는 조야의 숨은 인재를 발탁하기 위하여 많은 노력을 경주한 사람이기도 하다. 장화는 나중에 조왕(趙王) 사마윤(司馬倫)에 의해 죽음을 당하였다.

장흠(蔣欽: ?~219) 오의 장수. 구강(九江) 수춘(壽春) 사람. 자는 공역(公亦). 손책이 강동(江東)을 다스리고 있을 때 귀부(歸附)하였고 별부사마로 여러 차례 전공을 세웠다. 무예가 출중하고 수군(水軍)을 통솔하는 데 뛰어났다. 벼슬은 탕구장군(蕩寇將軍)을 역임하고 우호군(右護軍)에 임명됨. 병사함.

저수(沮授: ?~200) 원소의 모사. 광평(廣平) 사람. 저수는 전풍(田豊)과 함께 지혜가 풍부하고 계략이 많은 사람으로 알려져 있다. 저수는 일찍이 원소에게 헌제(獻帝)를 맞아서 업도(鄴都)에 도읍을 정하여 천하를 경륜하라고 간언했으나 원소가 이를 받아들이지 않아 조조가 선수를 쳤다고 한다. 물론 거리상으로 보면 조조가 헌제를 모셔오는 것이 훨씬 유리하였을 것이기는 하다.

저수는 조조와의 대결을 반대하였다. 원소가 조조와 대결하는 문제에 대해 참모들 간에 많은 의견 충돌이 있었는데 크게는 저수 진영과 곽도·심배의 진영으로 나눌 수 있다. 저수는 조조와의 전쟁 자체를 반대한 것이 아니라 원소가 그 동안 공손찬의 토벌 등으로 군대는 피폐하고 백성들도 곤궁한 상태이기 때문에 무리한 전쟁을 할 필요가 없다고 주장한 반면, 곽도와 심배는 시간이 갈수록 조조의 힘이 커지므로 지금이야말로 조조를 칠 때라는 입장이었다. 이러한 와중에서 유비는 원소에게로 귀부(歸附)하게 되는데 유비는 가능한 한 빨리 원소와 조조가 전쟁을 해야만 자신이 어부지리를 얻을 수 있기 때문에 관도대전을 충동질하였을 것이다.

관도대전에 앞서 젊은 참모들 가운데서는 지구전론(持久戰論:저수와 전풍)과 속전론(速戰論:곽도와 심배)의 논쟁이 극심하였고 전체적으로는 신진세력과 구세력 간의 갈등이 심화되었다. 관도전쟁의 과정에서 허유(許攸)가 투항한 것이나 오소(烏巢)를 지키던 순우경(淳于瓊)이 술로 세월을 보낸 것도 신구 세력 간의 갈등이 표출된 것이라 할 수 있다. 관도대전에서 원소가 패하고 저수는 포로가 됐으나 항복하지 않고 몰래 도망하다가 죽었다고 한다. 저수의 판단이 옳았는지는 분명하게 말할 수 없다. 왜냐하면 전쟁이 장기화할 경우 원소가 조조를 확실히 이길 수 있다는 보장은 없었기 때문이다. 후세 사람들에게는 관도대전에서 원소가 압도적인 우위에도 불구하고 패전을 했기 때문에 저수가 더욱 부각되었을 수도 있다.

전위(典韋:?~197) 위의 용장. 진류(陳留) 파병(巴兵) 사람. 힘센 천하장사로 하후돈이 천거. 쌍극(雙戟)의 명수였다고 한다. 전위는 죽기 전까지 조조의 경호를 담당했던 것으로 판단된다. 전위는 항상 조조의 측근에서 시위(侍衛)했으며, 여러 전쟁에도 출정하여 많은 전공을 세웠다. 완성에서 조조가 죽은 장제(張濟)의 아내 추씨(鄒氏)를 후궁으로 삼은 데 반발하여 장수(張繡)가 조조 진영을 야습하자 조조를 보호하려다가 전사했다고 한다.

전풍(田豊:?∼200) 원소의 모사. 거록(鉅鹿) 사람. 자는 원호(元皓). 원소의 별가(別駕). 전풍은 지혜롭고 계략이 풍부한 대표적인 원소의 참모였다. 전풍은 적시에 중요한 계책들을 간했으나 원소가 이를 받아들이지 않아서 결국 관도대전에서 패하게 되었다.

관도대전 후 전풍의 판단이 상당한 부분 타당했음이 밝혀지게 되었다. 이 점을 구체적으로 살펴보자.

정사『삼국지』「위서」'원소전'에 의하면, 전풍은 조조가 동(東)으로 유비를 치는 기회를 이용하여 군사를 일으켜 허도(許都)를 공격하라고 진언하였으나 원소는 아들의 병을 이유로 거절하였다. 이때 전풍은 땅을 치면서 안타까워 했다고 한다. 원소가 안량(顔良)을 홀로 백마(白馬)로 보내자 전풍은 이를 반대하고 다른 지장(智將)을 딸려보내는 것이 좋겠다고 간언하였으나 원소는 이를 듣지 않았고 안량은 패전하면서 전사하고 말았다. 전풍은 "북방 군대(원소 군대)는 숫적으로는 많지만 남방의 군대(조조군)보다 용맹하지 않고 남방의 군대는 군량미가 북방에 비해 절대 부족하므로 응당 지구전을 하여 시간을 벌어야 한다"고 진언하였는데 원소는 이를 듣지 않았다.

전풍의 진언이 모두 옳다고 할 수는 없지만 상당히 타당성이 있다. 그렇다면 왜 전풍의 진언이 받아들여지지 않았을까? 여기에는 크게 두 가지의 원인이 있을 것으로 보인다. 하나는 봉기(逢紀) 등과 같은 반대파에 속하는 참모들의 시기가 있을 수 있고, 다른 하나는 원소의 입장에서 보면 전쟁이 일단 시작되었는데도 자꾸 성가시게 간섭하는 전풍의 행태가 못마땅했을 수도 있다. 즉, 원소의 눈에는 전풍과 저수가 전시

상황에서 국론을 분열시키는 사람들로 보였을 수 있다. 원소의 판단도 완전히 잘못된 것이라고는 할 수 없다. 다만 결과적으로 보았을 때 관도대전은 원소의 패배로 끝이 나 저수와 전풍의 판단이 옳았음을 반증했을 뿐이다. 관도대전이 패한 후 국론분열 혐의로 옥에 갇혀 있던 전풍은 처형되었다.

정보(程普:?~?) 오의 용장. 우북평(右北平) 토은(土垠) 사람. 자는 덕모(德謨). 정보는 손견·손책·손권 3대에 걸쳐서 오나라에 충성을 다한 사람이다. 정보는 자질이 중후하고 전공이 높았다. 정보는 사수관에서 화웅의 아장 호진(胡軫)을 죽여 명성을 날렸다. 208년 손권에 의해 부도독(정사에 따르면 좌우독에 임명되었다 함)에 임명되어 주유와 함께 적벽대전을 승리로 이끌었다. 벼슬은 탕구장군(蕩寇將軍). 병사했다.

> **소해설** **오나라의 조운, 정보** 정보는 오나라의 조운(趙雲:조자룡)과 같은 인물이라고 할 수 있다. 정보는 『삼국지』의 수많은 영웅들처럼 화려한 스포트라이트를 받지는 못했지만 묵묵히 손씨(孫氏) 일족을 도운 사람이다. 정보는 비록 손권이 칭제(稱帝)를 할 때까지 생존하지는 않았지만 손권이 오나라를 건국하는 데 크게 공헌을 한 사람이라고 볼 수 있다. 정보는 손책이 위기에 처해 있을 때도 헌신적으로 재기할 수 있도록 도왔으며 손책에 대한 암살기도를 막아내고 구출해낸 사람이다. 후일 손권이 황제에 오른 뒤 이미 죽은 정보의 공로를 추론하여 그의 아들 정자(程咨)를 정후로 봉했다.

정봉(丁奉:?~271) 오의 용장. 여강(廬江) 안풍(安豊) 사람. 자는 승연(承淵). 『삼국지』「오서」'정봉전'에 의하면 정봉은 어려서부터 굳세고 용맹스러웠다고 한다. 정봉은 계략이 뛰어나고 큰일을 잘 처단하여 여러 전투에서 공을 세웠다. 252년 정봉은 위나라가 세 방향으로 오나라를 공격해왔을 때 3천 명의 군사를 거느리고 동흥으로 가서 위장 호준(胡遵)을 막았다. 당시는 엄동설한이라 전쟁을 하기가 힘든 상황에서 위군(魏軍)들이 주연(酒宴)을 즐기고 있을 때 정봉은 이를 기습하여 크게 물리쳤다. 그후에도 정봉은 장포(張布)와 함께 손침(孫綝)을 죽이고 대장군에 서주목(徐州牧)이 되었다. 후에 정봉은 점점 교만해져 오황제 손호(孫皓)는 그와 그의 가족을 임천(臨川)으로 이주시켰다고 한다.

정욱(程昱:?~?) 위의 모사. 동군(東郡) 동아(東阿) 사람. 자는 중덕(仲德). 조
조가 연주목(兗州牧)이 되자 순욱(荀彧)의 권고로 정욱을 방문하여 도와
주기를 청하였다고 한다. 정욱은 순욱의 천거로 조조의 막하에 들어온
이후 많은 전공을 세웠는데 그 가운데서도 창정에서 십면매복계(十面埋
伏計)로 원소의 대군(大軍)을 격파한 것이 가장 유명하다. 정욱은 유비가
조조에게 귀부했을 때 유비를 죽이라고 간언하기도 하였다. 벼슬은 위위
(衛尉). 병사함.

정원(丁原:?~189) 나관중의 『삼국지』에 의하면 정원은 형주자사(荊州刺史)로
동탁이 정권을 잡고 황제를 폐립하려 들자 반대하였고 동탁에게 매수된 수
양아들 여포의 손에 죽었다고 하는데 이는 사실이 아니다. 정원은 형주자사
가 아니라 병주자사(幷州刺史)였으며 여포를 수양 아들로 삼은 것은 더구
나 아니었다. 모두 여포를 비하하기 위해 만들어놓은 것에 불과하다. 다만
병주자사 시절에 여포를 수하에 두고 있었던 것은 사실이다.

정현(鄭玄:127~200) 후한의 학자. 자는 강성(康成). 마융(馬融)이 가장 아낀
제자. 한나라 경학(經學)을 집대성한 인물이다. 정현은 환제(桓帝) 때 상
서(尙書)의 벼슬에 있었고 영제(靈帝) 말년에 관직을 잠시 맡기도 했다.
정현은 십상시의 난 이후 고향에 돌아와 은거하며 학문 연구에 몰두하였
다고 한다. 정현은 시종 재야학자(在野學者)로서 사회 일반의 존경을 받
았으며 후학 양성에도 힘을 기울여 수천 명의 제자들을 두었다. 그리고
일경전문(一經專門)의 학풍을 타파하고 여러 우수한 경서(經書)들을 총
괄하였으며, 수많은 유교 경전에 주석을 달아 독창적인 이론을 세웠다.
정현의 고향은 현재의 산동성(山東省) 고밀현(高密縣)이다. 나관중의
『삼국지』에 의하면 유비는 탁군에 있을 때 그를 스승으로 섬겨 가르침을

받았고 정현이 원소에게 유비를 옹호하는 편지를 써줌으로써 유비는 원소의 구원을 받을 수 있었다고 하는데 이것은 소설가들이 지어낸 이야기에 불과하다. 유비가 정현의 가르침을 받았다고 하기에는 서로의 고향이 너무 멀리 떨어져 있었고 설령 그 같은 일이 있다고 해도 유비는 정현의 눈에 뜰 만한 제자가 아니었기 때문이다. 나관중 『삼국지』가 이렇게 없는 이야기를 늘어놓은 것은 정현이 당대 최고의 학자인데 그 학자조차 유비를 변호하는 내용을 집어넣음으로써 유비가 얼마나 위대한 인물인가를 부각시키려 했기 때문이다.

제갈각(諸葛恪:203~253) 오의 대장. 제갈근의 장자. 자는 원손(元遜). 제갈량의 조카. 제갈각은 어린 시절부터 총명하고 변론을 잘하여 손권의 사랑을 받았다고 한다. 위북(威北) 장군 도향후(都鄕侯)에 책봉됨. 제갈각은 손권의 총애로 태자좌보(太子左補)로 임명되는 등 거의 권력의 핵심에서만 있었던 사람이다. 제갈각은 손권의 유조(遺詔)를 받아 정권을 장악하고 국정을 전횡하였다고 한다. 손권의 총희(寵姬)였던 반씨(潘氏)와 정권을 장악하려던 손홍(孫弘)이 손권의 죽음을 즉각 실권자인 제갈각(諸葛恪:제갈량의 친조카)에게 알리지 않고 먼저 거짓 조서(詔書)를 꾸며 제갈각을 제거하려고 하였는데 시중(侍中)을 지냈던 손준(孫峻)이 이 사실을 탐지하여 은밀히 사람을 보내 제갈각에게 알렸다. 손준은 손권의 삼촌이었던 손정(孫靜)의 손자로 손권의 유조를 받은 사람이었다. 제갈각은 크게 노하여 바로 입궐하여 손홍을 주살하였다. 정권을 완전히 장악한 제갈각은 손량(孫亮)을 황제의 위에 오르게 하고 천하에 대사면령을 내렸다. 이제 제갈량의 조카인 제갈각이 오나라의 정권을 장악하고 사마사와 천하를 두고 대결하는 새로운 구도가 형성되었다.

제갈각은 보다 실질적인 중원 정벌에 대한 생각을 가진 사람이었다. 252년 정봉에게 위나라의 침공을 명하여 대파하여 제갈각의 인기는 절정에 다다랐다. 그러나 다음해 자신이 직접 대군을 이끌고 합비(合肥) 신성(新

城)을 공격하였으나 성공하지 못하고 많은 병사들만 희생시킨 채 돌아왔다. 이 당시 수많은 병사들이 각기병(脚氣病)과 전염병으로 고생을 하는 상황이므로 회군(回軍)해야 한다는 여론이 높았으나 제갈각은 이를 무시하고 장기 주둔을 하다가 큰 손실을 보고 회군한 것이다. 이 사건은 승승장구하던 제갈각에게는 치명적인 정치적 실패를 초래하였으며 자신도 권좌에서 축출당하는 계기가 되고 말았다. 구체적으로 제갈각은 건업(建業)으로 돌아온 후 자중하기는커녕 오히려 자신의 부재시에 임명된 관원을 모두 파면하고, 상소를 올려서 자신에게 회군하라고 한 사람들을 불러서 그 책임을 물어 백성들의 원성을 사게 되었다. 손준은 이 기회를 놓치지 않고 오황제 손량과 상의하여 제갈각을 유인하여 암살하였다. 제갈각은 자신의 죽음은 물론 멸족을 당했다.

소해설 **제갈각의 실패 원인** 제갈각의 일생은 매우 시사하는 바가 크다. 제갈각은 진수의 평가대로 "재능과 기질, 재간과 모략은 나라의 칭찬을 받을 만했으나 교만하고 인색하여 자신은 과장되게 하고 다른 사람은 능멸했으니", 그 실패는 당연할 것이다. 제갈각의 실패 원인은 그가 너무 인정을 받았고 고귀하게 자란 탓에 인생에서의 실패를 경험해보지 못했기 때문이라고 할 수 있다. 제갈각은 어릴 때부터 황제의 총애를 받았고 자라서는 능력보다도 더 크게 중용된 사람이었기 때문에 타인의 고통이나 입장을 이해하기는 어려웠을 것이다. 한마디로 제갈각의 실패는 어릴 때부터 항상 최고의 대접을 받고 자란 결과라고 할 수 있다. 제갈각의 아버지 제갈근은 항상 제갈각을 보면서 집안을 망칠 아이라고 걱정했다고 한다.

제갈근(諸葛瑾:174~241) 오의 모사. 낭야(琅琊) 남양(南陽) 사람. 자는 자유(子瑜). 제갈량의 형. 제갈각의 아버지. 제갈근은 나관중『삼국지』에서는 다소 답답한 인물로 그려져 있으나 실제로는 매우 다르다. 정사『삼국지』「오서」'제갈근전'에 의하면 제갈근은 일찍이 손권의 장사(長史)를 지냈으며 후에 수남장군(綏南將軍)으로써 여몽을 대신하여 남군(南郡) 태수로 임명되었다. 제갈근은 기질과 도량이 넓어서 매사에 신중한 일처리로 손씨 일가의 신임을 크게 받은 사람이다. 제갈근은 계모에게도 효성이 극진했으며 손권이 제위에 오르자 대장군·좌도호(左都護)에 예주목(豫州牧)을 겸하였다. 손권은 주유(周瑜:176~210)·노숙(魯肅:172~217)·제갈근을 자신의 스승으로 생각하고 크게 의존하였다. 이들은 거의 동년배였으나 주유가 요절하고 노숙이 40대 중반에 죽었기 때문에 손권이 제갈근에게 의존하는 바가 더욱 컸다. 손권은 입버릇처럼 "나와 자유(제갈근)는 생사를 걸고도 바꿀 수 없는 맹세를 하였다"고 말했다고 한다.

나관중 『삼국지』에서는 제갈근이 마치 제갈량을 묘사하기 위한 엑스트라 정도의 역할로 등장하는데 이는 사실이 아니다. 오히려 제갈근이 더 훌륭한 인물일 가능성도 있다. 아버지를 일찍 여의고 환경도 불우했던 탓에 제갈량은 아마도 제갈근에게 학문을 배웠을 것이다. 가난한 환경 속에서도 그의 탁월함이 손권에게 알려졌을 정도로 제갈근은 대단한 인물이었을 것이다. 어떤 의미에서 제갈량은 그 형인 제갈근으로 말미암아서 사람들에게 알려졌을 가능성도 크다. 제갈근은 병사함.

제갈량(諸葛亮 : 181~234) 촉의 승상(丞相). 낭야 남양 사람. 자는 공명(孔明). 한의 사예교위(司藝校尉) 제갈풍(諸葛豊)의 후손. 제갈근의 아우. 제갈각의 삼촌. 제갈탄의 집안 형님. 나관중의 『삼국지』에 의하면 제갈량의 키는 8척, 얼굴은 관옥 같고, 윤건(輪巾)을 쓰고 우선(羽扇)을 드니 신선(神仙)과 같았으며 충성스럽고 솔직담백하고, 천문과 지리에 통달하고 병법에 능통하여 신출귀몰하는 계략을 썼다고 하는데 이는 지나친 과장이다. 이 때문에 제갈량의 참모습을 일반인들이 보지 못하는 것이기도 하다. 제갈량을 훌륭한 정치가로 파악하는 것이 더 중요하다. 제갈량은 매우 불우한 젊은 시절을 보냈고 밭 갈며 벼슬을 하지 않아 복룡(伏龍) 또는 와룡(臥龍)이라고 불렸다고 한다. 유비의 삼고초려에 감동하여 한평생 유비·유선(劉禪) 선후(先後) 두 주인을 섬겨 대업(大業)의 기틀을 닦고 안국(安國)의 선정을 실시했다. 제갈량은 서천을 취하고, 남만을 정벌하였으며, 동오와 수호(修好)하고, 위나라를 정벌하기 위해 지속적으로 북벌을 단행하였다. 이때의 명분은 '한실부흥(漢室復興)'이었는데 성공하지는 못하였다. 북벌을 하던 중 오장원 군중(軍中)에서 병사하였다. 제갈량은 유명한 출사표를 남겨서 후세인으로 하여금 국가에 대한 충성의 표상을 보여주기도 하였다. 제갈량의 벼슬은 승상(丞相). 무향후(武鄕侯). 아들 첨(瞻)과 손자 상(尙)도 등애의 침입을 막다가 전사, 3대가 모두 충의로 이름을 남겼다. —7장『삼국지』등장인물 분석(제갈량) 참고.

소해설 **제갈량의 위대성** 제갈량은 탁월한 전략가라기보다는 위대한 정치가이자 외교가라고 할 수 있다. 물론 소국(小國)의 군대로 대국(大國) 위(魏)나라를 공격하여 위험에 빠뜨린 과정을 보면 탁월한 전략가임도 부정할 수는 없을 것이다. 그러나 원인이 어떠하든 간에 제갈량이 크게 패전한 경우도 없었지만 제대로 이긴 전쟁도 없는 형편이다. 적벽대전(208)에서도 제갈량은 전략가로서 참전한 것이 아니라 외교가로서 위나라와 오나라 간에 전쟁을 유도한 사람이다. 그러나 촉(蜀)의 재상(宰相)으로서 제갈량의 역할은 중국 역사상 가장 모범적이었다고 볼 수 있다. 제갈량의 위대한 점은 그가 가진 재능뿐만 아니라 그가 가진 충성과 의리에 있다고 할 수 있다. 위·오·촉 세 나라 가운데 부정부패가 가장 적고 안정적으로 다스려진 나라는 촉이었다. 위나라와 오나라는 조조와 손권이 죽자 급격하게 혼란에 빠진 반면 촉은 유비가 죽었을 때도 아무런 동요없이 안정되었다. 이 점은 전적으로 제갈량의 공으로 볼 수 있다. 제갈량은 권력을 이용하여 재산을 축적한 일도 없으며 황제를 우롱한 처사는 더욱 없었다. 다만 문제는 지나치게 북벌을 단행한 점이라고 볼 수 있는데 이것은 촉의 정치적인 이데올로기, 즉 국시(國是)가 북벌을 통한 '한실중흥'의 달성이었기 때문에 비평하기가 쉽지 않다. 그러나 후세인들이 제갈량을 지나치게 미화·과장하는 것은 올바른 행위라고 할 수 없다. 나관중『삼국지』는 제갈량이 하지도 않은 수많은 일들에 모두 그를 개입시키고 있다. 제갈량은 박망파 전투를 치른 적도 없고 위나라와 오나라를 싸우게 하려고 노력했지만 적벽대전에 참여한 바는 없다. 그리고 융중대책이라고 일컬어지는 소위 '천하삼분지계(天下三分之計)'도 독자적인 작품이 아니고, 그가 죽고난 뒤 사마의를 도망치게 한 소위 사 '제갈주생중달(死諸葛走生仲達)'한 적도 없다. 사람들은 제갈량을 마치 신선처럼 묘사하려 하지만 그것이 가진 문제점은 역사에 대한 이해를 불가능하게 만든다는 점일 것이다.

소해설 **제갈량의 집안과『삼국지』** 제갈량과 관련하여 눈여겨보아야 할 것은 제갈량 집안이다.『삼국지』시대에서 제갈량의 집안은 위·오·촉 세 나라에서 매우 주요한 위치를 점하고 있다. 그리고 이들은 모두 각 나라의 충신들이었다는 점이다. 제갈량과 그 직계 후손들은 촉에서, 제갈근·제갈각과 그 후손들은 오나라에서, 제갈탄은 위나라에 각각 모범적인 삶을 살았다고 볼 수 있다. 하나의 집안이 이처럼 천하의 대세에 영향을 미친 것은 그리 흔하지 않은 일이다. 예를 들면 최근세사에서 국공내전(國共內戰 : 1930년대) 당시 중국의 재벌이었던 송씨(宋氏) 가문의 딸들이 이와 유사했다고 볼 수 있다. 아들이었던 송자문(宋子文)은 저장 재벌로 중국 중앙은행을 세워 국민정부의 재정부장(財政部長)을 역임하였고(1925), 맏딸인 송애령(宋愛齡)은 부호 공상희와 결혼했고, 송경령(宋慶齡)은 아버지의 친구였던 손문(孫文)과 결혼하여 후일 중국 인민대표회의 상무위원회 부위원장이 되었고, 송미령(宋美齡)은 장개석과 결혼하여 중국의 퍼스트레이디가 되었다. 중국공산당이 승리하자 송경령은 베이징에 남고, 송미령은 장개석을 따라 타이완으로 갔다.

제갈첨(諸葛瞻 : 227~263) 촉의 대장. 자는 사원(思遠). 제갈량의 아들. 촉의 2
대 황제인 유선의 딸에게 장가 들어 부마가 되어 아버지의 직위를 이어받
았다. 후에 등애(鄧艾)의 침입으로 국가적인 위기에 빠지자 극정(郤
正 : ?~278)의 주선으로 군사권을 잡아 위군의 선봉을 물리쳤으나 구원
병이 오지 않아 전사했다.

제갈탄(諸葛誕 : ?~258) 위의 대장. 낭야(琅琊) 남양(南陽) 사람. 제갈량의 집
안 동생. 자는 공휴(公休). 양주자사(揚州刺史) · 진동장군(鎭東將軍) ·
진남장군(鎭南將軍) 등의 직책을 역임하였다. 255년 진동장군 관구검(毌
丘儉 : ?~255)과 문흠(文欽 : ?~257)이 사마사의 전횡에 반기를 들고 군
사를 일으키자 사마사가 친정(親征)하면서 제갈탄에게 예주(豫州)의
군사를 총괄하게 하였고 수춘(壽春)을 점령하게 하였다. 관구검의 군대
가 진압되면서 제갈탄은 승진을 거듭하여 정동대장군(征東大將軍)이
되었다.

승승장구하던 이 시기의 제갈탄에게 큰 위기가 닥쳐왔다. 제갈탄은 원래
하후현이나 등양 등과 매우 가까운 사이였는데 이들의 반사마사 쿠데타
를 도모하다가 멸족된 후에 매우 근심하게 되었다. 사마소가 장악한 위
나라 조정에서는 제갈탄을 제거하려고 계획했지만 그 동안의 제갈탄의
공을 무시할 수 없었고 제갈탄이 오나라에 가까운 회남(淮南) 지역을 수
비하고 있었으므로 제갈탄에 대해 함부로 대하기가 어려웠다. 사마소는
일단 제갈탄을 조정으로 불러서 그를 죽이려는 계책을 세웠다. 제갈탄은
자신이 주둔하고 있는 지역민들에게 크게 은혜를 베풀고 만일의 사태에
대비했다. 결국 257년 사마소는 제갈탄을 사공(司空)으로 승진 임명하면
서 조정으로 불러 그를 죽이고자 했다. 이에 제갈탄은 군사를 일으켜 사
마소에 대항하였다. 이에 사마소는 대군을 동원하여 제갈탄이 농성하고
있는 수춘(壽春)을 공격했는데 전쟁이 장기화되자 군심이 흩어지게 되
었다. 제갈탄은 이 책임을 자신에게 있는 것으로 보아 단독으로 말을 타

고 포위망을 뚫으려다가 대장군 사마 호분(胡奮)의 부하에게 참수당하여 그 수급은 수도로 보내졌다. 이 당시 제갈탄 수하에 있었던 수백 명의 사람들이 투항하지 않고 "제갈공을 위해 죽으니 여한이 없다"라고 하여 자진하여 처형되었다고 한다. 일반적으로『삼국지』에서 제갈탄을 등한시하기도 하는데 제갈탄의 능력이나 인품에 대해서는 새로운 평가가 필요하다. 제갈탄은 제갈량에 가려서 잘 알려지지 않은 인물이기도 하다.

소해설 **사마소의 제갈탄 제거** 제갈탄이 사마소에게 대항할 때 사마소는 군대를 일으켜 회남 땅으로 제갈탄을 진압하러 간다는 것이 부담스러웠다. 여기에는 두 가지의 이유가 있었다. 첫째는 오나라의 지원을 받고 있었다는 문제이다. 당시에 오나라는 손침(孫綝)이 실권을 장악하고 있었는데 오나라에서는 제갈정(諸葛靚: 제갈탄의 아들)의 구원요청을 받자 손침은 매우 기뻐하여 전역(全懌)·전단(全端)·당자(唐咨)·왕조(王祚) 등에게 전체 군사 3만여 명을 은밀히 파견하여 제갈탄을 구원하러 보냈다. 둘째, 제갈탄이 개인적으로 카리스마가 강한 인물이었고 백성들의 신망이 높았다는 점이다. 정사『삼국지』「위서」'제갈탄전'에 의하면, 제갈탄은 인망이 매우 높은 사람으로 상서랑일 때 상서복야(尙書僕射)였던 두기(杜畿)와 배를 타고 가다 도하(陶河)에서 배가 전복되었는데, 근위병들이 자신을 구하려 하자 두기를 구하라고 하고 그는 익사할 지경에 이르렀다가 다행히 강변으로 나가 겨우 소생한 적이 있었다. 이 일로 제갈탄의 인품이 칭송을 받았다고 한다. 뿐만 아니라 제갈탄은 죽을죄를 지은 사람도 정상을 참작하여 공이 있으면 상을 주었고 자신의 재물을 풀어서 수천 명의 마음을 사로잡았다. 위에는 그를 위해 기꺼이 죽을 수 있는 자만 수천 명이라고 알려져 있었다. 사마소가 제갈탄의 이 같은 위명을 억누르기 위해 선택한 방법은 원정길에 황제를 데리고 가는 일이었다. 허수아비지만 황제가 친히 정벌을 하게 함으로써 제갈탄이 모반할 명분을 없앤 것이다. 사마소는 황제를 윽박질러서 원정길에 대동하였고 위 황제 조모(曹髦)는 제갈탄이 자신을 위한다는 명분으로 사마소를 토벌하기 위해 군대를 일으켰는데 오히려 자신을 허수아비 취급하는 사마소를 지원하기 위해 원정길에 따라가게 된 것이다.

조만(曹瞞) 조조를 낮추어 부르는 말. 조조의 아명(兒名)이 아만(阿瞞)이었기 때문에 이 말은 조조를 얕잡아 부르는 애칭.

조모(曹髦: 241~260) 위의 제4대 황제. 조비의 손자. 자는 언사(彦士). 초(譙: 현재의 안후이 성에 위치) 사람이다. 고귀향공(高貴鄕公)으로 있다가 사마사의 영립(迎立)으로 제위에 올랐다. 조모가 제위에 올랐던 것은 14세 때로 (254) 사마사는 자신이 권력을 전횡할 수 있도록 말 잘 듣는 시골 소년을 황제로 만들려고 했다. 그런데 사마사가 죽고 조모가 나이가 들어 궁중생활에 익숙해지자 사마사를 이은 사마소의 전횡에 분개하게 되었다. 조모는 중앙에 자신을 옹호해줄 세력이 거의 없었지만 사마소의 횡포에 견디지 못하고 친위병을 거느려 사마소를 치러 나가다가 사마소·가충의 심복 성제(成濟)에게 찔려 죽었다. 이때 조모의 나이는 겨우 20세였다. 정사 『삼국지』「위서」'고귀향공기'에 의하면 조모는 어린 시절에 학문적으로 상당한 수준에 이른 것 같다. 같은 책에 황태후(皇太后) 곽씨(郭氏)가 내린 명령으로 추론해보건대 조모는 사마소에 의해 황실이 농간을 당하는 것을 견디지 못했으며 종묘(宗廟)에 나아가 사마소를 처단하여 나라를 바로잡아야겠다는 결심을 한 것 같다. 그러나 주변의 환경이 조모의 결단을 돕기에는 역부족이었다.

> **소해설** **조모의 죽음** 조모는 성격적으로 매우 의협심이 강했던 사람으로 보인다. 조모는 사마소의 전횡으로 위태로워진 사직(社稷)을 구해야 한다는 생각을 하고 있었던 사람으로 보인다. 그러나 다른 한편으로 조모는 세상에 대한 경험이 없고 상황과 대세를 판단하는 역량이 부족했기 때문에 죽음을 자초한 사람이라고 볼 수도 있다. 조모가 제위에 올랐을 때는 이미 모든 권력이 사마씨 가문에 집중되어 돌이킬 수 없는 상황이었다. 설령 그가 사마소를 죽인다 한들 달라질 수 있는 상황은 아무것도 없었는데 조모는 이것을 오판(誤判)했을 수도 있다. 이 당시의 황제의 권력이란 이미 땅에 떨어진 상태였기 때문에 최고 권력자만을 제거한다고 해서 황권이 바로 강화되는 상황은 아니었다. 조모의 죽음은 오히려 진의 건국에 박차를 가하는 계기가 되었다. 그러나 당시 조모의 죽음은 매우 중요한 의미를 지닌다. 대개의 경우 황제를 죽인다는 것은 있기 어려운 일인데 전란이 지속되고 하극상이 일상화되면서 이같은 불충(不忠)한 일이 나타나기 시작한 것이다. 조조의 경우에는 이보다 더한 경우가 있어도 황제를 죽이거나 폐하지 않았고 조비도 한나라 황제 헌제를 깍듯이 대우하여 칭신(稱臣)을 하지 않도록 하였다고 한다. 사마소에 의한 조모의 시해 사건은 사마소의 권력적 전횡이 조조에 비하여 매우 미숙하였음을 증명하는 것이며, 중국사 전체를 통해서 본다면 더욱 약육강식의 정치문화를 가속화하였고, 이것은 결국 팔왕의 난의 먼 원인이 되었다고 할 수 있다. 조모가 죽은 후 사마소는 조환(曹奐 : 246~302)을 세워 황제로 삼았으나(260), 5년 뒤인 265년 사마소가 죽자 그의 아들 사마염이 조환을 핍박하여 선양(禪讓)의 형식을 빌려서 제위에 올라 진(晋)나라를 개창하였다. — 참고로 사마염의 진(晉 또는 晋)나라와 진시황이 세운 진(秦)나라는 다른 나라임에 유의할 것. 사마염의 진(晉)은 '찐'으로 짧고 강하게 발음하며 진시황이 세운 진(秦)나라는 '치인'으로 뒤의 '인'을 높이며 발음한다.

조방(曹芳:231~274) 위의 제3대 황제. 또는 제왕(齊王:퇴위당했기 때문에 황제로 보지 않기도 한다). 자는 난경(蘭卿). 재위는 15년. 조예의 뒤를 이어 황제가 됨. 위 명제 조예는 사마의를 특히 신임하여 자신이 죽은 뒤 조방을 부탁하였다. 그런데 탁고(託孤)를 받은 사마의는 위나라 종친들인 조씨들로부터 심한 핍박을 받자 자신의 아들들과 쿠데타를 일으키고 정권을 잡았다. 그러나 사마의가 살아 있을 때에는 사마의와 조방의 관계가 원만했지만 사마의가 죽은 후 사마사가 조정을 장악하자 상황은 급변하였다. 조방(曹芳)은 사마사가 전횡하는 데 불만을 품고 하후현·이풍 등의 대신들과 공모하여 사마사를 제거하려 하였는데 이 일이 누설되어 조방은 폐위를 당하고 제왕(齊王)으로 격하되어 번국(藩國)으로 돌아갔다.

소해설 **조방의 정체** 조방은 위 명제(明帝) 조예가 얻어다 길렀다고 전하고 있지만 그의 출생 비밀은 수수께끼로 남아 있다. 앞에서 조방이 조예의 조카(원희의 손자)일 가능성을 제기하였다. 이 점을 다시 살펴보자. 조방이 조예의 양자(養子)라고 하기에는 조예의 조방에 대한 사랑이 너무 깊었다. 정사 『삼국지』「위서」'명제기'의 마지막 부분에 명제가 임종(臨終)하는 부분이 나온다. 이 부분을 보면 조예는 8세에 불과한 어린 자식(양자)인 조방을 두고 세상을 떠나기가 어렵다는 것을 보여주는 가슴 아픈 내용이 절절이 배어 있다. 생사의 기로에서 있던 조예는 자신이 가장 믿고 의지하였던 사마의가 요동에서 돌아올 때까지 눈을 감지 못하고 있었다. 사마의가 급히 도착하자 그의 손을 잡으며 조예(명제)는 "그대는 짐의 어린 자식을 잘 보살펴주시오. 이제 짐은 그대를 보았으니 어떤 유한(遺恨)도 없구려" 하면서 세상을 떠났다. 이 부분에서 조방은 조예의 단순한 양자라고 보기는 어려운 점이 있다. 그리고 조방이 만약 황후의 소생이 아니라고 해도 후사가 없는 마당에 별로 숨길 이유는 없었을 것이다. 더구나 종친의 아들이었으면 더욱 숨길 이유가 없을 것이다. 정사 『삼국지』「위서」'제왕기'에서도 "명제는 아들이 없어서 제왕 조방(曹芳)과 진왕 조순(曹詢)을 길렀다. 궁중의 일은 비밀에 속하므로 이들이 어느 곳에서 왔는지 아무도 모른다"고 되어 있다. ─ 원희 항목 참고.

조비 (曹丕 : 187～226) 조조의 차남. 자는 자환(子桓). 탁월한 문장가이자 시인(詩人). 조비는 211년 승상 다음의 자리인 오관중랑장(五關中郎將)에 임명되어 제왕학(帝王學)의 교육을 받아오다가 217년 태자가 되었다. 220년 조조 사후 조비는 위왕(魏王)을 계승하고 제위에 올라 위나라를 개창하였다. 재위는 7년. 조조의 큰아들과 조카는 장수(張繡)가 조조군을 야습할 때 조조를 보호하려다가 전사하였다. 조비는 자질이 영매하고 탁월한 정치적 감각과 전략적인 능력을 가진 사람이었다. 조비는 이릉대전(彝陵大戰)이 시작된다는 보고를 받자 유비의 패전을 예측하였다. 조비는 생전에 중국 통일의 대업을 달성하려고 백방으로 노력했으나 성공하지 못하고 40세의 나이로 죽었다. 황제로서 비교적 빨리 죽었기 때문에 이후로 어린 황제들이 등극하게 되어 황권이 약화되었다. 조비는 재위 7년 만에 죽음. 시호는 문황제(文皇帝).

조비와 견황후(甄皇后) 조비는 젊었을 때 조조(曹操)를 수행하여 원소를 쳐 업도를 함락하였다. 그 당시 조비는 원소의 둘째아들 원희(袁熙)의 부인(夫人) 견씨(甄氏)에게 반하여 그녀를 아내로 맞았다. 조비와 견씨의 만남은 위나라의 역사로 볼 때 불행의 씨앗이기도 하였다. 조비가 견씨를 사사(賜死)함으로써 그들 사이의 소생이었던 조예에게 깊은 상처를 남겼기 때문이다. 조비와 견씨의 원만하지 못했던 부부 관계는 먼 후일 조예가 요절하는 비극을 잉태한 것이기도 했다.

조상(曹爽:?~249) 위의 권신. 조진(曹眞)의 아들. 자는 소백(昭伯). 조예의 탁고(託孤)로 조방(曹芳)이 등극하자 조상은 중앙권력을 장악하였다. 조상은 가장 강력한 세력이었던 사마의를 관직은 높으나 정치적 실권이 없는 태부(太傅)로 밀어내고 군사권을 잡아 대장군이 되었다. 조상은 정권의 안정을 위해 자신의 아우들로 하여금 금군(禁軍)을 통솔하도록 하였다. 조상은 아버지의 위명(偉名)을 바탕으로 조정을 안정적으로 유지하려 하였으나 사마의에 대한 지나친 견제로 말미암아 사마의의 쿠데타를 유발하여 멸족을 당하게 되었다. 조상의 실책 중의 하나는 자신의 심복들을 잘 다스리지 못하여 심복들에 대한 여론이 좋지 못했던 점인 듯하다. 조상은 하안(何晏)·등양(鄧颺)·공소(公昭)·이승(李勝)·언정(彦靜)·정밀(丁謐)·소선(昭先)·환범(桓範) 등을 기용하여 정무를 처리하였다. 이들 모두는 조상으로부터 매우 두터운 신임을 받고 있었다. 조상은 이들 가운데서도 특히 하안·등양·환범을 총애하여 이들의 권력이 하늘을 찌를 듯하였다고 한다. 조상의 성격으로 보아 이들의 권력이 조상의 권력보다도 더욱 세다는 여론이 형성되었을 것이다.

조숭(曹嵩:?~193) 조조의 아버지. 본성은 하우씨(夏侯氏)였으나 환관 중상시(中常侍) 조등(曹騰)에게 양자가 되어 조씨(曹氏)가 되었다고 한다. 조숭은 난을 피해 낭야의 산중에 숨었다가 조조가 모셔오는 도중 도겸(陶

謙)에게 일족과 함께 몰살당했다. 이로써 조조는 대대적인 도겸의 토벌에 나서게 되었다.

조식(曹植:192~232) 조조의 셋째아들. 자는 자건(子建). 어려서부터 재능과 학식이 출중하여 조조의 총애를 받았으나 조조가 원소의 사례를 들어서 조비에게 후사를 물려주었다. 조식은 건안문학(建安文學)의 대표자로 이름이 높았다. 나관중 『삼국지』에 의하면, 조비가 아버지의 분상(奔喪:아버지의 죽음 소식을 듣고 집으로 돌아가서 상을 치르는 것)을 하지 않은 죄로 조식(曹植)을 문책할 때 조식은 「칠보시」를 지어 목숨을 유지했다고 한다. 당시 조식이 조조에게 분상할 수 없었던 이유 중의 하나는 암살의 위협 때문이었을 것이다. 그리고 조식이 목숨을 부지한 것은 어머니 변황후의 노력도 있었을 것이다(변황후는 조비와 조식의 생모였다). 그러나 이 부분은 정사에는 없는 이야기이다. 아마 소설가들이 조비와 조식의 권력 승계 과정에서 나타나는 갈등을 함축적으로 표현한 것인 듯하다. 조비가 제위에 오른 후 조식은 외지로 떠돌다 병사했다. 진왕(陳王)에 책봉, 시호는 사(思). 조식은 문학적 재능이 탁월하여 부(賦)·송(頌)·시(詩)·잡론(雜論) 등 100여 편을 남김.

> **소해설** **칠보시(七步詩)** 「칠보시」란 정사에는 없고 『세설신어(世說新語)』에 나오는 내용으로 위 황제 문제(조비)가 동생인 조식에게 일곱 걸음을 걸으며 시를 짓게 하고 못 지을 경우 큰 형벌를 내리겠다고 했다. 이때 조식이 일곱 걸음을 걸으면서 완성한 시가 바로 칠보시이다. 그 내용은 "콩을 삶아 콩장을 만드는가 보다. 콩대는 솥 아래에서 타고 있고 콩은 솥 안에서 울고 있네. 본래 콩대와 콩은 한 뿌리에서 났는데 콩대는 어쩌면 이리도 콩을 들볶는고"이다. 이 시를 듣고 조비는 눈물을 흘리며 부끄러워했다고 한다. 그러나 「칠보시」 이야기는 사실로 보기 어렵고 조식의 문학적인 재능이 얼마나 뛰어났는가를 보여주기 위해 만들어진 이야기이다.

조앙(曹昻:?~197) 조조의 큰아들. 조앙은 아버지인 조조를 수행하여 여러 전장을 다녔다. 조앙이 완성에 있을 때, 추씨 사건으로 장수의 야습을 받아 곤경에 빠진 조조를 자기 말을 태워 구해보내고 자신은 전사하였다.

조예(曹睿:205~239) 위의 제2대 황제. 조비의 아들(?). 자는 원중(元仲). 조예는 20세에 등극하였으나 자질이 영특하여 복잡한 난국을 매우 잘 다스려 국가적 위기들을 극복해나갔다. 그의 치적은 오와 촉에 필적할 수 있었다. 221년 조예의 어머니 견씨(甄氏)가 사약을 받고 죽자 정신적으로 큰 충격을 받았을 것으로 짐작된다. 그로부터 5년 후 조예는 제위(帝位)에 올라 촉의 침공을 잘 막아내고 오나라와도 유연하게 대처하는 등 성군의 자질을 보였다. 그러나 죽기 직전에는 대규모 조경사업을 일으켜 원성을 사고 35세에 요절하였다. 조예의 죽음은 모황후(毛皇后)와도 관련이 있을 것으로 생각된다.

조예는 출생의 문제 때문인지는 정확히 알 수 없지만 장손임에도 불구하고 오랫동안 태자(太子)로 책봉을 받지 못했고 아버지인 조비의 미움을 받아 매우 불우한 젊은 시절을 보냈다. 그러나 할아버지였던 조조는 조예를 총애하였는데 220년 조조가 죽고 이어 다음해(221년) 어머니 견씨마저 아버지인 조비에 의해 주살(誅殺)됨에 따라 매우 암울하고 비참한 환경에서 청춘기를 보냈다. 이때 조예를 위로해주고 고통을 함께 한 사람이 바로 모황후(毛皇后)이다. 모황후는 암울한 시절을 조예와 함께 한 조강지처라고 할 수 있는데 후일 조예가 제위에 오른 후 천하가 소강상태에 빠지게 되자 조예는 대규모 조경공사와 자주 연회를 열게 되었다. 그 과정에서 조비는 투기를 일삼는 모황후를 사약을 내려 죽임으로써 자신의 아버지(조비)와 똑같은 일을 되풀이하였다. 그리고 조예는 모황후가 죽은 지 2년이 채 못 되어 자신도 죽음을 맞이하게 된다. 조예는 조정의 일을 근심하였지만 조진(曹眞)이 사망(231)한 후에는 종친들 가운데는 의지할 만한 국가적인 인재가 없었기 때문에 충성스러운 사마의에게 깊이 의지하였다. 시호는 명제(明帝).

소해설 **인간 조예** 조예는 매우 영명했던 군주로 알려져 있지만 요절한 인물이다. 조예는 부모복도 없었지만 자식복도 없었던 사람이다. 말하기 좋아하는 사람들은 조씨 집안 사람들이 요절하는 것은 그들의 건국 시조인 조조가 너무 많은 인명을 살상했기 때문이라고도 한다. 위 무제(武帝) 조조는 천수를 누렸지만 그 아들 문제(文帝) 조비는 39세로 죽었고 손이 귀하였다. 조비의 경우에는 원소의 며느리인 견씨(甄氏)를 데리고 와서 나중에는 그녀를 멀리하였고 이에 대해 견씨가 불평을 심하게 하자 견씨를 스스로 자진하여 죽게 하였는데 사람들은 조비가 일찍 죽은 것도 그 벌을 받은 것이라고 했다. 221년 조예의 어머니 견씨가 사약을 받고 죽고 조예는 5년 후 제위에 올랐다. 조예는 황제에 등극하자 외가인 견씨에 대해서 많은 벼슬을 내리고 죽은 어머니인 견씨를 위로하여 제사를 지내기도 하였다. 위 황제 조예는 항상 죽은 어머니를 그리워하였다. 때로 조예의 그리움은 도가 지나쳐 꿈에서 어머니를 본 날은 매우 상기되어 있었고 꿈에서 어머니 견황후가 말한 대로 견씨 가문 중에서도 어머니와 가까운 사람들을 중심으로 벼슬을 내리기도 하였다고 한다. 경우에 따라서는 꿈에서 어머니가 잘 돌보아주라고 말하는 사람들은 일일이 찾아서 하사품을 주고 벼슬을 내리기도 하였다. 227년 견황후의 어머니, 즉 조예의 외할머니가 죽자 조예는 상복을 만들어 직접 참여했으며 모든 관료들도 배석하도록 하였다. 그리고 견황후의 형제들, 즉 조예의 외삼촌들에게는 모두 열후(列侯)에 준하는 작위를 내렸다.

조예는 원래 마음이 따뜻하여 각 지역을 순방할 때마다 홀아비·과부·고아·아들 없는 노인들을 위로하고 곡물과 비단을 하사하였다고 한다. 침착하고 굳세며 결단력과 식견을 갖춘 인물로 무엇보다 백성에 대한 사랑이 지극하였다고 한다. 그러던 가운데 조예가 제위에 오른 지 6년(232), 오랫동안 기다려서 태어난 아들 조은(曹殷)이 죽었다. 나이는 겨우 두 살이었다. 조예는 아들이 죽자 그 슬픔을 견디지 못하고 죽은 황자에게 영토를 추증하고 안평애왕(安平哀王)이라고 칭했다. 뿐만 아니라 이 해에 조예가 사랑하던 딸인 조숙(曹淑)도 요절하였는데 조예의 슬픔을 주변 사람들이 대신하기가 어려웠다. 결국 조예는 자리에 눕고 말았고 이로 인하여 원래 약한 몸이 많이 쇠약해졌다. 조예는 죽은 딸을 평원의공주(平原懿公主)라 하고 그녀를 위하여 묘를 세웠다. 이들의 죽음은 인간 조예의 생애에 자신이 감당하기에는 너무 큰 충격이었을 것이다. 조예는 위나라 황제의 권위를 살리기 위해 궁궐을 짓는 문제에 대해서 집착했다고 하는데 이것은 아마도 자신이 가진 우울증이라든가 자식을 잃은 슬픔에서 벗어나기 위한 것이었을 수도 있다.

조운(趙雲:?~229) 촉의 용장. 상산(常山) 진정(眞定) 사람. 자는 자룡(子龍). 창술의 대가였다고 알려져 있다. 원소의 진영에서 미미한 존재로 있었으나 그후 공손찬의 진영으로 갔다가 유비 3형제를 만나 그로부터 죽을 때까지 고락을 같이하였다. 시호는 순평후(順平侯). ─구체적인 내용은 7장 『삼국지』 등장인물 분석(조운) 참고.

소해설 **조운과 유비** 조운이 역사적으로 가장 큰 조명을 받게 된 것은 당양(當陽) 장판(長阪)에서 유비의 외아들 아두(후일 유선, 제2대 촉 황제)를 품고 적진(敵陣)을 돌파하여 구해온 사건 때문이다. 이 사건으로 그는 후세에 충성과 용맹의 대명사로 자리잡게 되었다. 나관중의 『삼국지』를 통하여 가장 영웅이 된 사람이라고 할 수 있다. 그러나 나관중의 『삼국지』에 나타나는 조운의 모습은 과장이 매우 심하다. 조운은 유비를 만난 후부터 승승장구한 사람이라고 할 수 있다. 유비는 조운을 크게 신뢰하여 한 침대에서 같이 잠을 잘 정도였다고 한다. 여기에는 이들 두 사람의 고향이 서로 가까운 것도 하나의 원인일 수 있고 정사 『삼국지』 '조운전'의 주(註)에 나타나는 것처럼 조운이 병사 수백명을 모으고서 모두 유비 장군의 군대라고 할 정도로 유비에 대한 충성을 다한 것도 원인일 수 있다. 그러나 그 무엇보다도 이 두 사람은 서로 만나면 유쾌하고 보고 싶었던 관계였던 것 같다. 조운과 관련해서 미해결된 문제는 나이 문제이다. 나관중『삼국지』에서는 조운이 유비 형제들에 비하여 매우 어린 사람으로 나오는데 실제는 그렇지 않을 가능성도 있다. 조운의 시호는 순평후(順平侯)인데 이 시호를 통해서 조운의 성품을 짐작할 수 있다. 순평후라는 시호는 제갈량이 조운을 촉한 황제 유선에게 청하여 추증한 것이다.『사기정의(史記正義)·시법해(諡法解)』에 "유순하고 자애로우며 은혜를 베푸는 것〔柔賢慈惠〕을 순(順)이라고 하고 일을 행함에 있어서 순서가 있는 것〔執事有班〕이나 어지러움을 평정할 수 있는 것〔克定禍亂〕을 평(平)이라고 한다"는 말이 있다. 이에 의거하여 조운의 시호를 순평후라고 한 것이다. 조운의 성품을 가장 잘 나타내는 말이라 할 수 있다.

조인(曹仁 : 168~223) 위의 대장. 조조의 종제. 자는 자효(子孝). 조조가 처음 군대를 일으켰을 때부터 조조의 막하로 참여하여 여러 차례 많은 전공을 세웠다. 적벽대전 후에는 진남장군이 되었고 위 문제 때 대장군·대사마를 역임하였다. 진후(陳侯)에 책봉됨. 조인은 성품이 무난했던 관계로 정치적 격변에 휘말리지 않고 비교적 평안하게 살았다. 시호는 충(忠).

조조(曹操 : 155~230) 패국(沛國) 초군(譙郡) 사람. 자는 맹덕(孟德). 원래 성은 하후씨(夏侯氏)였으나, 아버지 조숭(曹嵩)이 환관인 중상시 조등(曹騰)에게 양자로 갔기 때문에 조씨가 됨. 조조는『삼국지』의 대표적인 주인공으로 일세를 풍미한 정치가이자 군사전략가였다. 나관중『삼국지』는 '숭유반조(崇劉反曹 : 유비를 높이고 조조를 반대한다)'의 입장에서 서술되어서 조조의 본 모습을 살피기가 어렵게 되어 있다. 그러나 엄밀한 의미에서 조조의 허물이란 대부분 거짓으로 만들어진 것이다. 조조가 이렇게 온갖 비난을 받는 이유는 '기군망상(欺君罔上)'이 원인일 것이다. 즉, 한 헌제를 협박하고 복황후를 죽임으로써 정권을 전횡하였는데 이것이 조조를 폄하하게 된 원인이다. 대표적인 사건은 조조가 동탁을 암살하려다가 미수에 그치고 피신하다가 진궁의 도움으로 구출된 후 조숭의 친구인 여백사 집에 들렀다가 오해하여 여백사의 가족을 몰살시켰다고 하는데 이는 '조조악인설' 또는 '존유폄조(尊劉貶曹 : 유비를 높이고 조조를 폄하하는 것)'에 기인하는 것이다.

정사『삼국지』「위서」'무제기'에는 "동탁은 조조를 효기교위(驍騎校尉 :

수도 경비대장)로 삼아 그와 함께 조정의 모든 일을 의논하려고 하였다. 그러나 조조는 성과 이름을 바꾸고 사잇길을 따라 동쪽으로 돌아가려고 했다. 호로관을 빠져나와 중모현을 지날 때 정장(亭長 : 현재 파출소장)의 의심을 받아서 현성(懸城)까지 압송되었지만 마을 사람들 가운데 조조를 알아보는 사람이 있어서 그에게 부탁하여 풀려나게 되었다”라고 기록 되어 있다. 즉, 조조는 동탁을 죽이려 한 적도 없으며 진궁이 조조를 풀어 준 일도 없었고 조조가 여백사 가족을 죽인 일도 없었다.

조조는 사태를 기민하게 살피고 권모술수에 능하며 문무겸전하여 탁월 한 문학가이기도 했다. 조조는 수많은 인재를 기용하여 적재적소에 배 치, 그들의 능력을 극대화한 사람이었다. 조조의 인재 사랑은 후대 정치 가들의 모범이 되기도 했다. 조조는 젊은 날 효렴을 거쳐 기도위(騎都尉) 로 황건 농민군의 토벌에 참여하면서 두각을 나타내기 시작하였다. 그후 황제를 자신의 거점인 허도로 모셔오면서부터 본격적인 천하 경영을 시 작하였다. 조조는 황제를 볼모로 하여 천하의 제후들을 호령하고 무력으 로 산재한 군웅을 평정, 천하를 주름잡았다. 수많은 전쟁을 통해서 조조 는 도처에서 위기에 빠졌지만 슬기롭게 모면하면서 세력을 쌓아나가 승상(丞相)에서 위공(慰公)으로, 위공에서 다시 위왕(魏王)으로 나아가 구석을 받았다. 후일에 지병인 두통으로 죽었다. 그의 아들 조비가 위나 라를 개창한 후 무 황제(皇帝)로 추존, 위의 태조(太祖)로 높였다. ―조조 에 대한 보다 구체적인 내용은 7장 『삼국지』 등장인물 분석(조조)을 참고

소해설 ‘숭유반조(崇劉反曹)’ 또는 ‘존유폄조(尊劉貶曹)’ 의 기원 나관중의 『삼국지』에서 조조는 흉악한 범죄자요 간신, 모사꾼의 대명사로 나타나고 있다. 한마디로 간웅(奸雄)이라는 것이다. 그러나 이것은 사실이 아니다. 조조는 남송(南宋 : 1127~1279) 시대 이전까지는 정통으로 인정되었 다. 즉, 무려 800년 이상 동안 조조는 중국사의 역사적 정통성을 가진 인물이었다는 것이다. ‘숭유반조(崇劉反曹)’ 또는 ‘존유폄조(尊劉貶曹)’ 사상은 한족들이 요나라·금나라 등 유목민 들의 침입을 받아서 국가적인 위기 상황이 도래하면서 시작되었다. 특히 세계적인 대제국 몽골의 침입으로 국가의 존망이 위태로운 때 학문적으로는 성리학의 기초가 잡힘에 따라 중국 전체 역사 를 하나의 절대적인 기준에 따라서 평가하기 시작하여 위·오·촉 삼국 가운데 가장 의리가 깊고 대의명분을 가진 촉에 대한 연구와 동정이 가속화되어 조조는 마치 중국을 괴롭히는 이민족의 형 상으로, 유비는 힘에 겹지만 한족(漢族)의 정통성을 끝까지 지켜가는 투사의 모습으로 다시 탄생

하게 된 것이다. 마치 고려가 국가적 위기에 처하자 『삼국유사』를 지어 단군신앙을 강조한 것과도 일맥상통한다.

소해설 **조조의 고향** 조조가 출생한 곳은 패국(沛國 : 현재의 안후이 성) 초군(譙郡)으로 이 지역은 중국의 산 가운데 최고의 풍광(風光)을 자랑하는 곳이다. 이 지역은 중원에서 양쯔강을 따라 내려가면 반드시 지나가야 하는 길목일 뿐만 아니라 서쪽으로는 형주(荊州)가 있고 동쪽으로는 강동(江東)이 있는 지역이다. 조조가 허창을 전진기지 겸 도읍으로 삼은 것도 자신의 고향에서 낙양에 이르는 중간 기착지였기 때문이다. 이 지역은 산지가 많아서 예로부터 혁명가나 대정치가 또는 대학자나 대상인(大商人)이 나왔던 지역이기도 하다. 조조가 패국에 태어난 것이 행운이었을 것이다. 왜냐하면 패국은 중국을 남북으로 이해하기가 쉬운 곳으로 지형적으로 보면 중원이나 형주, 강동, 청주 어느 곳이든지 가깝지 않은 곳이 없기 때문이다. 조조가 패국 출신이라는 점은 그만큼 천하의 대세를 살피기가 쉬웠다는 의미도 된다. 그리고 무엇보다도 패국은 조조가 이상(理想)으로 삼았던 관중(管仲 : B.C. ?~645)의 고향이었다는 점을 간과할 수 없다(제갈량의 이상도 관중이다). 관중은 공자가 태어나기 약 90년 전에 죽은 사람으로 법가(法家)의 시조(始祖)요 자신의 친구인 포숙아(鮑叔牙)와의 우정인 관포지교(管鮑之交)로 유명한 사람이다. 관중은 제나라의 재상으로 임금 환공(桓公)을 보좌하여 그를 춘추시대의 오패(五覇)의 우두머리가 되게 했던 사람이며 『관자(管子)』는 관중의 언행록이다.

소해설 **조조의 경제정책** 조조는 자신이 흠모하던 관자의 영향을 많이 받은 사람이다. 관자는 조조가 태어나기 무려 800년 전의 사람이다. 관자는 「칠법편(七法篇)」에서 "물질이 풍부하기가 천하 제일이 아니면 정신적으로 천하를 제압할 수 없다"고 했다. 즉, 개인적으로는 '의식주(衣食住)'라는 생존의 문제 해결없이 예절을 갖추기 어렵고 국가적으로도 경제적 기반 없이 천하를 통일할 수가 없다는 말이다. 관중이 제시한 경제정책은 농업의 보호와 장려, 소금이나 철과 같은 주요 물자들의 국가관리, 균형 재정을 유지할 것, 물가 조절정책의 실시 등이었는데 오늘날의 시각에서 보아도 탁월하다. 관자의 영향을 받은 조조는 부국을 위한 중농주의(重農主義 : 경제제일주의), 강병을 위한 군사주의(軍事主義 : 군사지상주의), 이 두 가지를 동시에 발전시키는 병농일치(兵農一致)를 추구한 사람이었다. 조조의 가장 빛나는 업적은 둔전제였다. 조조는 한나라 조정을 옹위하고 있었기 때문에 재정적으로 매우 어려운 상태였다. 천하의 중심에 위치해 있고 군웅들이 할거하는 상태에서 군비를 소홀히 하기 어려웠는데 이 상황에서 연구된 것이 바로 둔전제였다. 둔전제는 전란으로 말미암아 황폐화된 토지를 경작하여 국부를 증진시키는 최고의 방책이었다. 둔전제란 중앙정부가 지방 호족의 방식으로 장원(莊園)을 가지는 형태이다. 전쟁이 장기화되자 넓은 농장들이 주인 없이 방치되었는데 조조는 이 주인 없는 토지들을 국유화하고 수리시설을 정비하며 농기구 생산에 박차를 가하는 동시에 새로 생긴 국유지의 경작자를 유인하기로 한 것이다. 초기에는 주로 전쟁포로를 먼저 투입하면서 둔전민이라고 불렀지만 이후 전란으로 재산과 가족, 집을 잃은 유랑민들이 대거 이주하여 한 가족당 100무(畝 : 1무는 30평)를 지급하였다. 둔전은 반드시 경작되어야 하므로 군대식으로 편성하였는데 이것이 전투력 향상에 도움이 되기도 하였다. 즉, 당시 원소군(袁紹軍)의 경우에는 군인들을 자유민인 농민으로부터 병력을 차출하니 문제가 많지만 조조는 둔전에서 바로 병력을 동원할 수 있었기 때문이다. 둔전제는 일종의 향토예비군 체제였다. 따라서 원소도 허도(許都)를 바로 침공하려는 허유(許攸)의 권고를 받아들이기 어려웠다. 관도대전의 빛나는 승리는 결국 둔전제의 승리라고 할 수 있다.

조진(曹眞:?~231) 위의 대장. 위나라의 대표적인 덕장(德將). 조조의 집안 조카. 자는 자단(子子). 조진은 조조 이후 위나라에서 가장 영향력이 있는 장군의 한 사람이었다. 조진의 아들 조상(曹爽)이 권력을 장악한 것도 조진의 후광 때문이었다. 조진은 군졸과 노고를 같이하여 칭송이 높았으며 덕으로 사람을 다스리면서도 용맹 또한 뛰어난 사람이었다. 조진은 군대 내부에서 상을 줄 때 모자라면 자신의 가산을 털어서 상을 주었다고 한다. 위나라의 황혼(黃昏)도 조진의 죽음과 관련이 있다. 만약 조진이 오래 살았더라면 사마의를 고립시켜 쿠데타를 일으키게 하지는 않았을 것이다. 오히려 사마의와 협력하여 국정을 원만히 수행하면서 사마의의 능력이 최대로 발휘되도록 조치하였을 것이다.

조진은 문제(文帝) 때 중군대장군(中軍大將軍)에 임명되었고 문제가 죽고난 뒤 진군(陳群)·사마의와 함께 유조(遺詔)를 받들어 명제를 보좌하여 대장군의 지위에 올랐다. 228년 제갈량이 침공해오자 그는 대도독으로 제갈량을 격퇴하였다. 그후 촉 정벌을 진언하여 촉 정벌에 나섰으나 홍수로 철군하였고 몇 년 뒤에 지병으로 사망하였다.

조진은 위나라의 대표적인 장수임에도 불구하고 나관중『삼국지』에서는 조진을 매우 가혹하게 다루고 있다. 나관중『삼국지』에 의하면 조진이 대사마에 이르고 촉과 싸우다 패하여 분에 못 이겨 화병이 생겼고, 대장인을 사마의에게 주었다고 한다. 그 뒤 출전하여 패하자 제갈량의 조롱하는 편지를 받고 병이 덧나 죽었다고 되어 있다. 그러나 이것은 소설가들이 지어낸 것으로 사실이 아니다. 조진은 병사했을 뿐이다. 조진의 시호는 원후(元侯).

총애를 받았지만 개인적인 인품으로도 많은 사람들의 존경을 받았다. 조진은 출정할 때마다 병사들과 함께 행군하면서 병사들의 수고와 고통을 함께 했던 사람으로 유명했다. 위나라 병사들은 모두 조진에게 임용되기를 바랐다고 한다.

조창(曹彰:?~223) 조조의 둘째아들. 자는 자문(子文). 조창은 조비의 친동생. 조창은 용맹과 무예가 절륜했다고 하며 수염이 노란색이어서 조조는 조창을 황수아(黃鬚兒)라고 불렀다 한다. 조비가 제위에 오르자 임성왕(任城王)에 봉해졌다.

조표(曹豹:?~196) 촉의 장수. 도겸이 죽자 유비의 막하가 되었다고 한다. 나관중『삼국지』에서 조표는 술을 못 먹는데 장비가 강권하여 뿌리치다가 매를 맞고 사위인 여포에게 가서 서주를 점령하게 했다가 장비에게 죽었다고 한다. 그러나 정사『삼국지』에는 조표가 여포의 장인이라는 사실은 어디에도 보이지 않는다.

조홍(曹洪:?~184) 위의 장수. 조조의 종제. 자는 자렴(子廉). 조조가 처음 군대를 일으킬 때부터 참여하여 수많은 전공을 세움. 벼슬은 표기(驃騎)장군. 병사함. 시호는 공후(恭侯).

조환(曹奐:246~302) 위의 마지막 황제. 본 이름은 황(璜). 자는 경소(景召). 조조의 손자 연왕(燕王) 조우(曹宇)의 아들. 사마소가 조모를 시해한 후 허수아비로 앉힌 황제이다. 재위 6년에 사마소가 죽고 그의 아들 사마염이 사마소의 직위를 승계한 후 조환을 진류왕(陳留王)으로 물러앉히고 진나라를 개창하였다. 이로써 위나라는 영원히 역사 속으로 자취를 감추었다.

종예(宗預:?~264) 촉의 문신. 남양(南陽) 안중(安衆) 사람. 자는 덕염(德艶). 종예는 뛰어난 외교관이자 장군으로 활약한 인물이다. 제갈량이 죽은 뒤 오나라는 위나라가 촉을 취할 것을 염려하여 파구(巴丘)에 군대를 1만여 명 증파하였고 촉은 촉대로 현상유지를 위해 종예를 보내어 오나라와 우의를 유지하기 위해 노력하였다. 종예는 후에 시중(侍中)으로 승진하였고 다시 상서로 옮겼으며 관직이 진군대장군(鎭軍大將軍)에 이르렀다. 병사함.

종요(鍾繇 :151~230) 위의 문신. 영천(潁川) 장사(長社) 사람. 자는 원상(元常). 고대의 저명한 서예가. 종회는 종요의 아들. 종요는 시중상서 좌복야(侍中尙書 左僕耶)의 직책으로 동작대 잔치에 조조의 덕을 칭송하는 글을 지었다고 한다. 조조의 막하에서 관중(關中)의 여러 군사를 감독하였으며 정위(廷尉)로 있을 때 형옥을 밝게 다스렸다고 한다. 종요는 유명한 서예가였으나 그가 쓴 진품은 전하지 않고 있다. 벼슬은 태부(太傅)·안릉후(安陵侯)에 책봉. 병사함.

종회(鍾會:225~264) 위의 대장. 영천(潁川) 장사(長社) 사람. 자는 사계(士季). 종요의 아들. 종회는 사마소의 장자방이라고 불린다. 사마소가 회남(淮南)으로 가서 제갈탄을 공격할 때 훌륭한 계책을 제시하여 사마소의 총애를 받았다.

263년 등애(鄧艾)와 함께 촉 정벌에 나섰으나 등애에게 선두를 빼앗기고 말았다. 평소에 등애와 사이가 좋지 못했기 때문에 등애가 험로(險路)로 촉의 성도(成都)를 공격하겠다고 하자 그를 사지(死地)로 밀어넣을 요량으로 종회는 작전계획을 승인하였다. 그러나 등애가 성도를 먼저 점령하고 유선의 항복을 받자 등애를 모함하여 등애 부자를 함거에 실어 낙양으로 보내고 스스로 대군을 장악하였다.

그런데 이 과정에서 강유(姜維)를 만났는데 강유의 강직하고 용맹스러움에 존경하는 마음을 가지게 되었고 촉의 부흥을 꿈꾸던 강유는 종회를 충동질하여 모반을 꾀하게 된다. 이 당시 워낙 많은 위나라의 군병들이

성도에 집결하고 있었기 때문에 종회가 모반을 꾀했을 경우에는 위나라에 심각한 위기가 올 상황이었다. 그러나 종회는 위군 전체를 장악한 것은 아니었고 촉 정벌을 수행했던 감군(監軍) 위관(衛瓘)이 장수들을 규합하여 종회를 진압하고 강유와 그의 일족을 주살함으로써 종회의 기도는 실패로 끝났다.

> **소해설** **종회와 제갈각** 종회의 실패와 제갈각의 실패는 여러 면에서 닮아 있다. 종회는 중신(重臣)의 가문에 태어나 부족할 것 없이 자랐으며 어릴 때부터 많은 교육을 받아서 그의 자질이 널리 알려진 천재였다. 이런 의미에서 종회는 제갈각의 실패와 유사한 특징을 가지고 있다. 종회는 기나긴 촉 정벌의 과정에서 상황 판단의 미숙으로 그 동안 쌓아올린 모든 공적을 물거품으로 만들면서 자신도 비참한 최후를 맞았다. 사람이 한두 번의 실수는 할 수 있는데 그것을 고침으로써 미래에 일어날 상황을 대비할 수 있을 것이다. 예를 들면 제갈각의 경우 패전의 위험성이 보이고 군사들이 심각한 혼란에 빠졌을 때는 바로 철수하고 그 다음의 기회를 노리면 될 것인데 끝까지 무리하다가 자신도 비참한 최후를 마쳤다. 마찬가지로 종회는 무모하게 등애를 모함하여 죽이고 자신이 위나라의 대군을 통솔하게 되자 변심을 하게 된 것이다. 그러나 종회는 욕심만 앞서 있었지 실제 상황 파악이 미숙하여 결국 자신도 죽음의 길을 걷게 되었다. 종회의 실패를 부채질한 사람은 강유(姜維)이다. 강유는 끊임없이 종회를 추켜세우고 조조와 같이 천하의 주인이 되어보라고 했을 것이다. 즉, 위나라 군대와 항복한 촉의 군대를 합쳐 이들을 다시 이끌고 장안(長安)을 공격하고 낙양(洛陽)을 침공한다면 위나라는 막기 어려울 것이라는 것이다. 이 말에 종회는 현혹된 것이다. 그러나 위나라 대군은 위나라의 깃발 아래서 종회에게 복종했던 것이지 쿠데타 군의 깃발 아래도 똑같이 충성스러운 군대가 될 수 있었던 것은 아니었다. 이것을 몰랐던 것이 종회의 실패 원인이었다.

> **소해설** **지나친 욕망가, 종회** 종회는 어려서부터 담력이 크고 지략이 뛰어난 사람이었다고 한다. 종요는 두 아들을 데리고 위 문제(文帝 : 조조의 아들 조비)를 알현하였는데 그때 종회의 나이는 7세였고 그의 형 종육(鍾毓)의 나이는 8세였다. 형인 종육은 황제를 보자 너무 당황하여 얼굴에서 땀이 비오듯했지만 종회는 전혀 두려워하거나 땀도 흘리지 않았다 한다. 문제는 종회에게 "너는 왜 땀을 흘리지 않느냐?"고 물으니 종회가 "무섭고 두려워 감히 땀도 나오지 않습니다"라고 말하자 문제는 크게 웃으면서 종회의 손을 잡았다고 한다. 종회는 자라면서 병서(兵書) 읽기를 좋아하여 육도삼략(六韜三略)에도 통달했고 사마의와 장제 모두 그의 재주를 아꼈다고 한다. 종회는 당시 위나라 차세대의 선두주자였던 사람이었다. 그런데 촉 정벌 때 대군을 자신의 휘하에 두자 종회는 천하를 얻으려는 생각을 가지게 되었다. 이것은 당시 위나라의 분위기를 보면 당연한 결과이기도 하였다. 위의 건국자인 조조는 덕성보다도 능력을 중시하였기 때문에 위나라의 분위기에서는 능력이 있는 자가 천하를 경영하는 것은 어쩌면 당연한 논리였을 것이다. 이 같은 일이 촉(蜀)에서는 벌어지지 않았다는 점을 유념해볼 필요가 있다.

좌자(左慈) 조조가 위왕이 됐을 때 조조 앞에 나타난 괴기한 도사. 여강(廬江) 사람. 자는 원방(元放). 도호는 오각(烏角) 선생. 좌자는 애꾸눈에 절름발

이로 육갑(六甲) 신술(神術)에 밝아 도술과 술법으로 조조를 희롱하였다고 한다. 조조는 그를 죽이려 했으나 학을 타고 종적을 감추었다. 그런데 재미있는 것은 이 황당한 사건이 『후한서』, 「방사전」, 「좌자전」 등에 기록되어 있다는 것이다. 물론 사실이 아니지만 고대인들에게 있어서는 약간의 신통력이 과장되어 표현된 것일 수도 있고 그것이 전래되면서 소설가들의 상상력에 의해 다시 탄생한 것으로 보인다.

주유(周瑜 : 176~210) 오의 명장. 여강(廬江) 서성(舒城) 사람. 자는 공근(公瑾). 손책과는 동서간으로 부인은 소교(小喬). 건위중랑장(建威中郞將)으로 있다가 손책이 죽고 손권이 계승하자 손권을 충심으로 보살폈다. 장소 등의 반대를 물리치고 대도독으로 적벽대전에 출전하여 대승을 거두었다. 이어 주유는 조인(曹仁)을 격파하는 등 전공이 높았으나 일찍 병사하고 말았다. 주유의 사망은 오나라 전력의 큰 손실을 초래했다.

> **소해설** **제갈량으로 인해 가장 피해본 사람, 주유** 나관중의 『삼국지』에는 주유가 매우 속이 좁고 공명심에 넘치며 제갈량과의 지나친 라이벌 의식을 가진 것으로 묘사되고 있는데 이는 전혀 사실과 다르다. 뿐만 아니라 나관중의 『삼국지』에서는 밀파된 장간을 역이용하여 채모·장윤을 죽게 하고, 연환계(連環計)로 조조의 대군을 대파시켰지만 제갈량을 시기하여 죽이려 했으나 실패했다고 나온다. 또한 남군(南郡)에서 조조군에게 화살을 맞은 상처가 주유의 분기(憤氣)로 말미암아 다시 터져 36세의 나이로 죽은 것으로 되어 있는데 이것도 전혀 사실과 다르다. 주유가 병사한 것은 맞지만 나관중의 『삼국지』처럼 자신의 분기(火)를 이기지 못하여 창상(創傷)이 터져서 죽은 것은 아니고, 장간을 만난 것은 적벽대전이 끝나고 난 뒤의 일이며, 주유가 제갈량을 죽이려 한 일도 없었다. 나관중의 『삼국지』에서 주유는 제갈량을 돋보이게 하려고 등장한 엑스트라에 불과하지만 실제 역사는 전혀 다르다. 『삼국지』 「오서」 '주유전'에 따르면 손권은 주유를 항상 그리워하면서 "짐은 주유가 아니었으면 황제가 될 수 없었다"라고 하였으며 주유는 도량이 넓고 사람됨이 겸손했다고 한다. 나관중의 『삼국지』가 씌어지면서 가장 피해를 본 사람들 중에 하나가 바로 주유이다. 나관중 『삼국지』는 제갈량이나 유비·관우 등을 맹목적으로 미화, 옹호하기 위해서 많은 사람들을 희생시켰다.

주창(周倉) 나관중의 『삼국지』에서 창조한 인물. 실제의 인물이 아님. 나관중 『삼국지』에 의하면 주창은 촉의 장사로 관서(關西) 사람인데 원래는 황건 농민군에서 장보의 대장으로 있다가 오관참장(五關斬將)하고 오는 관우에게 귀순하여 관평과 함께 끝까지 관우를 모셔 충성을 다했다고 한다. 주창은 헤엄치는 데 능하여 방덕을 물 속에서 사로잡는 등 공을 세우고 관우가 살해되고 오군이 관우의 수급을 맥성으로 보내어 투항할 것을 권하자 주창은 스스로 목을 베어 죽었다고 한다. 그런데 이런 사람은 실제로는 존재하지 않았다. 나관중『삼국지』는 관우의 인품을 높이기 위해 주창이라는 인물을 만들었던 것이다.

주태(周泰:?~?) 오의 장수. 구강(九江) 하채(下蔡) 사람. 자는 유평(幼平). 손책이 강동을 장악했을 때 장흠과 함께 귀순하였다. 주태는 선성에서 10여 군데 상처를 입어가며 손권을 보호했다고 한다. 한중(漢中) 태수 능양후(陵陽侯)에 책봉. 병사.

진경동(秦慶童) 동승(董承)의 하인. 동승의 첩 운영(雲英)을 사랑하여 가까이 하다가 탄로나는 바람에 벌을 받고 갇히게 되었는데, 몰래 탈출하여 조조에게 가 동승이 헌제로부터 의대조 받은 일을 밀고하여 조조를 암살하려던 동승과 그 동지를 모두 죽게 하였다. 그러나 진경동이 역사적 실제 인물인지는 알 길이 없다. 소설가들이 지어낸 인물로 보인다.

진군(陳群:?~236) 위의 대신. 영천(潁川) 허창(許昌) 사람. 자는 장문(長文). 명사 진식(陳寔)의 손자. 진군은 220년 조조가 죽고 조비(曹조:위 문제)가 위왕(魏王)을 계승했을 때 왕랑·화흠 등과 함께 후한 헌제에게 조비에게 선양할 것을 간하였다. 진군은 일찍이 조비를 위해 구품중정제(九品中正制)를 제정하였는데 이는 남북조 시대의 관리선발의 기본 제도가 되었다.

진궁(陳宮:?~198) 동군(東郡) 사람. 자는 공대(公臺). 진궁은 매우 특이하게도 나관중『삼국지』에서 부각된 인물이 되었다. 나관중『삼국지』에 따르면 진궁은 충의가 깊고 지략이 뛰어난 인물로 나타난다. 진궁이 중모(中

牟) 현령으로 있을 때 동탁을 찌르려다 실패한 조조를 구해 같이 도피하다가 조조가 여백사(呂伯奢)의 식구를 죽이는 것을 보고 크게 실망하여 장막에게 의지했다가 여포에게 귀부하였다. 그러나 이것은 사실이 아니다. 조조는 관리에게 잡힌 적은 있었지만 그것은 진궁과는 아무 상관이 없는 일이었다. 정사『삼국지』「위서」'무제기'에는 "조조는 성과 이름을 바꾸고 사잇길을 따라 동쪽으로 돌아가려고 했다. 호로관을 빠져나와 중모현을 지날 때 정장(亭長 : 현재 파출소장)의 의심을 받아서 현성까지 압송되었지만 마을 사람들 가운데 조조를 알아보는 사람이 있어서 그에게 부탁하여 풀려나게 되었다"라고 기록되어 있다. 즉, 조조는 동탁을 죽이려 한 적도 없으며 진궁이 조조를 풀어준 일도 없었고 조조가 여백사 가족을 죽인 일도 없었다.

소해설 **진궁은 조조를 배신한 사람** 나관중『삼국지』와는 달리 진궁은 조조를 배신한 사람이다.『삼국지』「위서」'무제기'에 따르면 오히려 진궁이 조조를 배신하였다. 194년 봄 조조는 아버지 조숭이 죽어서 정신이 없었고 여름이 되자 도겸을 공격하였는데 이때 장막(張邈)이 진궁과 함께 반역을 도모하여 여포를 맞아들이니 군과 현이 모두 호응하였다고 한다. 조조의 가족이 몰살을 당한 마당에 진궁이 배신하여 여포를 맞아들인다는 것은 조조의 입장에서 보면 용서할 수 없는 일이다. 장막의 경우도 마찬가지다. 그런데 나관중『삼국지』에서 진궁을 중모 현령으로 등장시키고 충의지사로 다시 탄생하게 된다. 여기에는 진궁의 충의를 강조하여 새롭게 만들고 이에 대비하여 조조의 간교하고 냉혹한 성격을 나타내려는 뜻이 있었다. 여포의 모사가 된 진궁은 여포를 도와 복양에서 조조를 대파하였다. 그 뒤 여포에게 많은 전략을 제시하였으나 여포가 그의 말을 듣지 않고 패하자 여포와 함께 사로잡혔다. 정사『삼국지』「위서」'여포전'에 따르면 진궁은 의연하게 죽음을 맞은 것으로 보인다. 그 이유는 진궁이 조조를 배신하고 오랫동안 조조와 적대적이었고 조조에게 큰 피해를 입힌 사람이었기 때문이지 나관중이 말하는 것처럼 조조에 대한 적의감이 있었던 것은 아니다. 다만 조조가 진궁을 사로잡은 후 진궁에게 진궁의 노모와 딸을 어떻게 처리하는가를 묻자 진궁은 "천하를 효로써 다스리는 사람은 다른 사람의 피붙이를 끊지 않는다고 들었습니다. 그들의 운명은 당신께 달려 있지 저의 소관은 아닙니다"라고 하였다. 조조는 그의 노모와 딸을 끝까지 돌보아주었다. 이것은 조조가 얼마나 도량이 넓은 사람인가를 말해준다.

진규(陣珪 : ?~?) 진등의 아버지. 여포가 원술과 결혼동맹을 맺으려 하자 반대하고 아들과 의논하여 여포를 패망하게 했다.『삼국지』를 통틀어 가장 간교한 내부 첩자. 진규는 여포의 진영에 있으면서 여포를 멸망시킨 내부의 조조 첩자라고 평가할 수 있다. 정사『삼국지』「위서」'여포전'에 진규는 여포와 원술이 연합하면 국가의 재난이 올 것이라고 보고 진영 내부에서 이들을 멸망시키기 위한 간교한 계략들을 모두 동원하였다. 진규가 이 같은 행동을 한 것은 물론 조조나 유비를 위해서일 수도 있겠지만 한족(漢族 : 중국인) 특유의 청류의식이 더 큰 원인으로 작용했다. 진규에게 여포는 오랑캐 족속일 뿐이었고 그런 까닭에 그를 멸망시켜 제거하는 것만이 국가를 위한 일이라는 생각에 사로잡혔던 것이다. 진규의 이 같은 행위는 여포의 입장에서는 도저히 용납될 수 없는 것이다. 그런데 문제는 나관중 『삼국지』의 서술 태도에 있다. 진규와 그의 아들 진등의 행위는 용서받을 수 없는 반역 행위임에도 불구하고 애국적 행위로 묘사되고 있다는 점이다. 여포가 이전에 동탁을 암살하는 데 가담한 행위는 인간 말자(末子)라고 비난하면서도 진규 부자의 행동에 대해서는 오히려 찬사를 보내고 있는 것이다. 결국 필요에 따라 사람의 평가 기준이 바뀌고 있는 것이다. 여포가 진규를 비롯한 한족(漢族)들의 속성에 대해서 너무 무지하였던 것이 실패의 원인이라고밖에 볼 수 없다. 여포는 진규 부자와 유비를 한없이 신뢰하였는데 이들이 여포의 진영 내부에서 반역을 도모했으니 그것을 막아낼 재간이 없었던 것이고 결국 그로 인하여 자신도 비참한 최후를 맞게 된 것이다.

진등(陳登 : ?~?) 진규의 아들. 자는 원룡(元龍). 도겸의 모사로 있다가 여포의 참모가 되었고 아버지인 진규와 함께 비밀리에 조조와 모의하여 여포를 제거하는 데 모든 계교를 동원한 사람. 조조는 그에게 복파장군(伏波將軍)의 벼슬을 내림.

소해설 **진등에 대한 시각 차이** 정사 『삼국지』 「위서」 '여포전'에는 허범이 진등(陳登)에 대하여 논하기를 "진등은 오만한 인물로 내가 전란을 피해 하비성을 지나다가 진등을 만났는데 진등은 주인과 손님의 예의도 없었으며 자기는 홀로 큰 침대에 눕고 손님인 저를 침대 아래 눕게 했지요"라고 하고 있다. 이 말을 듣고 있던 유표(劉表)가 진등을 크게 비웃었다고 한다. 진등(陳登)에게 신세를 졌던 유비는 진등을 옹호하여 말하고 있지만 위의 사실로 판단해볼 때 진등은 철저히 자기 중심적인 사람이라고밖에 볼 수 없다. 진등이 진규와 더불어 여포를 멸망시킨 것도 우국충정에서 비롯되었다고 하는데 이것은 어불성설이다. 진규와 진등의 행위에서 가장 큰 덕을 본 사람은 조조인데 조조를 지원하는 것이 그 당시로서는 최선의 선택이었는가 하는 점은 의문으로 남기 때문이다. 진규와 진등은 결국 자기에게 유리한 방향으로 행동했으며 그것이 조조에게 도움이 된 것뿐이다. 그럼에도 불구하고 유비는 "진등처럼 문무를 겸비하고 담력과 웅지를 갖춘 인물이 없다"고 말하고 있는데 이것은 진등이 유비에게 도움이 된 사람이었기 때문일 것이다.

진림(陳淋:?~217) 위의 문신. 광릉(光陵) 사람. 자는 공장(孔璋). 건안칠자(建安七子)의 한 사람. 원래는 대장군(大將軍) 하진(何進)의 주부(注簿)로 있었다. 진림은 주부로 있을 때 하진의 십상시 토벌을 위해 외부 군사를 불러들이는 데 반대하고 후에 전란을 피해 기주로 피난하여 원소의 기실(記室)로 임명되었다. 원소가 조조를 토벌하러 관도(官渡)로 군대를 일으킬 때 진림은 원소의 명을 받아서 조조의 죄상을 밝히는 격문(檄文)을 지었다. 관도대전 후 진림은 조조에게 붙잡혔으나 조조는 그 재주를 아껴 종사(從事)로 삼았다. 이후 군국(軍國) 등에 관한 모든 글은 진림의 손에서 나오게 되었다. 진림이 쓴 조조에 대한 격문은 대단한 명문(名文)으로 알려져 있다. 병석에서 진림의 격문을 본 조조가 자리에서 벌떡 일어나 "비록 진림의 문장은 뛰어나지만 원소의 군대는 별 것이 아니다"라고 했다고 한다. 조조는 진림이 쓴 격문이 온통 자신의 가문에 대한 비방이며 중상모략인데도 불구하고 포로가 된 진림을 살려 중용하면서 "내게 대한 욕을 하는 것이야 할 수 없지만 왜 나의 아버지, 할아버지까지 거론할 일이 뭐가 있었는가?"라고 가볍게 나무랐다고 한다. 진림의 사건은 조조의 도량이 얼마나 크고 조조가 얼마나 위대한 정치가인가 하는 점을 보여주는 사건이었다.

진무(陳武:?~215) 오의 장수. 여강(廬江) 송자(松滋) 사람. 자는 자열(子烈). 215년 진무가 손권을 따라 합비(合肥)를 공격하였을 때 방덕과 싸우다 전사. 벼슬은 편장군(偏將軍).

진복(秦宓:?~226) 촉의 문신. 광한(廣漢) 면죽(綿竹) 사람. 자는 자칙(字勅).

문장이 뛰어나고 말을 잘하여 유비가 그를 불러 종사랑으로 삼았다. 221
년 유비가 오를 침공하려고 하자 진복은 적극 나서서 말리다가 유비의 노
여움을 사서 옥에 갇히게 되었다. 벼슬은 대사농(大司農). 병사함.

진수(陳壽:233~297) 정사 『삼국지』를 편찬한 인물. 파서군(巴西郡) 안한현
(安漢縣) 사람. 자는 승조(承祚). 진수는 일찍이 같은 군의 저명한 역사
학자인 초주(譙周)에게 수학하였으며 문장이 능했다고 한다. 진수는 동
관비서랑(東觀秘書郎)·산기황문시랑(散騎黃門侍郎) 등을 역임하였으
나 성품이 강직하여 벼슬에서 쫓겨났다. 어린 시절 자신의 아버지인 진
식(陳式)이 제갈량을 비판하여 군법으로 형벌을 받기도 하였다. 진수가
31세 되던 해에 촉이 멸망하였다. 진수는 자신이 초주의 제자였던 관
계로 촉의 항복을 권고했던 스승 초주로 말미암아 정신적으로 고통을
받기도 하였다. 촉이 멸망한 후에도 여러 해 동안 배척을 받아서 벼슬
에 오르지 못했으나 사마염이 진(晉)나라를 건국한 후 사마염의 명신
(名臣)이었던 장화(張華)가 천하에 널리 인재를 구하면서 이내 효렴으
로 추천되고 파군중정(巴郡中正)·저작랑(著作郎) 등의 벼슬을 하게
되었다.
진수가 정사 『삼국지』의 편찬을 완료하자 장화는 진수의 학식에 탄복하여
그를 중서랑(中書郎)으로 더욱 중용하려 했으나 반대파의 시기에 밀려 성
사되지 못하였다. 진 황제는 진수를 아껴 치서어사(治書御史)로 임명하여
황제의 곁에 두었다. 이 직책은 매우 중요한 직책으로 황제 직속의 각종 서
류들을 저작 관리 감독하는 직위였다. 후에 어머니가 죽자 관직을 떠나 있다
가 병사하였다. 장정일의 『삼국지』에서는 이 부분이 상세히 묘사되어서 독
자들이 당시 상황을 매우 소상하게 이해할 수 있도록 하고 있다.
진수의 정사 『삼국지』는 한국의 고대사를 기록하고 있는 가장 신빙성이
높은 고대 자료라고 할 수 있다. 그리고 나관중의 『삼국지』에 나타난 여
러 가지 사건들의 진위여부를 밝힐 수 있는 거의 유일한 사료라는 점에서

의미가 있다. 진수는 진(晋)나라의 신하였기 때문에 위나라에서 진나라로 교체되는 과정에서는 다소 기록하기가 어려웠을 것이지만 실제 진수의 정사 『삼국지』는 사마사나 사마소의 흉악무도함을 그대로 읽어낼 수 있을 정도로 객관성을 견지하고 있다.

진식 (陳式:?~?) 촉의 장수. 정사 『삼국지』 편찬자인 진수의 아버지. 나관중의 『삼국지』에서는 진식이 기산에서 위연과 함께 제갈량을 비방하고 제갈량의 군령을 듣지 않고 제멋대로 행동하다가 사마의의 매복으로 군사 태반을 잃었고 자신도 포로가 되었다가 황충이 생포한 하후상과 맞바꾸어 돌아오게 되었는데 이때 패전(敗戰)한 죄로 처형되었다고 한다. 그러나 이것은 사실이 아니다. 『진서(晋書)』 「진수전」에 의하면 진식은 마속(馬謖)의 참군(參軍)이었는데 마속이 가정(街亭)에서 대패하자 진식도 이에 연좌되어 곤형(髡刑:머리를 삭발하는 형벌)에 처해졌다고 한다. 그러면 나관중 『삼국지』에서는 왜 진식에 대하여 이렇게 폄하했을까? 그것은 진수가 촉이 멸망할 때 함께 죽지 못하고 다시 위를 계승한 진나라의 신하가 되어 출세했기 때문이었을 것이다. 뿐만 아니라 진수(陳壽)를 가르친 스승인 초주(譙周)는 촉의 투항을 강력하게 권고한 사람이었기 때문에 나관중이나 후대의 소설가들이 그를 용서할 수 없었을 것이다. 그것은 남송 이후 '숭유반조(崇劉反曹)'의 기운이 거세어질수록 더욱 강화되었을 것이다.

진진 (陳震:?~235) 촉의 문신. 남양 사람. 자는 효기(孝起). 원래는 원소의 막하에 있었다가 유비에게 귀순하였다. 진진은 매우 성실한 사람인데다 외교적 수완이 있어 오에 왕래하여 촉과 오의 동맹을 견고하게 하는 데 중요한 역할을 하였다. 성양정후(城陽亭侯)에 책봉. 병사함.

채모(蔡瑁:?~?) 유표의 장수. 유표의 후처인 채부인의 오빠. 유표의 충신. 조조의 친구. 나관중 『삼국지』에 의하면 채모는 동생 채부인과 함께 유비를 해치려 했고, 유표가 죽자 누이의 소생 유종을 세우고 조조에게 항복하였으며, 수군 조련을 맡았다가 적벽대전을 앞두고 주유의 계교(장간의 편지)로 조조의 손에 죽었다고 하는데 이는 사실이 아니다. 채모의 입장에서는 유비를 제거하려는 행위가 잘못되었다고 할 수는 없다. 나관중 『삼국지』에서는 채모로 인하여 유비가 유표에 의해 중용되지 않았다고 하는데 유비를 중용하지 않은 사람은 사실 유표이다. 채모는 연배가 유비보다 많이 높았기 때문에 유비를 항상 경계의 대상으로 삼을 수밖에 없었다. 왜냐하면 채모의 입장에서는 유비와 합작한 군웅(群雄)들이 전멸되거나 '패가망신' 했으므로 어떤 이유에서든지 유비는 유표를 이용할 사람이지 유표에게 충성할 사람은 아니라는 것을 누구보다 잘 알고 있었기 때문이다. 여포나 동승, 원소가 대표적인 예가 될 것이다. 그리고 채모의 입장에서는 유비보다는 친구였던 조조와 가까웠고 유표가 죽은 후 군이 대적하기 어려운 조조와 전쟁을 할 이유가 없었던 것이다.

『삼국지집해(三國志集解)』가 인용한 「양양기구전(襄陽耆舊傳)」에 의하면 조조가 형주에 입성하여 채모의 집에 들어가 채모와 함께 환담하면서 채모의 처자를 불렀다는 기록이 있다. 이런 상황에서 조조의 대군이 침공하자 조조군에게 투항했던 것이다. 만약 조조와의 결전이 있었다면 역시 유비는 도망을 갔을 것이고 형주는 초토화되면서 많은 희생자를 냈을 것이다.

채염(蔡琰:?~?) 후한의 문신 채옹의 딸. 진류(陳留) 어(圉) 사람. 자는 문희(文姬). 고대의 유명한 여류 시인. 채염은 위도개(衛道玠)의 아내로 있다가 오랑캐에게 납치되었는데 조조가 그녀의 몸값을 치르고 구출해냈다고 한다. 후에 채염은 동사(童祀)의 아내가 되어 남전에 살았다. 동사는 『후한서』「열녀전」에 의하면 채염과 한 고향 사람으로 둔전도위(屯田都尉)를 지냈다고 한다. 조조는 한중(漢中) 땅으로 출병할 때 도중 남전에 들러 조아(曹娥)의 비문을 보고 글을 풀이하기도 하였다고 한다.

채옹(蔡邕:132~192) 후한의 문신. 진류(陳留) 어(圉) 사람. 자는 백개(伯喈). 후한의 천하문장(天下文章)으로 이름이 높음. 저명한 서예가. 채옹은 후한 영제 때 의랑(議郎)을 지냈는데 정치에 간섭하는 십상시의 행패를 규탄하는 상소를 올렸다가 추방되어 귀향하였다. 동탁이 그를 불러 시중(侍中)으로 등용했다. 후에 동탁이 암살되자 채옹이 그것을 탄식하다가 왕윤의 손에 죽었다고 한다.

> **소해설** **채옹의 죽음** 채옹(蔡邕)이 왕윤(王允)에게 죽었다는 사건은 여러 가지 의미에서 시사하는 점이 있다. 채옹이 동탁의 죽음을 애통해한 것은 단순히 동탁이 자신의 능력을 알아주어 시중(侍中)으로 임명한 때문만은 아니었을 것이다. 후한 말기 황제의 권위가 땅에 떨어진 상황에서 채옹은 환관의 정치간섭을 배제할 대안으로서 동탁을 평가했을 것으로 보인다. 후한 말의 상황은 외척과 환관의 권력투쟁으로 일관되어 조정과 국토가 피폐하였다. 채옹은 이 점에 있어서 동탁이 환관의 세력을 제거하였으며 외척으로서 정치간섭을 할 위인도 아니었기 때문에 과도기의 국정을 수행할 새로운 리더가 될 수도 있다고 판단했을지도 모른다. 실제로 동탁은 후한의 중신들을 모두 중용하였고 그들의 의사를 존중하였기 때문이다. 나관중『삼국지』를 보아도 동탁이 황권(皇權) 자체를 탐낸 점들은 보이지 않는다. 오히려 황권을 준다는 것을 미끼로 불러들여 동탁을 죽이는 장면이 나올 뿐이다. 당시의 군웅(群雄)들인 조조·원소·원술·손견, 유비 등은 모두 천하의 주인이 되고자 하는 점을 분명히 하고 있다. 동탁이 죽고난 뒤 오히려 천하는 더욱 혼란한 상태로 변해간 것이다.

초선(貂蟬) 실재하는 인물이 아니고 동탁과 여포를 폄하하기 위해 나관중『삼국지』또는 한족(漢族) 소설가들이 만들어낸 인물. 나관중『삼국지』에는 초선이 왕윤의 집 가기(歌妓)이며 절세의 미인으로 가무를 잘하고 총명하여 왕윤은 초선을 이용하여 동탁과 여포 사이를 농락하며 연환계(連環計)를 써서 동탁을 제거시켰다고 한다. 초선은 이후 여포의 첩(妾)으로 지낸 것으로 나온다. 초선은 실재하는 인물은 아니지만 정사『삼국지』「위서」'여포전'에는 여포가 동탁을 가까이서 호위하는 과정에서 동탁의 시녀와 사사로이 정(情)을 통하였는데 이 일이 발각될까 두려워했다는 대목이 있고, 왕윤이 동탁을 주살하려고 모의할 때도 "당신의 성은 본래 여씨(呂氏)이니 동탁과는 무슨 혈연이 있는가? 지금 그대는 언제 동탁에게 죽을지 몰라 전전긍긍하는데 부자관계(父子關係)가 웬말인가?" 하면서 여포를 설득하고 있다. 이상의 사실로 볼 때 초선이라는 이름은 지어낸 이름일지라도 그녀는 왕윤의 하녀가 아니고 동탁의 시녀로 여포와 사랑에 빠져 있었고 그 사이를 왕윤이 교묘히 침투해들어가 동탁과 여포 사이를 이간질한 것으로 보인다.

초주(譙周 : 201~270) 촉의 대학자이자 서예가. 진수(陳壽)의 스승. 파서(巴西) 서충국(西充局) 사람. 자는 윤남(允南). 초주는 육경(六經)·천문(天文)에 통달하였다고 한다. 초주의 풍모는 소박하였으며 성격은 진실되고 꾸밈이 없었고, 임기응변에 능하지는 않았지만 명민한 두뇌의 소유자로 풍부한 식견을 감추고 있었다고 한다. 초주는 후한말의 형세와 다가올 위진 남북조 시대의 변화를 가장 빨리 읽은 사람이다. 초주는 후한말의 상황이 쉽게 하나의 국가로 통일될 수 있는 환경이 아님을 가장 빨리 간파한 사람이다. 초주는 유비의 한중왕을 봉하는 표문을 초하고, 벼슬은 광록대부(光祿大夫)에 이르렀다.

정사 『삼국지』 '초주전'에 의하면 초주는 촉의 2대 황제 유선의 스승으로 유선이 유람차 나가며 악단(樂團)을 늘리자 이를 간하여 군주는 자손을 위하여 절검을 보여야 한다고 하였고 후에 강유(姜維)가 국력은 돌보지 않고 여러 차례 대군을 몰아 위나라를 공격하는 것을 우려하여 「구국론」을 지어 천하의 형세를 다시 판단하여 미래전(未來戰)에 대비하는 것이 좋겠다고 상소하였으나 강유는 이를 거부하였다. 초주는 자신의 상소가 강유에 의해 거부되자 후학들에게 자문을 하면서 세월을 보냈다. 뒤에 위나라의 대군이 촉 정벌을 위해 성도로 몰려오자 초주는 촉 황제 유선(劉禪)에게 강력하게 투항을 권했지만 중신들은 위군이 촉의 항복을 받아들이지 않을 것이라고 우려하였다. 그러나 초주는 오나라의 존재를 들어서 반드시 위나라가 평화롭게 정권을 이양할 것이라고 주장하였는데 초주의 예측은 한치의 오차도 없이 들어맞았다. 후에 초주는 유선을 수행하여 위에 항복하였다. 나관중『삼국지』는 초주가 유선에게 투항을 권고한 단 하나의 사실만을 가지고 초주를 사악한 인물로 그리고 있는데 이것은 기본적인 역사 소양이 부족한 소치이다. 양성정후(陽城亭候)에 책봉. 병사함.

소해설 **초주의 「구국론」** 초주의 「구국론」은 매우 의미심장한 내용을 담고 있으며 이것은 당시 중국의 미래를 예견하는 매우 중요한 글이다. 초주에 의하면 지금 천하는 진시황이 건국한 진(秦)나라 말기와 같이 하나의 조정이 붕괴되는 형태가 아니라 춘추전국시대와 같이 육국(六國)이 동시에 할거(割據)하는 형태를 띠고 있고, 이 경우 약소국이 강대국을 이기는 가장 좋은 방법은 내실을 다져 백성들을 최대한 보살펴서 서서히 강대국의 허(虛)를 탐지하여 붕괴시켜나가는 것임을 역설하였다. 초주는 당시의 시대적인 변화를 다른 사람들과는 매우 다르게 보고 있었는데 초주의 생각은 팔왕의 난 이후 확실히 정확한 것이었음이 밝혀졌다. 초주는, 진시황이 건국한 진(秦)나라는 천하를 강력한 통일적인 규율하에 두었기 때문에 한 고조 유방의 통일이 비교적 수월했을 것이지만 한나라 400년이 지속되면서 지방성이 다시 강화되고 있음을 간과하지 않은 것이다. 시대의 선각자적인 풍모를 가진 인물이었다.

최염 (崔琰:?~216) 위의 모신. 청하(淸河) 동무성(東武城) 사람. 자는 계규(系珪). 하북의 명사로 인재를 잘 가려냈다고 한다. 최염은 정치적 혼란기에서 자신의 뜻이 제대로 전달되지 않고 억울하게 죽은 사람이다. 최염은 일찍이 원소의 막하에서 기도위(騎都尉)로 있다가 여러 번 간하였으나 자신의 생각이 제대로 전달되지 않자 병을 핑계로 집에서 머물렀다. 조조가 기주(冀州)를 평정한 후 최염을 별가종사(別駕從事)로 삼았는데 조조가 호적의 수나 병력의 수만 따지는데 분개하여 치자(治者)가 마땅히 도탄에 빠진 백성을 구해야 한다고 간언하여 조조의 신임을 받았다. 213년 조조가 위공(魏公)에 봉해지자 최염을 상서(尙書)로 삼았다. 나관중의 『삼국지』에서는 최염이 위왕이 되려는 조조를 꾸짖다가 옥중에서 죽었다고 하는데 이는 사실과 다르다. 정사『삼국지』'최염전'에 따르면 최염은 조조를 옹호하는 표를 지지하는 문장을 썼는데 그 문장 중의 한 구절이 오해를 불러일으켜 옥에 갇혔다가 사망하였다.

최주평(崔州平:?~?) 제갈량의 친구. 남양(南陽)의 숨은 인재. 박릉(博陵) 사람. 제갈량·석광원·맹공위·서서 들과 함께 공부한 사이로 세상에 나오지 않고 숨어 살았음. 이들의 모습은 후일 남북조 시대에 풍미한 죽림칠현(竹林七賢)에 비견된다.

축융부인(祝融夫人) 나관중 『삼국지』가 만들어낸 허구의 인물. 남만왕 맹획의 아내. 여중호걸로 장의와 마충을 사로잡았으나 마대에게 생포되어 두 장수와 서로 교환했으며 뒤에 맹획과 함께 제갈량에 귀순했다고 하는데 이것은 사실이 아니라 소설가들이 만들어낸 사건이며 인물들이다.

타사대왕(朶思大王) 남만 독룡동(禿龍洞)의 동주(洞主). 독천(毒泉)을 기반
으로 하여 맹획과 합세하여 제갈량에 대항했으나 제갈량에게 여러 번 붙
잡혔다가 풀려났다. 삼강성(三江城) 전투에서 전사. 나관중『삼국지』가
만들어낸 인물.

태사자(太史慈 :166~206) 오의 맹장. 동래(東來) 황(黃) 사람. 자는 자의(子
義). 무예에 능하고 서사(書史)에 통달했다고 알려져 있다. 황건 농민군
이 전국적으로 일어났을 때 공융을 도와 농민군의 장수였던 관해(管亥)
를 물리치고 유요에게로 의탁하였다. 후에 손책이 유요를 공격하여 승리
했을 때 태사자는 사로잡혀 손책의 막하에 들게 되었다. 손책은 그의 사
람됨과 용맹을 아껴 깍듯이 대접하였으며 동오의 용장이 되었다. 태사자
는 많은 전공을 세웠으나 41세의 나이로 비교적 일찍 죽었다. 나관중『삼
국지』에는 태사자가 손권을 따라 합비에서 장요와 싸우다가 난전에 맞아
전사한 것으로 되어 있지만 이것은 사실이 아니다. 그 이전에 이미 태사
자는 죽었다.

포신(鮑信:152~192) 후한의 장수. 태산(泰山) 양평(陽平) 사람. 자는 윤협(允
協). 정사『삼국지』「위서」'무제기'에 따르면 191년 황건 농민군에 의해
연주자사 유대가 죽음을 당하자 포신은 조조를 연주목으로 영접하여 초
기 조조의 세력이 급성장하는 데 크게 기여한 사람이다.

하안(何晏:190~249) 위의 문신. 남양(南陽) 사람. 자는 평숙(平叔). 위진시대 현학(玄學)의 대표적인 인물. 하진의 손자. 조상(曹爽)의 모사. 하안은 일찍이 조상에게 사마의를 제거할 계책을 헌책(獻策)하여 조상의 신임을 받았고 조상이 정권을 장악했을 때 상서(尙書)를 지냈다. 후에 사마의의 쿠데타로 처형을 당했다. 정사 『삼국지』「위서」‘조상전’에 따르면, 하안의 아버지는 일찍 죽고 그의 어머니는 윤씨인데 조조가 이를 동정하여 받아들여 부인으로 삼았다고 한다. 하안은 궁성에서 자랐고 부마(駙馬)가 되었다. 조조의 양아들에 해당되다 보니 언행에 거리낌이 없었다고 한다.

하진(何進:?~189) 후한 영제(靈帝)의 황후였던 하태후(何太后)의 오빠. 완(宛) 사람. 자는 수고(遂高). 본래 백정 출신으로 신분이 미천하였으나 누이가 궁녀로 황자를 낳고 황후가 되자 관직을 받게 되었다. 영제(靈帝)가 죽자 하진은 누이 하황후의 소생인 소제(少帝)인 유변(劉辯)을 옹립하여 황제로 세우고 그 기세를 이용하여 대장군이 되어 정권을 잡았다. 외척인 하진이 정권을 잡자 다시 환관과의 권력투쟁이 시작되었고 십상시의 횡포가 격심해지자 하진은 외부 군사를 불러들일 것을 주장하다가 십상시에게 죽음을 당했다. 벼슬은 태부(太傅)·신후(愼侯)에 책봉. 참고로 『후한서』「황후기」에 의하면 하진의 누이 하태후는 동탁에 의해 독이 든 술을 받고 죽었다고 한다.

하후돈(夏侯惇:?~220) 위의 용장. 패국(沛國) 초현(譙縣) 사람. 자는 원양(元讓). 조조와는 한집안 사람으로 조조가 군대를 일으킬 때 가장 먼저 참여할 정도로 조조와 가까웠다. 조조가 여포를 칠 때 조성의 화살을 맞고 왼쪽 눈이 멀었지만 여러 차례 전공을 세웠다고 한다. 후에 조비가 위왕이 되어 대장군에 임명되었지만 오래지 않아 병사함. 시호는 충후(忠侯).

하후무(夏侯楙:?~?) 위의 대장. 자는 자휴(子休). 하후돈(夏侯惇)의 아들. 조
조는 딸 청하공주(淸河公主)를 주어 하후무를 부마로 삼음. 나관중『삼국
지』에는 하후무가 제갈량의 제1차 북벌 때 하후무를 대도독으로 삼아서
제갈량에 대적하게 했으나 실전에 경험이 없어 제갈량에게 생포되었다
가 풀려나와 마준과 함께 변방으로 달아났다고 하는데 이는 전혀 사실이
아니다. 정사『삼국지』「위서」‘하후돈전’에 의하면 하후무는 이 당시 안
서장군(安西將軍)을 맡아서 관중(關中) 지역을 총괄하다가 조정의 명으
로 상서(尙書)가 되었다고 한다. 나관중은 하후무가 안서장군을 맡았다
는 말을 듣고서 변방으로 달아난 것처럼 처리하였는데 이것은 사실이 아
니다.

하후연(夏侯淵:?~239) 위의 용장. 패국 초현 사람. 하후돈(夏侯惇)의 친척 동
생. 자는 묘재(妙才). 조조와는 한집안 사람으로 조조가 군대를 일으킬
때 참여. 농서에서 마초를 패주케 하는 등 전공을 많이 세움. 하후연(夏侯
淵)은 무제(武帝:조조) 때의 대장으로 무제를 보필하여 한중을 평정하였
다. 하후연은 하후패(夏侯覇:자는 중권)·하후위(夏侯威:자는 계권)·하
후혜(夏侯惠:자는 아권)·하후화(夏侯和:자는 의권) 등 네 아들을 두었는
데 이들은 하나같이 병법에 능하고 무예가 출중하였다고 한다.『삼국지』
「위서」‘하후연전’에 의하면 하후위는 연주자사(兗州刺史), 하후혜는 황
문시랑(黃門侍郎)·낙안태수(樂安太守), 하후화는 하남윤(河南尹)·태
상(太常) 등을 역임하였다고 한다.

하후패(夏侯覇) 위의 장군. 패국 초현 사람. 하후연(夏侯淵)의 장자. 자는 중
권(仲權). 사마의의 수하로 촉과 대전 중 옹주를 맡아 수비하였고 제갈량
의 제6차 북벌 당시 사마의의 부하로 선봉을 맡았다. 249년 사마의가 쿠
데타를 일으켜 조상(曹爽)이 죽자 하후패는 신변의 위협을 느끼고 모반,
촉으로 투항하였다. 하후패가 촉에 투항하자 촉 조정은 정치적 거물의

망명을 환영하여 하후패를 거기장군(車騎將軍)에 임명하였다. 강유의 지우(知遇)로 위군을 막다가 조양에서 등애의 계교에 빠져 난전에서 전사함.

하후현(夏侯玄 : 209~254) 위의 장수. 하후상(夏侯尙)의 아들. 자는 태초(太初). 조상의 외사촌 동생. 벼슬은 태상(太常). 사마사가 전횡하자 하후현은 이를 분히 여겨 이풍 등과 제거할 것을 모의하다가 밀조가 드러나 처형되었다. 그러나 이 사건은 여기에서 끝나지 않고 제갈탄에게까지 불똥이 튀어 제갈탄도 반(反)사마소 쿠데타를 일으키게 된다.

한복(韓馥 : ?~?) 후한의 기주목(冀州牧). 영천(潁川) 사람. 자는 문절(文節). 원소를 맹주로 하던 동탁 토벌군의 제2진으로 참전. 일찍이 기주목(冀州牧)을 역임. 나관중『삼국지』에는 한복이 원소에게 기주를 내주고 장막(張邈)에 의탁했다고 한다. 그러나 실제로 한복은 공손찬을 두려워하여 기주(冀州)를 원소에게 양보한 것이다. 나관중의『삼국지』는 원소와 공손찬의 협박으로 한복이 원소에게 기주를 내주었고 원소 등의 협박을 받아서 원소와 주의 업무를 공동으로 다스리기로 하였는데 원소가 정권을 강탈했다고 한다. 이것은 사실이 아니다.『삼국지』「위서」'원소전'에 의하면 한복은 그대로 양보한 것이다. 실제로 한복은 겁이 많고 누가 자기를 해칠까 불안하게 지내다가 원소의 사신이 장막에게로 와서 귓속말을 하자 자신을 암살하라는 말인 줄 알고 화장실에 들어가 자결하였다고 한다.

한수(韓遂 : ?~215) 후한의 병주자사(幷州刺史) 금성(金城) 사람. 자는 문약(文約). 한수는 일찍이 진서장군(鎭西將軍)을 지냈다. 나관중『삼국지』에서 가장 많이 왜곡된 사람 중의 한 사람. 나관중『삼국지』에 의하면, 한수는 마등과 형제의 의를 맺고 서량에 30여 년 간을 웅거(雄據)하다 마등이 죽자 아들 마초와 함께 조조를 쳐 여러 번 곤경에 빠지게 했으나 조조의 반간계에 떨어져 마초에게 왼쪽 손목을 잘리고 조조에게 항복하였다고 한다. 그러나 정사『삼국지』「위서」'무제기'에 의하면 한수는 한 번도 조조에게 투항한 적이 없다. 위남전쟁 중에 조조의 반간계에 걸려들어 마초와 서로 의심하게 되어 조조에게 대패하였다. 215년 한수는 여러 장수들에게 죽음을 당했는데 이때 그의 나이가 이미 70이 넘었다고 한다. 나관중의『삼국지』에서는 한수를 40세 전후로 묘사하고 있다.

허유(許攸 : ?~204) 남양(南陽) 사람. 자는 자원(子遠). 원소의 모사로 조조와는 옛 친구 사이. 허유는 원소 진영의 원로급 인사였는데 관도대전 때에는 신진세력들에 의해 밀린 상태였다. 그러나 관도대전이 제안될 당시에 허유는 원소에게 표문(表文)를 올려서 전쟁을 적극 찬성하였다. 관도대전이 진행되고 있을 때 허유는 원소에게 바로 조조의 수도인 허도(許都)를 공격할 것을 주장하였는데 원소가 이를 받아들이지 않자 조조에게 귀부하였다고 한다. 반갑게 맞는 조조에게 허유는 원소군의 병참기지가 있는 오소(烏巢)를 공격하라고 진언하고 조조는 이에 따라 관도대전의 승기를 잡게 되었다고 한다. 204년 조조군이 기주를 공격하여 입성하자 자신이 조조의 옛 친구라는 이유로 공손하게 처신하지 않아 조조의 부하에게 죽음을 당했다고 한다.

소해설 **허유의 죽음** 허유가 죽은 것은 단순히 조조에게 공손하지 못했기 때문만이 아니라 조조와 함께 자신이 몸담았던 기주(冀州)로 돌아왔을 때 가족들이 몰살당하는 등의 상황에 직면하여 정신적인 공황 상태에서 빚어진 일로 보인다. 허유는 원소 휘하에서 신진세력들에 의해 고립당했으며 조조군을 도와 원소를 격파하고 기주로 입성했을 때 자신의 입지는 예전보다도 나아진 것이 없었고 오히려 조조 휘하의 참모들에게도 심한 따돌림을 당했을 것이라고 생각된다. 뿐만 아니라 자신의 배반으로 가족들 모두가 참살되었던 것을 보고 인생에 대한 환멸을 느꼈을 것이고 이에 상대적으로 의기양양한 조조의 모습을 보면서 만감이 교차했을 것이다. 이 과정에서 허유는 주사(酒邪)가 심해졌을 것이고 조조를 무시하고 비하하는 발언을 했을 것이다. 이것은 조조의 참모들에게는 용납될 수 없는 일이었다. 조조는 이제 천하통일을 눈앞에 두고 있었기 때문이다.

허저(許楮:?~?) 위의 용장. 초국(譙國) 초(譙) 사람. 자는 중강(仲康). 호치(虎痴)·호후(虎侯)로 불림. 허저는 용맹이 절륜하고 육박전을 잘했다고 한다. 그리고 조조에게 귀순하여 항상 가까이서 조조를 보좌하여 조조는 허저를 일러 '나의 번쾌(樊噲)'라고 했다고 한다. 조조를 수행하면서 많은 전공을 세웠다. 병사함. 벼슬은 무위(武衛)장군. 시호는 장후(狀侯).

헌제(獻帝:181~234) 한 영제(靈帝)의 둘째아들. 이름은 유협(劉協). 영제가 죽고 진류왕(陳留王)으로 봉해짐. 자질이 영매하여 동탁이 그를 황제로 세움. 헌제는 황궁에서 일어난 갖가지 참담한 일들을 온몸으로 당했으나 굳건히 이를 극복하려고 노력한 황제이다. 영제(靈帝)가 죽은 후 헌제의 배다른 형인 유변(劉辯)이 보위에 올랐는데 이가 곧 소제(少帝)이다. 유변의 어머니는 하황후(何皇后 = 하태후), 즉 하진(何進)의 여동생이다. 하황후는 라이벌인 왕미인(王美人:헌제의 어머니)을 독살하고 권력은 자신의 오빠인 하진이 장악하였다. 하진의 세력을 견제할 만한 사람들은 환관들밖에 없는 상황이었다.
동태후는 영제가 죽은 후 비명에 죽어간 왕미인의 소생인 유협(劉協)을 돌보며 살았다. 동태후는 자연히 며느리인 하태후와는 사이가 나빴고 동태후는 하황후의 위협으로부터 유협(후일 헌제)을 보호하다가 하태후(소제의 어머니)에게 독살되었다. 이와 같이 헌제는 어려서 자신의 어머니가 죽고 숨도 쉬기 어려운 환경에서 자랐으나 많은 역경들을 극복하려고 노력하였다. 만약 영제가 오래 살았더라면 한나라의 역사는 다시 씌어졌을 수도 있을 것이다. 그러나 영제 사후 어린 나이의 두 형제(소제 유변, 헌제 유협)가 감당하기에는 너무 힘든 일들이 진행되었고 헌제는 결국 한나라를 선양(禪讓)하는 마지막 황제가 된 것이다.

소해설 **헌제의 꿈** 동탁에 의해 유변(소제:少帝)이 제거되고 제위에 오른 헌제(獻帝)는 동탁의 정권장악, 이각·곽사의 난, 낙양으로의 이동, 허도로의 이동, 의대조 사건으로 동승 등 충신과 아내 동귀비의 죽음, 산양공(山陽公)으로의 격하 등 역사적인 파란의 와중에서도 끊임없이 한실부흥을 도모한 흔적이 보인다. 헌제가 만약 한나라 중기에 태어났다면 아마 성군(聖君)이 되었을 가능성이 크다. 유비가 조조를 따라서 허도(許都)로 들어왔을 때 헌제는 아마 많은 기대를 했을 수도 있다. 헌제는 동승이 조조를 죽이려고 모의했을 때 유비가 군사들을 동원할 수 있을 것이라는 기대를 가졌을 것이다. 그러나 유비가 오직 '유황숙(劉皇叔)'이라는 호칭만을 걷어갔을 뿐 자신에게는 아무런 도움이 되지 못한 것에 대해 절망했을 것이다. 달아난 유비를 제외한 나머지 사람들은 모두 멸족당하고 말았다. 그리고 조조의 아들 조비가 한(漢)나라를 폐하고 위(魏)나라를 세워 칭제(稱帝)했을 때도 유비는 헌제를 불러 모시지 않고 침묵하더니 결국 유비 자신이 제위에 올랐다. 물론 유비가 그 동안 구축해놓은 것을 헌제에게 양보할 이유도 없겠지만 유비가 말하는 '한실부흥'이라는 것이 얼마나 모순된 것인지를 보여주고 있다. 그러나 헌제는 개인적으로는 산양공으로 돌아가 편안하게 생을 마쳤다.

화웅(華雄 : ? ~ 191) 동탁의 용장. 관서(關西) 사람. 190년 제후연합군이 동탁을 토벌하려고 수도로 진격하자 화웅은 사수관에서 이들을 막았다. 나관중 『삼국지』에서는 '술이 식기 전에' 관우에게 죽은 것으로 되어 있지만 이것은 꾸며낸 이야기다. 정사 『삼국지』「오서」'손견전'에는 "손견이 병사들을 맡아서 사수관에서 화웅과 싸웠는데 처음에는 손견이 패했지만 마지막에는 손견이 동탁의 군대를 대파하여 도독(都督)인 화웅을 죽이고 그의 목을 옥문에 달았다"고 되어 있다. 뿐만 아니라 관우는 당시 공손찬의 휘하에 있었으므로 손견의 부대에 속한 것은 더구나 아니었다. 따라서 화웅의 죽음과 관우는 아무런 상관이 없는 것이다.

화타(華陀 : ? ~ 208) 후한의 유명한 의사. 패국 초군(譙郡) 출신으로 조조와 같은 고향 사람. 자는 원화(元化). 화타의 의술은 신의 경지에 이르렀다고 전한다. 나관중 『삼국지』에서는 주태와 관운장을 치료했으며 조조가 두통증을 호소하자 골을 빠개어 치료하면 낫는다고 하여 조조에게 의심을 사 옥에 갇혀 죽었다고 한다. 그러나 이것은 사실이 아니다. 『삼국지』「위서」'화타전'에는 조조의 병만 치료하다가 고향이 그리워 돌아갔는데 조조가 여러 번 불러도 오지 않자 옥에 가두어 병사하였다고 한다. 그리고 관우가 치료를 받은 것은 219년의 일인데 이때는 화타가 죽은 지 10년이 지난 일이다. 따라서 화타가 관우를 치료하는 일은 있을 수 없었다. 화타는 『청낭서(靑囊書)』를 지었으나 전하지 않는다.

환범(桓範:?~249) 위의 무신. 패국 사람. 자는 원칙(元則). 별명은 지낭(智囊). 조상(曹爽)의 모사. 사마의가 쿠데타를 일으켰을 때 조상에게 천자를 모시고 허도로 일단 피신하여 재기하도록 건의했으나 조상이 현실적으로 불가하다고 거부하여 실패로 끝났으며 결국 사마의에게 처형되었다.

> **소해설** **환범의 판단** 사마의가 쿠데타를 일으켰을 당시 조상(曹爽)이 환범의 책략을 받아들여서 허도로 갔다면 재기를 했을까라는 문제를 고찰해볼 필요가 있다. 허도로 이동해간다는 것이 물론 쉽지는 않았겠지만 조상이 사마의에 투항한 것보다는 분명히 나았을 것이다. 왜냐하면 사마의에게 투항했을 경우 실제의 역사적 사실인데 조상(曹爽)의 일족은 모두 주살되었다. 사마의는 이들을 처음에는 환대하는 척했으나 이내 구금하고 역적죄로 몰아 삼족을 멸했기 때문이다. 조상이 현실적으로 모든 기반이 있었던 낙양을 떠나서 허도를 간다고 해서 사마의를 이길 수 있었는지는 정확히 말할 수 없겠지만 조상에게는 훨씬 유리한 상황이 될 가능성이 크다. 그 이유는 조상 자신이 황제를 옹위하고 있는 상태에서 천하에 산재한 병력을 동원할 명분을 가질 수 있었고, 사마의는 종친이 아닌 반면 자신은 종친이므로 종친들의 힘을 결집할 수 있었으며, 사마의가 권력에서 긴 세월 동안 소외된 관계로 사마의의 군사력이 별로 강하지 않았을 것이라는 점 등을 들 수 있다. 조상이 낙양을 떠나지 않고 그대로 투항한 이유는 수많은 가족들이 낙양에 인질로 잡혀 있었기 때문일 것이다. 그러나 조상의 판단은 결국 전 가족의 멸족을 초래하였다. 조상의 경우를 보면 국가적인 환란을 맞이하여 최고 지도자들이 어떻게 대처해야 하는가를 생각해 보게 된다. 조상이 오직 자신의 가족을 보호할 요량으로 낙양으로 돌아간 것은 무책임한 행위이며 위나라의 사직(社稷)이 다했음을 의미하는 것이다.

황개(黃蓋:?~?) 오의 용장. 영릉(零陵) 천릉(泉陵) 사람. 자는 공복(公覆). 오나라의 구신(舊臣). 손견을 따라 구현(九縣)을 평정. 그 동안 나관중 『삼국지』로 말미암아 황개의 공적이 제대로 평가되지 않았는데 황개는 실질적으로 적벽대전을 승리도 이끈 장수이다. 즉, 적벽대전에서 화공(火攻)을 제시한 사람은 제갈량이나 주유가 아니라 바로 황개였던 것이다. 나관중 『삼국지』에서는 황개가 고육계(苦肉計)를 써서 승리의 계기를 마련했다고 하는데 이것도 사실이 아니다. 그리고 황개는 단순히 무장으로서 역할이 뛰어난 사람만이 아니라 탁월한 행정관료이기도 하였다. 『삼국지』 「오서」 '황개전' 에 의하면 황개는 모두 9개 현을 지켰는데 가는 곳마다 안정되고 부패가 없었다고 한다. 황개의 모습과 자태는 강인하고 엄격했지만 극진하게 병사들을 보살폈으므로 병사들은 앞을 다투어 선봉에 서려 했다고 한다. 벼슬은 편장군(偏將軍). 병사함.

황승언(黃承彦:?~?) 황승언은 제갈량의 장인. 구체적으로 알려진 바는 없는데, 나관중『삼국지』에서는 황승언이 벼슬하지 않고 묻혀 살다가 어복포에서 육손(陸遜:183~245)이 팔진도에 빠져 죽게 된 것을 구해주었다고 한다. 그러나 이것은 사실이 아니라 소설가들이 만든 이야기이다. 그러나 황승언의 가문은 당시 형주(荊州)의 주요 호족(豪族)의 하나였기 때문에 제갈량은 황승언의 가문과 혼인을 함으로써 형주의 고급 사교계에 진입할 수 있었을 것으로 보인다.

> **소해설** **제갈량의 아내 황씨** 황승언의 딸 황씨는 용모가 괴이하고 추했으나 천문지리와 육도삼략(六韜三略)에 통달해서 남편을 도왔다고 한다. 구체적으로 나타나 있지는 않지만 일설에 의하면 용모가 추하다기보다는 신체가 다른 여자들에 비하여 컸다고 한다. 즉 이 설에 의하면 당시에는 여자로서 키가 큰 것은 미모에 흠이 되는 까닭에 황씨가 추녀라는 말을 들었을 것이라는 것이다. 오늘날 관점에서 보면 제갈량의 아내 황씨는 박색이라고 할 수만은 없을 것이다. 오히려 현대적인 미인이었을 수도 있다. 사료를 보면 제갈량은 아내를 제외하고 특별히 첩을 두었다는 기록이 나타나지 않는다. 고급 인사이면 10여 명 이상을 첩으로 거느리던 당시의 세태로 봐서 제갈량은 극히 자신을 절제하고 도덕적인 사람이었다는 것을 짐작할 수 있다. 그리고 오히려 제갈량 부부는 부부금슬이 좋았을 가능성도 크다. 달리 생각해보면, 제갈량의 아내가 추녀라는 것은 제갈량의 도덕성을 강조하기 위해 지어낸 말일 수도 있다. 오히려 제갈량은 영특한 아내를 통하여 도움을 많이 받았을 수도 있고 매우 안정된 가정을 꾸려나갔을 수도 있다.

황충(黃忠:?~220) 촉의 용장. 남양(南陽) 사람. 자는 한승(漢升). 원래는 유표(劉表) 막하의 중랑장이었으나 적벽대전 후 유비에게 귀순하였다. 유장을 칠 때는 위연과 함께 선봉이 되어 공을 세우고, 위를 칠 때는 엄안과 함께 정군산에서 큰 공을 세우고 하후연을 죽였다. 나관중『삼국지』에서는 관우의 원수를 갚으려 오를 칠 때 75세로 출전했다고 하는데 이것은 사실이 아니다. 그는 이 사건이 있기 2년 전에 이미 사망했다.